STEF PENNEY

Im Licht des Polarsterns

rütten & loening

STEF PENNEY

Im Licht des Polarsterns

ROMAN

Aus dem Englischen
von Marie Rahn

rütten & loening

Die Originalausgabe unter dem Titel
Under a Pole Star
erschien 2016 bei Quercus Editions Ltd. London.

MIX
Papier aus verantwortungsvollen Quellen
FSC® C083411

ISBN 978-3-352-00918-1

Rütten & Loening ist eine Marke der Aufbau Verlag GmbH & Co. KG

1. Auflage 2018

Published by Arrangement with NIGHT SHINING LIMITED

Einbandgestaltung www.buerosued.de, München
Gesetzt aus der Bembo Pro durch Greiner & Reichel, Köln
Druck und Binden CPI books GmbH, Leck, Germany
Printed in Germany

www.aufbau-verlag.de

Für Mr. Van

Nordpol, 1893

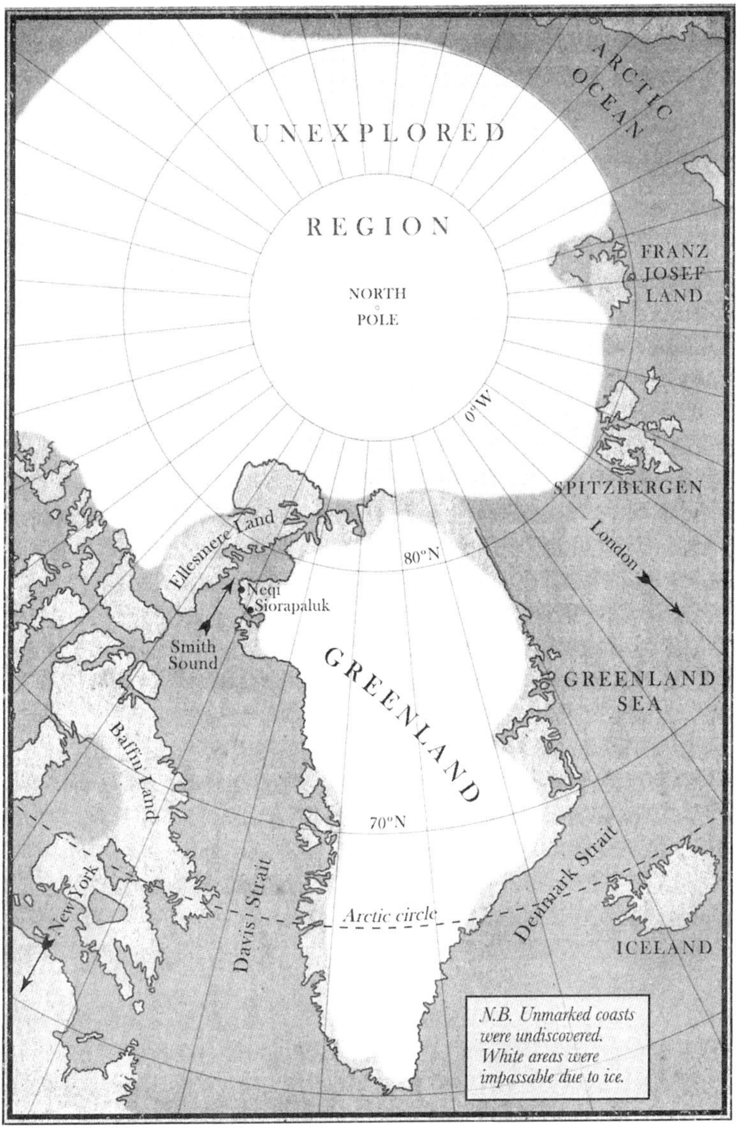

Ihr seht Dinge und fragt: »Warum?« Aber ich träume Dinge,
die niemals waren, und frage:
»Warum nicht?«

George Bernard Shaw

Prolog

McGuire Air Force Base,
New Jersey, 40°0' N, 74°35' W
April 1948

Das Flugzeug blitzt wie eine dicke, glänzende Aluminiumzigarre in der Sonne. In selbstbewusstem Aufwärtsschwung prangt das Wort *Arcturus* auf dem Rumpf. Ein Name, der extra für diese Reise angebracht wurde: Man hat die Bezeichnung eines Himmelsgestirns wohl passender gefunden als die nichtssagende Zahlenfolge, die vorher am Heck stand. Während des Krieges wurde der Flieger zum Transport von Bomben genutzt. Jetzt hat er eine deutlich friedlichere Fracht: zwar auch Soldaten der Air Force – hochdekoriert, mit grauen Haaren und müden Augen –, aber vor allem Wissenschaftler verschiedener Universitäten, ein Kamerateam von ABC und eine ganze Reihe Journalisten.

Die Filmcrew macht vor dem Flugzeug ein paar Aufnahmen von den Wissenschaftlern. Es wird noch ein Nachzügler erwartet, der Ehrengast: eine Britin fortgeschrittenen Alters, die einst, vor fünfzig Jahren, als Schnee-Königin bekannt war und mit ihren weißen Haaren und der aufrechten Haltung nichts von ihrer Ausstrahlung verloren hat.

Endlich sind alle bereit, ins Flugzeug zu steigen. Randall ist nervös – nicht so sehr wegen des Flugs, obwohl es sein erster ist, sondern weil er unbedingt einen Platz neben ihr ergattern will. Seit Monaten schon hat er sich auf dieses Treffen vorbereitet. Als er sich jetzt neben sie setzt, würdigt sie ihn keines

Blickes, sondern starrt weiter aus dem Fenster. Ihm gegenüber sitzt ein Meeresforscher aus Harvard, hinter ihm ein Mann, über dessen Fachgebiet niemand etwas Genaueres zu wissen scheint und der sich jetzt in eine Autozeitschrift vertieft. Unter lautem Dröhnen startete das Flugzeug, er wird in den Sitz gepresst, seine Kopfhaut beginnt zu kribbeln. Als sich die Maschine zur Seite neigt, tauchen die Sonnenstrahlen ihre Gesichter in hellen Glanz. Randall fasst sich ein Herz, wendet sich seiner Nachbarin zu und versucht, über das Dröhnen der Motoren hinweg ihre Aufmerksamkeit zu erheischen.

»Ich habe Zeitungsartikel über Sie gelesen«, ruft er.

Mit gerunzelter Stirn blickt sie zu ihm hinüber.

»Zeitungsartikel! Über Sie!«, brüllt er.

Wieder Stirnrunzeln.

»So eine aufregende Zeit! Sie haben alle gekannt!«

»Wer sind Sie?«, fragt sie.

»Randall Crane … Crane! Hallo! Ich bin vom *World Magazine* mit einem Artikel betraut worden.«

»Der Journalist.«

Genauso gut hätte sie auch »Küchenschabe« sagen können. Sie wendet den Blick wieder ab und blickt aus dem Fenster, wo die Sonne auf ein weiches Feld weißer Wolken scheint.

»So schön, nicht wahr? Sieht so die Arktis aus?« Er lehnt sich näher zu ihr, eifrig, aber auch andächtig, fast atemlos angesichts des grellen Lichts und des leuchtenden Blaus des Himmels. Nach dem holprigen Start fühlt es sich jetzt so an, als bewegten sie sich gar nicht.

»Sie waren noch nie da.«

»Nein«, gibt er mit einem gewinnenden Lächeln zu. »Ich kann's gar nicht erwarten. Hoffentlich stört es Sie nicht, wenn ich Ihnen sage, dass ich einiges über Sie gelesen habe.« Trügt sein Eindruck oder neigt sie jetzt leicht ihren Kopf in seine Richtung? »Sie waren eine Berühmtheit! Eine Pionierin.«

»Nun. Ja.«

»Und die … diese Auseinandersetzung … ich fand es schon

immer unglaublich spannend, was damals passiert ist. Wie stehen Sie eigentlich dazu?«

Wahrscheinlich sollte er es langsamer angehen, sich zügeln, aber er ist so begeistert, so voller Energie, dass es ihm einfach nicht gelingen will.

»Welche Auseinandersetzung?«

»Die zwischen Armitage und de Beyn … und dass niemand weiß, was mit ihnen geschah. Sie kannten sie doch, oder?«

»Du liebe Güte! Das ist alles schon so lange her. Und jetzt sind alle tot. Bis auf mich.« Ihr Ton ließ unmöglich erkennen, ob sie darüber Befriedigung oder Bedauern empfindet. »Das alles ist doch jetzt nicht mehr relevant.«

»Aber ist die Wahrheit denn nicht wichtig?« Hoffnungsvoll blickt er ihr in die Augen, doch sie weicht ihm aus.

»Niemand scheint zu wissen, was wirklich passiert ist. Daher würde ich gerne Ihre Meinung dazu hören.«

»Was wirklich passiert ist?« Sie lächelt, nicht zu ihm gewandt, sondern in sich hinein. »Sie schmeicheln mir, wenn Sie annehmen, *ich* wüsste die Wahrheit.«

»Ich würde zumindest gerne hören, was Sie darüber denken. Wollen Sie es mir verraten?«

»Es ist ziemlich laut hier.«

Die Snow Queen lehnt ihren Kopf an den Sitz, den Blick wieder aus dem Fenster gerichtet. Sie wirkt müde, aber für Randall mit seinen siebenundzwanzig Jahren wirkten alle alten Menschen müde. Sie musste mittlerweile siebenundsiebzig sein. Ihre Haare sind so weiß wie die Wolken draußen, ihre Augen dunkelgrau wie Kieselsteine. Sie hat sich dezent geschminkt, also ist ihr wichtig, was andere über sie denken. Das gibt ihm Hoffnung. Er hat ihre Bücher über den Norden gelesen und die Archive nach Berichten von Zeitgenossen durchforstet. Zeitungsartikel vom Ende des 19. Jahrhunderts beschrieben sie als wunderschön, aussagekräftige Fotografien hat er nicht gefunden, auf den wenigen, die sie zeigen, ist sie winzig und verschwommen, meist in einer Gruppe vermummter, weißgesichtiger Menschen, die in die Kamera starrten. An Deck eines Schiffs. Auf einem Kai. Vor einem Hörsaal. Doch gab es auch eine Porträtaufnahme von ihr, die sie mit Anfang zwanzig zeigte: von einem Fotostudio als Schneekönigin vor der Kulisse einer Eislandschaft in Szene gesetzt, hoch aufgerichtet, mit rundem, weichem, von einer Pelzkapuze umrahmten Gesicht, den Blick auf einen fernen Horizont gerichtet. Mit einem dicken Haarzopf über der Schulter. In seinen Augen eher eindrucksvoll als schön. Wann immer Randall das Bild länger betrachtete, hatte er das Gefühl, etwas in ihren weit aufgerissenen Augen zu entdecken, nur was? Arroganz? Ambitionen? Angst? Es hätte fast jedes Gefühl in diese erstarrte Miene hineingedeutet werden können. Wie die meisten alten Porträts war es faszinierend und gab doch nur wenig preis. Jetzt hat sie die Augen geschlossen.

Randall blickt sich um. Einige Wissenschaftler dösen, andere lesen Zeitschriften, es wird noch Stunden dauern, bis sie ihr Ziel erreichen.

✶

Flora Cochrane, sie hatte schon viele Nachnamen, aber dieser wird ihr bis zu ihrem Tod bleiben, schreckt aus dem Schlaf auf. Sie hat von Orten und Menschen geträumt, die ihr schon seit Jahrzehnten nicht mehr im Traum begegnet sind. Ihr Mund kribbelt noch von der Erinnerung an die Berührung warmer Lippen. Ein fast vergessenes Gefühl durchströmt sie. Einen Augenblick lang weiß sie nicht, wo sie sich befindet, ein infernalisches Dröhnen durchrüttelt ihr Gehirn, um sie herum ist es schmerzhaft hell; nach und nach verlässt sie das Wohlgefühl, und ihr fällt wieder ein, dass sie in einem Flugzeug sitzt. Als sie zur Seite schaut, sieht sie den absurd jungen Mann neben sich; ob sie womöglich im Schlaf geredet hat? Aber niemand schaut in ihre Richtung. Vermutlich hätte man es bei dem Lärm ohnehin nicht hören können.

»Wir befinden uns gerade im Landeanflug auf Neufundland.«

Er hat sich zu ihr gelehnt und brüllt ihr ins Ohr. Flora nickt kaum merklich, ohne ihn anzusehen, und hofft nur, er will nicht schon wieder ein Gespräch mit ihr anfangen. Sie würde gerne auf die Toilette gehen, weiß aber nicht mehr, ob es hier eine gibt. Obwohl sie von früher an Reisen in ausschließlich männlicher Gesellschaft gewöhnt ist, findet sie es immer noch mühsam, die einzige Frau zu sein.

Als sie durch eine Schicht Wolken sinken, buckelt und schaukelt das Flugzeug wie ein kleines Schiff auf rauer See. Sehr interessant, diese Form des Reisens. Innerhalb weniger Stunden haben sie über tausend Meilen zurückgelegt. Wie lange man früher dafür gebraucht hätte. Selbst mit dem Schiff und bei starkem Wind sicher Tage. Mittlerweile ist sie also schneller als der Wind. Ein Gedanke durchzuckt sie: Wie sehr er das geliebt hätte. Er hätte vor Freude gelacht …

»Was ist denn so lustig?«

Der junge Mann ist beharrlich. Aber seine Vertraulichkeit verärgert sie weniger, als sie gedacht hätte. Ein gewisser welpenhafter Charme umgibt ihn; vielleicht liegt das an seinen braunen Augen oder an seinen Haaren, die ihm trotz seiner Pomade in die Stirn fallen.

Mit einem Kopfschütteln zeigt sie auf ihre Ohren: Die Motoren dröhnen jetzt noch lauter. Er nickt, schenkt ihr sein Lächeln und wartet weiter auf seine Chance.

✶

Basis der Royal Canadian Air Force in Gander, Neufundland, 48°57' N, 54°36' W

Sie sind an einem See in Neufundland, der wie ein gekrümmter Finger aussieht, gelandet. Die Airbase sieht zwar alles andere als luxuriös aus, wurde aber angeblich sowohl für Männer als auch für Frauen eingerichtet. Man hat sogar eigens für sie eine Frau abgestellt, die sie in ihr Quartier führt und ihr zeigt, wie man den wattierten Spezialanzug anzieht, den sie morgen tragen soll; er sieht aus, als wäre er für Riesenbabys oder Verrückte entworfen worden.

»Wie lange ist es her, seit Sie das letzte Mal da oben waren?«, fragt die Frau, die eine steifgesprühte Frisur und einen Lippenstiftfleck auf den Zähnen hat.

»Ach, hundert Jahre. Seit der letzten Eiszeit nicht mehr.« Sie lächelt, um zu zeigen, dass es witzig und nicht abschätzig gemeint war. Die Frau lacht, aber eher mechanisch, ohne belustigt zu sein. Auf Witze hat sich Flora noch nie besonders gut verstanden. Eine Weile, in ihren Zwanzigern, hat sie es versucht, dann aber aufgegeben.

»Ich war überrascht, dass ich gefragt wurde. Dass es niemand Wichtigeren gab.«

»Nicht aus dieser Ära. Sie haben alle überlebt«, erklärt die Frau lächelnd. »Glück für Sie.«

Verärgert runzelt Flora die Stirn.

»Wissen Sie«, fährt die Frau fort, »als ich jung war, habe ich alles über Sie und Ihre Expeditionen gelesen. Ich fand es sehr inspirierend, dass eine Frau das schon damals konnte.«

»Nun … leicht war es nicht. Aber es ist sicher auch heute nicht leicht.«

»Nein. Während des Kriegs lagen die Dinge ein bisschen anders, aber jetzt, seit die Männer zurück sind, sollen wir wieder aus dem Weg, wenn Sie wissen, was ich meine.«

Mit einem lauten Ratsch zieht sie den Reißverschluss zu. »Danke. Ich glaube, jetzt komme ich allein zurecht.«

»In einer Stunde gibt es Abendessen. Bis dahin werden Sie sich wohl noch etwas ausruhen wollen. Wenn Sie was brauchen, rufen Sie mich bitte.«

Als die Frau die Tür hinter sich schließt, streckt Flora sich mit einem Seufzer der Erleichterung auf dem Bett aus. Vielleicht kommt auch noch einmal der Traum aus dem Flugzeug wieder. Und anschließend könnte sie sich einen Cocktail genehmigen. Einen dieser süßen, tückischen Drinks, die sie in New York hatte.

Draußen dämmert es, die Wolken haben sich verzogen und die Luft ist vollkommen klar. Seit Jahren hat sie nicht mehr derart klare Luft erlebt, aber schließlich war sie auch seit Jahren nicht mehr so hoch im Norden. Durch das Fenster kann sie schwach die vertrauten Sterne aufgehen sehen. Da ist Arcturus, den die Eskimos den Alten Mann nennen, *Uttuqualualuk.* An die Namen der Menschen, denen sie heute begegnet ist, kann sie sich nicht erinnern, aber die Namen, die sie vor so langer Zeit gelernt hat, hat sie nie vergessen. Da, direkt über dem Horizont, ist die Alte Frau: *Vega.* Etwas weiter der Karibu, den man auch als Großen Bären kennt. Cassiopeia: der Leuchter. Und da taucht, schwach rötlich, der Stern mit dem makabren Namen *Sikuliaqsuijuittuq* auf: der Ermordete.

Sie steht auf, öffnet das Fenster, beugt sich hinaus und atmet tief die kühle Luft ein. Dann reckt sie den Kopf auf der Suche nach Draco, der sich um Polaris herum windet, und nach Thuban, den einstigen und zukünftigen Polarstern. Sie starrt in den Himmel, bis ihr die Augen tränen, doch offenbar ist es zu früh oder zu hell oder ihre Augen sind einfach zu müde, denn sie kann ihn nicht finden.

Seit sie wusste, dass sie hierhin zurückkehren würde, hat sie immer wieder an jene Zeit gedacht. Wenn sie die Augen schließt, sieht sie, wie sich das Tal vor ihr ausbreitet: mausbraun, grün und grau; winzige Farbjuwelen; der See in atemberaubendem Blau. Onmogelijk Dal – das *Unmögliche Tal* – nannten sie es. Aber es war möglich, wenn auch nur kurz.

Vor nicht allzu langer Zeit erkrankte ihre alte Freundin Poppy, und Flora fuhr noch einmal zu ihr, um sie ein letztes Mal zu sehen. In ihrem Bett wirkte sie winzig, und sie redete völlig ruhig über ihren nahenden Tod. Sie glaubte an den Himmel der Christen. Sie war überzeugt, dort ihre Söhne wiederzutreffen, die im Krieg gefallen waren. Flora hatte zwar genickt, konnte sie in ihrem Glauben aber nicht unterstützen. Wie gern hätte sie an den Himmel geglaubt, doch das war ihr schon immer falsch vorgekommen; der Himmel war hier auf Erden. Das wusste sie, denn sie hatte es selbst erlebt.

TEIL EINS

Eine gläserne Phiole mit GIFT,
ein Eisenhaken, ein Kupferpenny, ein rotes Band.
Ein Stift aus Bronze (krumm). Ein besticktes
Taschentuch. Ein Stück Holz, geformt wie ein Wal.

Kapitel 1

Auf See, Nordatlantik
Sommer 1883

Dies war eine Liste der Dinge, die Flora auf ihrer ersten Reise stahl. Es gab noch weitere, aber sie schrieb nur ihre Lieblingssachen auf. Jahrelang benutzte sie den Holzwal als Talisman: Er war aus hellem, feinporigem Holz, seidenglatt, Kopf, Flosse und Schwanz nur angedeutet. Augen und Blasloch waren mit einer heißen Ahle hineingebrannt worden. Er schmiegte sich wunderbar in ihre Hand. Sie wollte ihn haben, seit sie ihn das erste Mal in der Hand des Steuermanns gesehen hatte, und als sie ihn in einer der Speigatten, jenen Öffnungen an den Seiten der Reling, durch die das Wasser von Deck fließen konnte, fand, steckte sie ihn ohne jeden Skrupel ein. Der Wal befand sich auf dem Weg zurück ins Meer; also hatte sie alles Recht, ihn zu nehmen.

Flora Mackie war zwölf Jahre alt, als sie zum ersten Mal den nördlichen Polarkreis überquerte. Im November zuvor war ihre Mutter gestorben und ihr Vater hatte nicht gewusst, was er mit ihr, seinem einzigen Kind, anfangen sollte. William Mackie war der Kapitän eines Walfängers aus Dundee, Schottland. Flora kam mit ihrem Aussehen und den schroffen Umgangsformen nach ihm, von der Anmut ihrer Mutter hatte sie nichts geerbt. Elsa Mackie war eine hübsche Frau gewesen, die sich gern in ihrem guten Aussehen sonnte. Ihr Mann war zwar stolz auf sie gewesen, doch die Frau eines Kapitäns hatte in Dundee – nein, eigentlich überall – nur begrenzte Möglichkeiten, ihre Reize zur Schau zu stellen. Sie war entsetzt gewesen über den Prozess, Flora zu zeugen, kritisch, was das Ergebnis betraf, und bemängelte ständig die Unzulänglichkeiten ihrer Tochter, hauptsächlich ihre Wildheit und ihre dicke Taille. Noch bevor Flora sprechen konnte, entwickelte Mrs. Mackie ein nicht näher definiertes, hartnäckiges Leiden und überließ Floras Erziehung im Großen und Ganzen einem Kindermädchen namens Moira Adam, das zwar tüchtig war, aber hart wie dorischer Granit. In den letzten Wochen vor Mrs. Mackies Tod saßen der Kapitän, der von einer erfolgreichen Fangsaison aus dem Norden zurückgekehrt war, und seine Tochter gemeinsam im Vorderzimmer, während sich die Ärzte im Krankenzimmer die Klinke in die Hand gaben. Als Elsa Mackie starb, spürte ihr Mann weniger Trauer als Schuldgefühle: Wäre er zu Hause geblieben, anstatt sie manchmal bis zu zwei Jahre am Stück allein zu lassen, wäre sie vielleicht nicht gestorben, dachte er. Was, wenn mit Flora dasselbe passierte?

Andere Kapitäne nahmen ihre Frauen auch mit auf Walfang, sagte er zu sich, denn er war kein Mann, der offen mit anderen über seine Gedanken sprach, warum also sollte er nicht auch seine Tochter mitnehmen? Er war schon so oft in der Davisstraße, jener Meerenge zu Grönland, gewesen, dass sie ihm nicht mehr besonders gefährlich erschien. Und so stand sein Entschluss fest, sehr zum Argwohn der Leute, aber da er nur wenige Freunde in der Stadt hatte, erfuhr er nichts davon. Es hieß, er hätte sie lieber bei Verwandten unterbringen sollen. Oder in einem Internat, einem Heim oder Kloster. Aber Captain Mackie ahnte nicht, dass die Leute redeten, und wenn, wäre es ihm gleichgültig gewesen. Er hatte einen Großteil seines Lebens auf Schiffen verbracht, die letzten fünfzehn Jahre als Kapitän und absoluter Herrscher nach Gott; er war es gewohnt, seinen Willen durchzusetzen.

Und so setzten Flora und ihr Vater im April 1883 vom schottischen Dundee aus im Walfänger *Vega* die Segel. Etwas Gutes würde dabei nicht herauskommen, murmelten die Leute. Was sie damit meinten, wollten sie nicht sagen, aber sie war ein junges Mädchen auf einem Schiff voller Männer, die in ein Land aus Eis, in ein Meer aus Blut aufbrachen. Das hatte es noch nie gegeben – es war unmoralisch, wenn man so wollte. Und ganz entschieden falsch.

Captain Mackie zog einen großen Teil der Gewissheit, dass seiner Tochter nichts zustoßen würde, aus seinem Schiff. Die *Vega* war ein dampfbetriebener, 320 Tonnen schwerer Dreimaster aus der Werft Gourlay, dessen Bug und Laderäume mit sechs Zoll dicken Eichenplanken verstärkt worden waren. Vierundzwanzig Quadratzoll dicke Balken, jeder aus einem einzelnen Stamm gesägt, waren querschiffs verlegt worden, um den Rumpf gegen den Druck miteinander verschmelzender Eisschollen zu schützen.

Captain Mackie, der fast dreißig Jahre in den Gewässern um Grönland herum gesegelt war, hielt die *Vega* für das beste Schiff, das Dundee je hervorgebracht hatte. Er war nicht nur Kapitän, sondern auch Miteigentümer und besaß zehn Vierundsechzigstel der *Vega*, liebte allerdings alles von ihr mit Besitzerstolz und der Hingabe eines Kapitäns für ein Schiff, das ihn bisher immer wieder treu und tapfer nach Hause gebracht hatte. Er war überzeugt, dass Flora auf ihr kein Leid geschehen könne.

Die *Vega* war weder groß noch schön; Walschoner der Davisstraße waren im Allgemeinen klein, gedrungen und langsam, aber Flora fand sie einfach wunderbar: Sie liebte das dicklackierte Schandeck, über das sie kaum hinwegblicken konnte und das sich glatt und leicht klebrig anfühlte; sie liebte es, über das schimmernde, blankpolierte Messing der Reling zu streichen. Wenn niemand hinsah, setzte sie sich rittlings auf die riesigen Balken und konnte sich nicht vorstellen, dass irgendwas sie brechen könnte. Sie liebte sogar den Geruch, dunkel und bitter nach Teer, Salz, Kohle und nach Tran, Blut und Tod.

Aber am meisten liebte sie den Namen des Schiffs. Alle anderen Segler, die sie kannte, waren nach Männern benannt, *Dee, Ravenscraig* und *John Hammond,* die *Vega* kam ihr dagegen vor wie eine furchtlose Verbündete aus Holz und Teer: die Schwester, die sie nie gehabt hatte. In der erbarmungslosen männlichen Welt des Nordens eine unverbrüchliche Gefährtin, die sie zu schätzen wusste.

Mit fünfzig Mann Besatzung und einem Mädchen war das Schiff voll. Oft war Flora allein in ihrer Kabine, wo sie lernen sollte, doch wirklich einsam war sie nie. Wo auch immer sie sich aufhielt, hörte sie wahre Symphonien menschlicher Geräusche. Durch die Holzwände bekam Flora viele Flüche mit. War ihr Vater in der Nähe, tat sie so, als hörte sie sie nicht – oder verstünde sie nicht, wenn sie unüberhörbar waren.

Ihr Vater gab sein Bestes, um ihr ein Zuhause zu bieten. Sie teilte mit ihm die winzige Kapitänskajüte, die in der Mitte durch eine Decke getrennt war, welche sich hin und her schieben ließ wie ein echter Vorhang. Sie hatte ein Bett, das mit einem Seil an einem Balken befestigt war, so dass es mehr oder weniger in der Horizontale blieb, während die Wellen das Schiff in alle Richtungen bewegten. Noch in der Crichton Street hatte sie alle möglichen Geschichten über Seeleute gehört, sie lauschte schamlos und ohne Scheu, wo es nur ging. Seemänner taten jungen Mädchen wohl irgendwelche aufregend schrecklichen Dinge an, doch auf der *Vega* behandelten sie sie freundlich und respektvoll. Nur für alle Fälle hatte sich Flora dennoch eine Waffe besorgt: ein Taschenmesser, das sie an einer Schnur um den Hals trug und unter ihrem Hemdchen versteckte. Im Grunde befürchtete sie aber nicht, dass ihr die Matrosen etwas antun würden; dafür waren alle zu freundlich und sie nicht attraktiv genug, mit ihrem runden, bleichen Gesicht und ihren kieselgrauen Augen. Schon früh hatte sie gelernt, dass es weibliche Wesen gab, die für ihre körperlichen Vorzüge gemocht wurden (wie ihre Mutter), die auf der Straße

Blicke auf sich zogen, mit einem Lächeln und besonderer Aufmerksamkeit bedacht wurden, und andere, die unsichtbar waren wie Geister. Sie war es gewohnt, nicht gesehen zu werden. Dennoch war es gut, auf alles vorbereitet zu sein. Und in ihrer Phantasie konnte sie ja goldlockig und zerbrechlich sein, ein herzförmiges Gesicht und veilchenblaue Augen haben, wie die kleine Heldin in ihrem Lieblingsbuch *Die arme Miss Caroline.* Was tat es zur Sache, dass sie noch nie jemanden mit veilchenblauen Augen gesehen hatte (oder auch einem herzförmigen Gesicht)? Dann träumte sie davon, wie sie, stark und mutig, sich gegen alle Angriffe wehrte.

Captain Mackies Hauptsorge war, dass Flora weiterhin eine Ausbildung bekam. Am Ende ihrer Reise sollte sie die Bibel gelesen haben, am besten die Evangelien auswendig können, die Herrlichkeit von Gottes Schöpfung in Form der Welt um sie herum erfahren und vor allem eine Ahnung haben von der Geschichte der Menschheit. Er bestand darauf, dass sie ein Tagebuch führte, in dem sie auflistete, was sie gelesen hatte, damit er sehen konnte, dass sie es verstanden hatte. Extra zu diesem Zweck hatte er mehrere Notizbücher gekauft.

Flora starrte auf die Drucke von Pflanzen und Vögeln. *Heute habe ich etwas über Sperlingsvögel gelernt*, schrieb sie in ihr Heft mit dem Titel *Was ich gelernt habe*, von Flora Elsa Caird Mackie. *Es gibt sehr viele Unterformen, zum Beispiel Amseln.* Dies schien ihren Vater zufriedenzustellen. Sie arbeitete sich durch die *Weltgeschichte für Kinder* und wusste daher, dass die Geschichte bei den Ägyptern begann, dann kamen die Griechen und danach die Römer. Schließlich kam Jesus, nach dem alles irgendwie bergab ging. Sie fand die *Weltgeschichte für Kinder* zwar faszinierend, aber zu vage. Außerdem hatte sie den Eindruck, dass es immer langweiliger wurde, je mehr man sich der Gegenwart näherte. In ihrem eigenen Jahrhundert gab es längst keine Gladiatoren, mumifizierten Katzen und Schierlingsbecher mehr, sondern nur noch Monarchen, die sich aber nicht mal mehr gegenseitig ermorden wollten. Dazu die ständig wachsenden landwirtschaftlichen Erträge und die industrielle Spinnmaschine. Flora war enttäuscht. Sie sehnte sich danach, mehr zu erfahren: Wie genau brachten Gladiatoren einander um? Wie war es möglich, dass ein Pharao seine Schwester heiratete? Wie schmeckte Schierling, und wie lang dauerte es, bis man daran starb? (Musste man sich erbrechen, ersticken oder verbluten?) Zu diesen Fragen und anderen wirklich interessanten Themen jedoch schwieg die *Weltgeschichte für Kinder.*

Zwei Tage nachdem sie die schottische Insel Mainland umschifft hatten, nahm Flora ein weiteres Notizbuch hervor und zögerte eine Weile, bevor sie es aufschlug. Ihre Gedanken wanderten zu dem Stöhnen, das sie in der Nacht zuvor auf der anderen Seite des Schotts gehört hatte. Ihr Vater hatte leise schnarchend geschlafen. Ob der Mann nebenan krank war? Unbewusst spürte sie, dass etwas anderes dahinterstecken musste, und den Rest der Nacht konnte sie nicht schlafen.

Ohne etwas auf den Umschlag des Heftes zu schreiben, schlug sie es auf, blätterte bis zur letzten Seite vor und notierte etwas in winziger, vollkommen unleserlicher Schrift. An einem Ort, wo Privatsphäre und Alleinsein illusorisch bis unmöglich waren, hatte sie das Bedürfnis, etwas zu haben, was nur für ihre Augen bestimmt war. Als sie am Ende des Tages das Kapitel über Sperlingsvögel überflogen, ein Kapitel über die Griechen und einen Teil des Matthäusevangeliums gelesen hatte, nahm sie das titellose Tagebuch wieder hervor und schrieb: *Ich mag keine Vögel. Sie haben kein Fell und gucken mich komisch an.*

Die einzigen Vögel, die sie hier draußen zu Gesicht bekam, waren Möwen, die auf der Reling landeten und sie mit ihren Murmelaugen dreist anstarrten.

Die Offiziere der *Vega*, die Harpuniere, Steuermänner und Zahlmeister, kamen alle aus Dundee oder aus Orten des Fife

County: Cellardyke, Pittenweem und St. Monance; die Ruderer dagegen stammten von den Orkney-Inseln. Von den fünfzig Mann an Bord hießen elf John und sieben Robert. Flora freundete sich mit dem jüngsten Robert an, einem Schiffsjungen aus Dundee, dessen Nachname Avas lautete. Robert war ein Jahr älter, aber mehrere Zentimeter kleiner als Flora. Mit seinem bleichen, spitzen Gesicht erinnerte er an die Kinder vom Fischmarkt, aber er strotzte vor guter Laune und grenzenloser Begeisterung. Von den Ägyptern hatte er zwar noch nie gehört, und er glaubte auch, Newcastle sei die Hauptstadt von London, aber gerade dieses Maß an Unwissenheit faszinierte Flora.

»Ich könnte dir lesen beibringen«, sagte sie, nachdem sie sich eine Woche kannten.

»Lesen? Wieso denn?«, fragte er grinsend.

»Weil …« Flora war sprachlos. »Damit du lesen kannst.«

»Was sollte ich denn lesen?«, fragte er, und in seiner Stimme schwang echte Neugier mit.

Sie zögerte und überlegte, was ihm wohl am besten gefallen würde. »Zum Beispiel … die Zeitung.«

»Ach, da steht doch nur Quatsch drin.«

»Dann Geschichten. Über Seefahrer …«

»Die erlebe ich doch selber.«

Wie eine Woge erhob sich über ihnen ein mächtiger Lärm, lautes, durchdringendes Grölen drang vom Bug: Die Ruderer hissten die Segel und stimmten dabei ein mysteriöses Lied an, dessen Wortlaut man nicht verstehen konnte. Mit leichtem Unbehagen starrte Flora zu ihnen hinüber; sie waren groß – größer und kräftiger als die Männer, die sie kannte. Ihre Haare waren sandfarben, ihre Haut rot und rau und Knochen an Wangen und Stirn scharf gezeichnet. Und ihr Gesang hatte eine Macht, die etwas in ihr aufrührte.

»Verstehst du die?«

Robert blickte sie an. »*Vou, vou!*«, imitierte er das seltsame Brüllen der Männer. Dann lachte er und zuckte die Achseln.

Die Zeit, die sie miteinander verbrachten, war nicht planbar und konnte jederzeit von einem gebrüllten Kommando unterbrochen werden; dann sprang Robert sofort auf, kletterte ein Segel hoch oder verschwand unter Deck. Jedes Mal blickte Flora ihm betrübt nach. Sie wusste, dass Robert sie vergaß, kaum dass er ihr den Rücken zugekehrt hatte. Er hatte seinen Platz in den Abläufen des Schiffs, während sie nur ein Mädchen war, das unnützerweise mitfuhr.

Ihr einziger anderer Freund an Bord war der Wundarzt Charles Honey. Wie die meisten Ärzte auf Walschonern hatte er gerade seine medizinische Ausbildung beendet und kein Geld für eine eigene Praxis. Er war dreiundzwanzig, wirkte aber wegen seiner frischen Gesichtsfarbe und seiner unschuldig verwirrten Miene deutlich jünger. Die ersten beiden Wochen an Bord litt er schrecklich an der Seekrankheit, und sein Elend war auf dem ganzen Schiff zu hören. Zuerst hatten die Seeleute Mitleid, doch nach ein paar Tagen fingen sie an, sich über ihn lustig zu machen.

Flora war die Einzige die ihn regelmäßig auf seiner Station besuchte. Und so war es auch dort, dass sie Ian Sellar kennenlernte.

Sie kämpften sich gerade wieder einmal durch einen Nordwestwind, und die *Vega* knarzte an allen Ecken und Enden. Honeys Flaschen und Gläser ratterten auf ihren Regalen; und als das Schiff zur Leeseite kippte, rutschte ein Becher Kaffee den Schreibtisch hinunter, so dass sich sein Inhalt über alle Papiere ergoss.

Flora hockte auf dem Krankenbett, stemmte den Rücken gegen die Kabinenwand und löcherte Honey mit Fragen über das Sezieren von Leichen. Während früherer Gespräche hatte sie erfahren, dass Medizinstudenten das taten, doch jetzt machte Honey Ausflüchte – genauer gesagt, er log sie an. Zwar hatte sie als Tochter des Kapitäns eine gewisse, wenn auch geborgte, Autorität, und er wollte sie nicht vor den Kopf stoßen, doch befürchtete er auch, der Kapitän würde es ganz und gar nicht gutheißen, wenn er den Kopf seiner Tochter mit Gräueln füllte.

»Welche Windstärke haben wir eigentlich?«, fragte er jetzt um sie abzulenken.

»Ach, vielleicht –« Wieder kippte das Schiff, als der Nordatlantik sich gegen seinen Rumpf warf. »– sechs … oder fünf. Fünf, würde ich sagen. Es könnte noch viel schlimmer sein.«

»Das will ich doch nicht hoffen, sonst sind meine Medikamente in Gefahr.« Mit ziemlich wildem Blick sah er zum Regal hoch, während der Wind schaurig durch die Segel pfiff.

»Aber haben Sie schon mal die Leiche einer Frau aufgeschnitten?«

»Himmel, Flora, warum willst du das wissen?«

»Weil man doch etwas über ihr Inneres erfahren muss, das ganz anders ist als das eines Mannes, oder etwa nicht?«

Sie bedachte ihn mit einem schlauen Blick. Anfangs war es leicht gewesen, Dr. Honey zum Erröten zu bringen, aber mittlerweile war er auf der Hut.

»Ich bin sicher, du weißt weit mehr, als du zeigst, kleine Dame, und jetzt ziehst du mich auf.«

»Aber nein! Ich möchte vielleicht auch eines Tages Arzt werden. Menschen heilen. Aber ohne Kenntnisse kann man Kranke nicht heilen! Was meinen Sie? Würde ich ein guter Arzt sein?«

Gerade, als Honey den Mund öffnete, um ihr zu antworten, klopfte es laut an der Tür, und das Schiff kippte in ein tiefes Wellental.

»Verfluchte Scheiße!«

Flora ließ sich nichts anmerken.

Die Tür flog auf, und herein schlurfte ein großer schlaksiger Seemann, der mit schmerzverzerrter Miene seinen rechten Arm hielt. Es war einer der Orkney-Männer: Ian Sellar.

»Doktor, ich …« Als er Flora sah, wurde er rot.

»Miss Mackie wollte gerade gehen. Jetzt aber los mit dir, Flora.«

»Kann ich nicht helfen?«

Ian Sellar ließ stöhnend seinen Arm los.

»Ach, Sellar, was ist denn da passiert?«

»Bolzen von 'ner Dolle. Schulter.«

Er presste die Lippen zusammen und schloss die Augen. Honey setzte ihn auf einen Hocker unter der Lampe, nahm ein Skalpell und schlitzte mit einer routinierten Bewegung sein Hemd auf. Flora, die den Mund aufgerissen hatte, als er nach dem Skalpell griff – wollte er etwa *amputieren?* –, drückte sich aufgeregt hinter ihnen herum.

Ian Sellar war einer der jüngeren Orkney-Insulaner und der perfekteste Mann, den Flora je gesehen hatte. Während die meisten Bewohner des Nordens raue, rote Haut hatten, besaß seine die Farbe von Honig. Seine Gesichtszüge waren markant, und er bewegte sich anmutig. Jetzt starrte Flora auf seinen nackten, goldfarbenen Rücken. Sie begriff einfach nicht, wieso er ihr noch nicht früher aufgefallen war. Honey schnalzte leise mit der Zunge, als er die Schulter abtastete, wo sich Blut unter der Haut ausbreitete.

»Sie ist nicht ausgerenkt, Sellar. Nur schwer geprellt. Sie müssen eine Weile eine Armschlinge tragen. Flora, gib mir mal die Verbandsrolle da. Nein, da drüben … Wenn du dich nützlich machen willst, kannst du etwas von dem Hamameliswasser in das Schälchen gießen. Das ist da drüben drin …«

Mit flinken Bewegungen tat Flora, worum sie gebeten wurde. Mit den meisten Heilmitteln der Krankenstation war sie vertraut. Sie gab Honey Verband und Nadeln, Kompressen und Brandy und behielt dabei wie eine Katze ihr Gleichgewicht, während das Schiff unter dem Ansturm wütender Wogen schaukelte. Ians Gesicht war unter seiner Sonnenbräune bleich; winzige Schweißtropfen rannen ihm die Schläfen hinunter. Flora stand hinter ihm und sah zu, doch als das Schiff abrupt nach Steuerbord kippte, taumelte sie gegen ihn und ihre Finger strichen über seine glänzende gesunde Schulter. Sofort riss sie die Hand weg, als hätte sie sich verbrannt. Honey selbst war mit einem unterdrückten Fluch rückwärts gestolpert, und Sellar saß mit zusammengekniffenen Augen da. Keiner der beiden schien bemerkt zu haben, dass sie es mit Absicht getan hatte.

Ab diesem Zeitpunkt hielt Flora an Deck ständig Ausschau nach Sellar, spitzte die Ohren, ob sie seine grobe Sprechweise hörte, und erkannte seine Stimme irgendwann sogar durch die Holzwände hindurch. Die Männer waren nie allein auf dem Schiff, abgesehen von den wenigen Minuten bei der Notdurft, doch selbst wenn er allein gewesen wäre, hätte sie sich ihm niemals genähert. Was hätte sie auch zu ihm sagen sollen?

✶

Während der langen Stunden der Dämmerung suchten Vater und Tochter am Himmel nach Venus und Mars, Altair, Arcturus und Polaris. Manchmal saßen sie die ganze kurze Nacht an Deck und folgten dem Lauf der Sterne. Sie waren umringt von Sternbildern, die nie zur Ruhe kamen: die Bären, der Drache, Perseus, Cassiopeia, Kepheus, wobei keines von ihnen, außer dem Drachen, so aussah, wie der Name nahelegte.

»Wieso wird der Wagen Großer Bär genannt, wenn er doch wie ein Wagen aussieht?«

»Weil du nicht alles von ihm siehst. Der Wagen ist nur der Rücken und Schwanz des Bären.«

»Aber Bären haben doch keine Schwänze. Jedenfalls keine langen.«

»Vielleicht hatten die Bären bei den alten Griechen lange Schwänze.«

Flora lachte spöttisch.

Ihr Vater fand, dass sie sich zu viel herausnahm.

»Außerdem, woher willst du wissen, dass Draco wie ein Drache aussieht?«, fuhr er fort. »Hast du schon je einen Drachen gesehen?«

»Jedenfalls Bilder davon.«

»Und glaubst du, diese Bilder sind wirklichkeitsgetreu?«

»Natürlich nicht! Es gibt doch keine Drachen.«

»Also sieht Draco vielleicht genauso wenig aus wie ein Drache wie Ursa major wie ein Bär.«

»Ja, aber … man kann doch nicht *nicht* aussehen wie etwas, das es nicht gibt …« Sie verstummte, weil sie nicht weiterwusste. »*Bären* gibt es jedenfalls. Wieso mussten sie überhaupt was erfinden? Sie hätten es doch auch Schlange nennen können. Schlangen gibt es.«

»Fragst du mich, warum die Menschen Ungeheuer erfunden haben?«

»Ja, schon.«

»Vielleicht, weil sie nie auf Walfang waren. Sieh dir mal Dracos Schwanz an – auf halber Strecke zwischen den Bären. Da ist ein Stern heller … der zweithellste.«

Sie richtete sein Teleskop auf der Rah aus. Das Schiff lag vollkommen ruhig, das Meer war wie ein Tümpel. Zweihundert Meter entfernt ragte ein Eisberg reglos in die Höhe, verdoppelt in der spiegelglatten Oberfläche. Auch die Sterne spiegelten sich im Wasser, so dass es aussah, als schwebte die *Vega* im dunklen Weltraum, unter und über sich Sterne und grenzenlose Tiefe.

»Siehst du? Das ist Thuban. Der war früher, zu der Zeit, als die Ägypter ihre Pyramiden bauten, der Polarstern. An die Ägypter erinnerst du dich doch noch, oder?«

»Ja. Sie hatten einen Gott mit Falkenkopf.«

»Ja, das stimmt. Und der hieß?«

Kurzes Zögern. »Horus.«

»Genau. Die Ägypter bauten die Cheopspyramide so, dass Thuban durch einen Schacht genau in die Mitte des Grundrisses scheinen konnte.«

Flora war verwirrt.

»Wie konnte das denn der Polarstern sein?«

»Vor fünftausend Jahren war Thuban tatsächlich der Polarstern. Und eines Tages – in ferner Zukunft – wird er es wieder sein. Und er wird perfekter platziert sein als Polaris. Warum? Weil die Erde sich schräg um ihre Achse dreht. Wie ein Kreisel kurz vor dem Umkippen.« Er demonstrierte es mit seiner Hand. »Ganz, ganz langsam. Im Moment ist natürlich Polaris der Polarstern, genauer gesagt: Er befindet sich näher zum Himmelspol als alle anderen, aber eines Tages … Alles verändert sich, Flora. Ganz gleich, wie gut oder schlecht etwas ist, nichts dauert ewig.« Er bewegte das Teleskop weiter hoch und leicht nach links. »So, jetzt sieh dir das an.«

»Ich sehe Vega«, sagte Flora mit Nachdruck: Die metaphysische Dimension, die ihr Gespräch angenommen hatte, beunruhigte sie.

»Gut. Eines Tages, in vielen Tausend Jahren, wird sie ebenfalls der Polarstern sein. Und ein sehr heller und gut sichtbarer, wenn auch nicht so genau platziert wie Thuban. Und wenn sie der Polarstern ist, dann ist der Sommer im Dezember und der Winter im Juni.«

Während Flora noch darüber nachdachte, wurde ihr klar, wie sehr sie Thuban, den einstigen und zukünftigen Leitstern, mochte. Aber am liebsten mochte sie Vega. Sie gehörte zu allen auf dem Schiff, aber vor allem, jedenfalls hatte Flora das Gefühl, zu ihr. Als sie kurze Zeit später herausfand, dass die Eskimos Vega die Alte Frau nannten, war sie sehr gekränkt.

Der Wellengang des Atlantiks ließ immer mehr nach, bezwungen von den immer zahlreicher auftauchenden Eisbergen. Die Sonne kam heraus und blieb rund um die Uhr, als könnte sie es nicht über sich bringen, sie zu verlassen. Sie brachte Farbe in die grauen Eisberge: grüne Mulden, königsblaue Schatten, aquamarinfarbene Löcher. Die ganze Wasserwelt glitzerte.

Flora hing stundenlang über dem Schandeck und starrte auf das Eis. Es war genauso, als starre man ins Feuer: Man konnte einfach nicht damit aufhören. Die Präzision, die in allem lag, was mit Eis zu tun hatte, eröffnete ihr einen ganz neuen Erfahrungshorizont. Jedes Stück war anders, einzigartig und von einer fragilen Schönheit.

Einen besonders eindrucksvollen Eisberg würde sie nie vergessen, mit Klüften und Zinnen wie ein Berg in den Alpen, welcher, als er sich langsam drehte, einen über dreißig Meter hohen Bogen aus Eis präsentierte. Er glitzerte weiß, hatte oben tiefblaue Spalten, und sein wasserumspülter Fuß war in einem hellen, seidigen Grün. Wie ein verfallenes Meisterwerk einer untergegangenen Zivilisation lockte es sogar die abgeklärtesten Seemänner an die Reling.

Vom Krähennest ertönte plötzlich ein Ruf: »Wenn Miss Mackie hochkommen würde, könnte sie etwas Schönes sehen.«

Ihr Vater schickte Flora vor sich hinauf: Sie kletterte nicht zum ersten Mal an einem ruhigen Tag zum Ausguck, doch dazu musste sie ihre Röcke feststecken, und er kletterte für alle Fälle hinter ihr. John Inkster hob sie durch das Loch, und sie zwängte sich in die Lücke vor ihm. Er legte lose seine Arme um sie, und Flora starrte fasziniert auf das, was sich vor ihren Augen auftat.

Über dem Bogen war die Spitze des Eisbergs zu einem kleinen Plateau abgeflacht. Die Sonne hatte das Eis weggeschmolzen und einen kleinen runden See gebildet, der tiefblau wie flüssige Saphire leuchtete – und jetzt konnte sie sehen, dass ein winziger Zufluss einen Kanal in den weißen Rand des Sees ritzte, ein milchblaues Rinnsal, das zur Kante des Plateaus lief und auf der anderen Seite verschwand. Ein blindes blaues Auge, das eine einzige endlose Träne vergoss.

»Tja, Miss Flora«, sagte Inkster, und sie spürte seinen warmen Atem an ihrem Ohr. »Was halten Sie von unseren Eisinseln? Sind die nicht schön?«

Flora merkte, dass ihr die Worte fehlten. Es gab einfach keinen Ausdruck, der passend genug war, um diese Schönheit zu beschreiben. Sie drehte sich mit glänzenden Augen zu Inkster um, der sie freundlich anlachte.

Sie kamen gut voran, doch bei dreiundsiebzig Grad Nord stießen sie auf Packeis. Nebel stieg auf und verdeckte die schneebedeckte Küste der Baffininsel. Die anderen Schiffe der Flotte holten auf: *Ravenscraig, Symmetry, Mariscal* und *Hope*… Durch die treibenden Eisschollen bahnten sie sich einen Weg Richtung Nordwasser, wo sie Wale vermuteten. Ein Mann auf dem Ausguck steuerte das Schiff, spähte in das undurchdringliche Grau und schrie sich heiser. Der Nebel erstickte alle Geräusche bis auf das Brüllen des Ausgucks und das schaurig schwappende Wasser.

»Wal in Sicht! Wal in Sicht!«

Flora war in der Kajüte. Sie kletterte an Deck und wich den Männern aus, die zu den Ruderbooten an den Davits stürzten. Sie spürte förmlich die Anspannung im Schiff: rennende Füße, knappe Kommandos. Sie sah Ian Sellar mit aufgeregter Miene ins erste Ruderboot springen. Die fünf Männer nahmen ihre Positionen ein, und die Mannschaft an Deck kurbelte sie ins Wasser hinunter. Mit kraftvollen Bewegungen stießen sie sich ab und der Steuermann bellte Befehle. Die Ruderer drehten das Boot einmal um sich selbst, dann schoss es davon. Plötzlich spürte sie schwer die Hand ihres Vaters auf ihrer Schulter.

»Flora«, mahnte er, »wenn sie mit dem Fisch zurückkommen, gehst du nach unten. Sollte ich dich dann noch an Deck sehen, setzt es was.«

»Wann darf ich wieder rauskommen?«

»Wenn ich es sage.«

»Aber was ist, wenn …«

Da bedachte er sie mit einem so strengen Blick, dass sie sofort verstummte. Er hatte sich geschworen, dass Flora den eigentlichen Prozess des Walfangs nicht mit ansehen würde. Sie dachte, sie wisse alles darüber. Sie dachte, sie sei darauf vorbereitet. Aber an diesem Tag kam das Boot leer zurück, sie hatten den Wal verloren.

Am nächsten Tag hatten sie mehr Glück: Zwei Boote wurden zwei Walen hinterhergeschickt, einen schafften sie zu fangen. Flora lauschte auf das Gebrüll, als der Kadaver längsschiffs geholt wurde. Die Männer waren vollkommen aus dem Häuschen. Wortlos setzte sie sich hin und sah nichts, hörte aber alles und roch etwas, das schlimmer war, als sie sich je hätte vorstellen können. Der Geruch von Blut füllte ihre Nase, ihren Mund, ihre Haare. Dann der atemberaubende Gestank von Fäulnis, von Verfall und Verwesung, der sie würgen ließ. Die Männer arbeiteten in der Mitte des Schiffs, aber sie hörte das Trommeln ihrer Füße und ihr Gelächter – lauter und wilder als sonst, so, als wären sie trunken vom Gemetzel, als wären sie im Blutrausch.

Sie hörte Klingen schlitzen und hacken, das Sägen von Knochen und das Reißen – das schier endlose Reißen von Haut –; ein Spritzen, von dem sie hoffte, es wäre Wasser, selbst als sie spürte, dass es Blut war. Das Ganze zu sehen hätte nicht schlimmer sein können: Auch so sah sie vor sich, wie die Klingen in Fleisch und Fett drangen, das Blut um die Füße der Männer spülte und ihre Ärmel rot färbte.

Als ihr Vater sie schließlich aus der Kajüte holte, war sie kränklich bleich und mürrisch. Meerwasser war über die Decks gepumpt worden, um die blutigen Reste wegzuspülen. Doch das ausgeweidete Gerippe des Wals schwamm immer noch in der Nähe und wurde von Fischen und gefräßigen Seevögeln attackiert. Auf dem Deck sah man graurosa Eingeweide, die von Matrosen mit Heugabeln in den Laderaum verfrachtet wurden. An den Segelstangen trockneten blutverschmierte Knochen.

»Ich hab dir ja gesagt, dass es ein schmutziges Geschäft ist«, erklärte ihr Vater. »Verstehst du jetzt, warum du das nicht mit ansehen solltest?«

»Ich wüsste nicht, wie es noch schlimmer sein sollte, als es nur zu hören und zu riechen«, gab sie zurück. »So stelle ich mir eben alles vor. Und in der Kajüte kriege ich keine Luft.«

Ihr Vater, das musste man ihm lassen, wog seine Ansicht gegen ihre ab. In der Folge durfte sie, wenn die Männer arbeiteten, an einem Fleck achtern bleiben und von dort aus alles beobachten, ihnen aber nicht in die Quere kommen. Sie war sich der Gefahren bewusst: Das Deck war glitschig von Blut und Tran, und mehr als einmal sah sie einen Mann ausrutschen und unter die tückischen Klingen geraten.

Kapitel 2

Melville Bay, 76°21' N, 71°04' W
Winter 1883–1884

Die Männer nannten Flora ihr Maskottchen, denn in dieser Saison schlachtete die Mannschaft der *Vega* mehr Wale als jedes andere Schiff. Mitte August rammte ein Sturm Packeis in den Flaschenhals zwischen Kap Alexander und Kap Isabella und die alte *Symmetry* steckte fest. Die anderen Schiffe fuhren dicht an sie heran, um die Mannschaft aufzunehmen, falls – wenn – die *Symmetry* zerquetscht würde. Der Sturm wurde schlimmer, Südwestwinde trieben die Schiffe in die Melville Bay zurück und häuften riesige Eisfelder um sie herum auf. Captain Mackie setzte sich mit Flora in der Kajüte zusammen, um ihr zu eröffnen, dass sie dieses Jahr nicht nach Hause kämen. Zu seiner Überraschung lächelte sie.

Sobald er eine passende Eisscholle ausgesucht hatte – eine massive Fläche so groß wie der Barclay Park –, schickte er seine Mannschaft mit drei Meter langen Sägen los. Flora sah zu, wie sie ein Loch aus dem Eis schnitten, in dem die *Vega* überwintern würde. Die Tage wurden kürzer. Mittags hing die Sonne bereits so tief, dass sie Flora direkt in die Augen schien, wenn sie an der Reling stand.

Flora war in Hochstimmung. Sie hatte das Gefühl, nicht mehr im Nachteil zu sein, denn wenn ein Schiff im Dock liegt, haben die Seeleute auch keine Funktion mehr. Sie durfte sich frei bewegen, solange sie sich in Sichtweite des Schiffs aufhielt. Der Zahlmeister nähte ihr eine Pluderhose, so dass sie, wenn ihre Haare unter einer Wollmütze verschwanden, aussah wie die anderen, kleineren Seemänner. Als das Eisdock fertig war, wurde die *Vega* hineingezwängt, und neues Eis schloss sie ein. Wenn sie nach Westen blickte, war die *Symmetrie* zu sehen, die in ihrer frostigen Zelle gefangen war.

Flora beobachtete, wie das Meer sich veränderte. Zuerst wurde es eine sämige, geleeartige schwarze Paste, bis ein milchiger Film sich darüber bildete. Eines Morgens vollführte das Eis einen seiner verführerischsten Tricks und ließ eine Million Kristallblumen erblühen: Gezackte weiße Blüten waren über das dunkle Eis verteilt, als hätte es eine Winterhochzeit gegeben. Mit Hilfe Roberts und eines Ruders fischte Flora ein paar der Blumen heraus und nahm sie mit in ihre Kajüte, wo sie sie zeichnen wollte, bevor sie schmolzen. Als ihr das nicht gelang, weinte sie vor Frustration.

Das verdichtete Wasser hob und senkte sich noch wie die Flanken eines lebendigen Wesens, aber nur träge. Dann gerann es zu Porridge, worauf die Blumen verschwanden, und danach wurde es zu großen, grauen Pfannkuchen, die sich wie die Platten eines Harnischs zusammenfügten. *Mare concretum:* das fest gewordene Meer. Bald darauf schon vergaß Flora den Klang der Wellen.

Die *Vega* war nun nicht mehr ein Schiff, das durchs Wasser pflügte, sondern eine hölzerne Nussschale in den Fängen eines Wesens, das knackte, knarzte und kreischte. Das Packeis konnte wie eine ganze Menagerie aufgebrachter Tiere klingen: wie Welpen, die jämmerlich winselten, wie summende Bienen oder ein stöhnender Wal im Todeskampf. Oder wie etwas Lebloses, Zerstörerisches: reißender Stoff, Artilleriefeuer, ein Piano, das aus einem Fenster im zweiten Stock geworfen wurde. Und dann gab es Geräusche, die sie noch nie zuvor gehört hatte.

Am Tag vor ihrem dreizehnten Geburtstag, als das Tageslicht nur noch ein ferner Schimmer am Horizont war, bekamen sie Besuch. Der Ausguck schlug Alarm: Auf dem Eis waren dunkle Punkte, die sich dem Schiff näherten. Mit leiser Unruhe sah Flora ihnen entgegen. Eskimos.

Die Männer hatten schon von ihnen erzählt, daher hatte sie kaum Angst, doch offenbar waren es kleine, seltsame, schmutzige und undeutlich sprechende Gestalten.

Als sie näher kamen, rief einer von ihnen laut und deutlich: »*Vega! Vega!* Mackie!« Flora war zutiefst schockiert. Diese Menschen kannten ihren Vater! Sie ging nicht davon aus, dass sie sie mögen würde.

Drei Eskimos stiegen an Bord und wurden in das provisorische Empfangszelt auf dem Deck gebeten. Flora setzte sich hinter ihrem Vater in eine Ecke. In einem Eimer in der Mitte des Zeltes brannte ein Feuer. Flora verstand nur den Namen einer der drei Gestalten: Kali. Kali war ein Mann mit einem dünnen Bart, der eine extreme Schwäche für Tabak zeigte. Die beiden anderen hatten glatte Gesichter und lange, schwarze Haare. Einer trug einen spitzen Hut aus Fell, dessen Lederseite nach außen gewendet war. Keiner der drei war größer als Flora. Als Gastgeschenk hatten sie etwas Getrocknetes mitgebracht, auf dem alle kauten. Zum Schluss gab einer von ihnen auch Flora ein Stück. Flora roch daran, bevor sie es probierte. Sie hatte keine Ahnung, was das sein sollte, nur, dass es hart und ranzig war und sich eindeutig nicht zum Essen eignete. Also lächelte sie nur höflich und behielt das Geschenk in der Hand. Captain Mackie verteilte Tabak und holte meterweise roten Stoff und Perlen hervor. Die Eskimos lächelten und redeten in ihrer gemurmelten Sprache, während ihr Vater lächelte und auf Englisch über Wale sprach. Die Eskimos nickten, aber Flora war nicht klar, wie sie einander verstehen konnten. Bevor sie das Schiff wieder verließen, fasste einer der Eskimos Flora an der Schulter und sagte lächelnd etwas zu ihr. Sie erwiderte das Lächeln, hatte dabei jedoch das Gefühl, sich für etwas Gefährliches verpflichtet zu haben.

»Du kanntest sie schon!«, sagte Flora am Abend vorwurfsvoll zu ihrem Vater. Sie konnte es immer noch nicht begreifen. Während sie zu Hause in der Crichton Street saß, hatte er diese Menschen empfangen und ihr grässliches Essen gekaut. Mittlerweile wusste sie, dass es die getrocknete Haut eines Doktorfischs gewesen war. Davon hatte er nie erzählt.

»Wenn wir hier sind, treffen wir fast immer auf Huskys. Da sie mit uns handeln möchten, bringen wir Werkzeug und Stoff mit. Waren aus Eisen sind sehr kostbar für sie, weil sie kein Metall haben. Und kein Holz. Ich bin Kali schon früher begegnet. Für einen Heiden ist er ein ganz anständiger Kerl. Apilah habe ich auch schon mal getroffen, aber nicht seine Frau Simiak.«

»Wer war denn die Frau?«

»Die mit dem Hut. Nur Frauen tragen hohe Hüte. Sonst kann man sie kaum unterscheiden, außer die Männer haben Bärte. Aber das haben nur wenige.«

»Also sind sie uns freundlich gesinnt? Sie würden uns nicht angreifen?«

»Himmel, nein! Sie sind nicht aggressiv – das könnten sie sich auch kaum leisten. Schließlich haben wir Gewehre, das wissen sie. Ich glaube, Apilah möchte, dass du seine Kinder kennenlernst.«

»Wieso?«

»Ich könnte mir denken, um mit ihnen zu spielen. Ich glaube, sie sind in deinem Alter.«

»Aber ich kann doch gar nicht mit ihnen reden.«

»Komm schon, Flora, es ist genauso, als würdest du dich in Dundee mit Kindern treffen. Du kannst ihnen zeigen, was gute Manieren sind. Ich bring dir ein paar Worte bei, ja?«

Am nächsten Tag kamen noch mehr Eskimos und hatten auch zwei Kinder dabei. Apilah stellte sie Flora vor. Beide waren kleiner als sie und hatten lange, fettige Haare. Da sie keine Hüte trugen, nahm sie an, dass es Jungen waren. Zufällig hatte sie richtig getippt, denn wie sie später erfuhr, bekamen Mädchen erst nach ihrer Heirat Hüte.

Einer der Jungen hieß Teteraq. Er war kräftig, hatte ein rundes, freundliches Gesicht und wirkte selbstbewusst. Der andere Junge hieß Aniguin und war vielleicht Apilahs Sohn, vielleicht aber auch nicht; da war Mackie sich nicht sicher. Aniguin war schmaler als Tateraq und von seinem Verhalten her eindeutig der jüngere. Er lächelte häufig, wirkte manchmal aber ängstlich, und hin und wieder zuckte er zusammen.

Die beiden nahmen Flora mit sich zu ihrem Schlitten und den beiden Hunden, die sie mit beiläufiger Grausamkeit behandelten. Die Jungen bauten sich Ziele aus Schnee und schleuderten ihre Harpunen auf sie. Flora durfte es auch mal versuchen – Tateraq befahl Aniguin, Flora seine Harpune zu überlassen. Aber alles, was sie tat, ob sie sich geschickt oder unbeholfen anstellte, rief Gelächter hervor. Zuerst lächelte sie nur höflich, um nicht ihr Gesicht zu verlieren, doch schon bald lachte sie mit ihnen. Sie hatte das Gefühl, dass sie sie nicht verspotteten; ihr Lachen war so natürlich wie der Schnee.

Von November bis Februar blieb es dunkel. Ein graues Licht, das manchmal blau, rosa oder violett getönt war, entstieg gleichermaßen dem Eis und dem Himmel. Flora verlor ihr Zeitgefühl, schlief manchmal mitten am Tag ein oder war die ganze Nacht wach.

Seltsame, traumähnliche Dinge geschahen in diesem ewigen Zwielicht. Eines Tages ging sie mit Tateraq und Aniguin zu einer Stelle unterhalb der Klippen. Der Himmel war klar, und über ihnen schlängelte sich eine grüne Aurora. Staunend blickte sie hinauf zu den Irrlichtern, doch die Jungen schienen davon unbeeindruckt. Sie nahm an, dass dieses Phänomen für sie genauso normal war, wie für sie selbst der Regen: nicht besonders bemerkenswert.

Eines Tages griffen die Jungen beim Spielen in ihre Hosen, zogen ihre Penisse heraus und fingen an, sie heftig zu reiben.

Mit offenem Mund starrte Flora sie an. Da lachte Aniguin und schien sie aufzufordern, es ihnen gleichzutun. Entsetzt drehte sie sich um und rannte weg.

In den folgenden Tagen blieb sie in der Kajüte und schützte Bauchschmerzen vor. Da sie nur selten krank war, bat Captain Mackie Dr. Honey, sie zu untersuchen. Jetzt fühlte sich Flora vor lauter Schuldgefühlen noch elender.

»Mir geht's schon viel besser«, behauptete sie. »Ich glaube, ich hab was Falsches gegessen.«

Honey verzog das Gesicht.

»Ja, das Essen an Bord ist manchmal schwer verdaulich. Für junge Damen wenig geeignet. Und die permanente Dunkelheit ist auch nicht hilfreich. Aber beschreibe mir mal deine Symptome. Dein Vater sagte, du hättest Bauchschmerzen. Musstest du dich übergeben?«

»Äh … nein.«

»Und was ist mit …« Er wurde rot und wich Floras Blick aus. »Wie steht es um die … Bewegungen deines Darms? Du weißt doch, was ich damit meine?«

»Ja. Äh … alles in Ordnung.«

»Wie fühlen die Schmerzen sich denn an?«

»Ich weiß nicht … wie Schmerzen eben.«

»Dein Vater hat nicht erwähnt … ob du … äh, ob du schon … deine monatliche Unpässlichkeit hast?«

Er starrte auf einen Punkt über ihr an der Wand.

»Nein!«, rief Flora, zutiefst abgestoßen. Moira hatte sie gewarnt, dass sie diese ekelhafte Angelegenheit erwartete, doch sie hatte beschlossen, das zu verdrängen.

»Dies könnte bedeuten, dass es bald so weit ist – jedenfalls bekommt man davon Bauchschmerzen.«

»Oh.« Sie wünschte nur, er würde gehen.

»Oder … es wäre auch möglich, dass es eine Blinddarmentzündung ist. Das müsste ich ausschließen. Wenn du also bitte deine Jacke anheben würdest …«

»Es tut schon gar nicht mehr weh.«

»Ich kann es ertasten, wenn der Blinddarm entzündet ist. Das wäre dann gefährlich.«

Also legte sich Flora notgedrungen auf den Rücken, hob ihre Jacke an und zupfte die Kleiderlagen darunter aus ihrem Gürtel.

»Tut mir leid, wenn meine Hand kalt ist«, sagte er, legte seine Finger – feucht und klamm – auf ihren Magen und drückte dagegen. Sie versuchte, nicht zusammenzuzucken.

»Tut das weh?«

Sie schüttelte den Kopf. Er rückte mit seinen Händen hin und her und drückte sie immer wieder in ihr Fleisch. Sie hatte das Gefühl, bestraft zu werden.

»Und hier? Tut das weh?«

Flora nickte. »Ein bisschen. Aber es ist schon viel besser geworden.«

»Lass mich nur noch …«

Er schob eine Hand zwischen ihre Beinen und tastete sie ab. Sein Atem wurde plötzlich schneller. Ohne sie anzusehen, fragte er leise: »Und wie ist das?«

Endlich gelang es Flora, sich aus ihrer Erstarrung zu lösen und sich aufzusetzen. Reflexhaft fuhr ihre Hand zu dem Messer, das ihr um den Hals hing; sie zog es heraus und hielt es vor ihr Gesicht.

Mit weit aufgerissenen Augen fuhr Honey zurück. Flora sah, dass die Klinge immer noch in der Scheide steckte, und verfluchte sich innerlich.

Honey zwang sich zu einem Lachen.

»Das ist vollkommen normal, Flora! So was tun Ärzte eben. Wir müssen unsere Patienten gründlich untersuchen, wenn wir herausfinden wollen, was ihnen fehlt. Da unten liegt der Blinddarm. Habe ich dir weh getan?«

Sie senkte den Blick.

Er versuchte erneut ein Lachen, aber es wollte ihm nicht recht gelingen. »Tja, der Blinddarm scheint es jedenfalls nicht zu sein. Aber jetzt sei ein braves Mädchen und steck das … Ding da weg. Du hast sicher was Falsches gegessen, was kein Wunder ist. Vielleicht solltest du für ein paar Tage kein Dörrfleisch zu dir nehmen; das ist wirklich ziemlich übles Zeug. Obwohl Robbenfleisch auch nicht besser ist.«

Flora bedeckte sich wieder und zog die Knie hoch, um eine Barriere zwischen sich und ihm zu schaffen. Ihr hämmerte immer noch das Herz, und ihre Wangen glühten. Honey war ebenfalls rot geworden, aber sie wusste nicht, ob vor Scham oder vor Ärger.

»Flora, ich habe eine ganz normale Untersuchung durchgeführt, verstehst du das? Himmel, du bist doch noch ein Kind! Du kannst doch nicht ernsthaft glauben …«

Er wich zurück und schüttelte den Kopf.

»Flora, sag, dass du verstehst, was ich damit sagen will.«

»Ich verstehe«, murmelte sie.

»Wir sind doch noch Freunde, oder?«

Sie nickte beschämt. Was war nur los mit ihr, dass sie sich so gegenüber dem armen, harmlosen Dr. Honey verhielt?

»Nun denn … alles wieder gut?«

Sie nickte und murmelte: »Tut mir leid.«

Erleichtert lachte Honey auf. »Wenigstens steckte das Messer noch in der Scheide!«

Flora stimmt in sein Lachen ein und hasste sich aus tiefstem Herzen dafür.

»Also, wenn du mit deinem Vater sprichst, erwähnst du doch kein Wort davon, oder?«

Hätte er das nicht gesagt, wäre Flora für immer davon ausgegangen, dass sie im Unrecht war. Doch bei seinen Worten war ihr klargeworden, dass sie recht hatte; sie wusste, dass er sich schämte und um etwas bettelte.

»Nein, natürlich nicht«, antwortete sie mit versteinerter Miene. Auch sie schämte sich; es war eindeutig ihre Schuld gewesen. Sie war schlecht, weil sie ihn dazu verleitet hatte. Ob er gemerkt hatte, dass es ihr gefallen hatte?

Später an jenem Abend kam Sturm auf. Flora lag brütend in ihrer Koje. Niemals vorher hatte ihr jemand das Gefühl vermittelt, dass ihre Weiblichkeit eine Last und ein Fluch war. Sie fühlte sich betrogen, doch die größte Wut empfand sie gegenüber sich selbst. Irgendwas musste sie getan haben, was Honey als Aufforderung zu seinem Verhalten verstanden hatte. Und die Jungen … Sie holte ihr Messer heraus und presste die Spitze gegen die Haut an der Innenseite ihres Arms. Als ein Blutstropfen herausquoll, hörte sie erschrocken auf.

Windböen peitschten von Norden her das Schiff; die Temperatur fiel, bis das Eis knallte wie Pistolenschüsse und dröhnte wie Glocken. Der Wind heulte in allen Tonlagen; die gefrorene Takelage knatterte; Eis fiel klimpernd und krachend aufs Deck; das Holz knackte; das Eis knurrte, ächzte und kreischte. Die Matrosen hämmerten pausenlos Eis von den Balken und Segeln, doch es bildete sich sofort wieder neues; jeden Morgen war das ganze Schiff verkrustet und drohte, vollkommen verschluckt zu werden. Die restliche Zeit verbrachten die Seeleute mit Witzeleien und Singen und manchmal auch Beten.

Es kam Flora gar nicht in den Sinn, Angst zu haben. Sie war bei ihrem Vater, dem großartigen Captain Mackie, und auf der *Vega*, dem besten Schiff von Dundee und der ganzen Welt. Als der Sturm sich legte und der Mond zum ersten Mal seit Tagen erschien, war alles von den Schneeverwehungen verwischt und verschwommen. Ein friedliches Bild, aber die *Symmetry* war verschwunden.

Mehrere Stunden musste Flora warten, bis die Suchmannschaften zurückkehrten. Nicht ein einziges Mitglied der *Symmetry*-Mannschaft war umgekommen. Da das Schiff nur langsam zerquetscht wurde, hatten die Männer genug Zeit gehabt, es zu verlassen und einen Großteil ihrer Habe mitzunehmen. Jetzt wurden sie auf die verbleibenden Schiffe verteilt, und acht Mann kamen auf die *Vega*.

Die Neuzugänge belebten die Atmosphäre, kleinliche Querelen wurden vergessen.

Dr. Honey hatte alle Hände voll zu tun, sich um zahlreiche Frostbeulen und Quetschungen zu kümmern. Captain Mackie stattete dem Eskimodorf einen Besuch ab und blieb zwei Tage lang fort. Als er zurückkehrte, sagte er zu Flora, er habe ihr etwas Lustiges zu erzählen, aber sie merkte, dass ihm nicht ganz wohl dabei war. Er sagte, man habe nach ihr gefragt – genauer gesagt, nach Mackies ›*erneq*‹, was er bislang als das neutrale Wort für ›Kind‹ betrachtet hatte, so wie ›*qatannguh*‹ sowohl ›Bruder‹ als auch ›Schwester‹ bedeutete. Doch es stellte sich heraus, dass ›*erneq*‹ nur ›Sohn‹ hieß und sie daher alle – ha ha! – Flora für einen Jungen hielten! Als er erklärte, sie sei ein Mädchen, hatte es großes Gelächter gegeben, vor allem bei Tateraq und Aniguin.

»Tut mir leid, Flora. Nicht, dass du aussiehst wie ein Junge, ganz und gar nicht, aber … für sie ist es schwierig. Sie haben noch nie zuvor ein weißes weibliches Wesen gesehen. Und sie meinten, du seiest so gut im Speerwerfen gewesen – fast wie ein richtiger Junge! Jetzt sei nicht böse. Wenn man bedenkt, wie viele Schichten Kleider wir alle anhaben – schließlich haben sie nur ein bisschen von deinem Gesicht sehen können!«

Flora war verwirrt. Vermutlich war der Zwischenfall mit Tateraq und Aniguin deshalb weniger beunruhigend, jedoch wusste sie nicht, ob sie sich wegen ihrer Annahme, sie sei ein Junge, gekränkt fühlen sollte oder geschmeichelt.

Auch ihnen passierte es ständig, dass sie etwas missverstanden. Vor allem die Beziehungen innerhalb der Bevölkerung waren undurchsichtig. Flora erfuhr, dass es in der ganzen Gegend am Smithsund nur etwa zweihundert Einwohner gab. Und sie alle waren entweder miteinander verwandt oder kannten sich sehr gut. Die Population von Nordwestgrönland war also grob geschätzt genauso hoch, wie die einer durchschnittlichen Straße in einer schottischen Stadt. Und mit ihrem dehnbaren Familienbegriff – getauschte Ehefrauen, adoptierte Kinder, Halbschwestern und -brüder – verband alle ein engmaschiges Netz.

Kein Wunder, dass ihre Freunde fast nie sagten: »›Ich‹ tue dies oder das«, sondern nahezu immer: »›Wir‹ tun dies« oder »›Die Inuit‹ tun das«.

Flora lernte ihre Sprache schnell. Sie erfuhr, dass Aniguin adoptiert war, weil er keine leiblichen Eltern mehr hatte. Er erzählte Flora, dass er gestorben wäre, wenn Apilah und Simiak ihn nicht aufgenommen hätten. Über die Wochen und Monate wurde Aniguin zu ihrem besten Freund.

»Du bist unglücklich, weil du weggehen musst«, sagte er, als im Frühjahr das Eis anfing zu brechen. »Aber das musst du nicht sein. Du kommst zurück. Das haben mir die Geister gesagt.«

Aniguin behauptete, Stimmen zu hören und mit den unsichtbaren Wesen in Verbindung zu stehen. Sie glaubte zwar, dass er sich das nur ausdenke, um sich wichtig zu machen. Aber sie verstand seine Beweggründe.

»Wir sind Freunde, Fellora.«

»Beste Freunde, Aniguin. Und ich komme zurück, das verspreche ich.«

»Tateraq sagt, er wird dich heiraten, aber das tust du doch nicht, oder?« Besorgt sah er sie an.

»Nein, ich werde ihn nicht heiraten. Nie im Leben!«, lachte Flora. Allein der Gedanke entsetzte sie.

»Er hat alles und ich nichts. Das war schon immer so. Schau mal, siehst du die beiden …?«

Durch seine gespreizten Finger sah Flora zwei Sterne, dicht nebeneinander: die, die er ›den Torweg‹ nannte und sie ›die Zwillinge‹.

»Das sind wir.«

Sie war entzückt. Ihr wurde geradezu schwindelig bei der Vorstellung, ein Stern zu sein.

»Du kommst zurück, Fellora, und dann heiraten wir. Ich werde ein großer *angekok* werden!«

Als er das sagte, griff er mit der Hand nach dem Himmel, als wollte er seine Macht zeigen, aber dabei lachte er und Flora lachte auch.

Eine Woche nachdem die mit Tran und Knochen hoch beladene *Vega* sich auf den Rückweg gemacht hatte, riss im Westen der Nebel auf, und sie sahen ein Schiff. Aber keines, das zur schottischen Walfangflotte gehörte. Captain Mackie starrte durch sein Fernglas, bis ihm die Tränen über die Wangen rannen. Ein amerikanisches Schiff, sagte er.

»Ein Walfangschiff?«

»Sieht nicht so aus.«

Ein seltsamer Ausdruck lag in seiner Stimme.

»Was ist denn? Warum machst du so ein Gesicht?«

Seine Tochter hatte in diesem Jahr viel gesehen; vielleicht hatte er nicht genug auf ihre Empfindsamkeit geachtet. Sie hatte den Norden überlebt und war aufgeblüht; sie hatte Freunde gefunden und gelacht – was er zu Hause bei ihr nie erlebt hatte. Also sprach er laut aus, was er dachte: Es gab eine Gruppe amerikanischer Soldaten, welche in den Norden geschickt worden waren, um auf Ellesmere Island zu leben, die durch die Davisstraße von Grönland getrennt war und die man an klaren Tagen hatte sehen können. Die Männer waren schon über zwei Jahre fort, ohne dass man etwas von ihnen gehört hatte. Das Schiff war vermutlich geschickt worden, um ihnen zu helfen … wenn es noch nicht zu spät war.

»Was machen sie denn auf Ellesmere Island?«, fragte Flora, für die es völlig neu war, dass man außer zum Walfang in solch entlegene Gegenden fuhr. Sie konnte keinen Sinn darin sehen, Soldaten irgendwohin zu schicken, wo es nichts zu kämpfen gab.

»Ich glaube, es sind Forscher. Sie zeichnen die Wetterbedingungen auf und untersuchen die Gesteinsarten. Vielleicht wollten sie auch zum Nordpol gelangen. Oder alles zusammen.«

»Was ist denn am Nordpol?«

»Das weiß niemand. Deshalb muss ja jemand dahin, um das herauszufinden. Die Letzten, die das versuchten, kamen von der britischen Marine. Sie fuhren mit Schlitten über das zugefrorene Meer, mussten aber ziemlich schnell wieder umkehren.«

»Warum das?«

»Weil sie Skorbut bekamen.«

»Hatten sie denn keinen Zitronensaft dabei?«

»Ich weiß es nicht. Wahrscheinlich nicht.«

»Ziemlich dumm von ihnen.«

Mit zusammengekniffenen Augen betrachtete Flora das Geisterschiff, das von Nebel umwallt wurde.

»Wenn ich groß bin, will ich auch zum Nordpol.«

Captain Mackie sah sie an und verspürte einen leisen Stich. Da er den Umgang mit jungen Mädchen nicht gewohnt war und nichts von den Vorgängen in ihrem Inneren verstand, machte er sich meist kaum Sorgen über die männlich geprägte Atmosphäre auf dem Schiff und ihre Wirkung auf seine Tochter. Er wusste, die Mannschaft der *Vega* war gottesfürchtig und nüchtern und jeder Einzelne von ihnen respektierte ihn. Aber hin und wieder sagte Flora etwas, was er für eine Frau einfach lächerlich fand.

Jetzt sah sie ihn finster an. »Du glaubst mir nicht. Aber du wirst schon sehen.«

»Vielleicht waren die Amerikaner ja längst dort und kennen jetzt alle Geheimnisse. Eines jedenfalls kann ich dir sagen: Dort gibt es keine Wale.«

»Vielleicht haben die Amerikaner auch Skorbut gekriegt. Wenn sie seit zwei Jahren fort sind, müssten sie dann nicht längst tot sein?«

Im Stillen glaubte er das auch, aber er wollte ihr keine Angst machen. »Ach, ich bin sicher, die sind alle noch quicklebendig.«

»Vielleicht haben sie sich von Eisbären ernährt.«

»Ja, genau. Oder von Robben. Schließlich überleben die Huskys, weil sie Robben essen.«

Flora und ihr Vater spähten hinüber zu dem gespenstischen Schiff, dessen Umrisse immer mehr verschwammen und verblassten, bis der Nebel es vollkommen verschluckt hatte.

Captain Mackies Befürchtungen erwiesen sich als wahr. Es war das Schiff, das später die Überlebenden der Greely-Expedition zurückbrachte: sechs fast verhungerte Männer von ursprünglich fünfundzwanzig. Sie waren nicht am Nordpol gewesen und hatten einen entscheidenden Fehler gemacht: Anstatt sich wie die Huskys von Eisbären und Robben zu ernähren, hatten sie sich gegenseitig aufgegessen.

Kapitel 3

New York, 40°42' N, 74°00' W
1871–1880

HILFLOS AUF EINER EISSCHOLLE.
Keine Geschichte könnte so phantastisch und faszinierend sein wie die wahren Erfahrungen von Captain Tyson, der halben Mannschaft der *Polaris* und den zwei Eskimofamilien in ihren Diensten, die sich aufs Eis retteten, als ihr Schiff havarierte. Sie gehörten zur Expedition von Captain Charles Francis Hall, der schon zu Beginn der gefährlichen Reise sein Leben ließ. Im Sturm, der auf den Schiffbruch folgte, verloren sie ihre Rettungsboote und mussten auf einer Eisscholle ausweichen, die immer kleiner wurde, während sie durch eisige Winde und wilde Strömungen langsam südwärts getrieben wurden. Mehrere Versuche, sich an Land zu retten, wurden von den Wetterbedingungen vereitelt. Neunzehn Personen mussten sechs lange Monate nur mit dem auskommen, was sie an Lebensmitteln hatten retten können, und dem, was von ihren Eskimofreunden erlegt wurde, bevor die Eisscholle endlich von einem Robbenfänger vor Neufundland gesichtet wurde. Nach ihrer Rettung sagte Captain Tyson, es sei ein Wunder – und zwar eines, das gerade noch rechtzeitig

eingetreten sei. Denn so unglaublich es auch scheinen mag, sie verloren nicht einen Einzigen, nicht mal eines der Eskimokinder.

New York Examiner, 12. Oktober 1874

Schon seit seiner Kindheit war Jakob de Beyn vom Eis fasziniert. Als er mit zehn Zeitungsberichte über die katastrophale *Polaris*-Expedition las, wurde er so aufgeregt, dass ihm der Atem stockte. Diese Berichte waren abenteuerlicher und faszinierender als alle erfundenen Geschichten; sie boten nüchterne Fakten und waren doch spannend, vor allem wirkten sie auf eine Art gar nicht so unerreichbar, lagen doch die Anleger, von denen aus die Entdecker ihre Segel gesetzt hatten, fast in Sichtweite. Jakob begann, Berichte von früheren Expeditionen in die Arktis zu lesen: Von Kane, Hayes und dem ausgesprochen glücklosen Hall aus ging er immer weiter in der Zeit zurück bis zu McClintock, Parry und Scoresby. Nicht alle gerieten in Schwierigkeiten. Der Rekord der Briten wurde lange Zeit unangefochten gehalten, bis er irgendwann durch die Franklin-Katastrophe gebrochen wurde. Zwar waren das Klima und die allgemeinen Bedingungen eine Herausforderung, dennoch hegte Jakob schon als Junge den Verdacht, dass Franklin, Tyson und andere nicht besonders kompetent gewesen waren und ihre Expeditionen auch nicht bis ins Letzte durchdacht hatten. Er konnte sich nicht des Gefühls erwehren, dass er selbst es besser könnte. Allerdings war zu diesem Zeitpunkt noch nicht klar, wie ein Waisenjunge aus recht ärmlichen Verhältnissen von der Lower East Side dazu je in der Lage sein sollte.

Seine Mutter hatte Jakob nie kennengelernt, weil sie bei einer Seuche starb, die in den Nachwehen des Amerikanischen Bürgerkriegs das ganze Land heimsuchte. Damals war sein älterer Bruder Hendrik acht und Jakob zu jung, um irgendetwas mitzubekommen. Selbst sein Vater war für ihn nur eine vage Erinnerung. Arent de Beyn war ein unbedeutender

Bautechniker gewesen, der bei der Errichtung der Fundamente der Brooklyn Bridge ums Leben gekommen war. Die Arbeit in den Tiefen des East River hatte häufig zu Stickstoffvergiftung geführt; viele der Bauarbeiter litten daran. Arent de Beyn hatte – so wurde jedenfalls erzählt – an einem dunklen Februarabend nach Verlassen des Taucheranzugs solche Schmerzen gehabt, dass er in den East River gefallen war. Eigentlich hätte er nicht ertrinken müssen, doch es herrschten Dunkelheit und Chaos, daher vergingen Stunden, bevor jemand merkte, dass er nicht mehr da war. Eine Leiche konnte nicht geborgen werden.

Einige Zeit später – nachdem sie mehrfach zwischen Verwandten hin und her geschoben worden waren – kamen sie schließlich bei einem Cousin ihres Vaters und seiner Frau Grietje unter, einem strenggläubigen Lutheraner, den sie Onkel Seppe nannten. Die Koppels hatten bereits zwei erwachsene Töchter, die außerhalb von New York lebten, und nahmen die beiden aus Pflichtgefühl gegenüber Arent und Gott zu sich, doch auf die Bedürfnisse zweier kleiner Waisenjungen waren sie nicht im Geringsten vorbereitet. Die Familie ging jeden Sonntag drei Stunden in die Kirche und betete vor jeder Mahlzeit. Onkel Seppe war außerdem ein fanatischer Anhänger von Zucht und Ordnung. Er und seine Frau hegten leichte Zweifel, ob sie bei ihren eigenen Töchtern damit Erfolg gehabt hatten, und schworen sich, dies nicht noch einmal zu versäumen.

Jakob hasste das Leben bei den Koppels. Sie beide hassten es, doch Hendrik hatte bereits eine stoische Selbstbeherrschung entwickelt, die seinem jüngeren Bruder für immer versagt bleiben sollte. Er fühlte sich für Jakob verantwortlich und versuchte, ihn, soweit es ging, zu beschützen, vielleicht auch, weil er ihn so sehr an ihre Mutter erinnerte. Die Jungen besaßen ein einziges Bild von Annette de Beyn, eine alte Photographie in Postkartengröße. Während Hendrik helle Haare und blaue Augen hatte, waren Jakobs Augen dunkel und seine Miene so ernst wie die der Frau auf dem Bild. Er wirkte klein, zart und anfällig. Ihre Mutter war genauso gewesen: Sie hätte vor den Gefahren des Typhus geschützt werden müssen, doch ihr Vater hatte das nicht getan, was unerklärlich und unverzeihlich war.

Der erste Winter der Jungen bei den Koppels war besonders hart. Schneewehen türmten sich um die Häuser herum, und Telegrafenleitungen brachen zusammen, weil sie durch das Eis zu schwer geworden waren. Es ging sogar das Gerücht, dass Menschen erfroren auf der Straße gefunden worden waren.

Ein Gesetz von Onkel Seppe gebot, sich jeden Morgen mit kaltem Wasser zu waschen. Sogar im Winter mussten die Jungen das Waschwasser aus einem Fass im Garten holen und dazu vorher die Eisschicht mit einer kleinen, an einem Seil befestigten Axt aufbrechen. Einmal schlug Hendrik vor, schon am Abend das Wasser ins Haus zu holen, damit es nicht zufror. Daraufhin erklärte Onkel Seppe, Hendrik müsse sich von nun an im Garten waschen. Klaglos gehorchte der Junge, bis nach einer Woche die Temperaturen derart sanken, dass die Eisschicht undurchdringlich dick wurde.

Eines Morgens war er immer noch im Garten, als sie schon ihr Frühstück einnahmen und ihr Schweigen nur vom Hacken der Axt unterbrochen wurde. Noch bevor sich Jakob darüber wundern konnte, wie lange Hendrik brauchte, kam er herein und kippte den Eimer mit Eis vor seinem Onkel auf dem Tisch aus. Jakob hörte auf zu kauen und hielt die Luft an. Mrs. Koppel keuchte auf und schoss in die Höhe.

»Was machst du da, du böser Junge! Räum das sofort weg!«

»Versucht ihr doch mal, euch damit zu waschen«, entgegnete Hendrik mit ruhiger Stimme. Damals war er zwölf.

Mrs. Koppel starrte entsetzt ihren Mann an. Ohne Hendrik eines Blickes zu würdigen, setzte Onkel Seppe seine Mahlzeit fort. Etwa eine Minute herrschte quälendes Schweigen, nur von seinen Kaugeräuschen, dem Knacken des Eises und – da war Jakob sich sicher – dem rasenden Klopfen seines Herzens unterbrochen. Das Eis begann in der Küchenwärme glitzernd zu schmelzen. Mrs. Koppel kapitulierte als Erste: Mit einem Grunzen fing sie an, die tauenden Stückchen in einen Topf zu fegen, wobei mehrere zu Boden fielen und in alle Richtungen davonglitten. Jakob, mit seinen sechs Jahren noch fügsam, tauchte unter den Tisch, um zu helfen, behielt aber ein besonders schönes Stück für sich: Es war massiv und durchsichtig, hatte im Inneren ein ganzes Universum aus Blasen und Schichten und scharfe, gebogene Kanten wie ein prähistorisches Werkzeug. Er ließ es in seine Tasche gleiten, und als Hendrik nach dem Frühstück im Vorderzimmer gezüchtigt wurde, begutachtete er es auf seinem Bett, drehte es hin und her und rieb die scharfen Kanten glatt. Er flüchtete sich in dieses perfekte kristalline Universum, wo die Schreie von unten ihn nicht erreichen konnten, bis seine Hände rot und verfroren waren und er zu seinem Kummer feststellte, dass alles geschmolzen war.

Damals war ihm nicht bewusst, dass dies der Beginn seiner Liebe zum Eis war. Das Eis war so anders, so fremdartig und bot doch eine Möglichkeit zur Flucht, der Ablenkung von Angst, ein Allheilmittel gegen die schlimmen Momente im Leben. Aber man konnte es nicht festhalten. Je mehr man es liebte und liebkoste, desto schneller verschwand es.

Natürlich hatte Jakob vorher schon Eis gesehen, aber vor diesem Morgen hatte er nicht sein flüchtiges Wesen, seinen besonderen Reiz verstanden. Später sollte er sich an diesen Schmerz erinnern, den er verspürt hatte, als das Eisstück in seinen Händen geschmolzen war, die alltägliche, angstbesetzte Tristesse zurückkehrte und die Schmerzensschreie seines Bruders wieder an sein Ohr klangen.

✶

Während seiner gesamten Kindheit litt Jakob unter Alpträumen, in denen er ertrank. Normalerweise merkte er erst etwas davon, wenn Henrik, mit dem er sich ein Bett teilte, ihn wach rüttelte und versuchte, ihn gleichzeitig zu beruhigen und zum Schweigen zu bringen. Beim ersten Mal war von der anderen Seite der Wand Gemurmel zu hören gewesen, kurz darauf hatte Onkel Seppe die Schlafzimmertür geöffnet und mit einer Kerze in der Hand hereingespäht. Aber er trat nicht über die Schwelle und hielt den Türknauf in der Hand, um sich den Rückzug zu sichern.

»Was soll der Krach?«, verlangte er zu wissen.

»Jakob hatte einen Alptraum«, antwortete Hendrik. »Aber jetzt geht's ihm gut.«

Er hatte einen Arm um seinen Bruder gelegt und schirmte ihn ab. Onkel Seppe sah sie argwöhnisch an und zog dann brummend die Tür wieder zu. Weder er noch Tante Grietje fragten Jakob je nach seinen Alpträumen, noch kamen er oder seine Frau je wieder zu ihrem Zimmer, obwohl die Nächte noch jahrelang durch diese Träume unterbrochen wurden. Im Laufe der Zeit lernte Jakob, von allein wach zu werden. Er hatte das Gefühl, er könne spüren, dass ein Alptraum nahte, um dann keuchend an die Oberfläche zu kommen, bevor Hendrik aufwachte.

Er wusste, diese Träume rührten vom Tod seines Vaters. Als er älter war, ging er ans Ufer des East River und stellte sich vor, wie es war, in das trübe Wasser zu fallen. Er starrte auf die massiven Pfeiler der Brücke, die unendlich langsam größer wurden, und fragte sich, wo genau sein Vater in den Fluss gefallen war und wie lange er noch an seine Rettung geglaubt hatte. Es mussten doch Menschen in der Nähe gewesen sein. Sie mussten doch irgendetwas gehabt haben, womit sie ihn hätten rausfischen können. Und doch hatten sie es nicht getan. Allerdings war es dunkel gewesen, ein eisiger Winterabend … Jakob sagte sich, dass sein Vater wahrscheinlich nicht sehr lange bei Bewusstsein gewesen war und auch nicht gemerkt hatte, dass diese sein Ende bedeutete. Ein Teil von ihm glaubte, wenn er sich nur ganz fest an diese Vorstellung klammerte, würden auch die Alpträume aufhören. Die Erfahrung belehrte ihn eines Besseren. Manchmal blieben sie tatsächlich eine Weile aus, doch kehrten sie immer zurück und erschreckten ihn mit neuen, makabren Details: Zuweilen tauchten Gesichter aus der Tiefe auf, ein anderes Mal griffen Hände nach seinen Knöcheln; und ab und an spürte er, dass er gelähmt war oder blind.

Kapitel 4

New York, 40°42' N, 74°00' W
1882–1883

TRAGISCHES ENDE IN DER SIBIRISCHEN TUNDRA

Tod von Commander de Long bestätigt

Nachdem die Expeditionsmannschaft von Commander de Long ihr Schiff, die USS *Jeannette,* nach zwei Jahren hilflosem Treiben im Eis verloren hatte, versuchte sie, in drei Rettungsbooten das nächste Land zu erreichen – die Neusibirischen Inseln. Ein Boot verschwand spurlos. Die Gruppe im Boot von Maschinist Melville schaffte es an Land und fand eine Eskimosiedlung. Doch das Boot von Commander de Long landete an der unbewohnten Seite des Lenadeltas. Die Männer begaben sich auf die Suche nach einer Siedlung, brachen aber nacheinander zusammen und starben vor Hunger und Kälte. Nur zwei Männer überlebten und konnten von den Begebenheiten berichten.

Brooklyn Daily Eagle, 17. April 1883

Mit siebzehn wurde Jakob zum Studium der Naturphilosophie am City College zugelassen. Die Brooklyn Bridge war zu diesem Zeitpunkt immer noch nicht fertiggestellt, und so konnte er zu seiner großen Erleichterung das Haus von Onkel Seppe verlassen und nach Little Germany ziehen, wo Hendrik und seine Frau Bettina ihm in ihrer Wohnung eine kleine Kammer zur Verfügung stellten. Hendrik war vor Jahren schon ausgezogen und ließ danach nicht viel Zeit verstreichen, um eine Frau mit eigener Wohnung und ein paar Ersparnissen zu erobern. Er hatte zwei Ziele: Er wollte viel Geld verdienen, und sein jüngerer Bruder sollte ihrer niederen Herkunft entrinnen und ihrem Namen alle Ehre machen. Daher bestanden er und Bettina darauf, dass er bei ihnen wohne, um sich das Studium leisten zu können. Hendrik hatte jahrelang bei einem Metzger gearbeitet und mittlerweile sein eigenes Unternehmen gegründet. Er hatte Geschäftssinn und eine eiserne Energie. Seine Frau unterstützte ihn; Bettina war eine deutsche Witwe mit einem zehnjährigen Sohn, die älter und wesentlich korpulenter war als Hendrik. Jakob behandelte sie wie ihren eigenen Sohn. Sie war der freundlichste Mensch, den er je kennengelernt hatte. Manchmal machte ihn ihre Art sogar misstrauisch, denn so freundlich, so hilfsbereit und fröhlich konnte man doch nicht sein! Aber sie war es. Und Jakob schwor sich, weder sie noch seinen Bruder zu enttäuschen.

Hendrik erging sich gerne in Phantasien über die strahlende Zukunft seines Bruders, doch Jakob war pragmatischer; er hatte vor, Gutachter für eine Minengesellschaft zu werden – in den Rockies vielleicht, oder in Alaska –, weil er wusste, das würde ihn zufriedenstellen. Vor seinem inneren Auge sah er Berge und strahlend blauen Himmel, der nicht von Rauch und Abgasen getrübt wurde. Endlose Panoramalandschaften ohne einen Menschen weit und breit. Er fühlte sich zur Geologie hingezogen, weil sie die Möglichkeit zu reisen bot und weil sie unmerklich und doch unaufhaltsam die Welt verändert hatte.

Am City College wurde aus Jakob Jake. Das war dort so üblich: Namen verloren ihre Enden und Schnörkel und wurden kurz und eindeutig. Aus Alessandro wurde Al, aus Piotrek Pete, aus Avner Andy. Zwar waren die Besitzer dieser Namen stolz auf ihre Nationalität, wollten aber nicht nach ihr beurteilt werden. Außerdem blieb für Längeres keine Zeit. Alles um sie herum war schnell: ihre Ausbildung, die Gesellschaft, das unermüdliche Wachstum der Stadt. Alles vollzog sich im Eiltempo. Selbst Freundschaften wurden in null Komma nichts geschlossen.

Eines Tages, Jakob befand sich gerade auf dem Weg zu einer Vorlesung, hörte er eilige Schritte hinter sich. »Hi. Ich hab dich in Ledburys Physikklasse gesehen.«

»Ach ja?«

»Ich heiße Urbino und muss dich um einen Gefallen bitten, weil … also ich kann heute nicht zur Vorlesung, weil ich einen Zahn gezogen kriege. Könnte ich vielleicht deine Aufzeichnungen abschreiben?«

Jakob musste den Kopf in den Nacken legen, um zu ihm aufzublicken, Urbino war weit über eins achtzig und ziemlich kräftig gebaut. Er sah ein breites, sanftes Gesicht mit braunen Augen. Und leichtbesorgter Miene.

»Klar. Ich bin de Beyn.«

»Ach … Ich dachte, du seist Italiener.«

»Nein.«

»Jude? Wär für mich kein Problem.«

»Nein. Gibst du auf?«

»Mmh … Franzose?«

»Nein.« Mittlerweile grinste Jakob. »Also, meine Mutter hatte auch französische Vorfahren. Aber der Rest ist holländisch.«

»Im Ernst? Frank Urbino, Hauptfach Medizin. Kannst mich Frank nennen.«

Sie gaben sich die Hand.

»Jakob … Jake. Geologie.«

»Aber du siehst gar nicht aus wie ein Holländer.«

»Du siehst auch nicht wie ein Italiener aus. Hast du mich deswegen gefragt?«

Frank zuckte die Achseln. »Ehrlich gesagt, eher, weil du einer der Einzigen bist, die nicht einschlafen, wenn Ledbury sich über Wellenformationen ergeht.«

»Und die beiden anderen haben gesagt, du sollst dich verziehen.«

Frank stammte aus einer großen Familie, die im grünen Norden von Manhattan lebte. Er hatte drei Schwestern und einen Bruder. Seine Schwester Anna stand ihm am nächsten und war zwei Jahre älter als er. Die Älteste, Angela, war frisch verheiratet, während sein Bruder Johnny noch zur Schule ging. Die dritte Schwester, Clara, arbeitete auf der Third Avenue in einem Laden und wurde deswegen (und auch aus anderen Gründen, wie Frank geheimnisvoll andeutete) als flatterhaft angesehen. Jakob brannte darauf, sie kennenzulernen, doch an den ersten Sonntagen, die er zum Mittagessen mit der Familie eingeladen wurde, war sie nicht dabei – was ihren Reiz erhöhte.

Natürlich war Frank sich bewusst, dass jeder Freund in seinem Alter, den er mit nach Hause brachte, von seinen heiratsfähigen Schwestern und der Mutter als potentieller Kandidat angesehen wurde. Nur Jakob selbst kam nicht auf diesen Gedanken. Als er Anna vorgestellt wurde, bemühte er sich, sie in ein Gespräch zu verwickeln, weil sie schüchtern wirkte, aber dennoch sehr anziehend. Tatsächlich sahen sie sich ziemlich ähnlich, denn beide waren schmal, hatten dunkle Augen und einen Ausdruck, der auf tiefen Ernst schließen ließ. Angela machte sie sogar auf ihre Ähnlichkeit aufmerksam.

»Wissen Sie, Mr. de Beyn, eigentlich sollten Sie und Anna Geschwister sein und nicht sie und Frank. Findet ihr nicht?« Sie sah die anderen am Tisch an, anscheinend ohne zu bemerken, dass Anna erstarrte und den Blick senkte. »Frank ist so ein grober Klotz.«

»Ja, aber dafür sehen wir zwei uns ähnlich«, bemerkte Frank freundlich lächelnd.

Angela riss in gespielter Empörung den Mund auf. Doch da

sie ziemlich hübsch und gleichzeitig sehr gutmütig war, konnte sie einen Scherz vertragen.

»Angie ist so dumm, dass wir einfach nicht begreifen, wie sie ihren armen Mann dazu gebracht hat, sie zu heiraten«, bemerkte Johnny. Alle lachten, und dann nahm das Gespräch seinen Gang, aber Anna gewann ihre Fassung nicht wieder. Nach dem Essen sah Jakob, wie sie verstohlen das Zimmer verließ.

Für Jakob war es ein Rätsel, wie eine Frau überhaupt Gefallen an ihm finden konnte. Er war weder besonders groß noch kräftig, sondern ziemlich mager. Wann immer er einen Blick in den Spiegel warf, sah er ein Gesicht, das ihm nicht männlich genug erschien – im Gegenteil, er fand, dass sein Gesicht unfertig wirkte, als hätte jemand vergessen, es zu vollenden: große, braune Augen, dicke Brauen, eine schnabelähnliche Nase mit einem Höcker und ein fast femininer Mund, der viel zu oft lächelte. Er hatte hoffnungslos unzähmbare Locken, und seine Wangen bekamen Falten, wenn er lächelte. Doch das Schlimmste war, dass er mit achtzehn schon die ersten weißen Haare an seinen Schläfen entdeckte. Nur eine Sache hielt er sich zugute, ihm fiel es leicht, Menschen zum Lachen zu bringen (dazu war nur ein bisschen Witz vonnöten), er hatte schöne Zähne, und sein nicht zu unterdrückendes Lächeln war ansteckend. Daher schätzten ihn viele falsch ein. Sie dachten, jemand, der so gesprächig und humorvoll war, müsse auch gesellig und heiter sein, was nicht der Wahrheit entsprach; seine Umgangsformen waren ein Schutzschild, das sein Inneres abschirmte. Zwar hatte er einen großen Bekanntenkreis, aber Frank war sein einziger enger Freund.

Als Jakob das nächste Mal zum Essen bei den Urbinos eingeladen wurde, öffnete ihm eine junge Unbekannte die Tür. Sie musterte Jakob von oben bis unten – worauf ihm plötzlich seine altmodische Hose und seine billige Jacke bewusst wurden –, bevor sie ihm die Hand bot.

»Sie müssen Mr. de Beyn sein. Ich bin Clara.«

Sie schien ihm wie ein Wesen aus einer anderen, schöneren Welt: gepflegt, selbstsicher, witzig. Ihre dunklen Wimpern und ihre roten Lippen konnten doch nicht echt sein, oder? Noch wenige Wochen zuvor hätte ihr prüfender Blick ihn eingeschüchtert, doch seit seinem letzten Besuch hatte es eine entscheidende Wendung gegeben, von der er Frank noch nichts erzählt hatte – und auch sonst niemandem.

Eines Abends brachte Jakob auf Bitten seiner Schwägerin einen Fischkessel zurück zu einer Nachbarin, die zwei Blocks weiter wohnte. Eine trist gekleidete Frau mittleren Alters öffnete ihm die Tür. Jakob wusste von ihr nur, dass ihr Mann ein Tierpräparator war. Mrs. Gertler hatte ein intelligentes Gesicht, müde Augen und helle Haare, die sie zu einem altmodischen Knoten zurückgebunden hatte. In Jakobs Augen war sie alt, sogar noch älter als seine Schwägerin. Sie lud ihn in die Wohnung ein und bot ihm ein Glas Bier an. Dann saßen sie in der Küche der ansonsten leeren Wohnung. Mrs. Gertler erkundigte sich nach seinem Studium. Ihr Interesse schmeichelte ihm. Als er sein Bier ausgetrunken hatte, stand er lächelnd auf.

»Ich sollte Sie nicht länger aufhalten«, sagte er.

»Aber nicht doch«, wehrte sie ab. »Moment, ich gebe Ihnen etwas mit.« Als sie an ihm vorbeiging, strich sie mit ihrem Arm gegen seinen Ärmel, obwohl sie genug Platz gehabt hätte, um um ihn herum zu gehen. Er fragte sich, wie ihr das hatte passieren können. Sein Arm begann zu kribbeln.

»Ich habe Mrs. de Beyn versprochen, ihr das zu leihen.« Sie hatte ein Buch in der Hand, wollte es ihm aber nicht geben. »Wenn sie damit fertig ist, könnten Sie es mir vielleicht zurückbringen.«

Sie hatte eine wunderschöne Stimme, tief und kehlig, mit einem kaum merklichen Akzent. Jetzt hielt sie ihm das Buch hin. Doch als Jakob danach griff, ließ sie es nicht los.

Im Nachhinein wusste Jakob nicht, wie es geschehen war. In der einen Sekunde standen sie noch voreinander, er blickte auf das Buch und ihre Hand, die so dicht bei ihm war; in der nächsten schon presste sich ihr Körper an seinen, und ihre Lippen küssten seinen aufgerissenen Mund. Er war sich nicht bewusst, auch nur einen einzigen Muskel bewegt zu haben, und doch ertappte er sich dabei, seine Arme um ihre Schultern geschlungen zu haben, und nach den ersten Schrecksekunden schob er seine Hüfte heftig gegen die ihre. Irgendwie war ihm vollkommen klar, was zu tun war. Dann plötzlich ertönte von draußen ein Geräusch, und sie sprangen auseinander. Er war entsetzt, wagte nicht, ihr in die Augen zu blicken, und fragte sich, ob er, ohne jede Absicht, irgendetwas falsch gemacht hatte und sich entschuldigen musste.

»Donnerstag«, sagte sie leicht atemlos und wischte sich langsam mit dem Handrücken über ihren feuchten Mund. »Es wäre gut, wenn du es Donnerstag zurückbringen könntest. Um sieben.«

Jakob nickte, wie gebannt von den verräterischen Spuren von Speichel – seinem Speichel – auf ihren Lippen. Er brachte kein Wort heraus, ihm war schwindelig, und er konnte keinen klaren Gedanken fassen. Sie schubste ihn fast aus der Wohnung. Ganz kurz trafen sich ihre Blicke, als Bestätigung, bevor die Tür zwischen ihnen zufiel. Glücklicherweise war der Flur dunkel und verwaist, so dass er noch eine Weile dort stehen konnte, nachdem sie die Tür geschlossen hatte. Das Buch hielt er in der Hand: Rezepte, auf Deutsch. Ihm raste das Herz, sein Blut durchströmte ihn so wild wie ein Fluss bei Hochwasser. Einerseits war er lächerlich aufgeregt, doch andererseits empfand er auch Furcht, das Gefühl, etwas Schreckliches sei gerade noch abgewendet worden, werde aber passieren, wenn er dem Drängen seines Körpers nachgab. Das war ihm so beigebracht worden. An Sex zu denken – davon zu träumen, sich Phantasien hinzugeben – war eine Sache, aber es wirklich zu *tun* … das war etwas ganz anderes. Er war so verstört, dass er erst einen langen Spaziergang machen musste, bevor er nach Hause ging.

In den Tagen und Nächten vor Donnerstagabend musste Jakob immer wieder an Onkel Seppe denken. Er spürte, dass die Furcht, die er empfand, von Onkel Seppe kam, und war wild entschlossen, sich ihr so lange zu stellen, bis sie verschwand. Da er nicht an die Hölle glaubte und an Gott wohl eigentlich auch nicht, hatte er keine Angst vor der Verdammung. Angst vor Unsittlichkeit an sich war unwissenschaftlich – reiner Aberglaube. Ihm war die Angst vor Ansteckungen eingeimpft worden, doch hier bestand kaum Gefahr; Mrs. Gertler war kein Freudenmädchen und wirkte vollkommen gesund. Außerdem konnte und würde er Vorkehrungen treffen; er suchte ein meilenweit entferntes Viertel auf, um Kondome zu kaufen, und übte sogar mit ihnen – was ihn gleichzeitig abstieß und amüsierte. Da ihm seine Unerfahrenheit mehr als bewusst war, konsultierte er Bücher in der medizinischen Bibliothek (die ihm aber auch nicht halfen). Genau wie bei allem anderen ging er sorgfältig und gewissenhaft vor.

Er schwelgte in endlosen Phantasien. Mittlerweile war Mrs. Gertler für ihn nicht mehr die ältere Frau aus der Nachbarschaft, sondern ein begehrenswertes Wesen geworden, und zwar schlicht und einfach, weil sie ihn begehrte. Er hielt sich stundenlang damit auf, sich ihr Gesicht in Erinnerung zu rufen: ihren Ausdruck melancholischer Intelligenz, ihre hellbraunen Augen mit den Schatten darunter – die an schlaflose Nächte denken ließen; ihren weichen Mund mit den nach unten gebogenen Lippen, die ihr einen Ausdruck nicht von Verdrießlichkeit, sondern von großem, traurigem Verständnis verliehen. Sie war anziehend, war es von Anfang an gewesen. Ihre Figur war gut, soweit er es nach ihrem Kleid und dem kurzen, hitzigen Augenblick beurteilen konnte, als sie sich an ihn gepresst hatte. An diesem Punkt ging seine Phantasie mit ihm durch, doch da er nur spärliche Informationen oder Erfahrungen hatte, mit denen er hätte arbeiten können, konnte er nicht zu einem befriedigenden Abschluss kommen, sondern blieb mangels konkreter Details irgendwo in der Schwebe hängen.

Da er sich in den vergangenen Tagen überzeugt hatte, dass kein Grund zur Angst bestand, konnte er sich nicht erklären, warum er zu zittern anfing, als er sich ihrer Haustür näherte. Aber was, wenn sie ihre Meinung geändert hatte oder alles abstritt? Er hatte ihr Buch als Vorwand dabei und war sowohl auf das Schlimmste als auch auf das Beste gefasst. Doch als sie die Tür öffnete, wirkte sie keineswegs überrascht, sondern trat einfach beiseite, um ihn einzulassen. Er sah, dass etwas an ihr anders war: Sie trug – sein Herz und alles andere erstarrte kurz – einen langen, orientalisch wirkenden Umhang. Er hielt ihr das Buch entgegen und begrüßte sie, peinlich berührt, wie dämlich seine Stimme klang; sie nahm das Buch mit einem leisen, wissenden Lächeln entgegen. Jakob musste unwillkürlich schlucken, doch dann trat sie dicht vor ihn, legte eine Hand auf seine Brust, die andere an seinen Hinterkopf und zog sein Gesicht zu ihrem. Während sie sich küssten, fing sie an, sein Hemd aufzuknöpfen.

»Halt«, sagte er und schob ihr Gesicht mit beiden Händen ein Stück weg, »warte: Wie heißt du?«

»Cora, meine Name ist Cora«, flüsterte sie wild.

Zwar hatte er das Gefühl, er müsse etwas sagen, doch ihre Zunge in seinem Mund machte es irgendwie überflüssig, sich eine angemessene Antwort auszudenken. Und dann, und dann … zog sie den Umhang herunter und ihre Einzigartigkeit machte all seine Phantasien null und nichtig.

»Und, Mr. de Beyn«, sagte Franks Vater zwei Wochen später beim Mittagessen, »haben Sie sich schon für ein Fachgebiet entschieden?«

»Ja, Sir. Geologie.«

»Und was erhoffen Sie sich davon?«

»Ich möchte reisen. An Orte gehen, wo vorher noch nie ein Mensch war.«

Mr. Urbino gab einen nachdenklichen Laut von sich. Frank sah Jakob an. Davon hatte er ihm noch gar nicht erzählt.

»Als Entdecker?« Das kam von Clara, sie klang interessiert.

»Nun, vielleicht. Aber bei der Untersuchung dieses Landes gibt es noch so viel zu tun, und als Geologe kann man in die tiefste Wildnis gehen – und genau das möchte ich.«

»New York ist Ihnen nicht wild genug?« Clara sah ihn mit einem provokanten Lächeln an, doch ihre Haltung hatte etwas leicht Aggressives an sich.

Plötzlich war sich Jakob bewusst, dass alle Blicke auf ihm ruhten. Er hatte das Gefühl, zu viel von sich preiszugeben.

»Nicht dass New York mir nicht reicht – im Gegenteil, es ist mir … zu viel. Zu viele Menschen. Ich mag es lieber ruhiger.«

»Mögen Sie Menschen nicht?«, fragte Clara.

Jakob schüttelte den Kopf, lächelte aber, weil er wusste, sie wollte ihn aufziehen.

Anna sah ihn an. »Ich mag Menschen auch nicht«, sagte sie und blickte dann durchdringend zu Clara.

»Tja, jedenfalls nicht Millionen«, fügte Jakob hinzu. »Ich meine, ich komm ganz gut klar mit … zehn.«

»Da bin ich aber froh«, sagte Clara. »Denn wir sind ja zehn.«

Darauf bemerkte Johnny: »Nur dass Clara so viel Tumult macht wie mindestens fünf normale Menschen.«

Nach dem Essen gingen sie nach draußen, weil es ein schöner, sonniger Tag war. Frank war Jakobs erster Freund, der einen Garten hatte, nicht nur einen schlichten Hinterhof. Mr. Urbino rauchte eine Zigarette – genau wie Clara, obwohl sie damit missbilligende Blicke ihrer Eltern erntete. Jakob wandte sich an Anna, die ein paar Blumen die Köpfe abriss.

»Warum machen Sie das?«

Sie drehte den Kopf zu ihm. Ihre Handbewegungen waren ruckartig.

»Wenn man die verwelkten Blüten entfernt, bilden sie keine Samen, sondern treiben neue Blüten aus.«

»Das hätte mir als Wissenschaftler wohl bekannt sein müssen.«

»Aber Sie sind doch Geologe.«

»Ja, aber eigentlich sollten wir unsere Beobachtungsgabe bei allen Formen der Natur nutzen. Da war ich wohl nicht besonders erfolgreich.« Er lachte und fühlte sich ermutigt, als er sie lächeln sah. »Zu meiner Verteidigung könnte ich jedoch sagen, dass, selbst wenn ich das mit den Samen gewusst hätte, ich nicht zwingend darauf hätte schließen können, dass das der Grund ist. Sie hätten ja auch jemand sein können, der Blumen hasst.«

Sie sah ihn an. Jetzt lag ein gewisses Funkeln in ihren Augen.

»Möglich. Oder jemand, der Blumen liebt. Denn so sieht es doch viel schöner aus, finden Sie nicht?« Sie strich mit der Hand über den Busch, so dass die Blüten hin und her wippten und die verwelkten Köpfe auf den Boden fielen.

Jakob sagte: »Denken Sie je daran, New York zu verlassen, um all den Menschenmassen zu entkommen?«

»Ich würde gerne reisen. Aber wahrscheinlich werde ich nicht die Gelegenheit dazu bekommen.«

Jetzt klang ihre Stimme trostlos, und der Funke in ihrem Blick war erloschen. Ihm wurde bewusst, dass sie, wenn sie nicht gerade sarkastisch war, unglücklich wirkte, und er empfand deswegen vages Unbehagen. Besonders selbstlos war das nicht; wegen seines neuen Hochgefühls hegte er den mehr oder weniger egoistischen Wunsch, auch alle anderen in seiner Umgebung sollten glücklich sein.

»Du könntest studieren. Das würde dir mehr Gelegenheiten verschaffen. Da gibt es doch zum Beispiel das Normal College«, entgegnete Jakob. Er kannte das *Normal Collage for Females*, weil Studenten aus seinem College oft wie Raubtiere darum herumstrichen.

»Ich glaube nicht, dass ich eine gute Lehrerin wäre. Ich möchte … ich weiß nicht.« Dumpf starrte Anna zu Boden. Dieses eine Mal war Jakob um Worte verlegen. Doch dann tauchte Clara mit ihrem Zigarettenetui neben ihm auf.

»Möchten Sie?« Das war eher eine Herausforderung als ein Angebot, und obwohl er noch nie geraucht hatte, streckte er die Hand aus.

»Danke.«

Ihm war bewusst, dass Anna zum Sprechen angesetzt hatte, dann aber verstummt war.

Clara hielt ihm, abgeschirmt von ihrer Hand, ein Streichholz entgegen. Langsam und entschlossen, nicht zu husten, zog er die Flamme in die Zigarette. Anna ging. Verwirrt drehte er sich nach ihr um, tat es dann aber achselzuckend ab. Aus irgendeinem Grund wollte er Clara mit seiner neuen Reife imponieren, mit der Selbstsicherheit, die er aus dem Bewusstsein zog, begehrt zu werden und daher doch auch begehrenswert zu sein. Clara persönlich bedeutete ihm nichts, sie diente ihm nur als geeigneter Spiegel seines neuen, erfahrenen Ich.

Ein paar Tage später war Jakob guter Laune, da nur noch ein Tag zwischen ihm und seiner nächsten Verabredung mit Cora stand. Daher erwischte es ihn kalt, als Frank ihn anfuhr, als hätte sich schon länger etwas in ihm aufgestaut: »Du hättest am Sonntag wirklich nicht so mit Clara flirten sollen! Ich hab dir doch gesagt, wie sie ist!«

Jakob war so verblüfft, dass er stehen blieb – sie waren auf dem Weg in die Mittagspause. »Ich hab doch gar nicht mit ihr geflirtet! Zumindest ist mir das nicht aufgefallen!«

Besorgt sah er seinen besten Freund an. Frank wirkte ziemlich unglücklich.

»Nein, das … ich meine, verdammt …«

»Es tut mir leid. Ich hatte wirklich nichts dergleichen beabsichtigt. Eigentlich dachte ich, ich hätte sie wie jeden anderen aus deiner Familie behandelt. Hat sie *gesagt,* ich hätte mit ihr geflirtet?«

Frank seufzte. »Das weiß ich nicht. Ich hab nicht mit ihr geredet.«

Jetzt wusste Jakob gar nichts mehr.

»Eigentlich gingen alle davon aus – also … vielleicht hast du *das* auch nicht bemerkt« – ein kleiner, aber unmissverständlicher Seitenhieb – »also, ich glaube, Anna hat sich in den Kopf gesetzt, dass sie dich mag, und nach letztem Sonntag war sie aufgebracht, weil du nicht mit ihr geredet hast … oder so.«

Darauf war Jakob erst einmal einen Augenblick still. »Den Eindruck hatte ich nicht. Es tut mir leid, wenn ich irgendwas gesagt habe, was sie, äh…«

Er verstummte, weil er die Sprache der Gefühle nicht gelernt hatte. Ihm waren so wenige Mädchen begegnet, dass er nicht wusste, wie viel Freundlichkeit normal war, wie viel distanziert und wie viel zu vertraulich.

Frank seufzte erneut. »Vielleicht hast du das ja gar nicht. Aber Anna war anscheinend ziemlich aufgebracht. Sie ist sensibel, weißt du. Sensibler als wir anderen. Und Clara – Clara zieht unfehlbar alle Aufmerksamkeit auf sich. Das war schon immer so und, du weißt ja …« Er stieß ein gezwungenes Lachen aus. »Familie!«

Unwillkürlich fühlte Jakob sich geschmeichelt, weil die Urbino-Töchter ihn mit diesen Augen betrachteten. Frank und er gingen zur Essensausgabe und bestellten Suppe und Grillkäse.

»Ich weiß nicht, Jake. Vergiss es. Es sei denn … ich meine, du magst sie doch – Anna, oder?« Frank war verlegen. »Ich möchte mich da nicht einmischen.« Doch genau das tat er. »Weißt du, ich fände es vollkommen in Ordnung, wenn du …«

»Frank, bei meiner Ehre, ich bin an keiner deiner Schwestern interessiert – zumindest nicht in dieser Hinsicht. Ich meine, sie sind sehr nett, aber … ich kann mich mit keiner einlassen. Schließlich bin ich noch lange nicht in der Lage, jemanden zu heiraten – falls ich es überhaupt je sein werde!«

»Ach, wer spricht denn vom Heiraten!«

»Tja, jedenfalls bin ich nicht auf der Suche … nach was auch immer.«

Frank musterte ihn prüfend.

»Oh mein Gott … du hast ein Mädchen!«

Jakob hätte sich fast verschluckt. »Nein!« Die Vorstellung, Cora Gertler als ›Mädchen‹ zu bezeichnen, war so absurd, dass er lächeln musste. Aber wie sollte er sie eigentlich nennen? Seine Mätresse? Seine Geliebte? Bei hellem Tageslicht, in einem Lokal, vor einem fleckigen Spiegel, der ihre Gesichter nur verzerrt reflektierte, waren solche Bezeichnungen unaussprechlich. Vor allem gegenüber Frank. Also murmelte er: »Nein, habe ich nicht.«

Frank starrte ihn an. War da irgendwas in seinem Gesicht, das ihn verriet?

»Ich wusste, dass da irgendwas im Gange ist. Wann wolltest du es mir erzählen?«

Jakob schüttelte den Kopf, konnte aber sein Lächeln nicht bezwingen.

»Wir sind doch Freunde!«

»Selbstverständlich.«

»Also, dann erzähl!«

»Hör mal, es gibt ein paar Dinge, die kann ich dir einfach nicht erzählen.«

»Du hast … du hast es *getan*, oder? Gott verdammt noch mal!«

»Es ist … du darfst es niemandem verraten, Frank. Versprich mir das! Denn weißt du, sie ist verheiratet.«

Als er Frank ansah, wusste er, dass er diesen Gesichtsausdruck nie mehr vergessen würde, so deutlich zeigte er Schock, Neid und Verachtung.

Da Jakob die Wohnung der Gertlers nur donnerstags zwischen sieben und zehn Uhr abends aufsuchte, also lange nachdem die Sonne hinter dem gegenüberliegenden Dach verschwunden war, kannte er sie nur als dämmrigen, schemenhaften Ort. Es roch nach Möbelpolitur, Sauerkraut und einem zitronensüßen Aroma, das Jakob später als Mr. Gertlers Haarpomade identifizierte. Jeden Donnerstag ging Coras Mann in seinen Club – mehr erfuhr Jakob nicht über ihn. Weder sprach Cora über ihn, noch entschuldigte sie sich für ihr Verhalten oder beklagte sich über ihr Dasein; Jakob wusste nichts über ihre Ehe und fragte auch nicht nach.

Cora verlangte von Jakob keine Liebe und bekundete selbst auch keine, sondern zeigte ihm lediglich, und das ohne jegliche Scham, wie sehr er ihr Lust bereitete. Im Gegenzug führte sie ihn in die körperliche Liebe ein, auf eine Weise der Lust, die er sich nie hätte erträumen können. Er war ein begeisterter Schüler, und wenn ihr Liebesspiel manchmal experimentelle Züge annahm, so war es ein glückliches Experiment. Und er stellte Fragen.

»Gott«, sagte sie außer Atem, wenn er sie dazu brachte, zum dritten Mal die Stellung zu wechseln, »machst du dir Notizen?«

»Das brauche ich nicht«, erwiderte er, auf dem Rücken liegend, und lächelte zu ihr hoch, »ich möchte nur wissen, wie es sich am besten anfühlt, so … oder so …«

Statt einer Antwort griff sie mit der Hand nach seinem Glied und mit der anderen hielt sie ihm den Mund zu.

Jakob war im siebten Himmel. An manchen Tagen glaubte er, er sei verliebt, an anderen sagte er sich, außerhalb des Schlafzimmers hätten sie nichts gemeinsam. Er fühlte sich sehr zu ihr hingezogen, und sie schien ihn zu mögen. Doch für ihn war sie von Anfang bis Ende ein Mysterium, das er nicht enträtseln konnte. Sie war scharfzüngig und oft sarkastisch. Er hatte nie jemanden kennengelernt, der so zynisch war, und als er sie deswegen tadelte, lachte sie nur und begründete es mit ihrem Altersunterschied.

Er hatte das Gefühl, ihren Körper besser zu kennen als seinen eigenen, so als hätte er jeden Zentimeter kartographiert, von ihren Haarwurzeln bis zur zarten, schimmernden Haut auf ihrem Fußspann. Sie war ein ganzes Land, ein Kontinent mit unterschiedlichen Landschaften und Strukturen, die er unermüdlich erkundete. Er erforschte das Geheimnis ihrer Schamlippen und Klitoris und war erstaunt und begeistert, dass ihre Lust so intensiv war wie seine. Ihre Brüste konnte er nur als Wunder betrachten: weich und schwer mit großen, braunen Brustwarzen, die sich zusammenzogen und hart wurden, wenn er sie in den Mund nahm und mit der Zunge liebkoste. Sie hingegen schien genauso entzückt von seinem Körper, dem Weich- und Hartwerden seines Fleischs; sie leckte und saugte an ihm und grub ihre Fingernägel in seine Pobacken, wenn er zitterte vor Anstrengung, seine Erregung zu bezähmen.

Oft zog sie ihn auch auf. »Ach, noch einmal? Aber das haben wir doch schon gerade getan. Immer dasselbe – findest du das nicht langweilig?«

Daraufhin schüttelte er grinsend den Kopf und wanderte mit den Lippen über die geheimnisvollen silbrigen Linien an der Seite ihrer Brüste, die nur bei bestimmtem Licht zu sehen waren.

»Stören die dich nicht?«

»Stören?« Jakob war verblüfft. »Wieso sollten die mich stören?«

»Du weißt gar nicht, was das ist, oder?«

Das gab Jakob zu.

»Junge Mädchen haben das nicht. Es sind …« Dieses eine Mal fiel ihr der englische Begriff nicht ein. »*Dehnungsstreifen* … Risse … von der Schwangerschaft. Mutterschaftsnarben.«

Er wusste, dass sie zwei Kinder bekommen hatte. Daran wollte er nicht denken, wollte nicht wissen, wo sie waren und wie alt, oder auch nur, ob sie noch lebten. Ihn störte keine der Spuren, die ihr Leben auf ihrem Körper hinterlassen hatte, außer, wenn sie ihn an die Kluft erinnerten, die zwischen ihnen lag.

Um zehn vor zehn – auf die Minute – strich sie ihm leicht über den Rücken, so, als bedauerte sie, es tun zu müssen.

»Es ist Zeit zu gehen, Herzchen.«

Dann protestierte er schläfrig, schlang sich noch fester um ihren Körper und küsste und liebkoste sie, als wolle er sich für die kommende Woche das Gefühl ihrer Hände und Lippen einprägen. Er rutschte auf ihren Bauch und drückte sie mit seinem Gewicht in die Kissen.

»Ich will hierbleiben. Ich will mit dir zusammen aufwachen.«

»Ha. Du bist süß. Aber jetzt steh auf.« Dann versetzte sie ihm einen leichten Schlag oder kniff ihn, und zwar nicht mehr sanft. »Sonst gibt es« – und das war eines ihrer Lieblingswörter, das sie genüsslich bei allen möglichen Gelegenheiten benutzte – »ein Blutbad.«

Kapitel 5

NEW YORK, 40°42' N, 74°00' W
FRÜHLING 1883

Ende April blickte Frank in der Mittagspause von seiner Zeitung auf.

»Hey, sie wird endlich eingeweiht. Dazu gibt es ein Feuerwerk. Und Heißluftballons. Ist sicher interessant zu sehen.«

Die Brooklyn Bridge, die ihrer beider ganzes Leben gebraucht hatte, um unendlich langsam größer zu werden, war fertiggestellt.

Ohne große Begeisterung stimmte Jakob zu, sich die Festlichkeiten anzusehen. Noch weniger begeistert war er, als er erfuhr, dass der 24. Mai ein Donnerstag war. Frank wusste, dass sein Freund die Donnerstagabende immer bei der Person verbrachte, die er mit einer Schüchternheit, die seine Missbilligung nicht verbarg, Jakobs ›Mädchen‹ nannte. Dieser Anlass erschien ihm jetzt wie ein Test für ihre Freundschaft. Als Jakob beim nächsten Mal Cora besuchte, erwähnte er es mit deutlichem Bedauern, bevor sie sich auszogen.

»Ach, die verdammte Brücke. Mein Mann will auch mit mir dahin. Es heißt, es würde das größte Feuerwerk aller Zeiten geben. Und das ist an einem Donnerstag? Tja …« Sie gab ihm einen Kuss auf die Nase. »… zu schade.«

Verärgert, dass sie ihren verlorenen Abend so leicht zu verschmerzen schien, nahm Jakob sie in die Arme und murmelte ihr ins Ohr: »Können wir uns dann an einem anderen Tag sehen? So lange kann ich bestimmt nicht ohne dich auskommen.«

»Nein, an keinem anderen Tag. Unmöglich.« Das hatte sie schon einmal gesagt und wirkte leicht gereizt, dass sie es wiederholen musste.

»Ich wollte, *ich* könnte mit dir dahin«, beharrte Jakob missmutig.

»Das ist doch albern. Wie soll das denn gehen?« Doch als sie seine Miene sah, beschloss sie offenbar, ihn zu besänftigen. »Ich finde es sehr schön, dass du hierherkommst, *Herzchen*. Aber anders geht es nicht … ja?«

Sie hatte seine Hose aufgeknöpft und begann ihn zu liebkosen. Jakob schloss die Augen und hielt den Atem an. Sein Missmut verdampfte in der Hitze dieser *Force majeure.*

»Ja, *Herzchen*?«, wiederholte Cora liebevoll. »Was meinst du?«

»Ja … ja«, sagte Jakob heftig, obwohl er längst nicht mehr wusste, worüber sie sprachen.

Er hatte Frank nie erzählt, wie sein Vater umgekommen war. Die Alpträume quälten ihn in letzter Zeit nicht mehr so häufig, doch in manchen Nächten fand er sich immer noch keuchend und schwitzend in seiner winzigen Kammer wieder, erfüllt von einem vagen Grauen. Kurz nach ihrem Gespräch über die Brücke wurde er erneut von dem Alptraum heimgesucht. Daher redete er sich ein, es wäre gut, sich die Brücke mal anzusehen und sie als das Wunderwerk der Technik zu betrachten, das sie zweifellos war. Bei ihrem Bau waren siebenundzwanzig Männer ums Leben gekommen. Wunderwerke aus Stahl und Stein verlangten ihren Tribut in Menschenleben; sein Vater war nur einer von vielen. Jakob wusste nicht, ob ihm das half oder nicht.

Am Abend der Einweihung mischten sich Frank und er unter die Menschenmassen, die sich in den Straßen und Parks am

Ufer drängten. Balkone und Dächer waren schwarz vor lauter Zuschauern. Jakob spürte die Aufregung, die in der Luft lag; von ihrem Platz an der Uferböschung wirkte die Brücke unendlich massiv, und doch spannte sie sich elegant bis zum fernen Ufer, gehalten von straffen Stahlseilen, die ein raffiniertes, perfektes Muster bildeten. Im Gedränge wehten Gesprächsfetzen zu ihnen, eine Frau sagte: »Aus Philadelphia kommen Sonderzüge …«, ein Mann redete wild gestikulierend in einer Sprache, die sich wie Polnisch anhörte. Jemand behauptete, der Gouverneur würde als Erster die Brücke überschreiten. Oder der Präsident … Jakob und Frank warfen sich einen Blick zu und grinsten.

Man hörte Kanonendonner, und hin und wieder schrillte durch das Stimmengewirr die Musik einer Militärkapelle. Als das Feuerwerk begann, wurde das Gedränge am Ufer noch schlimmer, so dass sie beschlossen, irgendwo etwas essen zu gehen. Jakob musste sich dringend erleichtern, wollte das aber nicht in der Öffentlichkeit tun. Sie kämpften sich durch die Menge und suchten nach einem Bierkeller. Frank hielt vage Ausschau nach seiner Schwester Clara, die angekündigt hatte, sie würde sich mit Freunden die Feierlichkeiten ansehen. Gegen elf verließen Frank und Jakob den Bierkeller und strebten zur Brücke zurück, die um Mitternacht für die Öffentlichkeit zugänglich gemacht werden sollte. Im Strom der Menschen, die mittlerweile zum Ufer liefen, sah er im Licht eines beleuchteten Hauseingangs ein Gesicht, das, bevor er es noch bewusst erkannte, einen Krampf in seinem Solarplexus auslöste. Es war Cora in Begleitung eines massigen Mannes mittleren Alters. Ihr Kopf war zu Jakob gewandt; sie trug Mantel und Hut und wirkte älter und fremder als die Frau, die er kennengelernt hatte und in gewisser Hinsicht nun als die Seine betrachtete. Er hatte sie noch nie in Straßenkleidung gesehen (seit dem ersten Abend überhaupt nur noch selten bekleidet) und dies machte ihm wieder einmal die Kluft zwischen ihnen bewusst.

Die Gertlers entfernten sich von der Brücke; für Leute in ihrem Alter war es längst Zeit, heimzugehen, zurück, während er und Frank die Brücke überqueren würden, Richtung Zukunft. Cora bemerkte ihn nicht. Es verstörte ihn, sie ohne einen Anflug von Begehren zu sehen. Wie war es möglich, dass sie überhaupt etwas gemeinsam hatten? Gleichzeitig war er eifersüchtig auf Mr. Gertler mit seiner Melone auf dem Kopf. Ein archaischer Groll erfasste ihn und ließ ihn nicht mehr los, bis sie auf der Brücke waren.

»Was ist denn? Du hast kein Wort von dem mitbekommen, was ich gesagt habe, oder?«

»Tut mir leid.« Jakob bedachte Frank mit seinem gewinnendsten Lächeln. »Unglaublich, findest du nicht?«

»Umwerfend!« Frank war außer sich vor Begeisterung.

Sie gingen die Treppe hinauf zu der Fußgängerpromenade in der Mitte der Brücke. Schnurgerade wie ein Pfeil schoss der mit Holzplanken belegte Weg Richtung Brooklyn, durchbohrte den riesigen Turm auf der Manhattanseite und spannte sich wagemutig über den breiten Fluss. Ein Netz aus Stahlseiten umgab sie: riesige Harfensaiten, die bis zu den Turmspitzen verliefen. Eine dichte Menge strömte über die Brücke; Jakob und Frank waren gezwungen, unangenehm langsam zu gehen, weil immer wieder jemand stehen blieb und die Aussicht bewunderte.

Das Wasser unter ihnen wirkte weit weg und pechschwarz. Die Menge wurde immer dichter, da von beiden Seiten ständig Menschen auf die Brücke strömten. Hinter ihnen brüllte jemand, die vor ihnen sollten schneller gehen. Manche drehten wieder um, was zusätzlich zur Verwirrung beitrug. Jakob und Frank gingen zügig weiter, doch ein Stück vor ihnen gab es einen Tumult. Eine Frau schrie plötzlich auf, und die Menschen drängten enger zusammen. Jemand kreischte, worauf die festliche Atmosphäre kippte. Die Planken unter ihnen begannen zu dröhnen und zu vibrieren, weil etliche anfangen wollten zu rennen. Jemand brüllte: »Sie bricht ein!«, worauf noch mehr Schreie ertönten. Die vor ihnen versuchten, zurück zum Ufer zu laufen, doch hinter ihnen drängten weiter Menschen auf die Brücke. Jakob und Frank steckten zwischen ihnen fest und schienen im dichtesten Teil der Menge gefangen. Jakob überkam eine eisige Ruhe und rief laut: »Sie bricht nicht ein. Nicht rennen!«, und war selbst überrascht über die Autorität in seiner Stimme.

Eine Frau blickte panisch und flehend zu ihm auf und schrie: »Aber ich habe gespürt, wie sie sich bewegt!«

Jakob fasste sie am Arm – offenbar war sie allein – und sagte: »Keine Sorge. Es gibt nichts zu befürchten, solange wir ruhig bleiben.« Dann hob er erneut die Stimme und brüllte: »Keine Angst! Die Brücke ist stabil.« Noch ein paar weitere forderten alle zur Ruhe auf, aber ein Großteil der Menge geriet doch in Panik und drängte, so schnell es ging, von der Brücke.

Frank packte ihn am Ärmel und schrie ihm ins Ohr – denn sonst hätte Jakob ihn nicht mehr verstehen können –: »Gehen wir weiter, in dieser Richtung sind weniger Menschen!« Er blickte sich über die Köpfe der anderen hinweg um und entgegnete: »Wenn alle weiter über die Brücke gehen, gibt es kein Problem!« Aber selbst seine dröhnende Stimme ging im allgemeinen Geschrei unter.

Jakob wurde plötzlich gegen die Frau gepresst, die ihn flehend angesehen hatte. Jetzt drängten sich alle so heftig gegeneinander, dass man kaum Luft bekam. Unter dem Stampfen der Füße vibrierte die Holzpromenade, und doch kam keiner voran. Jakob spürte, wie er in einen Schraubstock aus Fleisch und Knochen gequetscht wurde; immer mehr Schreie und Rufe ertönten; hier und dort brachen Menschen zusammen. Vor ihm hatte ein Mann sein Gesicht zu einer grässlichen Grimasse verzogen – er brüllte etwas mit wutverzerrter Miene, doch Jakob konnte kein Wort verstehen. Geschockt erkannte er, dass die Wut des Mannes ihm galt, wusste jedoch nicht, warum.

Es war unmöglich, sich vor oder zurück zu bewegen – nun ging es nur noch darum, sich auf den Beinen zu halten. Mühsam blickte er sich nach Frank um. Ihm fehlte die Luft, um etwas zu der rothaarigen Frau zu sagen, die gegen ihn gepresst wurde. Irgendwann spürte er, wie er durch einen großen Druck von hinten den Bodenkontakt verlor und im Zeitlupentempo umkippte, ohne die Füße bewegen zu können. Er erkannte, dass auch die Frau umkippte, und dann würden sie beide unter den Füßen der anderen landen und dann … Er bekam einen harten Stoß gegen die Schläfe. In fast komisch anmutender Hilflosigkeit strampelte er herum, und gerade als er merkte, dass weder er noch die Frau Bodenkontakt hatten, wurde er schmerzhaft fest am Arm gepackt und stetig zurückgezogen. Frank stand dank seiner Größe und Masse wie ein Fels in der Brandung und half Jakob wieder auf die Füße. Die Frau aber, die er festgehalten hatte, war verschwunden. Alarmiert rief er nach ihr; soweit er erkennen konnte, lag niemand unter ihm auf dem Boden, doch im Gedränge konnte er das nicht genau sehen. Die Menge wogte vor und zurück; immer wieder ertönten Schreie, doch erkannten die Menschen allmählich, dass es denen, die schrien, gutging: Sie konnten noch atmen.

Es erschien ihnen wie eine Ewigkeit, doch konnte es nur wenige Minuten gedauert haben, in denen sie in dieser erbarmungslosen Schraubzwinge aus Körpern gefangen waren. Frank hielt Jakob fest am Arm und zerrte ihn weiter. »Hier rauf«, brüllte er und ruckte mit dem Kopf Richtung Stahlträger. Jakob nickte und versuchte, sich durch die schwankenden Körper an den Rand zu drängen, doch er kam einfach nicht voran. Als er sich endlich wieder bewegen konnte, hatte der Druck so weit nachgelassen, dass sie auch zur Treppe an der Manhattanseite zurückgehen konnten. Eine Frau hockte zusammengesunken am Geländer und schluchzte hysterisch, während ein Mann sie zu trösten versuchte. Die Holzplanken waren übersät mit Dingen, die die Menschen fallen gelassen hatten: Schirme, Körbe, Umhänge. Einer von Franks Ärmeln war fast abgerissen, und Jakob hatte seinen Hut verloren. Sein rechtes Ohr klingelte von dem

Stoß gegen die Schläfe. Ein paar Meter weiter löste sich ein Grüppchen auf und gab einen Mann mit bräunlicher Haut frei, der auf dem Boden lag. Ein gedrungener Mann hockte neben ihm und brüllte heiser: »Wir brauchen einen Arzt! Ist hier ein Arzt?«

Frank drängte sich zu ihm, erklärte, er sei Medizinstudent, kniete sich neben ihn und prüfte Puls und Pupillen des reglos daliegenden Mannes. Der andere, der Frank gerufen hatte, wich zurück, und als Jakob sich umblickte, war er in der Menge verschwunden.

»Kann ich was tun?« Jakob kniete sich neben Frank, doch der schüttelte nur den Kopf und drückte sein Ohr an die Brust des Mannes. Dann zog er die Arme des Mannes über dessen Kopf und danach wieder an dessen Brust, wieder und wieder. Neben Franks massigem Körper wirkte der Mann mit der bräunlichen Haut wie ein Kind. Sein Gesicht hatte eine blutige Schramme an der Wange und wirkte fremdländisch: chinesisch vielleicht. Sie hatten Zuschauer, doch wurden es mit jeder Minute weniger; die Menge dünnte sich aus, weil es alle drängte, von der Brücke zu kommen. Und dann war auf einmal ein Feuerwehrmann bei ihnen, und eine Trage wurde herbeigeschafft. Frank hörte mit seinen Bemühungen erst auf, als der Uniformierte von ihm wissen wollte, wer er sei. Erneut erklärte Frank, er sei Medizinstudent, worauf der Feuerwehrmann ihn etwas weniger barsch behandelte. Er blickte in die Augen des auf dem Boden liegenden Mannes und hockte sich auf die Fersen.

»Der ist schon eine ganze Weile tot. Sie hätten nichts tun können.«

Jakob blickte ins Gesicht des Toten. Er war älter, als er angenommen hatte; obwohl seine Haare noch dicht und schwarz waren, hatte er Falten um die Augen herum, und sein offen stehender Mund gewährte einen Blick auf mehrere Zahnlücken. Seine Kleidung war ärmlich.

Frank holte keuchend Luft und verzog das Gesicht, als wollte er anfangen zu weinen.

»Und was machen wir jetzt?«, fragte er den Feuerwehrmann.

Der zuckte die Achseln. »Machen? Wir bringen ihn ins Krankenhaus. Sie können nach Hause.«

Widerstrebend stand Frank auf. »Aber seine Familie …«

»Kannten Sie ihn?«

»Nein.«

Wieder zuckte der Uniformierte die Achseln. »Wir bringen ihn zum Krankenhaus in der Chambers Street. Sollte ihn jemand suchen, dann da. Ab nach Hause, mein Sohn.« Ein zweiter Feuerwehrmann kam zu ihnen, und gemeinsam hoben sie die Leiche auf die Trage.

Auf der Treppe hatte es mehrere Unfälle gegeben, Menschen waren gestolpert, gefallen und hatten andere mit sich gerissen. Die Stufen waren blutbefleckt; doch das konnten Jakob und Frank in der Dunkelheit nicht sehen, sie lasen es erst später in der Zeitung. Danach meinte Jakob, die Blutflecke gesehen zu haben, obwohl er wusste, dass ihn die Erinnerung trog.

Schweigend ließen sie die Brücke hinter sich. Jakob suchte nach Worten des Trosts für Frank, der, mit gesenktem Kopf und ohne nach rechts oder links zu blicken, vor sich hin marschierte.

»Komm, gehen wir noch was trinken. Ich glaube, wir können jetzt beide einen Drink gebrauchen.«

Frank sah ihn an und schob die Hände in die Taschen.

»Herrgott noch mal«, stieß er bissig aus. Jakob war geschockt, hatte er seinen Freund doch noch nie fluchen hören. »Ich bin bestohlen worden! Mein Geld ist weg!«

»Vielleicht ist es rausgefallen …« Jakob untersuchte seine eigenen Taschen und entdeckte erleichtert, dass sein Geld noch da war.

»Einmal hatte ich tatsächlich das Gefühl, eine Hand in meiner Tasche zu spüren. Ist das zu fassen? Ist das wirklich zu fassen, verdammt noch mal? Scheiße!«

Aus einem Bierkeller vor ihnen drangen Licht und Lärm.

»Komm, ich geb dir einen aus.«

Sie betraten den Bierkeller, aus dem ihnen Stimmengewirr und der Geruch nach Bier entgegenschlugen; man hatte die Tragödie hinter sich gelassen und wollte jetzt feiern. Jakob besorgte ihnen das Bier, dann traten sie wieder vor die Tür. Frank wirkte eher wütend als sonst etwas, und zwar vor allem über den Verlust seines Geldes und nicht über die Massenhysterie oder den Toten.

»Ich hoffe, die Frau ist gut rausgekommen«, bemerkte Jakob unvermittelt.

»Welche Frau?«

»Die Rothaarige, die praktisch die ganze Zeit neben mir stand und sich an mich klammerte, bis du mich wieder hochzogst – danach war sie weg.«

Frank lächelte ihn schief an.

»Eine Frau hat sich an dich geklammert? Manche haben einfach Glück!«

Jakob lachte pflichtschuldig, obwohl Frank bissig klang.

»Wahrscheinlich ist jeder davongekommen, der nicht am Boden lag.«

»Vermutlich ist sie geflohen, um ihre Ehre zu retten.«

Darauf fiel Jakob keine Erwiderung ein. Vom warmen, süßlichen Bier wurde ihm leicht übel.

Nach einer langen Pause sagte Frank: »Was, wenn ich was falsch gemacht habe? Wenn er noch leben würde, wenn ich nur wirklich gewusst hätte, was zu tun ist?«

»Der Feuerwehrmann hat doch gesagt, er sei schon eine Weile tot gewesen.«

»Aber was weiß der denn schon!«

»Der hat doch bestimmt schon viele Tote gesehen.«

»Aber nur welche, die durch Feuer umgekommen sind.«

Jakob spürte, wie hysterisches Gelächter in ihm aufstieg.

In diesem Augenblick verließ ein junges, betrunkenes Pärchen den Bierkeller und stolperte auf einer der Stufen. Die Frau fiel gegen Frank. Er musste sie packen und ihr wieder auf die Beine helfen. Sie klammerte sich kichernd an seine Jacke und blickte mit riesigen, runden Augen zu ihm auf.

»Liebe Güte, du bist aber groß«, sagte sie. Ihr Begleiter entschuldigte sich überschwänglich und blies ihnen seine Fahne ins Gesicht. Dann zerrte er die Frau mit sich. Während sie lachend die Straße hinuntertorkelten, blickte Frank ihnen missmutig nach.

»Wahrscheinlich wollte die mich auch nur beklauen. Tja, zu spät.«

»Ach, komm schon.«

Frank schien Probleme damit zu haben, sein Bier hinunterzuschlucken. Jakob schmeckte seines auch nicht besonders, er trank es aber, weil er schließlich dafür bezahlt hatte.

»Frank, bis zu dir nach Hause dauert es noch Stunden. Du kannst bei mir übernachten.«

»Was denn, in deinem Kaninchenstall?«

»Ich schlafe auf der Couch.«

»Nein, danke. Der Spaziergang wird mir guttun.«

Jakob war erleichtert, schämte sich aber deswegen. In Frank brodelte etwas, das er nicht einordnen konnte. Bevor sie sich trennten, bemerkte sein Freund mit schiefem Lächeln: »Die Frau aus dem Bierkeller, die da gegen mich geprallt ist … Weißt du eigentlich, dass mir noch nie eine so nah gekommen ist?«

Nach kurzem Zögern lachte Jakob, obwohl er wusste, dass Frank es ernst gemeint hatte.

Die Tragödie war noch tagelang in aller Munde. Jeder, der auch nur in der Nähe der Brücke gewesen war, wurde mit Fragen bombardiert. Weder Jakob noch Frank hatten viel dazu zu sagen, obwohl durchgesickert war, dass Frank versucht hatte, einen toten Chinesen wiederzubeleben. Franks Kommilitonen von der medizinischen Fakultät zogen ihn deswegen gnadenlos auf. Jakob war entsetzt, bis ihm aufging, dass die makabren Scherze Frank mehr als alles andere trösteten.

Nach ein paar Tagen wurde die offizielle Anzahl der Toten

bekanntgegeben: Zwölf Menschen hatten ihr Leben verloren. Ihre Namen wurden in der *Brooklyn Eagle* veröffentlicht. Frank kaufte sich eine, zeigte Jakob die Liste und tippte auf einen Namen.

Ah Ling. Ein vierundfünfzigjähriger chinesischer Tabakhausierer.

Jakob überflog den Artikel. Unter den Toten waren auch zwei Kinder – ein fünfzehnjähriges Mädchen und ein dreizehnjähriger Junge. Außerdem eine frisch verheiratete Frau. Ihr Tod erschien ihm wesentlich trauriger als der des alten Tabakhändlers.

»Hier steht, er hatte keine Familie.«

»Ach ja? Trotzdem hat er es nicht verdient, zu sterben.« Wieder klang eine gewisse Schärfe in Franks Stimme mit.

»Das wollte ich damit auch nicht sagen. Es ist einfach schrecklich … Für sie alle …« Er schüttelte den Kopf, weil er wusste, dass alles, was er jetzt sagte, falsch klänge.

Am nächsten Donnerstag musste Jakob feststellen, dass ihm die Aussicht auf Sex fast gleichgültig war. Das war neu. Zwar besuchte er Cora dennoch, ging aber einfach an ihr vorbei in die Wohnung, statt sie wie sonst sofort an sich zu ziehen, sobald die Tür geschlossen war. Cora betrachtete ihn mit einem Ausdruck, der noch ironischer war als üblich.

»Was ist denn, Herzchen?«

Missmutig und verlegen zuckte er die Achseln. Nun, da er hier war, wollte er doch mit ihr ins Bett, aber gleichzeitig ärgerte es ihn, dass er so empfand. Er war wütend auf Cora, wusste aber nicht, warum.

»Ich hab gehört, dass du auf der Brücke warst, als es passierte.«

Offenbar hatte sie mit Bettina über ihn geredet, was ihn plötzlich noch wütender machte.

»Ja … schon.« Wieder zuckte er die Achseln. Ihm war bewusst, dass er sich wie ein kleines Kind benahm, und obwohl er sich fest vorgenommen hatte, es nicht zu erwähnen, sagte er: »Ich hab dich an dem Abend gesehen, in der Menge.«

»Und da dachtest du: Wer ist denn die alte Schachtel?«

»Nein!«, log er schuldbewusst. Cora lächelte.

»Ich habe dich auch gesehen.«

»Oh.« Überrascht verstummte er; was bedeutete das? »Ich hab dich nicht angesprochen, weil du mit deinem Mann unterwegs warst.«

»Ja, das war schon richtig. Danke.« Jetzt verstummte sie, merkwürdig unsicher. »Möchtest du ein Bier?«

Er schüttelte den Kopf.

»Stimmt es, was sie sagen? Dass die Leute dachten, die Brücke würde einbrechen, und es deswegen eine Massenpanik gab?«

»Ja, etwa so war es.«

Cora schüttelte den Kopf. »Menschen sind so dämlich. Als könnte diese Brücke brechen! … Na ja, zwölf Dummköpfe weniger auf der Welt. Denen bleibt jede Menge Ärger erspart.«

Jakob starrte sie an. Er war froh, dass sie ihm einen Grund gegeben hatte, wütend auf sie zu sein.

»Wie kannst du so etwas sagen? Du warst ja nicht da. Es sind nicht die Leute gestorben, die in Panik gerieten … es hätte jeden treffen können – sogar mich –, hättest du mich dann auch als Dummkopf bezeichnet?« Aufgebracht ging er im Zimmer umher. Ihm war durchaus bewusst, dass er es übertrieb, aber er konnte sich nicht beherrschen.

Cora betrachtete ihn aufmerksam. »Nein, natürlich nicht. Tut mir leid, Herzchen.«

»Diese Menschen … Mein Vater ist beim Bau dieser Brücke gestorben, wusstest du das?«

»Nein, das wusste ich nicht. Wie alt warst du da?«

»Drei oder vier …« Zumindest glaubte er das. Ein Schatten huschte über Coras Gesicht.

»War das nach dem Tod deiner Mutter?« Auch das musste sie von Bettina erfahren haben, da er nie von seiner Mutter gesprochen hatte. »Möchtest du darüber reden?«

Gequält schüttelte Jakob den Kopf, ließ sich aber auf die Kante eines Stuhls sinken.

»Möchtest du heute lieber wieder nach Hause?«

Als er erneut den Kopf schüttelte, legte sie schüchtern die Arme um ihn. Er ließ sich von ihr festhalten, während er so lange, wie es ihm möglich war, unbeweglich dasaß – um sie zu bestrafen –, doch dann schmiegte er sein Gesicht an ihren Busen und schlang ihr die Arme um die Taille. Er erlaubte ihr erst, ihn ins Schlafzimmer zu ziehen, nachdem sie sich direkt dort auf dem Stuhl geliebt hatten, unbeholfen und grob.

Aber aus irgendeinem Grund verschaffte ihm nichts, was sie an jenem Abend taten, wirkliche Befriedigung.

✶

In Jakobs Abschlussjahr auf dem College erhielt Hendrik einen Brief, der mehrfach weitergeleitet worden war. Er stammte von der öffentlichen Nervenheilanstalt auf Blackwell's Island. Als Jakob nach Hause kam, saßen Hendrik und Bettina in angespanntem Schweigen am Küchentisch. Die Nachbarn von oben stritten, was häufiger vorkam.

»Was ist passiert?«, fragte Jakob, den eine vage Angst beschlich. Sein erster Gedanke war, entweder Hendrik oder Bettina, die wieder schwanger war, habe eine tödliche Krankheit.

»Ich habe einen Brief bekommen. Es geht um unseren Vater.«

Erleichterung durchflutete Jakob. Ist jemand erst tot, hat man sich schon an den Schmerz gewöhnt.

»Offenbar … Also … Hier steht, er sei noch am Leben.«

Jakob stützte sich mit beiden Händen auf dem Tisch ab. Dennoch schwankte er leicht. »Das ist doch ein Witz.«

»Nein. Hier ist der Brief. Lies selbst …«

»Das ist ein Witz, Hendrik.« Er weigerte sich, den Brief zu nehmen, weil sich alles in ihm dagegen sperrte, ihn zu lesen.

»Nein, das ist keiner. Er ist auf Blackwell's Island. Und laut Brief das bereits seit 1869.«

Jakob stieß einen merkwürdigen Laut aus – eigentlich sollte es ein Lachen sein. Dann schüttelte er den Kopf. »Das muss ein Irrtum sein. Eine Verwechslung.«

Schweigend schob Hendrik ihm den Brief zu. Nach einem kurzen Zögern griff Jakob danach. Das Schreiben behauptete, Arent de Beyn, Bautechniker, geboren im April 1832 in Ede, Holland, sei nach mehreren Anfällen von Wahnsinn im Februar 1869 in die öffentliche Nervenheilanstalt eingewiesen worden. Er habe einen Arbeiter auf der Baustelle angegriffen. Man ging davon aus, dass seine Anfälle aus dem Sezessionskrieg herrührten. Jetzt hatten die behandelnden Ärzte das Gefühl, dass er für sich und andere keine Bedrohung mehr darstelle und daher in die Obhut seiner Angehörigen übergeben werden könne – falls denn welche zu finden waren. Keinerlei Erwähnung der Brooklyn Bridge oder sonst einer Baustelle.

»Nein, Hendrik – unser Vater hat nicht im Krieg gekämpft.«

Hendrik zuckte unbeholfen die Achseln. »Das weiß ich nicht. Ich weiß nicht, ob er gekämpft hat … aber möglich wäre es.«

»Was redest du da? Das wüssten wir doch!«

»Ach wirklich? Wer hätte uns das denn gesagt?«

»*Er*. Er hätte es *dir* gesagt.«

Hendrik schüttelte den Kopf.

Zuerst war Jakob verstört, dann lachte er leicht hysterisch auf, und dann wurde er wütend auf Hendrik: Er, der so viel älter war, hätte doch die Wahrheit wissen müssen, hätte –

»Es gab doch eine Beerdigung. Oder etwa nicht?«

»Das weiß ich nicht.«

»Wieso wurde uns dann gesagt, er sei tot?«

Hendrik zuckte die Achseln. »Um uns zu schützen? Wenn sie dachten, es sei … unheilbar? Aber ist das jetzt noch wichtig? Der Zeitpunkt könnte gar nicht schlechter sein. Wir haben doch keinen Platz hier. Zeit habe ich auch nicht, wegen des Geschäfts, und wo jetzt auch noch das Baby kommt …«

»Ist schon gut, Henk.« Bettina legte ihre Hand auf seine. »Das schaffen wir schon.«

»Ich könnte ausziehen und mir eine Stelle suchen«, sagte Jakob dumpf.

»Nein! Erst beendest du dein Studium. Vorher ziehst du nicht aus. Ich will kein Wort mehr davon hören. Nie mehr!« Hendrik gestikulierte wütend vor dem Gesicht seines Bruders herum.

Jakob las das Datum auf dem Brief. Er war fast drei Monate zuvor abgeschickt worden. Hendrik hatte eine cholerische Ader, die er nur selten mit sich durchgehen ließ, aber wenn, dann loderte sein Zorn mit dunkler Flamme, und es war nicht mehr mit ihm zu reden. Leise sagte er zu Bettina: »Vermutlich ist es besser, wenn wir mal hingehen und uns selbst vergewissern.«

»Blackwell's Island!« Angewidert verzog Hendrik das Gesicht. »Begreifst du nicht, was das heißt?«

Beide hatten denselben Gedanken.

Bettina zog sachte an seiner Hand. »Komm schon, Henk. Ich weiß, was du denkst. Aber es ist nicht vererbbar. Er ist nur ein armer, alter Mann, den der Krieg krank gemacht hat.«

Hendrik entriss ihr seine Hand. »Du hast doch keine Ahnung!«

Bettina zog ihre Hand zu sich. Sie war verletzt, aber zu stolz, es zu zeigen.

»Ich weiß jedenfalls, dass so etwas passieren kann. Wenn er im Krieg war … davon sind viele Männer krank geworden. Jake denkt das doch auch, oder?«

Jakob hob hilflos die Schultern. Er wusste ihre Freundlichkeit und Vernunft zu schätzen, doch sie halfen ihm nicht. Schließlich war es nicht ihr Vater, der im Irrenhaus saß. Er starrte seinen Bruder an. Der Gedanke, seinen Vater zu sehen, war so abwegig, dass er eigentlich keine Bedeutung hatte. Schließlich hatte er nur ganz vage Erinnerungen an ihn, vielleicht nicht mal das – nur ein paar Eindrücke, die Hendrik ihm erzählt hatte. Ein Großteil seiner Erinnerung stammte vom Foto auf dem Kaminsims. Im Grunde hatte er nie einen Vater gehabt – wieso durfte ein Fremder, der sie den Eisbädern von Onkel Seppe überlassen hatte, plötzlich einfach wieder auftauchen und ihre Aufmerksamkeit beanspruchen? Nachdem er ihm jahrelang Alpträume beschert hatte – und wieso hatte er überhaupt Alpträume, wenn der Tod, der sie ausgelöst hatte, eine Lüge war? Er hatte sein Studium noch nicht beendet. Er hatte noch nicht die Chance gehabt, sein Leben zu beginnen. Es war nicht *gerecht* … Ihm wurde die Brust eng von all den Worten, die er nicht sagen durfte. Wütend verließ er die Wohnung.

Es war eine eiskalte Nacht. Die streitlustigen Nachbarn hatten einen Waffenstillstand erreicht, und die Geräusche der Stadt verstummten einen Moment um ihn herum. Stille trat ein. Er bog um eine Ecke und stellte sich vor, ganz woanders zu sein. Sein Atem bildete eine Wolke vor seinem Mund, die in der stillen Luft hing. Er stellte sich vor, von hier wegzukommen, so weit weg wie möglich – nicht nur von seiner Familie und der engen Wohnung, sondern auch von der Stadt –, an einen Ort, wo es immer still war, wo er unerreichbar war und solche Probleme ihre Bedeutung verloren. Seufzend legte er den Kopf in den Nacken und blickte hoch zu den Dächern der Mietshäuser, die einen Korridor zum unendlichen, sternbestäubten Himmel bildeten. Einen Weg, der überallhin führen konnte.

TEIL ZWEI

Vega im Sternbild Lyra

Das Sternbild Lyra steht für das Saiteninstrument,
das Apollo Orpheus schenkte und jedes lebende
Wesen verzauberte. Der hellste Stern, die
Vega, war einst der Polarstern und wird es in
12 000 Jahren wieder sein. Dann wird im Winter
Sommer herrschen und im Sommer Winter.
Der Name ›Vega‹ kommt vom
arabischen ›Herabstoßender.‹

Kapitel 6

Dundee, 56°28' N, 2°58' W
1888–1889

Als Flora achtzehn wurde, wollte ihr Vater sie nicht mehr in den Norden mitnehmen. Schon seit einiger Zeit hatte er gemerkt – und sie ebenfalls –, dass die Männer sich ihr gegenüber anders verhielten. Als Kind war man ihr mit Zuneigung und Humor begegnet; als junge Frau jedoch stand sie für unberechenbare Gefahr, war ein glühendes Streichholz in einem Holzstoß. Da half es auch nichts, dass sie nichts für ihr Erscheinungsbild tat und nur dicke Kleidung trug, die alles verbarg und sie aussehen ließ wie einen jungen Matrosen, sogar noch reizloser als einige von ihnen. Dennoch bekam sie die verstohlenen Seitenblicke mit, das gierige Starren, die leisen Kommentare und das Gelächter bei Gesprächen, die sofort abbrachen, wenn sie sich näherte. Selbst ihre alte Freunde zogen sich von ihr zurück: väterliche wie John Inkster und andere wie Robert Avas, der immer noch kleiner, schmaler und kindlicher war als sie. Sie wirkten, als wollten sie ihr etwas verheimlichen und doch gleichzeitig zu verstehen geben. Nämlich dass sie sie durcheinanderbrachte und dies ihre Schuld war.

Flora kochte vor Zorn. Sie wollte nicht als Frau gesehen werden, sondern als sie selbst, als Flora. Es war, als hätten all ihre Freunde sie vergessen – *sie,* den Menschen, den sie doch so gut gekannt hatten. Als hätten sie ihre gemeinsamen Erlebnisse vergessen, ihr Geschick mit dem Sextanten und anderen Messgeräten, ihr Wissen über die Sterne, ihre Fähigkeit, ein Fischauge zu essen. Sie fühlte sich reduziert: Als junge Frau war sie weniger Mensch denn als Kind. Das durfte doch nicht sein!

Bei ihrer letzten Heimfahrt vom Cape Farewell ging Flora hoch aufs Quarterdeck, wo Captain Mackie durch die Wolkendecke einen Blick auf die Sonne erhaschen wollte. Flora holte ihren Sextanten heraus.

»Das ist nicht nötig, Miss Flora«, sagte Inkster.

»Ich muss in Übung bleiben«, erwiderte sie.

Darauf warf er ihrem Vater einen Blick zu, der Besorgnis und Tadel ausdrückte. Sie ignorierte ihn und verrückte ihren Zeigefinger ein bisschen. Dann schoben sich die bedrohlichen Wolken wieder vor die Sonne, so dass ihr Bemühen sinnlos wurde. Inkster und der Kapitän steckten die Köpfe über ihrer Arbeit zusammen und schlossen sie aus.

Wochen später, als sie daheim in der Crichton Street war, brach Flora vor Wut in Tränen aus.

»Du kannst doch nicht erwarten, dass ich dich für immer mit in den Norden nehme«, sagte Captain Mackie, verwirrt über das Wesen, das er aufgezogen hatte, und leicht eingeschüchtert von ihrer Leidenschaft. »Schließlich werde ich nicht ewig auf dich aufpassen können …« Es war zwar brutal, musste aber gesagt werden: »Du kannst nicht in meine Fußstapfen treten, als wärst du mein Sohn. Du wirst heiraten, du wirst …«

Ihm fiel nichts mehr ein, was sie danach tun würde.

»Wenn ich dich weiterhin mit in den Norden nehme, gefährdet das deine Zukunftschancen. Du musst ein geregelteres Leben führen. Du bist jetzt erwachsen, also musst du lernen, dich normal zu benehmen. Und Leute kennenlernen, in Gesellschaft gehen.«

»Ich lerne doch zahllose Leute kennen!«, rief Flora aus.

»Ich meinte, die richtigen Leute, wie du genau weißt. Keine

Seeleute. Du kannst doch keinen Harpunier oder Steuermann heiraten, Flora.«

Ärgerlicherweise wurde sie rot, doch da ihr Vater den Blick auf seine hölzerne Löschwalze gesenkt hatte, schien er das nicht zu bemerken. Er kippte die Walze mit zwei Fingern hin und her.

»Ich habe dich mitgenommen, Flora, weil du das Einzige bist, was mir noch geblieben ist, und ich dich gern in meiner Nähe habe. Das war vielleicht selbstsüchtig. Aber das kann nicht mehr so weitergehen. Vielleicht war es falsch von mir und dir gegenüber nicht fair. Ich möchte doch nur, dass du glücklich bist.«

»Sag mir nicht, dass du nur mein Glück willst, wenn du mich unglücklich machst! Ich kann doch wohl besser entscheiden, was gut für mich ist und was nicht!«

»Nein, Flora; bei diesem Thema kannst du das eben nicht.«

Ihre Auseinandersetzung ging noch eine Weile fruchtlos so weiter, bis Flora kapitulierte. Sie rannte die Treppe hinauf und warf sich schluchzend auf ihr Bett. Sie schämte sich für ihr Verhalten, doch das kam ihr nichtig vor gegenüber der Tatsache, dass sie alles verloren hatte, was ihr etwas bedeutete.

Allerdings war sie zutiefst pragmatisch veranlagt. Daher blieb sie wochenlang auf ihrem Zimmer, wo sie begann, ihre Möglichkeiten abzuwägen. Direkt vor ihrer Tür lag das University College of Dundee, das dank der Großzügigkeit einer Miss Baxter sogar Frauen zuließ. Ihr Vater war bereit, das Schulgeld zu bezahlen, und nach einigem Hin und Her war das College bereit, in puncto Zulassungsvoraussetzungen eine Ausnahme zu machen. Zum ersten Mal erkannte Flora, dass ihre ungewöhnliche Kindheit genau wie Schönheit oder Geld ein Pfund war, mit dem sie wuchern konnte: Andere Menschen waren davon fasziniert. Da sie Naturwissenschaften studieren wollte, war sie von den klassischen und modernen Fremdsprachen befreit, und da sie über die Arktis alles gelesen hatte, was sie in die Finger bekommen konnte, beschloss sie, sich auf die neue Wissenschaft der Meteorologie zu konzentrieren. Ihr war klar, dass es bei zukünftigen Expeditionen in den Norden eher um die Sammlung von Informationen als um die Bedienung der schwindenden Nachfrage nach Tran gehen würde. Und da das Wohl und Wehe aller Arktisexpeditionen vom Wetter abhing, würde sie sich zu einer Expertin ausbilden lassen.

Sie lebte still und zurückgezogen, besuchte ihre Vorlesungen und wohnte weiterhin in der Crichton Street, wo ihr altes Kindermädchen Moira sich um sie kümmerte, während ihr Vater auf See war. Dennoch war sie nicht völlig allein. Denn mittlerweile war es bekanntgeworden, dass es ein Mädchen gab, das auf Walfang gegangen war. R.G. Whitfield, ein Schriftsteller mittleren Alters, machte die Öffentlichkeit als Erster auf Flora aufmerksam. Er war ein mediokrer Schreiberling mit einer Schwäche für Mittelalterschnulzen, doch hatte er einen Riecher für gute Geschichten. Und als er von einem jungen Mädchen hörte, das mehr Zeit in der Arktis verbracht hatte als viele Entdecker, surrten seine Antennen. Er setzte alles daran, sie kennenzulernen, und taufte sie in einem seltenen Geistesblitz »die Schneekönigin«.

Im Februar traf Whitfield in Dundee ein. Da er aus Manchester kam, war er auf den kalten Nieselregen in Dundee vorbereitet, nicht aber auf den Gestank eines Walfängerhafens, der ihn empfing. Nachdem er sich so weit erholt hatte, dass er Erkundigungen einziehen konnte, empfahl man ihm, zum Whaler's Parliament zu gehen, einem Wirtshaus am Kai, wo er alles über den Walfang erfahren konnte. Eine Stunde trieb Whitfield sich am Kai und in der näheren Umgebung herum, bevor er erkannte, dass das Wirtshaus nicht Whaler's Parliament – faszinierender Name – hieß, sondern The Ship. Als er die Kaschemme betrat – trübes Licht, durchdringender Geruch vom Feuer und den Ausdünstungen unzähliger Männerkörper, aber dennoch feuchtkalt wie Novemberniesel –, befürchtete er schon, seine Maid von Eis und Schnee, seine Schneekönigin, würde ebenfalls so riechen. Sein Bild von ihr (kastanienbraune Zöpfe, dunkle Augen und eine rundliche, aber biegsame Figur) geriet ins Schwanken. Fast hätte er kehrtgemacht und den Rückweg zum Bahnhof angetreten.

Eine halbe Stunde später zückte er im Haus in der Crichton Street seine Karte und wurde in den Salon geleitet. Dann musste er mehrere Minuten warten, was ihn erleichterte, denn hier schien er, wenn auch nur vorübergehend, der drückenden Atmosphäre von Dundee entkommen zu sein. Als eine junge Frau das Zimmer betrat, stand er auf.

»Ich danke Ihnen, Miss Mackie, dass Sie mich ohne Anmeldung empfangen. Es ist sehr freundlich von Ihnen, mir etwas von Ihrer Zeit zu gewähren.«

Was sah er vor sich? Ein strammes junges Mädchen, das fast so groß war wie er selbst. Einen direkten Blick aus wintergrauen Augen; Wangenknochen, die noch Sommersprossen vom letzten nachtlosen Sommer aufwiesen, und schlichtes, welliges Haar, nicht kastanienfarben, sondern in einem enttäuschenden Mausbraun. Keine Schönheit, das nicht, aber … nicht ohne Reiz, wenn sie sich ein bisschen Mühe gäbe. Sie benahm sich nicht, wie es sich für junge Damen geziemte. Kam mit großen Schritten ins Zimmer, umgeben von einer Aura der Kühnheit, die schlimme Konsequenzen nach sich ziehen konnte. Ein wildes, junges Wesen. Whitfield lächelte, um seine Überraschung zu verbergen. Flora hingegen lächelte nicht.

»Was wollen Sie?«

»Äh … nun ja. Direkt auf den Punkt … aha.«

Flora starrte ihn an. Auch sie wusste nichts mit ihrem Gegenüber anzufangen, das ihr mit seinem Backenbart wie ein Stutzer aus dem Süden vorkam.

»Es freut mich, Sie kennenzulernen, Miss Mackie. Vielleicht könnten wir …«

»Oh. Ja. Setzen Sie sich.«

Als Whitfield den Grund für sein Kommen erklären wollte, erschien eine korpulente Frau mit einem Teetablett. Sie verströmte Missbilligung.

»Alles klar, Murra. Das reicht«, sagte Flora scharf, als die Frau sich anschickte, Stücke aus schwärzlichem Material zu verteilen. Whitfield fand sie ziemlich unhöflich. (Und war ›Murra‹ wirklich ein Name? Oder hatte sie vielleicht ›Mutter‹ gesagt. Es kam ihm höchst unwahrscheinlich vor …)

»Ja«, fuhr er fort. »Sie sind eine einzigartige junge Dame. Ich glaube, so etwas wie Sie gibt es auf der ganzen Welt kein zweites Mal.«

»Im Ernst?« Flora sah aus, als dächte sie zum ersten Mal darüber nach. »Aber ich bin doch nur mit meinem Vater auf Walfang gefahren und habe nichts Besonderes getan. Captain Penny hat seine Frau auch immer mitgenommen.«

Whitfield hatte keine Ahnung, wer Captain Penny war, und wollte es auch nicht wirklich wissen.

»Aber eine Tochter – also ein junges Mädchen … wie alt waren Sie, als Sie das erste Mal in das Land der Nordwinde reisten?«

Flora war irritiert. »Ich war zwölf. Aber Captain Penny hat auch seinen Sohn mitgenommen, also ist das nichts Ungewöhnliches. Nichts, was irgendwie anstößig wäre.«

»Aber nein, nichts Anstößiges, da bin ich sicher. Weit gefehlt! Dennoch ist es etwas Besonderes, was Sie getan haben, Miss Mackie. Und deshalb möchte ich einen Artikel über Sie schreiben.«

Sie lachte auf, ein ungeniertes Bellen, das sie rasch dämpfte, indem sie sich die Hand vor den Mund schlug.

»Wie Sie vielleicht wissen, hat der Norden die Menschen schon von jeher fasziniert: der Schnee, die extreme Kälte und Dunkelheit, die unglaublichen Gefahren des Walfangs, die Eisberge … Leviathan höchstpersönlich! Und natürlich die Eskimos und ihr Leben, ihre merkwürdigen Gewohnheiten und Ernährungsweisen – höchst faszinierend. Doch wenn man all dies von jemandem zu hören bekäme, verstehen Sie, der so ganz anders ist als ein normaler Seemann oder Entdecker … das würden die Menschen höchst interessant finden.«

»Ach, wirklich?«

»Ich versichere es Ihnen. Im Süden haben die Menschen keinen direkten Zugang zum Walfang. Und Sie, als Mensch von so angenehmer Erscheinung … als junge Dame aus gutem Haus …«

Er verstummte, weil er sich in diesem Punkt nicht ganz sicher war.

»Arbeiten Sie für eine Zeitung, Mr. Whitfield? Welche denn?«

»Oh, ich habe schon in vielen Zeitungen veröffentlicht. In der *Evening Times,* dem *Manchester Chronicle,* der *Gazette* …« Mit einer unbestimmten Handbewegung deutete er die unzähligen Zeitungen an, die nach seinen Artikeln verlangten. Er sah zu, wie sie seine Behauptung verdaute, sie sei eine angenehme Erscheinung. Sie verschränkte die Hände und versuchte sich an einem leicht koketten Blick. Ihre Unbeholfenheit rührte ihn.

»Ich bin überzeugt, eine Artikelreihe, idealerweise mit Illustrationen oder gar Photographien, darunter natürlich ein Photo von Ihnen, wäre für etliche Zeitungen und Zeitschriften interessant.«

»Ach! Wollen Sie damit sagen, dass wir dafür in den Norden reisen?«

Er sah, wie ihr Gesicht vor lauter Hoffnung erblühte, und bedauerte, ihre Hoffnung zunichtemachen zu müssen.

»Tja, das nun gerade nicht. Eigentlich wollte ich Sie interviewen, falls Sie dazu bereit wären, und die Photos … von irgendwoher besorgen. Selbstverständlich würden wir von Ihnen ein Photo in Kleidung für die Arktis aufnehmen. In Pelzen.«

Wieder sah er, wie sie überlegte, doch sie wirkte nicht überzeugt.

»Vielleicht könnte ich mit Ihrem Vater sprechen?«

»Das ist nicht nötig. Und momentan auch nicht möglich. Wenn Sie sagen, diese Artikel wären für Zeitungen ›interessant‹, heißt das, sie würden dafür bezahlen?«

»Ja, tatsächlich sind sie manchmal dazu bereit, allerdings kann ich nicht sagen, wie viel. Das hängt von verschiedenen Umständen ab.«

Schweigen.

»Über die Konditionen werden wir uns gewiss einigen können.«

»Konditionen … Zum Beispiel: halbe-halbe?«

Fast hätte sich Whitfield an seinem Tee verschluckt.

»Nun, die Artikel sind wahrscheinlich recht arbeitsintensiv. Verstehen Sie, reine Erfahrungen können eher unverdaulich sein. Man muss sie in Form bringen, ihnen Ordnung verleihen, durch den Filter eines belesenen Geistes sieben …«

»Aber eigentlich könnte ich alles selbst machen: Berichte schreiben, Illustrationen heraussuchen und so weiter. Schließlich studiere ich an der Universität.«

»Ach ja? In der Tat. Aber das Schreiben von Zeitungsartikeln ist eine Fähigkeit, die erlernt sein will, und obwohl Ihre Erfahrungen einzigartig sind, besteht die große Wahrscheinlichkeit, dass sie keine Beachtung finden, wenn sie nicht von jemandem präsentiert werden, der weiß, was Zeitungsredakteure verlangen. Man muss Kontakte haben und wissen, was gefragt ist; manche wollen eine bestimmte Perspektive, andere eine bestimmte Länge oder einen bestimmten Tonfall.«

Flora lehnte sich auf ihrem Sessel zurück. Er fand, dass ihr Gesicht einen sehr eigensinnigen, ja geradezu sturen Ausdruck angenommen hatte. Ziemlich unansehnlich, wenn sie nicht aufpasste. Andererseits, wenn sie in die richtigen Hände kam und in ein enges Mieder geschnürt wurde, konnte dieser Ausdruck sogar ganz reizvoll wirken.

»Aber ohne mich hätten Sie gar nichts.«

»Sie besitzen Köpfchen, Miss Mackie. Selbstverständlich haben Sie recht – und deshalb bin ich sogar bereit, Ihnen nicht weniger als dreißig Prozent zu gewähren.«

»Dreißig Prozent? Also siebzig für Sie?«

»Ich versichere Ihnen, das ist für das reine Thema eines Artikels ein sehr guter Prozentsatz.«

Daraufhin sah Flora ihn nur eine ganze Weile an. Whitfield fühlte sich unbehaglich.

»Es gibt Journalisten, die würden ihren Artikel auch ohne Erlaubnis schreiben.«

Sie schien über etwas nachzudenken, das in weiter Ferne lag. Flora bekam offenbar eine Idee davon – vage noch, aber zunehmend deutlicher –, welche Vorteile, außer den finanziellen, ihr daraus erwachsen konnten … War das möglich? Sie starrte auf die dunklen Stücke, die Whitfield (ausgehend von der Tageszeit) für Kuchen hielt, und sah aus, als dächte sie darüber nach, etwas aufzubauen.

»Wenn, wie Sie sagen, keiner ohne den anderen auskommt, scheint mir halbe-halbe nur fair.«

Whitfield seufzte. »Sie sind eine harte Verhandlungspartnerin, Miss Mackie.«

Da lächelte sie. Dabei bogen sich ihre Mundwinkel langsam in einem scharfen Bogen nach oben, was ihr einen Anflug von Verwegenheit verlieh. Unsicher verzog Whitfield den Mund. Sie neigte sich vor und nahm einen Teller.

»Möchten Sie nicht etwas Dundeekuchen, Mr. Whitfield? Wo Sie schon den langen Weg hierher gekommen sind?«

Der erste Artikel, den er ihr schickte, war aus einem Exemplar des *Manchester Chronicle* ausgeschnitten. Er hatte kein Photo, sondern die Zeichnung eines Künstlers, die ein von Eisbergen und drohenden Eskimos umringtes junges Mädchen zeigte.

Bemerkenswert war die Illustration vor allem deswegen, weil darauf ein Wal, ein Schiff, Hunde, Seerobben, Eskimos mit Harpunen, ein Eisbär und ein Sturm dargestellt waren, alles unmittelbar nebeneinander. Das pelzbekleidete Mädchen hatte mehr als nur eine flüchtige Ähnlichkeit mit Alice im Wunderland, dafür aber keinerlei Ähnlichkeit mit Flora selbst; vermutlich, weil der Illustrator sie nie gesehen hatte. Der Artikel war nicht gerade fiktional, aber Whitfield hatte die Gefahren ihrer Reisen bis zur Unkenntlichkeit übertrieben.

Doch all das hatte Flora mehr oder weniger erwartet. Was das Geld betraf, so stand er zu seinem Wort, und obwohl die Artikel nie so viel einbrachten, wie er ihr angedeutet hatte, war es am Ende sie, die ihm etwas schuldete, denn ohne diese Artikel hätte ihr Leben nicht eine entscheidende Wendung genommen.

✦

Kapitel 7

London, 51°30' N, 0°7' W

1889–1890

»Und auf *gar keinen Fall* darfst du durch den Haupteingang kommen. Ich weiß, das ist lächerlich, aber es muss sein. Letztes Jahr hat das ein Mädchen versucht und wurde prompt unter einem Vorwand rausgeworfen. Auch wenn überall von Gleichberechtigung geredet wird, heißt das noch lange nicht, dass für sie und uns die gleichen Regeln gelten. Nicht im mindesten.«

Floras neues College in London ließ wie das in Dundee auch Frauen zum Studium zu, dennoch sollen Männer und Frauen keinen Kontakt haben, obwohl sie gleichzeitig im selben Saal Vorlesungen besuchen. Dies wird dadurch erreicht, dass die Männer durch den Haupteingang kommen und in den vorderen Reihen des Vorlesungssaals Platz nehmen, während die Handvoll weiblicher Studenten über einen Nebeneingang, dann über mehrere Flure und Treppen und schließlich durch eine Hintertür dorthin gelangen und sich nur in die hinteren Reihen setzen dürfen. All dies wird Flora an ihrem ersten Tag von einer nervösen jungen Frau namens Poppy Meriwether erklärt. Obwohl sie den Namen einer Kinderbuchfigur hat, trägt Poppy eine Brille mit Metallgestell und stets eine ernste Miene. Sie ist dünn und flachbrüstig und wirkt erschöpft. Freundlich kann man sie nicht nennen, wohl aber peinlich genau, als wollte sie Flora für einen Feldzug instruieren.

»Was würde passieren, wenn wir uns in die vorderen Reihen setzten?«

Poppy verzieht das Gesicht. »Du kannst es ja mal versuchen. Aber bedenke dabei, dass ein Mädchen schon deshalb eine strenge Verwarnung bekam, weil sie sich von einem jungen Mann hatte nach Hause begleiten lassen. Dabei war er ihr Bruder!«

Sie erfährt, dass es nicht gern gesehen wird, wenn Studentinnen Fragen an die Dozenten stellen. Die Studenten vorne können sie in Gespräche verwickeln – die zuweilen an Geplauder erinnern –, aber der Austausch reicht nicht bis zu den hinteren Rängen des Vorlesungssaals. Ihre nur undeutlich zu hörenden Kommentare und ihr Lachen sind wie Stiche. Flora kocht vor Zorn über die Studenten, die sie ausschließen – und noch mehr über die Dozenten, die sie dazu ermutigen. In ihrer zweiten Woche hebt sie die Hand. Der Chemieprofessor, Mr. Wallace, ignoriert das oder sieht es wirklich nicht. Fuchsteufelswild und trotz Poppys tadelnder Miene behält sie die Hand oben.

»Verzeihung, Mr. Wallace?«

Als ihre Stimme bis in die vorderen Ränge driftet, wird es schlagartig still. Mr. Wallace blickt zu ihr hoch. Im hinteren Bereich des Saals ist es so dämmrig, dass er die Augen zukneifen muss, um sie sehen zu können.

»Ja. Verzeihung, Miss …?

»Miss Mackie. Wir können Sie hier hinten nicht hören. Wir wissen nicht, worüber Sie lachen. Wir bezahlen Studiengebühren, da möchten wir nichts Wichtiges verpassen.«

Alle Köpfe aus den vorderen Reihen drehen sich zu ihr. Flora mustert die Gesichter, die teils Neugier, teils Geringschätzung oder Amüsement zeigen. Einer – der am meisten spricht – lächelt; er hat drahtiges dunkles Haar, ein kluges, lebhaftes Gesicht und trägt eine Brille. Der Dozent hat ihn einmal mit ›unser Israelit‹ angesprochen, worauf Flora die Augen aufriss. Jetzt sieht Flora Mr. Wallace so durchdringend an, dass er sich räuspert.

»Danke, Miss Mackie. Ich werde daran denken. Seien Sie versichert, meine Damen, dass Sie nichts verpassen werden, was Sie wissen müssen, wenn Sie nur gut aufpassen.«

Das Mädchen neben Flora murmelt: »Alter Schwätzer.« Flora wirft ihr einen dankbaren Blick zu, überrascht, in der Rennaissanceschönheit mit dem klaren Gesicht und dem flachsblonden Haar eine Verbündete zu finden. Ihr ist schon aufgefallen, dass die Studenten sie auf dem Flur offen anstarren. Kurz darauf stellt sich das Mädchen als Isobel Kirkpatrick vor und drückt ihre Bewunderung darüber aus, dass Flora den Mut hatte, das Wort zu ergreifen. Später erfährt sie von Poppy, dass Isobel die Tochter eines reichen Parlamentsabgeordneten ist. Sie absolviert das Studium nur zur Vollendung ihrer Erziehung, wird aber niemals ihren Lebensunterhalt verdienen müssen. Poppy verdreht die Augen, als sie das erklärt.

Ein paar Tage später lädt Isobel Flora zur Mittagspause in der Nähe der Universität ein. In einem Etablissement wie dem Berardi's war Flora noch nie. So etwas gibt es in Dundee nicht. Es befindet sich an der Ecke Chenies Street und wirkt wie eine verrufene Spelunke, weil dichter Zigarettenrauch die Luft vernebelt und die nur im Murmelton geführten Gespräche an faszinierende, leicht anrüchige Themen denken lassen. Wie Quallen aussehende Lampen bewirken nur wenig gegen die düstere Atmosphäre. Isobel schlängelt sich durch die Menge zu einem Ecktisch. Dort unterhalten sich ein paar Männer, bis einer von ihnen – ein plumper Junge mit glatten, blonden Haaren – sie bemerkt und aufspringt, worauf alle anderen verstummen und sich nach ihnen umdrehen. Flora spürt Verlegenheit in sich aufsteigen, die nicht gänzlich unangenehm ist. Unter dem prüfenden Blick der Männer merkt sie, wie ihr Blut in Wallung gerät. Sie weiß, so hübsch wie Isobel ist sie nicht, und tatsächlich mustern sie ein, zwei Augenpaare nur träge und wenden sich dann ab – dieses demütigende Gefühl ist nicht zwiespältig.

»Das ist Flora Mackie. Sie kommt frisch von der Universität

in … Edinburgh, oder?« Isobel ist zwar ein sehr freundlicher Mensch, hat aber die Angewohnheit, bei Details ziemlich vage zu bleiben, was Flora das Gefühl vermittelt, sie sei nicht interessant genug. Aber sie glaubt nicht, dass das Isobels Absicht ist.

»Dundee.« Sie schenkt die Männer am Tisch mit einem knappen, angespannten Lächeln.

Der Blonde streckt ihr die Hand hin und verneigt sich. »Willkommen in London. Und was noch wichtiger ist: willkommen im Berardi's. Unserem zweiten Zuhause.«

Flora gibt ihm die Hand. Die anderen erheben sich ebenfalls.

Isobel sagt: »Das ist David Lydgate, Flora, mein Cousin. Er ist in unserem Biologiekurs.«

»Bitte, setzen Sie sich doch. Wir können zusammenrücken … Das hier ist Thomas Outram … Mark Levinson … Oliver Bennett … und Herbert Wickham.«

Flora nickt den anderen zu, und alle lassen sich etwas ungeordnet am Tisch nieder. Isobel sitzt neben Herbert Wickham, der mit seinen glatten, schwarzen Haaren und der hohen Stirn ziemlich gut aussieht. Flora registriert eine gewisse Spannung zwischen den beiden – ist er Isobels Freund? Jedenfalls ist er einer derjenigen, die ihr nur einen flüchtigen, abschätzigen Blick zugeworfen haben. David Lydgate winkt einen Kellner herbei und bestellt Tee für die Damen. Das Gespräch kommt wieder in Gang. Flora begnügt sich damit, einfach zuzuhören, während die anderen über ihre Dozenten reden. Sie erkennt, dass sie mit den meisten Männern den einen oder anderen Kurs besucht. Herbert und Oliver Bennett blendet sie gleich aus, weil sie sich nicht für sie zu interessieren scheinen. David ist freundlich. Thomas Outram wirkt noch ziemlich jung und sagt kaum etwas – wegen seines Stotterns, wie sie entdeckt, was seine ansonsten kristallklare Sprechweise stört. Mark Levinson identifiziert sie als den gesprächigen ›Israeliten‹. Er lächelt kurz, fährt dann aber mit seiner Geschichte über ein paar Mitglieder des Lehrkörpers fort; offenbar ist einer ein Trinker, und ein anderer schlägt seine Frau. Mit einem Mal bricht er ab und sieht Flora mit leicht zusammengekniffenen Augen durch den Zigarettenrauch an.

»Mir ist gerade klargeworden … aber nein … kann das denn sein?« Seine Stimme klingt anklagend. Erschrocken hält Flora die Luft an.

»Was faselst du denn da?«, fragt ein anderer.

»Ich meinte, Ihren Namen wiedererkannt zu haben. Aber ich habe ihn nicht schon mal gehört, sondern gelesen. Flora Mackie: die Schneekönigin. Das sind Sie doch, oder?«

Flora ist verblüfft. Sie hat erfahren, dass nur wenige Studenten solche Zeitungen lesen, in denen die Artikel über sie erschienen sind.

»Äh, ja.«

Jetzt lächelt Mark Levinson so breit, dass seine Augen in dem schmalen Gesicht aufleuchten. Er entspricht kein bisschen ihrer Vorstellung von einem Juden: Seine Nase ist schmal und gerade, und er wirkt eher wie ein intelligenter Asket. »Die anderen haben von so was keine Ahnung, aber ich bemühe mich, so viel wie möglich zu wissen. Diese junge Dame hier«, erklärt er den anderen, »ist unter Eskimos aufgewachsen. In Grönland. Sie ist so was wie eine Berühmtheit.«

»Ach was. Ich habe nur meinen Vater begleitet.«

»Ist er ein Entdecker?« Die Frage kommt von David.

»Nein, der Kapitän eines Walfängers.«

Oliver Bennett zieht die Augenbrauen in die Höhe.

»Nach dem, was ich gelesen habe, haben Sie Sachen gegessen, die ich mir nicht mal vorstellen kann.«

»Können Sie sich verrottetes Alkfleisch vorstellen?«

»Das schon, aber nicht, es zu essen. Wie schmeckt es denn?«

»Ziemlich beißend und schleimig, aber sehr pikant. Als ich mich erst mal dran gewöhnt hatte, mochte ich es.«

Isobel verzieht das Gesicht. »So was hast du wirklich gegessen?«

»Ja. Aber Fischaugen sind mir lieber.«

Herbert sieht aus, als fände er das alles ziemlich ekelhaft.

Mark Levinson lacht. Flora lächelt, obwohl sie sich nicht sicher ist, ob man mit ihr oder über sie lacht. Die anderen starren sie an. Isobel sieht aus, als hätte sie genau das bezweckt, als sie sie mitnahm.

»Ich hätte wissen müssen, dass Mr. Levinson schon von ihr gehört hat.« Dann fügt sie hinzu: »Flora wohnt bei Iris Melfort.«

Die anderen tauschen vielsagende Blicke. Herbert sagt: »Dann bewegen Sie sich ja in illustren Kreisen. Ist sie mit Ihnen verwandt? Sie kommt doch auch aus Schottland, oder nicht?«

»Ja, aber wir sind nicht verwandt. Ich betrachte Sie als meine Wohltäterin.«

Jetzt sieht Oliver sie aufmerksam an; offenbar ist sie nun doch interessant für ihn geworden.

»Sie wohnen bei der Melfort? Hört, hört.«

»Sie kennen sie?«

»Iris Melfort kennt doch jeder.«

»Ich kenne sie nicht«, bemerkt Mark. »Aber ich habe einiges von ihr *gehört.*«

»Mark kommt aus Bethnal Green. Da kennt man nicht jeden.«

Von Bethnal Green hat Flora noch nie gehört – vermutlich ist das irgendein Dorf auf dem Land. Mark grinst, er ist nicht im mindesten beleidigt. Er und Oliver wechseln einen Blick.

»Also … um auf das zu kommen, was ich von Miss Melfort gehört habe … und ich frage natürlich aus rein wissenschaftlichem Interesse: Stimmt es, dass sie eine Sapphistin ist?«

Ein leiser Aufschrei ertönt. Isobel ist offenbar aufrichtig empört und tadelt Mark. Oliver lacht; Herbert grinst; David und Thomas wirken peinlich berührt. Das gibt Flora etwas Zeit, sich zu sammeln. Sie ist schockiert und wütend, weiß aber, dass sich das nicht auf ihrer Miene spiegelt.

Herbert wirft Oliver einen anzüglichen Blick zu und bemerkt: »Sie weiß nicht, was das heißt.«

Mit brennenden Wangen richtet Flora den Blick auf eine

der Lampen und sagt: »Ich weiß sehr wohl, was das heißt, kann Ihnen jedoch versichern, dass Sie das nicht im mindesten etwas angeht.« Dann richtet sie ihr frostigstes Lächeln auf Mark Levinsons Ohr.

»Touché«, sagte David Lydgate. »Miss Mackie, es tut mir außerordentlich leid. Ich möchte mich für meine … Bekannten entschuldigen.«

»Das war doch nur ein Scherz«, sagt Herbert. Flora lächelt unbeirrt weiter, weil sie den Anschein erwecken möchte, eine moderne Frau zu sein, die durch nichts zu schockieren ist. Aber später, im sicheren Bus nach Kensington, spürt sie, wie sie vor Wut zittert und Tränen ihr die Sicht trüben.

Bei ihrer ersten Begegnung war Flora sich nicht sicher, was sie von Miss Iris Melfort halten sollte. Sie hatten sich zwar bereits seit Monaten geschrieben, und Iris hatte sogar ihrem Vater schriftlich versichert, sie wäre genau die Richtige, um seine Tochter vor den vielen Gefahren des Lebens in London zu schützen.

»Ich verstehe einfach nicht, wieso sie das tut. Sie kennt uns doch gar nicht.«

»Aber sie hat von mir gelesen«, erklärte Flora. »Sie will mir helfen, eine Entdeckerin zu werden. Sie ist eine moderne Frau.«

Angesichts der Verrücktheiten in der Welt stieß ihr Vater einen Seufzer aus.

»Und was weiß Miss Melfort über die Arktis?«

»Wahrscheinlich nicht viel«, erwiderte Flora mit der Unbekümmertheit einer jungen Frau, die zahlreiche Briefe fremder Bewunderer und darin sogar zwei Heiratsanträge bekommen hatte. »Aber sie will ja auch nicht dahin.«

Als Flora jetzt das Haus in Kensington erreicht – eine imposante, stuckverzierte Villa (Iris ist sehr reich) –, wird ihr von einem Hausmädchen in makelloser Uniform geöffnet. Staunend schaut sie sich um. Auch so etwas gibt es in Dundee nicht. Iris ist im Salon in der Bel-Etage, wo man Blick auf den Park hat. Ein anderes Hausmädchen hat Tee gebracht.

»Was hast du heute gelernt, Flora?«

»Äh, Chemie: die Edelgase, und in Mathematik Analysis.«

»Hast du mit Dr. Sullivan gesprochen?«

»Ja, das habe ich …«

Flora hat gegenüber Iris ihre Besorgnis darüber geäußert, dass Meteorologie nicht zum Lehrplan gehört. Dr. Sullivan ist das einzige Mitglied des Lehrkörpers, der Erfahrungen in diesem Fachgebiet aufweisen kann, da er zwanzig Jahre zuvor eine Islandexpedition begleitet hat.

»Er meinte, es gebe keine Vorlesungen in Meteorologie und ich täte gut daran, mich auf Physik und Mathematik zu konzentrieren, weil ich mich da noch verbessern könnte.«

»Nun, dann musst du dich wohl erst mal damit begnügen. In ein paar Monaten könntest du vielleicht … Was hast du denn, meine Liebe?«

Flora blinzelt, um ihre Tränen zu vertreiben. »Ich weiß, ich habe noch viel nachzuholen, aber er klang, als halte er mich für eine Idiotin und meine Ambitionen …« Ihr versagt die Stimme.

»Daran wirst du dich gewöhnen müssen, Flora. Die meisten Männer – und auch ziemlich viele Frauen – werden über dich lachen und dich wahrscheinlich sogar für verrückt halten. Pioniere sind immer ausgelacht worden.«

Flora versucht, nicht an die Szene im Berardi's zu denken. Sie vermutet, dass viele Menschen über Iris lachen, und verspürt den merkwürdigen Wunsch, sie zu beschützen. Nach gewöhnlichem Maßstab ist sie wirklich exzentrisch und auf ihre Weise ebenfalls eine Pionierin: eine reiche alte Jungfer, modern, redegewandt, modebegeistert – alles, was ihrem Vater höchst fragwürdig erschiene. Ihr Alter liegt irgendwo zwischen dreißig und vierzig, und sie hüllt ihre schlaksige Gestalt in befremdliche, fließende Gewänder. Sie und ihre Freundinnen sind Verfechterinnen von Vegetarismus, allgemeinem Wahlrecht und

Reformkleidung – um nur die Anliegen zu nennen, von denen Flora weiß. Außerdem ist Iris erstaunlich großzügig. Im Laufe der letzten Wochen hat Flora sie liebgewonnen.

»Ich weiß. Aber er klang, als wäre ich die Letzte, die er zu einer Expedition einladen würde, falls je eine über die Universität organisiert würde.«

»Das weißt du doch schon. Du wirst bei keiner fremden Expedition mitfahren. Wir haben doch andere Pläne, oder etwa nicht?«

Manchmal verzweifelt Flora an diesen Plänen. Sie ist gut in Mathematik und lernt schnell, doch ihr fehlen etliche wissenschaftliche Grundlagen. Daher hat sie zu kämpfen und fleht Poppy und Isobel an, ihre größten Lücken zu schließen – was sie, mehr oder minder geduldig, tun. In Vorlesungen verhält sie sich ruhig, aus Angst, gedemütigt zu werden. Ihre mangelhafte Bildung ist ihr schmerzlich bewusst, vor allem im Vergleich zu den Studenten, die berühmte Schulen besucht haben.

Bei anderen Gelegenheiten jedoch findet sie genau diese Studenten lächerlich kindlich: Die meisten wohnen noch bei ihren Eltern und haben Europa nie verlassen; sie mögen tote Sprachen gelernt haben, sprechen jedoch nie mit jemandem außerhalb ihrer Klasse. Sie wissen nichts von Lebensbereichen, die Flora vertraut sind: der Walfang voller Gefahren, Gemetzel und Profit, die Schufterei und die Nöte von Männern, die staunenswerte, sinnliche Natur des Nordens.

Auf ihrer ersten Reise machte sie mit John Inkster, ihrem väterlichen Freund, einen Landgang und kam zu einem Strand, der schwarz war vor lauter Seerobben, die ihre sackartigen Körper ruckartig bewegten. Die massigen Kreaturen prallten immer wieder heftig, blutüberströmt und laut kreischend gegeneinander. Flora fragte, gespielt ahnungslos, was sie da machten. Hochrot vor Verlegenheit, doch außerstande, sie anzulügen, erklärte John, die Seerobben würden heiraten.

Flora hat gesehen, wie Gletscher ins Meer krachen. Sie hat

einen Eisberg gesehen, der so weit geschmolzen war, dass man ein ganzes Wrack darin erkennen konnte. Sie hat einen Himmel mit drei Sonnen gesehen; Dinge, die die Herbert Wickhams dieser Welt sich kaum vorstellen konnten.

Außerhalb ihrer Vorlesungen verbringt sie Stunden in der Bibliothek und liest über Galton und Fitzroy und ihre Messung der Wetterbedingungen, über Beaufort und den Wind, Dove und die Stürme, Glaisher und seine Experimente mit dem Heißluftballon, die ihn fast das Leben kosteten. Sie liest über Tyndall und das Aufsteigen von Wasserdampf in die Atmosphäre, die Lichtstreuung von Eiskristallen und die Plastizität von Gletschern. Sie liest Humboldts *Kosmos* und Halls Berichte über das Leben mit Eskimos. Sie studiert die Zirkulation der Luft, den Wasserkreislauf in der Natur, die Bildung von Wolken, und all das nicht aus Gehorsam oder Dankbarkeit und auch nicht, weil sie ein Pionier sein will. Sondern weil die Arktis mit ihrem harten, beständigen, unaufhörlichen Licht der einzige Ort ist, an dem sie sich jemals frei gefühlt hat.

Als sie eines Tages zu ihrem Platz zurückkehrt, steckt in ihrem obersten Buch ein Brief mit einer inständigen Entschuldigung und der Unterschrift *Mark Levinson.* Seit sie die Männer im Berardi's getroffen hat, ist schon eine Woche vergangen (und sie hat geschworen, nie wieder ein Wort mit ihnen zu sprechen). Mr. Levinson behauptet, er habe seitdem Höllenqualen gelitten, schäme sich zutiefst wegen seiner Grobheit und Unhöflichkeit, habe es nur wegen einer Wette getan, da er kein Geld habe, um solche Angebote auszuschlagen … Der Brief birgt eine merkwürdige Mischung aus Reue und Trotz und rührt sie absurderweise. Sie fragt sich, ob das wieder nur ein Scherz ist, und legt ihn beiseite, entschlossen, keinen Gedanken daran zu verschwenden. Doch danach kann sie sich irgendwie nicht mehr so auf die Absorptionsraten von Gasen konzentrieren wie zuvor.

Als Iris eine Woche später von einem Treffen eines Frauenvereins auf der Bethnal Green Road zurückkehrt, fragt Flora sie beiläufig, wie Bethnal Green eigentlich ist.

»Himmel, warum fragst du? Das ist das East End. Da willst du doch wohl nicht hin, oder?«

Flora zuckt die Achseln. »Ich habe jemanden darüber reden hören. Ist es sehr schrecklich?«

»Furchtbar. Aber man muss dorthin, wo die Not am größten ist.« Iris wirft ihr einen scharfen Blick zu. »Natürlich wimmelt's da von Juden.«

»Ach ja?«, sagt Flora.

»Kommt er daher?«

»Wer?«

»Der dir das Blut in die Wangen jagt.«

Nach einer Sekunde hat Flora ihre Fassung wiedergewonnen. »Da gibt es niemanden. Ich weiß nicht, wovon du sprichst.«

Da dies nicht zum Plan gehört, versucht sie, es vor Iris und allen anderen zu verbergen. Zum Beispiel ihre erste Begegnung im Physikgang, als er murmelt: »Ist mir verziehen?«, und sie, nicht aus Schicklichkeit, sondern eher aus Verwirrung, nicht antwortet. Doch dann treffen sie sich zufällig auf der Straße, oder vielleicht doch nicht so zufällig, und gehen in einem verschwiegenen Café Tee trinken. Er ist freundlich und amüsant, und sein offensichtliches Interesse schmeichelt ihr. Er behauptet, er wolle es wiedergutmachen, dass er sie in der Öffentlichkeit bloßgestellt hat. Darauf sagt sie, dann könne er ihr helfen, ihre Wissenslücken zu schließen (er hat Auszeichnungen in Physik und Chemie, wer wäre also besser geeignet?). Er erklärt sich einverstanden, und Flora beglückwünscht sich, dass sie die Lage zu ihrem Vorteil gewendet hat.

Schon ganz zu Anfang warnt er sie: »Sie wissen doch, dass ich ein schrecklicher East-End-Jude bin?«

»Ich weiß nicht, was Sie damit meinen.«

Er lacht kurz auf. »Ich bin nicht wie die anderen. Wie Herbert oder Tom zum Beispiel. Ich habe weder Geld noch einen guten Namen. Wenn Sie es sich also noch mal anders überlegen wollen …«

»Mich interessiert es nicht im mindesten, woher Sie kommen.«

Da sieht Flora, wie seine Miene sich zu einem strahlenden Lächeln verzieht, als habe sie ihm ein unerwartetes Geschenk gemacht. Sie redet sich ein, dass sie für ihn nicht empfänglich ist, nicht interessiert, dass sie andere, wichtigere Prioritäten hat. Doch Mark Levinson ist anders als alle, die sie je kennengelernt hat.

Im März fahren sie zusammen auf dem Oberdeck eines Busses durch die Innenstadt. Flora ist sich mehr als bewusst, dass nur wenige Zentimeter zwischen ihrem Rock und Marks Hosenbein liegen. Als er auf das Monument zeigt, das an den großen Stadtbrand erinnert – anscheinend weiß er alles über London und noch vieles andere –, lehnt sie sich so weit vor, dass sie ihn berührt, obwohl sie das nicht merkt.

»Robert Hook hat den Turm mit einem Schacht in der Mitte entworfen. Er wollte …« Der Bus schaukelt um eine Ecke, worauf zwischen Schulter und Knie jeder Zentimeter von ihr gegen seinen Körper gepresst wird. Er verstummt, aber sie fragt nicht nach, was Robert Hook wollte; beide blicken hinauf zu dem schwindelerregend hohen Turm mit den steinernen Flammen; sie spürt, wie ihr das Blut in den Ohren rauscht und ihre Selbstbeherrschung Risse bekommt.

Später am Nachmittag gesteht er mit einem hilflosen Lächeln, dass er nie weiß, was sie denkt. Er nennt sie die Sphinx des Nordens. Flora lacht. Wenn er wirklich nicht weiß, was ihr im Kopf herumgeht, dann ist sie tatsächlich eine Sphinx. Sie starrt auf seinen Hals, wo die Haut seiner Kehle unter dem Kragen verschwindet. Die Kluft zwischen ihnen verursacht ihr Schwindel; sie fällt ständig hinein.

Im April weht ein warmer Wind den Geruch vom Fluss in die Wälder. Flora und Mark gehen im Schatten der Kastanien spazieren. Da es ein milder Frühlingstag ist, haben sie sich für einen Ausflug in den Richmond Park entschieden, doch zwischen ihnen herrscht seltsames Schweigen.

»Wieso wird das hier eigentlich Isabella Plantation genannt? Das klingt romantisch.«

»Ist es aber nicht. Das Wort ›Isabella‹ stand früher für ›schmutzig gelb‹. Wahrscheinlich bezieht es sich auf die Farbe der Erde.«

Flora lacht und hofft, ihn damit aufzumuntern. »Das haben Sie doch erfunden.«

»Nein.«

»Glauben Sie, Isobel weiß das?«

»Weiß ich nicht.«

Sie fragt sich, was los ist und ob es an ihr liegt. Mark hebt eine abgebrochene Gerte auf und peitscht damit im Vorbeigehen gegen die Baumstämme. Staubkörnchen wirbeln durch die Lichtflecke zwischen den Blättern.

»Sie wirken verstimmt, Mark. Haben Sie etwas?«

Er seufzt. »Es ist wunderschön hier, und Sie sind bei mir, und Sie müssen doch wissen, was ich für Sie empfinde …«

Er verstummt und stochert mit der Gerte auf dem Weg herum. Dann murmelt er angespannt etwas und starrt auf den durchlöcherten Boden.

»Wenn Sie die Wahrheit wissen wollen: Ich verdiene Sie nicht.«

»Seien Sie nicht albern. Sie sind der klügste Mensch, den ich kenne. Sie haben eine große Zukunft vor sich –«

»Ich bin Ihrer nicht würdig.«

»Aber ja doch!«

Er lächelt unglücklich und schüttelt den Kopf.

»Sie wissen nicht … Sie zu sehen, Ihnen so nahe zu sein … das quält mich. Ich möchte Ihnen alles geben, Flora, aber nicht einmal das darf ich sagen.«

Er starrt sie so hitzig an, dass sie meint, unter seinem Blick zu verglühen.

»Ich will Sie doch nicht quälen.« Als sie seine Hand nimmt, quetscht er sie so fest, dass es weh tut.

»Ich schäme mich … Ich kann nicht mehr arbeiten, weil ich an Sie denken muss. Ich kann nicht schlafen. Ich werde noch verrückt. Ich befürchte, ich … Vielleicht sollten wir uns nicht mehr treffen.«

»Nein! Sagen Sie doch das nicht …«

Instinktiv tritt Flora näher zu ihm und schlingt ihre Arme um ihn. Es rührt sie zutiefst, dass sie seine Knochen fühlen kann: seine Schulterblätter, seine hinteren Rippen. Sie riecht ihn auch, scharf und leicht modrig, als er sie an seine Brust drückt. Seine Jacke an ihrer Wange fühlt sich rau an. Sie dreht den Kopf zu ihm und sieht ihn an. Sein Blick ist bestürzend zärtlich. Fast hat sie Angst – es ist zu viel, um dafür verantwortlich zu sein –, und weil sie diesen Blick nicht mehr ertragen kann, zumindest teilweise deswegen, rückt sie mit ihrem Gesicht näher an seines, und dann spürt sie die eigenartige, samtige Wärme seiner Lippen auf ihren. Sein Mund bewegt sich, und seine Zunge berührt ihre Lippen. Sie öffnet sie und spürt sofort, dass es damit kein Zurück mehr gibt. Es ist faszinierend, wie ein Schlüssel, der ihren ganzen Körper aufschließt, und der süße Schmerz, der in ihrem Inneren erwacht ist, fühlt sich an wie etwas mit eigenem Willen. Sie ertappt sich dabei, dass sie sich gegen ihn presst, als agiere ihr Körper unabhängig von ihrem Geist, der jede Empfindung genau registriert: seine Hände, die über ihren Rücken streichen, das leise Schmatzen ihrer Küsse. Durch ihre Röcke hindurch fühlte sie etwas Hartes in seiner Leistengegend, und was sie *darüber* denkt, weiß sie nicht mal ansatzweise … und dann bekommt sie es mit der Angst zu tun und löst keuchend ihre Lippen von seinen, und er drückt sie wieder so heftig an seine Brust, dass ihr Kinn unbequem über seiner Schulter hervorlugt.

»Wir dürfen nicht …«, stößt sie atemlos hervor.

»Ich liebe dich, Kleines. Sag, dass du eines Tages mir gehörst. Bitte …«

Ein dunkler Vogel bricht über ihnen durch die Blätter und kreischt missbilligend. Mark sieht sich nervös um. Sie betrachtet sein markantes Profil, worauf ihre verwirrenden Gefühle so in ihr aufwallen, dass sie sagt: »Ja. Eines Tages.«

Wieder treffen sich ihre Lippen, bis Mark sich schwer atmend von ihr löst und etwas Distanz zwischen ihnen schafft. Doch er umfasst immer noch ihre Oberarme und hält sie fest.

»Liebste Flora … ich glaube, wir sollten gehen.« Er versucht, normal und heiter zu lächeln.

»Ja.« Auch Flora holt tief Luft und sieht sich um. Sie sind vollkommen allein. Sie hat gar nicht daran gedacht, dass jemand ihre innige Umarmung hätte sehen können. Bei der Vorstellung wird ihr ganz kalt.

Auf dem Rückweg sitzen sie schweigend nebeneinander, aber jetzt ist ihr Schweigen nicht lastend und unbehaglich, sondern als wären sie beide so erfüllt, dass keine Notwendigkeit besteht, etwas zu sagen. Zumindest fühlt sich Flora so. Auf der Albert Bridge beugt Mark sich plötzlich vor und birgt den Kopf in den Händen.

»Mark!«, ruft sie alarmiert und legt ihm die Hand auf den Arm. »Geht es dir nicht gut?«

Darauf sagt er, halb stöhnend, halb flüsternd: »Es tut mir leid. Das ist alles falsch.«

»Was meinst du damit?« Sie lehnt sich zu ihm; auf dem Oberdeck sind noch andere Fahrgäste.

»Ich habe alles noch schlimmer gemacht.«

»Aber nein.«

Er stöhnt. »Du kannst mich nicht lieben.«

»Aber ja doch. Mark …«

»Vergiss alles, was ich gesagt habe. Ich hatte kein Recht, das von dir zu erbitten.«

»Nein! Das muss dir nicht leidtun. Mir tut es jedenfalls nicht leid.« Sie umklammert seinen Arm und rüttelt sacht daran, bis er den Kopf hebt. Er soll sie noch mal so ansehen wie im Park. Sie neigt sich zu ihm und flüstert: »Ich bin froh.«

Der Omnibus nähert sich der Haltestelle, wo sich ihre Wege trennen müssen. Sie sagt: »Hier müssen wir aussteigen.«

Mark rührt sich nicht.

»Mark …«

Er schüttelt den Kopf. »Lass mich einfach.«

Verwirrt und leicht beunruhigt lässt Flora ihn los.

»Was ist denn?«

»Es tut mir leid. Verzeih mir, Flora. Geh, bitte.«

Sie hat keine Ahnung, was sie tun soll. Der Bus fährt an den Straßenrand. Noch einmal murmelt sie: »Es muss dir nicht leidtun, Liebling«, und drückt seinen Arm. Dann steht sie auf und geht zum Ausstieg hinunter.

Nach zwei Tagen, in denen sie Mark weder auf dem Flur noch in ihrer gemeinsamen Chemievorlesung sieht, ruft Iris sie nach ihrer Rückkehr von der Universität in den Salon und schenkt ihr einen Sherry ein. Flora schüttelt den Kopf.

»Trink das. Wie lang bist du jetzt hier?«

Unbehagen beschleicht Flora. »Sieben … acht Monate. Aber ich kann mir was anderes suchen, wenn du –«

»Bitte, Flora. Damit wollte ich nur sagen, dass ich dich mittlerweile schon gut genug kenne, um zu sehen, wenn du unglücklich bist. Ich habe dich doch nicht unter Druck gesetzt, oder?«

Flora schüttelt den Kopf.

»Ich weiß nicht, wie jemand in deinem Alter einen Abschluss schaffen soll, wenn alles nur Druck ist. Da gibt es doch einen Mann, oder? Ich werde nicht wütend sein, Liebes, ganz gleich, was du getan hast.«

»Ich habe gar nichts getan!«

»Nun, wenn du nicht verlobt oder verheiratet bist oder ein Baby bekommst, macht das die Sache viel einfacher.«

Ein ersticktes Lachen entfährt Flora. »Ah … nein.«

»Gut. Willst du mir nicht erzählen, was los ist?«

Das versucht Flora, doch irgendwie ergibt ihre Geschichte über die Beziehung mit Mark und die Geschehnisse vom Sonntag nicht mal für sie einen Sinn.

»Vielleicht hat er recht, wenn er sagt, dass er dich nicht verdient.«

Flora schüttelt entschieden den Kopf. »Ich finde es schrecklich, dass er so schlecht von sich denkt. Dabei ist er so brillant! Er ist klüger als wir alle zusammen.«

»Vielleicht hat er das gar nicht gemeint. Wie gut kennst du ihn eigentlich?«

Flora starrt sie an. »Was willst du damit sagen? Ich weiß, dass er ein guter Mensch ist.«

»Wenn das stimmt, wird er dir sein Verhalten auch erklären. Zugegeben, für mich ist das ein bisschen anders, wie du vielleicht schon bemerkt hast …« Iris verstummt und zündet sich umständlich eine Zigarette an. »Aber ich weiß, wenn sich jemand seltsam benimmt, dann gibt es immer einen Grund dafür.«

Nachdem Mark zum zweiten Mal nicht zur Vorlesung gekommen ist, schreibt Flora ihm einen Brief. Am nächsten Tag erscheint er im Vorlesungssaal und wirft ihr einen zaghaften Blick zu, der sie mitten ins Herz trifft.

Am Nachmittag nach den Kursen wartet er auf sie. Während sie durch den Schatten der Platanen im Fitzroy Square schlendern, entschuldigt er sich in seiner üblichen Mischung aus Liebenswürdigkeit und Trotz.

»Dein Brief war so gut. Du bist richtig weise.«

»Nein.«

»Du hast recht mit dem, was du über die Zukunft gesagt hast. Wir stehen erst am Anfang. Aber es ist einfach so schwer, in deiner Nähe zu sein und … ich will dir eine Zukunft bieten, habe aber Angst, dich zu verlieren, bevor ich die Chance dazu bekomme.«

»Du wirst mich nicht verlieren.« Als sie stehen bleibt und ihm in die Augen blickt, spürt sie, dass alles in ihr zu ihm hinstrebt, erinnert sich wieder daran, wie sein Mund sich auf ihrem anfühlte und sein Körper reagierte. »Mich trifft genauso Schuld wie dich. Ich verstehe, wie schwierig es sein muss.«

»Du hast keine Schuld, und ich bezweifle, dass du es wirklich verstehen kannst, aber … danke.«

»Wieso bezweifelst du das? Hältst du es für unmöglich, dass eine Frau fühlt … was ein Mann fühlt?«

»Nun« – jetzt lächelt er – »das kann man wohl kaum vergleichen.«

»Weißt du denn, was ich fühle? Wie kannst du behaupten, man könne es nicht vergleichen?«

Amüsiert sieht Mark sie an. »Na gut. Objektiv gesehen weiß ich nicht, was du fühlst. Aber es gibt gewisse, unleugbare, äh, Unterschiede … das ist verifiziert – von Ärzten.«

»Von Männern, die also auch keine Ahnung haben. Ich weiß, was ich fühle, und zwar objektiv gesehen. Ich sehne mich danach, dich zu berühren. Ich will bei dir sein. Für mich ist es auch schwierig, wenn wir zusammen sind, und zwar die ganze Zeit«, flüstert sie mit Nachdruck.

Mark wirkt erst verblüfft, dann schließt er die Augen. »Das macht es nicht leichter.«

Aber Flora war nicht ganz aufrichtig: Am stärksten begehrt sie ihn, wenn sie allein ist und eine gewisse Distanz es ihr ermöglicht, ihre Gefühle in Sicherheit auszukosten; in seiner Gegenwart ist sie ständig verwirrt von dem, was er sagt oder tut. Entweder das oder ihre Leidenschaft gilt einem Idealbild, das dem Mark in Fleisch und Blut zwar ähnlich ist, aber nicht identisch mit ihm. Dieses Dilemma ist ihr durchaus bewusst und beunruhigt sie auch zuweilen.

»Iris möchte dich kennenlernen.«

Mit einem Schlag ändert sich Marks Miene: Er lächelt so dankbar, dass es sie rührt. Deshalb liebt sie ihn, denkt sie, weil unter seinem Trotz und seinen Launen eine bedürftige Seele liegt, die mit herzzerreißendem Eifer auf Freundlichkeit reagiert. Aber er fasst sich sofort wieder.

»Ach ja? Hast du Erwartungen geweckt, die ich nicht erfüllen kann?«

»Ich habe ihr nur gesagt, dass du mir etwas bedeutest. Und dass du der klügste Mensch bist, den ich je kennengelernt habe.«

»Ha! Also muss ich glänzen?«

Röte steigt ihr in die Wangen.

»Du wirst sie mögen. Sie ist Sozialistin.«

»Eine Sozialistin, die in einem hochherrschaftlichen Haus in Kensington wohnt und ein Riesenvermögen hat.«

»Muss es nicht auch solche geben?«

Er lächelt. Vor lauter Erleichterung und Freude überkommt Flora eine Welle der Zärtlichkeit – schließlich gibt er sich nur so spröde, weil er aus ärmlichen Verhältnissen stammt und nur mit Mühe die Studiengebühren aufbringen kann …

»Sollen wir im Park spazieren gehen?« Er wirft ihr einen Blick von der Seite zu. »Wir könnten ein paar objektive Tests durchführen.«

Flora tut so, als müsste sie erst überlegen, aber in ihrem Inneren breitet sich eine köstliche und gefährliche Hitze aus. Ihr kommt ein Aufsatz über Luftzirkulation in der Atmosphäre in den Sinn: *Höhere Temperaturen bedeuten unfehlbar höhere Instabilität* … Dabei geht es doch nur um die Atmosphäre im Regent's Park an einem Freitagabend, daher besteht kaum Gefahr … nur gerade genug.

Kapitel 8

London, 51°31'N,0°7'W
Sommer 1890

Zwar ist Flora nach London gezogen, um bei bekannten Wissenschaftlern zu studieren, doch für einen Forschungsreisenden reicht es nicht, qualifiziert und kompetent zu sein – jedenfalls nicht, wenn man eine Frau ist. Daher veranstaltet Iris Diners, um Flora mit wichtigen Persönlichkeiten bekannt zu machen. Iris' Freundeskreis besteht hauptsächlich aus Künstlern und Schriftstellern, doch es gibt auch den einen oder anderen Unternehmer oder kleineren Parlamentsabgeordneten. Die meisten von ihnen interessieren sich für Flora und ihre ehrgeizigen Ziele, und sei es nur, dass sie sie als Kuriosum betrachten. Eine von Iris' besten Freundinnen – eine Schriftstellerin namens Jessie Biddenden – ist fast immer dabei. Sie wirkt ähnlich alterslos wie Iris, ist aber im Gegensatz zu ihr klein und rundlich und hat ein hübsches, katzenartiges Gesicht mit exotisch schräg stehenden Augen. Manchmal hat Flora den Eindruck, dass viel eher als sie selbst Jessie als Entdeckerin geeignet wäre, denn sie verströmt eine Kraft, die Flora beunruhigend findet, und eine ruhelose, kühl kalkulierende Energie, die keinen Widerstand zu dulden scheint. Sie hat sich schon gefragt, ob Jessie möglicherweise auch Sapphistin ist.

An einem der Abende lernt Flora sogar einen echten Forschungsreisenden kennen: Gregory Bala, frisch zurückgekehrt aus Mesopotamien. Mit seinem gewaltigen Backenbart ist er eine imposante Erscheinung, doch noch interessanter ist es, ihm zuzuhören. Als Ungar hat er einen leichten Akzent, und mit seiner wohl modulierten und doch leicht heiseren Stimme durchdringt er jeden Raum. Mit etwas schwerfälliger, eher gezwungener Höflichkeit erkundigt er sich bei Flora über Grönland und die dortige Kultur. Sie merkt während ihrer Erläuterungen, dass er Grönland für primitiv und eine Reise dorthin für kaum lohnenswert hält. Er selbst hat wunderbare Artefakte aus Zentralasien mitgebracht: uralte Schriftrollen, Statuen und Bilder. Verschiedenes aus Gold. Und außerordentliche Erkenntnisse. Als ihr Gespräch kurzzeitig verstummt, richtet sich sein Blick auf Floras Busen und verharrt dort unangenehm lang. Am liebsten möchte sie in ihrem Sessel versinken. Auf einmal schnellt sein Zeigefinger in die Höhe. Flora zuckt zusammen.

»Ich wusste, dass ich das schon mal gesehen habe. War Ihnen klar, Miss Mackie, dass der, mh, obere Teil Ihres Kleids ein babylonisches Fruchtbarkeitssymbol zeigt?«

»Äh … nein«, erwidert Flora mit schwacher Stimme und wirft einen Blick auf ihr Mieder mit dem raffinierten Schnörkelmuster. Sie weiß, sie wird es nie wieder anziehen.

Nicht nur auf diesen Gesellschaften hat Flora Mühe, zu erklären, warum sie unbedingt wieder in den Norden will. Manchmal fühlt sie sich der Aufgabe einfach nicht gewachsen, all diese Leute zu treffen, die von ihr mehr Geist, Witz und Bildung zu erwarten scheinen, als sie je aufbringen könnte oder konnte. Als am Ende des Diners alle gegangen sind, bricht sie in Tränen aus.

»Himmel, Kind! Geht es dir nicht gut?« Iris klingt gereizt.

»Nein, ich … es tut mir leid. Ich versuche … ich will es ja gut machen, für dich. Aber ich komme mir so dumm vor! Ich weiß so wenig, und diese Leute sind so klug. Sie sprechen Französisch! Ich … ich kann da nicht mithalten.«

Ihr kommt eine elegante Dame mit unglaublich schmaler

Taille in den Sinn, die mit ihren Kommentaren in einer für Flora unverständlichen Sprache den gesamten Tisch zum Lachen brachte.

»Aber wirklich! Mrs. Harding ist doch nur Tischdekoration – sie sprach übrigens Italienisch, meine Liebe –, aber das kann sie nur, weil ihre Mutter ein Flittchen war, das mit irgendeinem beliebten kleinen Prinzen durchbrannte. Du hingegen sprichst die Sprache der Eskimos. Da kann dir niemand das Wasser reichen.«

»Aber dann kann doch auch niemand beurteilen, ob ich sie spreche oder nicht. Wenn es sonst keiner versteht, nützt einem das nichts.«

Iris sieht sie mit liebevoller Resignation an. »Du machst dich sehr gut, Flora. Das sehe ich, auch wenn du das nicht siehst. Und die hübsche Mrs. Harding wird niemals eine Expedition finanzieren, also mach dir um sie keine Gedanken.«

»Vielleicht könntest du zum nächsten Diner Mark einladen?« Flora lächelt sie zaghaft an.

»Meinst du wirklich, er würde sich auf einer solchen Gesellschaft wohl fühlen?«

Wenn sie ehrlich ist, glaubt Flora es nicht, viel wahrscheinlicher wäre es, dass er sich minderwertig fühlen und verstimmt, trotzig oder gar schlimmer reagieren würde.

»Ich werde es mir überlegen. Aber nicht nächsten Freitag. Da kommt jemand Besonderes, den ich dir unbedingt vorstellen will, und es wäre nicht hilfreich, wenn du zu … beschäftigt wärst.«

»Wieso? Wer ist es denn?«

Iris lächelt. »Das wirst du schon sehen. Aber du wirkst müde. Geh zu Bett. Hast du in letzter Zeit deinem Vater geschrieben?«

»Er ist doch im Norden«, antwortet Flora, was so viel heißt wie ›nein‹.

Ihr letzter Brief, den sie ihm vor Beginn der Walsaison Anfang Mai geschrieben hat, war ein Musterbeispiel der Langeweile. Seine Briefe an sie sind nicht besser. Er hat nie etwas Interessantes zu berichten – nur vom Wetter (schlecht wie immer), den schlimmer werdenden Knieschmerzen (niederdrückend) und von Grüßen von Moira Adam und seinen wenigen Bekannten in der Stadt. Er stellt keinerlei Fragen zu ihrem Studium oder überhaupt ihrem Leben. Sie erzählt ihm von ihren Studien – weil sie ihm zeigen will, dass sie sich gut macht – und ihren Begegnungen mit wichtigen Leuten, von denen er allerdings noch nie gehört hat. Über Mark Levinson schreibt sie kein Wort, und kein Wort, dass sie verliebt ist.

Als der Frühling in den Sommer übergeht, haben Mark und sie eine gewisse Routine entwickelt. Alle zwei Wochen fährt Mark am Samstag nach Kensington, sie spazieren durch den Park oder besuchen ein Museum und trinken anschließend in Iris' Haus Tee. Aber wenn Iris nicht daheim ist, gehen sie sofort nach Hause, und dann nimmt Flora Mark mit hoch in ihr kleines privates Wohnzimmer, wo sie dann zusammen auf dem Sofa sitzen. Jedoch ist jede Berührung unterhalb der Taille verboten. Diese Regel – die Flora nach ein paar ziemlich verstörenden Recherchen in der medizinischen Abteilung der Bibliothek festgelegt hat – verlangt auch, dass sie angezogen bleiben, obwohl dieser Begriff dehnbar ist, denn ein paar Knöpfe zu öffnen ist erlaubt. Flora schließt die Tür ab und spitzt die Ohren, ob sie Schritte von Dienstboten hört. Wenn sie sich vergewissert hat, dass niemand in der Nähe ist, geht sie zu Mark – der ihr mit tiefem Ernst entgegenblickt –, nimmt ihm seine Brille ab und legt sie auf ein Tischchen.

»Jetzt bist du im Vorteil«, bemerkte er beim ersten Mal mit einem nervösen Lächeln. Aus der Nähe nimmt sie ihn anders wahr: die blasse, feinporige Haut, die Schatten unter seinen Augen, seine schwarzen Wimpern, die winzigen Stoppeln auf Wangen und Hals, die flaumigen Härchen unter seinem Ohr.

Sie atmet seinen Moschusduft ein. Ihr Herz setzt eine Sekunde aus, als sie merkt, dass er zittert. Sie küsst ihn sanft und zärtlich – seinen Hals, seine Schläfen, seine Lippen –, und als sie den Abstand zwischen ihnen immer mehr verringert und ihren Körper an seinen schmiegt, merkt sie mit leichtem Schreck, dass sich seine Erektion in ihren Bauch presst und ihre Brüste gegen seine Rippen drängen.

»Ist das überhaupt erlaubt am Sabbat?«, fragt sie ihn dann scherzend. Sie weiß, dass sein Vater zwischen Sonnenuntergang am Freitagabend und Erscheinen des dritten Sterns am Samstagabend nicht mal ein Feuer anzündet oder auch nur zwei Fäden verknotet.

»Im Gegenteil, es wird sogar nahegelegt«, sagt er mit einem seligen Seufzer. »Das heißt, wenn wir verheiratet wären.«

Als er ihren Kuss erwidert, öffnet sie ihre Lippen. Sie fasst es einfach nicht, dass sie vor nicht allzu langer Zeit noch Zweifel hatte, ob sie das überhaupt wollen würde. Er drückt sie an sich und liebkost sie, dann knöpft sie sein Hemd auf und legt ihre Hände auf seine blasse Haut, was ihn aufstöhnen lässt. An diesem Morgen hat sie absichtlich eine Bluse angezogen, die er leicht aufknöpfen kann, um ihre Brüste zu streicheln und zu küssen. Es erstaunt und entzückt sie, dass etwas, was sie immer als unnütze, behindernde Last empfunden hat, solche Ekstase in ihr auslösen kann. Sie gräbt ihre Finger in seine Haare und keucht vor Verlangen. Es fällt ihr sehr schwer, aufrecht stehen zu bleiben, irgendwann drückt sie ihre Hand gegen den straff gespannten Stoff in seiner Leistengegend und reibt darüber, bis er scharf Luft holt, ihre Schultern umklammert, irgendwann erschauert und sie dann mit geschlossenen Augen an sich presst und sagt, er liebt sie, liebt sie.

Flora macht das gern, ist glücklich, ihm in gewissem Maß Erleichterung zu verschaffen, doch für sie – für sie beide – ist es unbefriedigend. Sie möchte nackt bei ihm liegen, ihn spüren, alles von ihm sehen, sich von ihm ausfüllen lassen. Sie empfindet eine schmerzende Leere und zunehmende Frustration.

Und seine Hand auf ihrem Rock, die blind über die Stelle zwischen ihren Beinen reibt, hilft ihr auch nicht. Manchmal hat sie das Gefühl, dass sie kurz vor dem entscheidenden Punkt ist, aber ihn nicht erreicht. Möglicherweise bemerkt Mark das nicht oder ist zu unerfahren, um nachzufragen, und ihr ist es zu peinlich, es ihm zu sagen. Also bleibt ihr nichts anderes übrig, als abzuwarten, bis sie sich viel später zurückziehen kann, um den ziehenden Schmerz erneut heraufzubeschwören und dann aufzulösen. Sie weiß, wie das geht, wusste es schon immer. Sie kann sich an keine Zeit erinnern, in der sie es nicht wusste.

Bei einem von Iris' Dinners, zu dem Mark nicht eingeladen ist, lernt sie Freddie Athlone kennen, einen angloirischen Großgrundbesitzer, der sich für Forschungsreisen interessiert. Zwar war er noch nie in Grönland, wohl aber in Spitzbergen, wo er die stark zerklüfteten Berge bestiegen hat. Freddie hat Theorien über den Nordpol. Und er ist an ihr interessiert. Nicht nur an ihrer Vergangenheit und ihren Erfahrungen, sondern an ihr persönlich, obwohl er viel älter ist als sie – einunddreißig. Flora merkt, dass sie ihn mag, weil er so begeisterungsfähig und kenntnisreich ist. Sie haben einiges gemeinsam. Am Tag nach dem Dinner bekommt Iris ein Briefchen von ihm, in dem er sie zum Essen einlädt.

»Ich dachte mir schon, dass ihr euch versteht«, erklärt Iris unverblümt. »Endlich jemand, der weiß, wovon du sprichst.«

»Ich weiß nicht, was ich tun soll«, gesteht Flora. »Ich würde gerne gehen, aber …«

»Aber was? Ist doch nur ein Abendessen.«

»Ich weiß – aber ich habe das Gefühl, ich sollte nicht … verstehst du, Mark und ich … wir haben von Heirat gesprochen.«

»*Was* habt ihr?«

»Inoffiziell natürlich, aber wir sind … wir sind verlobt.«

Iris starrt sie so verblüfft an, dass ihre Augenbrauen unter ihrem Pony verschwinden. »Wann ist das passiert?«

»Erst vor kurzem.«

»Ich dachte, du würdest keine Dummheiten machen.«
»Habe ich auch nicht! Ich liebe ihn.«
»Aber eine Verlobung mit so jemandem …«
»Was soll das heißen?«
»Mit jemandem, der weder Geld noch Einfluss hat, ganz gleich, wie klug er ist. Will er wirklich, dass du Entdeckerin wirst? Ist er wirklich bereit, deine Interessen über seine zu stellen? Kann er dir helfen, in den Norden zu fahren?«
Flora starrt sie an. Sie weiß nicht, was sie darauf antworten soll.
»Bist du von ihm schwanger?«
»Nein!«
»Bist du sicher?«
Wenn du wüsstest, denkt Flora.
»Flora, bitte denke darüber nach, was dir wichtiger ist. Wenn du tatsächlich Mrs. Levinson aus Bethnal Green sein willst, die eine Horde von Kindern mit Schläfenlocken großzieht, dann ist das deine Entscheidung. Aber glaubst du wirklich, du könntest dann *auch noch* in die Arktis fahren?«
»Das ist doch lächerlich! So wäre es ja gar nicht.«
Am Ende des Satzes erstirbt ihre Stimme. Denn ein Teil in ihr fragt sich: Oder doch? Wer sagt, dass es nicht so wäre?
Iris seufzt. »Weiß dein Vater davon?«
»Er ist doch fort. Und wie ich schon sagte: Es ist nicht offiziell.«
Darauf breitet sich unbehagliches Schweigen zwischen ihnen aus.
»Dann lass uns Mr. Athlones Einladung annehmen. Schließlich ist es nur ein Essen. Wer weiß denn, ob er überhaupt an dir interessiert ist? Er ist ein begehrter Junggeselle. Wahrscheinlich scharwenzeln Dutzende von Frauen um ihn herum.«

»Du siehst müde aus.«
Flora und Mark haben sich nach den Vorlesungen am Tavistock Square getroffen. Mark wirkt erschöpft und besorgt,

allerdings sind es auch nur noch ein paar Wochen bis zu den Jahresabschlussprüfungen, und in der ganzen Universität herrscht eine angespannte Atmosphäre.

»Mir geht's gut. Ich habe nur wenig geschlafen, weil ich gelernt habe.«

»Als hättest du das nötig!«

»Aber ja doch.«

Mark ist reizbar, aber das kennt Flora schon.

»Alle glauben, dass du in diesem Jahr am besten abschneiden wirst.«

Mark schüttelt den Kopf und starrt in die Baumkronen. Daher fällt es ihr leichter, das zu sagen, was sie sich vorgenommen hat.

»Ich habe nachgedacht; vielleicht wäre es besser, wenn wir uns diesen Samstag nicht treffen.«

»Ach. Na gut. Ich muss sowieso arbeiten.«

Gekränkt, dass er nicht mehr Enttäuschung zeigt, erklärt Flora: »An dem Abend findet nämlich ein Essen statt, ein ziemlich wichtiges sogar, mit Polarforschern. Also will ich vorbereitet sein.«

Als Mark sie jetzt ansieht, liegt etwas seltsam Hitziges in seiner Miene.

»Wer ist denn dabei?«

»Ein Freund von Iris. Freddie Athlone.«

Mark lächelt rasch, wirkt aber unglücklich.

»Ach. Der Aristokrat, den du vor kurzem kennengelernt hast.«

»Ja. Er war in Spitzbergen.«

»Deshalb lädt sie mich nicht ein, stimmt's?«

»Wovon redest du?«

Jetzt ist sein Lächeln spöttisch. »Ich bin ja nur ein Jude vom East End und gehöre nicht zu eurer Welt.«

»Das ist doch lächerlich.«

»Tja, ich will dir nicht im Weg stehen. Du kannst ihn sicher mit deinem Charme bezaubern.«

»Es ist doch nur ein Abend!«

»Der *zweite* Abend.«

Flora seufzt geräuschvoll auf. »Warum bist du nur so … Es gibt gar keinen Grund, eifersüchtig zu sein.«

»Ach, nicht?«

»Du bist es, der mir am Herzen liegt.«

Seine Miene wird weich, wie immer, wenn sie so etwas sagt. Als wäre er wehrlos dagegen.

»Dann beweise es mir. Heirate mich, Flora, sofort.«

»Mark, wir müssen unsere Prüfungen machen! Eines Tages werde ich dich heiraten, aber … es gibt doch noch so viel, was ich tun möchte … und so viel, das du möchtest. Und das müssen wir tun … zumindest müssen wir damit anfangen.«

Als er daraufhin wieder nur spöttisch lächelt, spürt sie, wie ihr die Tränen kommen.

»Damit willst du doch nur sagen, dass ich kein Geld habe, um dich zu unterstützen. Und sobald du jemanden mit Geld gefunden hast, wirst du mich verlassen. Du liebst mich nicht wirklich.«

»Hör auf!« Jetzt sind die Tränen da und strömen ihr über die Wangen. »Du weißt doch, dass ich dich liebe.«

Aber sie hasst ihn auch. Jetzt, in diesem Augenblick, denkt sie: Nein, ich will nicht Mrs. Levinson aus dem verdammten Bethnal Green werden.

»Dann beweis es. Heirate mich.«

»Aber doch nicht *jetzt*! Du Dummkopf! Das geht doch nicht.«

Mark ist hochrot geworden und wirkt merkwürdig erregt. Was in aller Welt machen wir beide da?, fragt sie sich.

»Nein, natürlich nicht. Wäre doch lächerlich … Du hast mich eben nur für eine Zeitlang gemocht – ein bisschen wenigstens.« Er weicht einen Schritt vor ihr zurück. »Aber du würdest doch nie im Leben irgendwas für mich aufgeben. Oder?«

»Wieso sollte ich?«, bricht es aus ihr hervor. Ihre Stimme ist wund und rau. Dann fängt sie laut an zu schluchzen, ohne sich um die Leute zu kümmern, die sich nach ihnen umdrehen. »Mark …«

»Ich hab dir doch gesagt, dass ich deiner nicht würdig bin.«

Er richtet sich auf, dreht sich um und geht fort.

Innerhalb weniger Minuten hat der Mann, den sie liebt (und vielleicht in gleichem Maße hasst), einen schmerzlichen Streit vom Zaun gebrochen – oder war sie das? Was auch immer geschehen ist: Es ist ein Bruch, und zwar, wie sie mit plötzlichem Schreck erkennt, wohl ein endgültiger.

Nach dem Dinner erklärt sich Flora bereit, sich erneut mit Freddie Athlone zu treffen. Sie genießt die Gespräche mit ihm; er respektiert ihr Wissen und scheint begierig, von ihr zu lernen. Und sie ist nicht immun gegen seine Bewunderung. Ihr gekränkter Gerechtigkeitssinn wegen der Szene am Tavistock Square trägt ein Übriges dazu bei. Eigentlich hat sie sich geschworen, nicht nachzugeben oder Mark auch nur zu schreiben, tut es dann aber doch: einen Brief, in dem sie beschreibt, wie verwirrt und verletzt sie ist. Seine Antwort ist kurz und knapp. Er erklärt, dass es aus ist. Er bittet – nein, befiehlt –, ihm nicht mehr zu schreiben; er wird nicht mehr antworten. Der Brief ist so schmerzlich für sie, dass sie ihn vernichten muss, doch die Worte haben sich in ihr Gehirn gebrannt: *Ich bin deiner nicht würdig, mehr musst du nicht wissen,* und: *Du weißt, es ist ganz gut, dass es zwischen uns nicht weitergegangen ist.*

In einem Zustand dumpfen Elends muss sie ihre Abschlussprüfungen absolvieren. Sie versucht, im Prüfungssaal nicht nach seiner vertrauten Gestalt Ausschau zu halten, aber zweimal sieht sie, wie er sich durch einen Flur entfernt, was ein Gefühl der Übelkeit in ihr hervorruft. Sie kann nicht verhindern, dass ihr Herz einen Satz macht, sobald Isobel Herbert oder einen der anderen Freunde erwähnt … aber niemand spricht mit ihr über Mark, denn niemand wusste Bescheid. Sie entdeckt, wie gut sie darin geworden ist, Geheimnisse zu bewahren.

Flora war noch nie bei Mark zu Hause. Nach Ende der Prüfungen quält sie sich tagelang mit der Frage, ob sie dorthin gehen soll. Sie tadelt sich selbst: Wo ist denn ihr Mut geblieben? Sie ist doch die Schneekönigin!

Schließlich begibt sie sich zu der Adresse in der Old Four Road: Es ist ein winziges Haus in einer Reihe identischer Häuser ganz dicht an der Straße. Im Fenster im Erdgeschoss sind die Vorhänge zugezogen. Das hat vielleicht nichts zu bedeuten, denn der Bürgersteig ist so schmal, dass vorbeigehende Passanten durchs Fenster hineingreifen könnten.

Sie klopft und wartet. Gerade als sie befindet, dass wohl niemand da ist, hört sie drinnen ein Geräusch, und dann geht die Tür auf. Der Mann ist so eindeutig und schmerzlich Marks Vater, dass sie ihn zunächst nur anstarren kann: dasselbe widerspenstige Haar, nur grauer, dieselben Augenbrauen, derselbe Mund, dieselbe Kieferpartie. Er ist schon ein bisschen gebeugt und hat Marks intelligentes, wissbegieriges Gesicht, aber weicher, humorvoller, resignierter.

»Ja? Was möchten Sie, Miss?«

Er spricht mit fremdländischem Akzent.

»Ich wollte eigentlich zu Mr. Mark Levinson.«

Er senkt den Blick. »Ich weiß nicht, ob er da ist.«

Floras Blick huscht unwillkürlich an ihm vorbei. Das Haus ist so klein, dass ihr dieser Satz absurd vorkommt.

»Manchmal geht er spazieren, ohne mir Bescheid zu sagen. Und ich höre auch nicht mehr so gut.«

»Oh.« Flora lächelt, peinlich berührt, dass man so leicht ihre Gedanken lesen kann. »Mein Name ist Flora Mackie. Ich bin eine Freundin von der Universität.«

Als sie das sagt, erregt eine Bewegung auf der Treppe ihre Aufmerksamkeit. Mark steht dort, halb im Schatten. Einen Augenblick sagt niemand etwas.

»Ist schon gut, Dad.« Er kommt zu ihnen in den winzigen Flur. Mit leichtem Schock erkennt sie, dass er anders gesprochen hat, mit ausgeprägterem Akzent.

»Soll ich uns Tee machen?«

»Nein. Wir gehen in den Park.« Das sagt er zu Flora, aber ohne sie anzusehen.

»Danke …«, sagt sie zu seinem Vater, während Mark sie schon aus dem Haus drängt. Mr. Levinson nickt und schließt die Tür. Mark geht schnell voran. Flora muss sich beeilen, um mit ihm Schritt zu halten. Der Bürgersteig ist so schmal, dass nicht zwei nebeneinander Platz haben. Erst als sie in die nächste Straße eingebogen sind und die Tore des Parks vor ihnen auftauchen, geht er etwas langsamer.

»Er sieht genauso aus wie du.« Sie will unbedingt, dass er sie anschaut. »Mark …«

»Warum bist du gekommen? Das solltest du doch nicht.«

»Weil ich es nicht begreife.«

Immer noch bleibt er nicht stehen.

»Und weil ich dich vermisse.«

Zwei Dinge hat sie sich geschworen: die Wahrheit zu sagen und nicht zu weinen. Letzteres erweist sich jetzt schon als schwierig.

Mark seufzt. »Ich gehe. Ich verlasse die Universität.«

Flora bleibt stehen, setzt sich sofort darauf aber wieder in Bewegung, weil er nicht innegehalten hat.

»Das darfst du nicht! Mark … du bist doch so gut.«

»Nein. Ich bin durchgefallen.« Seine Stimme ist merkwürdig dumpf.

Mittlerweile haben sie den Park betreten. Die Baumkronen wölben sich über ihnen.

»Das weißt du nicht – die Resultate sind noch gar nicht bekannt. Es ist sicher nicht so schlimm, wie du denkst.«

Jetzt wird Mark doch langsamer und bleibt stehen. Er wirkt leicht ungepflegt, wie ein Pirat, offenbar hat er sich an diesem Morgen nicht rasiert. Flora ist schon ein wenig erleichtert: Wenn das alles ist, nur Angst vor den Ergebnissen …

»Wie kommst du mit deinem reichen Entdecker voran?«

Flora hört die Verbitterung in seiner Stimme, ist aber zu

froh, um sich darüber zu ärgern. »Wir verstehen uns gut. Aber nicht im romantischen Sinne. Wir sind befreundet, so wie ich mit David befreundet bin oder … oder Isobel. Ist das denn so schwer zu glauben?«

»Es hat nichts mit dir zu tun. Ich muss gehen, um meinen Lebensunterhalt zu verdienen.«

»Aber wieso? Ist dein Vater krank? Du musst doch deinen Abschluss machen – schließlich ist es nur noch ein Jahr, Mark! Und dann wirst du wesentlich besser verdienen, als wenn du jetzt abgehst. Das weißt du auch!«

Mark sieht sich um, blickt den Pfad entlang, in alle Richtungen. Nur nicht zu ihr. Er hat die Schultern hochgezogen und die Hände tief in den Taschen vergraben.

»Manchmal geschieht etwas, was man nicht wollte, und gegen die Konsequenzen kann man sich nicht sperren.«

»Du musst doch wissen, dass deine Freunde dir helfen, wenn es schwierig für dich wird. Iris könnte das Finanzielle regeln, wenn du wirklich …«

»Lass das! Die Dinge haben sich geändert. Ich breche ab. Das ist es, was ich will.«

»Das glaube ich dir nicht!«

»Nun« – sein Lächeln ist bitter – »das sagt einiges über dich aus.«

»Mark, um Himmels willen …« Wütend beißt sie die Zähne zusammen. »Du weißt genau, dass ich recht habe. Du kannst doch nicht dein Studium aufgeben. Das ist Wahnsinn!«

»Nein, ist es nicht. Nicht mehr. Ich habe … Verantwortung.«

Sie starrt ihn an und macht eine ungeduldige Handbewegung.

»Verantwortung? Was soll das heißen?«

Da blickt er ihr zum ersten Mal ins Gesicht, und sie kann den Schmerz in seinen Augen sehen. Er ist sich nicht sicher, denkt sie, nicht vollkommen.

»Ich will nicht, dass du mich hasst, aber eigentlich wäre es besser. Gott weiß, dass ich es verdient habe.«

Er wendet den Blick ab und schluckt mühsam.

»Ich werde heiraten.«

Einen Augenblick lang hat Flora das Gefühl, irgendjemand habe sie geschlagen. Die Welt kippt gefährlich zur Seite.

»Ich werde Vater.«

Flora hat sich immer für klug gehalten und gedacht, dadurch sei sie sicher: Sie könne haben, was sie wollte, ohne dafür den Preis zu bezahlen. Sie hat gemeint, sie habe alles gut im Griff. Aber nie hätte sie gedacht, diesen Preis zahlen zu müssen.

Nach einer Weile sagt sie, mit einer Stimme, die ihr fremd ist: »Es waren doch nur ein paar Wochen.«

Mark hält den Blick hartnäckig gesenkt und erwidert kaum hörbar: »Es ist passiert, bevor wir … richtig zusammen waren. Ich weiß, dadurch wird es nicht besser. Es tut mir leid. Jetzt siehst du, dass ich nicht mal deiner Sorge würdig bin.«

Flora blickt auf. Nur ein paar Meter von ihnen entfernt beschäftigt sich ein Eichhörnchen eifrig mit etwas, das es zwischen den Pfoten hält. Flora starrt auf das kleine Tierchen, das mit seinen glänzenden, Äuglein konzentriert auf seine Beute schaut.

»Willst du damit sagen, die ganze Zeit, in der wir …«

»Nein! Nein. Nicht doch.«

»Wer ist sie?«

Flora versucht, den Kloß in ihrem Hals hinunterzuschlucken. Wenigstens wird sie jetzt wütend. Und sie nährt diese Wut, um alles andere aufzuhalten, was sie zu überwältigen droht.

»Jemand aus dem Viertel.«

»Liebst du sie?« Ihre Stimme klingt bitter. Sie wollte nicht so böse klingen.

»Ich tue das Richtige. Ich habe einen Fehler gemacht und werde ihn wiedergutmachen. Das ist das Richtige.«

»Aber nein, es ist nicht das Richtige! Herrgott noch mal! Wenn du sie nicht liebst – wenn du einen Fehler gemacht hast … dafür kannst du doch nicht den Rest deines Lebens büßen!«

»Was schlägst du vor? Soll ich sie ihrem Schicksal überlassen? Das hat sie nicht verdient. Und es ist mein Kind.«

»Aber es gibt doch … andere Möglichkeiten. Institutionen …«

»Die von deinen reichen Freunden unterstützt werden!«

»Wenn du sie nicht liebst, dann heirate sie auch nicht. Seit wann bindest du dich an Konventionen?«

»Wenn du in ihrer Lage wärst, würdest du das nicht sagen!«

Flora atmet so mühsam, als wäre sie gerannt. Ihr ist schwindelig. »Aber ich wäre nicht in ihrer Lage! Und wenn, würde ich nicht von dir verlangen, deine Zukunft zu ruinieren. Und ich würde auch nicht zulassen, dass du mich aus Mitleid heiratest und mir das nachher auf ewig verübelst. *Das* hat sie nicht verdient.«

Eine schreckliche Minute glaubt sie, er würde anfangen zu weinen. So gequält, so jung wirkt er – sie hat das Gefühl, viel älter zu sein als er.

»Und wenn es sein muss, dann heirate, aber brich nicht dein Studium ab. Mach deinen Abschluss. Ich werde Geld für dich auftreiben.«

»Das ist unmöglich … das kannst du nicht.«

»Iris würde mir helfen.«

Wild lacht Mark auf. »Glaubst du im Ernst, sie würde einem Proleten wie mir helfen? Nach allem, was ich getan habe?«

»Wenn ich sie darum bitte, ja.«

Da verlässt ihn alle Bitterkeit – sickert langsam aus ihm heraus – und mit ihr der Trotz. Und mit ihm der Kampfesmut.

»Nicht, Flora … das ertrage ich nicht. Es tut mir unendlich leid. Geh nach Hause und vergiss mich. Ich bin es nicht wert.«

Flora spürt, wie ihr die Tränen über die Wangen strömen. »Denk darüber nach, Mark. Gib nicht einfach auf …«

»Ich muss gehen, Flora. Ich treffe mich mit … meiner Verlobten. Wir heiraten in zwei Wochen.«

Nach einem letzten Blick – dumpf, wie ein geprügelter Hund – wendet er sich zum Tor. Flora setzt sich ebenfalls in Bewegung. Auf gar keinen Fall wird er sie stehen lassen.

»Du bist rückgratlos«, zischt sie mit zittriger Stimme. Sie will ihn provozieren. Ein wütender, sarkastischer, trotziger Mark, der ist ihr vertraut, das kann sie aushalten.

Er zuckt zusammen. »Ich tue das Richtige. Das musst du akzeptieren.«

»Nein«, sagt sie mit dieser fremden Stimme, »niemals!«

Dennoch bleibt sie stehen.

Als er das merkt, zögert er ganz kurz, setzt sich dann aber wieder in Gang – mit einem Ruck, als hätte er das Band zwischen ihnen zerrissen.

Flora lässt sich auf die nächststehende Bank sinken. Ein Anfall von Übelkeit überkommt sie, doch nach einer Minute lässt er nach.

Sie geht zurück zum Haus in der Old Ford Road. Als Mr. Levinson öffnet, legt sie die Hand auf den Türrahmen.

»Miss Mackie … ist Mark nicht bei Ihnen?«

»Er will sich mit seiner Verlobten treffen. Ich habe ihm gesagt, dass er nicht abbrechen muss. Wenn er kein Geld mehr für das Studium hat, werden ihm seine Freunde helfen. Das muss er wissen. Er darf sein Leben nicht ruinieren.«

Das alles sprudelt aus ihr heraus, weil sie es unbedingt sagen muss.

»Ach, Miss.« Mr. Levinson verzieht seine Lippen zu einem müden Lächeln. »Danke und bitte danken Sie auch seinen Freunden für das freundliche Angebot. Aber es geht nicht um Geld. Mark hat sich entschieden. Es ist sein Stolz. Immer sein Stolz.«

»Trotzdem, sagen Sie es ihm bitte.«

Er zuckt die Achseln, nickt aber. Sein Gesicht ist Marks so ähnlich – nur ohne Wut oder Schmerz –, dass sie es nicht mehr ansehen kann.

»Miss Mackie …«
Sie wendet sich noch mal zur Tür.
»Ich glaube, Sie und mein Sohn waren gut befreundet?«
Flora nickt, weil sie ihrer Stimme nicht mehr traut.
»Es tut mir sehr leid, wenn Sie Kummer haben.«

Kapitel 9

New York, 40°42' N, 74°00' W
Frühling 1891

Mit großer Freude verkündet der *Clarion*, dass die Expedition der Vereinigten Staaten nach Nordwestgrönland und Ellesmere Island sich kurz vor dem Aufbruch befindet. Der Expeditionsleiter Mr. Lester Armitage und eine Gruppe Wissenschaftler haben sich dem Ziel verschrieben, Amerikas Wissen über den Norden zu vergrößern. Bewunderer von Mr. Armitage sind überzeugt, dass niemand besser dazu geeignet ist als der dreiundvierzigjährige Entdecker. Erst gestern erklärte er einem Mitarbeiter des *Clarion*, wie sehr er es bedauere, dass Amerika im Rennen um Erkenntnisse über diese eisigen Gefilde zurückgefallen sei. Seit den ›bedauerlichen Vorfällen in der jüngsten amerikanischen Geschichte‹ gab es von dieser Seite des Atlantiks keine weiteren Versuche, nicht nur das noch unberührte Territorium dicht vor unserer Küste zu erforschen, sondern mehr noch, in Erfahrung zu bringen, wie sich dieses Territorium in Zukunft gewinnbringend nutzen lassen könnte.

Die Leser des *Clarion* werden sich zweifellos an die Expeditionen von Hall, de Long und Greely erinnern, die im Fall von de Long und Greely zu tragischen Verlusten führten und im Fall von Hall zu einer wundersamen Rettung vor der Katastrophe. Mr. Armitage wies mit allem Nachdruck darauf hin, dass die Probleme bei diesen früheren Expeditionen vor allem mit schlechter Vorbereitung zu begründen sind und nicht zuletzt damit, dass zu viele Nationalitäten beteiligt waren, was zu zahlreichen und ernsten Unstimmigkeiten führte. Mr. Armitage hingegen nimmt nur eine kleine Gruppe ›zu allem entschlossener‹ Amerikaner mit, um solche Zerwürfnisse zu vermeiden, und ist zudem überzeugt, alle Risiken durch sorgfältige Planung minimiert zu haben. Er beabsichtigt, die unbekannten Gefilde des Nordens zu erforschen und zu kartographieren, ihre Geheimnisse zu ergründen und damit das Wissen der Menschheit zu bereichern – und das im Namen der Vereinigten Staaten von Amerika.

Brooklyn Clarion, 1. März 1891

Trotz der Empfehlung ist Lester Armitages erster Eindruck des neuen Kandidaten nicht besonders positiv. Wieder einmal kann er ein eiliges Mittagessen kaum verdauen und kehrt mit einer Tablette gegen Sodbrennen im Mund in sein Büro in Gramercy Park zurück, wo er, als er ein Hüsteln hört, dicht vor seiner Tür verharrt und sie vorsichtig einen Spalt öffnet. Wann immer es ihm möglich ist, beobachtet Lester Menschen, die sich unbeobachtet glauben. Er redet sich ein, damit wolle er eine schlechte Auswahl von Teilnehmern vermeiden, die seiner Lektüre nach bei vergangenen Expeditionen fast unfehlbar zu Katastrophen geführt haben. Und da Lester für die Vorstellungsgespräche kaum Zeit hat, muss er auf andere Mittel zurückgreifen.

Der junge Mann, der jetzt im Flur auf ihn wartet, liest in einem schmalen Buch (was auf einen gewissen Intellekt schließen lässt) und hält in seinen Fingern eine selbstgedrehte Zigarette. Die schlaksigen Beine hat er gekreuzt, ein Fuß tappt auf dem Boden (nervöser Typ), sein Gesicht ist schmal, seine Haare unordentlich – wie eine Pusteblume, zumal schon stark ergraut (erblich?). Doch trotz der grauen Haare hat er die Schlaksigkeit und Energie der Jugend an sich.

Armitage schließt leise die Tür, öffnet sie wieder und tritt auf den Flur. Der Mann blickt auf, stellt die Beine nebeneinander auf den Boden, schlägt sein Buch mit einem leisen Knall zu – Tyndalls *Gletscher der Alpen*, wie Lester bemerkt – und steht auf. Er ist kleiner und leichter als er, doch das sind die meisten Männer. Dann zeichnet sich ein sehr charmantes Lächeln auf seinem Gesicht ab. »Ich möchte mich mit Mr. Armitage treffen – sind Sie das?«, fragt er mit einem unschuldigen Selbstvertrauen, das Lester ihm neidet und deshalb misstrauisch betrachtet, auch wenn er sich jetzt irgendwie entwaffnet fühlt. »Ich bin der Geologe. Jakob de Beyn.«

»Ja, Sie sind richtig, kommen Sie herein.«

Er geht voran in sein Büro. Auf seinem Schreibtisch stapeln sich Papiere und Akten. Holzkisten säumen die Wände. Es ist kaum genug Platz, sich einen Weg bis zum Schreibtisch zu bahnen. Lester seufzt ungeduldig wie jeder Vielbeschäftigte und weist auf einen Stuhl mit einem Stapel Unterlagen. Jakob hebt den Stapel hoch und stellt ihn sich, da kein freier Platz mehr ist, auf die Knie, nachdem er sich gesetzt hat. Seine Haltung ist offen, seine Gesichtszüge verraten Intelligenz und ein heiteres Gemüt. Lester schweigt eine Weile bedeutsam, bevor er zu sprechen beginnt.

»Warum ist die Greely-Expedition gescheitert?«

Jakob ist gewarnt worden, dass das Vorstellungsgespräch eher eine Prüfung wäre. Er hat erst vor kurzem über Greelys Expeditionsbericht gelesen und zusätzlich jedes Buch über die Arktis, das er in die Finger kriegen konnte. Gewissenhaft hat er sich durch die Schilderungen der über der Tiefe schwebenden Kristallpaläste und märchenhaften Kathedralen gearbeitet. Er hat alle Namen und Fakten parat. Er will unbedingt in die Arktis.

»Wissenschaftlich gesehen würde ich nicht sagen, dass sie gescheitert ist. Sie … man hat mehr Daten gesammelt und mehr

Neuland kartographiert, als auf jeder Expedition zuvor in diesen Breitengraden. Aber selbstverständlich kann man eine Expedition nur als erfolgreich bezeichnen, wenn alle Teilnehmer unversehrt zurückkehren. Doch meiner Meinung nach waren die meisten Probleme in der Beschaffung der notwendigen Vorräte begründet. Man verließ sich darauf, dass Nachschub aus dem Süden gebracht würde, doch der blieb aus Gründen aus, auf die sie keinen Einfluss hatten. Entscheidend ist es, sich selbst zu versorgen, so wie die Eskimos, und genau das bewies Hall in seinen ersten Jahren in der Arktis.«

Lester starrt ihn aus beunruhigend hellen Augen an. Jakob überlegt fieberhaft, was er noch sagen kann.

»Eine kleinere Gruppe ist auch hilfreich – genauso wie gute Beziehungen zu den ansässigen Eskimos.«

»Haben Sie sich in das Thema eingelesen?«

»Soweit ich konnte, ja.«

Lester scheint sich etwas zu entspannen.

»So, warum wollen Sie unbedingt an einen solchen Ort?«

Im Laufe des Vorstellungsgesprächs revidiert Lester seinen ersten Eindruck, de Beyn sei ein Leichtgewicht, ein nervöser Schwächling. Zwar ist er kein Athlet, wirkt aber zäh. Er ist gerade erst von seiner dritten Forschungsreise in die Rockies zurückgekehrt, wo er mehrere Gipfel bezwungen hat und durch die Berge und unberührtes Land gewandert ist, und das im Winter. Er hat Gletscher untersucht und dabei verbessertes Schuhwerk erfunden, mit dem man nicht mehr auf der vereisten Oberfläche rutscht. Seine Qualifikationen und Erfahrungen sind besser als die der meisten Kandidaten. Genauso wichtig findet Armitage es, dass er aus einer Familie holländischer Calvinisten stammt, was akzeptabel ist. Tatsächlich keimt in Lester sogar die Idee auf – und zwar eher aus Wunschdenken und nicht aus dem, was Jakob sagt –, dass er zu einer der alten Kolonistenfamilien gehört; womöglich aus einem unbedeutenderen Zweig der Händlerclans, die New Amsterdam gebaut haben. Die richtige Herkunft ist genauso wichtig wie die körperlichen, wissenschaftlichen und moralischen Qualitäten; im Grunde bedingt das eine alles andere. Die anderen Männer, die er ausgewählt hat, sind, jeder auf seine Art, beeindruckend und im Grunde aus derselben Kaste – wie er es nennt.

Besonders stolz ist Armitage, dass er Jefferson Shull für seine Expedition gewinnen konnte. Der ehemalige College-Athlet ist blond, stark, umgänglich und bringt das Selbstbewusstsein von altem Geld mit sich. Auch ohne die beträchtliche Spende seiner Familie für die Expeditionskasse wäre es Lester schwergefallen, ihn abzuweisen, da er genau der Typ ist, den Lester in seiner Nähe haben will. Shull hat vor kurzem sein Jurastudium in Harvard abgeschlossen, was ihm in der Arktis nichts nützt, aber er hat eine phantastische Kondition, hat gejagt, gesegelt und seit frühester Jugend die Welt bereist, ist ein Meisterschütze und vermittelt den Eindruck, dass ihm nichts und niemand auf der Welt etwas anhaben kann.

Louis Erdinger, der Physiker aus Philadelphia, ist gedrungen und tatendurstig. Umgänglich kann man ihn nicht gerade nennen, im Gegenteil, er ist humorlos und in Gesellschaft eher grob, aber er ist eben ein Genie; das sagen alle. Er schloss summa cum laude an der Cornell ab und hat bereits zahlreiche Veröffentlichungen, obwohl er erst sechsundzwanzig ist. Eine Professur ist ihm gewiss. Alle sagen (also, alle, die auch behaupten, er sei ein Genie), seine Teilnahme an der Expedition sei ein echter Glücksfall.

Ihr jüngster Neuzugang, Frank Urbino, der ihr Arzt sein wird, ist ein Hüne, der jeden der anderen überragt. Am City College hat er sich einen Namen gemacht, weil er ganze vier Meilen mit einem vollen Fass auf dem Rücken gerannt ist. Trotz seines Namens ist er Amerikaner durch und durch; Lesters Frau Emma ist mit Urbinos Schwester Angela zur Schule gegangen. Urbino selbst ist ein erstklassiger Arzt und ein Mensch, den man einfach mögen muss. Außerdem steckt er voller Energie und macht unermüdlich kluge Vorschläge, sei es, um die Transportkisten für die Schlitten zu verbessern, sei es, um Kontakt zu einem bestimmten Mannes beim New York Board of Trade aufzunehmen oder eine holländischen Geologen mit Bergsteigererfahrungen anzuheuern.

Was Jakob betrifft, so ist sein erster Eindruck von Lester Armitage positiv. Frank hat ihn als kalten Fisch beschrieben, der jedoch über alle Maßen engagiert wie organisiert sei. All das stimmt auch, nur vermutet Jakob, dass die Kälte eher auf extreme Reserviertheit zurückzuführen ist als auf Mangel an Gefühlen. Engagiert ist er in der Tat: Er arbeitet fünfzehn Stunden am Tag, entweder im Büro oder indem er Vorträge hält und an Veranstaltungen teilnimmt, auf denen Geldgeber überzeugt werden können, ihr Geld ihm zu geben.

Auch körperlich gesehen ist er ein imposanter Mann: groß, breitschultrig, mit schmalem Gesicht und buschigem Schnurrbart. Er wirkt gleichzeitig militärisch und asketisch. Diese Erscheinung bringt ihm etliche Pluspunkte, denn er ist genau so, wie man sich einen Entdecker vorstellt. Selbst eine gewisse Steifheit gegenüber potentiellen Geldgebern ist von Vorteil, man unterstellt ihm Seriosität und Glaubwürdigkeit, statt den Eindruck zu haben, angebettelt oder manipuliert zu werden. Man hört ihm zu, weil seine sperrige Aufrichtigkeit und sein glühender Patriotismus imponieren. Nach dem Vorstellungsgespräch verlässt Jakob das Büro mit verhaltener Zuversicht, weil er meint, einen guten Eindruck gemacht zu haben. Seine Nervosität hat er wohl recht geschickt verborgen, stattdessen hat er Begeisterung und Erfahrung zeigen und seinen Drang unterdrücken können, ständig zu lächeln – was als Zeichen von Schwäche gedeutet werden könnte. Die ständige Angst, nach seinem Vater gefragt zu werden, hat sich als unbegründet erwiesen. Armitage schien es gern zu hören, dass seine Familie protestantisch ist. Wie immer, wenn Jakob gefragt wird, hat er erzählt, seine beiden Eltern seien tot.

Die Vorstellung, in den Norden zu reisen, ist unglaublich verlockend für ihn, mehr noch als die Berge im Westen, die er liebt. Aber er weiß, dass seine Arbeit dazu beiträgt, die Erde dem Menschen untertan zu machen. Überall sind Goldsucher und Gutachter wie er, die in der Wildnis graben und herumstochern, und ihnen folgen Geschäftsleute, Bauunternehmer, Saloonbesitzer, Prostituierte und viele andere. Er kennt eine Stadt in einem wunderschönen, von schneebedeckten Bergen umringten Tal, die innerhalb von vier Jahren von einer einzigen Straße anschwoll zu einem chaotischen Sündenpfuhl voller skrupelloser Profitjäger, in der die Straßen voller Schlamm waren und die Berge geschunden von Abholzung und Bergbau, reduziert auf eine Quelle kostbarer Metalle, Hölzer und Verstecke.

Jakob wohnt erst seit wenigen Wochen wieder im Haus seines Bruders, doch hat er das Gefühl, in New York lebten doppelt so viele Menschen wie im Vorjahr; die Straßen sind verstopft von immer mehr Pferden und Fahrzeugen. Nach der Größe und Stille von Montana quälen ihn die ständigen Geräusche; der Rauch aus tausend Schornsteinen kratzt ihm in der Kehle und droht ihn zu ersticken. Der Himmel, der sich unendlich weit über die Berge erstreckt, ist hier in winzige Rechtecke und schmale Bahnen zerteilt und wirkt fahl, schmutzig und eng. Außerdem, und daran gibt es nichts zu deuteln, braucht er einen Job. Von seinem letzten Lohn hat er nicht mehr viel übrig, und zwar wegen einer unglaublichen Dummheit, an die er nicht mehr denken will, und das setzt ihm ziemlich zu. Zum Vorstellungsgespräch hatte er seine Reisekleidung angezogen, und zwar nicht, um als erfahrener Naturbursche zu erscheinen, sondern weil alles, was er sonst noch an Kleidung besitzt, schäbig oder altmodisch oder beides ist.

Jakob und Frank haben sich ein Jahr lang nicht gesehen, wohl aber geschrieben und das zunehmend häufig, da Frank die Arktisexpedition erwähnte, an der er teilnehmen wollte, und Jakob dafür empfahl. Aber das letzte Mal getroffen haben sie sich zu einem eiligen Mittagessen im vergangenen Frühjahr, bevor Jakob nach Montana aufbrach.

Jetzt, am Tag des Vorstellungsgesprächs, ist die Mensa unverändert, nur isst hier eine neue Studentengeneration Grillkäse. Mit einem kaum merklichen Hinken geht Jakob zu Frank hinüber, mustert ihn von oben bis unten und spürt, dass Frank ihn ebenfalls gründlich betrachtet. Als sie sich die Hände reichen, brechen sie beide in Gelächter aus. Frank verzieht das Gesicht.

»Ich weiß, ich bin fett wie ein Schwein! Das liegt an dem verdammten Papierkram. Ich hab einfach keine Zeit für irgendwas anderes.«

»Damit bist du für einen harten Winter gut gerüstet – oder auch nicht, weil wir dich als Ersten schlachten.«

»Was hast du am Bein?«

»Bin von einem Gletscher gefallen. Hab mir das Fußgelenk gebrochen.«

Franks Mund klappt leicht auf.

»Was hat Armitage dazu gesagt?«

Jakob grinst. »Ich hab's ihm nicht erzählt. Schließlich ist es in ein, zwei Wochen wieder in Ordnung. Also, wann hast du dich für dieses Unternehmen entschieden? Ich muss zugeben, ich war überrascht, als du sagtest, du würdest an einer Expedition teilnehmen; ich wusste gar nicht, dass dich so etwas reizt.«

»Ach, na ja … Die Dinge ändern sich eben.« Frank wedelt leichthin mit der Hand; eine Geste, die Jakob bei ihm ziemlich untypisch vorkommt. »Die Arbeit als praktischer Arzt ist ja schön und gut, aber es gibt nicht genug Herausforderungen. Vermutlich langweile ich mich. Zwar bin ich nicht wie du – später wird mir das sicher genügen –, aber im Moment möchte ich mich beweisen. Ich möchte etwas tun, worauf ich stolz bin, etwas, das ich später meinen Enkeln erzählen kann.«

Letzteres sagt er mit leichter Verlegenheit. Jakob zieht die Augenbrauen hoch.

»Du denkst an die Nachwelt?«

Frank lacht verlegen auf und blickt auf seine Hände. »Ich wollte es dir nicht in einem Brief mitteilen, aber … ich bin verlobt.«

»Herzlichen Glückwunsch!«

»Du wirkst geschockt.«

»Nicht gerade geschockt, nur … überrascht. Das hättest du mir aber schreiben können!«

»Tja, du weißt doch, wie das ist. Der ganze Trubel … Es kam ziemlich plötzlich.«

»Das sind doch wunderbare Neuigkeiten. Wann genau ist das denn passiert?«

»Vor kurzem erst. Ich hab Marion, meine Verlobte, im letzten Herbst kennengelernt, und als mir eine Stelle bei der Expedition angeboten wurde, dachte ich, entweder ich nehme sie nicht oder wenn, dann will ich das mit Marion fest machen, denn wenn man erst mal die Richtige getroffen hat …«

Er nickt schüchtern grinsend. Jakob schämt sich seiner ersten Reaktion.

Als Frank ihm ziemlich unzusammenhängend erzählt, wie er Miss Marion Rutherford beim Essen oder Tee oder jedenfalls im Haus eines Nachbarn kennengelernt hat, verspürt Jakob einen für ihn ganz unvertrauten Anflug von Neid. Im College war er derjenige, der beneidet wurde. Jetzt hat er sich erst vor kurzem einer Gefühlsverstrickung entzogen, die ihm nicht nur Verletzungen, sondern auch tiefe Scham beschert hat – das Ganze ist so lächerlich, dass er nicht mal daran denken kann.

»Du wirst sie beim Sonntagsessen kennenlernen – du kommst doch, oder?«

»Das würde ich um nichts in der Welt verpassen wollen!«

»Anna und Clara werden begeistert sein, dich wiederzusehen – und meine Eltern auch. Und was ist mit dir?«

»Was soll mit mir sein?«

»Komm schon … triffst du dich immer noch mit dieser

Schauspielerin vom letzten Jahr … sie war doch Schauspielerin, oder?«

»Oh … nein. Schließlich war ich fast zwölf Monate fort. Du weißt doch, meine Arbeit ist nicht vereinbar mit … einem geregelten Leben.«

»Aber fändest du nicht auch die Vorstellung schön, ein eigenes Heim zu haben und jemanden, der auf dich wartet und dir die Pantoffeln vorwärmt?«

Jakob lacht. »So was wie Pantoffeln habe ich nicht.«

»Warte nur, bis du Marion kennengelernt hast … Für dich finden wir auch noch eine.«

Offenbar zeigt sich irgendwas in Jakobs Miene, denn Frank lächelt wissend.

»Oder hast du dich doch noch in ein anständiges Mädchen verliebt?«

Es gibt noch einen Grund – abgesehen von der edlen Suche nach neuen Erkenntnissen und abgesehen von dem stillen Vorwurf in Hendriks Miene, wenn er ihren Vater allein in der Anstalt besuchen geht –, warum Jakob die Vorstellung von einer langen Reise in die Wildnis lockt.

Im vergangenen Frühjahr fuhr Jakob im Auftrag einer Bergbaugesellschaft nach Montana, wo er einen Wanderführer anheuerte und den Sommer in einer prächtigen Bergwelt verbrachte. Ihn faszinierten die Gipfel, die Seen und vor allem die Gletscher, die er von den Bergpässen erspähen konnte, und als sein Auftrag beendet war, beschloss er zu bleiben. Seinen Bericht konnte er genauso gut an Ort und Stelle schreiben, und es drängte ihn, im Winter zu klettern, um seine Eistauglichkeit zu testen. Außerdem wollte er seiner neuesten Leidenschaft frönen: Er hatte sich einen Fotoapparat gekauft, der nur wenig wog, und wollte die winterliche Landschaft in einer Art festhalten, die ihre spröde Schönheit nicht minderte – was ihm bislang noch nicht gelungen war.

Jakob bestach einen Bergführer, ihn bis zu einem nicht besonders hoch gelegenen Gletscher zu begleiten. Sie kamen nur langsam voran – weil keiner von beiden je einen Gletscher bestiegen hatte –, und der Bergführer drohte ihm fast bei jedem Schritt mit Umkehr. Jakob, der sich zu seinem improvisierten Schuhwerk nur beglückwünschen konnte, reagierte zunehmend gereizt auf das Gejammer des Mannes. Als er herumfuhr, um ihm zu befehlen, endlich den Mund zu halten, rutschte er aus, fiel hin, schlitterte über das Eis, dachte *oh nein,* und wurde erst gestoppt, als sein Fuß gegen einen Felsen stieß, der wie ein rötlicher Daumen aus dem Eis ragte. Unbeweglich lag er auf dem Rücken, nahm nur benommen den Schmerz wahr, stellte fest, dass der Fels ein präkambrischer Tonsteinfindling war, fragte sich, was der hier oben im Eis machte, und hörte, wie der Bergführer lachte, zu ihm gestapft kam und im Tonfall tiefster Befriedigung zu ihm sagte: »Jetzt bist du wohl fertig.«

Als Jakob aufzustehen versuchte, bemerkte er, dass er mit dem verletzten Fuß nicht auftreten konnte. Der Bergführer half ihm vom Gletscher hinunter und ließ ihn dann zurück, um ein Maultier zu holen. Jakob verbrachte eine schlaflose, eiskalte Nacht am Fuße des Gletschers und verfluchte sich wegen seiner Dummheit, dachte aber auch darüber nach, wie man sein Schuhwerk verbessern könnte, damit so etwas nicht mehr passierte. Einen Tag später wurde er mit einem notdürftig geschienten, grässlich schmerzenden Bein auf einem Muli zum nächsten Ort gebracht, in dem es ein Hotel und einen Arzt gab. Der Arzt verlangte, im Voraus bezahlt zu werden, untersuchte dann seinen Knöchel und befand, er sei gebrochen, was Jakob schon vorher gewusst hatte. Der Arzt gipste sein Bein ein (wofür Jakob extra bezahlen musste) und erklärte, er müsse es ruhigstellen, bevor er die Heimreise antrete, sonst werde es nicht richtig heilen.

Highlandville war ein Ort, so schrill und bunt wie ein Jahrmarkt, der wegen der Goldwäscher wie ein Pilz aus dem Boden geschossen war. Jakob hatte keine große Auswahl an Unterkünften, da die meisten für ihn unerschwinglich waren.

Schlechtgelaunt und gelangweilt hockte Jakob in seinem winzigen, lauten Kabuff (das dennoch so viel kostete wie das Lösegeld für einen Eisenbahnbaron), hatte sein Bein auf ein Kissen gelagert und arbeitete entweder an seinem Gutachten oder starrte auf die Berge, die er nicht mehr besteigen konnte. Abends hüpfte er nach unten, trank an der Bar ein paar Bier und beobachtete das Kommen und Gehen der Goldgräber und Huren. Auch zu ihm kamen ein paar Frauen und machten ihm Angebote, doch wenn er erklärte, er habe kein Gold, verloren sie das Interesse.

Eine Frau allerdings setzte sich mehr als einmal zu ihm und fragte, ob er Gesellschaft wünsche, und mehr als einmal lächelte er bedauernd. Aber sie ließ sich nicht abwimmeln. Ihr Name war Schweden-Kate. Sie war eine gutaussehende junge Frau Anfang dreißig mit kastanienbraunen Haaren und einem Akzent, der ihn zum Lachen brachte. Trotz seiner Beteuerungen, er habe kein Geld, unterhielt sie sich ein bisschen mit ihm, bevor sie sich einen zahlenden Kunden suchte und ihm beim Fortgehen aufreizend über die Schulter zulächelte.

Jakob, der sein Geld zusammenhalten musste, war entschlossen, der Versuchung nicht nachzugeben, doch Selbstmitleid und Einsamkeit setzten ihm zu, und je öfter er Kate in einem weit ausgeschnittenen Kleid in die Bar kommen sah, desto schwerer fiel es ihm, an seinem Entschluss festzuhalten. Nach ein paar Tagen ertappte er sich schon dabei, dass er in die Bar hüpfte, weil er Kate sehen wollte – nur damit sie ihm Gesellschaft leistete, denn sie war nicht nur hübsch, sondern auch klug und einfühlsam. Sein Gutachten langweilte ihn; er hatte auch keine Abzüge mehr zu entwickeln. Als er sie eines Abends mit einem besonders widerlichen Goldwäscher sah, durchzuckte ihn solch rasende Eifersucht, dass er erkannte, sein Entschluss war hinfällig.

Als er vier Jahre zuvor für seinen ersten Auftrag staunend und relativ unschuldig im Wyoming-Territorium gelandet war, fand er es peinlich, für Sex zu bezahlen. Aber jetzt störte ihn das nicht mehr. Einerseits hatte er keine andere Wahl: Entweder zahlte er oder blieb keusch. Das Wort ›Hure‹, das ihn früher schockiert und abgeschreckt hatte, verlor diese Wirkung, als er herausfand, dass fast alle Frauen, die er in Goldgräberstädten zu Gesicht bekam, käuflich waren und nicht, wie man ihm beigebracht hatte, zu einer minderen Rasse gehörten, sondern ganz normale Menschen waren, die unter widrigen Umständen ihren Lebensunterhalt verdienen mussten. Wenn man das erst mal begriffen und sich mit ihnen unterhalten hatte, wie mit jeder anderen Frau bei irgendeinem gesellschaftlichen Anlass … nun, dann sah Jakob keinen Grund, wieso nicht beide Seiten (mit gewissen Sicherheitsvorkehrungen natürlich) auf ihre Kosten kommen sollten. Er hatte schon früher ab und an gedacht – wie die meisten Männer auf der ganzen Welt –, dass die Gesellschaft von Frauen immer ihren Preis hatte, ganz unabhängig von ihrer Herkunft und Moral. Ohne Einkommen und Zukunftsaussichten konnte man nicht heiraten. Wenn man eine Frau wollte, musste man für sie sorgen, ob nur für eine Stunde oder für ein ganzes Leben. Manchmal schien es ihm, als wäre Cora Gertler die einzige Frau gewesen, die von ihm keinerlei Gegenleistung erwartet hatte.

Als Kate am nächsten Abend in die Bar kam, sah sie ihm sofort an, dass sich etwas geändert hatte.

»Was ist los? Du siehst aus, als hättest du Zahnschmerzen.«

»Nein, es ist nichts.« Er bemühte sich um Würde. »Nur mein Bein tut heute besonders weh.«

»Das tut mir leid. Also warst du gestern Abend nicht eifersüchtig? Ich hab deinen Gesichtsausdruck gesehen.« Sie schnitt eine Grimasse. »Er war ein Schwein.«

»Ach, nein …« Heroisch zuckte er die Achseln. »Wieso sollte ich eifersüchtig sein?«

Kate lehnte sich zu ihm. Er roch den Sherry in ihrem Atem und das süße, schwere Parfüm auf ihrer Haut.

»Ich wäre eifersüchtig, wenn ich dich mit einem der anderen Mädchen reden sähe. Du weißt doch, dass ich für Mrs. Hensley arbeite; ich suche mir die Männer nicht aus. Aber wenn« – sie senkte noch mehr die Stimme – »dann würde ich mich für dich entscheiden.«

Direkt vor ihm, nur wenige Zentimeter von seiner Hand auf dem Tresen entfernt, quoll ihr Busen aus einem engen, dunklen Mieder. Bei jedem ihrer Atemzüge bewegte er sich. Jakob focht einen erbitterten Kampf mit seiner Vernunft aus.

»Komm mit mir nach oben.«

»Jake, ich muss arbeiten«, erwiderte sie sanft, aber entschieden.

»Ich weiß.«

Sie gingen auf sein Zimmer, wo er sich mit steifem Gipsbein auf sein Bett setzte, während sie sich lächelnd auszog und all die Versprechen einlöste, die ihm seine Phantasie gegeben hatte. Er entschuldigte sich, weil es so schwer war, das Hosenbein über den Gips zu ziehen. Nach einigen Lachanfällen ließen sie es einfach. Sie erschien ihm wirklich reizend, so als würde sie sich kein bisschen verstellen. Ganz kurz fragte er sich, ob sie jeden Mann glauben ließ, sie wäre wirklich gern mit ihm zusammen.

Danach lag sie atemlos neben ihm.

»Meine Güte«, bemerkte sie. »Ein Mann, der die Frauen kennt, wie?«

»Aber nein, nicht doch«, wehrte Jakob ab.

»Tja, das ist jedenfalls nicht dein erstes Mal.« Sie stützte sich auf ihren Ellbogen – eine schimmernde, geschmeidige Odaliske – und küsste ihn. »Versprich mir, mit keiner der anderen mitzugehen. Die haben dich gar nicht verdient.«

Er schüttelte den Kopf. »Nein, werde ich nicht. Ich meine, das will ich gar nicht.«

»Du bist sehr nett, Jake de Beyn. Mit dir würde ich auch so mitgehen, aber ich muss meine Zeit abrechnen.« Sie fuhr ihm mit einem Finger über die Brust.

»Ich weiß. Ist schon gut.« Jakob hatte nachgerechnet und schrieb bereits seinen Lohn für die letzten Monate ab.

»Aber wenn du Lust hättest, könnten wir uns manchmal an meinen freien Nachmittagen sehen. Mittwoch und Sonntag.«

Jakob war gerührt. »Im Ernst? Nein, das finde ich nicht fair. Was wäre … wenn wir halbe-halbe machten?«

An ihrem dritten Sonntag schneite es, ziemlich früh für die Jahreszeit, und die Flocken betupften das Fenster ihres Zimmers. Im Kamin knackte ein Feuer, auf ihrer Kommode stand eine Vase mit künstlichen Blumen, und die Vorhänge waren aus rotem Samt. Kate blickte hinaus auf den dunkler werdenden Himmel.

»Im letzten Jahr fuhren schon Mitte November keine Züge mehr. Man weiß nie, wann es vorbei ist.«

Jakob schwieg. Kate stand auf und stocherte im Feuer, worauf Funken den Kamin hinauf stoben. Jakob lag auf ihrem Bett, sinnierte über das häusliche Bild, das sich ihm bot und das nicht so schäbig wie bei Tageslicht wirkte, und merkte ziemlich betroffen, wie sehr es ihm widerstrebte, zu gehen.

»Ich wünschte, du könntest mit all dem aufhören!«, sagte er ungewöhnlich heftig. Kate setzte sich zu ihm aufs Bett und ergriff mit einem amüsierten Lächeln seine Hand.

»Und was sollte ich dann tun? In den Hügeln nach Gold graben?«

»Ich könnte dich unterstützen.«

»Ach ja? Wie denn?«

Zu seiner eigenen Überraschung hörte er sich sagen: »Du könntest mit mir nach New York gehen.«

Sie zog ihre Augenbrauen in die Höhe.

»Soll das etwa ein Antrag sein, Jakob? Es wäre nicht der erste.«

Diese Enthüllung schockierte ihn. Und verschlug ihm die Sprache. Er war fünfundzwanzig, aber die Ehe war für ihn noch etwas weit Entferntes, etwas für Leute, die jeden Morgen zur gleichen Zeit aufstanden, um immer am gleichen Ort zu arbeiten und Tag für Tag dieselben Dinge und Gesichter zu sehen. Nach ein paar Sekunden wurde das Schweigen unangenehm.

Sie lächelte und sagte ziemlich leise: »Hab ich mir schon gedacht.«

Jakob wollte weder ein Schuft sein noch ein Spießbürger. »Nein, warte«, stotterte er mit hämmerndem Herzen. »Wir könnten doch heiraten – wieso nicht? Heirate mich, Kate. Das ist mein Ernst.«

Kühn und mit leichtem Schwindel ergriff er ihre Hände und berauschte sich an dem Gefühl. Er war immer so vorsichtig – wieso nicht mal etwas anderes versuchen? Kate lachte.

»Wieso nicht? Nun, zum einen, weil ich meines Wissens immer noch einen Ehemann habe. Aber auch«, jetzt wurde sie ernst, »weil ich nicht weiß, ob ich je wieder heiraten werde. Männer sind ganz anders als Frauen; bevor sie dich haben, sind sie nett, aber sobald sie dich besitzen, behandeln sie dich wie Dreck. Mein Mann hat auch erst nach der Hochzeit angefangen, mich zu schlagen.«

»Ich will dich nicht besitzen, Kate. Ich will dich glücklich machen.«

Darauf lächelte sie traurig.

»Ich glaube dir. Aber ich muss nicht gerettet werden, Jake.«

»Das wollte ich auch nicht … ich liebe dich.«

Seit Cora Gertler hatte er das zu keiner gesagt. Und während er es aussprach, spürte er ein seltsam hohles Gefühl in der Brust: Er meinte zu fühlen, wie es wahr wurde.

Kate seufzte und umfasste seine Wange. »Lieber Jake … Du bist noch so jung.«

Jakob schluckte. Das war wohl keine zu erwartende Reaktion auf einen Heiratsantrag.

»Ich bin fünfundzwanzig. Du musst nicht so gönnerhaft sein.«

»Es tut mir leid. Du hast recht. Ich hab dich sehr gern, aber ich weiß, dass Männer im Bett manchmal Dinge sagen … die sie angezogen gar nicht so gemeint haben.«

»Aber so bin ich nicht«, erwiderte er hitzig und fragte sich, noch während er es aussprach, inwiefern genau er sich von den anderen unterschied.

»Außerdem würden wir gar nicht zueinander passen.«

Jakob war verletzt. Er wünschte, er hätte nie damit angefangen, aber jetzt meinte er, darauf beharren zu müssen, um nicht wie ein Idiot dazustehen.

»Ich weiß, wir kennen uns noch nicht lang, aber … wir verstehen uns doch gut. Nicht nur im Bett, sondern auch beim Reden und – «

»Jakob, hast du vergessen, dass ich eine Hure bin? Das ist mein Job. Ich bin nicht aufrichtig.«

Es kostete ihn große Überwindung, nachzuhaken. »Was meinst du damit?«

Kate senkte den Blick. »Nun, willst du wirklich eine Frau, der es nicht gefällt, mit einem Mann zu schlafen?«

Jakob war so verblüfft, dass er lachen musste. »Aber das stimmt doch nicht … ich meine …«

Kate sah ihn an. »Ich verstelle mich, Jake. Ich tue so, als ob. Manchen Männern ist das egal. … Aber bei jemandem, der nett ist, und besonders bei dir …« Als sie seine Miene sah, senkte sie wieder den Blick. »Ich bin gern mit dir zusammen, und du bemühst dich so sehr, mir zu gefallen, dass ich mich eben verstelle. Ich möchte, dass du glücklich bist. Aber …« Sie zuckte die Achseln. »Ich freue mich schon darauf, allein zu schlafen, wenn ich mich irgendwann zur Ruhe setze.«

Jakob, der bis auf die um seinen Gips gewickelte Hose nackt war, fragte sich, wie er aufstehen und gehen sollte, ohne sich vollkommen zum Idioten zu machen. Offenbar wirkte er so jämmerlich, dass Kate wieder und wieder beteuerte, es tue ihr leid. Es liege nicht an ihm, sondern an ihr; sie *hasse* es nicht gerade, finde es aber auch nicht besonders aufregend. Eher ziemlich albern … Aber da war der Schaden schon angerichtet.

Als sie versuchte, ihn zu küssen, schob er sie weg. Seine Kehle war so zugeschnürt, das ihm die Luft bedrohlich knapp wurde. Schweigend zog er sich an. In seinem ganzen Leben hatte er sich nur einmal so elend gefühlt. Das war, als Cora ihm mitteilte, sie und ihr Mann würden nach St. Louis ziehen, und er in Tränen ausbrach. Schon während er sich seinen Strumpf anzog und seine Krücke unter dem Bett hervorangelte (wie ekelhaft lang man zum Anziehen brauchte, wenn einem so etwas an den Kopf geworfen worden war), wusste er, dass sein Stolz genauso getroffen war wie sein Herz, aber das tröstete ihn nicht.

Ohne ein weiteres Wort ging er und humpelte zum Hotel zurück. Dazu musste er nur über die Straße, aber seine Füße wurden im Matsch aus Schnee und Pferdekot nass bis auf die Knochen. Vom Barmann kaufte er sich eine Flasche Whisky, nahm sie mit auf sein Zimmer und betrank sich, bis er kaum noch stehen konnte.

Er sah Kate nie wieder. Als er wieder nüchtern war, konnte er immer noch nicht daran denken, was sie von ihm hielt. Bei jedem Gedanken an ihr Gespräch krümmte er sich innerlich; er war eitel, selbstgefällig und lächerlich. Seit er achtzehn und bei Cora in die Lehre gegangen war, hatte er sich etwas auf seine Fähigkeiten als Liebhaber eingebildet. Jetzt blieb ihm sein Stolz im Hals stecken. Wenn Kate ihn getäuscht hatte, konnten ihn alle anderen Frauen doch auch getäuscht haben. Selbst Cora – war das möglich? Er musste würgen, doch da er zwei Tage nichts gegessen hatte, kam nur grüner Schleim. Er stellte sich vor, wie Kate den anderen Huren von ihrem Gespräch erzählte, wie sie spöttisch lachten. In einem Wutanfall fing er an, seine Sachen zusammenzupacken. Er stampfte in dem Zimmer herum, das ihm widerwärtig geworden war. Sein Fuß tat weh, und er ließ das Silbersalz fallen – alles ihre Schuld!

Am gleichen Tag noch bekam er einen Brief von Kate, der unbeholfen war und von Fehlern nur so wimmelte. Sie behauptete, ihn zu vermissen, und flehte ihn an, zu ihr zu kommen. Obwohl ihm der Brief aufrichtig erschien, antwortete er nicht. Ihre mangelnde Bildung stieß ihn mehr ab, als ihr Beruf es je vermocht hatte. Anstatt zu ihr zu gehen, befahl er sich, sich zusammenzureißen, nahm seine Sachen, verließ Montana auf Krücken und leckte sich die Wunden. Zwei Tage später legte ein Schneesturm den Zugverkehr für den Winter lahm.

Vier Monate später ist sein Fuß fast wiederhergestellt, aber sein Herz und sein Ego schmerzen noch. Ihn quält die Frage, ob Kate ihn die ganze Zeit getäuscht hat – ob alles, was sie sagte und anscheinend fühlte, gelogen war. Er hatte sie wirklich gemocht und war überzeugt, dass sie in gewisser Weise ähnlich empfand.

Doch was auch immer die Wahrheit gewesen sein mag, es ist nicht mehr wichtig, denn jetzt ist er in New York; sie war nur eine Hure, auf die er sich dummerweise eingelassen hat wie ein naiver Junge. Er schreibt seine Gefühle einer Art Lagerkoller zu: einer Gemütskrankheit, die der Höhenluft und der Langeweile geschuldet war. Er beschließt, in Zukunft zurückhaltender zu sein. Die Aussicht auf eine lange, anstrengende Expedition an einen Ort, wo ganz gewiss keine Frau ihn umgarnen kann, ist verführerisch und erleichternd zugleich.

Kapitel 10

New York, 40°42' N, 74°00' W
März 1891

Ein paar Tage nach dem Essen mit Frank bekommt Jakob einen Brief, den er hastig aufreißt: das Angebot, als Geologe die Expedition der Vereinigten Staaten nach Nordwestgrönland und Ellesmere Island zu begleiten. Sofort nimmt er an und fühlt sich seit Wochen mal wieder besser.

Er teilt seiner Schwägerin Bettina mit, dass er ihnen nicht mehr lange zur Last fallen wird. Sie aber ist entsetzt, dass er so weit wegwill.

»Wieso? Wo genau fährst du denn hin?«, fragt seine Nichte Vera, die mittlerweile sechs Jahre alt ist.

»Ich habe eine Stelle bekommen, und dafür muss ich weit, weit in den Norden reisen, wo das ganze Jahr Schnee liegt.«

»Baust du da einen Schneemann?«

»Wahrscheinlich. Einen großen, nein, ich sag dir was: Ich baue eine Schneevera und mache ein Foto davon, nur für dich.«

»Au ja!«, ruft Vera und klatscht in die Hände.

»Und gleich für ganze zwei Jahre! Weißt du eigentlich, welche Sorgen wir uns machen, wenn du Gott weiß wo bist?«, sagt Bettina.

»Im Ernst? Wenn ich weg bin, denke ich nie an euch.«

»Ach, du schrecklicher Kerl! Vera, dein Onkel ist ein schrecklicher Kerl.«

Vera kichert und klettert Jakob auf den Schoß.

»Da hat deine Mutter recht. Hör nur auf sie.«

»Hendrik liegt nachts wach, weil er immer noch glaubt, du könntest nicht für dich selbst sorgen.«

Jakob lächelt und lässt seine Nichte auf dem Schoß hüpfen. Sollte sein Bruder sich um etwas anderes Sorgen machen als um die Fleischpreise, so lässt er es sich nicht anmerken. Er hat hart gearbeitet, um sein Geschäft aufzubauen, und beliefert jetzt etliche Restaurants mit Fleisch. Da er am Bauch beträchtlich zugelegt hat, sieht er jetzt auch aus wie der zuverlässige, ehrbare Paterfamilias, der er ist. Er und Bettina haben zwei eigene Kinder, Vera und den dreijährigen Willem, und dazu Carl, den Sohn aus Bettinas erster Ehe, der schon als Lehrling im Geschäft arbeitet. Doch für Jakob ist in ihrem Haus immer ein Plätzchen frei. Sie wohnen mittlerweile in einem vierstöckigen Brownstone in einem ruhigen Viertel von Brooklyn, und im obersten Stockwerk gibt es einen Raum, den sie selbst in seiner Abwesenheit ›Jakobs Zimmer‹ nennen. Das ist für Jakob vollkommen selbstverständlich.

»Mittlerweile sollte er es doch wirklich besser wissen. Schließlich bin nicht ich derjenige, der ständig gefährliche Straßen überqueren muss oder überall von scharfen Messern umzingelt ist …«

Bettina weist mit einem warnenden Blick auf ihre Tochter, die fasziniert zuhört.

»Wo sind denn die gefährlichen Straßen?«

»Nirgendwo. Onkel Jakob macht nur Spaß, nicht wahr?«

»Ja. Und nun, da ich wieder Arbeit habe, muss ich mir ein paar neue Anziehsachen kaufen. Dein Onkel kommt sich schon wie ein Penner vor. Frank Urbino hat mich für Sonntag zum Mittagessen eingeladen.«

»Was ist ein Penner?«

»Ein Penner ist jemand, der draußen auf der Straße schläft und sich nirgendwo waschen kann.«

Vera lacht laut auf und verzieht das Gesicht.

»Still, Vera. Es wird sicher nett sein, deine Freunde wiederzusehen«, sagt Bettina mit vielsagendem Lächeln. Sie macht kein Geheimnis aus ihrem Wunsch, dass Jakob ein nettes Mädchen kennenlernt und sesshaft wird, am besten irgendwo in der Nähe.

»Ja«, sagt er nur und fragt sich, ob das zu erwarten ist.

Als er am Sonntag an die Haustür der Urbinos klopft, überkommt ihn merkwürdigerweise Nervosität. Er trägt sein neues Jackett, in dem er sich unangenehm förmlich fühlt. Aber als Frank die Tür öffnet und ihn mit aufrichtiger Freude anstrahlt, verspürt Jakob einen Kloß im Hals, während sie sich die Hand geben. Frank wirkt ungewöhnlich aufgeregt, so als wäre auch er nervös.

»Komm rein.«

Jakob wird von Frank ins Esszimmer geführt, wo er sofort Anna und Clara erblickt. Angela und Johnny sind nicht da, wohl aber zwei unbekannte junge Frauen, die eine dunkel, die andere hell, die beide mit gefalteten Händen dastehen.

»Ich möchte dir jemanden vorstellen, der mir sehr wichtig ist: Marion Rutherford, meine Verlobte. Marion, dies ist mein bester Freund vom City College: Jake de Beyn.«

Frank strahlt vor Stolz, als er das Mädchen mit den hellen Haaren vorstellt. Jakob drückt seine Freude aus, gratuliert zu ihrer Verlobung und bemerkt, wie glücklich sich Frank schätzen kann. Sie dankt ihm und sagt, sie habe schon viel von ihm gehört. Alles, was bei einer solchen Gelegenheit angemessen ist. Doch zu seiner Verblüffung verspürt Jakob ihr gegenüber eine starke Abneigung, die er nicht einordnen kann.

Clara und Anna begrüßt er mit aufrichtiger Freude und wird sofort mit Fragen über seine Reise bestürmt. Er findet, dass Anna besser aussieht als bei seinem letzten Besuch, bei dem sie kaum ein Wort gesagt hat. Frank hat nur wenig verlauten lassen, doch Jakob vermutet, dass sie eine Art Zusammenbruch hatte. Clara hingegen ist genau so, wie er sie in Erinnerung hatte: selbstbewusst und gepflegt – ihr Gesicht vielleicht noch etwas stärker geschminkt als beim letzten Mal. Die andere Frau ist eine Freundin von Clara und arbeitet im gleichen Laden wie sie. Sie heißt Lucille Becker und hat leicht bräunliche Haut und ein humorvolles Gesicht mit einem fast affenartigen Grinsen. So wenig attraktiv ist sie, dass er sich sofort entspannt.

Im Gegensatz dazu ist Marion Rutherford ein kleines, blasses Püppchen mit einer properen Figur. Sie ist zweifellos hübsch, aber je länger sie sich unterhalten, desto mehr wundert sich Jakob, dass Frank sie so unverhohlen anbetet. Schließlich ist er mit lebhaften, intelligenten Schwestern aufgewachsen, da wäre es doch zu erwarten gewesen, dass er sich ein ebensolches Mädchen aussucht. Aber Marion wirkt wie das genaue Gegenteil, nicht nur vom Aussehen her, sondern auch weil sie so passiv ist und über keinerlei Esprit verfügt. Es scheint ihr irgendwie an Energie zu fehlen und nicht nur das: Sie scheint auch den anderen ihre Energie abzuziehen; Jakob spürt selbst, wie er durch ihre Gegenwart gedämpfter wird. Wenn er ihr Fragen stellt, antwortet sie in langen, komplizierten Sätzen. Dabei wirft sie Frank ständig selbstzufriedene und gleichzeitig erwartungsvolle Blicke zu, die Frank, bei jeder Drehung ihres Kopfes, mit einem stolzen Lächeln beantwortet. Unwillkürlich fragt Jakob sich, ob sie über Leidenschaft verfügt – für ihn schwer vorstellbar. Andererseits könnte er sich irren (was weiß er schon von Frauen?), oder Frank, der bislang in vielerlei Hinsicht ein ungewöhnlich asketisches Leben geführt hat, findet ihre ausgesprochene Fadheit beruhigend. Was auch immer es ist, etwas an ihr deprimiert ihn.

Als er sich zum Rauchen in den Garten davonstiehlt, entdeckt er, dass Clara und ihre Freundin bereits da sind. Es ist eine Erleichterung, das Haus zu verlassen. Als er sich zu den Frauen gesellt, mustert Clara ihn prüfend.

»Und, was denken Sie?«

»Worüber denn?«

»Ach, kommen Sie schon … über die Zukünftige.«

»Ich habe sie doch gerade erst kennengelernt und weiß kaum was über sie.«

»Ich habe zugehört und mehr gibt es nicht über sie zu wissen. Wir warten schon seit Monaten auf mehr. Aber …«

Sie reißt die Augen auf und breitet vielsagend die Arme aus: Nichts! Einen Augenblick ist Jakob sprachlos. Die Clara, die er kennt, mag zwar bissig sein, aber boshaft ist sie normalerweise nicht. Lucille wirft ihr einen warnenden Blick zu. Ein, zwei Minuten vergehen mit Small Talk, dann sagt Clara: »Frank war schon immer ziemlich naiv. Aber er hat ein Talent für Liebe und Loyalität – wie Sie selbst wissen. Ich möchte doch nur nicht, dass er enttäuscht wird.«

»Vielleicht wird er das auch nicht. Soweit ich verstanden habe, werden sie nicht noch vor seiner Abreise heiraten.«

»Nein. Vielleicht kommt er ja noch zur Vernunft.«

Jakob lacht. »So hatte ich das nicht gemeint.« Er zieht an seiner Zigarette und sagt, auch auf das Risiko hin, Lucille zu schockieren: »Ich bezweifle, dass zwei Jahre im eisigen Norden seine Leidenschaft abkühlen werden.«

Jetzt lachen Clara und Lucille.

»Nein, leider! Außerdem mussten wir ihm versprechen, sie während seiner Abwesenheit in den Schoß der Familie aufzunehmen … Es ist doch nur gut ein Jahr, oder?« Jetzt klingt sie ernstlich besorgt.

»Wenn wir im Mai aufbrechen. Dann bleiben wir ein Jahr bis zum Ende des Sommers und kehren im darauffolgenden September oder Oktober zurück. So lautet der Plan.«

»Es sei denn, es kommt etwas dazwischen.«

Jakob lächelt. »Das kann bei jedem Plan passieren.«

Clara wirft einen Blick zum Haus und sagt: »Wir sollten wohl besser wieder hineingehen.«

Als sie ihre Zigarette mit der Spitze ihres Schnürschuhs ausdrückt, ergreift sie auf eine Weise seinen Arm, die selbst für sie ungewöhnlich intim ist. Taktvoll entfernt sich Lucille ein paar Schritte.

»Ich wollte Sie noch bitten, auf Frank aufzupassen. Werden Sie das für mich tun? Schließlich ist es Ihre Schuld, dass er sich auf ein solches Abenteuer einlässt.«

»Was soll das denn heißen?«

»Ihnen muss doch klar sein … dass er nur für Sie in den Norden fährt.«

Jakob ist verblüfft. »Das ist doch lächerlich! Schließlich ist er schon viel länger Mitglied dieser Expedition als ich! Er war derjenige, der mich überhaupt vorgeschlagen hat …«

Daraufhin bedenkt Clara ihn mit einem nachsichtigen Lächeln, als wäre sie *seine* ältere Schwester.

»Ich weiß, aber er hat ständig über all das geredet, was Sie machen, über die tollen, aufregenden Orte, die Sie aufsuchen. Ich glaube, im Vergleich dazu fand er sein Leben langweilig und bieder. Der gute alte Frank: Er will irgendwas Großes und … Besonderes tun« – sie lacht kurz auf – »bevor es zu spät ist. Er hat sogar behauptet, er wolle etwas tun, um sich ›Marions würdig zu erweisen‹. Gott weiß, warum: Marion versteht es nicht mal, geschweige denn, dass sie es zu schätzen weiß … Sie aber doch wohl schon.«

Das zu hören verwirrt Jakob, obwohl er vermutet, dass sie übertreibt. »Selbstverständlich passe ich auf ihn auf. Aber es wird gar nicht gefährlich werden. Dort, wohin wir fahren, verbringen andere Menschen ihr ganzes Leben.«

»Dennoch kam es zur Tragödie bei der Greely-Expedition.«

»Wir lernen aus den Fehlern anderer. Armitage weiß genau, was er tut. Es unterscheidet sich wirklich kaum von einer Reise in die Berge hier.«

Er weicht ihr aus, und das weiß Clara. Als sie die Tür erreichen, lässt sie seinen Arm los und entfernt sich etwas von ihm. »Sehen Sie sich doch an«, sagt sie. »Sie können es kaum erwarten. Aber bitte versprechen Sie es mir.«

»Ich passe auf Frank auf«, nickt er und denkt unwillkürlich, dass um seinetwillen niemand ein solches Versprechen abgeben muss.

Als Marion ihm vor seinem Aufbruch dasselbe Versprechen abverlangt, lacht Frank laut auf, legt seinen Arm um Marions schmale Schultern und blickt voller Zuneigung auf den einen Kopf kleineren Jakob hinab. Dann wiederholt er das, was Jakob schon Clara versichert hat: »Du musst dir keine Sorgen machen, Liebes. Uns droht keine Gefahr. Nicht eine einzige.«

✦

Kapitel 11

LONDON, 51°31' N, 0°7' W
SOMMER – HERBST 1891

Am Vorabend ihrer Hochzeit schreibt Flora Mackie einen Brief an ihren Vater in der fernen Davisstraße. Sie informiert ihn über ihre bevorstehende Eheschließung, drückt ihren Kummer aus, dass er sie nicht zum Altar führen kann, entschuldigt sich für das eilige Procedere und versichert ihm, dass sie sich alles gut überlegt hat. Bis ihr Vater die Neuigkeit erfährt, was erst in diesem oder gar im nächsten Herbst der Fall sein wird, ist es für jeden Einwand zu spät.

Sie hat sich entschieden, auf das zu verzichten, was andere junge Frauen als ihr Vorrecht ansehen mögen – emotionalen Luxus wie romantische Leidenschaft, dazu Bequemlichkeit, Abhängigkeit und begrenzte Verantwortung im Haushalt –, und stattdessen die Gelegenheit zu bekommen, in den Norden zurückzukehren. Dies wird sie durch eine Ehe mit Freddie Athlone erreichen. Sie macht sich nicht vor, in ihn verliebt zu sein, und glaubt auch trotz seiner Beteuerungen nicht, dass er in sie verliebt ist. Aber sie ergänzen einander, und sie mag ihn. Vielleicht wird sie ihn eines Tages sogar lieben.

Kurz vor ihrem Abschlussexamen macht er ihr einen Antrag. Schon der ist ungewöhnlich: Nicht seine Liebe erklärt er ihr, sondern ihre gemeinsame Zukunft. Er malt ihr eine gemeinsame Expedition nach Grönland aus, ein Abenteuer, bei dem sie als Schneekönigin dabei sein muss und er als treibende Kraft, die alle Widerstände bricht. Er hat die Energie, den Willen und die Verbindungen. Sie hat etwas, was kein Mensch je zuvor gesehen hat. Weder sein Antrag noch die Form seines Antrags ist für sie eine Überraschung; seit ihrer ersten Begegnung haben sie davon gesprochen, den Norden zu erforschen. Flora erbittet sich einen Tag Bedenkzeit, doch im Grunde steht ihre Antwort schon fest. Nachdem sie seinen Antrag angenommen hat, teilt sie es Iris mit.

Iris umarmt sie.

»Ich freue mich ja so, Liebes. So schnell hatte ich nicht damit gerechnet, aber wenn du dir sicher bist …«

Flora lächelt ruhig. »Ich bin mir sicher.«

Iris mustert sie von Kopf bis Fuß. »Du wirst Großes bewirken, Flora.«

Flora lacht. Genau das wollte sie hören. Es überrascht sie, dass Iris plötzlich so ernst wirkt.

»Ich weiß, ich habe dich in dieser Angelegenheit ermutigt, aber du bist mir nicht verpflichtet. Es ist doch das, was du dir wünschst, nicht wahr?«

»Ja, es ist das, was ich mir wünsche. Ich bin nicht mehr so naiv wie früher.«

Eine deutlichere Anspielung auf Mark Levinson kommt nicht über ihre Lippen.

Flora schließt ihr Studium der Naturwissenschaft im guten Mittelfeld ab. Damit hat sie erreicht, was sie wollte: Sie ist genauso gut wie alle anderen – beziehungsweise hat sie jetzt den Beweis dafür. Im letzten Jahr hat sie alles darangesetzt, ihre Studien auf ihr künftiges Forschungsgebiet auszurichten. Sie ahnt, dass sie nicht das Zeug zu einem Wegbereiter hat; dazu fehlten ihr das Visionäre und die Intuition, gewagte Sprünge zu unternehmen. Doch dafür besitzt sie Ausdauer – was ihren Zielen vielleicht sogar mehr nützt. Je mehr sie über die Wissenschaft vom Wetter lernt und nachdenkt, desto mehr weiß sie die Bedeutung des Sammelns von Daten zu schätzen, das stetige, unspektakuläre Wiederholung erfordert. Keine geistesblitzähnlichen Offenbarungen und nichts Besonderes, sondern nur tägliche Aufzeichnungen, ein konstantes Bemühen, das an Wert und Bedeutung gewinnt, je länger es dauert. Vielleicht wird ihre Ehe genauso.

Isobel und Poppy reagieren mit Erstaunen, als sie ihnen mitteilt, dass sie Mrs. Freddie Athlone werden wird, aber andererseits hat sie auch kaum von ihm gesprochen. Dann gratulieren sie ihr mit steifen Floskeln. Vor allem Isobel, die im vergangenen Winter ihre Verlobung mit Herbert Wickham gelöst hat, wirkt wie vor den Kopf geschlagen.

»Aber versteht ihr das denn nicht?«, fragt Flora. »Es ist für meine Ziele und meine Karriere förderlich, ihn zu heiraten. Wir werden Partner sein. Unser Plan ist, schon im nächsten Jahr aufzubrechen. Ihr könnt euch doch sicher vorstellen, dass ich das allein nicht durchführen könnte.«

»Ja, das verstehen wir. Aber liebst du ihn denn?«, wendet Poppy ein.

»Selbstverständlich. Aber noch wichtiger ist, dass ich ihn mag.«

»Du magst ihn?«

Isobel starrt Flora durchdringend an. Zur Überraschung aller wurde Isobel die Vierte im ganzen Jahrgang und gewann den Preis für Astronomie. Im letzten Jahr arbeitete sie noch hingebungsvoller für die Unabhängigkeit von Frauen. Sie, die immer recht ziellos wirkte, hat weit besser abgeschnitten als Poppy (was Poppy immer noch schmerzt). Keiner verliert ein Wort darüber, dass Mark sie alle in den Schatten gestellt hätte, wäre er an der Universität geblieben. Doch wie viele denken überhaupt noch an ihn?

»Aber was ist mit Kindern?«, fragt Poppy.

»Ach, das!«, winkt Flora mit gespielter Geringschätzung ab. »Das kann man natürlich vermeiden, wenn man will.«

Freddie hat schon darüber gesprochen – taktvoll, in vagen Formulierungen. Sie sind sich einig, dass sie zurzeit keine Kinder wollen, und Flora nimmt an, dass er – weltmännisch, wie er ist – Mittel und Wege kennt.

Natürlich ist er älter als sie, aber nur zwölf Jahre, und schlecht sieht er auch nicht aus: blasse Haut, hohe Wangenknochen, welliges Haar und rostbraune Augen. Manchmal findet sie, dass er etwas Fuchsähnliches an sich hat. Aber Flora gefällt sein Gesicht, es gefällt ihr, dass er leicht errötet und das hasst. Außerdem gefällt es ihr, dass er – wie man ihr schon mehrfach erklärt hat – ein guter Fang ist; viele junge Frauen wollten ihn sich schon schnappen und sind gescheitert. Außerdem hat er eine Eigenschaft, die für sie von unschätzbarem Wert ist: Er fügt sich der Tatsache, dass sie mehr über den Norden weiß als er. In ihre besondere Vergangenheit ist er genauso verliebt, wie er in sie als Mensch verliebt zu sein behauptet. Flora geht davon aus, dass sie sich sehr gut verstehen werden.

Zuerst ist Flora nicht so zuversichtlich wie Freddie, was ihre großen Pläne betrifft. Aber nachdem sie bekannt gemacht worden sind, fängt die Öffentlichkeit Feuer: Zeitungsverleger, Sponsoren, Unternehmer und Werbetreibende; sie alle glucksen, schütteln den Kopf und zücken ihr Scheckbuch. Freddie und Flora unterzeichnen einen Vertrag bei einem Sponsor, bei einer Zeitung, bei einem Verlag.

Der neue Herausgeber des *Evening Record* in Manchester, R.G. Whitfield, liest von der Expedition – nach drei Jahren steht die Schneekönigin wieder in den Zeitungen – und schreibt ihr vor lauter Kränkung einen äußerst bissigen Brief. Fast geht er so weit, zu behaupten, sie schulde ihm aus künftigen Profiten Geld, hält sich aber gerade noch zurück. Flora zeigt Freddie den Brief.

»Um den musst du dir keine Sorgen machen. Der ist ein Niemand, und du schuldest ihm nichts.«

»Mag sein«, erwidert Flora. »Aber ohne ihn wäre ich nicht hier.«

Eigentlich will sie Whitfield antworten, um ihn zu besänftigen, aber in der Flut von Plänen vergisst sie es. Freddie ist in dieser Hinsicht ein Genie. Sie glaubt, niemand auf der ganzen Welt hätte sie wieder in den Norden gebracht, und das sogar als Mitverantwortliche einer Expedition. Sie ist glücklich und dankbar und versucht hin und wieder, ihre Gefühle zu ergründen: Was genau empfindet sie eigentlich für Freddie Athlone? Denn ihre Gefühle sind nicht im mindesten mit der wilden, verwirrten Sehnsucht nach Mark zu vergleichen. In seiner Nähe fühlt sie sich nicht verletzlich. Sie glaubt nicht, er könnte ihr jemals weh tun. Sie ist fest entschlossen, sich nie wieder so weh tun zu lassen.

Im August heiraten sie. Da alles ziemlich ungewöhnlich und überstürzt ist, verzichten sie auf eine traditionelle Zeremonie und heiraten in einer Kirche der Unitarier, denn Freddie ist katholisch und Flora presbyterianisch – wenn auch beide lediglich nominell. Nur wenige Gäste kommen. Aus der Familie Athlone erscheint als Einziger ein älterer Cousin, der schon um zehn Uhr morgens betrunken ist. Iris kommt natürlich und Jessie Biddenden und Lionel Fortescue, der Schauspieler (der in Sachen Alkoholkonsum mit Freddies Cousin wetteifert und eine Röte auf den Wangen hat, die verdächtig nach Rouge aussieht). Freddie wird von ein paar alten Freunden begleitet, die sie noch nie zuvor gesehen hat. Es gibt weder Brautjungfern noch Blumen noch sonstigen Pomp, weil sie jeden Penny für die Expedition sparen. Es gab so viel zu tun – Treffen mit Sponsoren, Zusammenstellen von Ausrüstung und Kleidern (eher für die Arktis als für die Hochzeit), Vorstellungsgespräche mit zukünftigen Expeditionsteilnehmern, Erstellen von Listen und Berechnungen –, dass die Trauung fast wie ein weiterer Termin ist, der abgehakt werden muss. Daher ist Flora auch kaum nervös.

Da ihr Vater nicht da ist, geht Flora allein den Gang zum Altar hinunter, was sie nur für angemessen hält. Dabei überkommt sie ein schwindelerregendes Gefühl der Unwirklichkeit, so als spielte sie in einem Theaterstück mit, hätte aber ihre Rolle nicht gelernt. Sie gibt in mehr als einer Hinsicht etwas vor: erwachsen zu sein; einen Mann zu lieben, den sie kaum kennt; eine Entdeckerin zu sein. Ihre Frechheit macht ihr Angst. Sie muss sich ermahnen, dass sie alles Recht dazu hat: Freddie und sie schreiben ihre eigene Geschichte, erschaffen ihre eigene Zukunft, und außerdem wird sie ihn eines Tages sowieso lieben.

Nach der Zeremonie wird auf die Frischvermählten angestoßen, dann verabschieden sich die Gäste mit einem leichten Gefühl der Enttäuschung. Freddie führt Flora zum Lunch in ein schickes Restaurant am Piccadilly. Doch trotz des Anlasses ist es nicht romantisch, da Freddie seine Erledigungsliste mitgebracht hat. Erst als sie ihn zwingt, sie beiseitezulegen, ergreift er ihre Hand.

»Meine Liebste, du machst mich sehr glücklich, und eines Tages, das verspreche ich dir, werden wir richtige Flitterwochen haben. Aber heute Abend muss ich nach Birmingham. Dort gibt es einen Unternehmer, mit dem ich mich morgen treffen will.«

»Ich weiß. Ich komme mit.« Sie lächelt. »Ich möchte so viel wie möglich über das Geschäftliche lernen. Und außerdem …« Sie streicht ihm über den Arm, der ihr unter seinem Ärmel dünn und zerbrechlich vorkommt, nimmt seine Hand in ihre und lehnt sich zu ihm. Sie hat zwei Gläser Champagner getrunken, und das verleiht ihr, zusätzlich zur Aufregung des Tages, Mut. »Du darfst nicht allein fahren. Ich verbiete es.«

»Liebes, ich glaube kaum, dass Birmingham der passende Ort für … die Hochzeitsnacht wäre.«

»Das ist mir egal. Ich bin deine Frau. Ich will bei dir sein.«

Sie starrt ihm in seine rostbraunen Augen und versucht ihm

mit ihren die Botschaft zu übermitteln, damit er weiß, was sie meint: dass sie keine Angst hat.

Die Reise nach Birmingham zu einem Hersteller wollener Unterwäsche fängt unglücklich an. Da ihr Zug Verspätung hat, kommen sie erst nach neun Uhr abends an und das hungrig und erschöpft. Freddie besorgt ihnen eine Suite im Queen's Hotel, wo sie im Restaurant ein spätes Abendessen zu sich nehmen. Freddie trinkt dabei mehrere Gläser Claret, was sie, obwohl sie ihn an den meisten Abenden eine ganze Flasche Wein hat leeren sehen, als Zeichen von Nervosität deutet. Natürlich ist auch sie nervös, war aber davon ausgegangen, dass er gelassener sein würde, schließlich ist es nicht sein erstes Mal (bei weitem nicht, wie sie annimmt). Sie hatte gehofft, er werde etwas mehr Begeisterung zeigen. Irgendwann nimmt sie seine Hand.

»Mein Liebster, geht es dir gut?«

»Es tut mir so leid, mein armes Mädchen, aber mir ist ein bisschen flau. Wahrscheinlich wegen der Krabben zum Mittagessen. Ich gehe wohl besser nach oben. Macht es dir sehr viel aus?«

Sie fahren im vergoldeten Aufzugkäfig nach oben. Leises Lachen folgt ihnen den Gang hinunter und verklingt in der luxuriös gedämpften Atmosphäre vor ihrer Tür.

Kaum sind sie im Zimmer, entschuldigt er sich noch einmal – er ist wirklich sehr blass – und verschwindet im Bad. Flora bleibt sich selbst überlassen, entkleidet sich allein im Schlafzimmer und zieht ihr neues Nachtgewand an: einen Traum in Seide und Spitze, den Iris ausgesucht hat. Sie bürstet sich die Haare und drapiert sie erst über der einen, dann über der anderen Schulter. Der Anblick gefällt ihr.

Unten war sie nervös, aber auch aufgeregt; jetzt ist sie ängstlich, aber entschlossen. Sie wäscht sich in dem luxuriösen Waschbecken. Das alles tut sie sehr langsam, aber irgendwann hat sie nichts mehr zu tun, und Freddie ist immer noch nicht zurück. Schließlich wirft sie einen Morgenmantel über, geht zum Bad und klopft an die Tür. Keine Antwort. Als sie sie öffnen will, entdeckt sie, dass sie abgeschlossen ist.

»Freddie? Ist alles in Ordnung? Freddie?«

Sie klopft wieder, will aber nicht zu verzweifelt erscheinen – wie in einem Sketch in der Music Hall, nur dass sie dort alt, kahl und klapprig wäre und er jung und panisch. Ist sie wirklich so reizlos? Das Bild von Mark erscheint vor ihrem inneren Auge; sie verdrängt es.

Sie flüstert seinen Namen durchs Schlüsselloch. Keine Antwort. Soll sie nach jemandem klingeln? Wer würde dann kommen? Und was sollte sie zu ihm sagen? Schließlich schleicht sie sich ohne eine Antwort – aber wenigstens ungesehen – in ihr Zimmer zurück und legt sich allein und unglücklich ins Ehebett. Dort liegt sie eine Ewigkeit wach und lauscht dem Ticken der Uhr, nur dass ihr Mann nicht kommt und einfach nicht kommen will. Sie fragt sich, ob das ganze hastig errichtete Konstrukt um sie herum zusammenbricht. Sie fragt sich, in den Wahnvorstellungen der frühen Morgenstunden, ob er die Flucht ergriffen hat oder gar tot ist. Wenn sie keine Ehefrau ist, wird sie dann auch keine Entdeckerin sein?

Am Morgen entdeckt sie, dass sie beide die Hochzeitsnacht unbeschadet überstanden haben. Freddie hat im Nebenzimmer auf dem Sofa geschlafen. Er ist untröstlich, wirkt aber gesünder und schiebt die schlechte Nacht auf die Krabben. Flora ist beruhigt – denn was ist schon eine einzige Nacht? Eines Tages werden sie darüber lachen.

Mit den Unterwäscheherstellern lässt sich arbeiten, so dass die Reise kein völliger Fehlschlag ist; auch wenn die Ehe nicht vollzogen wurde, bekommen sie doch eine kostenlose Ausrüstung. Zurück in London, nehmen sie einen Einspänner zu Freddies Wohnung. Dort wird er immer schweigsamer. Floras Sachen sind hergeschafft worden und türmen sich sperrig in dem für sie vorgesehenen Zimmer. Als es Schlafenszeit wird, kommt auch in Flora wieder Nervosität auf; sie ist besorgt über Freddies abwesendes Verhalten. Sosehr sie sich auch gegen den Gedanken wehrt, sie kann sich einfach nicht vorstellen, dass Mark – der Mark der Anfangszeit – bei der Aussicht, mit ihr ins Bett zu gehen, zerstreut und distanziert gewesen wäre.

Sie geht zu ihrem Ehemann, legt schüchtern die Arme um ihn und neigt dann den Kopf, um mit ihren Lippen über seinen Hals zu streichen. Freddie steht stocksteif da und streichelt ihre Haare, dann fasst er sie bei den Schultern und schiebt sie, ganz sanft, von sich.

»Liebes, ich habe nachgedacht …«

Er lächelt. Sie erwidert sein Lächeln, nicht, weil sie sich danach fühlt, sondern weil sie das Richtige tun möchte.

»Ich fürchte, im Moment ist dies nicht der rechte Ort für eine junge Dame.«

»Freddie! Ich bin deine Frau! Wenn dies für dich der rechte Ort ist …«

»Ich weiß. Aber vielleicht solltest du doch weiter bei Miss Melfort wohnen – nur vorübergehend.«

Flora steigen die Tränen in die Augen, sie kann nichts dagegen tun.

»Was habe ich denn falsch gemacht?«

»Ach, mein liebes Mädchen. Du hast gar nichts falsch gemacht. Ganz im Gegenteil.«

»Aber w-w-warum magst du mich dann nicht?«

»Ich mag dich sehr.«

So traurig klingt Freddie, dass sie geneigt ist, ihm zu glauben. Er seufzt schwer.

»Ich bin es, der etwas falsch gemacht hat.«

Beunruhigt sieht sie ihn an. Er weicht ihrem Blick aus. Oh Gott, denkt sie. Was auch immer er als Nächstes sagen wird, es wird schrecklich sein. Das ist die Ehe, fährt ihr durch den Sinn; man kann keine Ausrede erfinden, um sich nicht anzuhören, was der andere sagen will.

»Was meinst du denn?« Ihre Stimme klingt viel ruhiger, als sie sich fühlt.

»Ich schäme mich so, meine Liebe. Wie du weißt, bin ich um einiges älter als du.«

»Freddie, ich erwarte nicht, dass du ein unbeschriebenes Blatt bist. Ich weiß … nun, du weißt, was ich meine.«

Da legt Freddie seine Arme um sie und presst sie an sich. Ihr Ohr wird gegen seinen Adamsapfel gequetscht, aber Flora rührt sich nicht.

»Du bist so ein liebes Mädchen. Ich verdiene dich gar nicht.«

»Wenn es mir nichts ausmacht, muss es doch auch dir …«

»Gott, ich wünschte, es wäre so einfach. Aber vor langer Zeit habe ich … mir etwas zugezogen. Ich dachte wirklich, es wäre für immer weg, doch kurz vor der Hochzeit tauchte es wieder auf. Ich wollte dich nicht verlieren. Aber ich will dir auch keinen Schaden zufügen, daher …«

Er lässt sich auf einen Sessel sinken, vergräbt den Kopf in den Händen und fängt an zu schluchzen. Also tun Menschen das wirklich, denkt sie. Nach einer Weile legt sie ihm den Arm um die Schultern.

»Es tut mir leid«, sagt er. »Wenn du eine Annullierung wünschst, wäre das ohne weiteres möglich.«

»Nein! Ich liebe dich doch, Freddie.«

Er weint immer noch. Sie fragt sich, was jetzt geschehen wird. Ein kleiner, selbstsüchtiger Teil in ihr – der so klein vielleicht nicht ist – frohlockt vor Erleichterung, dass es nicht ihre Schuld ist.

»Du findest bestimmt ein Heilmittel«, sagt sie, ohne zu wissen, was er eigentlich hat. »Wir finden es.« Sie verstärkt den Griff um seine Schultern. »Wir haben doch noch unser ganzes Leben Zeit.«

Danach geht ihr Leben fast genauso weiter wie vor der Hochzeit. Vor lauter Plänen und Beschäftigungen kommt sie nicht dazu, darüber nachzudenken, ob ihre Ehe normal oder ob sie glücklich ist. Die Tage fliegen in einem Wirbel aus Terminen, Briefen und Budgetberechnungen dahin. Können sie mit weniger auskommen? Mit einer billigeren Version? Oder gar ganz ohne? Die Nächte verbringen sie in getrennten Schlafzimmern. Manchmal legt sie den Arm um ihn. Manchmal umarmt er sie oder gibt ihr einen Kuss auf die Stirn. Manchmal empfindet sie Enttäuschung, aber auch so etwas wie Erleichterung. Zugegeben, sie hatte ihn ohne Leidenschaft geheiratet, war aber überzeugt gewesen, die würde noch kommen. Doch da das nicht sein soll, verdrängt sie es.

Eines Nachts im Oktober dann klopft Freddie an ihre Zimmertür.

»Stimmt irgendwas nicht, Freddie?«

Er hatte ihr zu verstehen gegeben, dass er sie nicht in ihrem Zimmer belästigen werde – und dies, nachdem sie ihm äußerst verlegen erklärt hatte, sie könnten doch *irgendwas* tun, wenn auch nicht *alles*. Darauf hatte er geantwortet: »Das, meine Liebste, wäre noch schlimmer, als überhaupt nicht mit dir zusammen zu sein. Ich glaube nicht, dass ich das ertragen könnte. Aber danke, dass du an mich gedacht hast.« Offenbar fiel ihm nicht ein, dass sie auch an sich gedacht haben könnte.

»Nein. Eher im Gegenteil.« Er geht zum Kamin und starrt ins Feuer. »Bist du schon zu müde für eine Unterhaltung?«

»Nein.« Flora hat sich gerade am Frisiertisch die Haare gebürstet, so dass jetzt goldbraune Strähnen sie umhüllen wie eine knisternde Wolke. Sie streicht sie sich glatt.

»Komm und setz dich zu mir.«

Flora zieht den Hocker zum Sessel. Freddie wirkt aufgeregt. Als sie den Kopf zum Feuer dreht, spürt sie mit leichtem Schock, dass er ihr über die Haare streichelt.

»Weißt du noch, was du zu mir sagtest … was du mir vorgeschlagen hast?«

Sie nickt, ohne den Blick von der Asche auf dem Kohlestück zu wenden, die jeden Moment abgleiten kann.

»Damals stand das außer Frage; es ging mir einfach nicht gut genug. Aber …« Er räuspert sich. »Du weißt doch, dass ich vor kurzem zu einem neuen Arzt gegangen bin.«

»Ja.«

»Die Symptome, an denen ich litt, waren fast ganz verschwunden. Ich fragte ihn, ob es gefährlich für dich wäre, wenn wir … das tun würden, was du vorschlugst. Aber er meinte, wir könnten es tun. Mit gewissen Maßnahmen natürlich und einer bestimmten … Stellung sollte es ganz ungefährlich für dich sein. Sogar zu empfehlen in Bezug auf das, äh, worüber wir gesprochen haben.«

»Ach ja?« Sie wartet, dass er das näher erklärt, doch Schweigen dehnt sich zwischen ihnen aus. Sie zuckt zusammen, als die Asche von der Kohle rutscht.

»Vielleicht sollte ich dich allein lassen, damit du darüber nachdenken kannst.«

Daraufhin gleitet Flora, die keine Ahnung hat, worüber sie nachdenken soll, von ihrem Hocker und kniet sich vor ihn hin.

»Geh nicht«, sagt sie und legt ihre Hände auf seine Knie. So intim hat sie ihn noch nie berührt. Zwar empfindet sie kein Verlangen, streichelt aber doch über seine Schenkel und hebt ihm ihr Gesicht entgegen, so dass er sich zu ihr beugen und sie küssen kann. Aber er wendet die Augen ab.

»Ich sollte dich nicht küssen. Das birgt ein leichtes Risiko.«

»Oh.«

Er steht auf und zieht sie zu sich hoch. Zwar lächelt er, doch seine Miene ist ungewöhnlich angespannt.

»Liebste, würdest du zu Bett gehen so wie sonst auch?«

Flora gehorcht. Ihr Herz rast. Freddie schaltet das Licht aus, streift seinen Morgenmantel ab und kommt zum Bett.

»Dreh dich mit dem Rücken zu mir.«

Sie rollt sich auf die Seite, so dass ihr Gesicht zum Fenster gerichtet ist, und spürt, wie er hinter ihr ins Bett steigt. Es knackt und raschelt. Sie spürt seine Hand auf ihrer Schulter, die ihr über dem Stoff ihres Nachthemds über den Arm streicht. Er rutscht näher zu ihr, gleitet mit der Hand zu ihrem Busen und knetet ihn. Ihr Atem wird schneller. Erregung flackert in ihr auf, als sie die Wärme seines Körpers durch den Stoff hindurch spürt. Dann greift seine Hand nach dem Saum ihres Nachthemds und zieht ihn hoch; fast gleichzeitig dreht er sie auf den Bauch. Ihr Nachthemd knüllt er auf ihrem Rücken zusammen und dann steigt er auf sie und spreizt ihre Beine.

Sie fragt sich, was in aller Welt los ist, dass sie ihn nicht anschauen soll. Es muss etwas Schreckliches sein ... aber dann wird ihr Gesicht seitlich ins Kissen gepresst, so dass sie nur durch ein Auge sieht und ihr die Sicht durch ihre Haare versperrt wird. Sie kann sich auch nicht bewegen, und dann stößt etwas Hartes zwischen ihre Pobacken. Zuerst durchzuckt sie Erleichterung: Er begehrt sie doch! Dann versucht sie, das Becken anzuheben, um ihm zu helfen, denn er scheint verrutscht zu sein, doch sie wird wieder heruntergedrückt. Sie versucht, nach hinten zu greifen, um ihn zu führen, doch ihr Arm steckt fest, und sie kann sich nicht bewegen.

»Nein, nein, so ist es besser«, flüstert er ihr keuchend ins Ohr.

Panik überkommt sie, und sie will sich wehren, doch er drückt sie mit seinem ganzen Gewicht auf die Matratze.

»Lass mich, Liebste, lass mich doch«, murmelt er, also lässt sie ihn.

Es brennt wie Feuer, als er sich in sie zwängt, und vor lauter Schmerz schreit sie auf. Es fühlt sich falsch an. Unter seinem Körper bekommt sie kaum Luft, doch vor lauter Angst, alles noch schlimmer zu machen, wagt sie nicht, sich zu bewegen. Er fängt an, in sie hineinzustoßen, und sie hat das Gefühl, etwas würde reißen; sie beißt die Zähne zusammen, aber es tut so weh, und sie ist so schockiert, dass er *das* wirklich tun will, dass ihr Tränen aus den zugekniffenen Augen quellen und ihr Kissen nässen.

Sie hält die Luft an, doch das Brennen hört nicht auf, das Reißen auch nicht, mit jedem Stoß wird es schlimmer. Es tat weh, als er in sie eindrang – ein scharfer, greller Schmerz –, und es tut wieder weh, als er in ihr ist, tief innen – der dumpfe Schmerz eines wunden, protestierenden Organs. Sie hört kaum sein Stöhnen, sein schneller werdendes Keuchen und dann, nachdem er eine Ewigkeit – oder auch nur eine Minute – in sie hineingestoßen hat, ist es offenbar vorbei. Er bewegt sich nicht mehr. Stocksteif hält sie weiterhin den Atem an. Als er sich, nach Luft schnappend, schwer auf sie sinken lässt, ist sie unter ihm gefangen, doch dann zieht er sich endlich zurück. Es brennt wieder, aber der schlimmste Schmerz ist vorbei. Freddie rollt sich neben ihr auf die Seite, doch sie traut sich nicht, sich zu rühren oder ihm ihr Gesicht zu zeigen. In ihrem Unterleib pocht es schmerzhaft; sie fragt sich, ob sie irgendwo unrettbar verletzt ist. Unablässig strömen ihr Tränen aus den Augen.

Bei ihrer Hochzeit haben sie einander gelobt: »Mit meinem Körper ehre ich dich«, und als sie das aus seinem Mund hörte, zitterte sie vor Vorfreude. Aber jetzt rebelliert sie: Er ehrt sie doch nicht, wenn er ihr Schmerzen bereitet!

Eine ganze Weile liegen sie schweigend da, dann legt Freddie ihr sanft die Hand auf den Rücken und streichelt sie.

»Mein liebes Mädchen … ich danke dir«, sagt er.

Flora richtet sich auf ihrer Seite mühsam auf, immer noch mit abgewandtem Gesicht. Sie wischt die Tränen weg, aber es kommen immer neue. Sie ist todunglücklich, aber sie ist auch wütend, denn er hat etwas, was sie sich wünschte, wonach sie sich sehnte, in … so etwas pervertiert!

Eine Weile später, als sie immer noch im Dunkeln liegen, fragt sie: »Muss es denn so sein?«

»Der Arzt empfiehlt es so. So kann man sich nicht anstecken.«

Das begreift sie nicht.

»Aber wenn du etwas überstreifen würdest, könnte man sich doch auch nicht anstecken.«

Freddie stößt einen ziemlich scharfen Seufzer aus.

»Liebes, in diesen Dingen sollte eine Frau ihrem Mann folgen. Und du mir. Ich weiß, das erste Mal kann recht … unangenehm sein, aber es wird leichter. Viele Frauen genießen es … haben es sogar lieber. Es macht vieles einfacher.«

Darauf weiß Flora nichts zu erwidern. Freddie reibt ihr über den Arm, über den Stoff.

»Es tut mir leid, wenn es ein Schock für dich war. Es wird besser werden. Alles wird gut. Du wirst schon sehen.«

Aber es ist nicht gut, und Flora sieht gar nichts. Als er ein paar Nächte später wieder zu ihr kommt, rollt sie sich auf den Bauch, liegt vollkommen reglos da und wartet ab. Sie hofft, dieses Mal wird es leichter – schließlich will sie ihn glücklich machen, will ihm geben, was er wünscht. Aber es ist nicht leichter, sondern genauso schmerzhaft wie beim ersten Mal.

»Ich versuche doch schon, dir nicht weh zu tun!«, sagt Freddie frustriert. »Du musst versuchen, dich zu entspannen.« Und dann, nach einer Minute, verärgert: »Hör auf, dich zu sperren – du machst es ja nur noch schlimmer.«

Flora möchte ihm sagen, dass sie es ja versucht, aber wie soll sie sich nicht gegen etwas sperren, das so weh tut? Als er sie wieder auf die Matratze drückt, fühlt sie Panik in sich aufsteigen, wie ein Tier in der Falle.

Als er endlich fertig ist, weint sie haltlos vor sich hin, weil ihr bewusst wird, dass ihre Ehe und alles, was damit verbunden ist, sich wahrscheinlich erledigt hat.

Am nächsten Morgen entschuldigt sie sich bei Freddie – für das Weinen, nicht weil sie ihm keine liebende Ehefrau war. Es ist keine aufrichtige Entschuldigung, denn das Blut auf ihrem Nachthemd zeigt ihr, dass die Schuld nicht bei ihr liegt. Freddie entschuldigt sich ebenfalls: Er will ihr keinen Kummer bereiten; vielleicht wäre es besser, wenn sie einfach wie früher weitermachten … Erleichtert und verlegen nickt sie.

Sie glaubt nicht, dass seine Entschuldigung aufrichtiger ist als ihre, denn sein Benehmen lässt darauf schließen, dass er ihre Reaktion unnormal und zimperlich findet. Aber in den folgenden Tagen ist er sprunghaft, mal scheint er sein Verhalten zu bedauern und ist nett zu ihr, und mal wirkt er mürrisch und nachtragend.

Wie gerne würde Flora jemanden um Rat fragen, doch weiß sie nicht, wen. Iris wird ihr dieses eine Mal wohl nicht helfen können. Und selbst gegenüber Iris wüsste sie nicht, wie sie ihre Fragen in Worte fassen sollte.

Kapitel 12

London, 51°31' N,0°7' W
Februar–Mai 1892

DIE SCHNEEKÖNIGIN REIST WIEDER IN DEN NORDEN!

Mr. und Mrs. Athlone berichten über ihre Pläne

... Die ›Schneekönigin‹, auf die wir vor drei Jahren, als sie noch ein junges Mädchen war, aufmerksam wurden, beginnt nun den zweiten Teil ihres ungewöhnlichen Lebens. Vor kurzem hat sie einen schönen neuen Titel erworben, der ihr sehr gut steht: Mrs. Frederick Athlone. Sie und ihr Mann wollen im Frühjahr die Segel setzen, um in der Arktis sechzehn Monate Forschungen zu betreiben und, wie Mrs. Athlone erklärt, als Vorbild für das schöne Geschlecht zu dienen. Die Forschungsergebnisse werden der Öffentlichkeit zur Verfügung gestellt. »Das nördlichste Ehepaar der Welt«, wie Mr. Athlone sie nennt, wird sich die Leitung dieses einzigartigen und gewagten Unternehmens teilen, und die *Record* wünscht ihnen dazu alles Gute und erwartet die Resultate mit Interesse ...

London Evening Record, 2. Februar 1892

Endlich hat Freddie ein Schiff gefunden, einen alten am Hull erbauten Walfänger namens *North Britain*. Nach endlosen Diskussionen mit den Sponsoren, die das Schiff alle nach ihrem eigenen illustren Unternehmen benannt haben wollten (der Herausgeber des *Northern Chronicle* war in diesem Punkt besonders hartnäckig), wird es nach den günstigsten und nützlichsten Bedarfsgütern für die Arktis benannt: *Resolve*. Sie werden sehr viele davon brauchen, da sie sich andere nicht leisten können.

Die Mannschaft der Expedition kommt nur langsam zusammen. Es gibt nicht viele Männer, die bereit sind, sich einem solchen Unternehmen anzuschließen, das von einer Frau geleitet wird. Das kommt zwar kaum überraschend, aber zumindest kann Freddie einen Arzt namens Maurice Seddon verpflichten, der gleichzeitig ein erfahrener Ornithologe und Fotograf ist. Sie treffen sich im Expeditionsbüro (einem Raum über einem Zeitungshändler in der Cromwell Road). Dr. Seddon ist ein ernster Mann, der trotz seiner achtundzwanzig Jahre schon oft in den Alpen und in Norwegen geklettert ist. Einen Anflug von Begeisterung zeigt er nur, als er ihnen Fotos von sogenannten *Lämmergeiern* zeigt, die er in Österreich aufgenommen hat: riesigen, hässlichen Vögeln. Flora ist von ihm beeindruckt, wird aber nicht recht warm mit ihm. Er hat ein angenehmes Gesicht mit einem kleinen Schnurrbart und murmelartigen blauen Augen, zeigt jedoch keinerlei Anzeichen von Humor. Zwar redet sie sich ein, das sei unwichtig, hat aber doch Bedenken, da sie weiß, wie lang die Winter in Grönland sein können. Freddie versucht außerdem, sich die Dienste eines Geologen namens Ralph Dixon zu sichern, dessen Fachgebiet die Glaziologie ist. Er hat in Cambridge studiert und ist ein Wackelkandidat, weil er behauptet, schon halb bei einer belgischen Expedition nach Spitzbergen zugesagt zu haben, deren Finanzierung aber mindestens so ungewiss zu sein scheint wie ihre.

»Dann suchen Sie doch jemand anderen. Es gibt doch bestimmt Dutzende von Geologen, die sich auf eine solche Chance stürzen würden«, schlägt ihnen der Herausgeber des *Northern Chronicle* vor. »Die Leute werden sich darum reißen, mitzufahren.« Also schalten sie Anzeigen. In der Tat melden sich zahlreiche Freiwillige aus allen Bereichen. Sie bekommen Briefe von Schuljungen, Studenten, Frauen (oft mit dem Vorschlag, die gesamte Expedition sollte nur aus Frauen bestehen, das würde Zelte und Unannehmlichkeiten sparen), pensionierten Ärzten und begeisterten Phantasten – ein Mann will beispielsweise in der Arktis eine Kolonie gründen, um zukünftige Lebensformen zu testen …

Freddie schätzt, dass die Hälfte der Bewerber Irre sind. Flora hält das für übertrieben.

Als Captain Mackie von Floras Eheschließung erfuhr, schrieb er ihr einen Brief mit halbherzigen Glückwünschen, der mit Warnungen vor überstürzten Entscheidungen gespickt war. Sie hat viel Schlimmeres erwartet. Im vergangenen Herbst hatte sie sich, wenn sie mal wieder an einem Tiefpunkt war, vorgestellt, wie ihre Ehe scheitern und ihr Vater sie daraufhin verstoßen würde. Nun, da sich nichts davon bewahrheitet hat, lädt sie ihren Vater nach London ein, damit er der Taufe der *Resolve* beiwohnen und bei dieser Gelegenheit seinen Schwiegersohn kennenlernen kann. Sie selbst hat ihren Vater über ein Jahr nicht gesehen, und die Aussicht auf seinen Besuch macht sie ziemlich nervös. Obwohl er sich mit ihren ›Grillen‹ (wie er ihre Expedition bezeichnet) abgefunden zu haben scheint und einräumt, dass er an ihrer Abenteuerlust sicherlich auch seinen Anteil hat, verhehlt er doch nicht seine Missbilligung. Flora wünscht sich, dass er stolz auf sie ist, ihre Leistungen bewundert, schließlich ist sie ausgebildete Meteorologin, und wie viele gibt es davon schon?

Als Captain Mackie eintrifft, zeigt ihm Freddie beim Tee ein Album mit Zeitungsartikeln. Angespannt wartet Flora auf seine Reaktion. Sie hat Freddie schon vorgewarnt, dass ihr Vater nicht davon beeindruckt sein werde, aber er hat sich geweigert, darauf zu verzichten.

»Hmm …«, sagt ihr Vater schließlich und blättert noch einmal durch das Album. »Da haben Sie ja recht viel Aufsehen erregt.«

»Mein Vater findet so was würdelos«, erklärt sie bemüht beiläufig. Freddie lächelt ihn an.

»Glauben Sie mir, Sir, das verstehe ich – und wäre ich unermesslich reich, bräuchten wir das auch gar nicht. Aber es ist ein Mittel zum Zweck, und der Zweck ist unsere Expedition. Floras Expedition. Das ist der Preis, den wir zahlen müssen.«

Flora spürt, wie Dankbarkeit in ihr aufwallt.

»Er hat recht, Daddy. Schließlich kann ich kein Walfänger oder Schiffskapitän werden.«

»Ich weiß, Flora. Vielleicht bin ich ja altmodisch, aber für mich ist es eine Schande, dass ein wissenschaftliches Unternehmen überschattet wird von diesem« – er wirft einen Blick auf ein paar besonders marktschreierische Schlagzeilen – »Zirkus!«

»Nun ja. Dennoch müssen Sie zugeben, dass es im ganzen Land niemanden gäbe, der sich besser dazu eignete, diese Expedition zu leiten, als Ihre Tochter, und das ist natürlich« – Freddie blickt zu Flora – »vor allem Ihnen zu verdanken.«

Am nächsten Tag gehen sie mit Captain Mackie nach Limehouse Reach, wo ihr Schiff im Trockendock liegt. Flora hat die *Resolve* schon seit längerem nicht mehr gesehen, dennoch merkt sie sofort, dass nicht mal eine der von ihnen geforderten Modifikationen vorgenommen oder auch nur angefangen worden ist. Als Captain Mackie schweigend um das Schiff herumgeht, fällt ihnen jeder Makel so grell ins Auge wie ein Leuchtfeuer in einer dunklen Nacht.

»Das ist die alte *North Britain*«, bemerkt er, als sie unter Deck gehen.

»Das ist korrekt, Sir!«, erwidert Freddie betont munter. »Sie hat in vielen Wintern im Norden ihre Tauglichkeit unter Beweis gestellt.«

»Ja. Ich hab sie dort gesehen«, sagt der Kapitän. »Aber was ist denn mit dem Rumpf? Ein paar Jahre später schlug sie mittschiffs leck.«

»Vor zwei Jahren wurde sie neu ummantelt«, erwidert Flora und hört zu ihrem eigenen Unmut, wie trotzig sie klingt.

»Hier ist herrlich viel Platz, findest du nicht?«

Sie befinden sich in der Kapitänskajüte. Freddie klopft auf die Balken über seinem Kopf. Die Kajüten der *Resolve* haben eine Höhe von 1,95 Meter. Die in der *Vega* nur 1,65 Meter.

Mackie grunzt, Flora weiß, was er denkt: Mehr Platz bedeutet auch weniger Stabilität.

Beim Frühstück am folgenden Tag schluckt Floras Vater umständlich seinen letzten Bissen Räucherhering hinunter, trinkt einen Schluck Tee, legt Messer und Gabel beiseite und tupft sich den Mund mit der Serviette ab. Dann räuspert er sich. Flora und Freddie sehen ihn an.

»Ich muss mit euch über das Schiff reden.«

»Wir wissen, dass noch viel zu tun ist«, erwidert Flora.

»Ich werde noch heute zum Werftleiter gehen«, ergänzt Freddie. »Und wir haben noch Monate Zeit, daher …«

»Mr. Athlone, für all das, was noch verbessert werden sollte, ist nicht genug Zeit. Falls Sie beabsichtigen – wie ich es verstanden habe –, in den Norden der Melville Bay zu fahren, werden Sie einen dreifach verstärkten Rumpf brauchen. Der Bug muss um einen Meter angehoben werden. Die Querstreben sind morsch, und in den Spanten sitzt der Holzwurm. Sie sollte vollkommen neu aufgebaut werden. Es tut mir leid, das zu sagen, aber die *North Britain* war nie ein gutes Schiff, und die Vorstellung, ihr das Leben von Ihnen und meiner Tochter anzuvertrauen, gefällt mir nicht.«

Er sieht Freddie durchdringend an. »Flora ist mein einziges Kind, Mr. Athlone. Als sie mit mir in den Norden kam, wusste ich, dass unser Schiff das stabilste der ganzen Flotte war. Sonst hätte ich sie niemals mitgenommen.«

»Selbstverständlich, Sir. Aber wir werden noch all die Verstärkungen anbringen lassen, die Sie empfohlen haben. Um nichts in der Welt würde ich Floras Leben aufs Spiel setzen.« Er nimmt ihre Hand.

»Was wissen Sie über Schiffe, Mr. Athlone?«

Freddie sieht ihm direkt in die Augen.

»Nur wenig, Sir, aber wir haben einen Werftleiter, der sich sehr gut mit Schiffen auskennt. Und einen guten Kapitän, der die Arbeiten überwacht.«

»Aber bisher haben sie auch nicht das getan, was sie hätten tun sollen.«

»Vater, bitte, unerwartete Probleme gibt es immer. Ich weiß, es gab ein paar Verzögerungen – die ließen sich leider nicht vermeiden –, aber wir werden uns darum kümmern. Ich werde auf keinem Schiff in See stechen, das nicht seetauglich ist. Und Freddie auch nicht.«

»Wir würden uns über jeden Rat freuen, den Sie uns geben könnten«, fügt Freddie hinzu. »Es wäre wunderbar, von Ihren Kenntnissen und Erfahrungen zu profitieren.«

Daraufhin verspricht Mackie, sich an einen Bekannten zu wenden, der dafür sorgt, dass die Arbeiten in Schwung kommen. Das ist zwar gut und schön, doch das wahre Problem, wie Freddie und Flora nur zu gut wissen, besteht darin, dass einfach nicht genug Geld da ist. Selbst mit ihren Sponsoren, den Spenden von Privatleuten, dem Buch, das Flora schreiben soll, dem Exklusivvertrag bei der Zeitung und einer nicht näher bestimmten Summe aus Freddies Privatvermögen sind ihre Mittel ziemlich begrenzt. Die Werft weigert sich, ohne Vorschuss mit der Arbeit zu beginnen, und das kann Flora verstehen, ganz gleich, wie sehr Freddie dagegen wettert.

Zwei Wochen später verlassen Flora und ihr Vater am Nachmittag das Büro und fahren mit einer Kutsche zu den Docks. Die Neutaufe soll in Kürze stattfinden, doch dazu, wie Freddie betont, muss das Schiff keineswegs seetauglich sein. Es reicht schon, wenn die Seite, auf die die Kameras gerichtet sind, gut aussieht.

Als sie über den Kai rattern, räuspert ihr Vater sich – ziemlich geräuschvoll, was normalerweise bedeutet, es folgt eine Äußerung, über die er lange nachgedacht hat.

»Ich nehme an, wenn du nicht die nötigen Mittel aufbringen kannst, wirst du gezwungen sein, deine Reise bis zur nächsten Saison zu verschieben.«

»Freddie macht das schon. Er ist in solchen Dingen ein Genie.«

»Da bin ich mir sicher … aber ich mache mir Sorgen um dich. War irgendjemand von deiner Expedition schon mal in der Melville Bay, abgesehen von dir?«

»Captain Traill kommt von einem Walfänger. Und die meisten der Mannschaft haben Erfahrungen mit dem Eis.«

Ihr Vater seufzt.

»Ich weiß, du willst unbedingt zurück, Flora. Das verstehe ich. Dennoch bin ich besorgt. Du wirst allein auf einem Schiff voller Männer sein …«

»Aber mit meinem Ehemann – was etwas ganz anderes ist.«

»Ich glaube, du verstehst das nicht. Das auf der *Vega* war etwas ganz Besonderes. Ich kannte die Mannschaft in- und auswendig, und sie kannte mich, und selbst da … wenn du eine Mannschaft zusammenstellst, kann nicht mal der beste Kapitän vollkommene Disziplin gewährleisten. Ich glaube, dir ist gar nicht klar, wie sehr du in Gefahr warst … etwas zu erleiden, das ich mir nie verziehen hätte.«

Ein kalter Schauer durchfährt Flora, doch sie zuckt die Achseln. »Hier kann mir auch Schreckliches passieren, auf jeder dieser Straßen oder auch in Dundee … Risiken gibt es überall. Ich weiß, was ich tue. Du behandelst mich immer noch wie ein Kind. Aber ich bin eine erwachsene Frau.«

Ihr Vater wirkt nachdenklich, sie weiß, dass ihm solche Gespräche unangenehm sind.

»Doch am Ende, Flora – das magst du vergessen, aber andere

werden das nicht vergessen –, bist du eine junge Frau, und sie sind Männer. Und Freddie ist derjenige, der bei eurer Unternehmung das Sagen haben wird.«

Überrascht sieht Flora ihn an.

»Das ist das erste Mal, dass du ihn ›Freddie‹ nennst.«

»Soll ich das nicht?«

»Nein, im Gegenteil. Schließlich ist er dein Schwiegersohn.«

Sie lächelt, weil sie das Gefühl hat, einen Sieg errungen zu haben – einen kleinen nur, dennoch freut sie sich.

»Ich habe das Schießen geübt. Und wenn wir erst mal da sind, wird mir Aniguin helfen.«

Von ihrem Freund hat Flora seit vier Jahren nichts mehr gehört. Ihr Vater grunzt.

»Wenn er noch lebt.«

Als sie das Dock erreichen und die *Resolve* sehen, sinkt Flora der Mut. Trotz aller Versprechungen scheint nichts gemacht worden zu sein. Während Flora ihr kleines, schwarzes Schiff betrachtet, zieht sich ihr Magen zusammen. Sie verspürt eine Mischung aus Resignation und Zärtlichkeit, wie bei dem Kümmerling eines Wurfes: Das arme Kleine ist eigentlich nicht lebenstüchtig, aber verdient es nicht eine Chance? Es ist klein, hässlich und schwächlich; die Proportionen stimmen nicht, der Hauptmast ist zu hoch, der Bugspriet zu kurz.

»Komm«, sagt ihr Vater.

Sie begeben sich zum Büro der Werft, wo der Leiter hohläugig vor unzähligen Stapeln Papier sitzt. Ihr Vater holt einen Umschlag heraus und reicht ihn ihm.

»Also, Flora. Ich gebe Mr. Smedley einen Scheck über zweitausend Pfund für die dringendsten Reparaturen und einen neuen Maschinen für die *Resolve*. Es tut mir leid, dass es nicht mehr ist. Aber zumindest wird sie seetüchtig sein.«

Mit offenem Mund starrt Flora ihn an. Eine ganze Weile bringt sie kein Wort heraus, so zugeschnürt ist ihre Kehle. »Daddy, du kannst doch nicht … wie kannst du dir das leisten?«

»Die dreißig Jahre auf See müssen sich doch irgendwie gelohnt haben, Flora. Außerdem will ich nicht, dass du ertrinkst.«

Flora hat das Gefühl, sie müsse sein Angebot ablehnen, weiß aber, dass sie es nicht mal versuchen wird. »Ich weiß nicht, wann wir dir das zurückzahlen können. Es wird eine Weile dauern …« Sie will nicht vor dem Werftleiter in Tränen ausbrechen, der sich nicht mal mehr Mühe gibt, seine Verachtung für sie zu verhehlen. Also schluckt sie den Kloß im Hals hinunter und lächelt. »Das ist wunderbar. Sehen Sie, Mr. Smedley: Ich habe Ihnen doch gesagt, Sie müssen sich keine Sorgen machen.«

Als sie wieder auf das Dock treten, sieht Flora ein ganz anderes Schiff vor sich: stark und stabil, das, wenn der Rumpf erst mal erneuert, der Mast gekürzt, eine neue Maschine eingebaut ist, die Spanten ersetzt und die Streben verstärkt sind, ein mehr als geeignetes Transportmittel für eine Expedition abgeben wird. »Danke«, flüstert sie und drückt den Arm ihres Vaters.

Doch trotz des Geschenks geht ihnen das Geld aus, bevor alle Maßnahmen durchgeführt werden können. Freddie sieht keine andere Chance, als einen Platz bei ihrer Expedition zu verkaufen. Der junge Mann heißt Edwin Daneforth und hat außer seiner athletischen Statur keine nennenswerten Qualifikationen vorzuweisen. Er ist weder Wissenschaftler, noch war er jemals weiter nördlich als Schottland. Aber er ist willig, begeistert sich für Fotografie, und seine Familie ist bereit, eine beträchtliche Spende zu leisten, wenn er als offizieller Fotograf der Expedition eingestellt wird. Was ein wenig heikel ist, da dieser Posten bereits Maurice Seddon zugesagt wurde. Seddon ist darüber gar nicht erbaut, beruhigt sich jedoch nach der Versicherung, dass er zumindest die Vögel fotografieren kann.

Am 18. Mai werden die Anker gelichtet. Flora steht am Bug der generalüberholten *Resolve*, starrt über das Schandeck (das in einem Kompromiss um knapp fünfzig Zentimeter angehoben wurde) und versucht, mit ihrem Willen der Ebbe nachzuhelfen. Langsam gleiten sie flussabwärts, während die Landmarken kaum sichtbar in der Morgendämmerung an ihnen vorbeiziehen: Limekiln Creek, Halfway Reach, Erith Rands. Die Schiffsmannschaft ist neu und noch nicht aufeinander eingespielt; Captain Traill auf dem Achterdeck schnalzt missbilligend mit der Zunge, als immer wieder zwei Seeleute aneinandergeraten.

Unendlich träge fahren sie an Northfleet Hope vorbei; immer noch vom Land begrenzt, pflügt sich das tief im Wasser liegende Schiff schwerfällig durch die schlammbraunen Fluten.

Flora war höchst überrascht, als ihr Vater sie vor seiner Abreise umarmte. Da sie ihre Zuneigung nie offen gezeigt haben, musste sie verblüfft lachen.

»Versprich mir, keine überstürzten Entscheidungen zu treffen.«

»Keine Sorge, ich bin doch deine Tochter.«

»Viel Glück, mein Liebes«, murmelte er – zumindest meinte sie, das gehört zu haben.

An der Biegung von Lower Hope durchfährt ein kurzes Vibrieren das Schiff: Die *Resolve* scheint zu erwachen, um dann innezuhalten wie ein Jagdhund, der Witterung aufgenommen hat. Der Fluss wird an dieser Stelle breiter, der Horizont nach Osten hin flacher, er scheint mit dem unbestimmten Grau der Nordsee zu verschwimmen. Flora, eine Hand auf dem Schandeck, spürt, wie ihr das Herz aufgeht beim Heben und Senken des Schiffsrumpfs, beim Rhythmus der offenen See.

TEIL DREI

✦

Die Entstehung von Gletschereis

Schneeflocken sind nicht fürs Alleinsein geschaffen;
jede verhakt und verbindet sich über ihre
ausgestreckten Glieder mit ihren Nachbarn;
nach und nach werden sie immer enger
zusammengepresst und verdichten sich zu Eis. Doch
auch das Eis ist veränderlich, selbst bei ärgster Kälte.
Innerhalb eines Gletschers schmilzt es durch Druck
und Nähe bei Temperaturen weit unter
dem Gefrierpunkt, und zwei Einzelteile, die
in Kontakt miteinander sind, verflüssigen sich
und frieren zu einem zusammen.

Kapitel 13

Ellesmere Island, 80°32' N, 86°13' W
Juni 1892

Der Himmel erinnert an das Innere einer Muschel. Nach Westen hin, wo man das Meer zwischen Eisschollen erspähen kann, wirkt das Wasser so flach wie ein Teich, so rätselhaft wie ein alter Spiegel: Quecksilber mit Schlieren von Blei. Die Sonne, Jakobs treuer Begleiter, ist in eine dünne Wolke gehüllt, eine verschwommen leuchtende Perlmuttscheibe, zu schwach, um Schatten zu werfen. Um wieder zu Atem zu kommen, bleibt er auf dem Hügel stehen; er schwitzt, obwohl er kein Hemd anhat. Er ist seit Stunden auf den Beinen. Es ist ein Uhr morgens.

Im Norden liegt das Land, das sie seit Wochen kartographiert haben: 384 Meilen neue Küstenlinie. Fjorde, Landspitzen und Berge haben sie vermessen und aufgezeichnet. Die meisten Landmarken sind nach Sponsoren benannt: Auf ihrer Karte finden sich die Namen von Bierbrauern neben denen von Eisenbahnbaronen und Börsenspekulanten. Doch ganz weit im Norden gibt es tatsächlich eine Bucht, die seinen Namen trägt: *De Beyn Inlet.* Wahrscheinlich wird er sie nie mehr wiedersehen, doch er hat Fotos davon. Ihm gefällt die Tatsache, dass nur eine verschwindend geringe Anzahl Menschen je den Fuß darauf setzen wird.

Auf dem trüben Spiegel schimmern vage die Schemen von noch mehr Land – entweder eine weitere Ausdehnung von

Ellesmere Island oder, faszinierende Vorstellung, eine noch unentdeckte Insel. Jakob lässt den schweren Rucksack von den Schultern gleiten, holt seine Kodak heraus und schießt ein Foto von dem, was er vor sich sieht: grau in grau. Dann notiert er Lage, Richtung, Wetter, Zeitpunkt.

Man verliert hier leicht die Zeit aus den Augen: Uhren und Kalender bedeuten kaum etwas, wenn es immer Tag ist; man isst, wenn man Hunger hat, schläft, wenn man müde ist. Aber sie müssen sich an einen Zeitplan halten und alles aufzeichnen. Zu leicht ist es im ewigen Licht, hier eine Stunde, dort einen Tag zu verlieren; aber ohne genaue Daten wissen sie nicht, wo sie sind. Die Navigation würde ungenau, ihre Aufzeichnungen bedeutungslos. Sie müssen diesem Reich des Uneindeutigen Rhythmus und Struktur aufzwingen, denn sonst könnten sie nicht mit Fug und Recht behaupten, etwas entdeckt zu haben.

Weit, weit unten bewegt sich ein Punkt zwischen den niedrigen Zelten am Lagerfeuer, wahrscheinlich Johannes, ihr Dolmetscher, der halb Eskimo, halb Däne ist. Jakob hofft, dass er mit Kochen an der Reihe ist, denn sein Magen knurrt schon bei der Aussicht auf ein frisches Steak. Er hievt den Rucksack voller Gesteinsproben wieder auf die Schultern – sein Sonnenbrand tut weh, aber nicht mal das ist wirklich unangenehm – und macht sich auf den Rückweg den Berg hinunter. Hin und wieder hört er Hundegebell. Der Schnee knirscht im Rhythmus seiner Schritte. Bei jedem Schritt denkt er: Ich bin der Erste, der seinen Fuß hierhersetzt. In diesem Augenblick ist er wunschlos glücklich.

In einem der Zelte hockt ein nackter Physiker, Louis Erdinger, zusammengekauert über seinem Notizbuch. Jakob geht vor der offenen Zeltluke in die Hocke und sagt: »Klopf, klopf.« Im Zelt müssen es über fünfundzwanzig Grad sein.

Vor einer Woche hat Erdinger zu Jakob gesagt, er könne es gar nicht erwarten, nach Hause zu kommen. Er habe noch drei Jahre, um etwas Sinnvolles zu tun, und dann … Mit einem

Achselzucken gab er ihm zu verstehen, dass danach alles vorbei sei. Jakob überfiel Sorge: War er etwa krank?

»Nein«, sagte Erdinger. »In drei Jahren werde ich dreißig, und dann ist mein Hirn nur noch Brei. Wenn ich was Außerordentliches leisten will, dann jetzt.«

Jakob hielt das zuerst für einen Scherz.

»Für dich ist das kein Problem«, bemerkte Erdinger. »Du bist ja nur Geologe.«

Jakob wusste, dass er ihn damit nicht beleidigen wollte.

Jetzt sagt Erdinger: »Gib mir mal das Hemd«, als wäre Jakob nur zehn Minuten weg gewesen und nicht drei Tage, und wieder einmal staunt Jakob über das Gesicht des Physikers, das flach und rechteckig ist und die Nase ein perfektes gleichschenkliges Dreieck. Das Rechteck ist rot und schuppt sich. Auch der Rest seines Körpers leuchtet rosa vom Sonnenbrand.

»Was lachst du denn so?«

»Keine Ahnung. Es ist so ein schöner Tag … Morgen … oder was auch immer.« Jakob grinst ihn an. »Ich geh zu Johannes. Er soll Steaks machen.«

»Shull ist schon wieder verschwunden«, bemerkt Erdinger mit dem Kopf im Hemd.

»Wahrscheinlich verfolgt er Moschusochsen. Die halten sich auch nicht an Stundenpläne.«

Erdinger grunzt. Er missbilligt zutiefst jegliche Ungenauigkeit, selbst wenn es um Tiere geht.

Camp Hendrik besteht aus drei Zelten an einem Fluss, der von einer Eiskappe herunterströmt. Als sie sich für den Platz entschieden, durfte wie immer einer von ihnen den Namen bestimmen. Bislang haben sie ein Camp Herta aufgeschlagen (nach Erdingers Mutter), ein Camp Edith (nach Shulls Mutter), ein Camp Annette (nach Jakobs Mutter), gefolgt von mehreren nach Schwestern und Freundinnen benannten Lagern. Jedes Mal wurde ein Toast auf die so geehrte Person ausgebracht und mit Tee und ein paar Scherzen auf sie angestoßen – bei Camp

Jane (Shulls Wahl) mit ein paar zusätzlichen Scherzen, als ein plötzlicher Wolkenbruch es in einen Sumpf verwandelte. Diesen Platz, eines ihrer letzten Camps auf Ellesmere Island, hat Jakob nach seinem Bruder benannt.

»Womit hat Hendrik denn so ein schönes Plätzchen verdient?«, hat sich Shull mit einem ironischen Lächeln erkundigt.

Verärgert – zum Teil auch, weil er gerade von einer Mücke ins Augenlid gestochen worden war – hatte Jakob geknurrt: »Er ist Metzger«, und sich über Shulls schockierte Miene gefreut.

Erdinger hatte gelacht. »Wie du siehst, Shull, sind de Beyn und ich Männer aus dem einfachen Volk. Für uns hat's keine silbernen Löffel gegeben.«

»Dagegen ist doch auch gar nichts zu sagen. Das ist doch … ein sehr ehrenwerter Beruf«, hatte Shull gemurmelt, bevor Erdinger wieder einmal darauf hinweisen konnte, dass Shulls Familie ihm einen Platz in der Expedition gekauft hat.

»Hendrik hat mir das College ermöglicht«, hatte Jakob erklärt. »Ohne ihn wäre ich nicht hier.«

Dieses Tal ist, noch mehr als alle anderen Plätze, die sie sich in den letzten Wochen ausgesucht haben, wahrhaft paradiesisch. Es liegt am Ende einer Bucht und ist fast ganz vom Schnee befreit. Da die Sonne endlos am Himmel steht, wird es hier so warm wie im Frühling in New York. An etlichen Tagen steigt das Thermometer bis auf zwanzig Grad und mehr – für die an die Kälte gewöhnten Männer geradezu tropisch. Je nach Tageszeit schwillt der Bach an und wieder ab: Am Morgen ist er nur ein Rinnsal, am späten Nachmittag ein wahres Wildwasser. Die Kiesufer sind von Moos und Gras überzogen und mit winzigen Blumen getüpfelt: Fingerkraut, Steinbrech und Weiße Silberwurz. Aus der Ferne sind sie unsichtbar und verschwinden im allgemeinen Graubraun des Landes, aber von nahem leuchten sie wie winzige Juwelen in Pink, Weiß und Gelb. Und es gibt Tiere: Füchse, Polarhasen, Alpenschneehühner; Rentiere und Moschusochsen.

Nachdem sie im Frühjahr die zugefrorene Meerenge von Grönland überquert hatten, verließen Jakob und Erdinger Camp Susan, um auf einen nahe gelegenen Berg zu klettern. Zumindest schien er ihnen nahe. Aber wie es immer wieder geschah, hatte die vollkommen transparente Luft sie getäuscht, und der Weg zum Gipfel dauerte viel länger als erwartet. Es war ein klarer Tag, und als sie die Spitze des Berges endlich erreicht hatten, verschlug ihnen die Aussicht den Atem. Sie sahen im Norden eine schneebedeckte Gebirgskette, die Victoria-and-Albert-Mountains, aber dahinter entdeckten sie noch höhere Gipfel, die wie die Kralle eines Raubtiers blendend weiß über den anderen schwebten. Der Anblick erfüllte sie mit Ehrfurcht.

Es war einer jener seltenen Augenblicke, in denen der Wind verstummte und die Stille allumfassend wurde; Jakob hörte seinen Herzschlag, seinen Atem und Erdingers leichtes Keuchen. Direkt vor ihnen schabte ein Dutzend bräunlich schwarzer Tiere im Schnee, um etwas Essbares zu finden. Ihre Besucher schienen sie gar nicht zu bemerken. Jakob hörte das träge Scharren der Tiere, roch ihren ranzigen Geruch. Er meinte sogar zu hören, wie ihm das Blut durch die Adern strömte.

Etwas höchst Ehrwürdiges, Gebieterisches umgab die Moschusochsen. Der größte, ein Bulle, kam langsam zu ihnen herüber und blieb dann stehen. Er schien geradezu über dem Schnee zu schweben, und sein langes Fell wallte wie eine Staatsrobe. Er betrachtete die Männer aus einem kleinen Auge, das wie ein heller Punkt auf seinem stumpfen Schädel leuchtete, befand sie für uninteressant, wandte sich ab und trottete davon.

Später schoss Johannes ihn. Das tat Jakob leid, aber sie brauchten etwas zu essen. Er schoss auch eine Kuh und molk sie, und dann genossen sie die warme Milch, als wäre sie ein erlesener Wein.

Johannes hat das Braten von Fleisch derart perfektioniert, dass die Außenseite schwarz und krustig ist und das Innere blutig und fast roh. Jakob fällt über sein Steak her: Es ist zäh, aber köstlich. Der Geschmack nach süßem Blut, Salz und Verbranntem explodiert in seinem Mund. Er schließt die Augen. Eines hat er über das Leben im Norden gelernt: Wenn einem ständig hungrig, müde, unbehaglich und kalt ist, dann sind die Gefühle von Wärme, Trost und Geschmack überwältigend. Genauso ist es bei der Landschaft: Was zuerst wirkt wie eine riesige monotone Fläche, enthüllt seine versteckten Farben und Schätze erst nach und nach; man muss sich bücken, um sie zu sehen, und dann rührt einen ihre Zartheit über alle Maßen. Was das Eis betrifft, so verschlägt es einem mit seiner überirdischen Schönheit den Atem; immer wieder sieht es anders aus, und jeder Anblick enthüllt noch etwas Neues, sei es aus der Ferne, wo man an Ruinen aus alten Sagen denken muss, oder aus der Nähe, wo man ganze Universen in einem einzigen Schneekristall zu entdecken meint, oder durch Lichtwechsel, welche Farben zum Leuchten bringen, die man weder beschreiben noch fotografieren noch jemals vergessen kann.

»Gut«, murmelt Erdinger mit vollem Mund. Jakob isst schweigend. Johannes sitzt am Feuer, hat die Beine vor sich ausgestreckt, blickt ins Leere und zieht an seiner Pfeife.

Als Jakob aufgegessen hat, zündet er sich eine Zigarette an, lehnt sich zurück und seufzt zufrieden.

»Ich habe noch weitere Anzeichen von Tertiärwald gesehen: Baumstämme mit einem Meter Umfang.« Halb frustriert, halb entzückt schüttelt er den Kopf.

Johannes hustet. Seine Pfeife wandert in einen seiner Mundwinkel, ein sicheres Zeichen, dass er etwas sagen wird.

»Te Peyn: morgen zurück?«

»Noch nicht, Johannes. Noch drei Tage. Oder vier. Ich möchte noch kurz weiter südlich. Um zu sehen, ob wir das Land da drüben sehen können.«

Armitage hat sie instruiert, spätestens am letzten Tag des Juni in ihr Winterquartier auf der Grönlandseite des Smithsundes zurückzukehren, also werden sie bald aufbrechen müssen.

»Schnee kommt«, bemerkt Johannes und zeigt zum westlichen Himmel.

Die anderen blicken in die Richtung, sehen aber nur klaren, leicht gelblich gefärbten Himmel.

»Wann?«

»Bald – in ein, zwei Tagen.«

»Woher weißt du das?«

»Das Wasser ist anders. Wind auch.«

Es herrscht kaum Wind; nur eine kühle, in der Sonne willkommene Brise.

»Der Wind ist *ooangniktuq*.«

»Heißt das, die Meerenge ist noch zugefroren?«

Johannes blickt zum Himmel. »Ich frage den Herrn.«

Ein paar Stunden später wird Jakob wachgerüttelt. Der Himmel ist so grau wie das Innere einer Auster; der Wind weht ihnen Schnee ins Gesicht. Kein Gedanke mehr daran, bis zur anderen Küste zu blicken: Jetzt können sie sich kaum noch gegenseitig sehen. Sie packen die Ausrüstung zusammen und schnallen sie auf die Schlitten, ziehen Feuerstellen und Lebensmittel in die Zelte und kriechen in ihre Schlafsäcke, um dort zu warten. Das Kondenswasser auf der Innenseite der Zelte gefriert. Als der Schneesturm sich zwei Tage später legt, rutschen Eisplacken zu ihnen herunter, und das Tal draußen ist weiß und still; keinerlei Anzeichen mehr von einem Tier, einem Vogel oder einer Pflanze. So als wären sie niemals da gewesen. Die einzige Bewegung stammt vom Bach, der sich wie ein dunkles Rinnsal durch eine Landschaft schlängelt, in der jegliches Leben nicht nur ausgelöscht zu sein scheint, sondern undenkbar.

Als sie das Tal verlassen, blickt Jakob sich noch einmal um. Nebel hat den Horizont ausradiert. Das neue Land, das er meinte, vom Gipfel des Berges gesehen zu haben, ist im allumfassenden Weiß des Meeres verschwunden.

Kapitel 14

Rückkehr vom Kap Dupree, 82°34' N, 46°12' W (umstritten)
Juni 1892

»Rechts! Rechts! Du gottverdammtes Ding!«

Armitage verflucht den Schlitten, da ist sich Frank fast sicher. Er wirft sich mit seinem ganzen Gewicht nach rechts, worauf das Seil schmerzhaft in seine Schulter einschneidet und ihm grausam den Bauch zusammenschnürt. Armitage hängt am anderen Seil. Metek, ihr Jäger, hält sich direkt am Schlitten fest und lenkt ihn, während sie ihn das abschüssige, vom Wind blank gescheuerte Eis hinunterlassen. So steil ist es, dass sie die Hunde abschnallen mussten, aber ihr schrilles Bellen durchdringt nur hin und wieder das Heulen des Windes.

Metek hält die Hand in die Höhe: Stopp! Er zeigt nach unten, wo eine dunkle Linie im Schnee ihren Weg kreuzt: eine Gletscherspalte. Genau in diesem Moment verliert Armitage den Halt und rutscht mehrere schreckerfüllte Sekunden Richtung Riss. Frank lässt sich zu Boden fallen und stemmt die Fersen gegen einen Eisblock. Vorsichtig hebt er den Kopf: Lester liegt mit weit gespreizten Gliedmaßen und dem Gesicht nach unten nur wenige Meter vom Abgrund entfernt; Metek hat den Schlitten auf die Seite gekippt, quergestellt und damit Armitage vor dem gefährlichen Sturz gerettet. Ihr Expeditionsleiter zieht sich selbst zum Schlitten hoch. Seine Augen sind unter der eisverkrusteten Kapuze verborgen, sein Mund wirkt wie eine dunkle Höhle, aus der zwar Worte dringen, doch Frank kann sie nicht verstehen. Vielleicht ist er wütend auf Metek wegen des Schlittens – wieder mal, weil ein Großteil ihrer Ausrüstung heruntergefallen ist und sich die Befestigung einer Kufe gelöst hat …

Frank hievt sich zum Sitzen hoch, worauf der Wind ihm gegen den Rücken knallt wie ein umfallender Schrank. Die Vorstellung ist unerträglich, aber es muss sein: Er muss wieder nach oben und die Ausrüstung auf den Schlitten packen. Ob Metek es wohl schafft, noch einmal die beschädigte Kufe zu reparieren? Was soll bloß werden: Ihr Ofen leckt und ihr Öl reicht kaum noch zum Erwärmen der ihnen verbliebenen Lebensmittel. Ihre Kleider sind außen hartgefroren und innen feucht. Noch immer sind sie mehrere Tage von ihrem Basislager an der Küste entfernt. Verzweifelt klammert er sich, umtost von Wind und Schnee, an diesem tückisch glatten Eishang fest. Ob er je seine Heimat, seine Familie, seine Verlobte wiedersehen wird? Nicht zum ersten Mal auf dieser Expedition überkommt Frank der Drang, zu weinen. Glücklicherweise ist es für Tränen zu kalt.

Lester Armitage, Metek und Frank waren neunzig Tage am Eiskap. Ihr jüngerer Jäger Tateraq ist schon nach dreißig Meilen umgekehrt und hat ihnen einen Schlitten und zwanzig Hunde überlassen. Die anderen sind weitergefahren.

Sie waren an der Nordküste Grönlands, 870 Meilen hin und zurück, und das zu Fuß. Jede Meile ein schmerzhaft errungener Sieg. Manchmal war der Schnee so weich, dass sie bis zu den Oberschenkeln darin versanken und ständig ins Stolpern gerieten; manchmal war er rau wie grober Sand, so dass die Kufen kaum hindurchkamen; manchmal eine scharfkantige Kruste, die in die Pfoten der Hunde und die Sohlen der Stiefel schnitt. Vom Wind aufgetürmte Eisgrate versperrten ihnen den Weg, riesige, betonharte Dämme, durch die sie sich keinen Tunnel hacken konnten, so dass sie die Schlitten darüberziehen mussten – und wenn das nicht ging, musste die gesamte Ausrüstung heruntergenommen werden, der Schlitten darübergezogen, die Ausrüstung darübergetragen, wieder aufgepackt und das Geschirr der Hunde entwirrt werden. Ein paar Meter weiter das Ganze von vorn, wieder und wieder und wieder …

Manchmal fragte sich Frank, ob Armitage langsam den Verstand verlor. Oder er den seinen. Wenn die Sicht schlecht war, was häufig vorkam, konnte man sich leicht der Illusion hingeben, sie würden laufen und laufen, ohne jemals irgendwo anzukommen, so allumfassend war das Grau um sie her. Solche Momente trugen genau wie Erschöpfung, Ungewissheit und Kälte zur Zerrüttung seiner Seele bei. Aber dann gab es andere Zeiten – Momente –, in denen die Sonne den Nebel verdampfen ließ und sie dann, wenn sie morgens aus ihrem *Illu* krochen, einen grellblauen Himmel über sich und in der Ferne Berge sahen, die kein menschliches Auge je zuvor erblickt hatte. Und dann war Frank, zumindest kurz, aus tiefstem Herzen froh, hier zu sein.

Nach vierundvierzig Tagen Fußmarsch erreichten sie die Spitze einer Eisklippe, an deren Fuß sich eine Fläche nach Norden erstreckte, soweit sie es durch die Nebelfetzen sehen konnten. Das gefrorene Meer bot ihnen einen schrecklichen Anblick, wirkte, als wäre es vom Wind in eine Platte aus Graten und Kuhlen gepeitscht worden, die noch schlimmer war als die an Land. Die Aussicht, sich über diese gefährliche Eiswüste zu wagen, war einfach entsetzlich, dabei befanden sie sich, nach Lesters optimistischster Berechnung, immer noch über 400 Meilen vom Nordpol entfernt. Ihre Ankunft an der Nordküste feierten sie mit einem Streit über die Höhe der Klippe, die sie brauchten, um die Entfernung zum Horizont zu berechnen. Da sie keinen Stein hatten (und ironischerweise nicht mal Schnee), den sie über den Rand hätten werfen können, opferten sie eine leere, mit Hundekot beschwerte Konservendose, doch die prallte an einem Vorsprung ab und verschwand ohne jedes Geräusch (Frank war nur froh, dass nicht er sie geworfen hatte). Lester schätzte die Klippe etwa 250 Meter hoch. Frank dachte eher an 170 Meter, was hieß, die Entfernung zum Horizont lag zwischen knapp dreißig und fünfunddreißig Meilen. Dabei war es eigentlich irrelevant, da sie durch den dichten, herumwirbelnden Nebel ohnehin höchstens eine Meile weit übers Eis sehen konnten. Lester wollte warten, bis es aufklarte, doch das Essen war knapp und das Öl noch knapper. Nach zwölf elenden Stunden des Ausharrens, in denen keiner von ihnen schlafen durfte, gab er den Befehl zur Rückkehr. Frank glaubte, sonst hätten er oder Metek ihn einfach die Klippe hinuntergestoßen.

Auf ihrer Rückfahrt gingen ihnen die Hunde ein, und ihre Kadaver wurden an die überlebenden Artgenossen verfüttert. Die Männer wollten ihr Fleisch nicht essen, da sie nicht wussten, woran sie gestorben waren. Genauso wenig konnten sie die Vorratsverstecke finden, die sie auf der Hinfahrt angelegt hatten, daher wurde ihre Ration gekürzt.

Dann endlich erreichten sie den Gletscher, der vom Eiskap hinunter und zurück zu ihrem Basislager führte. Immer noch waren über fünfzig Meilen zurückzulegen. Sie hatten kaum noch Öl, höchstens für ein, zwei Abende, um den Schnee zum Trinken zu schmelzen. Sie litten unter Kälte und Hunger und unter schrecklichem Durst. Nur sechs Hunde überlebten. Frank hatte Frostbeulen an den Wangen und Händen. Metek litt an Durchfall. Lester hatte Frostbeulen an den Füßen. Und Frank, obwohl er einen Eid abgelegt hat, das Leiden zu lindern, konnte nichts dagegen tun.

Wieder schreit Lester. Frank richtet sich schwankend auf und kriecht wie ein Krebs den Hang hinunter zu dem Schlitten. Metek zeigt auf die Kufe: Nicht nur ist die Befestigung wieder lose, sondern die Kufe selbst auch geborsten. Frank blickt zu Lester und glaubt einen Augenblick, er weine; sein Gesicht zeigt nichts als Ungläubigkeit. Es ist die Miene eines Mannes, gegen den sich, und das seit Wochen und Monaten, alles verschworen hat.

Er dreht sich zu Metek um und brüllt: »Kannst du das flicken?«

Sollte Metek am Ende seiner Kräfte sein, so zeigt er es zumindest nicht. Er nickt; er ist ein Zauberer bei solchen Dingen und hat ihr Leben schon mehr als einmal gerettet, doch er braucht mehr Lederriemen und vielleicht eine Konservendose, wenn sie die erübrigen können … Als Frank ihn endlich versteht, geht er in die Hocke und fängt an – mit den langsamen, benommenen Bewegungen, die mittlerweile normal sind –, ihre spärlichen Vorräte nach etwas zu durchsuchen, das sie nach Hause bringt.

Kapitel 15

NEQI, 77° 52' N, 71° 37' W
JULI 1892

Jakobs Gruppe erreicht die grönländische Küste wie geplant am 30. Juni. Als sie noch eine Meile davon entfernt sind, sehen sie einen Schlitten in hohem Tempo auf sie zufahren. Ein paar Minuten fragen sie sich aufgeregt, ob ihr Empfangskomitee aus Armitage und Frank besteht. Dann sehen sie, dass der Schlitten von Omowyak und seinem Sohn Sorquaq, zwei Jägern, gelenkt wird. Die Eskimos begrüßen die Amerikaner und verkünden Johannes munter, sie hätten sie schon für tot gehalten.

»Wir waren zwölf Wochen weg«, erwidert Erdinger verwirrt, »genau wie geplant.«

»Aber so schreckliches Wetter!«, übersetzt Johannes. Die anderen sehen sich leicht beunruhigt an.

»Was ist mit Armitage und Urbino: Sind die schon zurück?«

»Nein. Nicht hier. Noch dort.« Omowyak und Johannes zeigen zum Eiskap. Jakob versteht das meiste von dem, was Omowyak sagt, dennoch wartet er auf Johannes' Übersetzung, um das Nächste vollends zu begreifen.

»Es gab schlimme Stürme. Kein Wild auf dem Landeis. Tateraq kam zurück, weil es nichts zu essen gab. Wahrscheinlich sind sie tot.«

»Sie könnten sich auch verspätet haben.«

Die beiden beraten sich. Omowyak ist sich sicher.

»Tot. Ja«, wiederholt Johannes.

An ihrem ersten Tag im Camp zünden sie den Ofen an und verbrennen kostbare Kohle für ein heißes Bad: ein intensiver, fast erotischer Genuss nach Monaten mit ausschließlich kaltem Wasser. Jakob rasiert sich den Bart, die teigweiße Haut darunter bringt ihn zum Lachen, denn sein restliches Gesicht ist, genau wie sein Körper, tiefbraun. Erdinger macht sich auf die Suche nach Mikissoq, seiner Geliebten vom vergangenen Winter, und kehrt schmollend zurück, weil er ersetzt wurde. Obendrein wurde er von einem Hund gebissen, und seine Hand schwillt schon an von der Entzündung. Wie besessen beobachten sie die Küstenlinie, um ja keine Bewegung zu übersehen, die die Rückkehr ihrer Kollegen anzeigen könnte.

Nach vier Tagen machen sich Jakob und Shull mit Omowyak und Meteks Cousin Ayakou auf die Suche nach der anderen Gruppe. Armitages Route sollte über den Gletscher zum Eiskap verlaufen und dann weiter bis zum Sherard Osborn Fjord hoch im Norden und darüber hinaus.

Auf ihren Karten besteht ein Großteil von Grönland aus weißer Fläche, über die sich der Schriftzug zieht: *Das Innere ist vollkommen mit EIS bedeckt.* Eis mit Großbuchstaben. Im Norden und Osten verschwimmen die Grenzen: Armitage, Metek und Frank sind einfach über den Rand der bekannten Welt geschritten.

Ihre beiden Schlitten rattern über den breiten Fuß des Gletschers, der in gewisser Weise eine Schnellstraße zum Eiskap bildet. Aus der Ferne wirkt er flach und glatt, mit nur leichter Steigung, doch von nahem ist er wüstes Land mit hohen Blöcken, hartem, schartigem Eis und sichtbaren und unsichtbaren Spalten. Zwar wissen sie, wie sie die schlimmsten Bereiche umfahren, wo sich der Gletscher um eine Sandsteinwand windet, müssen jedoch über die zerklüftete Fläche auf den höheren Ebenen, wo der Gletscher mit unendlicher Geduld und Langsamkeit vom Eiskap zum Meer abfällt.

Der Gletscher, auf dem Jakob sich den Knöchel brach, ist im Vergleich zu diesem Ungetüm nur ein Winzling und unterscheidet sich in jeglicher Hinsicht von ihm: Höhe, Ausdehnung und Umgebung. Er ertappt sich dabei, dass er sich wünschte, er hätte die Zeit, ihn zu vermessen und zu zeichnen, seine Geheimnisse zu ergründen und mit dem Knacken und Grollen zu leben, das immer wieder unvermittelt unter ihnen ertönt. Als sie einen besonders tiefen Spalt mit einem ihrer Schlitten überqueren müssen, bleibt Jakob auf der Mitte stehen und starrt in die dunklen Tiefen.

»Einen Augenblick. Ist schon gut«, ruft er. Er liegt quer über dem Schlitten, so dass sein Kopf bis in die Spalte hängt und er die Kühle spürt, die daraus entsteigt; nur wenige Zentimeter unter der Oberfläche spürt man schon nicht mehr die Wärme der Sonne. Die Wände der Gletscherspalte glitzern. Ihre Farben reichen von Silber und Eisblau bis zu Mint und Kobalt und verschwinden im tiefsten Schwarz, der Heimat der Kälte. Ein paar Meter weiter unten schimmert etwas Türkisfarbenes in der Dunkelheit. Ein verborgener Luftkanal? Besonders transparentes Eis? Schmelzwasser vielleicht, das auf der Oberfläche einen Schwachpunkt gefunden hat, hineingedrungen und dann wieder gefroren ist … Tausend Fragen und Theorien schwirren Jakob durch den Kopf. Er lehnte sich weiter vor, streckt sich nach unten und hört, als der Wind kurz aussetzt, etwas flüstern. Angestrengt hält er die Luft an, spitzt die Ohren – und erkennt ganz schwach das Wispern verdampfender Eiskristalle, die von ihrem festen Zustand nahtlos in Dampf übergehen. Es klingt wie Sprache, so als flüsterte ihm das Eis eine Aufforderung zu, die er nicht ganz verstehen kann. Er muss gegen den Drang ankämpfen, vom Schlitten zu springen und nach unten zu klettern.

Am vierten Tag, noch bevor sie den Gipfel des Gletschers erreicht haben, schreit Ayakou, der ganz vorn ist, auf und zeigt nach oben.

»*Quamiut!* Schlitten! Schlitten!«, ruft er und jubelt vor Freude. Weder Jakob noch Shull können etwas durch ihren Augenschutz sehen, dennoch durchströmen sie Hoffnung und Erleichterung. Erst nach einer Viertelstunde erkennt Jakob schwarze Punkte auf der rauen Oberfläche vor ihnen. Und erst viel später fängt einer der Punkte an zu brüllen und zu winken. Dann sind sie plötzlich bei ihnen, und drei wind- und frostgeschwärzte Gesichter, bedeckt mit Bart und Eisklumpen, grinsen ihnen glücklich und erleichtert entgegen. Vor lauter Freude schlingt Jakob seine Arme um Frank und umarmt sogar Armitage. Sie lachen und reden wild durcheinander. Die Stimmen der drei krächzen, so ausgedörrt sind sie. Franks spröde Lippen platzen auf, und ein Blutstropfen rinnt langsam in seinen Bart.

Als die Männer in Neqi zum ersten Mal seit Monaten ihre Kleider ausziehen, ist Jakob erneut von Franks Erscheinungsbild schockiert, denn sein Freund, der ihm immer stark und unzerstörbar stabil vorkam, ist jetzt gespenstisch mager, wie geschrumpelt. Sein Gesicht bietet einen schrecklichen Anblick: die Haut ist schwarz, wund und pellt sich; seine Augen sind rot und tränen. Seine linke Hand kann er nicht mehr bewegen. Als sie sich wiegen, zeigt sich, dass Frank siebenunddreißig Pfund verloren hat und Lester zwanzig, allerdings war er schon vorher dünn und sehnig. Metek will sich nicht wiegen lassen, sondern entfernt sich still und heimlich sofort nach dem Auspacken; vielleicht brennt er darauf, seiner Frau zu zeigen, dass sie keine Witwe ist.

In der allgemeinen Hochstimmung wirkt Armitage merkwürdig still. Er besteht darauf, klarzustellen, dass sie nicht gerettet werden mussten, also versichern Erdinger, Jakob und Shull ihm, dass sie ihnen nur entgegenkommen wollten, dass ihre eigene Reise leicht war, dass sie nicht fassen können, wie unterschiedlich die Wetterbedingungen am Eiskap sind, vor allem aber, dass sie höchsten Respekt vor der Leistung seiner Gruppe hätten. … Lesters ohnehin schon immer ziemlich verstörend wirkende Augen können sich mittlerweile gar nicht mehr auf ihre Gesichter konzentrieren, sondern schweifen abwesend über sie hinweg.

»Tateraq sollte ausgepeitscht werden. Schließlich habe ich für die Hunde bezahlt. Wir hatten eine Vereinbarung.«

»Vielleicht dachte er, Sie hätten sie nur gemietet. Er hat am Anfang selbst ein paar Hunde verloren. Außerdem brauchen wir vor Ankunft des Schiffes keine Hunde mehr …«

Doch ganz gleich, was sie sagen, Armitage scheint sich nicht über ihre Leistung zu freuen. Trotz des Erfolgs seiner Unternehmung – ihrer beider Unternehmungen – wirkt er missmutig. Die folgenden Tage verbringt er in einer von Kisten abgeschirmten Ecke der Hütte, starrt auf das Foto seiner Frau und schreibt Tagebuch. Als er schließlich wieder herauskommt, nimmt er Johannes und Shull zu einem Ausflug ins Dorf am Ufer mit. Er beabsichtigt – mit Hilfe von Bestechungen, Versprechungen und wenn nötig auch Drohungen –, sich fürs nächste Mal viel mehr Hunde zu sichern.

Während seiner Abwesenheit stellt sich wieder eine gewisse Routine ein. Für Schlittenfahrten ist es mittlerweile zu spät, denn das Meer ist flüssig und das verbleibende Eis zu dünn und gefährlich. Die Männer warten auf ihr Schiff, die *Sachem*. Jakob sichtet seine Gesteinsproben und Notizen und macht saubere Abschriften. Diese Arbeiten fand er schon immer tröstlich.

Mittlerweile bedeckt üppiges Gras das Land zwischen Küste und Klippen und verleitet die Männer dazu, sich zu sonnen, wann immer es möglich ist. Sie gehen angeln und sammeln Proben vom Meerwasser, um die unsichtbare, wimmelnde Welt unter dem Mikroskop zu betrachten. Sie beobachten die Paarung der Robben am Strand. Sie begleiten Eskimojungen auf der Suche nach Alkeiern auf den zerklüfteten Klippen und fangen Vögel mit selbstgebastelten Netzen.

Gegenüber ihrer Hütte ist ein kleiner, erodierter Eisberg gestrandet. Er ist groß und dünn, und seine Form erinnert sie an einen schüchternen und doch hoffnungsvollen Bettler. Jeden Tag wird mit der Ebbe ein Stück seiner Basis weggespült. Erdinger tauft ihn Bert Bergman, und sie schließen Wetten darauf ab, wann er umkippen wird.

»Ich schreib nichts mehr in mein Tagebuch. Ich meine … nichts Persönliches.«

Frank hat sich am Ufer auf dem Kies ausgestreckt. Seit der Rückkehr ist er lethargisch und verbringt einen Großteil seiner Zeit mit Essen und Schlafen. Jetzt lässt er sich von der schwachen Sonne das Gesicht wärmen, das noch schwärzliche Schrunden von den Frostbeulen aufweist. Jakob sitzt neben ihm und flickt ungeschickt seine Pelzstiefel. Ein paar Meter entfernt krümmt sich Bert hohlbäuchig nach vorn und schimmert grünlich, als hätte er Bauchschmerzen. Jakob hat sich an die Anwesenheit des freundlichen Geistes gewöhnt; wenn er irgendwann zusammenbricht, wird er traurig sein. Im Saum seines *Kamik* hat er etwas entdeckt, das wie ein Madenei aussieht, und er stochert mit der Nadel darin herum.

»Was meinst du damit?«

Sie sprechen langsam und träge. Wozu sich beeilen, wenn die Sonne ohnehin nicht untergeht?

»Weißt du … mir war klar, dass er am Ende mein Tagebuch sehen will, also konnte ich nicht schreiben, was ich wirklich dachte, aber manchmal – manchmal dachte ich wirklich, er hätte den Verstand verloren. Er trieb uns so an, als wäre es ihm egal, ob er noch zurückkommt oder nicht. Mich interessiert nicht, was jemand mit seinem eigenen Leben anstellt, aber wenn er für andere verantwortlich ist, kann er nicht so weitermachen.«

Franks Miene drückt großes Unbehagen aus; wiederholt wirft er einen Blick zur Hütte; die Stimme hat er zu einem Murmeln gesenkt.

»Metek und ich wollten unsere Vorratsverstecke mit Steinhaufen und Fähnchen markieren, falls wir auf dem Rückweg vom Weg abkämen. Aber *er* hielt das für Zeitverschwendung.

Behandelte uns, als wären wir zimperliche alte Weiber, die sich unnötig Sorgen machten. Natürlich gab es auf dem Rückweg derartige Schneeverwehungen, dass wir überhaupt keine Piste mehr sehen konnten. Und die Verstecke fanden wir auch nicht. Nicht ein einziges. Als ihr uns fandet, hatten wir überhaupt nichts mehr zu essen. Wir hatten verdammtes Glück. Er verlangte von mir Loyalität und Gehorsam, und dazu war ich bereit. Gewisse Risiken muss man eben akzeptieren. Aber ich bin nicht hierhergekommen, um zu sterben … bloß weil jemand so stur ist. Bin ich deshalb ein Feigling?«

»Natürlich nicht! Hat er das gesagt?«

»Nicht ausdrücklich.«

»Wie war denn die Nordküste?«

Frank schnaubt. »Der Nebel war so dicht, dass wir kaum was sehen konnten. Eine Ewigkeit ging es nur bergab, und als es flach wurde, standen wir vor zugefrorenem Meer. Die Sicht war schrecklich. Zwölf Stunden warteten wir darauf, dass der Nebel sich lichten würde, aber da tat sich nichts. Kann sein, dass das die Nordküste war, aber wir konnten nur ein paar Meilen weit sehen. Es hätte auch die Küste irgendeines Fjords gewesen sein können. Das konnte man unmöglich feststellen.«

»Aber du hast doch Fotos gemacht, oder?«

»Ich weiß nicht, wie viel man darauf sehen kann. Jedenfalls werden sie nichts beweisen.«

»Lester meint, die Küste biege sich dort nach Südosten.«

»Soweit wir das sehen konnten.«

»Jedenfalls war es ein außerordentliches Unterfangen, Frank. Ihr wart an einem Ort, den vorher noch kein Mensch gesehen hat.«

Darauf schwieg Frank eine ganze Weile.

»Erzähl das niemandem weiter, Jake. Versprichst du mir das?«

»Na klar.«

»Wir wissen nicht, wo wir waren. Wir haben nie lange genug angehalten, um uns zu orientieren. Ich glaube, er hat auf dem ganzen Weg nur zweimal unsere Position bestimmt.«

»Aber … an der Küste habt ihr das doch gemacht, oder?«

»Die Sonne schien nicht. Wir konnten nur spekulieren.«

Jakob versucht, sich seinen Schock nicht anmerken zu lassen. Nicht zu wissen, wo man ist – es nicht bestimmen zu können – ist für Entdecker eine Todsünde.

»Ich glaube, deshalb war Lester so« – erneut blickt sich Frank verstohlen um – »komisch. Er weiß dass er … nicht gerade versagt hat, aber doch nachlässig war.«

Jakob denkt an ihre Arbeit auf Ellesmere Island. Sowohl er als auch Erdinger haben mehrfach ihre Position bestimmt und sich gegenseitig geprüft. Er ist ziemlich sicher, dass man ihm keine Nachlässigkeit vorwerfen kann. Aber das ist für Frank natürlich kein Trost. Er hätte Armitage derart amateurhaftes Verhalten einfach nicht zugetraut.

Leise sagt Frank: »Ich dachte, wir würden es nicht mehr zurückschaffen.«

»Aber ihr habt es geschafft.«

Daraufhin seufzt Frank.

»Da oben habe ich oft an Marion gedacht. Wie dumm es wäre, wenn ich nur deswegen sterben würde. Mir ist klargeworden« – er lacht kurz auf – »dass ich nicht besonders mutig bin. Wenn ich wieder zu Hause bin, werde ich völlig damit zufrieden sein, in meiner Praxis zu sitzen und ein sicheres, bequemes Leben im Kreis von Freunden und Familie zu führen.«

»Dagegen ist ja auch nichts einzuwenden. Und es hat nichts mit Mut oder mangelndem Mut zu tun.«

»Aber bei dir ist das anders.«

»Das würde ich nicht sagen … aber ich will hier auf jeden Fall noch mal hin.«

»Lester auch.« Frank blickt Jakob an. »Aber würdest du mit ihm noch mal hierherfahren?«

Jakob zuckt die Achseln. »Kommt drauf an. Vielleicht kann ich einmal selbst so etwas auf die Beine stellen. Wenn das Interesse an geologischen Untersuchungen weiterbesteht.«

Frank schirmt seine Augen gegen die Sonne ab und schweigt. Als sie eine Stimme hören, wenden sie beide den Blick vom Meer ab. Zwei Eskimofrauen kommen auf sie zu. Eine von ihnen ist Meqro, ein stilles, freundliches Mädchen, das im Frühling kurz Franks Geliebte war. Die andere ist eine junge Witwe namens Aininea. Beide lächeln. Meqro setzt sich dicht neben Frank, der sich aufrichtet und schüchtern grinst.

Aininea hockt sich neben Jakob und begutachtet seine Flickarbeit.

»Sehr schlecht«, befindet sie lachend. »Gib mir das!«

»Aber ich will lernen, es selbst zu machen.«

»Pah! Du bist doch ein Mann«, sagt sie und lächelt abschätzig. »Das ist für Frauen.«

Also übergibt er ihr den Stiefel und sieht zu, wie sie Nadel und Faden nimmt und anfängt, seine Nähte auszubessern.

Kapitel 16

NEQI, 77°52' N, 71°37' W
JULI 1892

Im Sommer zuvor, als die *Sachem* sich durch das Eis im Smithsund gekämpft hatte und in der Bucht vor Neqi die Anker warf, kamen die Dorfbewohner aus ihren Häusern, starrten auf die hochgewachsenen Fremden, die nicht *upernallit* waren, und fragten vorsichtig: »Seid ihr Geister oder aus Fleisch und Blut?«

Die Amerikaner antworteten so, wie Johannes sie angewiesen hatte: »Wir sind aus Fleisch und Blut. Wir sind Menschen.« Das musste man sagen, um zu versichern, dass man kein Dämon war.

Die Kunde von dem großen Haus, das die *kallunat* bauten, verbreitete sich schnell; von beiden Seiten der Küste kamen Eskimos und errichteten ein provisorisches Lager aus Lederzelten, *tupiks.*

Die Eskimos brachten Narwal-Elfenbein mit, Fleisch und Felle. Die Amerikaner, die darauf gezählt hatten, revanchierten sich mit Haushaltsgeräten, Werkzeug, Schmuck und Holz. Ein paar der Männer wurden angeheuert, um den Winter über für sie zu jagen, und ein paar Frauen fürs Nähen und allgemeine Hausarbeiten. Vor allem aber bearbeiteten sie Robben- und Bärenfelle und stellten daraus Winterkleidung für die Männer her: Hosen aus Bärenfell, Stiefel aus Robbenfell,

Jacken aus Robbenleder. Sie waren wunderschön, warm und wetterfest. Die Neugier auf beiden Seiten war bei den Frauen am offensichtlichsten. Außerdem schienen sie ein ganz anderes Maß an Zurückhaltung zu haben als die Forschergruppe. Sobald es in der Sonne etwas wärmer war oder wenn ein Zelt von einer Lampe und menschlichen Ausdünstungen aufgeheizt war, streiften sie ihre Jacken ab und saßen fast nackt da, nur in Shorts aus Fuchsleder und ohne den geringsten Anflug von Scham. Die Männer taten es ihnen gleich und zogen sich bis auf die Bärenfellhose aus. Die Eskimos nahmen das kaum zur Kenntnis, denn für sie war es nur eine praktische Maßnahme, um die Kleider zu trocknen, die vom Schweiß feucht geworden waren. Daher wandten Jakob und die anderen ihre Augen ab und versuchten, es ihnen gleichzutun.

Für die Aufrechterhaltung der Moral sprachen der Mangel an Privatsphäre (ein hier unbekanntes Konzept) und der Mangel an Wasser zum Waschen (hier ebenfalls unbekannt), was hieß, dass die Eskimos von einem durchdringenden Geruch nach Schweiß und Robbenfett umgeben waren. Als Abschreckmittel war das zunächst sehr effektiv, doch dann gewöhnten sich die Amerikaner daran. Andererseits war die Tugend durch die kokette Freundlichkeit der Frauen gefährdet, und die Hausangestellten, die Lester aussuchte, waren alle hübsch und offenbar noch zu haben.

Eine ihrer Hausangestellten war Natseq, eine Witwe mit zwei kleinen Kindern. Sie war kräftig und hatte bronzefarbene Haut und eine Miene, in der sich sanfte Ironie spiegelte. Mit Jakob hatte sie kaum ein Wort gesprochen, bis er eines Nachts im Herbst, nachdem sie zu Bett gegangen waren (die Amerikaner schliefen alle in dem einen großen Raum in der Hütte, wobei ihre Schlafstellen durch Vorhänge und Armitages durch eine Wand von Packkisten abgetrennt waren), von jemandem geweckt wurde, der in seine Koje kletterte. Graues Licht vom Schnee draußen fiel in die Hütte.

»Nicht reden«, flüsterte sie, und er sah ihre Zähne in einem

Lächeln aufblitzen. Er war gleichermaßen überrascht und erregt.

»Natseq …« murmelte er. Das Blut schoss so sturzbachartig in seine Lenden, dass es schon fast weh tat.

Sie legte sich neben ihn unter die Decke. Seine Schlafstatt war nur einen Meter breit, abgesehen von ihren Shorts hatte sie nichts an. »Heute Abend, Te Pey«, flüsterte sie, »ich sehe, dein Leben tut dir weh.«

Darauf wusste Jakob nichts zu antworten, wollte ihr auch nicht widersprechen. Natseq legte ihr nacktes Bein über seines. Einer seiner Arme lag um ihre Schultern. Mit ihrer warmen Hand fuhr sie ihm über die Brust, kitzelte ihm den Bauch, dessen Muskeln sich vor Aufregung anspannten, und glitt dann weiter zu seinem aufgerichteten Penis, der bei ihrer Berührung zuckte. Jakob erschauerte vor fast unerträglichem Entzücken. Das letzte Mal war schon unendlich lange her, hoffentlich würde er sich nicht blamieren.

»*Marmarai*«, murmelte sie. Jakob wusste, dass dieser Ausdruck, anerkennend gemurmelt bei einem Pfeifchen Tabak oder einem Stück Alkfleisch, so etwas bedeutete wie: »Mmm, gut.«

Es war seltsam – als er versuchte, sie auf den Mund zu küssen, drehte sie das Gesicht weg: Nein. Sie rieb mit ihrer Nase an seinem Gesicht, mied aber seine Lippen. Er liebkoste ihren glatten, stämmigen Körper und zog ihr mit ihrer Hilfe die Shorts aus, doch als er versuchte, seine Hand zwischen ihre Beine zu schieben, schlug sie sie weg und zischte: »*Naamik, naamik!* Nein!« Er konnte sehen, dass sie ihn mit ihren schwarzen Augen unter den schweren Lidern ansah. Sie blitzten in der Dunkelheit.

»*Marmarai*«, flüsterte sie wieder, lachte lautlos und drückte seinen Kopf an ihre Brust, damit er sie küsste.

Jakob hätte wegen seiner Liaison mit Natseq ein gewisses Unbehagen verspürt – Schuldgefühl war ein zu starkes Wort dafür –, wenn nicht seine Kollegen auch welche gehabt hätten. Hier wusste jeder, was der andere machte. Armitages Geliebte war eine wunderschöne junge Frau namens Ivalu, und das trotz der Tatsache, dass sie mit dem hiesigen Schamanen verheiratet war, und trotz des Fotos seiner Frau, das in seinem Alkoven hing. Erdinger war ziemlich promisk und nicht wählerisch (nicht, sagte Jakob zu sich, dass er selbst eine große Wahl gehabt hätte). Aber nicht alle von ihnen erlagen der Versuchung: Der gutaussehende Shull, der hier genauso von Frauen umschwärmt war wie wohl in New York, wehrte lachend eine Reihe von Mädchen ab. Und Frank erklärte ihnen zumindest im ersten Monat, er werde bald heiraten und könne so etwas nicht tun.

Zu Beginn des Winters kehrte eine Gruppe Jäger ins Dorf zurück, ihre Schlitten waren hoch mit Walrossfleisch beladen. Sie wurden mit viel Geschrei und Gelächter empfangen: Offenbar gab es für die Eskimos nichts Schöneres als riesige Haufen aus rohem Fleisch. Der Schnee rund ums Dorf war rot von Blut. Dann begriff Jakob, dass sich das Leben hier auf eine einfache Gleichung reduzieren ließ. Denn mehr als einer der Einheimischen sagte zu ihm: »Diesen Winter werden wir essen – werden wir leben!« Ein leerer Schlitten bedeutete Hungern. Auf diesem schmalen Grat zwischen Leben und Tod meinte er zu verstehen, warum eine Frau ohne jegliche Bedenken in das Bett eines Mannes stieg. Wenn in ein paar Monaten alles vorbei sein konnte, warum sollte man dann keinen Spaß haben?

Am Abend nach der Rückkehr der Jäger gab es ein Fest, auf dem die Amerikaner noch einmal die Namen der Jäger erfuhren. Jakob war zutiefst erschrocken, als ihm einer der Männer als ›Sadloq, Ehemann von Natseq‹, vorgestellt wurde. Zuerst dachte er, es handelte sich um eine andere Natseq, doch dann sah er, dass sie liebevoll ihre Nasen aneinander rieben und Sadloq das kleine Mädchen hochhob und stolz auf seinen Schultern trug. Entsetzt ergriff Jakob die erstbeste Gelegenheit, in einer Ecke, wo sie relativ ungestört waren, mit ihr zu sprechen, und sagte: »Natseq, ich dachte, dein Mann sei tot! Ich hätte doch nie …«

Natseq starrte ihn erst an, dann lächelte sie breit. »Ich nicht Witwe. Sadloq zum Jagen fort. Aininеq ist Witwe. Ihr Mann Kali starb letztes Jahr bei Bärenjagd. Sadloq lebt. Du magst nur Witwen?«

»Nein, ich mag dich sehr. Ich meine … ich dachte, du hättest keinen Mann, also könnten wir … ich kann einem Mann nicht die Frau wegnehmen. Das ist falsch.«

Natseq war verwirrt. Jakob hingegen war sich seiner Heuchelei bewusst: Noch ein paar Jahre zuvor hatte es ihm nichts ausgemacht, dass Cora Gertler verheiratet war; andererseits war er damals erst achtzehn gewesen und hatte ihren Mann nie kennengelernt. Doch jetzt schämte er sich.

Also erklärte er, er könne nun, da er die Wahrheit wisse, nicht mehr so weitermachen, so traurig er auch sei. Natseq gab ihm zu verstehen, dass Sadloq keine Einwände gegen ihr Tun habe, doch das wollte Jakob ihr nicht glauben.

Es war eine große Überraschung für ihn, als Frank nach monatelanger Keuschheit doch noch der Versuchung erlag und eine Beziehung mit Meqro anfing. Wie er Jakob bekannte, hatte er gemeint, sich für seine zukünftige Frau aufsparen zu müssen, doch jetzt befürchtete er, nicht mehr aus dem Norden zurückzukehren, und dann hätte er nie –. Unter diesen Umständen würde ihm doch wohl verziehen werden? Offenbar betrachtete er Jakobs Bruch mit Natseq und dessen Abstinenz als stillen Vorwurf wegen seines eigenen Verhaltens.

»Um Himmels willen, Frank! Da gibt es nichts zu verzeihen. Ich werde dir hier doch keine Moralpredigt halten. Und es versteht sich von selbst, dass Marion nie davon erfahren wird.«

Danach beschloss Jakob, alle Angriffe auf seine Tugend abzuwehren (wobei er bei der Vorstellung lächeln musste). Ihm war klar, dass er die Denkweise der Eskimos nicht nachvollziehen konnte. Zwar hat er nie offenkundige Anzeichen von Eifersucht gesehen, wohl aber Streitigkeiten unter den Eheleuten und das oft.

Mitte Juli besucht sie der Jäger Omowyak und bringt Neuigkeiten: In einem Dorf ein paar Meilen weiter die Küste hinunter ist noch eine Expedition mit Weißen eingetroffen. Nach viel Gelächter von Omowyak übersetzt Johannes – obwohl das keiner glauben kann –, dass der Leiter dieser Expedition eine Frau ist: Jawohl, mit Brüsten (Johannes muss das nicht übersetzen, da Omowyak es pantomimisch verdeutlicht). Außerdem ist sie – *ieh*! – eine Freundin der Eskimos.

Die Amerikaner sind sich sicher, dass das ein Scherz sein muss, doch allein die Anwesenheit einer weiteren Expedition in dieser Gegend versetzt sie schon in Aufregung. Armitage nimmt die Neuigkeit mit zusammengebissenen Zähnen zur Kenntnis; er betrachtet andere Entdecker als Eindringlinge in seinem Territorium. Aber für die übrigen ist der Gedanke an andere, mit denen man nach über einem Jahr wieder die eigene Muttersprache sprechen kann, ein Grund zu ausgelassener Freude.

»Ich habe momentan zu viel zu tun, um dorthin zu gehen. Was ist, wenn das Schiff während unserer Abwesenheit kommt?«

Je nach Zustand des Eises soll die *Sachem* sie zwischen Juli und August abholen.

Erdinger, Jakob und Lester sitzen am Tisch in der Hütte. Draußen ist es grau und stürmisch. Obwohl es noch viel Tageslicht gibt, hat es den Anschein, als läge der Winter schon auf der Lauer. Dumpf brütend rührt Lester in seinem Becher mit Kaffeeersatz.

»Ich finde, Sie und Erdinger sollten hingehen und Erkundigungen einziehen.«

»Aber Sie wollen sie doch bestimmt auch selbst kennenlernen.«

»Ich gebe Ihnen ein Schreiben für den Leiter mit. Außerdem könnten Sie sie in unser Camp mitnehmen.«

Jakob ist gar nicht glücklich über seinen Auftrag, denn Lester wird es ihm ankreiden, wenn er allein zurückkommt. Er geht zu Frank, der am Strand in der Sonne sitzt und sich lächelnd umsieht. Offenbar versucht er, einen Eisberg zu zeichnen, denn er hat ein Skizzenbuch auf dem Schoß.

»Brichst du jetzt auf? Ich hoffe, du bringst sie hierher – auch diese mysteriöse Frau, wenn es denn wirklich eine ist!«

Johannes hat auf die Bibel geschworen, dass tatsächlich eine Frau die Leitung hat. Da er bei der Bibel keinen Spaß versteht, sind sie zwar neugierig, können ihm aber immer noch nicht recht glauben. Es ist einfach unmöglich.

Kapitel 17

Siorapaluk, 77°47' N, 70°38' W
Juli 1892

Jakob und Erdinger werden schon aus der Ferne entdeckt und von einem zweiköpfigen Begrüßungskomitee empfangen. Einer der beiden Männer ist Pualana, ein älterer Mann mit mahagonifarbenem Gesicht, der sie im Winter öfter besucht hat. Der andere ist sein Sohn Ayakou.

Als sie sie nach den Neuankömmlingen fragen, bestätigt Pualana, dass der Anführer in der Tat eine Frau ist – *angut* –, und bezeichnet sie als einen der *upernallit*. Bislang hatte Jakob immer gedacht, dieser Begriff beziehe sich auf die britischen Walfänger, doch da hat er sich wahrscheinlich geirrt.

Als sie sich Siorapaluk nähern, kommen noch mehr Dorfbewohner, um die Besucher zu empfangen. Lachend zeigen sie zu einer Stelle etwas weiter die Bucht hinunter, wo Zelte und der Rohbau einer Blockhütte zu sehen sind. Dort legen drei Männer ihr Werkzeug weg und kommen ihnen entgegen, um sie zu begrüßen.

Die Briten stellen sich vor: Ralph Dixon, Geologe, Maurice Seddon, Arzt, und Edwin Daneforth, Fotograf und Biologe. Dixon, ein großer, ungepflegter Mann, sagt: »Kommen Sie, wir trinken einen Kaffee. Sie müssen unseren Leiter, Mrs. Athlone, kennenlernen.« Er betont ihren Namen und beobachtet dann neugierig, ob sie eine Bemerkung darüber machen wollen. Als er sie zu ihren Zelten führt, erhebt sich eine Gestalt von ihrem Sitz und sieht ihnen erwartungsvoll entgegen.

Jakobs erster verblüffter Gedanke ist: Mein Gott, das ist ja noch ein Mädchen! Mrs. Athlone ist groß – fast so groß wie er – und kräftig gebaut. Ihr Gesicht wirkt jung und wachsam. Sie sieht bizarr aus in ihren Kleidern, denn sie trägt genau wie ihre Kollegen Hosen und ein Baumwollhemd. Sie hat gerade mit dem *angekok* Aniguin geredet, dem Mann von Lesters Mätresse. Ernst streckt Mrs. Athlone Jakob die Hand entgegen und sagt mit ruhiger, klarer Stimme und einem Akzent, der ihm nicht vertraut ist: »Ich bin Flora Athlone, die Leiterin der ersten britischen Nordwestgrönland-Expedition. Erfreut, Sie kennenzulernen.«

Jakob wünschte, Frank wäre hier; er hat das Gefühl, jeden Moment vor lauter Nervosität loslachen zu müssen.

Dixon geht Kaffee und Kekse holen. Mrs. Athlone und Aniguin unterhalten sich in der Eskimosprache; sie scheint sie fließend zu können – eine weitere Überraschung. Erdinger bringt kein Wort heraus. Um das unangenehme Schweigen zu unterbrechen, sagt Jakob: »Pualana erzählte uns, Sie wären ein *upernallit*, was ich bislang immer mit ›Walfänger‹ übersetzt habe. Das muss ich wohl missverstanden haben.«

»Nein, das haben Sie nicht, Mr. de Beyn. Ich war vor zehn Jahren zum ersten Mal hier und das mit meinem Vater, dem Kapitän eines Walfängers aus Dundee. Damals habe ich auch Aniguin kennengelernt.« Sie weist mit dem Kopf auf den Schamanen. »Wir haben als Kinder zusammen gespielt.«

»Gute Güte!« Mehr fällt Jakob nicht dazu ein. »Tut mir leid, aber das alles ist so ungewöhnlich!« Er schenkt ihr ein gewinnendes Lächeln und hofft nur, sie nicht gekränkt zu haben. Aber sie erwidert sein Lächeln nicht.

»Sie sprechen die Sprache fließend?«, erkundigt er sich.

»Das würde ich nicht gerade behaupten. Ich habe schon so viel vergessen. Aniguin weist mich ständig darauf hin.«

»Ah.«

Jakob wünschte, Erdinger würde etwas sagen, doch der starrt Mrs. Athlone nur mit einem leeren Lächeln an, wie ein Idiot.

»Ist Mr. Armitage nicht mit Ihnen gekommen?«

»Nein, er ist gerade erst von einer Fahrt zum Eiskap zurück, doch möchte er Sie unbedingt kennenlernen. Vor der Ankunft unseres Schiffs ist noch sehr viel zu tun. Ich habe hier ein Schreiben von ihm.« Er reicht es ihr.

Er sieht zu, wie sie sich abwendet, den Brief entfaltet und den Kopf darüber senkt. Da sie keine Kopfbedeckung trägt, sieht er, dass ihr sandfarbenes Haar am Hinterkopf in einem geflochtenen Nest festgesteckt ist und den Blick auf einen eleganten Nacken erlaubt. Bestimmt ist sie nicht älter als er – eher jünger. Unattraktiv ist sie nicht, aber abschreckend ernst. Er versucht, sie sich in Frauenkleidern vorzustellen, oder lächelnd.

Sie liest den Brief zweimal, faltet ihn dann wieder und steckt ihn in ihre Tasche. Dixon taucht mit einer Kaffeekanne und Bechern auf – entzückt bemerkt Jakob, dass es echter Bohnenkaffee ist. Er hat schon seit Monaten keinen anständigen Kaffee mehr getrunken.

Dixon reicht dicke, runde Kekse herum. Jakob versucht, nicht zu gierig zu wirken, obwohl sie seit Stunden nichts gegessen haben. Mrs. Athlone stellt ihren Becher ab. »Mr. Armitage bedauert es, zu viel zu tun zu haben, um uns zu besuchen, lädt uns aber ein, ihn in Ihrem Camp aufzusuchen. Leider haben wir auch zu viel zu tun.« Sie wirft einen Blick auf das halbfertige Gebäude. »Wir wissen nicht, wie lange sich das Wetter noch hält.«

»Selbstverständlich. Aber unser Schiff wird erst Mitte August erwartet. Ich bin sicher, Sie können auch kommen, wenn das Haus fertig ist. Wenn Ihnen das recht ist.«

»Andererseits könnten zwei von uns Sie auf eine Stippvisite begleiten. Wie weit ist es denn?«

»Wir sind in Neqi – etwa zwanzig Meilen weiter nördlich.«

»Ralph, könntest du hier mit Edwin weitermachen? Wir können ein paar der Männer bitten, euch zu helfen.«

Sie wendet sich erneut zu Aniguin und redet in seiner Sprache mit ihm. Jakob weiß, dass Aniguin gut Englisch spricht, daher empfindet er das als leichte Kränkung von ihr … oder ist es Angeberei?

»Ich glaube, wir können Mr. Armitages Wünschen entgegenkommen.« In ihrer Stimme liegt ein Hauch von Kränkung.

Jakob versucht das zu ignorieren: »Wunderbar! Wir freuen uns darauf, Ihnen zu zeigen, wie amerikanische Gastfreundschaft aussieht, obwohl ich fürchte, dass uns echter Bohnenkaffee ausgegangen ist. Ha ha!«

Jakob wünschte, er würde nicht ständig lächeln und lachen, wenn er nervös ist; dadurch vermittelt er den Eindruck, er wolle gemocht werden, was in Wahrheit nicht der Fall ist. Mrs. Athlone nickt und bedenkt ihn und Erdinger mit einem knappen Lächeln, aber es wirkt gezwungen. Ganz sicher weiß sie, wie man Menschen in ihre Schranken verweist, denkt Jakob.

Jakob und Erdinger bauen ihr Zelt ein Stück weit vom britischen Camp entfernt auf. Wolken schieben sich über die Sonne und die Temperatur fällt. Von ihrem Atem bildet sich Raureif auf der Innenseite der Zeltplane.

»Gottverdammt«, sagt Erdinger, der versucht, seine Anspannung mit derben Sprüchen loszuwerden. »Hast du schon mal so was Lächerliches gesehen? Glaubst du, sie wechseln sich ab: alle drei Nächte ein anderer?« Er lacht. »Wahrscheinlich nicht – denn hast du je drei derart jämmerliche Gestalten gesehen? Ich kann mir nicht vorstellen, wie die auch nur hoffen können, irgendwas hier zu erreichen. Armitage muss sich keine Sorgen machen: Das ganze Unternehmen ist eine Farce.«

»Ich dachte, du seist ein Verfechter des Egalitarismus. Was ist denn mit ›Gleichheit für alle‹?«

»Für alle Männer. Ich frage mich, wieso sie sich überhaupt von ihr herumkommandieren lassen.«

»Bestimmt aus demselben Grund, wieso wir uns von Armitage herumkommandieren lassen. Wir werden dafür bezahlt.«

»Ja, aber gottverdammt: Wieso hat *sie* überhaupt die Leitung? In ihrem Alter zumal. Und wo ist ihr Ehemann – falls es denn einen gibt? Das wirft doch Fragen auf, oder nicht?«

Jakob grunzt abwehrend, obwohl er auch schon darüber nachgedacht hat. Auch er wundert sich, dass Mr. Athlone nicht da ist, und fragt sich, wer wo schläft … aber damit schlagen seine Gedanken eine gefährliche Richtung ein.

Am Morgen entsteigt frostiger Nebel dem Fjord. Die Briten haben ein idyllisches Plätzchen für ihr Lager gewählt: Siorapaluk liegt an einer Bucht mit Sandstrand und Grasflächen, die von glatten, roten Hügeln umgeben ist – viel gefälliger als die Klippen in Neqi. Jakob begibt sich zur Baustelle, um mit Dixon zu reden. Eine ganze Stunde unterhalten sie sich über Jakobs Arbeit und das, was Dixon hier erreichen will. Jakob erfährt, dass auch Mrs. Athlone Wissenschaftlerin ist: eine Meteorologin, die die magnetischen Schwankungen der Aurora untersuchen will. Soweit er versteht, wollen sie auch Neuland entdecken, doch hauptsächlich im Süden, an der Küste der Melville Bay.

»Aber was mich wirklich interessiert«, sagt Dixon und blickt die Bucht entlang, »sind die Gletscher hier. Ich glaube, die hat noch niemand erforscht.«

»Ja, man müsste mehrere Jahre hierbleiben. Wenn man bedenkt, was man alles tun könnte …«

In professionellem Einvernehmen nicken sie sich schweigend zu …

Bevor sie wieder aufbrechen, holt Jakob ein kleines Fossil hervor, das er mitgebracht hat, und drückt es Dixon in die Hand.

»Von Ellesmere Island: 80°32’N, 86°13’, wenn ich mich recht erinnere.«

Als Dixon die eiförmige Kreatur betrachtet, die in einem Stückchen Schiefer einen Beweis ihrer Existenz hinterlassen hat, überzieht eine Röte sein Gesicht.

»Aber das ist eine Ihrer Proben. Das kann ich doch nicht annehmen.«

»Ich habe so viele. Es ist eine Schande, dass Sie nicht auch dorthin können. Aber ich habe Fotos von den Gletschern auf Ellesmere Island; ich habe mit verschiedenen Techniken experimentiert, das Eis auf Foto zu bannen. Nicht gerade erfolgreich, aber vielleicht doch interessant für Sie.«

Dixon wirkt hin und her gerissen. »Allerdings, außerordentlich sogar, aber zuerst müssen wir das Haus fertigstellen.« Sein Blick gleitet zu Mrs. Athlone, die mit Seddon bei den Zelten steht und das Bepacken des Schlittens beaufsichtigt.

Jakob folgt seinem Blick. Beiläufig fragt er: »Hat Mr. Athlone auch irgendwas mit der Expedition zu tun?«

»O ja. Er hat … hatte … gemeinsam mit Mrs. Athlone die Leitung. Aber unglücklicherweise verunglückte er, bevor wir Gothab erreichten. Es war so ernst, dass er nicht transportfähig war und dortbleiben musste, um sich zu erholen. Schreckliche Sache, armer Teufel. Aber ich sollte hinzufügen, dass er nie die *alleinige* Leitung der Expedition innehatte. So seltsam es scheinen mag, aber von uns allen ist Mrs. Athlone bei weitem die Qualifizierteste für diese Unternehmung.«

»Ja, natürlich. Und höchst bedauerlich, wie Sie sagen. Der arme Kerl.«

Mehr scheint Dixon nicht preisgeben zu wollen.

»Wird er sich vollständig erholen?«

»Ja, das hoffen wir.«

Doch überzeugt wirkt er nicht. Jakob fragt sich, wie wohl der Unglücksrabe ist und welche ›schreckliche Sache‹ ihm zugestoßen ist. Er muss sich eingestehen, dass ihn die ernste junge Frau, die vom Ufer zu ihrem Zelt geht, als trage sie eine schwere Bürde, beschäftigt. So Vieles möchte er wissen, doch die mangelnde Zeit und der Anstand verbieten es ihm, zu fragen.

Kapitel 18

NEQI, 77°52' N, 71°37' W
JULI 1892

Sie wussten schon, dass sich auch eine amerikanische Expedition in der Gegend aufhalten würde. Und Lester Armitage war ihnen ebenfalls bekannt, zumindest vom Namen her, da seine Sponsorensuche von britischen Zeitungen aufgegriffen wurde. Tatsächlich war dies sogar ein Vorteil für sie, denn sein veröffentlichtes Zitat, der Smithsund sei die ›amerikanische Route‹ zum Nordpol, trug dazu bei, dass einige britische Patrioten ihre Geldbörse öffneten. Flora, die auf diese Gegend ebenfalls gewisse Besitzansprüche geltend macht, sieht ihrem Treffen mit gemischten Gefühlen entgegen.

Aniguin begleitet sie. Sie wünschte nur, Ralph wäre hier, doch er ist so viel praktischer veranlagt als Seddon, dass es widersinnig wäre, ihn nicht auf der Baustelle zu lassen. Außerdem muss berücksichtigt werden, dass Daneforth und Seddon kein gutes Team sind und jede gemeinsame Aufgabe allenfalls mit großen Reibungsverlusten erledigen. Im Grunde bedeutet die Leitung eines Unternehmens nur, dass man stets und ständig die Konflikte verschiedener Egos im Auge behalten muss. Nicht zum ersten Mal fragt sie sich, was Freddie wohl getan hätte und ob sie die richtige Entscheidung getroffen hat. Aber Freddie liegt tausend Meilen entfernt im Haus des Gouverneurs in Gothab, und sie muss jetzt alles ganz allein entscheiden.

Nun, da sie die letzte Landspitze zwischen dem britischen und dem amerikanischen Camp umrundet haben, löst sich Mr. Erdinger von der Gruppe und geht voraus. Er hat kaum ein Wort mit ihr gesprochen. Vielleicht fühlt er sich unwohl in Gesellschaft von Fremden – oder Frauen. Maurice geht mit Mr. de Beyn, der recht angenehm wirkt, allerdings etwas leicht Unseriöses an sich hat. Vielleicht liegt das auch nur an seinem ziemlich ansteckenden Lachen. Auch jetzt lacht er wieder, obwohl sie sich nicht vorstellen kann, dass Seddon etwas Komisches gesagt hat.

»Wieso kommen die Weißen nicht mehr, um Wale zu jagen, Fellora? Es sind nur noch ganz wenige«, fragt Aniguin, nachdem sie eine Stunde schweigend nebeneinanderher gegangen sind.

»Der Preis für Waltran ist gefallen, die Menschen haben andere Möglichkeiten entdeckt, ihre Häuser zu beleuchten.«

»Welche denn?«

»Sie haben Gas entdeckt … Luft, die brennt. Die kommt von der Kohle … die schwarzen Steine, die brennen können, du weißt doch noch, die wir für die Maschine der *Vega* benutzt haben.«

Aniguin denkt darüber nach.

»Das ist schlau. Ist da nicht der schwarze Felsen auf *Umingmak Nuna*?«

So – Land der Moschusochsen – nennt man hier Ellesmere Island.

»Davon habe ich gehört. Aber ich glaube, es ist schwierig, die Steine in Luft zu verwandeln. Schwieriger, als Robben zu jagen.«

»Ich würde das gerne mal sehen.«

»Wenn du mit mir nach London kämst, Aniguin, könntest du das und noch viel mehr sehen. Alle würden sich freuen, dich kennenzulernen, dich und Ivalu.«

Mittlerweile kann sie die seltsamen Umrisse der etwas vom Ufer zurückgesetzten Hütte der Amerikaner sehen. Aus den *tupiks* ertönen Rufe, und dann strömen Menschen heraus, um die Neuankömmlinge in Empfang zu nehmen. Flora blickt in vertraute Gesichter. Zwar ist es schon Jahre her, dass sie hier war, dennoch erkennt sie einen nach dem anderen. Das hier sind ihre Freundin Meqro, die mittlerweile etwa zwanzig sein muss, und ihr Vater, der bärtige, finster wirkende Ehré, der sie bei ihrer ersten Begegnung so eingeschüchtert hat. Meqro schreit: »Fellora! Fellora!«, und läuft mit strahlendem Lächeln auf sie zu. Flora streckt ihr die Hände entgegen.

»Meqro. Wie freue ich mich, dich zu sehen!«

»Ich freue mich auch, Fellora. Sehr«, murmelt Meqro und zieht sich dann in die Gruppe der anderen zurück, die sich mit scheuem Lächeln um sie versammelt haben.

Aniguin sagt laut: »Ich habe gesagt, dass Fellora zurückkommen würde. Ich habe gesehen, dass das geschehen würde.«

Ehré erwidert: »Das hat er tatsächlich gesagt. Du hast es vorausgesehen, Aniguin.«

Aniguins Vater Apilah kommt langsam zu ihnen. »Wo ist dein Vater?«

»Mein Vater ist zu Hause. Vielleicht kommt er im nächsten Jahr, aber der Walfang geht nicht mehr so gut wie früher.«

»Ist das dein Mann?«

Diese Frage kommt von mehreren Seiten, und alle Eskimos sehen Maurice Seddon prüfend an.

»Nein, nein«, wehrt Flora ab, lächelt aber dabei. »Das ist Dr. Seddon. Er ist ein sehr guter *angekok*. Ich habe einen Ehemann, aber auf dem Schiff gab es einen Unfall. Bei einem schweren Sturm ist er gefallen und hat sich mehrere Knochen gebrochen.«

Sie zeigt mit der Hand auf ihre Hüfte. Laut Maurice hat sich Freddie das Becken und möglicherweise auch einen Wirbel gebrochen, als er während des Sturms durch die offene Luke fiel. Eine Luke, die hätte geschlossen werden müssen. Ein

Unfall, der gar nicht hätte passieren dürfen. Es steht zu hoffen, dass er irgendwann wieder laufen kann, aber dazu muss er monatelang still liegen.

Jetzt öffnet sich die Tür der Hütte, und zwei Männer kommen heraus. Beide sind groß und wettergegerbt und haben noch Schorf von Frostbeulen auf ihrem Gesicht; der eine ist breit und hat schwarze Haare, der andere ist schmal, hohlwangig und hat rotbraune Haare. Sie weiß sofort, welcher von beiden Armitage ist, denn der Mann mit den rotbraunen Haaren strahlt eine ungeheure, stählerne Energie aus. Ihr fällt auf, dass Aniguins Frau Ivalu, schöner denn je, hinter ihm aus dem Haus kommt. Flora hat Gerüchte gehört … Aber als Ivalu zu Aniguin geht, reiben sie mit offensichtlicher Zuneigung ihre Nasen aneinander.

»Mrs. Athlone. Sehr erfreut, Sie kennenzulernen.«

Ohne ein Lächeln streckt Lester Armitage ihr die Hand entgegen. »Kommen Sie herein, und trinken Sie einen Kaffee mit uns.« Sein Händedruck ist fest; er bohrt seine Augen in ihre; sie sind fahlblau und leuchten aus seinem mageren, rötlichen Gesicht hervor. Er ist eine beeindruckende, ja einschüchternde Erscheinung. Der geborene Anführer. Sie richtet sich noch ein bisschen mehr auf und blickt bewusst ernst. Dabei fragt sie sich, wie sie wohl auf ihn wirkt.

Er betritt die Hütte als Erster. Flora und Seddon nehmen am Tisch Platz. Flora reicht ihm ihr Gastgeschenk: Kaffeebohnen. Meqro wird angewiesen, sich damit zu versuchen. Armitage lehnt sich über den Tisch.

»Sie mögen mich für dreist halten, aber mich interessiert, was Sie vorhaben. Schließlich wäre es sinnlos, etwas, was bereits getan wurde oder getan werden wird, doppelt zu tun.«

Armitage sieht dabei abwechselnd Seddon und Flora an. Seine Stimme ist ziemlich hoch, sein Akzent hart und knapp; in ihren Ohren hört er sich fast wie ein Engländer an, im Gegensatz zu den anderen, vor allem de Beyn, der mit ziemlich deutlichem, gedehntem amerikanischem Akzent spricht.

»Aber nicht doch. Vielleicht könnten Sie uns daher erläutern, was Sie bereits erreicht haben?«

Flora muss unwillkürlich lächeln, als ihr wieder einfällt, dass er diesen Teil der Welt für Amerika beansprucht hat – und das, obwohl britische Walfänger seit Jahrhunderten hierherkommen! Seddons Miene ist unergründlich. Sie ist dankbar für seine Anwesenheit, denn auch er wirkt ziemlich einschüchternd.

Armitage zögert, bevor er erklärt: »Wir haben den Norden erkundet, und zwar sowohl im Inland als auch an der Küste, und dort mehrere Entdeckungen gemacht. Eine andere Gruppe hat die Westküste von Ellesmere Island kartographiert und somit die Lücke zwischen den Expeditionen von Nares und Greely geschlossen.«

»Sehr beeindruckend. Wären Sie so freundlich, uns Ihre Karten zu zeigen? So könnten wir am besten sicherstellen, dass wir nicht bereits entdecktes Land kartographieren.«

Armitage erstarrt. »Ich glaube nicht, dass unsere Karten bereits fertiggestellt sind. Sie sollen doch nicht in die Irre geleitet werden. Und Sie? Was haben Sie sich vorgenommen?«

Flora zögert: Seit Freddies Unfall haben sich ihre ursprünglichen Pläne zerschlagen. Sie holt tief Luft und ruft sich in Erinnerung, dass sie Wissenschaftlerin ist, während Armitage, soweit sie weiß, keinerlei Qualifikationen hat.

»Das Hauptziel unserer Expedition gilt meinem eigenen Fachgebiet, der Meteorologie. Es dreht sich um die Aurora und magnetische Aktivitäten. Wir errichten eine Reihe Wetterstationen an der Küste und am Eiskap und beabsichtigen, für mindestens ein Jahr Aufzeichnungen zu machen. Außerdem haben wir einen Geologen und Biologen mit dem Fachgebiet Zoologie bei uns, daher wäre es für uns nützlich, zu wissen, wo genau Ihre Männer geforscht haben.«

Armitage mahlt mit dem Kiefer, als hätte er an etwas unerfreulich Zähem zu kauen. Flora fragt sich, ob sie an seine Ritterlichkeit appellieren und ihm von Freddies Unfall erzählen soll. Schließlich werden die Amerikaner in Kürze aufbrechen und ihre Entdeckungen veröffentlicht haben, lange bevor sie selbst wieder zurückkommt.

»Sie bleiben hier für ein Jahr?«

»So ist es geplant.«

»Also bis nächsten August?«

Dabei sieht er Seddon an.

»Das hängt natürlich vom Eis ab«, entgegnet Flora.

»Es wäre ratsam, nicht zu spät aufzubrechen; der Zustand des Eises ist unvorhersehbar. Es gibt Sommer, in denen der Smithsund gar nicht befahrbar ist.«

Flora lächelt. »Mein Vater ist Kapitän eines Walfängers, und ich habe ihn viele Jahre begleitet.«

Verblüfft starrt Armitage sie an, was sie zutiefst befriedigt.

»Die Winter sind hier allerdings etwas ganz anderes als die Sommer«, bemerkt er dann.

»Da ich hier bereits vier Winter verbracht habe, weiß ich, womit wir zu rechnen haben.« Diesen Satz schließt sie mit einem leichten Lachen. Dennoch wirkt Armitage für eine Sekunde fuchsteufelswild.

»Mein Biologe ist gerade unterwegs, aber ich stelle einen der Männer für Sie ab, damit er die wichtigsten Punkte unserer Unternehmungen mit Ihnen besprechen kann. Ich meine gehört zu haben, Sie hätten Freunde hier; gewiss möchten Sie ein bisschen Zeit mit ihnen verbringen.«

Er steht auf und schiebt seinen Stuhl laut schrappend zurück. Flora und Seddon erheben sich ebenfalls. Da sagt er, so als wäre es ihm gerade erst eingefallen: »Sie müssen selbstverständlich zum Abendessen bleiben.«

Es ist eine Erleichterung, die Hütte zu verlassen. Flora sieht, wie Urbino und de Beyn mit ein paar Eskimofrauen plaudern. Sie lachen. Meqro löst sich von ihnen und kommt zu ihr.

Flora und Seddon folgten Meqro zu ihrem *tupik*, das sie sich mit ihren Eltern teilt. Flora sehnt sich danach, unter vier Augen mit Meqro zu sprechen, aber Privatsphäre ist in den Behausungen der Eskimos nicht vorgesehen; alles wird gemeinsam getan: gegessen, geschlafen, gejagt, genäht. Sie setzen sich mit Ehré, Kagssaluk und Meqro zusammen und picken halbgares Robbenfleisch aus dem Topf über der Lampe, was Seddon geschickt und mit tadellosen Manieren tut und Flora mit nostalgischem Genuss. Man tauscht Neuigkeiten aus: welche Kinder geboren wurden, wer gestorben ist, wie die Jagd war, wie dankbar sie den Amerikanern sind. Irgendwann sagt Flora: »Meqro, kannst du mir vielleicht noch mal zeigen, wie man eine Tierhaut reinigt? Ich habe es vergessen.«

Sie setzt sich mit Meqro an den Kiesstrand, wo ihre Freundin eine Robbenhaut und ihr *ulu* zur Hand nimmt, ein sichelförmiges Messer. Flora hat ihr eigenes, ein Geschenk von Simiak, schon vor Jahren verloren, daher sieht sie nur zu, wie Meqro Membran und Fett vom Inneren des Fells abkratzt. Dabei geht sie sehr schnell und geschickt vor. Flora fragt sie nach früheren Spielgefährten. Viele sind mittlerweile verheiratet. Der beste Jäger des Dorfs, Kali, ist bei der Walrossjagd ertrunken und hat eine Frau und zwei Kinder zurückgelassen. Da sie bereits entwöhnt waren, mussten sie nicht erstickt werden. Flora wird deutlich, dass sie die Walfänger und deren Mitbringsel vermisst haben. Die Zeiten waren hart. Jetzt freuen sie sich, dass die Amerikaner hier sind; Meqro und ein paar andere Frauen haben für sie gearbeitet. Es überrascht Flora nicht besonders, als Meqro ihr kichernd gesteht, dass sie mit dem großen Arzt namens ›Ferank‹, ›befreundet‹ ist.

»Ich weiß noch, dass du Tateraq gemocht hast. Ich dachte, du würdest ihn heiraten.«

»Huh. Der war nicht gut.« Meqro schüttelt den Kopf. »Er wollte lieber Ivalu, das hübscheste Mädchen. Ich war nicht gut genug. Als sie Aniguin heiratete, war er sehr wütend. Die beiden haben immer gestritten. Als er dann wieder zu mir kam, habe ich ›nein‹ gesagt.«

Sie zuckt die Achseln und erzählt ihr, dass Ivalu mit Armitage schläft, obwohl sie verheiratet ist, und ein Mädchen namens Mikissoq, das Flora noch von früher kennt, den stillen Physiker tröstet.

»Und de Beyn?«, erkundigt sie sich.

»Te Peyn war mit Natseq befreundet, aber das ist vorbei – er mag nur Witwen!« Amüsiert lacht Meqro auf. »Aininеq ist Witwe, aber sie ist zu alt. Und der andere, Shooll … Oh, Fellora, du musst ihn sehen: so groß und Haare wie die Sonne … aber unsere Frauen mag er nicht. Ich weiß nicht, warum.« Immer noch kichernd beugt sie sich über ihr Fell.

»Sind sie gut zu euch?«

»Oh ja, sie geben uns viele gute Dinge«, nickt Meqro. »Mein Vater hat ein Gewehr bekommen und ich Nadeln, Knöpfe und noch viel mehr. Fe-rank ist so nett. Und wie ein Riese.«

Sie lächelt, und dann, vielleicht weil ihr Floras Pech einfällt, fragt sie: »Sieht dein Ehemann auch gut aus?«

»Freddie? Ja. Er ist gutaussehend und mutig.«

»Du bist traurig, weil er krank ist.«

»Ja, ich bin traurig.«

»Wird er wieder gesund?«

»Ich hoffe es. Dr. Seddon ist sehr fähig. Außerdem ist in Godthab, im Süden, noch ein *angekok*, der sich um ihn kümmert.«

»Trotzdem bist du uns besuchen gekommen. Darüber bin ich froh.«

»Erinnerst du dich noch daran, wie das auf Englisch heißt? Früher warst du gut in Englisch.«

Daraufhin murmelt Meqro, dass sie sich nicht mehr erinnert.

»*I am happy*. Das englische Wort für *Qooviannikumut* ist ›happy‹. Das kannst du zu deinem Frank sagen – wenn du das möchtest.«

Sie lachen.

Da hören sie hinter sich Schritte auf dem Kies. Falls es Mr. de Beyn überrascht, sie wie einen Eskimo mit ausgestreckten Beinen auf dem Boden sitzen zu sehen, lässt er sich nichts anmerken.

»Sollen wir hineingehen, Mrs. Athlone? Hier draußen ist es zu windig für die Karten.«

Als sie die Hütte betreten, steht Armitage vom großen Tisch auf.

»Ich lasse Sie mit Mr. de Beyn allein, Mrs. Athlone. Sie können diese Karte nehmen, dann wird er unsere Forschungsbereiche einzeichnen. Mich müssen Sie entschuldigen, ich habe noch Etliches zu tun …«

Allerdings begibt er sich nur zum hinteren, mit einer Kistenwand abgetrennten Ende der Hütte, wo er noch jedes Wort hören kann. Es fällt Flora schwer, sich durch sein Verhalten nicht fortwährend brüskiert zu fühlen. De Beyn, der peinlich berührt wirkt, so als wäre ihm das ebenfalls bewusst, holt ein paar Notizbücher hervor, breitet den Abschnitt einer selbstgezeichneten Karten auf dem Tisch aus und lächelt sie an.

»Diese Karten sind bei weitem noch nicht fertig«, erklärt er. »Aber, grob gesagt …«

Auf der alten Karte skizziert er die Strecke seiner Erkundungstour über den Smithsund bis nach Grant Land, dem nördlichen Teil von Ellesmere Island, und zeichnet dabei grob die Merkmale einer bis dahin unbekannten Küste ein, die aus unzähligen Fjorden und Landzungen besteht.

»Ende März sind wir hier aufgebrochen und vor drei Wochen zurückgekommen.«

»Da haben Sie eine Riesenstrecke zurückgelegt.«

De Beyn wehrt ab, wirkt aber erfreut.

»Wir hatten Glück mit dem Wetter. Zwar sind wir nicht jeden Meter der Küste abgelaufen, haben aber jeden Fjord und jeden sichtbaren Gipfel per Triangulation vermessen.«

»In dieser kurzen Zeit die Lücke zwischen den Expeditionen von Nares und Greely zu schließen – das ist großartige Arbeit!«

Flora ist beeindruckt. Doch gleich darauf denkt sie: Da können wir nicht nachziehen.

»Dies war der Endpunkt Ihres Unternehmens?« Sie legt

den Finger auf die Südküste von Grant Land. Sie markiert die Grenze der bekannten Welt: Zwischen ihr und dem Jonessund, weit im Süden, ist die Landkarte weiß.

»Ja. Wir schafften es bis zum westlichsten Punkt von Aldrichs Erkundungstour, hier … ich habe ein paar Fotos, die ich Ihnen zeigen könnte; die Landschaft dort ist prachtvoll; die Gletscher sind« – er schüttelt den Kopf – »kleiner als auf dem Festland, aber irgendwie erhabener …«

Er wird munterer, während er über die Gletscher spricht. Als er aufblickt, ertappt er sie dabei, dass sie ihn ansieht. Er ist jünger, als sie zuerst angenommen hatte; sein Haar ist zwar grau, doch seine Haut ist glatt und seine Miene so lebhaft, dass sie unwillkürlich lächeln muss – so als könnte die Erkundung des Nordens tatsächlich … *Spaß* machen.

»Das wäre höchst interessant.«

Hinter der Kistenwand ertönt ein Knacken. Beide blicken sich um.

»Was geologische und meteorologische Untersuchungen betrifft, so haben wir diese Bereiche abgedeckt …«

Er zeichnet die betreffenden Gegenden ein und fügt Notizen hinzu. Seine Schrift ist klein und ordentlich.

»Wirklich eine Schande, dass Mr. Dixon nicht hier ist. Ich könnte ihm die Hauptuntersuchungen besser erklären … weil auch er Geologe ist, meine ich.« Er lächelt sie entschuldigend, mit einem besorgten Blick an. Sein Lächeln ist genauso ansteckend wie sein Lachen.

»Und die Tour in den Norden?«, fragt sie und überlegt, ob Armitage hinter der Kistenwand wirklich arbeitet oder nur lauscht. De Beyn holt ein Päckchen Zigaretten heraus und bietet ihr eine an, aber sie lehnt ab.

»Macht es Ihnen was aus?«

»Nicht das Geringste.«

»Mr. Armitage? Hätten Sie Zeit, Mrs. Athlone von der Erkundungstour in den Norden zu erzählen?«

Beide blicken zum zugezogenen Vorhang.

»Nein. Sie können ihr die wichtigsten Punkte erläutern.«

»Nun, kurz gesagt … haben Mr. Armitage und Dr. Urbino verifiziert, dass es sich tatsächlich um eine Insel handelt.« Erneut beugt er sich über die Karte, setzt seinen Stift auf die Nordküste, wo die zuvor eingezeichnete Küstenlinie ins Nichts verläuft, und zeichnet eine Kurve ein, die sich nach Südosten schlängelt. Eine Linie, die von Neqi übers Eiskap und wieder zurück verläuft.

»Da muss ich Ihnen allen gratulieren!«, sagt Flora so laut, dass man es auch ganz sicher hinter dem Vorhang hören kann. »Zwei höchst erfolgreiche Entdeckungsunternehmen. Ich bedanke mich, dass Sie mir davon berichtet haben.«

De Beyn wirft ihr ein rasches Lächeln zu und blickt wieder auf die Karte. »Aber es gibt noch so viel zu tun.«

Beim Abendessen trinken sie ziemlich dürftigen Wein. Die Amerikaner haben ein paar Delikatessen zum gebratenen Robbenfleisch ausgegraben: Erbsen und Kartoffeln aus der Dose, Schokoladenpudding, kandierte Früchte und Rosinen. Die Atmosphäre wird herzlicher. Selbst Armitage, der links von Flora sitzt, scheint sich ein bisschen zu entspannen. De Beyn und Urbino bestreiten einen Großteil der Konversation, und Flora merkt, wie viel Freude es ihr macht, mit ihnen zu reden. Es überrascht sie nicht, als sie erfährt, dass die beiden schon seit dem College Freunde sind. Meqro bedient sie, und ein Mädchen namens Tilly, das Flora nicht kennt, das aber, wie sie sieht, de Beyn mit besonderer Aufmerksamkeit bedenkt. Sie ist nur enttäuscht, dass der angeblich sagenhaft gutaussehende Mr. Shull erst nach ihrem Aufbruch zurückkehren wird.

Das Gespräch behandelt nur allgemeine Themen. Beide Seiten meiden Fragen, die zu neugierig wirken könnten. Schließlich wendet Dr. Urbino sich an Flora.

»Mrs. Athlone, wie ich gehört habe, waren Sie als Kind längere Zeit hier. Das muss eine ziemlich ungewöhnliche Kindheit und Jugend gewesen sein.«

»Das war es wohl, obwohl es mir ganz normal vorkam, da mein Vater jedes Jahr hier war. Damals entdeckte ich meine Liebe zu diesem Ort.«

»Was hat denn Ihre Mutter dazu gesagt?«

»Sie starb, als ich noch sehr jung war. Mein Vater hätte mich in fremde Obhut geben können, entschied sich aber, mich mitzunehmen.«

»Haben Sie keine weibliche Gesellschaft vermisst?«, fragt Urbino.

»Nun, die hatte ich doch: Meqro und Simiak zum Beispiel. Und auf dem Schiff habe ich nichts vermisst, da es in der Mannschaft Jungen in meinem Alter gab. In dieser Hinsicht bin ich selbst vielleicht auch eher wie ein Junge aufgewachsen.«

»Wie bemerkenswert«, sagt Armitage knapp.

»Und damals haben Sie die hiesige Sprache gelernt?«, erkundigt sich de Beyn.

»Ja. Meine ersten Freunde hier waren Aniguin und Tateraq. Kurioserweise hielten die mich anfangs auch für einen Jungen.«

Schweigen. Dann bricht de Beyn in Gelächter aus, gefolgt von Urbino. Erdinger, Seddon und Armitage zeigen steinerne Mienen, die fast identisch sind. Flora sagt: »Ich weiß nicht, warum Dr. Seddon so überrascht wirkt. Schließlich wusste er das schon.«

Maurice lächelt gezwungen. Flora freut sich, eine solche Wirkung erzielt zu haben. Sie bringt nur selten jemanden zum Lachen.

»Aber wenn Sie darüber nachdenken, ist das nicht besonders überraschend. Schließlich sind im Winter alle dick eingepackt, und hier haben auch die Jungen lange Haare.«

»Wie fanden sie denn die Wahrheit heraus?«, fragt de Beyn mit aufgerissenen Augen und Unschuldsmiene.

»Sie bezeichneten mich meinem Vater gegenüber als ›*erneq*‹. Er dachte, ›erneq‹ sei das Wort für ›Kind‹. Wie Sie wahrscheinlich wissen, gibt es nur ein Wort für ›Bruder‹ und ›Schwester‹.

Aber dann hörte er, wie andere ihre Tochter als ›panik‹ bezeichneten und ihren Sohn als ›erneq‹. Also … erklärte er es ihnen.«

»Wegen Mrs. Athlones Sprachkenntnissen können wir auf einen Dolmetscher verzichten.«

»Was ist denn das Wort für Bruder und Schwester?«, fragt de Beyn.

»*Qatannguh*.«

De Beyn versucht, diesen halb geschluckten Glottallaut nachzusprechen, und lacht, als er scheitert.

»*Qatannguh*. Ja.«

Er versucht es noch einmal, diesmal mit mehr Erfolg. Plötzlich räuspert sich Armitage grollend, sofort verstummen alle anwesenden. Armitage tupft sich mit der Serviette den Mund ab.

»Es war mir ein Vergnügen, Mrs. Athlone. Aber jetzt muss ich mich wieder an die Arbeit machen. Und Sie wollen morgen bestimmt früh aufbrechen.«

Flora hat ihr eigenes Zelt mitgebracht. Wie üblich wünscht ihr Maurice förmlich eine gute Nacht und krabbelt in sein Zelt, das in geziemender Entfernung aufgebaut ist. Flora holt ihr Tagebuch heraus und lehnt sich mit dem Rücken zur tiefstehenden Sonne an einen Felsen. Sie beginnt zu schreiben, doch schon nach einer Minute gesellen sich erst Ivalu und Aniguin zu ihr und dann Meqro und Ehré.

Aniguin stopft seine Pfeife. Er wirft einen Blick auf ihr Notizbuch und fragt: »Was schreibst du da?«

»Mein Gedächtnis ist nicht so gut wie eures. Wenn ich nach England zurückkehre, muss ich mich an bestimmte Dinge erinnern, damit ich sie niederschreiben kann und daraus ein Buch über diesen Ort wird, das andere Menschen lesen können.«

»Schreibst du über uns, Fellora?«

»Über alles, Aniguin. Jemand, der noch nie hier war, kann sich das nicht vorstellen. Also lasse ich sie es sehen, indem ich es beschreibe, das Eis und den Schnee, die Robbenjagd, euch und die Amerikaner … die Dunkelheit im Winter und die Helligkeit im Sommer.«

»Wie ein Bild malen?«

»Ja. In England kann sich niemand vorstellen, dass einem vor lauter Kälte das Wasser in den Augen gefriert.«

»Aber te Peyn ist doch hier … der macht Bilder mit seinem Kasten. Wenn du Bilder haben kannst, warum musst du es noch aufschreiben?«

Hinter ihnen ertönen Schritte auf dem Kies. De Beyn hat eine Pappmappe in der Hand.

»Te Peyn«, ruft Aniguin, »sie schreibt über dich.«

De Beyn lächelt unsicher. »Ach ja? Ist Dr. Seddon hier?«

»Dr. Seddon hat sich schon zurückgezogen.«

»Ach. Ich habe ein paar meiner Fotos mitgebracht. Er meinte, er wolle sie sich mal ansehen. Aber es ist nicht so wichtig.«

»Bitte warten Sie, bestimmt schläft er noch nicht und interessiert sich genauso dafür wie ich.«

Sie geht zu Seddons Zelt.

»Maurice? Mr. de Beyn hat Fotos mitgebracht, die er dir zeigen will.«

Aus dem Zelt ertönt undeutliches Murmeln. De Beyn sagt zu ihr: »Danke. Aber ich wollte Sie nicht stören.«

»Nein, das haben Sie nicht. Wenn Sie nichts dagegen haben, sie uns allen zu zeigen, würde ich sie wirklich gerne sehen.«

De Beyn öffnet die Mappe und holt ein paar Abzüge heraus. Seine Versuche, jeden einzelnen zu erklären, brechen rasch ab, als sie hin und her gereicht und lauthals bestaunt werden.

»Einfach bemerkenswert.« Seddon hält das Bild eines Eisbergs in die Höhe. »Die Detailgenauigkeit ist superb.«

»Bei diesem hier …«, de Beyn wirft einen Blick auf die Rückseite, »habe ich mit Buntglas vor der Linse experimentiert. Hier war es rot. Dieses hier hingegen wurde durch gelbes Glas aufgenommen …«

Ivalu entdeckt ein Foto von sich selbst, aber sie hält es verkehrt herum.

Flora lehnt sich zu ihr und dreht es um. »So!«

Das überzeugt Ivalu nicht. »Aber ist doch dasselbe. Auch Ivalu.«

»Ja, aber so« – Flora dreht es wieder herum – »ist dein Kopf unten, und deine Füße sind oben … und der Himmel ist unter der Erde! Dabei ist der Himmel doch über der Erde, so herum!«

Ivalu lacht. »Ich weiß, wo der Himmel ist, Fellora.«

Ehré betrachtet ein Foto von der Bucht bei Neqi. Er hält es seitlich und zeigt auf eine Stelle, wo er vor kurzem eine Robbe erlegt hat. Meqro starrt auf ein Foto von den Amerikanern.

»Hier ist Ferank und da bist du, Te Peyn.«

Flora bekommt ein Foto von einem Gletscher, in einer Gegend, die sie nicht erkennt.

»Wo war das, Mr. de Beyn?«

»Auf Ellesmere Island, an der Westküste.«

»Eine Ihrer Entdeckungen?«

»Ja. Wir tauften ihn Kampfer-Gletscher.«

»Wunderschön.«

Er lächelt sie an. »Kampfer ist ein Eisenbahnbaron. Einer unserer Hauptsponsoren.«

»Aha.«

»Wissen Sie …« De Beyn sieht sich um. Die Mitternachtssonne steht tief am Horizont. »Das Licht ist jetzt ziemlich gut. Wenn ich meine Kamera holte, könnte ich dann ein Foto von Ihnen machen? Und von Mr. Seddon?«

»Nun … wenn Sie möchten.«

Es sorgt für viel Gelächter, als de Beyn Fotos von ihnen und den Dorfbewohnern aufnimmt. Seddon, ganz uncharakteristisch munter, geht seine eigene Kamera holen, und als daraufhin die Stimmung noch steigt, kommen weitere Dorfbewohner aus ihren *tupiks,* um zuzusehen, für die Fotografen zu posieren, herumzualbern, Scherze zu reißen und vor allem zu lachen.

Dr. Urbino gesellt sich zu ihnen und lässt sich mit Meqro auf dem Schoß fotografieren. Als Seddon sich als Mittelpunkt einer Gruppe wiederfindet, wird er fast ausgelassen, errötet, als die Frauen ihn umringen, und drängt sich in den Vordergrund.

Jemand zündet ein Lagerfeuer an und stellt einen Topf darauf. Rauch steigt steil in den fahlen Himmel. Jemand bringt – unter allgemeinem anerkennendem Gemurmel – *kiviak* herbei, vergorenes Alkfleisch. Pfeifen werden angezündet. De Beyn und Seddon versprechen, von jedem Einzelnen ein Foto zu machen.

De Beyn wendet sich Flora zu und sagt mit einem prüfenden Blick auf ihr Gesicht: »Wenn Sie vielleicht in diese Richtung blickten, so … ja.«

Flora wird sich bewusst, dass sie seit zwei Tagen nicht mehr in den Spiegel geschaut hat. Sie betastet ihre Haare.

De Beyn sieht sie an und sagt: »Sie müssen sich keine Sorgen machen. Vertrauen Sie mir.«

Höchst verlegen setzt sie eine ernste Miene auf. Er blickt in die Kamera, dreht am Film, drückt den Auslöser und blickt wieder hoch.

»Die Aufnahme geht ganz schnell; Sie müssen Ihr Gesicht nicht stillhalten. Der Apparat kann Ihren Ausdruck in Sekundenschnelle festhalten, sogar Ihre Bewegung.«

Er lächelt, um ihr die Scheu zu nehmen. Aber Flora findet die Aussicht, ihre Stimmung könnte für immer auf Bild gebannt werden, beunruhigend, daher blickt sie streng auf einen Punkt in mittlerer Distanz. De Beyn macht noch ein, zwei Bilder, dann neigt er leicht den Kopf in ihre Richtung – als halb ernst gemeinte Ehrenbezeugung.

»Danke.«

Sie nickt, verspürt aber seltsamerweise Enttäuschung. »Die sind aber doch nicht für Ihre Expeditionsaufzeichnungen, oder?«

De Beyn wirkt erschrocken.

»Aber nein, natürlich nicht. So: jetzt Meqro …«

Meqro möchte ein Foto mit ihr und Flora. Steif stehen sie nebeneinander, doch dann murmelt Meqro, deren glänzender Schopf nur bis zu Floras Kinn reicht, etwas Lustiges, worauf Flora unwillkürlich lächeln muss.

Wie so oft, wenn sie sich unsicher fühlt, wünscht sie, Freddie wäre hier. Gesellige Treffen sind seine Domäne, nicht ihre. Unvermittelt durchströmt sie eine Welle der Dankbarkeit, und Tränen steigen ihr in die Augen. Als sie aufbrach, hatte Freddie schreckliche Schmerzen, bestand aber darauf, dass sie ohne ihn weitermachte. Befahl es sogar. Sie hat ein schlechtes Gewissen dabei, sich ohne ihn zu amüsieren. Sie wünschte nur, es ginge ihm gut und er wäre hier, um dies mitzuerleben … Andererseits: Hätte sie dann auch einen solchen Status? Hätte Armitage überhaupt mit ihr gesprochen (wenn auch nur unfreiwillig)? Ist sie, in gewisser Hinsicht, nicht auch froh, ohne ihn hier zu sein? Dieser Ort gehört ihr. Dies hier sind ihre Freunde. Und nun, da die unangenehme Sache mit den Fotos vorbei ist, entspannt sie sich langsam. Simiak, Aniguins Mutter, drängt sich zu ihr und legt ihr ihre harte, dunkle Hand auf den Arm.

»*Aja*, Fellora, erinnerst du dich noch daran, wie du das erste Mal herkamst? Als wir auf dem großen Schiff waren. Du warst so schüchtern, so still; du warst so« – sie reißt die Augen auf und lacht.

»Ja, das weiß ich noch«, sagt Flora lächelnd.

»Ich bin so froh, dich zu sehen, Fellora – du bist so eine gute Frau geworden! Du bist für mich wie mein eigenes Kind.«

»Ich bin auch froh, hier zu sein, Simiak. So oft habe ich an euch gedacht und mich danach gesehnt, wieder hierherzukommen. Aber es ist schwer.«

Simiak lacht, aber in ihren Augen schimmern Tränen. Flora ertappt sich dabei, wie sie Simiaks Hände in ihre nimmt, und verspürt einen Kloß im Hals.

Fast hätte sie es nicht geschafft. So vieles hat sich ihr in den Weg gestellt.

Plötzlich steigt von den Klippen hinter ihnen eine riesige Wolke von Vögeln in den Himmel, durch irgendetwas aufgestört. So dicht, so massiv wirkt der Schwarm, dass es aussieht, als ob ein Stück von der Klippe abbräche und sich in die Luft erhöbe, anstatt nach unten zu fallen. Immer dunkler wird der Himmel, je mehr Vögel kreischend und krächzend, mit flatternden, schlagenden Flügeln auffliegen. Der Lärm ist ohrenbetäubend. Alle blicken staunend nach oben; die Jungen rennen ihre Netze holen, und die Fotografen drehen sich lachend um sich selbst und heben die Kameras.

Es gibt Zeiten, da wirkt das Land dumpf und leblos und gibt nichts von sich preis. Es will nichts, außer in Ruhe gelassen zu werden. Und dann gibt es Momente wie jetzt, da es mit einer solch prachtvollen, verschwenderischen Fülle überwältigt, so als wären die Vögel das Lachen des Landes.

Wie die anderen sieht Flora staunend dem Exodus der unzähligen Vögel zu: eine Million, zwei Millionen, immer mehr … ein endloses Auffliegen schwarzer Ascheteilchen aus einem lodernden Feuer.

Kapitel 19

NEQI, 77°52' N, 71°37' W
JULI 1892

Als Jakob früh aufwacht, spürt er die Nachwirkungen des Weins. Dabei hat er sich gar nicht betrunken gefühlt – hat er sich etwa so benommen? Nicht, soweit er sich erinnert, doch ihm kommt die Galle hoch, und sein Schädel dröhnt. Er zieht sich an, verlässt so leise wie möglich die Hütte und entfernt sich vom Lager, um sein Geschäft zu verrichten. Normalerweise sind sie in dieser Hinsicht nicht besonders zimperlich: Die Eskimos, Männer wie Frauen, hocken sich einfach ein paar Meter von ihren Zelten entfernt auf den Boden, und die Hunde entfernen die Hinterlassenschaften. Die Amerikaner folgen dem Vorbild der Eskimos, aber normalerweise haben sie auch keine weißen Frauen zu Gast. Also geht er weiter als sonst und steuert einen schützenden Geröllhaufen an.

Ein Hund trottet ihm nach: einer aus der Gruppe seiner Ellesmeretour, eine gescheckte Hündin namens Curly. Sie ist einer der freundlicheren Schlittenhunde, was lediglich heißt, dass sie nur manchmal beißt, und er hat sie ins Herz geschlossen, obwohl das schlagartig nachließ, als er sah, wie sie einen ihrer Welpen auffraß. Die Hunde wecken hier Zuneigung und Abscheu gleichermaßen: Sie rennen sich die Seele aus dem Leib, um die Menschen überallhin zu bringen – ziehen die Schlitten buchstäblich bis zum Umfallen –, aber dann tun sie irgendwas

Entsetzliches, wie ihre eigene Brut aufzufressen oder einen geschwächten Hund aus dem Rudel zu töten. Er hat gehört, wie sich die Eskimos die Geschichte eines Jungen erzählten, der in einem Schneesturm verlorenging. Die Familie fand nur noch seine Knochen. Manchmal fragt Jakob sich, ob all die schrecklichen Geschichten, die ihnen zu Ohren kommen, überhaupt wahr sind, doch da er selbst gesehen hat, wozu die Hunde hier fähig sind, hält er das bei dieser speziellen für wahrscheinlich.

Als er fertig ist, hat sich die Sonne aus einer Wolkenbank erhoben. Mit Entsetzen bemerkt er, dass Mrs. Athlone vor einem der britischen Zelte steht. Er kann sie nur schwer einschätzen. Manchmal, wie gestern Nacht am Strand, scheint sie ihre Wachsamkeit aufzugeben; ein anderes Mal jedoch wirkt sie wieder ernst und distanziert. Als sie lachend zu der Sturmwolke aus Vögeln aufschaute, war ihr Gesicht wie verwandelt. So gerne hätte er da noch ein Foto von ihr geschossen, wagte es aber nicht.

»Guten Morgen! Haben Sie gut geschlafen?«

»Guten Morgen, Mr. de Beyn. Ja, gut, aber nur kurz. Nachdem Sie und Dr. Urbino zu Bett gingen, verbrachte ich noch die halbe Nacht bei Apilahs Familie. Die werden heute mindestens bis zum Mittag schlafen.« Sie unterdrückt ein Gähnen.

»Sie haben sie sicher schon lange nicht mehr gesehen.«

»Vier Jahre.«

Als sie über etwas hinter ihm lächelt, entdeckt Jakob, dass Curly schwanzwedelnd auf sie zutrottet.

»Ich glaube, ich kenne diesen Hund … eine Hündin, nicht wahr?«

»Ich … ich bin mir nicht sicher. Müssen Sie sofort aufbrechen, sonst …« Er verliert den Faden, als Curly geradewegs auf Mrs. Athlone zuläuft und mit heraushängender Zunge den Kopf an ihrer Hose reibt. Entsetzt sieht er, wie Mrs. Athlone die Hand nach dem Hund ausstreckt. Ohne zu wissen, was er tut, versetzt er Curly einen Tritt gegen die Rippen.

»Weg da!«, brüllt er über das Aufjaulen des Hundes hinweg.

Mrs. Athlone zuckt verblüfft und schockiert zurück. »Verzeihen Sie. Es tut mir sehr leid, aber« – ihm fällt nicht eine einzige Entschuldigung ein, die nicht auf die Wahrheit hinweisen würde – »das ist ein sehr unberechenbares Tier, und Sie sollten lieber nicht … in ihre Nähe kommen«, beendet er den Satz ziemlich lahm.

Als Mrs. Athlone sich wieder aufrichtet, ist jegliche Wärme aus ihrem Blick verschwunden.

»Sie haben recht. Ich hätte es besser wissen müssen.«

»Sie beißt alles und jeden«, erklärt er nachdrücklich und spürt, wie ihm der Schweiß ausbricht. »Erdinger hat sie fast die Hand abgebissen, und die hat sich entzündet.«

»Nun, ich gehe wohl besser …«

Sie wendet sich von ihm ab. Er kann ihre Verachtung regelrecht spüren, und das bekümmert ihn mehr, als er sich erklären kann.

»Bitte glauben Sie nicht, es sei normal für mich, Tiere zu treten. Nicht ohne guten Grund.«

Mrs. Athlone sieht ihn mit hochgezogener Augenbraue an.

»Das freut mich zu hören.«

Überzeugt, dass sie sich über ihn lustig macht, spürt Jakob, wie ihm das Blut ins Gesicht schießt.

»Tja … Was ich sagen wollte, gestern Abend, die Fotos … Ich versuche, sie zu entwickeln, bevor wir aufbrechen, aber wenn das nicht geht, würde ich Ihnen Abzüge zuschicken – falls Sie mir Ihre Adresse geben.«

»Das ist nicht nötig.« Offenbar betrachtet sie seinen Vorschlag als ungeheuer dreist.

»Ich hatte gestern Abend den Eindruck, Sie würden sich nicht wohl fühlen, und ich möchte nicht, dass Sie das Gefühl haben …« Da er nicht weiß, wie er den Satz beenden soll, setzt er neu an. »Manche Menschen glauben, ein Foto würde ihnen die Seele stehlen, und das verstehe ich. Aber wenn man die Abzüge bekommt, dann … dann hat man sie doch wieder zurück, oder?«

»Wenn ich das dächte, wäre meine Rolle als Leiterin einer Expedition in dieser Zeit schwierig.«

»Ich spreche ja nicht von etwas Rationalem, aber ein Foto vermittelt doch die Essenz des Abgelichteten und bringt es einem näher. Deshalb habe ich auch das Porträt meiner Mutter bei mir, so bleibt sie in gewisser Hinsicht für mich lebendig. Sie wissen doch sicher, was ich meine …«

Jakob fragt sich, wie in aller Welt er jetzt auf dieses Thema gekommen ist, das ihm vollkommen fehl am Platz erscheint. Er fängt schon an, sich zu entschuldigen, da bedenkt sie ihn mit einem ziemlich freundlichen Lächeln.

»Ich glaube, ich verstehe, Mr. de Beyn. Wie auch immer …«

Sie wendet sich wieder zu ihrem Zelt.

»Ja. Sie haben viel zu tun. Halten Sie sich von diesem Hund fern.« Er zeigt auf das davontrottende Tier.

Da dreht sie sich noch einmal zu ihm. »Ich werde es versuchen.«

Und jetzt schenkt sie ihm ein echtes Lächeln. Es ist, als würde man einen Blick von einem ganz anderen Menschen erhaschen. In ihrem Lächeln liegt gleichzeitig etwas so Vorwitziges und Intimes, dass ihm trotz des kühlen Morgens warm wird.

An diesem Morgen ist Lester besserer Laune und lädt die Briten zum Frühstück ein. Sie essen Porridge und Rühreier aus Alkeiern und trinken den restlichen Kaffee.

Jakob bekommt keine Gelegenheit, noch mal mit Mrs. Athlone zu sprechen, doch während er einen Schluck Kaffee trinkt, wird ihm plötzlich bewusst, dass sich etwas verändert hat. Es ist eine unvermittelt auftauchende, aber klare Überzeugung, es ist offensichtlich: Mrs. Athlone denkt über ihn nach. Die Gewissheit ist fast wie ein Schock. Er wirft ihr einen verstohlenen Blick zu. Wurde etwas gesagt? Starren ihn alle an, weil sie die bedeutsame Veränderung gemerkt haben?

Jakob und Seddon unterhalten sich wieder über die Schwierigkeiten mit dem grellen, vorwiegend blauen Licht; Jakob hört sich Seddons Ansichten über Eisfotografie an und antwortet, als wäre alles ganz normal, dabei ist er sich die ganze Zeit über bewusst, dass Mrs. Athlone ihn mit echter Aufmerksamkeit einhüllt und …

Armitage beantwortet eine ihrer Fragen: »Es hängt vom Eis ab, wann wir aufbrechen. Aber wir hoffen, dass das Schiff bald in Sicht kommt. Dann haben Sie freie Bahn.«

Es wird kein ›und‹ geben. In Kürze wird er abreisen und sie nie mehr wiedersehen. Er starrt auf die Krümel auf seinem Teller. Sie kennen sich doch kaum. Und trotzdem hat er dieses Gefühl, diese Ahnung, dass zwischen ihnen etwas Besonderes ist, dass er sich das nicht nur einbildet …

Als sich die beiden Gruppen am Strand voneinander verabschieden, ist sie genauso real wie die Felsen und der Wind. Wie den anderen gibt Jakob Mrs. Athlone die Hand und wünscht ihr einen sicheren und erfolgreichen Aufenthalt, und sie dankt ihm und sieht ihn ein bisschen länger als üblich an – nicht so lange, dass es jemand bemerkt, aber doch lange genug.

Das ist ihm noch nie passiert. So stellt er sich Gnade vor: als etwas Unverdientes, als Geschenk. Etwas Kostbares, das er hüten und bewahren wird, wider alle Logik und Vernunft.

Kapitel 20

NAMENLOSES KAP, 76°14'N, 69°51'W
AUGUST 1892

Das Meer ist weiß, der Himmel so grau wie das Land. Ein eiskalter Wind lässt ihre Augen brennen, fährt mit spitzen Fingern unter ihre Kapuzen, in Öffnungen ihrer Kleidung. Er wirft ihnen Schneekristalle ins Gesicht und versprüht sie über den Hügel, wo Pualana und Ayakou sich mit Schneeschaufeln abplagen. Auf dem zum Meer gerichteten Abhang haben sie ein Loch von etwa einem Meter Durchmesser und Tiefe gegraben und das freigelegt, was Lester unbedingt haben wollte. Der Schnee bekämpft sie, will sie bezwingen, das Loch wieder zuzuschütten, den Inhalt bedecken, doch unter einem Panzer aus Eis ist es deutlich sichtbar.

Armitage und Shull entdeckten es einen Monat zuvor. Armitage war mit der Begründung aufgebrochen, er wollte sich mehr Hunde ›für's nächste Mal‹ sichern. Aber das war nicht alles. Im Winter zuvor hatte Johannes ihnen von dem Meteoriten erzählt, der für die Eskimos lange Zeit die einzige Eisenquelle gewesen war. Er nannte ihn ›Himmelsstern‹. Lester überredete ein paar Einheimische, ihm die Fundstelle zu zeigen, und als er entdeckte, dass sie sich in der Nähe der Küste befand – an einem Hang über einer Felsenbucht –, schmiedete er den Plan, ihn aus dem Eis zu lösen und mit nach Hause zu nehmen.

Die Zeit wird knapp. Es ist August, und im Sund schwindet das Wasser. Die *Sachem* ankert am Ende des Fjords, und der Kapitän steht kurz davor, ohne sie abzufahren. Irgendwie – und keiner weiß, wie – müssen sie diesen riesigen Stein aus seinem Grab heben, den Hang hinunterrollen und ihn zu einem Punkt am Ufer bringen, wo das Schiff anlegen kann und sie ihn hinaufbringen können. Erdinger hat sein Gewicht auf mindestens sechs Tonnen geschätzt, aber wie bei einem Eisberg könnte sich die größte Masse auch dem Blick entziehen.

Armitage hat von der *Sachem* überschüssiges Mastholz als Walzen und Stützbalken als Hebel angefordert, obwohl die selbst schon fast zu schwer zum Heben sind. Frank und Erdinger haben einen Plan entworfen, denn wie für jedes mechanische Problem gibt es auch hier eine Lösung. Erdinger meint, wenn sie alle sieben zusammenarbeiten, könnten sie es schaffen. Abwechselnd hacken sie den zugefrorenen Untergrund um den Meteoriten herum auf, rammen die Balken hinein und werfen sich dann mit ihrem ganzen Gewicht darauf, bis der Stein sich langsam bewegt.

Jakob, das kleinste und leichteste Mitglied der Expedition, macht sich immer wieder daran, die kürzeren Balken in den neugewonnenen Freiraum zu hämmern, und so wird nach und nach der riesige Felsen auf die Oberfläche des Hügels gehebelt. Es erfordert Stunden und all ihre Kraft, doch am Ende werfen sie den Meteoriten wie einen gigantischen Käfer auf den Rücken. Die Unterseite ist rund, so dass der Schnee wohl seinen Aufprall gedämpft hat, als er auf die Erde fiel. Der Schnee hat ihn auch langsam Richtung Küste geschoben, bis kein Eis ihn mehr weitertransportierte und er an seinem Fundort liegen blieb. Auf der Oberseite sieht man, wo die Eskimos Eisenstücke davon abgeschlagen haben: massenweise Macken zeugen von jahrelanger Nutzung. Jakob findet es seltsam, dass weder Pualana noch Ayakou unglücklich zu sein scheinen, weil ihnen der Meteorit weggenommen wird. Ayakou behauptet, er sei schon seit Jahren nicht mehr genutzt worden. Nach vielen Jahrzehnten, in denen Walfänger gekommen und Metallwerkzeuge gegen Elfenbein eingetauscht haben, hat jeder Jäger Nägel und eine Feile und jede Frau Nadeln und ein Messer mit einer Klinge aus Dundee oder Hull. Außerdem bekommt jeder der beiden Männer von Lester ein Gewehr.

Lester entbindet Jakob von seiner Aufgabe, damit er den Hügel zeichnen und Proben sammeln kann. Jakob arbeitet mit größter Geschwindigkeit: ein derart bedeutendes Fundstück; er stellt sich schon vor, welchen Zeitungen er darüber schreiben will; schließlich ist keiner in einer besseren Position als er. Damit könnte er einen gewissen Bekanntheitsgrad erreichen, vielleicht ein Buch schreiben ... Er klettert auf dem Abhang herum, schießt Fotos, misst Höhe und Neigung und hält die Fundstelle so akkurat wie möglich fest. Mit dem Rücken zum Wind hebt er die Kamera und wartet darauf, dass das Schneegestöber für einen Moment aufhört. Als ihm sein Ehrgeiz bewusst wird, muss er grinsen.

Schreie hinter ihm lassen ihn herumfahren. Den Fotoapparat hat er immer noch vor dem Auge, dennoch braucht er eine Weile, um zu begreifen, was er sieht: Vierzig Meter weiter unten hat der Meteorit seine geplante Bahn verlassen; eine Gestalt liegt darunter, deutlich sichtbar, die anderen versuchen, den Gesteinsbrocken zu bewegen, aber es sind nicht genug ... bei weitem nicht genug. Ein Aufheulen durchdringt die weiße Luft. Jakob stürzt sich den Abhang hinunter.

Sie hätten es nicht verhindern können. Unter dem enormen Gewicht brach ein Träger, und der Meteorit rollte den Hang hinunter, jedoch seitlicher als geplant. Einer der Männer sprang nicht schnell genug aus dem Weg. Der Meteorit erwischte seinen Fuß, der Mann fiel und wurde unter dem talwärts rollenden Stein begraben.

Frank liegt mit dem Gesicht nach unten im Schnee. Sein Kopf ist aufs Meer, auf die Heimat gerichtet. Von der Brust abwärts ist sein Körper nicht mehr zu sehen, er ist unter sechs Tonnen Metall zerquetscht, die eigentlich gar nicht hier sein dürften. Er lebt, ist bei Bewusstsein, vom Schock betäubt, aber völlig im Klaren darüber, dass dies das Ende ist.

Jakob kniet neben seinem Kopf und brüllt die anderen an, Balken zu holen, um den Meteoriten wegzuhebeln. Ayakou ist auch verletzt; Pualana kniet bei seinem Sohn. Lester schreit ihn an, damit er ihnen hilft. Pualana gehorcht. Die Männer brüllen dem Meteoriten ihre ganze Wut entgegen. Jakob springt auf, um den anderen zu helfen. Shull, Erdinger und Lester rammen auf beiden Seiten Balken unter den Stein, um ihn bewegen zu können.

»Geh wieder zu ihm«, befiehlt Erdinger knapp.

Frank liegt mit ausgestreckten Armen da, spuckt Blut und versucht keuchend, mit Jakob zu sprechen, der neben ihm kniet und seine Hand nimmt.

Frank ringt nach Luft, seine Stimme ist brüchig.

»Jake … du musst mir die Beichte abnehmen.«

»Das kann ich doch nicht …« Entsetzt sieht Jakob, wie Blut durch Franks Zähne rinnt.

»Doch, das kannst du. Ist erlaubt … Sag … tut mir leid … zu Marion.«

»Das ist doch nicht nötig.« Jakob schüttelt den Kopf und wehrt mit gefrorenen Tränen in den Augen ab, doch Frank fängt an zu beichten. Jakob muss sich so weit hinunterbeugen, bis sich ihre Köpfe berühren, doch nach ein paar Sätzen versteht er schon kein Wort mehr. Frank hat so wenig zu beichten. Aber er atmet noch, und Jakob murmelt ihm tröstende Worte zu – hoffnungsvollen, bedeutungslosen Unsinn, den er selbst nicht glaubt: dass alles wieder gut wird, dass sie ihn befreien, dass sie nach Hause fahren werden.

Dann plötzlich sind Franks Augen geschlossen, sein Gesicht entspannt, seine Lippen nicht mehr vor Schmerz verzerrt. Der

Schnee hat sein Blut aufgesaugt; die roten Flecken umgeben seinen Kopf wie ein Heiligenschein. Jakob betet nur, dass Frank nicht mehr bei Bewusstsein ist. Er hält immer noch seine Hände und redet beruhigend auf ihn ein …

Irgendwann – er weiß nicht, wie viel Zeit vergangen ist und was die anderen gemacht haben, aber seine Hände und Füße sind Eisklumpen, und Shull rüttelt an seiner Schulter – merkt er, dass er nur noch mit sich selbst redet.

Das Aufheulen, das er gehört hat, kam nicht von Frank, sondern von Ayakou, der noch Glück hatte: Zwar erwischte ihn der Meteorit ebenfalls, rollte aber nur über sein rechtes Bein, bevor er Frank erwischte und auf ihm liegen blieb. Grimmig gibt Lester Befehle: Shull, Jakob und Pualana sollen Ayakou zum britischen Camp bringen, das sich mehrere Meilen die Küste hinauf befindet. Erdinger soll vom Schiff Verstärkung holen, die den Meteoriten anheben und Franks Leiche bergen wird. Alles in Jakob sträubt sich, ihn zu verlassen, aber Lester hat recht. In Krisen verhält er sich wie der geborene Anführer: ruhig, besonnen, entschieden. Jakob merkt ihm an, dass er schrecklich aufgewühlt ist, aber seine Miene hat sich kaum verändert. Ayakou hat nach dem ersten Schrei keinen Laut mehr von sich gegeben. Selbst als sie ihn zum Schlitten tragen, ungeschickt ohne Franks Anweisungen, wie man das am besten macht, hören sie keinen Laut von ihm.

✶

Die Fahrt um die Küste ist lang und schwierig. Sie versuchen, so gut es eben geht, den Schlitten auf einer glatten Bahn zu halten. Irgendwann verliert Ayakou, zur Erleichterung aller, das Bewusstsein. Das Wetter verschlechtert sich so sehr, das der Wind nur noch ein ohrenbetäubendes Gebrüll ist und sie gezwungen sind, den Schneesturm unter einer Klippe abzuwarten, die ihnen kaum Schutz bietet.

Vierzig Stunden brauchen sie, bis sie mitten in der Nacht in Siorapaluk landen. Das Heulen der Hunde weckt die Briten, die sofort wissen, dass ein Unglück passiert ist.

Dr. Seddon und ein paar Dorfbewohner tragen Ayakou in die Hütte. Jakobs Hände sind nur noch Eisklumpen, er kann nichts mehr spüren geschweige denn sie bewegen. Shull muss ihm sogar die Handschuhe ausziehen, als er am linken reißt, bleibt ein Stück seines kleinen Fingers im Handschuh stecken. Jakob starrt benommen vom Schock auf die Hand. Shull flucht und schüttelt den Handschuh, bis das Fingerglied in den Schnee fällt.

»Was ist denn?« Mrs. Athlone kommt zu ihnen. Verlegen bückt Jakob sich und will es aufheben – schließlich ist es ein Stück seines Körpers und er ist dafür verantwortlich –, doch seine Hände sind zu taub, um das verdammte Ding zu greifen.

»Es tut mir leid, aber ich kann nicht …«

»Oh mein Gott, Sie Armer!«, ruft sie aus. Sie bückt sich, nimmt sein Fingerglied und bringt es Dr. Seddon.

Danach sitzt er vor einer Schüssel mit lauwarmem Wasser am Tisch und soll seine gefrorenen Hände auftauen. Shull schiebt abwechselnd sich und Jakob Löffel mit Essen in den Mund. Irgendwann spürt er einen Becher mit Brandy an seinen Lippen, den er begierig trinkt.

Währenddessen operiert Seddon Ayakous Bein. Der Schneesturm ist wieder schlimmer geworden, heult um die Hütte und schlägt mit nur gebremster Wut gegen die Wände. Mrs. Athlone ist geschäftig, kocht Wasser und geht immer wieder zum provisorischen Operationstisch am Ende der Hütte. Shull und Jakob sitzen stumm vor Elend und Erschöpfung am Tisch und starren vor sich hin.

Offenbar ist Jakob irgendwann eingeschlafen, denn als er aufwacht, merkt er, dass Seddon ihm gerade die Socken auszieht.

»Shull meinte, ich sollte sie mir mal anschauen. Ich fürchte, beim Finger kann ich nichts mehr ausrichten.«

»Macht nichts«, krächzt Jakob.

Seddon untersucht seine Füße: sie sind weiß und glühen vor Schmerz. Aber offenbar sind Schmerzen ein gutes Zeichen, wie Seddon sagt.

»Glück gehabt; es wird sich Haut lösen, aber das ist nicht so schlimm. Jetzt möchte ich noch einen Blick auf die Hände werfen … hatten Sie keine Handschuhe an?«

»Ich glaube nicht … nein, ich machte gerade Fotos, als es passierte.«

»Wie lang ist das her? Mehr als vierzig Stunden?«

Jakob nickt. Seddon holt sein Operationsset und säubert mit einem Instrument, das eher wie eine Pinzette aussieht, den Stumpf und näht einen Hautlappen über die Wunde. Jetzt hat Jakob nur noch neuneinhalb Finger. Gleichgültig sieht er zu und wünschte nur, es würde mehr weh tun; er hätte seine ganze Hand – seinen Arm – gegeben, wenn Frank nur am Leben geblieben wäre. Als er sich nach Ayakou erkundigt, erklärt ihm Seddon, dass er sein Bein behalten und wohl, mehr oder weniger unversehrt, überleben wird. Bevor Seddon beginnt, ihm die Wunde zu verbinden, winkt er Mrs. Athlone, damit sie ihm hilft, was sie routiniert und ohne Ziererei tut.

»Es tut mir leid, dass ich noch mehr Gewebe amputieren musste, aber ich wollte Wundbrand vermeiden. Eine Weile müssen Sie sehr vorsichtig damit sein.«

Jakob nickt nur. Nicht mal ein Lächeln bringt er zustande.

Schließlich sinkt Seddon erschöpft auf einem Stuhl zusammen. Mrs. Athlone schenkt Tee und Brandy aus und bringt Jakob einen Becher.

»Soll ich ihn halten? Oder können Sie das selbst?«

Er nickt und umfasst ihn mit seinen verbundenen Händen. Ihr Blick ist voller Wärme und Mitgefühl, er scheint zu bestätigen, was er bei ihrer letzten Begegnung empfand, aber er weiß nicht, was er damit anfangen soll.

»Das mit Ihrem Freund tut mir sehr leid. Mr. Shull hat mir erzählt, dass Sie sich sehr nahegestanden haben.«

Jakob nickt. Er ist sich selbst zuwider. Während Franks Leben abrupt endete, schwelgte er in Phantasien von zukünftigen Erfolgen. Er freute sich an den Vorteilen, die der verdammte Felsbrocken ihm bringen würde, während sein Freund darunter begraben wurde.

Als es nichts mehr zu tun gibt, zwingt sie ihn, ins Bett zu gehen. Jakob rollt sich angezogen in einer Koje zusammen. Er denkt an Franks Schwestern und daran, wie er es ihnen erzählen soll. Und Marion. Sie wissen noch nichts von dem Unglück, das über sie gekommen ist. Wochenlang werden sie noch an Frank denken, werden glauben, dass er am Leben ist. So viele Menschen liebten Frank. Viel mehr, als ihn lieben oder ihn betrauern würden. Wenn er ehrlich zu sich ist, wäre es für das Glück der Erde wesentlich besser, wenn er an Franks Stelle gestorben wäre. Aber so etwas scheint das Schicksal nicht zu interessieren.

Bevor die Bewusstlosigkeit ihn übermannt, spürt er noch einmal Mrs. Athlones Anwesenheit; leise bewegt sie sich im Raum hinter ihm und lässt sich seufzend auf einen Stuhl sinken. Er hört sie atmen, spürt, wenn sich ihr Gewicht auf dem Stuhl verlagert, und noch stärker als zuvor überkommt ihn die Gewissheit, dass er in die Wärme ihrer Aufmerksamkeit gehüllt wird. Darüber ist er froh. Es spendet ihm Trost. Von seiner winzigen Nussschale aus ist es ein ferner Leuchtturm, ein schwacher und doch stetiger Lichtpunkt über dem dunklen, tückischen Meer.

TEIL VIER

Arcturus in Boötis

Die Konstellation Boötis zeigt einen Hirten,
der den Großen Bären vor sich hertreibt. Der Name
Arcturus kommt aus dem Griechischen und bedeutet
›Bärenhüter‹. Er ist ein Stern erster Größe und
der hellste am Nordhimmel.

Kapitel 21

GANDER, NEUFUNDLAND, 48°57' N, 54°36' W
APRIL 1948

Zweifellos sind für manche Wesen auf der Erde die Sterne am Himmel so wenig zu unterscheiden wie die zahllosen Sandkörner am Strand. Doch für diejenigen, die sich von ihrem Licht leiten lassen, ist keiner wie der andere. Ihre Helligkeit, ihre Bedeutung machen sie zu alten Freunden, auf deren Zeugnis man sich verlassen kann. Für diejenigen, die einen arktischen Winter mit ihnen durchlebt haben, die sie als Orientierungshilfe und Konstante in der ewigen Dunkelheit nutzten, haben die Sterne sogar einen Charakter. Manche, wie Spica, sind schüchtern und verhalten, andere schrill: Sirius zum Beispiel oder Arcturus, ein sturer, prahlerischer Gefährte. Andere sind treu: Polaris und Beteigeuze; manche, wie Aldebaran mit seinen schemenhaften Kohorten, unzuverlässig. Einige wenige sind schon fast wie eine Familie: Vega natürlich und Pollux. Manche wecken nostalgische Gefühle wie etwa eine vergangene Liebe.

Alles nur Phantasie, aber in den letzten Jahren ist Flora immer phantasievoller geworden. Ihr jüngeres Ich hätte über solche Anwandlungen gespottet. Jetzt erscheinen ihr die verschiedene Phasen ihres Lebens – ihre Kindheit, ihre letzte Liebesaffäre (ach, Mr. Choudhury, der Geschichtenerzähler) – gleich fern und gleich nah.

Sie weiß, dass sie für die anderen auf der Airbase nur alt ist, wie etwa für den Jungen mit den Zähnen. Was würde er zum Beispiel empfinden, wenn er wüsste, dass sie noch mit siebzig zur Ehebrecherin wurde? Wenn sie ihm erzählte, was sie alles in der Arktis gemacht hat? Abscheu vermutlich. Peinlichkeit und Unglauben. Doch von der alten Frau, die jetzt hier ist, erwartet man, gewisse Abschnitte ihrer Vergangenheit ausradiert zu haben und nur noch eine harmlose Figur voller Erinnerungen, Schrullen und Strickmuster abzugeben. Dabei hat sie noch vor fünf Jahren (oder sieben?) das Bett mit Ravi Choudhury geteilt, einem Abgeordneten der Labourpartei in Glasgow. Ihr dritter und letzter Ehemann, Bill Cochrane, ein lieber Kerl, hatte in dieser Hinsicht schon das Interesse an ihr verloren und störte sich nicht daran. Natürlich waren beide mittlerweile tot.

Neulich hat sie auf Drängen ihrer Lieblingsstieftochter einen amerikanischen Film gesehen, der zwar ziemlich albern und unsinnig war, ihr aber im Gedächtnis geblieben ist. Eine Hollywood-Schmonzette über eine junge Witwe, die sich in den Geist eines Schiffskapitäns verliebt. Nur wegen des Titels war sie überhaupt mitgekommen: *The Ghost und Mrs. Muir*, weil er etwas Schottisches suggerierte (was natürlich nicht der Fall war). In dem Bewusstsein, dass ihre Liebe niemals Erfüllung finden könnte, gab der Geist sie aus Edelmut auf und drängte sie in die Arme des lebendigen Mannes, der um sie warb. Aber das ging schlecht aus. Auf dem Totenbett der Witwe, nach einem Leben erzwungener Keuschheit, tauchte der Geist wieder auf, und dann gingen sie Hand in Hand davon, und sie erblühte zu ihrer ursprünglichen Jugend und Schönheit. Der Film schien sagen zu wollen, dass Opfer sinnlos sind – eine Ansicht, die Flora voll und ganz unterstützt. So albern die Geschichte auch war: Sie hat sie berührt. In schwachen Momenten fragt sie sich: Würde einer von ihren Geliebten zu ihr zurückkommen? Und wenn ja, wer?

In den letzten Jahren scheint Flora sich ganz unfreiwillig ein eigenes, privates Kino zugelegt zu haben. Während früher ihr

Geist nur in den geordneten Bahnen der Vernunft lief (ganz die Wissenschaftlerin), liegt er jetzt auf der Lauer, um sie von hinten anzuspringen. Große Erinnerungsstränge bestürmen ohne Vorwarnung und in den lebhaftesten Farben ihr Bewusstsein und drängen alles andere in den Hintergrund. Sie hat gelernt, auf der Hut zu sein, da sie nie weiß, was sie attackieren und als Geisel nehmen kann: ein Gesicht, ein Geschmack, Hundegebell, der sinnliche Traum im Flugzeug.

Sehr oft stammen die Erinnerungen aus ferner Vergangenheit; dann wird sie mit Bildern und Gefühlen aus ihrer Kindheit in Grönland konfrontiert: wie sie auf einem Hundeschlitten fuhr, Schneekristalle ihr Gesicht stachen, die Luft in ihrer Kehle brannte …

Oder die liebe *Vega* taucht vor ihrem geistigen Auge auf: das Klatschen der Wellen am Schiffsrumpf, das stetige Wiegen, die Stimme von Ian Sellar im allgemeinen Lärm … Oh, was, wenn Ian zu ihr käme und ihr vages, naives Sehnen erfüllte? Nur ein paar Jahre nach jener Reise kam er ums Leben: ertrank im kalten Meer. Welch eine Verschwendung von Schönheit …

Oder auch … sie kriecht durch den Eingang eines *Illu* und prallt mit dem Kopf gegen Simiak, die zu ihrem Schrecken, ihrer Empörung einfach lacht. (Simiak reibt ihr den Schädel und streicht ihr übers Haar, und die zwölfjährige Flora bricht in Tränen aus, aber nicht vor Schmerz.)

Nein, solche Erinnerungen will sie nicht. Sondern die von einem Hotel in Liverpool, nur die: die grünen, glatten Badezimmerfliesen unter ihren Händen, feucht von ihrem Schweiß, und dieses unaussprechliche Glück …

»Konnten Sie sich ein wenig ausruhen, Mrs. Cochrane?«

Flora starrt den jungen Mann an. Jugend ist keine Entschuldigung für Taktlosigkeit. Aber er zeigt wieder sein ansteckendes Lächeln, als er hinter ihr den Gang hinunterhüpft wie ein Welpe, der einen Ball entdeckt hat.

»Hallo, Mr. Crane.« (Da sie sich an seinen Namen erinnert,

kann sie ihn verdammt noch mal auch benutzen.) »Danke, ja. Und Sie?«

»Äh … ja, das heißt, ich habe gearbeitet – mir ein paar Notizen für den Artikel gemacht, Sie wissen schon. Könnte ich Sie vor dem Abendessen noch zu einem Drink überreden?«

Flora wüsste nicht, was dagegenspricht. Es ist schon sehr lange her, dass ein gutaussehender junger Mann ihr einen Drink spendieren wollte (obwohl ›besorgen‹ hier wohl passender ist als ›spendieren‹), und sie ist nicht so sehr aus der Fassung gebracht – durch die Umgebung, ihre Erinnerungen oder auch etwaige Hintergedanken von ihm –, dass sie seine Aufmerksamkeit nicht genießen könnte. Er ist so jung, höchstens Mitte zwanzig. Genauso alt wie sie, als sie auf Entdeckungsreise ging. Geradezu *lächerlich* jung war sie damals und doch unversehens mit der Leitung einer Gruppe von Männern betraut, die alle älter waren als sie selbst … Wie hatte sie sich das bloß getraut? Der Junge vor ihr ist fast noch ein Kind.

Vor dem nackten Fenster herrscht immer noch Zwielicht; es werden noch Stunden vergehen, bis es richtig dunkel wird. Jedes Mal, wenn sie zum Himmel blickt, sind neue Sterne aufgetaucht, lautlos aus den Tiefen des Raums, und haben leere Flächen des zyanfarbenen Gewölbes über ihr besetzt. Früher hieß der Ort, zu dem sie sich aufmachten, ›unerforschte Regionen‹ – weiße Flächen auf der Landkarte. Jetzt sind die einzigen unerforschten Regionen nur noch da oben.

Im Grunde ist es gar nicht so seltsam, dass sie diesen Traum gehabt hat, schließlich ist er mit ihrem Zielort verbunden. Die glänzenden dunklen Augen des Fuchses, der sie im Tal zu besuchen pflegte, tauchen vor ihr auf. Er setzte sich immer hin und starrte furchtlos auf das seltsame Gebaren der Menschen. Sie hatte ihn *Imaqua* genannt, nach dem Eskimowort für ›vielleicht‹. Im-mah-ka …

»Verzeihung?«

Manchmal umgibt ihr Erinnerungskino auch Anwesende, als stünde sie mitten in einer Menge aus Geistern.

»Ach … nichts«, lächelt Flora. »Ich muss Sie warnen, Mr. Crane. Wenn Sie älter werden, fangen Sie an, Selbstgespräche zu führen.«

Randall Crane sieht sie grinsend an. Freundlich, verschwörerisch.

»Ich glaube, das mache ich jetzt schon.«

Sie befinden sich in der tristen Bar der Airbase. Es ist ein großer, quadratischer Raum mit tiefhängender Decke und unbequem niedrigen Sesseln. Crane fragt sie, was sie von Lester Armitage in Erinnerung behalten hat. Flora überlegt. Selbstverständlich will er etwas als Gegenleistung. Armitage … es fällt ihr zunehmend schwer, die Reihenfolge der Ereignisse zu wahren. Stattdessen kommen sie ihr in Fragmenten in den Kopf oder sturzbachartig.

»Mr. Armitage? Nun … selbstverständlich. Ich traf ihn 1892. Bei meiner ersten Expedition.«

»Ah! Das habe ich gar nicht in seinem Buch gelesen.«

»Er wird es wohl nicht erwähnt haben.«

»Und, wie war das?«

»Kurz nachdem wir in Grönland eingetroffen waren – also Dr. Seddon, Mr. Dixon, Mr. Daneforth und ich –, besuchten wir die Gruppe der Amerikaner. Sie standen kurz vor dem Aufbruch. Wir wollten ihnen natürlich unseren Respekt erweisen und sehen, ob wir etwas in Erfahrung bringen konnten: wo sie gewesen waren, was sie getan hatten und so weiter.«

Flora weiß noch – obwohl sie es kaum glauben kann –, wie nervös sie bei der Vorstellung war, Armitage zu begegnen. Er hatte nichts getan, um ihr das Unbehagen zu nehmen.

»Die Etikette gebot damals, solche Fragen nicht allzu direkt zu stellen. Von außen besehen sind Mitglieder unterschiedlicher Expeditionen natürlich Kollegen, aber in Wahrheit auch Konkurrenten.«

»Ah … ja.« Der junge Crane wirkt interessiert, lehnt sich in seinem Sessel vor. »Welchen Eindruck hatten Sie von Armitage?«

Flora erinnert sich an einen großen, rotblonden Schnurrbart und irritierende Augen. *Furchteinflößend* ist das Wort, das ihr bei ihm in den Sinn kommt. Sie hat ihn von Anfang an nicht gemocht.

»Er war ein äußerst entschlossener Mann. Sehr ernst. Sehr … ehrgeizig.«

»Ist er Ihnen bei Ihren Fragen entgegengekommen?«

»Oh, bis zu einem gewissen Punkt waren sie ziemlich offen. Aber natürlich waren sie uns ein Jahr voraus und hatten gute Ergebnisse vorzuweisen. Wir blieben über Nacht bei ihnen, da wir für unseren Besuch zwanzig Meilen zu Fuß hatten zurücklegen müssen. Sie bewirteten uns zum Abendessen und zum Frühstück.«

»Also sprachen Sie mit ihnen über die Arbeit, die sie geleistet hatten?«

»Ja.«

»Die worin bestand?«

»Sie haben Armitages Buch doch sicher gelesen … Sie erzählten uns von den beiden dort beschriebenen Erkundungstouren. Zwischen ihrer und unserer Expedition gab es keine Überschneidungen. Wir konzentrierten uns auf wissenschaftliche Untersuchungen, sie auf Entdeckungen unbekannter Regionen.«

»Mochten Sie ihn?«

Flora zögert. »Im Laufe der Jahre bin ich vieles gefragt worden, aber ich glaube, noch nie, ob ich Lester Armitage *mochte.*«

»Oh.« Das scheint Randall Crane nicht zu beeindrucken. »Und, mochten Sie ihn?«

»Ich empfand Respekt. Er war zielbewusst und organisiert. Ziemlich reserviert. Aber wir standen natürlich auch in Konkurrenz.«

»Also war er ehrgeizig?«

»Wir alle waren ehrgeizig, Mr. Crane. Auch wenn Entdecker ihre Ambitionen mit patriotischen Gefühlen oder wissenschaftlichem Interesse begründen, geht es doch am Ende um den persönlichen Ruhm. Oder um Flucht. Ruhm oder Flucht.«

»Und Sie meinen, Armitage ging es um Ruhm?«

»Wenn Sie sich so für ihn interessieren, dann müssen Sie doch sein Buch gelesen haben.«

Randall lacht. »Ja, das stimmt wohl. Und Jakob de Beyn: Was war es bei ihm?«

Flora trinkt einen Schluck aus ihrem Glas. Die Farbe des Getränks erinnert sie an eine Eishöhle – *die* Eishöhle: die hohe, lichtdurchflutete Kammer im Herzen des Gletschers. Die Sonne schien durch das Eis der Oberfläche, so dass die Höhlendecke in einem unvergleichlich intensiven Grün leuchtete. Sie schließt die Augen, weil ihr schwindelig wird.

»Rose's Lime Juise, eine schottische Erfindung. Wussten Sie das?«

»Nein, das wusste ich nicht. Ich hätte eher gedacht, er käme … aus der Karibik oder so.«

»Er wurde für die Royal Navy erfunden. Wahrscheinlich, damit weniger Rum getrunken wurde.«

»Ach ja?« Er wartet.

»Tut mir leid, Sie müssen mir verzeihen.«

»Aber nicht doch … War dies Ihre einzige Begegnung mit Armitage?«

»Sie standen kurz davor, Grönland zu verlassen. Wissen Sie, im Norden sind die Zeiten kaum voneinander zu unterscheiden. Es ist nicht wie in London oder New York, wo ständig ein neues Gebäude errichtet und ein altes abgerissen wird. Dort verändert sich nichts. Zumindest früher nicht. Jetzt allerdings wird das moderne Leben wahrscheinlich auch bis dorthin vorgedrungen sein. Mr. Armitage mochte mich nicht. Ich glaube, meine Anwesenheit im Norden war für ihn ein Affront.«

»Ach. Wieso das?«

Sie fragt sich, ob er wirklich so beschränkt ist oder nur nachfragt, weil er das als seine journalistische Pflicht betrachtet.

»Weil meine Anwesenheit in Grönland den Anschein erweckte, es sei leicht, dort zu sein. Wenn eine Frau auf Entdeckungsreise gehen konnte, bestand für ihn nicht länger die Möglichkeit, sich als etwas Besonderes zu sehen.«

Randall zuckt die Achseln. »Aber wäre es nicht möglich, dass auch Sie etwas Besonderes waren?«

»Ich danke Ihnen, Mr. Crane. Aber eigentlich machten wir doch nichts anderes, als an einen Ort zu reisen und dort zu verweilen, wo andere Männer und Frauen ihr gesamtes Leben verbrachten. Kinder konnten dort aufwachsen. Wir waren einfach nicht daran gewöhnt. Unser Dasein war nichts Besonderes. Das eigentlich Besondere – und zwar für jeden von uns – bestand darin, dorthin zu kommen.«

»Sie meinen die Reise zur damaligen Zeit?«

»Himmel, nein! Die Reise dauerte doch nur ein paar Wochen. Nein, ich meine, eine Expedition zu organisieren. Geld aufzutreiben, Mannschaft und Ausrüstung zusammenzustellen. Die Ehre dafür gebührte in meinem Fall voll und ganz meinem Ehemann Mr. Athlone. Wie wir früher sagten, kann jeder Dummkopf sich warm anziehen und in der Kälte herumlaufen.«

»Ich meine gelesen zu haben, dass Ihr Mann Sie eigentlich bei dieser ersten Expedition begleiten sollte. Dürfte ich fragen, was dazwischenkam?«

»Sie haben Ihre Hausaufgaben gemacht. Ja, eigentlich war das so geplant. Aber auf der Fahrt dorthin gerieten wir in einen Sturm, und er stürzte unglücklich, wobei er sich das Becken brach. Davon hat er sich nie vollständig erholt.«

»Ach. Das tut mir leid. Das war bestimmt sehr schwierig.«

Flora erinnert sich an Maurice Seddons Miene im Haus des Gouverneurs in Godthab. Freddie, benebelt vom Morphium, drängte sie, weiterzufahren. Natürlich erwartete man von ihr, dass sie sich weigerte. Als sie sich dagegen entschied, starrte

Maurice sie an, als wäre sie ein Monster, bloß, weil sie nicht die Krankenschwester spielen wollte.

»Es stand außer Frage, die Expedition aufzugeben. Sie verstehen, wegen der vielen Verpflichtungen, die wir eingegangen waren. Es war Konsens, dass wir weitermachen würden, und zwar mit mir als Leiterin. Ohne den Unfall wäre alles ganz anders gekommen. Die Umstände drängten mich in diese Rolle.«

»Und die Männer bei dieser Expedition … Sie bekamen keine Schwierigkeiten mit Ihnen?«

»Sie benahmen sich alle sehr gut. Wahrscheinlich aus dem Gefühl heraus, das sie es Freddie … Mr. Athlone … schuldig seien.«

Mit einem Blick vergewisserte sie sich, ob er ihr die Erklärung abnimmt. Er nickt mitfühlend. »Aber auch Ihnen, da bin ich sicher. Schließlich sind Sie mit einigen der Männer dorthin zurückgekehrt. Also waren Sie doch eindeutig überzeugend. Nicht alle ihre Zeitgenossen dürften Ihre Anwesenheit dort so gesehen haben wie Mr. Armitage.«

»Zumindest vermittelten nicht alle den Eindruck. Vielleicht haben sie es sich aber nur nicht anmerken lassen.«

Randall lacht und sieht sie dann scheu an.

»De Beyn und Armitage waren bei dieser Expedition Kollegen. Haben Sie sie zur selben Zeit kennengelernt?«

»Dr. Seddon und ich lernten sie alle kennen: also Mr. de Beyn und natürlich Mr. Erdinger, den Physiker, der später so berühmt wurde, und Dr. Urbino. Und Mr. … Shull? Wenn ich mich recht entsinne.«

»Was war Ihr Eindruck von de Beyn?«

»De Beyn? Er interessierte sich für Fotografie, eine Leidenschaft, die er mit Dr. Seddon teilte. Ich weiß noch, dass sie sich über die Schwierigkeit unterhielten, Eis zu fotografieren. De Beyn war ein langjähriger Freund von Dr. Urbino. Sein Tod traf ihn tief. Aber das wissen Sie sicher auch.«

»Ich habe die Passage in Armitages Buch gelesen. Doch welchen Eindruck hatten Sie von ihm als Mann?«

Flora blickt zur Decke, als durchforste sie ihr Gedächtnis. Was kann sie sagen?

»De Beyn? Nun, das Auffallendste an ihm waren seine Haare, die schon ziemlich grau waren – frühzeitig ergraut, natürlich. Er bezeichnete sie als sein Winterfell. Aber Sie meinen wahrscheinlich eher seinen Charakter, oder? Er war sympathisch … geistreich. Er und Dr. Urbino waren mir gegenüber am aufgeschlossensten.«

»Das klingt, als hätten Sie ihn gemocht.«

Wieso interessiert er sich so für de Beyn? So viel mehr als für die anderen?

»Das stimmt. Er war nicht herablassend, ganz im Gegensatz zu Armitage. … Aber vergessen Sie nicht, dass das oberflächliche Eindrücke sind, die schon fünfzig Jahre zurückliegen.«

»Nein, sicher nicht. Sie werden wohl nicht … beurteilen können, wie die beiden zueinander standen?«

»Himmel, ich habe ja nicht mal … Sie dürfen nicht vergessen, dass es dort kaum Privatsphäre gibt. Das ist die Lebensweise der Eskimos – man lebt es öffentlich. Und das Einzige, was man zeigt, ist sein öffentliches Gesicht. Wissen Sie, was ich meine?«

»Ich glaube, ja. Aber machen wir das nicht alle, ganz gleich, wo wir sind?«

»Mag sein, aber da oben ist man niemals allein. Selbst wenn man in einer Hütte ist oder in einem *Illu*, dann drängt man sich dort mit zehn, zwölf anderen zusammen. Man ist nie für sich. Geheimnissen ist das kaum förderlich.«

»Das klingt beklemmend.«

»Die Leute denken immer, im Norden sei alles weit und offen und rein wie der Schnee; Einsamkeit und Freiheit … aber in gewisser Hinsicht ist es genau das Gegenteil. Jedenfalls gibt es in der Nähe eines Dorfs keinen reinweißen Schnee.«

»Aber es muss Ihnen doch gefallen haben. Schließlich haben Sie so viel Zeit dort verbracht.«

»Ja. Aber nicht, weil es den Vorstellungen entspräche, die viele von der Arktis haben; es ist kein primitives Utopia – keine edlen Wilden, die in Harmonie miteinander leben. Sehen Sie die Sterne dort drüben – links vom Oriongürtel – die übereinander?«

Sie zeigt aus dem Fenster; Canis minor ist deutlich zu sehen.

»Diese Konstellation nennen die Eskimos ›*sikuliaqsuijuittuq*‹. Sie haben eine Geschichte über einen Jäger, der sich mehr als seinen Anteil Fleisch nahm. In dieser Hinsicht verstehen sie keinen Spaß. Sie fuhren mit ihm aufs Sommereis; er war zu schwer, brach durch und ertrank. Das ist die Konstellation da oben: der Ermordete. Eine Erinnerung an ihre Auffassung von Gerechtigkeit.«

Crane lächelt höflich. Flora fragt sich, ob sie versucht, ihn abzuschrecken.

»Zurück zu Armitage und de Beyn …«

Flora seufzt. »Was genau interessiert Sie so daran, Mr. Crane? Planen Sie, ein Buch über sie zu schreiben? Wollen Sie mich darin zitieren?«

Randall lächelt und blickt auf seinen Drink. »Ich weiß nicht genau, wie ich es machen werde. Das ist von mehreren Faktoren abhängig.«

»Zum Beispiel? Erwarten Sie von mir, dass ich die Antworten auf alte, ungeklärte Fragen liefere?«

»Das wäre mehr, als ich zu hoffen gewagt hätte. Ich würde natürlich das, was Sie mir erzählen, nur benutzen, wenn Sie damit einverstanden wären.«

Die Türen schwingen mit einem Schwall Männerstimmen auf, dicht gefolgt von Uniformen, an denen Litzen und Orden blinken. Der Kommandeur kommt zu ihnen und begrüßt Flora mit ausgesuchter Höflichkeit

»Guten Abend, Commander Soames. Mir geht es gut, danke. Mr. Crane fragte mich gerade, wie ich als Frau unter all den männlichen Entdeckern in der Arktis überlebt habe.«

»Ich bin sicher, eine Dame wie Sie, Mrs. Cochrane, hatte nichts zu befürchten.«

Flora hält inne. Schmeichelei ist häufig ein Deckmantel von Beschränktheit.

»Ich habe ihm gerade erklärt, dass ich kaum auf Schwierigkeiten gestoßen bin – wahrscheinlich, weil man in der Arktis vor allem pragmatisch sein muss. Das haben die Eskimos uns beigebracht. Dort geht es hauptsächlich ums Überleben. Dadurch wird alles andere sehr klar und einfach. Finden Sie nicht, Commander?«

»Das ist wahr«, bestätigt er. »Sollen wir hineingehen? Sind wir vollzählig? Oder haben wir Dr. Metcalfe verloren?«

Die Dinge waren nicht einfach, weder damals noch später. Randall Crane bleibt in ihrer Nähe, dann beugt er sich plötzlich dicht zu ihr und murmelt leise: »Was war es für Sie, Mrs. Cochrane: Ruhm oder Flucht?«

Flora runzelt die Stirn. Manche Menschen wissen einfach nicht, wann sie aufhören müssen.

»Mr. Crane, können Sie sich eine Gesellschaft vorstellen, die es Ihnen fast unmöglich macht, Bildung zu erlangen, einen Beruf zu haben, allein zu reisen, ohne dass Ihnen etwas angetan wird, das Geld, das Sie verdienen, zu behalten oder sich zu benehmen, wie Sie wollen, ohne dafür in Ungnade zu fallen? Oder ganz allgemein: etwas anderes zu tun, als Ihnen widersinnige, aber restriktive, erniedrigende Regeln auferlegen? Und wenn Sie in einer solchen Gesellschaft lebten: Würden Sie nicht wünschen, ihr zu entfliehen?«

Der junge Mann wirkt bestürzt. Vielleicht hatte er eine Antwort erwartet, die ebenso oberflächlich war wie seine Frage.

»Aber in der Arktis waren Sie die ganze Zeit mit Ihren Kollegen zusammen – Männern aus der Heimat. Und Sie sagten, man sei dort nie allein. Sind Sie dem also wirklich entkommen?«

Bevor sie antworten kann, wendet sich der Kommandeur zu Flora und bietet ihr seinen Arm, um sie in die Offiziersmesse zu begleiten.

Zum Abendessen gibt es gegrilltes Rentierfleisch, dazu einen kalifornischen Wein (die Alternative wäre Coca-Cola). Flora versucht, die irritierende Hartnäckigkeit des jungen Mannes zu verdrängen – sie hat sie abgewehrt, und morgen ist keine Zeit für Gespräche. Doch seine letzte Frage nagt an ihr; sie weiß einfach nicht, wie die Antwort lautet.

Kapitel 22

New York, 40°42' N, 74°00' W
Frühling 1893

Meine Gefährten und ich kämpften gegen den eisigen Wind, stapften über das karstige Eis. Unsere Füße schmerzten von den Frostbeulen, und unsere Kleider waren steifgefroren. In unseren Bärten bildeten sich Eiszapfen, genau wie am Fellsaum unserer Kapuzen, was unsere Sicht noch mehr behinderte. Die Hunde – die wenigen, die die Krankheit und die Attacken ihrer Artgenossen überlebt hatten – waren an der Grenze ihrer Belastbarkeit angelangt. Genau wie wir. Doch der Boden fiel langsam und allmählich ab, daher wagte ich zu träumen, dass unser Ziel in greifbarer Nähe war. Wir waren fünfhundert Meilen durch das unwirtlichste Gebiet der Erde gewandert und irgendwann gelangten wir an die Spitze eines mächtigen Vorsprungs. Ich stand ganz vorn und spürte, wie meine Hunde hinter mir anhielten. Da ich meinen Augen nicht trauen konnte, rief ich die anderen. Meine Stimme krächzte, so lange hatte ich nicht mehr gesprochen. Neugierig kamen die anderen zu mir gestolpert. Und dort – weit unter uns, in einer einzigen, ununterbrochenen Fläche bis zum Horizont – erstreckte sich das vereiste Nordpolarmeer. Wir hatten das Ende der Welt erreicht!

Ich wandte mich zum Doktor und, zu erschöpft und überwältigt, um etwas zu sagen, schüttelten wir uns die Hand. Wir hatten ohne jeden Zweifel bewiesen, dass Grönland eine Insel war – eine Insel, deren eine Küste dorthin weist, wo bisher noch kein Mensch war: zum Nordpol.

Wir errichteten ein Lager, und während wir etwas Pemmikan und Zwieback auftauten, begann sich der Nebel unmerklich zu lichten. Im Mai geht die Sonne in diesen Breitengraden niemals unter. Ich stand auf der Spitze der Klippe, die ich Cape Flagler getauft hatte – und die weit über dreihundert Meter hoch war –, und sah zu, wie der Horizont immer klarer wurde. Und dann, zu meiner großen Überraschung und Freude, machten meine Augen im Nordwesten etwas aus, das noch kein Mensch zuvor je erblickt hatte: Neuland! Aufgeregt rief ich meine Gefährten, Dr. Urbino und den Jäger Metek, der buchstäblich tanzte vor Freude, und dann standen wir gemeinsam da und starrten auf das unentdeckte Land, solange der Nebel es uns erlaubte.

Der Kampf gegen das Eis. Eine Expedition nach Nordwestgrönland, 1891–92
Lester Armitage (New York 1893)

Als Jakob das Kapitel beendet hat, zittert er vor Zorn. Er drückt seine Zigarette aus, zermahlt sie wesentlich gründlicher und länger als nötig auf dem Teller. Das Lokal, in dem er sitzt, ist nicht weit von dem entfernt, in dem Frank und er als Studenten zu Mittag aßen. Er starrt fassungslos auf das Buch. Sein eigener Name taucht auf den ersten Seiten auf. Dort wird seine Erkundungstour auf Ellesmere Island geschildert – wenn auch nur flüchtig. Aber das hier, davon ist er überzeugt, das ist eine Lüge.

Nach ihrer Rückkehr aus dem Norden hatte Armitage behauptet, sie hätten den Beweis, dass es sich bei Grönland um eine Insel handelt. Mehr nicht. Und er wirkte unzufrieden. Wäre er bei der Entdeckung von Neuland aber nicht außer sich vor Freude gewesen, statt so niedergedrückt wie den Rest ihres Aufenthalts? Im Gegensatz zu dem Abschnitt im Buch hatte Frank erzählt, sie hätten vom äußersten Norden *rein gar nichts* gesehen. Er sagte – und Jakob hat seine Stimme noch ganz deutlich im Ohr –, der Nebel sei so dicht gewesen, dass sie nicht mal sicher sein konnten, überhaupt die Nordküste erreicht zu haben. Aber hier, schwarz auf weiß, stehen die Koordinaten seiner Entdeckung: ›Dupree Land‹.

Hätte Lester eine solche Entdeckung für sich behalten können? Schließlich ging es ihm vor allem darum, alles unter Kontrolle zu haben. Hätte er von Frank Geheimhaltung verlangt haben können – und hätte Frank zugestimmt? Frank war noch nie ein Geheimniskrämer gewesen, er war ganz einfach nicht in der Lage, seine Gefühle zu verbergen. Das konnte nur eines bedeuten: dass sie nicht bestätigen konnten, dass es sich um die Nordküste handelte, dass sie nichts entdeckt hatten, dass sie nicht mal wussten, wo sie sich befanden.

Armitage hat eine Behauptung aufgestellt, die seinen Ambitionen noch mehr Auftrieb gibt, und der Einzige, der diese Behauptung bestätigen oder negieren könnte, ist tot. Was (und der Gedanke kommt selbst ihm irreal vor), was, wenn Franks Tod gar kein Unfall war? Nein, das ist verrückt! Armitage ist doch kein Monster … Jakob zündet sich eine neue Zigarette an und merkt, dass seine Hände zittern.

Der junge Kellner tauscht seinen alten Kaffee gegen einen neuen aus und erklärt mit einem Lächeln, dass er das eigentlich nicht dürfe, aber sie würden es eben niemandem verraten. Jakob ist dankbar für diese freundliche Geste und trinkt einen Schluck.

Zwei Tage später macht er sich auf den Weg zu den Urbinos. Da er sonntags auch ohne Einladung zum Mittagessen erwartet wird und Franks Eltern behaupten, seine Besuche seien ein Trost für sie, geht er oft hin. Allerdings hat er sich dieses Mal überlegt, ob er sich eine Ausrede einfallen lassen soll, denn sie werden bestimmt über Lesters Buch sprechen wollen, und er weiß nicht, was er dazu sagen soll.

Noch als er auf der Frontveranda seinen regennassen Hut ausschlägt, öffnet Clara die Tür. Sie wohnt in der Stadt, zusammen mit Lucille Becker, verbringt die Wochenenden aber bei ihren Eltern. Johnny kommt ebenfalls, sooft er kann, doch er arbeitet in einer Anwaltskanzlei und hat meist zu viel zu tun. Und Anna hat ihr Elternhaus nie verlassen.

Jakob folgt Clara ins Wohnzimmer. Anna kommt auf ihn zu und streckt ihm beide Hände entgegen – eine etwas verstörende Angewohnheit, die sie angenommen hat. In ihren Augen glitzern Tränen, und ihre Haut wirkt ungesund blass. Jakob fragt sich, ob sie genügend Schlaf findet. Franks Tod hat alle schrecklich getroffen, aber Anna offenbar am schwersten. Sie trägt immer noch Trauer, während Clara wieder ihre normalen Kleider anzieht. Neun Monate sind bereits seit dem Unglück vergangen – acht, seit sie davon durch einen Brief erfahren haben, den Armitage aus Nova Scotia schrieb. Doch jedes Mal, wenn Jakob ihr Haus betritt, wirkt ihre Trauer so frisch wie am ersten Tag.

»Jake …« Anna lässt zu, dass er kurz ihre Hände nimmt. »Wie schön, dich zu sehen.«

Er drückt ihre Hände und lässt sie dann wieder los. »Und wie schön, dich zu sehen. Wie geht es dir?«

»Ach, es geht schon …« Sie bedenkt ihn mit einem tapferen Lächeln. »Wir machen, so gut es geht, weiter.«

Jakob fragt sich manchmal, ob Anna je die Rolle als die Hauptleidtragende aufgeben wird. Sie geht so darin auf, dass er manchmal den Eindruck hat, sie genieße es geradezu.

Marion Rutherford und Mrs. Urbino begrüßen Jakob ebenfalls und erkundigen sich nach seinem Bruder und seiner Familie. Auch diese beiden Frauen tragen Schwarz. Marion hält ein Buch in der Hand, das er sofort erkennt.

»Mr. Armitages Buch! Haben Sie es gelesen, Mr. de Beyn?«

»Nein … noch nicht.«

»Oh!« Marions Augen leuchten. »Ich habe es in einem Rutsch gelesen. Ich konnte einfach nicht aufhören, es ist wunderbar, nicht wahr, Sophia?« Sie wendet sich zu Mrs. Urbino und berührt sie am Arm.

»Ja, wunderbar«, murmelt Mrs. Urbino, deren Ausdruck der Verwirrung sich seit dem Tod ihres Sohnes noch verstärkt hat.

»Dem lieben Frank ein angemessener Tribut. Er war ein Held … ein Held«, wiederholt Marion mit heiserem Flüstern.

»Ja«, sagt Jakob.

Dabei ist das nicht der Eindruck, den er bekommen hat. Laut Lesters Bericht über die Tour in den Norden ist Frank stets keuchend hinter ihm hergetaumelt. Lester war die Vorhut, Frank der treue, zuverlässige, unterwürfige Gefolgsmann. Hin und wieder durfte er eine besondere Fähigkeit zeigen, zum Beispiel, als er Jakob während eines Sturms einen vereiterten Zahn zog. Lester beschreibt diesen Vorfall als lustige Episode (›Der Geologe ist erleichtert‹), dabei war er für ihn selbst alles andere als komisch (er weiß noch, dass er vor Schmerz fast geweint hat).

»Habt ihr alles gelesen?«, erkundigt er sich.

»Ich konnte es nicht zu Ende lesen. Es hat mich zu sehr aufgewühlt«, murmelt Anna mit erstickter Stimme.

Marion starrt sie finster an: Als trauernde Verlobte hat sie entschieden etwas dagegen, in ihrem Schmerz ausgestochen zu werden.

Im Garten blickt Clara ihn direkt an.

»Du hast es doch gelesen, oder?«

»War das so offensichtlich?«

Clara zuckt die Achseln. »Nein. Die anderen wissen, dass du viel zu tun hast. Aber was stimmt nicht damit?«

»Marion findet nicht, dass damit was nicht stimmt.«

»Aber …«

»Ich weiß nicht … es ist gut geschrieben.«

»*Gut geschrieben?*« Irritiert sieht sie ihn an.

Jakob zuckt mit den Schultern. »Ein paar der Begebenheiten« – er zögert – »habe ich anders in Erinnerung.«

Clara starrt ihn an. »Das habe ich nun gar nicht erwartet! Willst du etwa sagen, dass Mr. Armitage lügt?«

Jakob senkt die Stimme. »… die Wahrheit verzerrt, würde ich eher sagen … wahrscheinlich ist die Versuchung groß, wenn man so eine Expedition beschreibt, sich selbst in gutem Licht dastehen zu lassen, manchmal auch zum Nachteil der anderen.«

»Zum Nachteil von euch – also auch von Frank?«

»Ja. Zum Nachteil von Frank. Er setzt seine Verdienste herab. Manchmal lässt er ihn … fast wie einen Clown wirken. Und das ist falsch und ungerecht.«

Clara wirkt aufgebracht, sofort wünscht Jakob, er wäre nicht gekommen.

»Das ist aber nur meine Meinung. Du musst es selbst lesen. Vorher hat es keinen Sinn, sich darüber zu unterhalten.«

»Das werde ich tun«, sagt sie.

Beim Mittagessen tut Marion etwas, was sie noch nie zuvor getan hat: Sie versetzt alle in Erstaunen. Mit einem schrägen Blick zu Anna verkündet sie, dass sie jemanden gefunden hat, der ihr in ihrer Trauer hilft. Daraufhin blicken alle sie an. Marion wirkt seltsam fiebrig, was umso erstaunlicher ist, als sie, zumindest Jakobs Wissen nach, sonst nie irgendwelche Gemütsregungen nach außen dringen lässt.

»Was soll das heißen, Marion?«, fragt Anna fast schroff.

»Das soll heißen«, erwidert Marion und senkt den Blick, »dass ich eine bemerkenswerte Frau kennengelernt habe – Mrs. Jupp –, die eine besondere, wunderbare Gabe hat. Ich möchte euch nur bitten, kein vorschnelles Urteil zu fällen. Ich weiß …« Sie lacht leicht nervös. »… ich weiß, ihr mögt skeptisch sein, aber sie hat mir … ermöglicht, mit Frank zu sprechen. Wirklich mit ihm zu sprechen!«

In der Stille, die sich abrupt über den Tisch senkt, blickt sie zu Mrs. Urbino. Die hat die Augen aufgerissen, es wirkt, als wolle sie jeden Moment zu weinen anfangen. Die Schwestern starren Marion an: Clara streng, Anna fassungslos. Lucille hat den Blick peinlich berührt auf ihren Teller gesenkt. Mr. Urbino wirkt ernst. Als Mann, der nie viele Worte macht, legt er Messer und Gabel nieder und räuspert sich.

»Marion, Liebes, ich weiß, du trauerst so sehr wie wir alle, aber in schweren Zeichen sollten wir doch am besten Trost im Gebet suchen.«

»Selbstverständlich, aber …«

»Diese Person … meint es sicher gut, aber so etwas verstößt gegen die Lehre unserer Kirche.«

Marion presst die Lippen zusammen. »Ich habe es euch auch nur erzählt, weil ich dachte, einer von euch wollte mich vielleicht zu Mrs. Jupp begleiten.« Ihre Miene wird trotzig. »Ich *weiß*, dass es Frank war, der zu mir gesprochen hat, Mr. Urbino. Ich weiß es einfach. Er hat Dinge gesagt … Dinge, die sie unmöglich hätte wissen können. Es war *sein Geist*!«

Leichte Röte ist in ihre bleichen Wangen gestiegen. Zum ersten Mal regt sich in Jakob so etwas wie Bewunderung für sie: Die Frau hat wirklich Mut, auch wenn sie ziemlich verrückt ist.

»Und was«, schaltet sich Clara ein, »hat Frank zu sagen gehabt?«

Marion hebt das Kinn. »Eine Nachricht, die nur für mich bestimmt war. Eine wunderbare Nachricht. Aber er wollte uns auch sagen – und zwar uns allen –, dass er glücklich ist – jawohl! – und wir nicht so traurig sein sollen.«

Triumphierend schaut sie in die Runde. Jakob erwidert nur kurz ihren Blick und starrt dann auf den Teller. Er fragt sich, was Marion wohl sagen würde, wenn er sein Versprechen gegenüber Frank halten und ihr von dessen Untreue erzählen würde.

»Unglaublich«, bemerkt Clara. »Klingt ganz wie mein Bruder.«

Mr. Urbino runzelt die Stirn. Mrs. Urbino sieht Marion an und tätschelt ihr den Arm. Dann hört man das Scharren eines abrupt zurückgeschobenen Stuhls.

»Entschuldigt mich«, sagt Anna mit erstickter Stimme und stürzt aus dem Zimmer.

In schweigendem Einvernehmen wird das Thema fallengelassen. Marion sagt daraufhin kein Wort mehr und setzt eine Miene gekränkter Würde auf. Lucille erkundigt sich bei Jakob nach der geologischen Abhandlung über Ellesmere Island, die er gerade verfasst, worauf er eher einsilbig antwortet. Dann sprechen sie über den Meteoriten, den Lester zum Andenken an Frank dem Naturkundemuseum gestiftet hat.

Im Laufe der nächsten Tage versucht Jakob, Lesters Buch mit größerer innerer Distanz zu lesen, doch sein Verdacht festigt sich immer mehr. Hinzu kommt, dass Armitage mehrere seiner Fotografien verwendet, ihn aber nicht als Fotografen genannt hat. Nicht ein einziges Foto taucht in dem kurzen Bericht über die Tour nach Ellesmere Island auf (Jakobs bislang beste Arbeit), und ihre Leistung, so viel von der Küste kartographiert zu haben, wird nur flüchtig erwähnt. Jakob weiß, das sind im Grunde kleinliche und egozentrische Gedanken, schließlich war es Lesters Expedition, ist es Lesters Buch. Doch sie unterstreichen seinen Eindruck, dass Armitage alle Errungenschaften der Expedition als seinen persönlichen Triumph betrachtet. Er zeichnet sich selbst als Alleinkämpfer, der umgeben war von schemenhaften Gestalten, die sich mehr dafür interessierten, Steine zu zählen, als im Namen des Vaterlandes neue Welten zu entdecken. Es verstößt auch gegen Jakobs Gerechtigkeitsempfinden, dass im Bericht über Franks Tod nicht mal erwähnt wird, dass auch ein Jäger der Eskimos verletzt wurde. Ayakou, ein williger und fröhlicher Helfer, der von allen gemocht wurde, taucht nirgendwo auf.

»Wie läuft es mit deinem Buch?«

Das fragt Bettina regelmäßig, normalerweise freitags, wenn Jakob zum Frühstück herunterkommt. Heute ist er spät dran, er hat nicht gut geschlafen.

»Ganz gut«, antwortet er achselzuckend.

»Du arbeitest zu viel. Du wirkst müde. Komm schon.«

Sie stellt eine Tasse Kaffee vor ihm ab und legt ihm die Hand auf die Schulter.

Er lächelt seine Schwägerin an, spürt zu seinem Schreck aber ein verräterisches Brennen in Augen und Kehle. Sonst fragt ihn nie jemand, wie es ihm geht, oder sagt ihm, er sehe müde aus. Diesen Effekt löst nur Bettina bei ihm aus, weil sie sich immer noch so benimmt, als wäre er eines ihrer Kinder.

»Ich arbeite nicht genug. Das ist das Problem.«

»Ich dachte, du wärst fast fertig.«

Jakob seufzt. Er findet es zunehmend schwer, sein Vorhaben in die Tat umzusetzen: eine kurze wissenschaftliche Abhandlung über Ellesmere Island, illustriert mit seinen eigenen Fotos. Dafür hat er von einem Verlag bereits einen kleinen Vorschuss bekommen. Eigentlich keine schwierige Aufgabe. Doch ihn hindert das Gefühl, das sei belanglos im Vergleich zu den vielen Dingen, die ihm im Kopf herumschwirren. Und einzigartig an Ellesmere Island ist nicht das Gestein, sondern das Eis, das die Insel bedeckt. Darüber will er schreiben. Er will von ihrer Reise erzählen, und zwar so, wie es Lester Armitage sicher nicht gefallen würde. Sein Expeditionsvertrag verbietet es Jakob zwar nur, etwas vor dem Jahrestag ihrer Rückkehr, dem 29. August, zu veröffentlichen. Doch man hat ihm zu verstehen gegeben, dass im Grunde nur der Leiter das Recht hat, von der Expedition zu berichten.

»Jake?«

»Ja, was ist?«

Bettina schüttelt den Kopf.

»Wie ich immer sage: Du brauchst eine Frau. Jemanden, der sich um dich kümmert.«

Jakob grinst. »Was würde Vera dazu sagen?«

Die Tochter von Bettina und Hendrik ist mittlerweile acht Jahre und hat ihm versichert, sie würde ihn heiraten, wenn sie erwachsen wäre. Und Jakob hat ihr versprochen zu warten.

»Tss. Du kennst doch die Müllers, aus unserem alten Viertel? Gestern habe ich Mrs. Müller mit ihrer Tochter getroffen. Maria … du weißt schon. Nun, sie ist jünger als du, und ziemlich hübsch, mein Wort darauf! Und so gut angezogen! Und sie arbeitet – ist also sehr modern und trotzdem *sehr* ehrbar. Sie hat eine Anstellung in einem Damenbekleidungsgeschäft. Als ich ihnen von dir erzählte, waren beide höchst interessiert. ›Wie faszinierend‹, haben sie immer wieder gesagt. Ich muss sie mal zum Tee einladen. Sie möchten dich unbedingt kennenlernen.«

Jakob verdreht die Augen.

»Mrs. Müller hat mir etwas erzählt …« Bettina verstummt und scheint den Faden verloren zu haben. Sie blickt auf das Regal der Anrichte.

»Was denn?«

»Ach, wahrscheinlich erinnerst du dich gar nicht mehr an sie. Sie sind vor uns umgezogen. Die Gertlers. Cora Gertler war eine Freundin von mir. Erinnerst du dich an sie? Ihr Mann war Tierpräparator. Tja, es ist so traurig, aber … sie ist gestorben. Letzte Weihnachten. An Krebs.« Bettina schnalzt traurig mit der Zunge. »Dabei war sie kaum älter als ich.«

Jakob hat plötzlich das Gefühl, nur noch Sand im Mund zu haben. Er muss sich zwingen, es zu schlucken, und spült mit einem Schluck Kaffee nach.

»Wie auch immer …« Bettina dreht ihm den Rücken zu und stapelt Teller aufeinander. »So was passiert eben. Nur Gott weiß, wie viel Zeit uns bleibt.«

»Ja«, bringt Jakob nach einer Ewigkeit hervor. Und dann, eine ganze Weile danach: »Ich erinnere mich an sie.«

Bettina stellt den Stapel Teller auf das Regal und rückt ihn zurecht. Sie dreht sich halb zu Jakob, sieht ihn aber nicht an.

»Das dachte ich mir. Deshalb habe ich es dir erzählt.«

Jefferson Shull sieht noch besser aus, seitdem Jakob ihn das letzte Mal gesehen hat. Er trägt einen neuen Mantel und hat sich einen goldblonden Schnurrbart wachsen lassen. Der Glanz seiner Stiefel zeugt davon, dass sie täglich zweimal geputzt werden. Er begrüßt Jakob mit jovialer Miene, ist aber längst nicht so freundlich wie im Norden. In der Arktis zählen Geld und Status nur wenig; aber hier, auf der Fifth Avenue und dazu noch in der gedämpften Atmosphäre von Shulls Club, ist das offenbar anders.

Nach ein paar einleitenden Floskeln kommen sie auf Lesters Buch zu sprechen.

»Ziemlich gut, findest du nicht?«, fragt Shull. »Er meinte, es würde ihm dabei helfen, Geld für seine nächste Reise zusammenzubringen.«

»Hast du ihn gesehen?« Jakob hatte gedacht, Lester wäre auf Lese- und Vortragsreise und damit zu beschäftigt und wichtig, um sich mit einem von ihnen zu treffen.

»Ja. Neulich. Tatsächlich« – Shull lacht kurz auf – »bat er mich, ihn beim nächsten Mal wieder zu begleiten.«

»Aber das ist ja großartig! Willst du mit?«

»Vielleicht. Möglicherweise meldet er sich ja auch bei dir … Allerdings meinte er, beim nächsten Mal würde er sich eher auf das Entdecken von Neuland und nicht auf wissenschaftliche Untersuchungen konzentrieren. ›Wissenschaft dauert zu lang!‹, hat er gesagt.«

Jakob stößt ein Lachen aus. »Ja, das ist oft nicht miteinander vereinbar.«

Nach einem zweiten Drink spürt Jakob, dass Shull aufbrechen will.

»Shull, da ist etwas, dass ich dich fragen wollte.«

»Ach ja?«

»Über Dupree Land … davon habe ich zum ersten Mal im Buch gehört. Nach der Tour in den Norden hat Armitage gar nicht erwähnt, dass sie Neuland entdeckt hätten; und Frank auch nicht. Findest du das nicht komisch?«

»Ach so, dazu hat Armitage was gesagt. Er meinte, er wollte die Sache geheim halten, gerade weil sie so wichtig war. Es sollte vor der Veröffentlichung seines Buchs nichts nach außen dringen.«

»Aber was ist mit Frank? Der war doch dabei. Und er hätte es mir erzählt.«

Shull wirft einen Blick zur Tür. Während er spricht, sieht er angelegentlich auf seine Zigarre.

»Tja, also … offenbar war Urbino so fertig, als sie die Küste erreichten, dass er sich sofort schlafen legte. Armitage sah das Land, als der Nebel sich lichtete, aber Urbino nicht. Und Armitage hat ihm nichts davon erzählt.«

»Aber im Buch behauptet er, Frank sei dabei gewesen! Er benutzt ihn als Zeugen für seine Entdeckung.«

»Das wollte ich gerade erklären …« Shull setzt eine respektvolle Miene auf. »Nachdem Urbino starb, dachte Armitage, es wäre eine nette Geste der Familie gegenüber, wenn sie davon ausgehen könnte, dass er bei der Entdeckung dabei war.«

»Und all das hat er dir neulich erzählt?«

Shull zuckt die Achseln. »Wahrscheinlich wusste er, dass zu dem Thema Fragen aufkommen würden.«

»Tja, meine sind damit wenigstens beantwortet«, bemerkt Jakob knapp.

»Du wirst doch nicht Urbinos Familie davon erzählen, oder? Du kennst sie doch, nicht wahr?«

»Ich würde nie etwas tun, was ihnen schaden würde – oder Franks Ruf.«

»Nein. Selbstverständlich nicht«, sagte Shull und drückt seine Zigarre aus.

✶

Ein paar Stunden später befindet sich Jakob in einem Bierkeller in seinem alten Viertel. Er wollte sich hier betrinken, was ihm auch gelungen ist, aber nicht den gewünschten Effekt hat.

Sein Zorn ist unvermindert, doch weiß er nicht, was er tun soll, außer höchstpersönlich nach Grönland zu fahren und sich zu vergewissern, dass es das sagenumwobene Dupree Land gibt … oder eben nicht. Nun, dann muss er das eben tun. Nachdem das beschlossen ist, schützt ihn nichts mehr davor, dass die Neuigkeit von Coras Tod ihn überwältigt. Seit dem Vortag hat er das verdrängt. Aber jetzt stellt er sich der Tatsache, obwohl er Cora seit über acht Jahren nicht mehr gesehen und auch nur selten an sie gedacht hat.

Er hätte es kommen sehen müssen. Damals war er in seinem zweiten Studienjahr, und ihre Liaison dauerte schon mehrere Monate. Jakob war noch genauso glücklich wie zu Anfang, aber ein-, zweimal nach Weihnachten, als die üblichen Gerüche der Wohnung von Orangen und Nelken übertüncht wurden, wirkte Cora abgelenkt, fast verärgert, als er kam; dann drehte sie sich schweigend um und ließ ihn an der Tür stehen und ihm blieb nichts anderes übrig, als sie zu schließen, Cora ins Schlafzimmer zu folgen und sich zu fragen, ob er etwas falsch gemacht hatte. Wenn er sie fragte, was denn los sei, sagte sie nur: »Nichts ist los. Ich bin bloß müde.« Am Ende ließ sie sich von ihm in die Arme nehmen, und die Dinge nahmen ihren üblichen Lauf.

Als Jakob allerdings eines Februarabends wie üblich kurz nach sieben bei ihr auftauchte, riss Cora die Tür auf, zog ihn in die Wohnung und küsste ihn schon, noch bevor die Tür ins Schloss gefallen war. Sie sagte kein Wort und ließ auch nicht zu, dass er etwas sagte; auf dem Weg zum Schlafzimmer stolperten sie über einen kupfernen Blumenständer. Jakob lag es fern, sich über diesen Ausbruch von Leidenschaft zu beklagen, aber er kam ihm auch schon damals merkwürdig vor.

Um halb zehn rollte sie sich von ihm weg und stand auf.

»Wo gehst du hin?«, fragte Jakob, der auch ohne einen Blick auf die Uhr wusste, dass sie noch eine halbe Stunde hatten.

»Zieh dich an«, sagte sie und warf sich ihre Kleider über.

»Aber es ist doch erst halb.«

»Ich muss dir was sagen.«

In dem elenden Bewusstsein, dass irgendwas nicht stimmte, zog er sich an. Er hatte sein Hemd noch nicht zugeknöpft, da sagte sie: »Wir verlassen New York. Mein Mann und ich ziehen nach St. Louis. Tut mir leid, Herzchen, aber das war das letzte Mal.«

Es klang, als hätte sie es auswendig gelernt.

»Nein«, sagte er. »Wieso?«

Ungeduldig runzelte sie die Stirn. »Weil er da einen Job bekommen hat.«

Das konnte Jakob weder begreifen noch glauben.

»Ist da noch ein Grund?«

Cora hatte eine ziemlich wirksame Technik, sich zu streiten: Sie sagte einfach nichts mehr.

»Du musst doch nicht mit, Cora. Du liebst ihn doch nicht!«

»Jake …« Sie schüttelte den Kopf. »Ich erwarte nicht, dass du das verstehst. Aber eines Tages wirst du es begreifen.«

Entsetzt hatte er bemerkte, dass er vor ihren Augen in Tränen auszubrechen drohte. Dann war er wütend geworden.

»Wieso hast du mir das nicht eher erzählt?«

»Hör mal, Herzchen, hätte ich es dir eher erzählt, wären wir beide traurig gewesen. Wir hatten doch eine schöne Zeit miteinander, oder nicht? Aber die ist jetzt eben vorbei. Früher oder später wirst du dich in ein Mädchen in deinem Alter verlieben. Und das wird geschehen, ob ich nun hier bin oder nicht. Da wäre ich lieber nicht dabei.«

»Nein! Das werde ich nicht … nein, Cora … bitte.«

Er wusste, dass er sie mit nichts umstimmen konnte. In dieser ganzen Angelegenheit hatte er nie etwas zu sagen gehabt. Als er wie ein geprügelter Hund davonschlich, sagte sie: »Nichts ist für ewig, Herzchen. Nichts Gutes und nichts Schlechtes. Das wirst du noch sehen.«

Weil er Zweifel daran hatte, dass die Geschichte von St. Louis wahr sei, beobachtete er die nächsten zwei Wochen ihre Wohnung, fand aber nichts heraus. Seine bemüht beiläufigen Nachfragen ergaben dann, dass sie tatsächlich nach St. Louis gezogen waren. Die schlichte und hässliche Wahrheit war, dass er ihr nicht so viel bedeutet hatte. Nächtelang war er in seinem Elend gefangen, überzeugt, dass noch nie jemand so unglücklich gewesen war wie er. Hendrik und Bettina debattierten ständig im Flüsterton miteinander, brachen jedoch ab, sobald er die Küche betrat. Sie konnten den Grund für sein Elend nicht wissen: Außer Frank hatte er niemandem von ihr erzählt, und nicht mal Frank kannte ihren Namen.

Cora hatte recht: Als der Frühling mit Macht die Stadt bestürmte, ging es ihm langsam besser. Er war eines Tages selbst überrascht, als er ohne auch nur den Anflug von Kummer an ihrem Haus vorbeiging. Da ihm die Affäre mit Cora zugeflogen war, ging er davon aus, dass dasselbe sicher schon bald wieder passieren und sein Leben von einer Reihe Coras verschönert würde: entgegenkommenden, verführerischen Frauen, die Leidenschaft zeigten, aber keine Ansprüche stellten. Er wartete. Doch nichts passierte.

Ehrbare junge Frauen wie Franks Schwestern waren für ihn unerreichbar – es sei denn durch die Ehe, zu der er weder die Lust noch das Geld hatte. Zwar gab es irgendwann ein paar andere Frauen, die er wirklich gernhatte, doch nie eine, die so direkt, so sinnlich und so gut für ihn gewesen war wie Cora Gertler – und jetzt war sie tot.

Um zehn Uhr ist der Bierkeller voll mit Gästen in verschiedenen Stadien der Auflösung, und Jakob wird sentimental und ergeht sich in rührseligsten Erinnerungen an Cora. Irgendwann hört er zu seinem Erstaunen, wie jemand seinen Namen sagt. Das Erstaunen reicht nicht so weit, dass er darauf reagieren würde, doch dann spürt er verblüfft, wie jemand ziemlich unsanft seine Schulter schüttelt.

»Mr. de Beyn … Mr. de Beyn … Jake! Himmel, was ist mit Ihnen. Geht es Ihnen gut?«

Als er aufblickt, sieht er ein Gesicht, das ihm vage vertraut vorkommt.

»Ich bin's, Lucille. Lucille Becker.«

»Ich weiß«, entgegnet er mit Würde. »Hallo, Miss Becker.« Seine Stimme klingt dumpf, als käme sie aus der Tiefe eines Brunnens.

In einer Mischung aus Ärger und Sorge schüttelt sie den Kopf.

»Finden Sie nicht, es wäre Zeit, nach Hause zu gehen?«

»Was machen Sie denn hier?«

»Hier? Ich kaufe Bier. Schockiert Sie das?«

Jakes schüttelt den Kopf, hört aber sofort wieder auf, weil ihm davon schwindlig wird.

»Werden Sie jetzt nach Hause gehen? Können Sie noch laufen?«

Jake ist sicher, dass er das bejaht hat, doch im nächsten Moment hilft sie ihm auf die Beine und schlingt ihren dünnen, überraschend starken Arm um seinen Rücken.

»Nein, nein …«, wehrt er sich halbherzig. Er hat gemerkt, dass Aufstehen keine gute Idee ist.

»Kommen Sie schon. Sie brauchen Kaffee. Wir wohnen gleich um die Ecke. Und es ist immer besser, mit jemand anderem zu reden als sich selbst.«

Unter spöttischen Bemerkungen von allen Seiten schaffen sie es irgendwie hinaus in die kühle Nacht.

Trotz seiner Beteuerungen, dass er allein laufen kann, dass es ihm gutgeht, dass er so betrunken noch nicht sei, lässt er sich von Lucille um eine Ecke führen. Doch als sie seine Schultern loslässt, stolpert er, sodass sie ihn sofort wieder schmerzhaft fest packt.

»Da sind wir«, sagt sie schließlich und betritt ein Wohnhaus. Im Treppenhaus riecht es nach Essig – verstörend ähnlich wie im Mietshaus der Gertlers. Eine Schrecksekunde denkt er, er ist dort, doch dann merkt er, dass die Treppe sich in die andere Richtung windet.

»Achten Sie nicht auf den Gestank«, bemerkt Lucille. »Der

dringt nicht bis zu unserer Wohnung vor.« Sie schließt auf, schiebt ihn hinein und ruft: »Clara? Wie haben Besuch.«

Doch in der Wohnung bleibt es still. Lucille führt ihn in eine winzige Küche mit einem winzigen Tisch, an den sie ihn setzt. Erleichtert sinkt er auf einem Stuhl zusammen, während sie sich daranmacht, Wasser zu kochen. Als der Kaffee fertig ist, schenkt sie zwei Tassen voll und schiebt eine zu Jakob, der sich Mühe geben muss, nicht nach vorne zu kippen und den Kopf auf die Tischplatte zu legen.

»Trinken Sie das.«

»Wo ist Clara?«

»Das weiß ich nicht. Vielleicht ist sie zu ihren Eltern gegangen.«

»Kommt sie noch zurück?«

»Nun, wenn sie wirklich bei ihren Eltern ist, dann wohl nicht.«

Als würde ihr erst jetzt bewusst, was sie da gesagt hat und was das bedeutet, umfasst sie ihre Tasse mit beiden Händen und lehnt sich an den Herd.

»Wahrscheinlich hätte ich Sie in Ihrem Zustand gar nicht ansprechen sollen, aber Sie wirkten so aufgewühlt. Möchten Sie darüber reden?«

»Ach … es ist nur …«, setzt Jakob abwehrend an, doch die Versuchung weiblichen Mitgefühls ist einfach zu groß. Und Miss Becker hat etwas so Geradliniges, Intelligentes an sich, dass er sich selbst dabei ertappt, wie er ihr … tja, fast alles erzählt. Sie ist eine moderne, vernünftige junge Frau – die nicht geschockt wirkt, als sie vom Tod seiner früheren Geliebten hört; im Gegenteil, sie wirkt mitfühlend. So ermutigt, fängt er an, zusammenhangslos über Frank und Lester zu erzählen, von seinem Verdacht, obwohl er vermutet, dass sie seinen Ergüssen kaum folgen kann.

»Darüber sollten Sie mit Clara reden.«

»Ja. Ich weiß.«

Er starrt zu ihr hoch. Sie hat jetzt ihre Arme verschränkt,

als wollte sie sich schützen – oder verteidigen. Er hat sie schon immer als munter und liebenswert betrachtet, wenn auch vom Aussehen her etwas affenartig; als eine jener Frauen, die man, ohne groß nachzudenken, in die Kategorie ›alte Jungfer‹ einordnet. Aber jetzt fällt ihm die honigfarbene Haut an ihrem Hals kurz über dem Kragen auf und die dunklen Löckchen, die sich aus ihrem Haarknoten gelöst haben. Ihr Mieder, das sich über kleinen, spitzen Brüsten spannt. Eine Aufwallung von Lust schnürt ihm die Kehle zu. Entsetzt und peinlich berührt konzentriert er sich auf seinen Kaffee. Bislang fand er sie nie verführerisch, aber bislang sind ihm auch nicht … nun, gewisse Dinge aufgefallen.

»Möchten Sie noch Kaffee? Geht's besser damit?« Ohne auf eine Antwort zu warten, schenkt sie ihm nach. Der Kaffee ist stark und bitter, und auch wenn er dadurch nicht nüchtern wird, so doch etwas klarer. »Wenn es Ihnen bessergeht, werden Sie wahrscheinlich bald heimgehen können. Ich muss morgen arbeiten.«

»Sie sind sehr freundlich«, platzt es aus ihm heraus. »Weil Sie mir zuhören, meine ich.«

»Ach, na ja. Es hat mir halt leidgetan … dass Sie so was erfahren haben. Das muss ein Schock gewesen sein.«

Den Kaffee hat sie mit beiden Händen umfasst; hübschen Händen, zart und schlank.

Wäre Jakob in diesem Augenblick stärker oder nicht ganz so stark betrunken gewesen, hätte er es nicht getan. Aber jetzt streckt er die Hand aus und berührt eine von Lucilles Händen. Sie erstarrt, zieht sie jedoch nicht weg. Er blickt hinauf in ihr Gesicht, das sie leicht abgewandt hat, als wagte sie es nicht, ihn anzuschauen. Sie hat den Mund etwas geöffnet, und ihre Kehle bewegt sich, als sie schluckt. Ermutigt nimmt Jakob ihr mit der anderen Hand die Tasse ab und stellt sie auf den Tisch. Wenn es eines gibt, wonach er sich jetzt sehnt, dann, seine Arme um einen warmen, weiblichen Körper zu schlingen und selbst umarmt zu werden. Als er, schwankend, aufsteht, zieht er sie zu sich, und dann spürt er, wie sie ihren Kopf an seine Schulter legt, seine Hände über ihren knochigen Rücken streichen und ihre Arme sich um ihn schließen. Sie ist so schmal und klein, dass ihr Scheitel gerade mal an sein Kinn reicht.

»Lucille …«, setzt er an und sucht angestrengt nach Worten, doch da legt sie den Kopf in den Nacken und streicht mit ihren Lippen sachte, keusch über seine. Als durchzuckte ein Stromstoß ihn, öffnet er seinen Mund, teilt ihre Lippen mit seiner Zunge und drückt ihren Körper an seinen, wirft alle Zurückhaltung, Vorsicht und Manieren über Bord, lässt sich von einer glühend heißen Woge des Verlangens davontragen … und geht zu weit; fast sofort merkt er, wie sie sich von ihm wegdreht und kräftig gegen seine Brust stemmt.

»Stopp!«, zischt sie.

»Bitte … du bist so …«

Als ihm die Geräusche im Flur bewusst werden, schubst ihn Lucille von sich, worauf er in seiner Trunkenheit nach hinten kippt und auf den Stuhl zurück sackt. Mit einem dumpfen Schlag prallt sein Ellbogen gegen die Wand. Er beugt sich über den Tisch. Sein Herz rast. Lucille nimmt ihre Tasse, wischt sich über den Mund, lehnt sich betont nonchalant wieder an den Herd und schafft es, ganz ruhig zu wirken, als Clara die Küche betritt.

»Du bist ja noch auf … Herr im Himmel, Jake!«

Clara zieht sich die Handschuhe aus und sieht ihn halb verwirrt, halb – da ist er sicher – argwöhnisch an. Er erwidert blinzelnd ihren Blick und bemerkt verzweifelt, wie betrunken er ist. Um das zu vertuschen, spricht er betont langsam.

»Hallo, Clara. Ich muss mich bei euch beiden entschuldigen. Miss Becker hat mich in einem ziemlich desolaten Zustand entdeckt und war so freundlich, mich mit nach Hause zu nehmen, um mich auszunüchtern.« Er lächelt sie an. »Ich fürchte, ich habe sie furchtbar mit meinen Problemen gelangweilt.«

Clara sieht sie abwechselnd an. Vor Schreck ist Jakob ganz

kalt geworden. In seinem Ellbogen pocht der Schmerz, aber das darf er sich nicht anmerken lassen. Außerdem scheint er sich auf die Zunge gebissen zu haben.

»Es tut mir leid, Miss Becker. Ich schäme mich für meinen Zustand. Aber jetzt geht es mir besser.«

»Das sieht aber anders aus.« Immer noch schwenkt Claras Blick zwischen ihnen hin und her, wie der Zeiger eines Metronoms. »Oder, Lucy? So kannst du nicht nach Hause gehen. Sonst würdest du in den Fluss fallen oder mit durchgeschnittener Kehle in irgendeiner Gasse enden. Wir haben ein Ausziehbett. Du kannst in meinem Zimmer schlafen und ich übernachte bei Lucy. Nein, das geht schon. Das machen wir nicht zum ersten Mal.«

»Aber die Nachbarn …«, protestiert Jakob schwach, denn nun will er sich eigentlich nur noch hinlegen … und sei es, auf den Boden; ein Eckchen in der Küche würde auch reichen, oder im Flur draußen …

»Ach, die denken sich bestimmt schon jetzt ihren Teil«, erwidert Clara.

Als er kurz darauf in Claras Bett liegt und in die Dunkelheit starrt, während sich alles um ihn herum dreht, sehnt er sich verzweifelt nach Schlaf. Tausend Gedanken wirbeln ihm durch den Kopf, meist unangenehme oder traurige, aber sein Körper reagiert noch auf Lucille in seinen Armen, und daran klammert sich Jakob, um alles andere zu verdrängen. Wie schmal sie war, wie mager (eigentlich gar nicht sein Typ); sie fühlte sich an wie ein knochiges, zerbrechliches Vögelchen, aber so warm … und sie *hatte* ihn geküsst und zuerst auch – so schien es zumindest – seine Frechheit begrüßt.

Als er aufwacht, fällt von draußen schwaches, trübes Licht herein. Da er nicht weiß, ob Clara oder Lucille noch in der Wohnung sind, zieht er sich rasch an. Er fühlt sich erbärmlich.

In der Hoffnung, sich unbemerkt davonschleichen zu können, legt er sein Ohr an die Tür, aber dann kommt ihm das zu schäbig und feige vor – selbst für ihn. Rasche Schritte und dann ein Klopfen an der Tür lassen ihn zurückweichen.

»Jake?«

Claras Stimme.

»Ja! Ich bin wach.« Er streicht sich über die Haare, zögert, weil ihn ein Anflug von Panik überkommt, öffnet dann aber die Tür. Clara steht im Flur. Sie wirkt frisch und adrett; gepflegt wie immer.

»Ich habe Kaffee gekocht.«

»Danke. Aber ich will euch nicht noch mehr Umstände machen. Es tut mir schrecklich leid wegen gestern Nacht.«

Clara sieht ihn ruhig an und nickt.

»Lucille hat mir berichtet, was du ihr erzählt hast. Du hast im Schlaf einen Namen gerufen, ›Flora‹. War das der Name deiner Freundin?«

»Nein … Cora.«

»Vielleicht habe ich mich verhört.«

In der Küche zünden sie sich eine Zigarette an, und Clara schenkt Kaffee aus. Lucille ist schon zur Arbeit aufgebrochen. Clara hat frei und ist mit ihren Eltern verabredet. Jakob ist sich nicht sicher, wie viel sie am Vorabend mitbekommen hat.

»Bitte richte Miss Becker noch mal mein Bedauern aus. Ich fürchte, ich habe mich grässlich danebenbenommen.«

»Allerdings. Aber guck nicht so trüb; ich bin nicht wütend. Ich mache mir Sorgen um meine Eltern, und um Anna. Sie hat sich von Marion in diesen spiritistischen Unfug hineinziehen lassen, kannst du das glauben? Jetzt ist sie geradezu frömmlerisch geworden. Das ist doch … ungesund. Gott, ich vermisse Frank. Mit ihm konnte ich immer über so was reden.«

»Ich vermisse ihn auch.«

»Ich weiß. Es tut mir leid, dass du schlechte Nachrichten bekommen hast. Lucille hat mir davon erzählt. War sie deine Geliebte?«

Das fragt sie so leichthin, als ginge es hier um etwas ganz Belangloses. Verblüfft reißt Jakob den Mund auf. »Ww … äh … ja. Ich meine, ja, vor langer Zeit … noch im College. Aber es war trotzdem ein Schock.«

»Frank hat uns immer erzählt, wie ruchlos du bist, weil du in der Stadt eine Geliebte hättest. Wir wussten nicht, ob er das ernst meinte. Ich hatte den Verdacht, er wollte uns nur vor dir warnen. Natürlich war er unglaublich neidisch.« Sie lächelt, obwohl ihre Stimme leicht zittrig klingt.

Plötzlich ist Franks Präsenz so spürbar, als wäre er gerade im Flur. Und da ist noch etwas: Jakob wäre nie in den Sinn gekommen, dass man Clara vor ihm hätte warnen müssen.

Betont überrascht blickt er zur Uhr: »Liebe Güte, ich muss los. Ich habe dich schon lange genug aufgehalten.«

»Ja. Ich muss auch los, wenn ich rechtzeitig zum Mittagessen da sein will.«

»Soll ich warten oder …? Ich werde beim Rausgehen ganz diskret sein.«

»Mach dir keine Gedanken. In diesem Haus hat man schon einiges gesehen. Deshalb können wir es uns ja auch leisten.«

Kapitel 23

NEW YORK, 40°42' N, 74°00' W
MAI 1893

In der folgenden Woche bekommt Jakob drei Briefe. Der von Anna Urbino beunruhigt ihn noch am wenigsten. Sie schreibt begeistert von einem Besuch bei Mrs. Jupp und der wunderbaren Erfahrung, ›die tröstende Präsenz von Franks Geist‹ gespürt zu haben.

Jakob fragt sich, wieso sie sich die Mühe macht, ihm zu schreiben, doch als er die letzte Seite erreicht hat, findet er zu seiner Überraschung eine Einladung, sie zu Mrs. Jupp zu begleiten; offenbar hat Franks Geist verkündet, dass er eine Nachricht für ihn hat. Anna wusste sofort, dass sie für Jakob gedacht war, denn Mrs. Jupp – »die nichts von Franks Leben weiß!« (außer das, was sie in der Zeitung gelesen hat, vermutet Jakob) – hat ihn detailliert beschrieben, sogar die grauen Haare, und gesagt, der Freund aus dem eisigen Norden sei gemeint. Die Nachricht ist allein für ihn bestimmt und wird nur in seiner Anwesenheit vorgetragen, daher hofft Anna inständig, er kann seine Skepsis beiseiteschieben, um sie sich anzuhören.

Der zweite Brief zeigt eine fremde Handschrift, aber einen hiesigen Poststempel. Als er ihn öffnet, findet er eine einzelne Seite darin.

Lieber Mr. de Beyn,
es fällt mir schwer, den Mut aufzubringen, um Ihnen zu schreiben – nach dem, was neulich Nacht zwischen uns vorgefallen ist. Aber ich weiß, sonst werde ich keine Ruhe finden. Seitdem habe ich über alles nachgedacht, was Sie gesagt und getan haben, und ich möchte Ihnen versichern, dass ich, obwohl unsere Handlungen selbstverständlich vollkommen unschicklich waren, Ihnen nicht böse bin. Im Gegenteil, ich schätze Sie seit langer Zeit sehr und war – das wage ich zuzugeben! – glücklich über Ihre stürmische Zuneigungsbekundung. Manchmal denke ich, dass wir unter dem enthemmenden Einfluss des Alkohols mehr wir selbst sind, und falls Sie dadurch Gefühle ausdrücken konnten, die Sie aus Gründen des Anstands für sich behalten haben, dann begrüße ich das. Bitte bedauern Sie nicht, was Sie getan haben. Ich bedaure es auch nicht.

In tiefer Zuneigung
Lucille (Becker)

Nachdem Jakob das gelesen hat, sitzt er zusammengesunken da und verflucht sich selbst. Seine Hoffnung, dieser peinliche Zwischenfall würde einfach stillschweigend vergessen werden, hat sich zerschlagen. Was war er doch für ein Idiot! Die Vorstellung, Lucille weh zu tun, ist ihm zuwider. Er mag sie, er hat sich immer gerne mit ihr unterhalten, aber … mag er sie mehr, als er dachte? Wenn er jetzt an sie denkt, selbst wenn er sich zwingt, sinnliche Bilder von ihr heraufzubeschwören, verspürt er nicht das Geringste von dem Verlangen, das ihn in ihrer Küche überwältigt hat.

Der dritte Brief trifft am selben Tag ein und trägt ebenfalls eine unbekannte Handschrift, doch da er in Nova Scotia abgestempelt wurde, ahnt er sofort, von wem er stammt, und reißt ihn aufgeregt und beklommen zugleich auf.

Siorapaluk, April

Lieber Mr. de Beyn,
ein Grund meines Schreibens ist Ihre Bitte im letzten Herbst, Sie über Ayakous Gesundheitszustand nach dem Unfall mit dem Meteoriten auf dem Laufenden zu halten. Wie Sie wissen, hat Dr. Seddon das gebrochene Bein gerichtet, und nach ein paar Wochen hatten wir die Hoffnung, er würde es wieder vollständig gebrauchen können. Zwar kann er auch wieder gehen, doch Dr. Seddon fürchtet, dass er immer hinken und Schmerzen haben wird. Ich füge ein Attest von Dr. Seddon bei, das Mr. Armitage zur Kenntnis gebracht werden sollte, in der Hoffnung, er findet eine Möglichkeit, ihn irgendwie zu entschädigen, da er sich die Verletzung schließlich in seinen Diensten zugezogen hat. Für Mr. Armitage und seine Sponsoren wäre das ein Leichtes, aber Ayakous Leben würde dadurch wesentlich verbessert. Denn zu meinem Bedauern muss ich Ihnen mitteilen, dass seine Frau ihn wegen eines anderen verlassen hat, da er nicht mehr auf die Jagd gehen kann. Bei den Lebensbedingungen hier kann ich ihr das nicht verdenken – und der letzte Winter war besonders hart.
Doch nun möchte ich zu anderen, vielleicht noch wichtigeren Neuigkeiten kommen: Im März hat Meqro eine Tochter zur Welt gebracht. Wie Sie wissen, war Meqro Dr. Urbino während seines Aufenthalts im Norden eine treue Gefährtin, und da das Kind im letzten Juli empfangen wurde, ist es eindeutig seines: Es hat helle Haut und eher kaukasische Züge. Ihr Name ist Aamma. Die Lage verwitweter Mütter ist hier ziemlich prekär, aber ihre Eltern haben sie zu sich geholt, und Meqro ist entschlossen, ihr Kind zu behalten. Dürfte ich Ihnen erklären, wie gefährdet dieses Kind ist? Wenn ein Jäger stirbt und seine Frau hat ein Kind, das sie noch in der Kapuze tragen kann, dann wird von ihr erwartet, dass sie dieses Kind erstickt. Dies wird mit Dr. Urbinos Tochter nicht geschehen. Momentan noch, weil wir da sind, aber wenn wir erst fort sind, so hoffe ich,

wegen der Vorstellung, dass die kallunat sich für sie interessieren werden. Ich habe allen hier gesagt, dass die Amerikaner zurückkommen werden und dann das kleine Mädchen sehen wollen. Ich habe mich außerdem gefragt, ob Mr. Armitage auch für sie eine gewisse Entschädigung aufbringen könnte?
Verzeihen Sie mir: Dies wirkt langsam wie ein Bettelbrief. Vielleicht hätte ich direkt an Mr. Armitage schreiben sollen, aber da ich weiß, dass Sie und Dr. Urbino enge Freunde waren, würde ich lieber Ihnen die Entscheidung überlassen, ob seine Familie von Aamma erfahren soll oder nicht. Falls dies für Sie eine schwierige Entscheidung sein sollte, bitte ich Sie um Verzeihung. Aber es ist eben nicht immer alles einfach.
Ich möchte Sie nicht mit alldem belästigen, was ich seit letztem Jahr getan habe, aber meine Arbeit hat Fortschritte gemacht. Ich habe ein paar interessante Zusammenhänge zwischen der Aurora und dem Magnetfeld der Erde beobachtet und wünschte nur, es gäbe eine magische Kamera, die das wirklichkeitsgetreu im Bild festhalten könnte. Wird das je möglich sein? Vielleicht beim nächsten Mal! (Das sagen wir uns hier ständig.)
Ich hoffe, es geht Ihnen gut und Ihr Finger bereitet Ihnen keine Schwierigkeiten. Ich denke an Sie, wann immer ich eine besonders schöne Eiskonstellation, ein Arrangement aus Licht und Schatten sehe – Ihre Fotos, die ich in Neqi sehen durfte, erschienen mir äußerst gelungen.

Hochachtungsvoll
Flora Athlone

Nachdem Jakob den Brief mehrfach gelesen hat, sitzt er einfach nur da und blickt auf die abstrakten Formen ihrer Schrift. Er entdeckt, dass ihn von all den Schwierigkeiten und Konsequenzen, die sich aus ihrem Brief und auch aus den anderen ergeben, nur ein einziger Satz beschäftigt.

Sie denkt an ihn.

Kapitel 24

Philadelphia, 39°57' N, 75°9' W
Mai 1893

»Hast du's schon gehört?«, fragt Erdinger.

»Was denn?«

Jakob ist am Vorabend in Philadelphia eingetroffen, mit einer Mischung aus Erleichterung, New York verlassen zu haben, und schlechtem Gewissen, weil er Lucilles Brief immer noch nicht beantwortet hat.

»Vom Meteoriten. Ich dachte, du wärst deswegen gekommen.«

»Nein. Was ist damit? Hat er ihn jetzt gestiftet? Ich habe seit ein paar Tagen keine Zeitung mehr gelesen.«

»Gestiftet? Nein, verdammt: Er hat ihn *verkauft*.«

»Dem … Naturkundemuseum?«

»Nein! Der Akademie der Naturwissenschaften. Ein ziemlicher Triumph für Philadelphia. Ich schätze, sie haben die anderen überboten.«

»Aber Armitage wollte ihn doch in Franks Namen stiften! Er hat gesagt …«

Erdinger zuckt die Achseln. Sie sitzen in einem kleinen Park in der Nähe von Erdingers Universität. Es ist heiß in Philadelphia, heißer als in New York, und Jakob schwitzt in seinem Mantel. Auch Erdinger schwitzt; seit ihrer Rückkehr hat er zugenommen.

»Ich schätze, wenn man Geld für eine weitere Expedition sammelt, zählt jeder Penny. Es hieß nur, er sei für eine ›nicht näher genannte Summe‹ erworben worden.«

»Aber er wollte ihn Urbino-Meteorit nennen. Hat er wenigstens das getan?«

»Das weiß ich nicht. In der Zeitung stand, er hätte einen Eskimonamen: *Uttukalualuk.*«

»Das heißt ›der alte Mann‹. Aber was soll ich denn jetzt seiner Familie sagen?«

»Es ist nicht deine Schuld. Ich bin ganz deiner Meinung. Wenn du meinst, du solltest was unternehmen, dann tu das.«

Jakob seufzt. »Ehrlich gesagt, bin ich hergekommen, um mit dir über das Buch zu reden. Armitages Buch. Hast du es gelesen?«

Erdinger zögert. »Teilweise.«

»Hast du auch den Teil mit der Entdeckung von Dupree Land gelesen?«

»Ja, den schon.«

»Und? Was denkst du? ›Überraschung‹!?«

»Ja, schon. Aber ich war nicht dabei. Vielleicht haben sie tatsächlich was gesehen und es uns nur nicht erzählt.«

»Komm schon, Erdinger. Ist das wahrscheinlich? Frank hat mir erzählt, dass sie rein gar nichts gesehen haben. Der Nebel hat sich nicht einmal gelichtet. Er war dabei und ist auch nicht eingeschlafen. Armitage wusste nicht mal, wo sie waren. Er hat auf der ganzen Tour nur zweimal ihre Position bestimmt.«

Erdinger lässt seinen Blick über den Park wandern.

»Hast du schon mal daran gedacht, dass Urbino sich geirrt haben könnte? Oder dass es ihm peinlich war, eingeschlafen zu sein, und es deshalb nicht zugeben wollte?«

»Aber er hat doch mit *mir* geredet, Erdinger! Wenn er eingeschlafen wäre, dann hätte er das auch gesagt, aber so war es nicht. Du hast Armitage doch selbst nach der Tour erlebt: Er war niedergedrückt, fast schon verzweifelt. Passt das zu einer Entdeckung von Neuland?«

»Das weiß ich nicht. Ich möchte nicht behaupten, dass ich ihn verstehe. Aber ich weiß, wenn er Geld für eine neue Expedition aufbringen will, muss er aus der letzten was vorzuweisen haben.«

»Er benutzt Franks Tod dazu! Er profitiert …« Jakob verkneift sich den Rest.

Erdinger zupft eine Fluse von seinem Hosenbein. »Ich weiß nicht. Ist das noch wichtig? Für Urbino jedenfalls nicht mehr. Armitage will wieder in den Norden. Angenommen, man erreicht die Küste, und der Nebel ist so dicht, dass man nichts sieht … dann besteht doch durchaus die Möglichkeit, dass da Neuland *ist,* oder nicht?«

»Komm schon. Gehst du so auch als Physiker vor?«

»Tja, so bekommt Frank wenigstens was von dem Ruhm ab, Neuland entdeckt zu haben. Wäre seine Familie mit diesem Gedanken nicht glücklicher?«

»Und wenn die Wahrheit herauskommt und Frank wie ein Idiot dasteht – oder wie ein Lügner?«

Erdinger zuckt die Achseln. »Ich schätze, Armitage weiß besser als jeder andere, was er gesehen hat.«

»Ich gehe wieder zurück«, sagt Jakob nach einer Weile. »Nächstes Jahr.«

Erdinger nickt. »Habe ich mir schon gedacht. Ich für meinen Teil bin genug in der Weltgeschichte herumgereist. Außerdem habe ich nur noch zwei Jahre, um Geschichte zu machen. Obwohl … habe ich dir schon erzählt, dass ich heiraten werde?«

»Nein!« Jakob ist verblüfft. »Ich gratuliere!«

Erdinger verzieht das Gesicht. »Ich weiß, es ist wahrscheinlich ein Fehler. Ich muss mich auf meine Arbeit konzentrieren, solange das noch geht, und Frauen können eine ziemliche Ablenkung darstellen. Aber sie hat Geld, und diese Gelegenheit darf ich mir nicht entgehen lassen. Denn am Ende läuft doch alles darauf hinaus, oder nicht? Deshalb macht Armitage so viel Aufhebens um eine sogenannte Insel, die nie irgendjemandem nützen wird.«

»Also glaubst du auch, er lügt?«

Wieder zuckt Erdinger die Achseln.

»Ich weiß nicht. Aber du weißt es auch nicht.«

New York, 40°42' N, 74°00' W

Als Jakob wieder in New York ist, antwortet er Lucille endlich auf ihren Brief. Er schreibt mehrere Entwürfe, aber auch die letzte Version findet er nicht überzeugend. Nun, dann soll sie sich bei Clara über ihn auslassen, oder sie behält (wenn er Glück hat) die Demütigung für sich.

An Clara schreibt er ebenfalls und erklärt, er müsste etwas Wichtiges mit ihr besprechen, was Frank betrifft; ob sie sich treffen könnten? Er schlägt ihr einen Termin vor und kommt ziemlich früh zum Café, weil er vor schlechtem Gewissen nervös ist.

Kaum sieht er ihre Miene, weiß er, dass Lucille ihr alles erzählt hat. Sie setzt sich ihm gegenüber und zupft zornig an ihren Handschuhen.

»Ich habe absolut keine Lust, mit dir zu reden.«

»Es tut mir schrecklich leid, Clara …«

»Bei mir musst du dich nicht entschuldigen!«

»Ich habe doch schon versucht, mich bei Miss Becker zu entschuldigen. Ich weiß, es ist unverzeihlich. Es tut mir zutiefst leid, sie aufgebracht oder beschämt zu haben.«

»Du hast ihre Freundlichkeit in höchst widerlicher Weise ausgenutzt und sie dann auch noch gedemütigt!«

»Ja … und ich …«

»Vielleicht weißt du es nicht, vielleicht kannst du dir das auch nicht vorstellen, aber Lucille hatte bislang kaum Verehrer, und jedes bisschen Aufmerksamkeit droht sie zu überwältigen. Außerdem hat sie dich schon immer sehr geschätzt – Gott weiß, warum! Ihr also zu schreiben, die Zärtlichkeiten mit ihr wären ein … schrecklicher Fehler gewesen, nur der Trunkenheit geschuldet – begreifst du denn nicht, wie grausam das ist?«

Jakob schrumpft immer mehr in sich zusammen. »Aber es war doch ein Fehler, etwas anderes kann ich nicht sagen. Ich war in einem erbärmlichen Zustand. Es war Nacht und –«

»Wage es ja nicht, anzudeuten, dass es ihre Schuld war! Sie hat gesagt, als sie dich fand, hast du *geweint!* Was sollte sie denn machen?«

»Natürlich war es nicht ihre Schuld, es war meine. Ich schäme mich ja auch. Aber was soll ich denn machen, außer mich zu entschuldigen? Ihr einen Antrag machen? Dabei ist doch gar nichts passiert. Ich weiß, das …«

Clara starrt ihn voller Verachtung an.

»Du hast meine liebe Freundin schrecklich unglücklich gemacht.«

»Ich fühle mich doch ohnehin schon schlecht. Nichts, was du sagst, könnte es noch schlimmer machen.«

Das entspricht nicht der Wahrheit. Er war zwar nicht stolz auf sich gewesen, hatte sein Verhalten aber angesichts der Umstände als verständlichen Fehler abgehakt. Das verdirbt sie ihm jetzt. Er versucht, seinen aufkeimenden Ärger zu unterdrücken: Kann sie ihn nicht in Ruhe lassen?

»Alle halten dich für einen harmlosen Menschen, mit dem es sich gut reden lässt. Aber du bist nicht harmlos, du bist ein Wüstling. Nein, noch schlimmer: ein Wüstling, der sich tarnt.«

»Ist gut. Dann haben wir also ein für alle Male festgestellt, dass ich ein Wüstling bin. Aber abgesehen davon: Könnte ich dir jetzt endlich erzählen, weswegen wir hier sind?«

»Na gut.«

»Ich habe einen Brief bekommen. Vielleicht liest du den besser selbst.«

Er holt Mrs. Athlones Brief auf seiner Tasche. Beunruhigt sieht Clara ihn an.

»Von wem ist der?«

»Von der Leiterin der britischen Expedition in Grönland. Sie kamen kurz vor unserer Abreise dort an und sind noch da.«

Es wirkt, als hätte Clara eine Vorahnung bezüglich des Inhalts, denn ihre Hände zittern, als sie den Brief nimmt und zu lesen anfängt. Jakob holt seine Zigaretten heraus und bietet ihr eine an.

Ohne jede Reaktion liest Clara den Brief von Anfang bis Ende. Und dann ein zweites Mal. Schließlich faltet sie ihn sorgfältig zusammen, schiebt ihn in den Umschlag zurück und reicht ihn Jakob. Er wartet darauf, dass sie etwas sagt. Sie raucht erst ihre Zigarette zu Ende und drückt sie aus. In ihren weit aufgerissenen Augen schwimmen Tränen.

»Ich wünschte, du hättest ihn mir nicht gezeigt.«

»Den konnte ich dir doch nicht vorenthalten. Mir ist klar, dass du Marion nichts erzählen kannst, aber deine Eltern würden sich vielleicht –«

»Meine Eltern wären am Boden zerstört!« Sie senkt den Blick und sagt so nachdrücklich, dass ihre Stimme fast bricht: »Gott, wie ich Männer hasse! Was ist bloß los mit euch!«

»Du kannst mich ruhig hassen, aber nicht Frank. Er war der anständigste Mensch, den ich je kennengelernt habe. Und er hatte Angst, dass er nie wieder nach Hause zurückkommen würde. Wenn der Tod so nahe ist … dann wird alles andere sehr einfach … und nüchtern.«

»Er war mit Marion verlobt! Er hat diese kleine, dumme Person geliebt!«

»Ja. Das hat er.« Jakob muss unwillkürlich lächeln. »Mit seinem letzten Atemzug hat er sie noch um Verzeihung angefleht.«

Jakob hat Clara noch nie weinen sehen, nicht mal, als die Nachricht von Franks Tod noch frisch war. Da sie immer so gefasst und elegant wirkt, ist es schrecklich, mit anzusehen, wie sie die Beherrschung verliert. Sie schluchzt so laut, dass sie tadelnde Blicke und Kommentare anderer Gäste auf sich zieht. Jakob vermutet, dass sie für die anderen wirken wie zwei

Akteure in einem allzu bekannten schäbigen Drama. Er bietet ihr ein Taschentuch an – glücklicherweise ist es noch frisch.

»Was soll ich denn jetzt machen!«

Ihr Geheul ist so laut, dass die anderen sie anstarren. Tja, sollen sie. Er wartet, bis sie sich beruhigt hat und sich sorgfältig das Gesicht abtupft, um die schlimmsten Spuren zu beseitigen.

»Ich sehe bestimmt schrecklich aus.«

Er schüttelt den Kopf. »Ich hatte keine Ahnung davon. Frank auch nicht. Du brauchst jetzt erst mal etwas Zeit, um darüber nachzudenken. Wenn du willst, dass ich jemandem die Neuigkeit überbringe, dann tue ich das. Ansonsten verrate ich kein Wort.«

Schniefend fragt Clara: »Kann ich noch eine Zigarette haben?«

Nach ein paar Zügen beruhigt sie sich sichtlich.

»Bitte urteile nicht zu harsch über Frank. Er war nicht der Einzige.«

Darauf holt sie nur scharf Luft und fragt, ohne ihn anzusehen: »Also habt ihr es alle gemacht, alle hatten … *Gefährtinnen?*«

Vor der Frage hat er sich gefürchtet, aber wahrscheinlich war es egal, und er kann in ihrer Achtung ohnehin nicht noch weiter sinken.

»Alle außer Shull.«

Sie lacht kurz auf. »Und wieso hatte er keine?«

»Das weiß ich nicht.«

»Also ist es doch möglich, zu widerstehen.«

»Ich kann nicht für andere sprechen. Ich versuche nur, für Frank zu sprechen, weil er …«

»Aber Mr. Armitage doch sicher nicht, schließlich ist er verheiratet! Seine Frau ist mit Angie zur Schule gegangen!«

Unwillkürlich schaut Jakob sich um und senkt die Stimme.

»Was das betrifft, so waren auch einige der Frauen dort verheiratet. Armitages, äh, Gefährtin war es jedenfalls, und ihr Mann wusste Bescheid. Die Menschen dort denken anders darüber als wir.«

»Also entsprechen die Gerüchte über Frauentausch tatsächlich der Wahrheit?«

»Wenn einem ständig der Tod droht, sind solche Dinge vielleicht nicht so wichtig.«

»Wie war sie denn? Diese Frau?«

»Meqro war nicht verheiratet. Sie war ein nettes Mädchen, sehr still und treu. Und sie hatte Frank wirklich gern. Zuerst hat er nicht … er hat monatelang allen Annäherungsversuchen widerstanden. Erst als er wusste, dass es auf die Tour in den Norden gehen würde und was das bedeutete, bekam er Angst. Er hatte diese fixe Idee, dass er nicht mehr nach Hause käme. Und wenn man Angst hat, nimmt man jeden Trost, den man kriegen kann.«

»Muss Trost denn … *so* aussehen?« Das spuckt sie fast aus.

»Ich will dir doch nur erklären, wie es war – aber wahrscheinlich gelingt mir das nicht sehr gut. Wenn man so weit weg ist, unter so schweren Bedingungen lebt, monatelang nur im Dunkeln, in eisiger Kälte. Wenn man in einen Schneesturm gerät, weiß man schon nach fünf Metern nicht mehr, wo man ist. Wenn man nicht weiß, ob man etwas erjagen kann, nur weiß, wenn nicht, dann wird man verhungern.«

Clara faltet ihr Platzdeckchen, einmal, zweimal, entfaltet es dann wieder und fängt von neuem an.

»Aber du hast doch gesagt, es sei nicht gefährlich.«

»Da hatte ich noch keine Ahnung.«

»Kann ich den Brief noch mal sehen?«

Jakob reicht ihn ihr.

»Könnte ich ihn eine Weile behalten?«

»Selbstverständlich.«

Offenbar hat er etwas zu lang gezögert.

»Mrs. Athlones Vorname lautet ›Flora‹.«

»Ja.«

Clara steckt den Brief weg.

»Ich gebe ihn dir zurück. Sie wird ganz sicher an dich denken, ob der Brief nun in deinem Besitz ist oder nicht.«

Doch als sie seinen Gesichtsausdruck sieht, sagt sie, mit einer Güte, die er nicht verdient hat: »Tut mir leid. Das war unangebracht.«

Jakob geht zu Fuß nach Hause, froh, ein paar Stunden des Tages mit Bewegung umzubringen. Er lässt den Lärm der Stadt über sich hinwegspülen und all seine Gedanken ertränken. Mitten auf der Brooklyn Bridge bleibt er stehen und betrachtet die Schiffe, die aufs Meer zusteuern. Tief unter sich bildet das Wasser eine gekrauste, graugrüne Oberfläche mit Wellenspitzen, die alle in eine Richtung zu weisen scheinen: nach Norden.

Kapitel 25

Siorapaluk, 77°47' N, 70°38' W
Sommer 1893

Ende Juni ist die britische Expedition schon fast ein Jahr im Norden. Zwei Monate bleiben ihnen noch, bevor Captain Traill mit der *Resolve* zurückkommt, um sie wieder nach Hause zu bringen. Aber Flora hat das Gefühl, gescheitert zu sein. Sie hat es nicht geschafft, ihre Erkundungspläne in die Tat umzusetzen. Da die Amerikaner schon etliche Landstriche entdeckt und kartographiert haben, liegt Neuland noch weiter entfernt, und die Fahrt dorthin nimmt viel Zeit in Anspruch, doch das Wetter im Frühjahr war furchtbar – schlimmer, als Flora je erlebt hat –, so dass Schlittenfahrten nahezu unmöglich wurden. Ohne Unterlass pfeift der Wind. Der Smithsund ist eine einzige Masse aus treibenden Eisschollen; befahrbares Wasser oder sicheres Eis gibt es nie länger als zwei Tage, daher ist eine Tour nach Ellesmere Island undenkbar. Kein einziger Walfänger ist in Sicht. Siorapaluk nicht einen Tag schneefrei, obwohl es doch sonst mit dem Sandstrand und den Wiesen im Sommer als Oase bekannt ist. Zwar sind weder die Amerikaner noch Flora für das Wetter verantwortlich, aber sie befürchtet, dass man das nicht als Entschuldigung gelten lassen wird.

Wenn es schon für sie eine schlimme Zeit ist, so ist sie noch schlimmer für die Eskimos. Zwar ist durch die Briten und ihre Vorräte gewährleistet, dass niemand verhungern muss, doch erjagt wird nur wenig, und bei der Walrossjagd ertrinken drei junge Männer. Ständig kommen neue Tiefschläge. Ayakous Bein will einfach nicht heilen, und Dr. Seddon meint, dass es für immer lahm bleiben wird. Ayakous Frau zieht mit ihren Kindern zu einem Witwer. Im Februar hören sie von einem älteren Paar, das erfroren ist.

Sie tun, was sie können: Flora hat ihre Daten über die Aurora, obwohl das Spektakel zur Tagundnachtgleiche nicht so prächtig war wie sonst. Die Aktivitäten der Magnetfelder sind ungewöhnlich niedrig, aber Flora kann nicht sagen, was Ursache und was Wirkung ist. Mit ihren Wetterstationen am Ufer und am Eiskap hat sie zwar die meteorologischen Aufzeichnungen eines ganzen Jahres, aber es ist frustrierend, Daten zu sammeln, ohne sie erklären zu können. Hat das schwache Polarlicht etwas mit dem schlechten Wetter zu tun? Hätte es vorausgesagt werden können? Ihre Beobachtungen mögen wertvoll sein, aber die Erkenntnis, wie ungenügend und wenig aussagekräftig die Daten eines Jahres sind, entmutigt sie.

Ralph Dixon und Edwin Daneforth verbringen den Sommer mit magnetischen und geologischen Untersuchungen rund um die Melville Bay und kartographieren ein Stück der Küste. Maurice Seddon erstellt eine elegante Datensammlung zur Physiognomie der Eskimos. Flora verbringt den Rest der Zeit damit, ein Wörterbuch ihrer Sprache zu schreiben, und hat mit einer Sammlung ihrer Mythen begonnen.

Sie hofft, diese zu einem gesamten Weltentstehungsmythos erweitern zu können – einer Beschreibung der Eskimoreligion –, weiß aber, dass sie bislang nur fragmentarisch und unvollständig ist. Manchmal hat sie das Gefühl, dass die Einwohner ihre Geschichten nicht mit ihr teilen wollen, obwohl sie ihnen ständig sagt, dass der weiße Mann sie ernster nehmen wird, wenn er weiß, dass sie eine Religion haben. Die Älteren starren sie nur verwirrt an und viele fragen: »Warum willst du das wissen? Das sind doch nur dumme Geschichten, nur für die Inuit, nicht für die *kallunat.*« Außerdem wird sie ständig gefragt: »Wo bleibt Mackie? Wo sind die *upernallit*?«

Die Walfänger waren eine verlässliche Größe: Sie kamen im Frühjahr, jagten und tauschten, nahmen Fleisch und Elfenbein, brachten Werkzeuge und hübsche Dinge und fuhren wieder davon. Manchmal hinterließen sie auch ein Kind – wie Ivalu zum Beispiel. Ihr Vater war ein schottischer Seefahrer, an dessen Namen sich niemand erinnert. (Es gibt auch Gerüchte – die Flora ignoriert, weil sie weder erfahren kann noch will, ob sie wahr sind –, dass es irgendwo einen Jungen gibt, der Mackie zum Vater hat.)

Flora ermutigt Ayakou, ihr Geschichten zu erzählen. Er geht kaum noch vor die Tür, flickt hin und wieder Sachen, jammert aber hauptsächlich nur herum. Häufig kommt Meqro mit ihrem Baby zu Flora und leistet ihr Gesellschaft. Trotz allem scheint sie fröhlich. Vielleicht hat sie ohnehin nie damit gerechnet, Frank Urbino noch einmal wiederzusehen. Flora hegt die Hoffnung, Ayakou und Meqro könnten einander trösten, doch als sie einmal beiläufig etwas in dieser Richtung sagt, fängt Meqro an zu lachen.

»Aber nein, Fellora! Ayakou mag doch nicht mich, sondern dich!«

Flora schüttelt lächelnd den Kopf, weil sie davon ausgeht, wie üblich nur aufgezogen zu werden.

»Doch, Fellora. Er hat mich gefragt, ob ich glaube, dass du einen anderen Mann willst.«

»Aber ich habe doch einen, Meqro. Und ich will keinen anderen.«

Während Meqro ein Hemd zusammennäht, wirft sie einen Blick auf ihre schlafende Tochter.

»Aber dein Mann kann dir keine Kinder schenken. Ayakou könnte das. Sein Bein ist zwar schlecht, aber sein *usuk* ist gut.«

Wieder bricht sie in Gelächter aus. Flora wird rot, versucht das aber mit einem Lächeln zu vertuschen.

»Nun … dann sag Ayakou bitte, dass ich keinen anderen Mann möchte, vielen Dank. Ich liebe Freddie.«

Meqro grinst nur und widmet sich eine Weile ihrer Näharbeit. Dann fragt sie: »Vermisst du denn *kujappok* nicht?«

»Äh …«

Kujappok ist der Alltagsbegriff für Sex, worüber hier Männer wie Frauen oft und ohne jede Scham sprechen.

»Eigentlich denke ich hier kaum daran. Weißt du, Meqro, in England wird nie über *kujappok* gesprochen.«

»Nein? Trotzdem …«

Flora schüttelt den Kopf, mit einem Lächeln, das signalisiert: Bitte hör auf.

Dabei denkt sie häufig daran. Vor allem nach einem Vorfall im Dezember. Ralph hatte Maurice zu einer kranken Frau etwas weiter die Küste entlang begleitet, und sie war mit Edwin Daneforth allein in der Hütte gewesen. Sie hatten einen angenehmen Vormittag mit der Sichtung ihrer Vorräte und der Planung für Ralphs bevorstehenden Geburtstag verbracht.

»Wir könnten die Rosinen benutzen, dann würde ich einen Kuchen backen, den isst er doch so gern«, sagte Edwin.

»*Ich* backe den Kuchen, Edwin. Nach dem letzten Mal …«

Beim letzten Mal war Edwins Kuchen explodiert. Nachträgliche Untersuchungen hatten ergeben, dass er statt Mehl Bikarbonat benutzt hatte.

»Du meinst, als ich die patentierte Daneforth-Bombe erfunden habe? Ha ha! Aber du musst zugeben, es wirkte sehr festlich.«

Flora schüttelte den Kopf. »Nein, trotzdem …« Bei dem Gedanken daran musste sie lachen. »Ich halte es für klüger …«

Sie lächelten einander an. In der darauf einsetzenden Stille erschreckte sie ein knackendes Holzscheit im Ofen derart, dass sie auffuhr. Plötzlich umfasste er mit beiden Händen ihre Rechte.

»Flora, ich kann nicht länger schweigen. Ich wollte schon lange mit dir allein reden.«

Der Ausdruck in seinem Gesicht schockierte sie; er war ihr vertraut, doch dieses eigentümliche Gefühl, das ihre Eingeweide durchzuckte, hatte sie zuletzt in ihren Studententagen, bei Mark Levinson empfunden. *Freddie hat sie nie so angesehen*; dieser Gedanke fuhr ihr als Erstes durch den Kopf. Sie erstarrte.

»Du musst es doch bemerkt haben. Ich weiß, dass wir …«

Flora kam zur Besinnung, entriss ihm ihre Hand, ging hastig zur Tür und rief nach Ivalu. Sie blickte sich nicht um, rechnete damit, dass er sie von hinten packen werde, doch er blieb, wo er war. Sie trat ins Freie, in die eiskalte Dunkelheit, wo eine Aurora über ihr deutlich hörbar knackte und weiße Schlieren über das Meer schickte.

Die Hunde bellten – ihr schreckliches Gekläff war noch schlimmer, wenn sie nichts zu tun hatten. Flora bemerkte, dass sie keine Handschuhe anhatte. Ihr Herz hämmerte. Sie hatte Angst, wusste aber nicht, wovor. Sie erwartete, dass er ihr folgte … aber nichts geschah. Irgendwann kam Simiak aus ihrem *illu* und schrie die Hunde an. Da ging Flora zu ihr, mit einem Gefühl, das sie für Erleichterung hielt.

Als sie am Abend in die Hütte zurückkam, benahm Edwin sich wie immer und plauderte mit den anderen. Er sah Flora nicht an, ignorierte sie aber auch nicht völlig. Sie war verwirrt. Da sie das Gefühl hatte, es sei ihre Pflicht als Expeditionsleiterin, die Sache zu klären, ergriff sie die nächstmögliche Gelegenheit, mit ihm allein zu reden.

»Du sollst wissen, dass ich dem von neulich … keinerlei Bedeutung beimesse. Selbstverständlich habe ich mit niemandem darüber gesprochen und werde es auch nicht.«

Edwin wandte sich ihr mit einem unverbindlichen Lächeln zu.

»Verzeihung, Mrs. Athlone, aber ich weiß nicht, wovon Sie sprechen.«

Irritierenderweise wurde sie rot.

»Von vorgestern, als Sie … als Sie meine Hand nahmen. Ich bin sicher, es war nur eine Laune des Augenblicks und hatte nichts zu bedeuten. Ich jedenfalls betrachte es als bedeutungslos. Im Grunde ist es schon vergessen.«

Edwin zog die Augenbrauen in die Höhe und zeigte sich verwirrt.

»Ich fürchte, ich weiß nicht, was Sie meinen.«

Fragend sah er sie an. Ein leiser Schauer durchfuhr Flora – der nicht nur vom eiskalten Wind vom Meereis herrührte.

»Ach. Ach so. Ja dann gibt es nichts mehr zu sagen.«

Edwin lachte höflich, schaffte es damit aber irgendwie, ihr das Gefühl zu vermitteln, sie hätte etwas Komisches und Abwegiges gesagt.

Fassungslos hatte Flora auf den Weg zur Wetterstation gemacht.

Im tiefsten Winter tun Menschen seltsame Dinge. Die Eskimos nennen das Winterwahnsinn, *perlerorneq*, welcher sich in Gewaltausbrüchen äußert, die Stunden andauern können. Vor Jahren erlebte Flora mit, wie Aniguins Mutter Simiak sich die Kleider vom Leib riss und hinaus in den Schnee rannte, wo sie mit Obszönitäten um sich warf und Hundekot aß. Flora war entsetzt, da Simiak so etwas wie eine Mutter für sie war. Nachdem Simiak von mehreren Männern davon abgehalten worden war, eine andere Frau anzugreifen, fiel sie schließlich in tiefen Schlaf, der einen ganzen Tag und eine ganze Nacht andauerte. Dann wachte sie ohne jede Erinnerung an die Geschehnisse auf und war wieder wie sonst, normal und fröhlich.

Flora versuchte zwar, so zu tun, als wäre zwischen ihr und Edwin nichts vorgefallen, konnte es aber nicht vergessen. Wie er ihre Hand genommen und sie angesehen hatte, hatte etwas in ihr aufgerührt. Er war zwar sympathisch, attraktiv sogar, aber … es war natürlich undenkbar – ganz abgesehen von seiner gemeinen Feigheit, sein Verhalten einfach zu leugnen. Außerdem hatte er eine Beziehung mit einer Einheimischen.

Über so etwas redeten die Männer nicht mit ihr, aber sie wusste es.

Im Februar kehrte die Sonne zurück. Das Zunehmen von Licht und Wärme ließ alle aufleben. Flora fragte sich, ob ihre Kollegen überhaupt wussten, was in ihrem Kopf vorging. Sie beobachtete, wie der schüchterne, stille Ralph eine Beziehung mit der Witwe Aininеq anfing. Sie versuchte sich vorzustellen, was wohl geschehen würde, wenn sie ebenfalls eine Affäre hätte. Das war undenkbar – nein, das nicht, schließlich dachte sie es ja –, aber absolut und vollkommen unmöglich.

✶

Je länger der deprimierende Sommer andauert, desto mehr stützt sie sich auf Aniguin. Er ist derjenige, der am meisten zu ihrer Mythensammlung beiträgt und ihr alle Wörter erklärt, die sie nicht versteht. Genau wie er vorhergesagt hat, ist er ein *angekok* geworden, ein Schamane. Das ehemalige Waisenkind ist jetzt eine Respektsperson – nicht unbedingt beliebt, aber doch jemand, den man um Rat fragt. Er hat Ivalu geheiratet, das schönste Mädchen an der Küste. Flora freut sich für ihn und ist froh, dass ihre Freundschaft überdauert hat.

Allerdings war es Aniguin, der Armitage vom Meteoriten erzählt hat. Eigentlich hatte sie angenommen, er würde ihr helfen und nicht den Amerikanern. Flora wusste von dem Meteoriten, doch wäre es ihr nie in den Sinn gekommen, dass jemand ihn hätte mitnehmen wollen. Im Grunde hatte sie das sogar für unmöglich gehalten. Auch das kreidet sie sich als Versagen an: Als Expeditionsleiterin hatte sie nicht genügend Vorstellungsvermögen, Antrieb und Fähigkeiten, das Unmögliche zu verwirklichen.

Da aus ihren Pläne, Neuland zu entdecken, nichts geworden ist, prüft sie ihre übrigen Ergebnisse: Notizbücher voller Tabellen, Daten und Messungen; Kisten mit Gesteinsproben,

Pflanzen und Tierhäuten; Geschichten, Skizzen und Fotos – aber nichts im Vergleich mit de Beyns Gletschern, denn wie sich herausgestellt hat, gelingt es Edwin nicht, das subtile Licht hier festzuhalten. Seine Versuche, die Aurora auf Fotoplatte zu bannen, sind alle fehlgeschlagen. Als sie Maurice im Vertrauen um Hilfe bittet, weigert er sich mit der Begründung, diese Aufgabe sei ihm gegen seinen Willen abgenommen worden. Vielleicht hätte er es auch nicht besser gekonnt.

Bevor sie Freddie in Gothab zurückließen, schärfte er ihr noch einmal ein, dass sie spektakuläre Ergebnisse bräuchten. Etwas, worauf sich die Zeitungen stürzen könnten. Sie hätte nicht gedacht, dass so etwas an diesem spektakulären Ort derartig schwer zu finden sein würde.

Im Juli, als ihre Zeit in Grönland dem Ende zu geht, brechen Flora, Ralph und Maurice zu einer Tour entlang der Küste auf, und Pualana, der Jäger, der das Land wie kein Zweiter kennt, führt sie zu einer winzigen, abgeschiedenen Bucht, die im Grunde nur ein Spalt in den zum Ufer abfallenden Bergen ist. Sie lassen ihr Gepäck am Strand und machen sich an den Aufstieg, der eine Stunde dauert. Zwar scheint ausnahmsweise die Sonne, und es ist recht warm, aber da sie in den Schatten klettern, lassen sie Licht und Wärme rasch hinter sich. Dennoch schwitzen sie in ihrer Pelzkleidung.

Als sie eine bestimmte Stelle an einem steilen Hang erreicht haben, bleibt Pualana stehen. Auf einer Seite der Felswand scheint ein Haufen Geröll vor eine Höhle geschoben worden zu sein. Ein überhängender Felsen schützt sie vor Regen und Schnee, und da die Wand nach Norden gerichtet ist, fällt auch kein Sonnenstrahl darauf. Ralph wendet sich zu ihr.

»Du kannst hier auch warten. Es wird eine Weile dauern, die Steine wegzuräumen.«

Ralph ist ihre Unternehmung höchst unangenehm. Zwar verweigert er nicht seine Hilfe, verbirgt aber auch nicht seine Missbilligung.

Als sie sich niederlässt und die Männer sich an die Arbeit machen, ist sie dankbar für ihre Pelzkleidung. Nach einer halben Stunde kommt Pualana aus der Höhle, stopft seine Pfeife und meidet ihren Blick.

»Es ist so weit.« Maurice winkt sie zu sich. Schweigend stehen die Männer da. Flora verspürt einen Anflug von Unbehagen. Ralph hält ihr eine Hand hin, so dass sie sich darauf stützen kann. Dann sieht sie sich an, was sie ausgegraben haben.

Von unten starrt ihr ein Gesicht entgegen: leere Augenhöhlen, knochenweiß, zurückgezogene Lippen wie zu einem Schrei. Ein Schreck durchzuckt sie, aber sie zwingt sich, die Frau anzuschauen – sie weiß, dass es eine Frau ist, denn ihr Kopf ist mit einer Robbenfellkapuze bedeckt, wie sie auch ihre Freundinnen tragen. Das Unheimliche besteht darin, dass das Weiße im Gesicht keine Knochen sind, sondern Fleisch, mumifiziert, aber unversehrt.

Ralph ist beunruhigt. »Bist du dir sicher? Sollen wir sie wirklich aus ihrer letzte Ruhe reißen?«

Flora zögert. »Pualana, wie alt sind die?«

Ohne sich umzublicken, antwortet Pualana: »Sehr alt. Viele, viele Jahre alt.«

»Ich möchte sie nicht mitnehmen, wenn es eine eurer Vorfahren sein könnte.«

Pualana, schüttelt den Kopf: »Nein, sie ist von niemandem die Vorfahrin. Wir wissen nicht, wer sie ist.«

»Na dann.«

Sie nickt Maurice und Ralph zu, die vom Anblick der Mumie unbeeindruckt scheinen. Gemeinsam graben sie die Leiche aus. Sie liegt in der Felsspalte, als wäre sie hineingedrückt worden: die Arme vor der Brust verschränkt, die Knie gebeugt, die Füße ordentlich nebeneinander. Sie trägt noch ihre Kleider, genau solche, wie Meqro und Ivalu sie auch heute noch anziehen: spitze Kapuze, lange Jacke aus Seerobbenleder, kurze Fuchslederhose und *kamiks* aus Bärenfell. Maurice überwacht die Bergung, dann wird sie in eine Plane gewickelt, als wäre es ein Leichentuch. Ein steifes, aber leichtes Paket. Er und Ralph tragen es ohne Mühe hinunter zum Schlitten. Nur Pualana weigert sich, es anzufassen.

Ingesamt entdecken sie vier Leichen, die übereinandergestapelt sind. Anzeichen von Gewalt sind nirgendwo zu sehen. Maurice meint, sie sind wahrscheinlich gemeinsam gestorben, an einer Seuche, oder verhungert. Allerdings hat sich jemand die Mühe gemacht, sie alle hierherauf zu tragen und sie so zu bestatten, dass sie für Tiere unerreichbar sind. Flora besteht darauf, alle mitzunehmen. Wenn sie es nicht tun, dann tut es die nächste Expedition, die früher oder später kommen wird. Maurice ist dagegen. Ralph stimmt mit betont ausdrucksloser Miene zu. Als sie ihn noch einmal darauf hinweist, dass es sich bei ihnen schließlich nicht um Vorfahren handelt, sondern dass sie genau wie ägyptische Mumien, so alt sind, dass sie schon keine Identität mehr haben, runzelt er die Stirn und entgegnet, dass sie von irgendjemandem dennoch die Vorfahren seien.

»Das ist doch lächerlich«, widerspricht sie. »Wenn Pualana sie nicht kennt, dann kennt sie niemand. Sie sind etwas Besonderes, und es ist unsere Pflicht, sie für die Nachwelt zu erhalten.«

Dennoch flößen ihr diese mumifizierten Körper mit ihren aufgerissenen Mündern und steif gekrallten Fingern Angst und Ehrfurcht ein. Vielleicht spricht sie deshalb in schärferem Ton, als es sonst ihre Art ist.

Ihr erster Fund, die Frau mit dem intakten, verstörenden Gesicht beeindruckt sie am meisten – genauso wie ihr letzter Fund, die Leiche eines kleinen Kindes in makelloser Pelzkleidung. Sein Gesicht ist unversehrt, selbst die Lippen und Augenlider, alles langsam zu einer blicklosen Maske der Unschuld getrocknet. Es könnte auch eine Puppe sein. Flora sieht schon vor sich, welches Aufsehen diese Kindermumie in London erregen wird. Als sie beaufsichtigt, wie die Mumien in Kisten mit Eis und Heu gepackt werden, weiß sie, sie hat etwas Einzigartiges gefunden. Freddie wird begeistert sein.

Kapitel 26

London, 51°31' N, 0°7' W
September 1893

Monate später in London beunruhigt sie der Anblick der mumifizierten Gesichter nicht mehr. Sie hat sich daran gewöhnt. Unter dem verschwindenden weißen Film ist die Haut ledrig ockerfarben. Aber das Fleisch hat seine Form behalten, und die Pelze verrotten auch nicht. Jetzt streicht Flora leicht mit dem Finger über die Kapuze der schreienden Frau. Die Haut selbst oder die dichten schwarzen Haare berührt sie nicht.

»Ich muss sicher nicht noch mal wiederholen«, sagt Flora und wiederholt es damit doch, »wie wichtig es ist, sie in genau diesem Zustand zu erhalten.«

»Selbstverständlich«, versichert Dr. Murray, der Kurator der Abteilung Nordeuropäische Frühgeschichte im Britischen Museum und der vollkommen fasziniert ist von den Mumien. Sie haben sich darauf geeinigt, dass sie dem Museum langfristig überlassen, aber in Kürze ausgestellt werden. »Der weiße Überzug wird vollkommen verschwinden, da es eine Schimmelschicht von der Feuchtigkeit ist. Die Konservierung erfolgte auf natürlichem Weg und damit anders als die im alten Ägypten, dennoch sind die Resultate ähnlich. Ich glaube, solange sie ausgetrocknet bleiben, ist Kälte nicht mehr so wichtig.«

»Sind Sie sicher?« Flora ist besorgt. Seit ihrer Ankunft in

London hat sie die Mumien zu ungeheuren Kosten in der Gefrierkühlanlage einer Brauerei zwischengelagert.

»Oh ja, davon bin ich überzeugt«, versichert Murray. Zwar klingt er sicher, kann es aber eigentlich nicht sein, da er so etwas noch nie zuvor gesehen hat.

Nach ihrer Verabredung mit dem Kurator fährt Flora in ihre Wohnung nach Kensington. Sie ist bereits seit zwei Wochen aus Grönland zurück, doch wird sie immer noch nervös, wenn sie in die Wohnung geht, in der Freddie lebt. Wo sie lebt. Wo sie beide leben.

Sie öffnet die Haustür, hält wie immer inne und ruft dann, betont munter, nach ihrem Mann. In der kurzen Zeitspanne zwischen ihrer Hochzeit und der Abreise in den Norden fühlte sie sich in dieser Wohnung nie heimisch. Und jetzt noch weniger.

Freddie ist schon im vergangenen September aus Gothab zurückgekehrt. Gouverneur Carlson arrangierte seine Überfahrt mit dem letzten dänischen Schiff der Saison. In Kopenhagen verbrachte Freddie einige Zeit im Krankenhaus und danach in einer Kurklinik in Bayern. Nach London kehrte er erst einige Wochen vor ihr zurück.

Da Flora in der ganzen Zeit nur einen einzigen Brief von ihm bekam – den Captain Traill im August mit der *Resolve* mitbrachte –, weiß sie nicht, was sie erwartet. Als ihr Schiff am Pool of London festmachte, war Freddie da, um sie in Empfang zu nehmen. Zwar war sein Erscheinungsbild tadellos, doch bewegte er sich quälend langsam und musste sich dazu auf einen Stock stützen. Flora war zurückhaltend, fast verschlossen, da die Fotografen sie verwirrten, sie nicht wusste, womit sie zu rechnen hatte, und sich über den Pickel am Kinn ärgerte, der just an diesem Morgen aufgetaucht war. Noch bevor sie ein persönliches Wort miteinander wechseln konnten, posierten sie für den *Northern Chronicle*. Als sie endlich zu Hause ankamen, brach sie in Tränen aus und fühlte sich noch schlechter, weil Freddie sie tröstete, statt sie ihn.

»Es tut mir leid; ich bin bloß müde und … du musst mir erzählen, wie es dir ergangen ist … was sagen denn die Ärzte?«

Freddie erklärte ihr zwar alles ganz ruhig, dennoch musste sie wieder weinen, als sie seine Geschichte hörte. Seine Lendenwirbel verursachten ihm ständige Schmerzen; der Bruch seines Beckens war nicht richtig verheilt – was an seiner Vorerkrankung lag. Daher sagte er mit einer Grimasse, die ein Lächeln sein sollte, seine Tage als Entdecker seien wohl vorbei.

»Du wirst es jetzt allein machen müssen, Flora. Oder besser: allein weitermachen müssen. Vielleicht war es von Anfang an so bestimmt.«

»Freddie, es ist doch noch viel zu früh, so etwas zu sagen …«

Sie saß neben ihm und hielt seine Hand. Seit ihrer Ankunft hatte er nicht einmal versucht, sie zu berühren. Nur für die Kameras hatte er kurz seine Hand auf ihren Arm gelegt. Aber Flora, die es nach ihren fehlgeschlagenen Intimitätsversuchen nie über sich brachte, ihn zu berühren, hatte damit jetzt keine Schwierigkeiten.

»Dr. Seddon hat doch gesagt, die Heilung solcher Verletzungen sei langwierig.«

Freddie schüttelte den Kopf. »Man hat mir gesagt, ich dürfte nicht zu viel erwarten. Ein Arzt in Bayern hat eine Studie über solche Verletzungen bei Syphilitikern erstellt. Er ist auf diesem Gebiet eine Koryphäe in ganz Europa. Seine Prognose lautet: stetige Degeneration. Es hat keinen Sinn, das zu beschönigen.«

»Aber es gibt doch noch andere Ärzte, Freddie. Wir suchen hier jemanden auf. Oder in Amerika.«

»Ja, ja. Natürlich. Wie auch immer: Ich habe meinen Frieden damit geschlossen … ja, wirklich. Du solltest wissen, woran du bist. Ich weiß, es klingt schlimm, aber es gibt viel Schlimmeres – das ist eines der Dinge, die ich in Bayern gelernt habe. Ich habe so viele arme Krüppel gesehen, dass ich gelernt habe, dankbar zu sein.«

Flora hatte mit Reserviertheit und Groll gerechnet – sogar mit Wut. Aber sein demütiges Sichabfinden ärgerte sie. Freddie hatte sich verändert. Erst war sie argwöhnisch, dann gereizt. Sie wollte nicht mit einem Heiligen verheiratet sein.

»Da gibt es noch etwas, was ich mit dir besprechen wollte, Flora. Wir waren jetzt über ein Jahr getrennt – länger, als wir verheiratet waren. Ich erzähle dir auch noch aus einem anderen Grund von meinen Aussichten. Vielleicht hast du nicht mehr den Wunsch, mit mir verheiratet zu sein, und wenn das so ist, möchte ich dir nicht im Weg stehen. Falls du den Wunsch verspürst, kannst du unsere Ehe annullieren lassen.«

Flora spürte, wie ihr wieder Tränen in die Augen stiegen, teilweise, weil ihr dieser Gedanke im letzten Jahr tatsächlich öfter gekommen war, aber auch aus vielen anderen Gründen.

»Willst du nicht mehr mit mir verheiratet sein?«

Freddie streichelte ihre Hand. »Mein liebes Mädchen, ich will nicht so tun, als wären wir das Liebespaar des Jahrhunderts, aber ich liebe und schätze dich und will mein Möglichstes dazu beitragen, dass deine Karriere erfolgreich ist.«

»Freddie, bitte, nicht. Ich ertrage das nicht …«

»Aber warum denn nicht, wenn auch ich es ertragen kann?«

»Ich begreife es einfach nicht. Warum hast du mich überhaupt geheiratet?«

Freddie lächelte, wenn auch traurig.

»Ich dachte, wir beide gemeinsam könnten etwas Besonderes vollbringen. Vielleicht war ich selbstsüchtig. Aber ich dachte wirklich, wir könnten glücklich sein.«

Als Flora ihn jetzt anblickte, kam er ihr völlig fremd vor, als sähe sie ihn zum ersten Mal.

»So wie Mann und Frau miteinander glücklich sein sollen?«

Nervös schaute Freddie sie an. Flora hatte das Gefühl, über einem gähnenden Abgrund zu hängen.

Doch bevor er etwas sagen konnte, näherten sich Schritte, und dann schwang die Tür auf, ohne dass jemand geklopft hätte.

Freddie hatte aus Bayern eine Privatschwester mitgebracht. Irgendwo hatte er eine Irin namens Eileen Capron aufgetrieben. Sie war eine eckige Frau mittleren Alters mit hartem Gesicht, austerngrauen Augen und schwarzen Haaren, an deren Scheitel die rosa Kopfhaut durchschimmerte. Freddie behauptete, sie habe Erfahrungen in Fällen wie seinem und sei daher von unschätzbarem Wert. Dennoch – und trotz der hochlobenden Empfehlungsschreiben von deutschen Ärzten – konnte Flora sie von Anfang an nicht leiden.

Jetzt unterbrach die Schwester ihr Gespräch mit einem trockenen Hüsteln.

»Mr. Athlone, es ist Zeit für Ihre Medizin.«

Ihre sanfte, melodische Stimme widersprach ihrem harten Äußeren. Wie eine schwarze Säule mit weißem Kapitell stand sie an der Tür und hielt den Blick auf ihren klippenartigen Busen gesenkt. Ihr gestärktes Häubchen erinnerte Flora an eine Nonne, obwohl sie keine Nonne war.

»Schon recht, Schwester«, gab Freddie zurück. »Flora, Liebes, du musst mich entschuldigen.«

Überrascht bemerkt Flora, dass sie auch vor dem Wiedersehen mit Iris nervös ist. Da ihr seit ihrer Rückkehr überall Kritik entgegengeschlagen ist, befürchtet sie, auch Iris wird sie dafür verurteilen, dass sie ihren kranken Mann der Gnade Fremder überlassen hat. Doch kaum betritt sie den vertrauten, sonnendurchfluteten Salon, empfängt Iris sie herzlich und überschwänglich.

»Oh, Iris. Ich bin so froh, dich zu sehen. Manchmal habe ich das Gefühl, alle würden mich hassen.«

»Sei nicht albern. Man hasst dich doch nicht – im Gegenteil, für viele moderne Frauen bist du eine Heldin. Außerdem, was macht es schon, gehasst zu werden? Wenigstens spricht man über dich.«

»Tja, aber dann kauft man vielleicht nicht mein Buch.«

»Im Gegenteil. Je umstrittener, desto besser. Ich habe gerade etwas von deinen schrecklichen Mumien gelesen. Klingt ziemlich gruselig.«

»Nein, gar nicht. Sie sind eher mitleiderregend, und in gewisser Weise würdevoll. So alt und so still. Allerdings war mir schon ein bisschen mulmig, als ich sie fortschaffen ließ. Ralph Dixon, du weißt schon, der Geologe, war strikt dagegen. Ich wusste gar nicht, dass er so religiös ist. Er meinte, es sei gottlos, obwohl sie doch gar keine Christen waren.«

»Aber die Leute finden sie faszinierend. In der Zeitung stand, es sei auch ein kleines Kind dabei?«

»Ja. Ganz außerordentlich – wie eine alte Puppe. Aber irgendwas Ehrfurchtgebietendes haben sie doch an sich. Manchmal liege ich nachts wach, sehe ihre Gesichter vor mir und frage mich, ob ihre Seelen … unglücklich herumgeistern, weil sie nicht wissen, was mit ihnen geschehen ist oder wo sie sind. Dann versichere ich ihnen, dass alles in Ordnung ist und sie in London sind.«

»Das klingt ja gar nicht nach dir. Bist du im Norden etwa spirituell geworden?«

Flora lacht. »Wenn du sie siehst, wirst du wissen, was ich meine. Ich sag dir Bescheid, wenn ich Dr. Murray das nächste Mal aufsuche.«

Iris schenkt Tee nach und betrachtet sie prüfend.

»Ich muss gerade an den Tag denken, als du zum ersten Mal hier ankamst.«

»Es fehlte nicht viel, und du hättest mein Gebiss begutachtet.«

»Du warst so jung. Schrecklich unsicher, aber trotzig. Bereit, jeden Moment um dich zu schlagen.«

»Aber nein. Du hast mir Angst gemacht.«

»Jetzt wirkst du ganz anders. Du bist erwachsen geworden. Sogar mehr noch, als ich erwartet hatte. Wie haben sich die Männer nach Freddies Unfall verhalten? Haben sie dich akzeptiert?«

»Sie haben sich gut benommen. Aber ich habe mich fast jede Sekunde jedes Tages gefragt, ob ich alles richtig entschieden, richtig gemacht oder im richtigen Ton gesagt habe … oder ob einer von ihnen – am ehesten Seddon – sich umdrehen und sagen würde: ›Eigentlich bist du der Sache doch gar nicht gewachsen.‹«

»Aber das haben sie nicht gesagt.«

»Sie haben sich zurückgehalten.«

»Vermutlich haben alle Anführer Selbstzweifel. Jedenfalls die guten. Wie geht es Freddie jetzt?«

Flora seufzt. Zwar hat sie Iris nie von ihren Eheproblemen erzählt, glaubt aber, dass Iris etwas davon ahnt.

»Er hat ständig Schmerzen, ist aber ziemlich tapfer. Allerdings sind seine Aussichten nicht gut.«

»Gott, so schlimm steht es? Ich dachte, es wären nur Knochenbrüche!«

»Ja, das stimmt auch … aber sie sind nicht verheilt. Er hat … eine Vorerkrankung.«

Iris runzelt die Stirn. »Du musst mir das nicht erzählen, wenn du nicht willst.«

»Es ist Syphilis.«

Iris holt scharf Luft.

»Oh, meine Liebe … aber ist dann mit *dir* alles in Ordnung?«

»Oh, ja. Er …« Sie schüttelt den Kopf.

»Das tut mir ja so leid, Flora. Aber wann … wann hast du das erfahren?«

»Direkt nach unserer Heirat. Er wollte mich keiner Gefahr aussetzen.«

»Mein liebes Mädchen. Dann weißt du doch, was das heißt? Wenn er es bei eurer Hochzeit schon wusste, könntest du die Ehe annull…«

Entschieden schüttelt Flora den Kopf.

»Ich kann ihn nicht verlassen – nicht jetzt. Er hat so viel für mich getan; ich bin ihm auf ewig zu Dank verpflichtet. Wir haben ein Arrangement gefunden, das uns beiden entgegenkommt – oder auch nur mir. Ich wünschte nur, er müsste nicht so leiden.«

Mit einem Mal wirkt Iris müde.

»Der arme Freddie. Aber wie konnte er nur …! Und ich habe dich noch ermutigt. Jetzt habe ich das Gefühl, es ist meine Schuld.«

»Aber nicht doch! Es war meine Entscheidung … ich habe mich entschieden, bei ihm zu bleiben.«

»Ja, aber –«

»Es geht mir gut. Wir … kommen zurecht.«

»Tja.« Einen Augenblick lang sieht Iris sie nur an. »Du wirst es wohl am besten wissen. Aber was hast du jetzt vor? Hier bleiben und dich um ihn kümmern? Hat sich die Arktis jetzt für dich erledigt?«

»Also, erst einmal muss ich mein Buch beenden; das nimmt momentan die meiste Zeit in Anspruch. Aber Freddie will nicht, dass ich den Norden aufgebe; er redet schon von der nächsten Expedition. Und er hat eine sehr tüchtige Krankenschwester gefunden. Daher muss ich mich nicht um ihn kümmern.«

»Gott sei Dank hat Freddie Geld. Wie alt ist diese Krankenschwester?«

»Ach, sehr alt … mindestens vierzig.«

»Kleines … sei barmherzig.«

»Aber sie ist viel älter als du! Und … überhaupt nicht attraktiv.«

Iris tätschelt ihr den Arm. »Bitte richte ihm meine …«, setzt sie an, doch da knallt die Haustür, und schnelle Schritte kommen die Treppe herauf. Iris erstarrt.

Überrascht wendet sich Flora zu Iris. »Verzeihung, sollte ich besser gehen?«

»Nein. Das wird nur Helen sein. Ich hab dir noch gar nicht erzählt, dass ich eine Sekretärin eingestellt habe, oder?«

Mit einem Mal ist Iris' Lebendigkeit wieder da. Sie steht auf, betrachtet sich mit einem knappen Lächeln im Spiegel über dem Kamin und drückt die Locken ihrer Frisur fest.

Flora hat gerade noch Zeit, sich zu fragen, wofür Iris eine

Sekretärin braucht, da schwingt die Tür auf, und eine junge Frau betritt den Salon. Ihr modisches, dunkelgraues Kleid betont ihre anmutige Gestalt. Sie hat ein Gesicht von einzigartiger, berückender Schönheit, dunkle Haare und dramatisch große Augen, mit denen sie Flora jetzt mustert. Flora wirft einen fragenden Blick zu Iris, deren aufgewühlte Miene Bände spricht, und denkt: *Oh.*

»Helen, das ist meine wunderbare Freundin, Mrs. Flora Athlone, von der ich schon so viel erzählt habe. Flora, dies ist Miss Helen Tomlinson, meine Sekretärin.«

Flora streckt der jungen Frau die Hand hin, doch die berührt sie nur kurz mit ihren behandschuhten Fingerspitzen.

»Gott, der Bus war so voll«, bemerkt sie dann, als würde sie einen Gesprächsfaden wiederaufnehmen. »Außerdem war da ein grässlicher Kerl, der mich einfach nicht in Ruhe lassen wollte. Ich musste zweimal den Platz wechseln.« Erst jetzt, nachdem sie Flora hat warten lassen, sieht sie sie direkt an, und etwas Hämisches huscht ganz kurz über ihr reizendes Gesicht. »Hallo, hallo.«

»Flora ist gerade von einem Jahr in der Arktis zurückgekommen. Sie ist die Entdeckerin, weißt du noch?«

»Tja«, erwidert das Mädchen. »Ich wette, Sie sind froh, wieder hier zu sein. Muss doch grässlich kalt und überhaupt schrecklich da unten gewesen sein.«

Iris wirft Flora ein entschuldigendes und hoffnungslos stolzes Lächeln zu. »Helen kommt aus Stepney. Geographie ist nicht gerade ihre Stärke, nicht wahr, Helen? Ich wüsste aber auch nicht, was sonst.«

Kapitel 27

LONDON, 51°31' N, 0°7' W
WINTER 1893–1894

Brooklyn im Oktober

Liebe Mrs Athlone,
ich hoffe, es geht Ihnen gut, und Sie haben sich wieder zu Hause eingelebt. Außerdem hoffe ich, dass Ihr Mann sich vollständig erholt hat.
Da Sie so freundlich waren, mir die Neuigkeiten von Ayakou und Meqro mitzuteilen, interessiert es Sie vielleicht, von den neuesten Entwicklungen dort zu hören. Nachdem ich Dr. Seddons Attest schon vor einiger Zeit an Mr. Armitage geschickt habe, ist mir endlich zugetragen worden, dass er etwas für den Mann tun möchte. Er war sehr damit beschäftigt, die Mittel für eine weitere Expedition aufzubringen, doch seit der Depression in diesem Jahr gibt es kaum noch Geld für solche Unternehmungen, und ich weiß nicht, wann (oder ob überhaupt) sie tatsächlich stattfinden wird. Ich jedenfalls werde bei Armitage nicht lockerlassen.
Was Dr. Urbinos Angelegenheit betrifft, so hat seine Schwester es noch nicht dem Rest der Familie erzählt, wird es aber vielleicht irgendwann doch noch tun. Das Problem (wenn ich es denn so simpel bezeichnen kann) ist, dass Dr. Urbino verlobt war und wir der Verlobten nicht noch zusätzlich Kummer

bereiten wollen. Ich hoffe jedoch, bald wieder in den Norden zu fahren, und dann werde ich sehr genau auf das Wohlergehen des Kindes achten. Frank war mein bester Freund, und seine Tochter verdient, dass man sie anständig behandelt.
Vielleicht sollte ich anfügen, dass ich nicht beabsichtige, mich noch mal Mr. Armitage anzuschließen (nicht, dass er mich gefragt hätte). Ich weiß nicht, ob Sie sein Buch gelesen haben, aber darin stehen Dinge, die sich nicht mit meinen Erinnerungen an die Ereignisse oder die darin verwickelten Personen decken. Selbstverständlich könnte dies die Schuld der Herausgeber sein, und möglicherweise ist es auch falsch von mir, Ihnen davon zu schreiben, doch ich habe das Gefühl, Ihnen meine Ansicht anvertrauen zu können.
Wenn Sie es nicht aufdringlich finden, würde ich Ihnen gerne das Buch schenken, an dem ich gearbeitet habe. Es ist eine kurze geologische Abhandlung über Ellesmere Island. Ich versichere Ihnen, ich würde es vollkommen verstehen, wenn dies nicht von besonderem Interesse für Sie wäre! Aber vielleicht doch für Ihren Kollegen Mr. Dixon. Ich bin ganz zufrieden mit den Fotografien, und Sie waren so freundlich, sie in Ihrem letzten Brief zu erwähnen. Daher nehme ich mir auch die Freiheit, Ihnen Abzüge von Fotografien zu schicken, die ich in Neqi geschossen habe. Dort hatte ich nicht die Zeit, Abzüge zu machen, da es immer viel zu viel zu tun gab.
(Hier ist etwas durchgestrichen und unleserlich gemacht worden.)
Ich denke oft daran, wie ich Sie und Dr. Seddon in Neqi getroffen habe. Das ist eine meiner schönsten Erinnerungen an den Norden.
Ich freue mich darauf, Ihren Bericht über Ihre Erfahrungen in Grönland zu lesen. Ich wünsche Ihnen gutes Gelingen beim Schreiben und verbleibe

in unverbrüchlicher Freundschaft
Jakob de Beyn

Ein kleines, in Leinen gebundenes Buch in Normaldruck ist beigefügt. Sie blättert es kurz durch und legt es beiseite. Doch im Briefumschlag lag noch ein zweiter, kleinerer, und als sie den öffnet, gleiten ein paar Fotografien heraus. Es verstört sie – und warum, weiß sie eigentlich nicht –, sich so zu sehen. Auf dem ersten Bild starrt sie streng und befangen in die Ferne und eine Haarsträhne wird ihr ins Gesicht geweht; auf einem anderen stehen sie und Meqro beieinander und lächeln sich an. Sie hatte recht: Er hat sie unvorbereitet erwischt und einen flüchtigen Moment für immer festgehalten. Dennoch muss sie lächeln, weil sie sich an jenen Abend am Strand erinnert. Das ist auch für sie eine ihrer schönsten Erinnerungen. Ein drittes Foto schockiert sie, da sie nicht wusste, dass es überhaupt existiert: Es zeigt sie, wie sie mit Simiak Hand in Hand auf dem Boden sitzt, und hält einen sehr emotionalen Augenblick zwischen ihnen fest. Die Vorstellung, dass er ihr Gesicht betrachtet hat, ohne dass sie es wusste, und gerade, als es so viel Gefühl zeigte, hat eine seltsame Wirkung auf sie.

Es gibt auch ein Foto von Meqro, wie sie auf Dr. Urbinos Schoß sitzt; Dr. Urbino grinst verlegen in die Kamera, aber er hat seinen Arm fest um ihre Taille geschlungen, und Meqro sieht ihn offensichtlich voller Liebe an. Dabei hatte er die ganze Zeit eine Verlobte in Amerika (tja, eigentlich sollte sie nichts mehr wundern) … und jetzt ist er tot. Dann gibt es noch ein Foto von Aniguin, der, allein in der Menge der Eskimos, ernst in die Kamera schaut. Und eines von Maurice Seddon mit seiner eigenen Kamera, er lacht, und so unbeschwert hat sie ihn noch nie gesehen, wie sehr sie auch ihre Erinnerungen durchforstet. Dann ein Foto von der Riesenwolke aus Krabbentauchern, die den ganzen Himmel verdunkelt. Als Nächstes ein Foto von Seddon und de Beyn zusammen. Seddon zeigt seine übliche verbissene Miene; de Beyn aber lächelt in die Kamera (die vielleicht Urbino betätigt?), seine Augen sind dunkel und sein Haarschopf eine weiße Fackel in der Sonne. Sie hat vergessen, wie weiß seine Haare waren; aber sein Lächeln hat sie nicht vergessen. Sie fragt sich, warum er ihr dieses Foto geschickt hat – weil Seddon darauf zu sehen ist? Oder er selbst?

Sie findet den Brief seltsam: ziemlich linkisch und indiskret, doch offenbar ist de Beyn aufrichtig interessiert am Schicksal derer, die er zurückgelassen hat. Als sie sich noch einmal die Fotos ansieht, kommen ihr seine Worte vom Morgen nach jenem Abend in den Sinn: dass ein Foto die Essenz des Abgelichteten vermittelt und einem das näherbringt, was in weiter Ferne ist.

✶

Die große Ausstellung im Britischen Museum findet im November statt, als Dr. Murray die Mumien für ausreichend präpariert hält. Zuerst darf nur ein geladener Kreis sie sich ansehen. Freddie ist auch dabei, von Schwester Capron gepäppelt und gespritzt in einen Zustand augenscheinlicher Gesundheit. Da Flora gesehen hat, wie es ihm noch am Morgen ging, muss sie zugestehen, dass die Schwester tatsächlich Wunder bewirken kann.

Die Mumien sind in einem Vorlesungssaal ausgestellt, in Glaskästen, von Tüchern verdeckt. Dr. Murray beginnt mit einer kurzen Einführung. Dann hält Flora ihren Vortrag und geht am Höhepunkt zu jedem Kasten und enthüllt mit einer schnellen (sorgfältig geübten) Handbewegung eine Mumie nach der anderen. Das Kind spart sie sich bis zuletzt auf. Als sie es am Ende ihres Vortrags präsentiert, herrscht atemlose Stille. Und dann sagt eine Frau, mit vor Zärtlichkeit brechender Stimme: »*Oh*«, worauf allgemeines Gemurmel einsetzt, das immer lauter wird. Die Besucher sind erstaunt, geschockt, überwältigt. Es ist ein uneingeschränkter Erfolg.

Als die Mumien der Öffentlichkeit zugänglich gemacht werden, kommt Flora zu Ohren, dass Besucher von ihrem Entsetzen überwältigt worden und manche Frauen sogar in Ohnmacht gefallen seien. Je länger die Ausstellung dauert und je mehr Aufmerksamkeit die Presse ihr schenkt, desto unangenehmer wird ihr der Gedanke daran. Eines Tages liest sie einen Leitartikel in der *Manchester Review*, der die Ausstellung als ›unchristlich, abscheulich, verderbt und schädlich bezeichnet, ungeeignet für Frauen und Kinder – selbst von den härtesten Männern kaum zu ertragen …‹. Sie selbst wird als ›unmoralisch und unweiblich‹ kritisiert. Zornig wirft sie die Zeitung beiseite, dabei sollte sie doch längst daran gewöhnt sein. Sie wollte nie bei dem ›Zirkus‹ mitmachen (dieses Wort hat sie ihrem Vater nie verziehen); sie wollte immer nur in den Norden zurück.

Am folgenden Abend bei einem Dinner im Kreis gutgelaunter Gäste zwingt sie sich zu lächeln, obwohl sie sich fragt, wie viele von ihnen die öffentliche Rüge gelesen haben. Links von ihr sitzt Lionel Fortescue, der Schauspieler mit den braungefärbten Haaren, und prahlt mit seiner neuen Rolle als Jago; rechts von ihr Jessie Biddenden, die weiß, wie es sich anfühlt, geschmäht zu werden – in ihrem Fall für lasterhafte Schriften.

Flora ist nicht die Einzige, die die ausgelassene Stimmung nicht teilt. Ihr Blick wandert zu Iris, die nur Augen für Helen hat. Die sitzt ihr gegenüber und ist vollkommen in ein Gespräch mit einem gutaussehenden jungen Schauspieler vertieft. Sie haben die Köpfe zusammengesteckt und lachen. Für Flora sieht das aus wie ein Flirt. Sie mag Helen nicht, weil sie Iris mit einer beiläufigen Geringschätzung behandelt, die schon fast an Verachtung grenzt.

Flora wendet sich zu Jessie und ertappt sich dabei, dass sie sich über den Leitartikel beklagt. Jessie hört ihr mit einem wissenden Lächeln zu.

»Ich habe schon von dem Artikel gehört – weißt du, wer den geschrieben hat?«

»Er war anonym.«

»Aber ein kleines Vögelchen hat mir gezwitschert, dass er von deinem alten Freund Mr. Whitfield stammt.«

»R.G. Whitfield? Das kann nicht dein Ernst sein!«

»Doch, genau der. Offenbar ist er fuchsteufelswild, dass du ihn hast hängenlassen.«

»Aber ich habe schon Jahre vor meiner Abreise nichts mehr von ihm gehört. Was hätte ich denn tun sollen?«

»Tja, Journalisten, kennt man doch … Offensichtlich hatte er das Gefühl, er habe dich entdeckt und verdiene dafür etwas Anerkennung. Und mit ›Anerkennung‹ meine ich natürlich ›Geld‹.«

Flora ist fassungslos. Dabei war er doch früher so zuvorkommend … aber der Ton seines Artikels ist richtig bösartig. Sie erinnert sich vage, dass sie ihm vor Jahren eigentlich hatte schreiben wollen, um ihre Dankbarkeit auszudrücken, und es dann vergessen hatte.

Dundee, 5. Dezember

Liebe Flora,
danke für Deinen Brief vom letzten Mittwoch. Ich hoffe, Du bist weiterhin bei guter Gesundheit. Meinen Knien geht es ein bisschen besser. Ich fürchte, ich werde Dich und Freddie nicht zu Weihnachten besuchen können, daher muss ich leider Deine Einladung ablehnen. Ich habe zu viel hier zu tun: Es gibt einen Disput zwischen der Werft und den Eigentümern bezüglich der letzten Überholung des Schiffs, und ich habe niemanden, den ich mit dieser Aufgabe betrauen möchte. Vermutlich wäre die Ausstellung der Grönland-Mumien ohnehin nichts für mich, daher besteht auch keine Eile, nach London zu kommen. Wir werden sehen, wie die Dinge in ein paar Wochen stehen. Meine besten Wünsche für Deinen Ehemann und natürlich für Dich.

Dein Dich liebender Vater
William Mackie

London, Neujahr 1894

Lieber Mr. de Beyn,
ich möchte den Jahreswechsel zum Anlass nehmen, Ihnen ein sehr glückliches neues Jahr zu wünschen, und hoffe, dies ist das Jahr, in dem unsere Pläne in die Tat umgesetzt werden können. Vielen Dank für Ihren letzten Brief; es freut mich, zu hören, dass Sie Fortschritte machen. Ich stimme Ihnen zu, dass es unnötig und in gewisser Weise auch unklug ist, rund um eine Expedition zu viele Vorankündigungen zu machen. Wir beide wissen, wie schnell sich Pläne im Norden verändern können – kurzfristig und drastisch –, und je weniger Menschen wir wegen dieser Veränderungen Rede und Antwort stehen müssen, desto besser.
Es erstaunt mich zutiefst, dass die Mumien es bis in amerikanische Zeitungen geschafft haben; so wichtig sind sie denn eigentlich doch nicht. Sie erwähnen nicht, wie die allgemeine Meinung der Amerikaner darüber ist; hier hat es viel Kritik gegeben, sogar Empörung. Vermutlich hätte man das erwarten können. Ich habe gelernt, vor den schlimmsten Kritiken Augen und Ohren zu verschließen, doch manchmal ertappe ich mich dabei, dass ich ihnen zustimme. Zwar könnte man sagen, dass die Mumien von großem wissenschaftlichem Interesse sind, doch die Wirkung aufs Publikum ist eher ihrer unheimlichen Erscheinung und dem Nervenkitzel geschuldet, echte Leichen zu sehen. Ich bedaure es, dass darum ein solcher Zirkus gemacht wird.
Ich habe Mr. Dixon Ihr Buch geliehen (das mich, entgegen Ihrer Befürchtung, sehr interessierte!), und als er es mir zurückgab, war er voll des Lobes. Wie ich es verstanden habe, wird er Ihnen auch selbst schreiben. Als wir uns darüber unterhielten, empfand ich Bedauern darüber, dass er selbst nur so wenig Gelegenheit für derartige Untersuchungen hatte. Eigentlich kann man den unvorhersehbaren Klimabedingungen im Norden nur dadurch begegnen, dass man gleich für zwei

oder gar drei Jahre dorthin fährt. So hat man noch eine Chance, wenn eine Saison sich als Fehlschlag erweist.
Ich hatte gehofft, mein Buch bis Ende des Jahres fertig zu haben, doch bin ich ziemlich im Verzug. Mein Vorsatz fürs neue Jahr ist, es innerhalb der nächsten zwei Monate zu beenden. Und dann? Auch ich möchte wieder zurück, aber davor gilt es noch etliche Hindernisse zu überwinden …

Flora hält inne. Die Versuchung ist groß, ihre Briefe an Mr. de Beyn als Tagebuch zu betrachten, das nie jemand zu Gesicht bekommt. Geschützt durch die dreitausend Meilen Ozean zwischen ihnen, fällt es ihr leicht, ihn – einen praktisch Fremden – als Freund zu betrachten. Und was ist daran schon schlimm?

Vielleicht drückt das Wetter auf meine Stimmung. Es ist grau, nieselig und feucht. Alle Welt beklagt sich über die Kälte, aber das ist doch keine Kälte! In gewisser Hinsicht vermisse ich den Norden im Winter noch mehr als im Sommer. Die ständige Dunkelheit, und nach Schnee sehne ich mich geradezu …

TEIL FÜNF

Polaris

Der Polarstern, seit Jahrhunderten die
Orientierungshilfe für Navigatoren, erscheint als
einzig fester Punkt am Himmel, um den alle anderen
herumwirbeln. Aber das ist eine Illusion.

Kapitel 28

RMS ETRURIA, AUF SEE
APRIL 1895

Mr. Lester Armitage, der mit seinem Buch *Der Kampf gegen das Eis* im letzten Jahr unsere Leser faszinierte, bricht von neuem in den eisigen Norden auf. Mit der Unterstützung vieler herausragender Unternehmer wird er im Juni die Segel setzen, und dann wird es heißen: ›der Nordpol und nichts als der Nordpol‹. Mit seinen Erfahrungen von der früheren Expedition, auf der er Dupree Land entdeckte, eine bislang unbekannte Insel an der Nordgrenze von Grönland, ist er gewappnet, um seine Energie und seine Mannschaft zur Erreichung dieses Ziels einzusetzen. Wie er erklärt, gab es bei seiner ersten Expedition zu viele unterschiedliche Interessen, so dass man sich nicht vollends darauf konzentrieren konnte, Neuland zu entdecken. ›Wissenschaft‹, so sagt er, ›ist etwas für andere Männer. So wertvoll sie ist, so schwer ist es auch, ein Forschungsprogramm unter widrigen Umständen durchzuführen und gleichzeitig neues Land in einer solch menschenfeindlichen Umgebung zu entdecken. Dieses Mal konzentrieren wir uns nur auf den Nordpol und sichern ihn, so Gott will, für die Vereinigten Staaten von Amerika!‹

Manhattan Chronicle, 3. April 1895

Jakob hat sich gegen eine Kabine mit Bullauge entschieden. Das hat zweierlei Vorteile: Er spart Geld und muss nicht auf den Ozean schauen. Nach drei Jahren auf dem Festland hat er vergessen, wie sehr ihm Reisen mit dem Schiff widerstreben. Und für die Überfahrt nach Europa hat er sich offenbar den schlimmsten Sturm seit Jahren ausgesucht.

Am dritten Tag auf See schaukelt das Schiff irgendwo mitten auf dem Ozean. Wie ein Korken wird es von den Wellen hin und her geworfen, während die Maschine vergeblich mahlt und die massive Schiffschraube Luft wirbelt. Nur wenige Passagiere können im schwankenden Speisesaal etwas zu sich nehmen, und noch weniger können schlafen – es sei denn, man wollte den Stupor des Elends, in dem sie sich befinden, Schlaf nennen. Auf den Korridoren und in den nur spärlich besuchten Aufenthaltsräumen herrscht grimmiger Kameradschaftsgeist. Die, die noch aufrecht gehen können, grüßen einander mit Respekt wie Überlebende einer besonders schmutzigen Schlacht. Hinter verschlossenen Türen hört man Laute körperlichen Unbehagens und manchmal sogar Schreie.

Als Jakob nach einer Mahlzeit aus Kräckern und Wasser zu seiner Kabine zurückkehrt, gratuliert er sich, dass er die Flure und Treppen bewältigt hat, ohne den Halt zu verlieren. Doch dann, gerade als er die Tür öffnet, schlagen zwei riesige Wellen kurz nacheinander gegen das Schiff. Er verliert das Gleichgewicht, worauf das Zusammenspiel böser Mächte die Türkante und seine Stirn aufeinanderprallen lässt. Eine ganze Weile später findet er sich auf dem Boden seiner Kabine wieder. Als er die Hand auf die schmerzende Stirn legt, spürt er eine Beule, die so groß ist wie ein Hühnerei. Er hofft nur, dass er für längere Zeit das Bewusstsein verloren hat – das wäre die beste Art, die Reise hinter sich zu bringen –, doch ein Blick auf seine Uhr zeigt ihm, dass es nur wenige Minuten waren.

Er zieht sich in seine Koje hoch, schwört sich, dort so lange wie möglich zu bleiben, und fragt sich, ob dies die Strafe für seine Sünden ist.

Etwa ein Jahr zuvor schlitterte er zu seiner eigenen Überraschung in eine Romanze mit Lucille Becker. Sie begegneten sich zufällig auf der Straße (es erstaunt ihn jedes Mal aufs Neue, wenn er in einer so großen Stadt jemand Bekanntem begegnet, aber es passiert überraschend häufig), und plötzlich ertappte er sich dabei, dass er sie um eine Verabredung anbettelte. Vielleicht wollte er etwas wiedergutmachen, vielleicht sich auch reinwaschen, aber zuerst dachte er, er habe einen Glückstreffer gelandet, denn sie erwies sich als gute Gefährtin, amüsant und unabhängig. Doch nachdem er sie dazu gebracht hatte, mit ihm ins Bett zu gehen, wurde ihre Beziehung nicht intensiver, sondern schwieriger.

»Was soll ich denn tun?«, fragte er leicht verzweifelt und nicht zum ersten Mal, nachdem es trotz eifriger Bemühungen seinerseits nicht zum gewünschten Resultat gekommen war.

»Nichts«, versicherte sie ihm, aber eine Falte grub sich in ihre Stirn. »Ich weiß nicht, was ich dir sagen soll.«

»Du sollst mir sagen, was dir Lust bereitet.«

»Aber das tut es doch schon … ich meine, du tust es.«

»Mag sein, aber nicht … genug.«

Sie seufzte. »Ich weiß nicht, was du meinst.«

Als er es ihr erklärte, wurde es nur noch schlimmer. Mit bitterer Stimme bemerkte sie, vorher habe sie wenigstens nicht gewusst, dass was nicht mit ihr stimmte. Ihr früherer Liebhaber (er war erstaunt, aber erleichtert, dass es einen gegeben hatte) hatte an ihr nichts zu bemängeln gehabt.

»Es gibt auch nichts zu bemängeln«, erwiderte er, nicht ganz überzeugend. »Vielleicht liegt es ja an mir. Vielleicht mache ich es einfach nicht richtig … für dich.«

»Für andere aber schon?«

»Nun …« Er dachte, mit Unbehagen, an Kate und dann, um sich aufzuheitern, an Cora. »Manchmal, äh, passiert es eben nicht, und manchmal tun die Frauen so, als fänden sie es schön, aber normalerweise …« Er zuckte die Achseln.

»Woher weiß man denn, ob sie so tun oder nicht?«

»Tja, das weiß man nicht immer. Aber …«

Lucille machte sich ganz klein, bis sie nur noch eine Kugel aus Rippen, Hüftknochen und gekreuzten Armen und Beinen war.

»Ich möchte doch nur, dass du glücklich bist.«

»Aber das bin ich doch.«

Er legte ihr den Arm um die Schultern. »Ist schon gut. Es ist nicht so wichtig.«

»Offensichtlich schon.«

Sie schüttelte ihn ab. Er hatte das Gefühl, aus ihr Informationen herauspressen zu wollen, die sie nicht hatte.

»Bitte mach dir keine Gedanken darüber.«

»Wie soll ich das denn machen?«

»Ich verbiete es dir?«, sagte er, versuchsweise.

»Ha!«

Bei Lucille funktionierte es nicht immer, über etwas Witzchen zu machen. Sie neigte zum Grübeln, konnte Dinge nicht einfach gut sein lassen.

»Woher weißt du denn, dass die anderen nicht auch so getan haben, als ob?«

Jetzt konnte auch er nicht mehr vernünftig sein. Er sprang aus dem Bett und rief: »Ja! Du hast recht! Sie haben *alle* so getan, als ob.«

Splitterfasernackt stürmte aus dem Schlafzimmer und knallte die Tür hinter sich zu. Clara war übers Wochenende bei ihren Eltern.

»Alle?«, schrie Lucille ihm nach. »*Alle*?«

Jakob fing an, ihre gemeinsamen Nächte zu fürchten. Er versuchte sich einzureden, das sei nicht so wichtig, doch damit gab sie sich nicht zufrieden. Sie warf ihm vor, reserviert und frustriert zu sein und immer etwas für sich zu behalten, so dass sie nie wisse, was er denke. Sie sagte – und es war ihr sichtlich peinlich –, dass sie heiraten wolle, und als er darauf ganz still wurde, beschuldigte sie ihn, er wolle sein Vagabundenleben nicht aufgeben oder, schlimmer noch, nicht für sie. Er wusste, ihre Vorwürfe waren gerechtfertigt, hatte aber nicht das Gefühl, dass sie wirklich Grund zur Klage waren (abgesehen vom letzten). Schließlich kannte sie ihn lange genug, um ihn zu kennen.

»Ich kann nicht alles, was mir im Kopf herumgeht, mit dir teilen, Lucille. Ich muss auch nicht wissen, was du jede Minute des Tages denkst.«

»Nein.« Sie lachte bitter. »Weil es dir egal ist. Ich will es ja auch nicht immer wissen. Aber du bist so oft … unerreichbar. Manchmal denke ich, du wärest viel lieber woanders – oder … oder bei einer anderen.«

»Ich will aber nicht bei einer anderen sein. Ich bin gern mit dir zusammen, ich mag dich so, wie du bist. Ich bin weiß Gott auch nicht vollkommen. Können wir nicht gemeinsam unvollkommen sein?«

Es gab noch einen Grund, warum er reserviert und abgelenkt war: Er hatte angefangen, seinen Vater zu besuchen. Jahrelang hatte er Ausreden bemüht, um Hendrik nicht bei seinen Besuchen auf Blackwell's Island zu begleiten. Normalerweise ersparte ihm seine Arbeit die Notwendigkeit, überhaupt eine Ausrede zu erfinden. Etliche Wochen nach dem ersten Brief und kurz nach seinem Abschlussexamen hatten die Brüder die Fähre zur Insel genommen. In ihren Sonntagsanzügen und umgeben von murmelnden, langsam umherschlendernden Besuchern hatten sie gewartet. Das gezwungene Lächeln der Angehörigen, die schroffen Floskeln des Personals. Das Heim selbst schien gar nicht so schlimm, obwohl sie ihre Stimmen senkten und ihre Bewegungen verlangsamten, um keinen Insassen zu erschrecken. Aber die Begegnung mit Arent de Beyn war ein Schock – was zu erwarten gewesen war.

Der Mann, der angeblich ihr Vater war, wirkte körperlich kräftig: groß, rotgesichtig, mit einem buschigen Haarschopf über der Stirn. Er begrüßte sie zerstreut, aber angemessen und sah genauso aus, wie Hendrik in ein paar Jahren aussehen würde. Jakob war heilfroh, dass er selbst keine Ähnlichkeit mit ihm hatte. Ein Aufseher hatte ihnen versichert, dass er wusste, wer sie waren. Sie gingen in den Park, wo Arent auf den East River und die Bäume von Manhattan in der Ferne wies. Er war emotionslos und hörte höflich zu, als Hendrik über Bettina, das Baby und sein Geschäft erzählte – und als Hendrik Jakob aufforderte, über sein Studium zu reden –, aber man konnte nicht erkennen, ob er davon überhaupt etwas mitbekam. Irgendwann jedoch wandte er sich zu ihnen und zischte: »Haben Sie meine Söhne gesehen? Wenn ja, sagen Sie mir Bescheid? Sie wollen mich umbringen.«

Entsetzt sah Jakob Hendrik an, weil er nicht weiterwusste; eigentlich hatte er gar nicht mitkommen wollen.

»Selbstverständlich«, sagte Hendrik, nachdem er seine Fassung wiedererlangt hatte.

Kurz darauf brach Jakob zu seinem ersten Auftrag in den Westen auf.

Nach Franks Tod jedoch beschloss er, sich zu bessern, und besuchte seinen Vater regelmäßig, wenn er sich in New York befand. Zumindest war nach dem ersten Brief nicht mehr die Rede davon, ihn zu entlassen. Arent erwies sich als harmlos, aber unberechenbar; er war besessen von der Idee, verhungern zu müssen, und hatte sich dick und fett gefressen. Jakob hatte erfahren, dass es sinnlos war, das Gespräch steuern zu wollen, also ließ er Arent durch seine Lieblingsthemen mäandern: Essen, Angeln, seine diebischen Nachbarn. Manchmal gelang ihnen ein zusammenhängendes Gespräch über das Fliegenbinden, was Arent genoss. Jakob betrachtete ihn mittlerweile nicht mehr als seinen Vater, weil er dazu einfach keinen Bezug hatte, sondern als einen eigentümlichen alten Holländer, für den er irritierend hartnäckige Verantwortungsgefühle empfand. Hin und wieder gab es bei dem alten Mann eine Anmutung von Klarheit, so flüchtig und wundersam wie die Erscheinung eines Engels. Dann lehnte er sich zum Beispiel vor, legte Jakob die Hand aufs Knie und sagte: »Du siehst genauso aus wie Annette … erstaunlich.« Bei solchen Gelegenheiten stockte Jakob das Blut in den Adern, und in seinem Kopf wirbelten tausend Fragen umher. Hektisch überlegte er, welches die wichtigste wäre, was vor allem anderen er wissen wollte, doch bevor er sich entschließen konnte, war Arent schon wieder weggedriftet, blickte sich um und sagte so was wie: »Hast du sie gesehen? Vor einer Minute war sie noch da …«

Lucille war einer der wenigen Menschen, die von seinem verrückten Vater wussten. Sie hatte ihm angeboten, ihn nach Blackwell's Island zu begleiten. Jakob war zwar gerührt, lehnte ihr Angebot aber ab. Er wollte nicht, dass sie das alles sah und mit ihm verband.

Dann bekam er alle paar Monate einen Brief aus England, der seine Gedanken von seinen ungeordneten und fragwürdigen Lebensumständen abzog und sie nordwärts lockte. Mrs. Athlones Briefe verrieten nie mehr als bloße Freundlichkeit. Dennoch verspürte er einen Anflug reiner Freude, sobald er ihre Schrift sah, einen Widerhall dieser ganz besonderen Verbundenheit, die er in Neqi zwischen ihnen gespürt hat. Er wusste nicht mehr, woran es lag, dass er sich so zu ihr hingezogen fühlte – welche Bedeutung hatte das überhaupt noch nach all der langen Zeit? –, oder weil sie die Verbindung zu etwas darstellte, das er liebte: Sie war das Bindeglied zu seiner Zeit im Norden, seinem größten Abenteuer, seiner erhofften Zukunft. Zwar redete er sich ein, es habe nichts zu bedeuten. Dennoch hütete er ihre Briefe wie einen Schatz; sie gehörten zu den Geheimnissen, die Lucille ihm vorwarf und, vielleicht sogar begründet, fürchtete.

Bevor er im vergangenen Herbst zu einem sechsmonatigen Auftrag nach Arizona aufgebrochen, hatte er die Beziehung mit ihr beendet, was sie mit Würde und er mit wachsendem Trübsinn hinnahm. In der Wüste fragte er sich, ob er einen Fehler begangen hatte, ob er ihr nicht doch einen Antrag hätte machen sollen; schließlich war jede Ehe ein Kompromiss, oder nicht? Alle – sein Bruder zum Beispiel – behaupteten, man müsse daran arbeiten, Gesellschaft und Geborgenheit seien die Hauptvorteile, Anziehung sei keine verlässliche Grundlage für eine lebenslange Bindung, die Leidenschaft lasse bereits nach ein paar Monaten nach … (Warum dann überhaupt heiraten, fragte Jakob, aber nur sich selbst.)

Als er vor ein paar Wochen, nach seiner Rückkehr nach New York, die Urbinos besuchte, hatte er eigentlich gehofft, Clara zu sehen. Doch sie war nicht da, und ihre Eltern wirkten, als wollten sie nicht über sie sprechen. Das betrübte ihn. Anscheinend hatte sie ihm seinen ersten Fauxpas mit Lucille verziehen, doch als sie wirklich zusammenkamen, hatte sie sich von ihnen beiden zurückgezogen, war reserviert und ausweichend gewesen und hatte aus irgendwelchen Gründen nie mehr Zeit für sie gehabt.

Jetzt, in der engen Koje seiner Kabine, hat er genug Muße, über sein selbstsüchtiges und verantwortungsloses Dasein nachzudenken. Seit Franks Tod haben ihn solche düsteren Stimmungen öfter heimgesucht. Nach wie vor hat er das Gefühl, es sei seine Pflicht, in den Norden zurückzukehren, doch ist er so weit davon entfernt wie eh und je. Wer ist er eigentlich? Was hat er erreicht? Er ist ein vagabundierender Geologe ohne eigenes Heim, ohne Familie, ohne feste Stelle und regelmäßiges Einkommen. Mehr als einmal (und zur Bestürzung von Hendrik und Bettina) hat er einen akademischen Posten abgelehnt, weil der ihn an einen Ort zu fesseln drohte. Auch dauerhaften emotionalen Verpflichtungen hat er sich entzogen. Schon seit langem befindet er sich in der ständigen Bereitschaft, wieder in den Norden zu gehen, ist aber nicht gegangen. An seinem letzten Geburtstag ist er dreißig geworden. Seine Jugend kann er nicht mehr als Entschuldigung heranziehen.

Bei seiner Rückkehr aus Arizona hat er in der Zeitung gelesen, dass Lester Armitage in Kürze wieder Richtung Nordpol aufbricht. Im Gegensatz zu ihm hat er es geschafft, die nötigen Mittel dafür aufzubringen. Er hat ein Schiff, die *Pole Star*, gekauft und umgebaut, so dass sie jetzt in der Lage sein soll, das dickste Packeis bis zur Nordküste von Grönland zu durchpflügen. Jakob hat sich, solange er nicht im Norden war, mit dem Gedanken getröstet, dass Franks Peiniger und sein persönlicher Feind es wenigstens auch nicht geschafft hat. Ein trügerischer Trost.

Mit einem Mal stockt das dumpfe Dröhnen tief unter ihm in den Eingeweiden der *Etruria* und verändert den Ton. In seiner Kabine fängt das summende Licht an zu flackern und geht dann ganz aus. Um ihn herum wird es pechschwarz. Jakob wartet und lauscht: Alles ist merkwürdig still. Die Maschine ist verstummt. Er merkt – und nimmt es seltsam ungerührt zur Kenntnis –, dass seine Muskeln zum Zerrreißen angespannt sind. Ist das Schiff nicht noch mehr zur Seite geneigt als zuvor? Er überlegt, ob er aus seiner Koje klettern soll, doch fehlt ihm dazu die Kraft, oder der Wille. Das Schiff schlingert, als eine weitere Riesenwoge gegen den Rumpf schlägt. Seine Koje befindet sich auf der nach unten geneigten Seite, und er hat das Gefühl, von einer gigantischen Macht in die Tiefe gedrückt zu werden.

Das war es, denkt er. Ihm bricht kalter Schweiß aus. Mit einem Mal ist er wieder in seinem Zimmer bei den Koppels, wo er so häufig in seinen Alpträumen ertrank. Das Wasser, die eisige Kälte, die Dunkelheit, die ihn immer tiefer zieht … Das Schiff sinkt. Aber dies ist kein Alptraum und es wird kein Erwachen geben. Der Witz ist: Die Alpträume waren kein Nachhall des mysteriösen Tods seines Vaters, sondern eine Vorahnung seines eigenen.

Aus dem Korridor ertönen spitze Schreie. Donnernde Schritte, stolpernde Füße. Alarmgeschrei, Befehle, Fragen. Nach den Sekunden der Lähmung (ein merkwürdiges Phänomen, aber nicht von Dauer) müht er sich aus der Koje und ertastet sich einen Weg aus der Kabine. Noch während er das tut, wird der Boden erst eben und neigt sich dann in die andere Richtung – mit anderen Worten: wird alles wieder normal. Das elektrische Licht fängt an zu summen und erwacht flackernd zum Leben. Er sieht, wie ein Steward ein Pärchen beruhigt, und entdeckt durch die Glastür am Ende der Treppe, dass von draußen Tageslicht hereindringt.

»Alles in Ordnung, Sir?«, erkundigt sich der englische Steward mit seinem harten, knappen Akzent. Er klingt munter. »Kein Grund zur Sorge. Der Sturm lässt nach. Wir haben es bald hinter uns.«

»Was war mit dem Licht?«

»Der Generator hat manchmal einen kleinen Schluckauf – ist überlastet, wenn alle gleichzeitig ihr Licht anhaben. Aber jetzt funktioniert er wieder. Es ist alles wieder in Ordnung.«

»Danke. Aber die Maschine – hat doch ausgesetzt, oder?«

Der Steward neigt den Kopf zur Seite.

»Nein, alles ganz normal, Sir.«

»Oh … ja, stimmt. Danke.«

»Sir? Sir … was ist denn mit Ihrem Kopf passiert?«

An Deck muss er sich an die Reling klammern, um nicht umzukippen. Das Meer ist so aufgewühlt, wie er es noch nie gesehen hat. Überall flintschwarze Wellen, die in alle möglichen Richtungen wogen. Der Horizont neigt sich immer noch gefährlich nach links und rechts, aber den östlichen Himmel durchschneidet hellblaues Licht. Vielleicht ist es doch nicht sein Schicksal, zu ertrinken. Jakob hält sich mit einer Hand an der Reling fest und berührt mit den Fingerspitzen die empfindliche Beule an seiner Stirn. Sein Schädel dröhnt wie die Maschine unter seinen Füßen. Der Arzt hat ihm etwas ›gegen die Schmerzen‹ gegeben. Das Röhrchen befindet sich in seiner Hosentasche, aber er wird nichts nehmen. Ein bisschen Schmerz ist heilsam.

Kapitel 29

LIVERPOOL, 53°24' N, 2°58' W
APRIL 1895

Der Regen hat seit Verlassen der Marylebone Station seine Schlieren über die Zugfenster gezogen. Es fällt schwer, zu glauben, dass Frühling ist, denn nur wenige Bäume zeigen schon Laub, und die Felder sind nackt und schlammig. Eine schwere Wolkendecke hängt über dem Land und hüllt es halb in Niesel, halb in Nebel. Das Land ist grau, kaum sehenswert, und doch kann Flora sich weder auf ihr Buch noch auf ihre Arbeit konzentrieren, sondern starrt aus dem Fenster.

Sie hat ein paar Termine mit Unternehmen ausgemacht, die Dosennahrung herstellen, mit dem Plan, den Vertrag mit Kemp zu lösen, falls sie vom neuen Anbieter kostenlose Versorgung garantiert bekommt. Nun, da Freddie praktisch ans Haus gefesselt ist, hat sie ständig solche Termine. Er hat ihr seinen Segen gegeben, allein die Verhandlungen zu übernehmen und dazu auch zu reisen. Ein Großteil ihres Lebens verläuft auf getrennten Wegen, die allerdings ein gemeinsames Ziel haben; Freddie hält weiterhin eine umfangreiche Korrespondenz aufrecht, denn seine Inspirations- und Überzeugungskraft ist genauso unvermindert wie seine Entschiedenheit, ihre Karriere voranzutreiben. Jeden Abend gegen sechs treffen sie sich, um Neuigkeiten über Geldgeber, Unterstützer und Finanzen auszutauschen. Früher hat sie sich gefragt, warum er das tut, wo doch seine eigenen Ambitionen so grausam vereitelt wurden, aber er hat erklärt, sonst wäre sein eigener Verlust sinnlos. Sie empfindet große Zuneigung zu ihm. An diesem Morgen hat sie ihn nicht gesehen; gestern Abend hat sie ihn auf die Stirn geküsst und versprochen, ihm zu schreiben. Sie muss zu etlichen Betrieben. Wenn einige davon ihren Sitz in Liverpool haben, ist das nicht ihre Schuld.

Ein Wagen bringt sie vom Bahnhof zum Adelphi Hotel. Die Straßen sind nass und dunkel, und ein gelblicher Nebel dringt in die Kutsche. Die Luft fühlt sich kälter an als in London, feucht und schmierig, als klebte sie an ihrer Haut. Selbst in ihrem Hotelzimmer und trotz des Kaminfeuers riecht es durchdringend nach Ruß, Abwässern und dem Meer. Sie packt ihren Koffer aus und hängt ihren neuen Morgenrock auf, den sie letzten Samstag gekauft hat. Er hat ein chinesisches Muster in sanften Blautönen. Dann wäscht sie sich Gesicht und Hände, knöpft sich Jacke und Bluse auf und fährt mit einem Waschlappen über ihre Achselhöhlen. Dennoch fühlt sie sich immer noch unsauber. Sie zieht die Decken vom Bett, damit die Matratze auslüften kann (die Laken fühlen sich klamm an, oder liegt es nur an der Feuchtigkeit?). Plötzlich überkommt sie ein Schwächeanfall. Sie setzt sich an den Schreibtisch am Fenster. Vielleicht hilft es ihr, die Liste mit den Zahlen zu den benötigten Lebensmitteln durchzugehen. Aber die aufgelisteten Vorräte tanzen ungelesen vor ihren Augen: Marmelade, Dosenfleisch, Karotten. Limettensaft. Kakao.

In ihrer Innentasche hat sie noch ein Blatt Papier, das sie jetzt hervorholt, um es, wie schon unzählige Male zuvor, zu betrachten. Es ist ein Brief, vom Januar, aus einem Ort mit dem unwahrscheinlichen Namen *Flagstaff, Arizona*. Darin wird der Plan angekündigt, den Sommer über in die Schweiz zu fahren. Mit detaillierten Angaben zum Schiff, der *Etruria*, und der Ankunft in Liverpool, morgen. Darin steht auch der Plan, ein paar Tage in Liverpool zu bleiben, im Victoria Hotel. Angesichts der

Tatsache, dass darin auch die Hoffnung ausgedrückt wird, sie in London zu sehen, scheint es gerechtfertigt, von diesem vorherigen Aufenthalt in Liverpool zu schreiben. Aber nun, da sie wirklich hier ist, kommt es ihr nichtig vor. Oberflächlich gesehen ist es ein ganz neutraler Brief. Kann man darin überhaupt mehr sehen? In ihrer Antwort drückte sie ihre Freude aus, ihn in London zu sehen. Seitdem wurde kein Brief mehr zwischen ihnen gewechselt.

In dieser Nacht liegt sie schlaflos da und redet sich ein, dass es unwichtig ist, falls sie sich tatsächlich zum Narren macht. Denn sie hat ja nichts falsch gemacht. Sie hat gar nichts gemacht. (Der seidene Morgenrock am Schrank straft sie Lügen.) Sie hat immer noch die Wahl, gar nichts zu tun, und niemand wird es je erfahren.

Der nächste Tag ist der siebzehnte, der Ankunftstag der *Etruria.* Flora schreibt eine Nachricht und adressiert sie an Mr. de Beyn im Victoria Hotel. Nachdem sie einem Angestellten am Empfang das Schreiben gegeben hat, verlässt sie fast blind vor Panik das Adelphi und bekommt das Taxi, das sie beim Überqueren der Straße fast überfährt, und die darauffolgenden Flüche kaum mit. Was hat sie getan? Ein Treffen vorgeschlagen, zum Tee, im Palm Court.

Die Stunden kriechen dahin. Überall scheinen Fremde ihr vorwurfsvolle Blicke zuzuwerfen. Sie ist zu unerfahren in Ränkespielen, um jetzt etwas mit sich anfangen zu können. (Trotz ihrer Spitzfindigkeiten hat sie eindeutig Schuldgefühle.) Dabei sagt sie wieder und wieder zu sich, dass sie nichts Ungehöriges vorhat. Tee mit einem Freund. Einem Bekannten. Der ohnehin nicht kommen wird.

Nach dem Mittagessen schlendert sie durch ein Kaufhaus und starrt blicklos auf Hüte und Handschuhe. Als man sie auffordert, sich Dessous anzusehen, ganz frisch aus Amerika importiert, kauft sie spontan etwas, als eine Art Talisman. Die Verkäuferin behauptet, es passe zu Madams Farben. Es kommt

Flora so vor, als läge etwas Wissendes in ihrem Blick, während sie das sagt. Draußen bleibt sie stehen, um einem Leierkastenmann und seinem Äffchen zuzusehen, einer Kreatur mit traurigen Augen und weiser Miene. Sie lässt eine halbe Guinee in den umgedrehten Hut des Manns fallen, damit es ihr Glück bringe, und schämt sich, als sie sieht, wie dankbar er ist.

Um drei ist sie wieder in ihrem Hotelzimmer, zieht sich aus, wäscht sich und probiert das neue *Ensemble* an. Es ist aus blassgrüner Seide und war schockierend teuer. *Ich sehe aus wie eine Schauspielerin*, denkt sie, streift es wieder ab und wirft es auf den Schrankboden. Dann zieht sie dieselben Kleider an wie zuvor. Schließlich kann man sie kaum als Freunde bezeichnen; sie haben sich nur über Themen von gegenseitigem Interesse geschrieben. Was sie in Grönland empfunden hat – ein Gefühl, das sie nicht in Worte fassen konnte –, liegt drei Jahre zurück und wurde in ihren Briefen nie angesprochen. Halb vier. Die Zeit hat sich verlangsamt, und doch vergeht sie für Flora viel zu schnell. Um vier Uhr ist sie immer noch auf ihrem Hotelzimmer und wartet darauf, dass der große Zeiger sich aus der Vertikalen bewegt. Sie wird etwas zu spät kommen. Eigentlich hat es ohnehin kaum Sinn, hinzugehen, da niemand da sein wird, den es interessiert, ob sie kommt oder nicht.

Viertel nach vier sitzt sie im Palm Court. Allein. Das war es also. Sie versucht, nicht auf die Uhr zu schauen, sich nicht mit jeder Minute zu quälen, die vergeht und sie wegen ihrer Anmaßung zu verhöhnen scheint. Nach und nach breitet sich ein unbestimmter Schmerz in ihrem ganzen Körper aus. Um halb fünf holt sie entschieden Luft, als wollte sie sich wappnen, und steht auf, als hätte sie noch etwas vor.

In der Abendzeitung liest sie, dass die Ankunft der *Etruria* sich wegen eines Unwetters verzögert hat. Zuerst überkommt sie eine Welle der Erleichterung, aber nur im ersten Moment. Kann sie noch einen weiteren Tag des Wartens ertragen? Doch da sie sich ihr Leben lang in Durchhaltevermögen geübt hat und da das Unerträgliche nicht verschwindet, bloß weil wir uns das wünschen, geht sie die Treppe zu ihrem Zimmer hinauf.

Am nächsten Tag hält sie immer noch durch, obwohl ihr ihre bevorstehende Verruchtheit oder Demütigung mehr als bewusst ist – oder könnte ihr vielleicht auch Glück bevorstehen? Kurz nach vier beschließt sie, auf der Stelle zum Palm Court zu gehen. Alles andere wäre Feigheit, das Eingeständnis einer Niederlage, das Geständnis, dass es ihr so wichtig war, dass sie lieber einen Rückzug gemacht hat.

Vom Eingangsbereich aus wirft sie einen prüfenden Blick zu den Tischen, die durch Topfpflanzen voneinander abgeschirmt sind. Da entdeckt sie eine grauhaarige Gestalt, einen jüngeren Mann, der allein am Tisch sitzt, in größtmöglicher Entfernung zum Piano. Ihr erster Gedanke ist: Oh, das ist er nicht … das kann er nicht sein … Und dann: Habe ich mich wirklich wegen *so jemandem* gequält? Und dann: Was habe ich getan?

Er blickt auf, als der Kellner ein Tablett zu ihm bringt. Er spricht mit ihm und lächelt, worauf der Kellner sein Lächeln erwidert. Sie weiß noch, wie entwaffnend sein Lächeln war. Da sieht er sich um und entdeckt sie. Steht auf. Sie zwingt sich, den Saal zu durchqueren, und er kommt ihr einen Schritt entgegen. Jetzt lächelt er nicht mehr, und das verleiht ihr Mut. Sie sagt sich: Wenn es ihm gleichgültig wäre, würde er mich anlächeln, wie er den Kellner angelächelt hat.

Sie begrüßen sich mit Namen. Sie geben sich die Hand. Seine Hand fühlt sich durch den Stoff ihres Handschuhs kalt an. »Wie schön, Sie wiederzusehen«, sagen sie.

»Ich muss mich bei Ihnen entschuldigen, Mrs. Athlone. Mir ist erst vor einer Stunde klargeworden, dass Ihr Brief von gestern ist. Dumm von mir.«

»Ich habe von der Verspätung der *Etruria* gelesen. Also war es nicht schlimm. Ich trinke hier immer meinen Tee.«

»Dann störe ich Sie vielleicht? Haben Sie andere Pläne?«

»Nein, ganz und gar nicht.«

Jetzt bringt sie doch ein Lächeln zustande und lässt sich auf dem Stuhl nieder, den er ihr herausgezogen hat. Sie findet, dass er älter aussieht – oder dünner? Vielleicht liegt es am Haar, das noch weißer ist, als sie dachte. Sein Gesicht aber ist unverändert, und es ist schön anzusehen: ausdrucksvoll und lebhaft. Wirkt sein Benehmen weniger zurückhaltend als das anderer Männer, weil er rasiert ist? Die anderen verstecken ihre Unsicherheiten hinter Bärten und Koteletten, doch sein Gesicht ist nackt, man sieht darauf alle Zweifel. Unter seinen Augen sind Schatten – nein, Prellungen – und seine Stirn …

»Was ist denn mit Ihrem Kopf passiert? Sie sind ja verletzt!«

»Oh.« Er fasst sich an die Stirn und lächelt. »Ich fürchte, ich sehe ziemlich anrüchig aus. Ich habe einen Schlag von meiner Kabinentür einstecken müssen. Auf der gesamten Überfahrt herrschte Sturm. Deshalb auch die Verspätung. Ich hätte Ihnen heute Morgen schon schreiben sollen …«

»Aber nein …«

Beide halten inne, weil sie gleichzeitig gesprochen haben.

»Ich habe mich so über Ihren Brief gefreut …«

Hinter ihnen hüstelt diskret der Kellner.

Als er ihr von der Überfahrt erzählt, wirft Flora einen verstohlenen Blick auf seine linke Hand mit dem verkürzten kleinen Finger. Er bemerkt es und ballt sie zur Faust.

»Ich habe Dr. Seddon nie richtig gedankt – und Ihnen –, weil Sie sich an jenem Tag um mich gekümmert haben. Gott weiß, was passiert wäre, wenn Sie nicht da gewesen wären.«

»Ich bin froh, dass wir wenigstens ein bisschen helfen konnten. Es tut mir nur leid, dass wir nicht mehr tun konnten.«

Sie sieht, dass die Erinnerung daran ihn traurig stimmt. Andererseits verstärkt sie ihre Verbindung zueinander. Einen Augenblick herrscht Schweigen.

»Ich glaube, das habe ich Ihnen noch gar nicht erzählt: Ich habe Mr. Armitages Buch gelesen.«

»Ach ja?«

Sie erwähnt nicht, dass sie die Passagen, wo er auftaucht, immer wieder gelesen hat. Offenbar hat sie, ohne es zu merken, versucht, diese Abschnitte auswendig zu lernen.

»Wie fanden Sie es?«

»Ich hatte den Eindruck, dass er sehr erpicht darauf ist, den ganzen Ruhm für sich allein einzuheimsen.«

»Nun, es ist ja auch sein Buch.«

»Mag sein, aber der Erfolg einer Expedition beruht nicht auf einem Einzelnen. Doch manchmal schreibt er so, als wäre er tatsächlich allein dort gewesen.«

»Ich glaube, seiner Auffassung nach war er das auch.«

Flora spürt, wie er sich bei der Erwähnung von Armitages Namen angespannt hat.

»So, Sie wollen also in die Schweiz?«, fragt sie, um das Thema zu wechseln.

»Ja. Ich habe mit einem gewissen Professor Birkel korrespondiert, der etliche gute Untersuchungen an den Gletschern der Alpen durchgeführt hat. Und jetzt war er so freundlich, mich für drei Monate zu sich einzuladen – mutig von ihm, finden Sie nicht?«

»Mutig? Wieso?«, fragt Flora abgelenkt.

»Nun, weil er mich noch nicht kennt … ich könnte ihm ja auf die Nerven gehen.« Er sieht sie amüsiert an.

Flora ist so bestürzt über ihre Dummheit, dass sie kein Wort herausbringt. Sie ist am Boden zerstört. Haben Sie denn außer ihrem Interesse für den Norden nichts gemeinsam? Ist er enttäuscht von ihrer Begegnung?

Er erkundigt sich, wie lange sie in Liverpool bleiben wird. Sie zögert. »Ein paar Tage. Es kommt darauf an …«

»Worauf denn?« Er neigt sich vor und sieht sie ernst an.

»Auf … ich muss ein, zwei potentielle Sponsoren treffen.«

»Ach so, ja, selbstverständlich.« Wieder gibt es eine Gesprächspause. »Wie entwickeln sich Ihre Pläne denn?«

»Nur langsam. Ich glaube nicht, dass wir schon im nächsten

Sommer aufbrechen können. Möglicherweise hängt das sogar von den Resultaten von Armitages neuester Expedition ab. Alle Welt scheint jetzt nur noch an den Nordpol zu denken. Da ist alles andere … eher uninteressant.«

»Ja. Ganz genau.«

Jetzt klingt seine Stimme eindeutig kühl. Es bekümmert Flora, dass er eine so starke Abneigung gegen Lester Armitage hegt. Es kommt ihr vor wie der Beweis für eine Charakterschwäche. Er ist kleinlich, mit Fehlern behaftet – dabei wünscht sie ihn sich doch ganz und gar bewundernswert.

»Und Ihre?«

»Verzeihung?« Er hat in seine Teetasse gestarrt.

»Ihre Pläne – in den Norden zurückzukehren? Ich dachte, Sie hätten in diesem Mr. Welbourne einen Sponsor gefunden.«

»Ach, ja. Da geht es mir wie Ihnen, ich bin nicht sicher. Dieses Jahr jedenfalls ist Mr. Welbourne auf Großwildjagd nach Afrika gefahren. Für ihn ist die ganze Welt ein einziges Jagdrevier. Also klappt es vielleicht im nächsten Jahr, aber das ist auch nicht sicher.«

Er hat den Blick auf den Tisch geheftet, genau wie sie. Die Tischdecke ist aus Damast, mit einem Muster aus Rosen und runden Früchten, Kirschen vielleicht oder Pflaumen.

Sie könnten auch genauso gut Fremde sein, die sich zum ersten Mal begegnen. Sie betreiben höfliche Konversation. Flora sieht schon vor sich, wie sie sich die Hand geben, sobald die Teekanne leer ist, sich voneinander verabschieden und mit einer unterschwelligen Erleichterung auseinandergehen. Im Norden waren sie doch nicht so, oder? Oder in ihren Briefen? Er bemerkt ihren verstohlenen Blick zur Tür; ist er gekränkt oder gelangweilt? Ich muss irgendwas sagen, denkt sie, was auf das anspielt, was in Neqi geschah. Obwohl gar nichts geschah. Aber wir sind doch hier: wir beide, *hier.*

»Mrs. Athlone …«

»Ja?«

»Flora …«

Es durchzuckt sie wie ein Stromschlag, als er sie beim Vornamen nennt. Als sich ihre Blicke treffen, hat sie das Gefühl, verbrüht zu werden. Seine Stimme ist leise, und er spricht schnell.

»Darf ich Sie so nennen? Denn im Stillen nenne ich Sie so. Ich muss Sie fragen: Dass Sie hier sind, in Liverpool, ausgerechnet jetzt … ist das nur ein Zufall?«

Trotz allem versetzt sie diese Frage in Panik. Sie überlegt, was sie Abwehrendes darauf sagen soll, vielleicht lachen. Dann konzentriert sie sich auf seine Hände – sehnig, braungebrannt, die Nägel ganz kurz – und sagt, wobei sie die Augen schließt: »Nein.«

Und hört, wie er geräuschvoll ausatmet.

»Das hatte ich gehofft. Ich habe so oft an die Zeit in Neqi gedacht. Möglicherweise geht es Ihnen nicht so – bitte sagen Sie mir, wenn Sie mich dreist finden –, doch ich hatte bei unserer Begegnung das Gefühl, es bestünde zwischen uns … eine Art Verbundenheit. Finden Sie das dreist?«

Sie spürt, dass er sie ansieht, wagt aber nicht, seinen Blick zu erwidern. »Nein. Das habe ich auch gespürt.«

»Aber …« Sie hört, dass er lächelt, versucht, der Situation die Schwere zu nehmen. »Mir ist bewusst, dass seitdem viel Zeit vergangen ist, und es wäre auch nicht schlimm, wenn Sie es bedauerten, hierhergekommen zu sein.«

Als Flora aufschaut, durchzuckt sie ein weiterer Stromschlag. In seinem Blick liest sie Zweifel und Flehen und die Angst vor Abweisung.

»Bedauern Sie es denn?«, flüstert Flora. Denn in diesem Augenblick weichen all ihre eigenen Zweifel und kleinlichen Bedenken einer einzigen qualvollen Angst.

»Nein, ganz und gar nicht!«

Da spürt sie, wie ihr gesamter Körper von einer Röte überzogen wird. Sie merkt gar nicht, dass sie lächelt.

»Ich auch nicht.«

Als er erfreut lächelt, wird sein Gesicht wieder vertraut. Sein

Blick wärmt sie. Wie seine Wangen sich in Falten legen, wenn er lächelt – das könnte sie nie vergessen.

»Ich hatte schon befürchtet, Sie wären enttäuscht, wenn Sie mich wieder sähen; Sie würden denken: War für eine mickrige Gestalt er mit seinen Greisenhaaren ist!«

»Nein.«

Sie schiebt ihre Finger vor, bis sie leicht auf seiner Hand ruhen. Die Welt um sie herum scheint still zu stehen. Flora zieht ihre Hand wieder weg, und dann lehnen sich beide zurück und sehen sich um in der neuen Welt, in der sie sich jetzt befinden.

»Haben Sie schon Pläne für heute Abend?«

»Nein«, sagte sie, zu Tode erschrocken, den Blick starr auf das Tischtuch gerichtet. Dieses Muster wird sie ihr Leben lang nicht mehr vergessen.

»Würden Sie mir dann die Ehre erweisen, mit mir zu dinieren?«, fragt er so übertrieben höflich, dass sie lachen muss.

Zurück in ihrem Zimmer ist sie dankbar, ein Weilchen allein zu sein. Sie ist sich ganz sicher, dass sie einander verstehen, doch dieses Bewusstsein erzeugt nur neue Angst in ihr. Sie überschreitet die Grenze in ein neues, gefährliches Land, deren Bräuche ihr unbekannt sind. Sie überprüft im Spiegel, ob man ihr die Verrufenheit ansieht, ob ein Brandmal auf ihrer Stirn aufgetaucht ist, doch fallen ihr nur die Verzerrungen des Spiegels auf, die ihr Gesicht substanzloser wirken lassen als das Glas. Sie hebt ihr Kinn; ihr Gesicht wirkt verschwommen und unwirklich. Sie hat das Gefühl, keinen Boden mehr unter den Füßen zu haben.

✶

»Sollen wir einen kleinen Spaziergang machen?«, fragt Jakob, als sie aus dem Restaurant in die Dunkelheit treten. Er blickt prüfend auf den Nebel, der sich während ihres Essens verdichtet hat. »Eigentlich wollte ich vorschlagen, ein bisschen frische Luft zu schnappen, aber ich weiß nicht, ob es das hier gibt.«

Als er ihr seinen Arm bietet, hakt sie sich bei ihm unter und spürt dabei durch den Stoff ihres Handschuhs und seines Ärmels mehr als deutlich seinen festen Bizeps. Dennoch hält sie bewusst Abstand. Beide gehen langsamer, als es sonst ihrer Gewohnheit entspricht, andererseits wissen sie auch nicht, wohin. Der Nebel raubt ihnen die Orientierung und lässt Straßen, durch die sie schon gegangen sind, fremd und verwirrend erscheinen.

»Hier lang, glaube ich … Der Nebel in Grönland war nie so, oder? Manchmal war er lila, oder auch gelb, aber ich kann mich nicht erinnern, dass er jemals braun gewesen wäre.«

Er versucht, ihr die Anspannung zu nehmen. Flora hat kaum einen Bissen herunterbekommen, bemerkte weder, was sie auf ihrem Teller hatte, noch, worüber sie sich unterhielten, und trank viel zu viel Wein. Sie konnte ihm auch nur Sekunden in die Augen blicken, so als würde sein Blick sie zusammenschrumpfen lassen. Ihr Herz hämmert so heftig, dass sie überzeugt ist, man sieht es durch ihren Mantel hindurch.

»Ich glaube, die Hauptstraße ist gleich hier unten. Flora, geht es Ihnen gut?«

»Ja. Es ist nur …«

Sie blickt ihn an und presst ihre freie Hand gegen die Brust. Das Atmen fällt ihr schwer. Er bleibt stehen und sieht sie besorgt an, während er sie mit einer Hand leicht stützt.

»Ich bin sicher, wir sind nur ein paar Minuten von Ihrem Hotel entfernt. Ich bringe Sie jetzt dorthin. Wenn Sie möchten, können wir dann morgen …«

Da schwebt sie wie eine Schlafwanderin auf ihn zu – sie hat keine Erinnerung daran, Schritte gemacht zu haben – und küsst ihn: prallt gegen seinen Kiefer, zuckt zurück, als er sich ihr zuwendet, und dann findet sein Mund ihren. Sie hat sich das nicht vorher ausgemalt – jedenfalls nicht so genau –, doch jetzt spürt sie, dass seine Lippen zuerst kalt sind und dann warm, zuerst trocken und dann feucht, und in ihrem Mund schmelzen wie Butter und dann denkt sie: Ja.

Ein Passant, der aus dem Nirgendwo auftaucht, murmelt etwas Unverständliches, aber eindeutlich Vulgäres.

Flora entzieht sich und kann ihm schon wieder nicht in die Augen sehen. »Ich habe das Gefühl, als wüssten alle Bescheid«, flüstert sie.

»Aber nicht doch. Und wenn, dann wäre es ihnen egal.«

»Aber ist das denn wirklich möglich?«

»Alles ist möglich. Alles, was du willst.«

Da endlich hebt sie den Blick.

»Flora, du siehst schrecklich gequält aus, und ich will dich nicht quälen. Komm, ich bringe dich zurück zum Hotel.«

Flora heftet den Blick auf seine nebelfeuchte Schulter. »Können wir nicht auf dein Zimmer gehen?«

Jetzt wirkt Jakob alarmiert. »Jetzt? Bist du sicher?«

Angesichts seines Gesichtsausdrucks muss sie fast lachen. Sie nickt. »Aber nur, wenn du das auch möchtest.«

Da verändert sich seine Miene, und er grinst. »Ich möchte es.«

Bis zu diesem Punkt hat sie nicht darüber nachgedacht, ob sie ihn begehrt oder nicht. Doch jetzt weiß sie es. Sie will ihn glücklich machen … und hoffentlich auch sich selbst, obwohl sie in dieser Hinsicht nicht so zuversichtlich ist. Sie küssen sich noch einmal, länger diesmal, und sie öffnet ihre Lippen unter seinen. Seine Zunge erregt sie, ruft einen ziehenden Schmerz in ihr hervor. Seine Hände liegen züchtig reglos auf ihrem Rücken; zwischen ihnen ist ein unangenehmer Freiraum. Am liebsten würde Flora ihre Arme um ihn schlingen, seinen Körper an ihrem spüren; und als sie näher zu ihm tritt, schließt er sie in seine Arme. Mit einem erregenden Schock spürt sie seine Erektion an ihrem Bauch und presst sich gegen sie. Ihre eigene Kühnheit erregt sie und lässt sie denken: Ja. Es ist möglich.

Als sie sich schließlich voneinander lösen, sieht er ihr ins Gesicht: sanft, leicht benommen und etwas verlegen, weil sein Verlangen so deutlich ist.

In einvernehmlichem Schweigen hakt sie sich bei ihm unter, und sie wenden sich zum Victoria Hotel. Zumindest ist das ihre Absicht, doch nach ein paar Abbiegungen merken sie, dass sie sich verlaufen haben. Die Gebäude sind schäbiger, die Straßenlaternen spärlicher und trüber. Es riecht durchdringend nach Abwässern.

»Vielleicht hier lang … ich frage mal jemanden.« Selbstbewusst geht Jakob los. Doch die Straßen sind menschenleer und die Fenster in den Häusern dunkel. Auf einem Sims hockt eine riesige, unförmige Katze mit schwefelgelben Augen und starrt sie tückisch an.

»Ich glaube, wir müssen da rüber.« Sie zeigt nach links.

Jakob lächelt, aber eher matt. »Kann sein. Eigentlich sollten wir das doch schaffen – schließlich sind wir Entdecker.«

Flora muss so loslachen, dass sie einen Schluckauf bekommt, und weil sie nervös ist und sie sich verlaufen haben und ein Schluckauf ziemlich würdelos ist, muss sie kichern und kann nicht mehr aufhören. Daraufhin fängt er auch an zu kichern. Die Katze wendet ihnen mit zuckendem Schwanz ihr Hinterteil zu.

»Wir könnten verhungern …«

»In den Gassen von … wo sind wir noch mal? Liverpool!«

»Erst in ein paar Jahren wird man unsere Knochen finden, sauber abgenagt von« – eine Gruppe junger Männer mit Bowlern taucht am Ende der Straße auf – »Lackaffen.«

Jakob senkt die Stimme, als sie an einem aus der Gruppe vorbeigehen, einem jungen Mann mit bleichem Gesicht, der Flora mit gierigem Blick mustert. »Ich glaube, du hast mich absichtlich hierhergelockt, damit deine Kumpane mich, einen harmlosen Touristen, überfallen und ausrauben können … nun, sie werden enttäuscht sein.«

»Ich habe keine Kumpane.« Sie lächelt ihn an. »Und ich halte dich auch nicht für einen harmlosen Touristen.«

Als sie das Ende der nächsten Straße erreichen, erkennen beide die Durchgangsstraße. Hier gibt es mehr Licht, Kutschen und Menschen; ein Gasmann repariert eine Straßenlaterne. Und dort, in der Ferne, erstrahlt das Victoria Hotel wie ein Signalfeuer der Sünde. Flora erstirbt das Lachen in der Kehle.

Jakob rät ihr, als Erste hineinzugehen. Mit hämmerndem Herzen hastet sie am Empfang vorbei, aber niemand würdigt sie auch nur eines Blickes. Jakob gesellt sich am Treppenabsatz wieder zu ihr. Er fasst sie am Ellbogen, und dann gehen sie schweigend den Korridor entlang wie ein ganz normales Paar, das nichts Besonderes oder alles Mögliche im Sinn hat.

Jakob schürt das Feuer und besteht darauf, dass sie im Sessel davor Platz nimmt. Sie hält ihre Hände über die Flammen. Er öffnet den Schrank, holt eine Flasche Wein und zwei Gläser heraus und serviert sie mit ironischer Dienstbarkeit.

»Oh, danke.«

Sie nimmt ein Glas Wein entgegen. Eigentlich möchte sie nichts trinken, aber mit dem Glas in der Hand hat sie wenigstens etwas zu tun. Er lässt sich auf dem Teppich vor ihrem Sessel nieder. Sie denkt: Das macht er nicht zum ersten Mal.

Verlegen stoßen sie miteinander an, aber keiner kann oder will einen Toast aussprechen. Der Gesprächsstoff für Geplauder ist ihnen ausgegangen, ohne dass ihnen etwas anderes einfällt. Flora blickt zum Fenster. Die Vorhänge sind zugezogen, die Sterne nicht sichtbar; aber sie wären ohnehin keine Hilfe. Sie, die sich auf See auch ohne Landmarken problemlos zurechtfindet, ist hier verloren. Sie will an ihrem Wein nur nippen, trinkt dann aber einen großen Schluck. Dabei betet sie: Hilf mir, dass ich mich nicht so fürchte.

Nach einer Ewigkeit, obwohl vielleicht erst eine Minute vergangen ist, nimmt Jakob ihr das Glas ab und stellt es weg; er kniet sich vor sie und sieht sie an und umfasst mit beiden Händen die ihre. Sie spürt ihre Rauheit, ist sich des Unterschieds zwischen ihren und seinen Händen bewusst.

»Wenn du es dir anders überlegt hast, ist das vollkommen in Ordnung.«

Flora schüttelt den Kopf. Sie presst seine Fingerknöchel an ihre Lippen. Er umfasst ihre Wange und streicht mit seinen rauen Händen über ihr Gesicht. Sie rückt mit ihrem Gesicht näher an seines, riecht Seife, Tabak und parfümierte Creme, wie Barbiere sie benutzen. Und dann pressen sich seine Lippen gegen ihre.

Flora gleitet in die Hitze seines Mundes, schmeckt den bitteren Wein, spürt seine Zunge an ihrer und merkt, wie ihre Gliedmaßen erschlaffen. Es ist kein Kuss, auf den klar separiert ein weiterer folgt, sondern ein langsamer, absichtsvoller Auflösungsprozess, der auf sie übergreift. Seine Hand gleitet von ihrem Arm zu ihrer Taille und unter seiner Berührung flammt Hitze aus ihrem Epizentrum auf. Sie drängt sich an ihn. Seine Hand schiebt sich zu ihrer Brust hinauf, er umfasst sie und stöhnt auf.

Da, mit einem Mal, wird sie einer komplexen Neustrukturierung unterzogen: von scharf begrenzt zu formlos, von fest zu flüssig … Sie keucht auf und wendet den Kopf ab.

»Was ist?«

Sie stößt ihn von sich und springt auf.

»Flora? Verzeihung … geht es dir gut?«

Flora sieht den Waschtisch auf der einen Seite, die Schlafzimmertür auf der anderen, schwankt, stürzt dann zum Waschtisch und übergibt sich in einem riesigen Schwall in die Waschschüssel.

Gelähmt vor Entsetzen beugt sie sich über die Schüssel. Der Geruch von Erbrochenem dringt von innen und außen in ihre Nase. Das in den Schüsselboden eingeprägte V ist von Weinflecken und unverdauten Schnitzelstückchen halb verdeckt. Sie würgt mit brennender Kehle. Da ist Jakob plötzlich neben ihr.

»Du armer Schatz, hier …« Er schenkt ihr ein Glas Wasser ein und gibt es ihr, ohne sie zu berühren. Sie hält den Blick aufs Glas gerichtet und spült sich den Mund.

Mit einer Stimme, die scharf ist vor Kummer, sagt er: »Flora, es tut mir ja so leid. Bist du krank? Sag es mir, bitte.«

Sie schüttelt den Kopf. Heiße Tränen brennen in ihren Augen. Sie wischt eine Haarsträhne weg, die ihr am Mund klebt.

»Es tut mir leid – ich weiß nicht … es tut mir leid.«

»Bis du fertig?« Jakob fasst sie am Arm und führt sie zurück zum Sessel.

»Setz dich.« Er ist schon fast übertrieben beflissen. »Ist dir heiß?«

Als sie nickt, öffnet er das Fenster, nach kurzem Kampf und leisem Fluchen. Der Geruch von Ruß und Nebel vermischt sich mit dem des Erbrochenen. Nicht gerade eine Verbesserung.

»Soll ich einen Arzt rufen lassen?« Er hockt sich neben sie und schaut sie an, obwohl sie es nicht über sich bringen kann, ihm ins Gesicht zu blicken.

»Ich bin nicht krank. Ich bin … in innerem Aufruhr.«

Zögernd streicht er ihr über die Hand, ganz leicht. Als brächte seine Berührung das Fass zum Überlaufen, rinnen ihr Tränen aus den Augen. Er legt den Arm um ihre zusammengesunkenen Schultern. Seine Jacke saugt ihre Tränen auf.

»Es tut mir leid … ich … ich kann nicht.«

»Ist schon gut«, sagt er, »ist schon gut.« Dann lässt er sie los. Sie fühlt sich verlassen und kalt bis auf die Knochen. Ist das ihre Moral? Nur die Unfähigkeit, dagegen zu verstoßen?

Jakob bringt die Schüssel auf den Flur. Sie hört seine Stimme, als er einem Dienstboten zuruft: »Verzeihung, ich fürchte, meiner Frau ist übel geworden …« Seine Stimme ist knapp und gebieterisch; ein Teil in ihr registriert, dass er überzeugend lügt. Die Stimmen werden leiser. Sie lässt sich in den Sessel zurücksinken und bedeckt ihre Augen mit der Hand. Leise geht die Tür auf und schließt sich wieder.

»Man bringt uns eine neue Schüssel.« Er bleibt an der Tür stehen. »Flora, sag mir, was du möchtest. Ich könnte einen Arzt rufen lassen … Ich könnte auch gehen, wenn du allein sein willst … Oder ich könnte eine Kutsche rufen, die dich in dein Hotel zurückbringt. Bitte sag, was dir am liebsten wäre.«

Als sie endlich wagt, ihn anzusehen, wirkt sein Gesicht angespannt. Die lila Beule auf seiner Stirn ist im künstlichen Licht noch auffälliger. Wie lächerlich wir sind, denkt sie. Und wir meinen, wir würden den Lauf unseres Lebens bestimmen.

»Es tut mir leid, es ist grässlich. Ich, meine ich, nicht du.« Wieder rinnt ihr eine Träne über die Wange, die sie ungeduldig wegwischt. »Bitte glaube nicht, dass ich irgendwas bereue … aber vielleicht tust du es jetzt.«

Jakob kommt zu ihr. »Ich bedaure nur, dass es dir nicht gutgeht. Ich würde alles tun, um es dir leichter zu machen.«

Es klopft an der Tür. Jakob nimmt die saubere Schüssel und bringt sie zum Waschtisch. Sie denkt daran, wie er sie ›seine Frau‹ genannt hat und wie unpersönlich es klang.

»Tja …« Er wartet darauf, dass sie sagt, was sie möchte, doch sie weiß es einfach nicht. »Vielleicht ist es das Beste, ich nehme mir hier ein anderes Zimmer. Wenn du mir eine kurze Nachricht mitgibst, hole ich ein paar von deinen Sachen.«

Als er gegangen ist, atmet sie erleichtert auf. Es kommt ihr so vor, als wären seit Stunden – nein, seit Tagen – alle Sehnen und Nerven in ihrem Körper angespannt. Vor lauter Erschöpfung ist ihr schwindelig. Sie schließt das Fenster, um den Nebel draußen zu halten. Sie wäscht sich die Haarsträhnen, die etwas abbekommen haben. Sie öffnet den Schrank und fährt mit der Hand über seine Kleider. Es sind Arbeitssachen, ziemlich abgetragen. Nur die Kleider, die er am Leib hat, sind neu.

Sie löst ihre Haare und trocknet sie vor dem Feuer. Dann zieht sie sich so schnell wie möglich aus, weil sie Angst hat, er könnte währenddessen zurückkommen. Sie streift Jacke und Bluse ab, fummelt nervös an den Knöpfen, zieht Rock und Unterröcke, Schuhe und Strümpfe aus. Sie spült sich noch einmal den Mund. Dann zieht sie ihr Mieder aus und steht in Hemdchen und Unterhose da. Die Laken des Betts sind so straff gespannt, als wollten sie verhindern, dass ein Körper dazwischen schlüpft. Vielleicht wissen sie Bescheid, denkt sie mit einem hysterischen Kichern. Endlich kann sie sie weit genug zurückziehen, um hineinzuschlüpfen, und erschauert, weil sie so kalt sind. Sie streckt sich aus und zieht die Decke bis zum Kinn. Ihr Herz pumpt wie ein Kolben. Als sie ihre Arme umfasst, ist sie von ihrer Gänsehaut angeekelt. Sie denkt an Gemälde von Verführerinnen, die sich nackt und weich auf Baumwolllaken rekeln – eindeutig in anderen, wärmeren Gefilden. Falls sie je geglaubt haben sollte, dass solche Gemälde die Wirklichkeit wiedergeben, weiß sie es jetzt besser. Sie zittert, ihr ist klamm, sie hat Angst. Sie fragt sich, ob man sich so fühlt, wenn man sündigt: im Wesentlichen kalt und krank. Sie hatte gedacht, es werde leichter sein.

Als Jakob das Victoria verließ, war er ziemlich mutlos, doch auf dem Weg in sein Hotel hatte er Zeit gehabt, nachzudenken. In gewisser Weise (es ist erbärmlich und wahrscheinlich seinem Alter geschuldet) ist er sogar erleichtert. In der ganzen letzten Woche hat er nie länger als zwei Stunden am Stück geschlafen und ist so müde wie noch nie zuvor in seinem Leben. In der gedämpften, warmen Atmosphäre des Adelphi wartet er darauf, dass Floras Reisetasche gebracht wird, tut so, als läse er die Zeitung, und erlaubt sich kurz, die Augen zu schließen. Seine chaotische Reise – er hat darüber gewitzelt, doch sie hat ihren Tribut gefordert – macht sich bemerkbar. Der wunderbare Luxus, festen Boden unter den Füßen zu haben – dem er immer noch nicht recht trauen kann … Er könnte auf der Stelle einschlafen.

Und dann plötzlich spürt er Freude in sich aufsteigen und noch etwas … Hoffnung? Vielleicht ist er doch nicht so unwürdig, wenn sie extra hierhergekommen ist, um mit ihm zusammen zu sein. Seit er ihre Nachricht am Morgen gelesen hatte, hatte er vor fiebriger Unruhe nicht gewusst wohin mit sich. Erst hatte er ein Bad genommen und war dann zum

Barbier gegangen; allerdings mischte sich in seine Vorfreude auch die Furcht, er könne sie missverstanden haben oder sie würde nur einen einzigen Blick auf ihn werfen und ihre Meinung ändern. Aber sie hatte ihn geküsst; sie hatte ihren Körper an seinen gepresst … Dabei war sie so rührend freimütig, als böte sie ihm ihr ganzes Selbst an. Hinter dem *Evening Mercury* ruft er sich noch mal das wunderbare Gefühl ihres weichen, korsettlosen Körpers in Erinnerung und krümmt unwillkürlich die Hand, als würde sie noch ihren Busen umfassen …

Mit ihrer Tasche und etwas zu essen, das er unterwegs gekauft hat, klopft er leise an ihre Tür. Keine Reaktion. Als er die Tür öffnet, durchzuckt ihn ein Schreck – sie liegt in seinem Bett. Erst auf den zweiten Blick bemerkt er, dass sie schläft. Sie hat nur eine Lampe brennen lassen, in deren Licht ihr Haar aufschimmert. Er stellt die Tasche auf die Ankleidekommode und sammelt seine Sachen zusammen. Als sich ihre Atmung verändert, fährt er wie ertappt zusammen.

»Hallo. Ich bring nur meine Sachen in das andere Zimmer. Es liegt ein Stockwerk höher, die Nummer zwanzig. Ich habe dir was zu essen mitgebracht, falls du möchtest. Du hast eben nicht viel gegessen.«

»Danke. Bitte geh noch nicht.«

Sie stützt sich auf einen Ellbogen. Ihre Wangen haben etwas Farbe bekommen. Ihre Augen glitzern im Schein der Lampe. Jakob ist hin und her gerissen zwischen Müdigkeit und Verlangen.

»Du bist sehr nett zu mir; ich mache dir solche Umstände.«

»Nein …« Er lächelt, weil er so offenkundig lügt. »Ich mache dir in jedem Fall mehr Umstände.«

»Bitte denke nicht, es liegt daran, dass … ich bin hier, weil ich mit dir zusammen sein will.«

Sie setzt sich auf und streckt ihm eine Hand entgegen. Das Laken ist ihr bis zur Taille gerutscht. Jakob kommt zu ihr, sein Blick gleitet zärtlich über ihren Körper, der nur noch von einem dünnen Hemdchen verhüllt ist. Als er ihre Hand nimmt, spürt er, wie heiß sie im Gegensatz zu seiner ist.

»Geht es dir jetzt besser?«

»Ja. Ist es kalt draußen?«

»Nicht besonders.«

Sie zieht an seiner Hand, damit er sich auf die Bettkante setzt. »Ich hab das noch nie vorher gemacht, also ist es …« Sie schließt die Augen und holt tief Luft. »Ich habe Angst, aber das soll mich nicht hindern. Bitte sag, dass du mich nicht verurteilst.«

Lächelnd schüttelt er den Kopf und berührt mit seiner freien Hand ihr Haar. Es fühlt sich schwer, glatt und kühl an; darunter brennt ihre Haut.

»Nein, und nochmals nein. Es tut mir leid, aber meine Hände sind eiskalt.«

Flora kniet sich auf die Matratze, nimmt seine Hände in ihre und reibt sie. Dann legt sie eine auf ihre Brust. Er holt scharf Luft und liebkost sie, spürt, wie die Brustwarze unter seiner Hand steif wird. Flora seufzt und lässt ihren Kopf auf seien Schulter sinken.

Sein Gesicht, seine Lippen, selbst seine Kleider zeugen noch von der Kühle der Nacht. Der raue Stoff an ihren nackten Armen jagt Schauer durch ihren Körper.

Ungeduldig beginnt er sich auszuziehen, während sie ihn streichelt. Sie will jeden einzelnen Teil von ihm wärmen.

Scheu lächeln sie sich an. Wie viele Kleider sie anhaben! Er muss sich aus Schuhen, Socken und Hosen mühen. Dann nimmt er sie in die Arme. Das Reiben seines Unterhemds auf ihrer Haut ist so erregend wie seine Erektion.

»Flora …« Er küsst ihr Haar, ihren Wangenknochen, ihr Ohr, ihren Mund.

Sie legt die Hände auf seine Halsbeuge und streicht bis zu seiner Taille, schiebt sein Unterhemd hoch und streift es ihm über den Kopf. Ihre Berührungen hinterlassen eine Gänsehaut. Zärtlich streicht sie über seinen Oberkörper, ertastet seine Rippen unter der weichen Haut.

Es geschieht wirklich. Noch immer kann sie nicht begreifen, dass sie nun tatsächlich zusammen sind.

Ihre Berührungen haben sein Verlangen nur noch gesteigert, er knetet ihre Brüste, und sie drängt sich an ihn. Sie möchte seine Hände spüren, überall. Er streift ihr das Hemdchen von den Schultern und küsst jeden Zentimeter ihrer Haut, er schmeckt sie und saugt an ihr, seine Zunge so drängend wie eine Frage. Ihr Atem ist Antwort genug.

Dann legt sie sich aufs Kissen zurück, hebt ihr Becken, er streift ihre Unterhose herunter und presst sein Gesicht in das weiche, gespannte Fleisch ihres Bauchs, murmelt etwas, das sie nicht versteht. Ist das wichtig? Sollte sie nachfragen?

Noch bevor sie sich entscheiden kann, legt er sich mit voller Länge auf sie. Flüstert immer wieder ihren Namen. Sie fragt sich, was sie machen soll oder sagen und gleitet mit den Händen vom scharfen Grat seiner Schulterblätter bis zum heißen Sattel seines Poansatzes, während seine Zunge ihren Mund erforscht. Sein Gewicht, seine Wärme auf ihr fühlen sich seltsam und wundervoll an. Sie spürt genau, woraus er besteht: Knochen, Muskeln, Sehnen, Fleisch. Haut, heiß und klamm, gegen ihre Haut am Bauch gepresst, darunter grober Flanell. Und darunter drückt seine Erektion hart und unnachgiebig gegen ihre Schenkel, kein Fleisch, kein Knochen – etwas anderes. Und jetzt ist es genau das, was sie will.

Sie fühlt sich waghalsig, tollkühn, zielstrebig. Seine Augen, erst geschlossen, dann weit offen, als sie langsam ihre Hand um ihn schließt. Es geschieht wirklich.

»Warte mal kurz …«

Er löst sich von ihr – wie kalt es ist, wenn er nicht mehr da ist –, lehnt sich über die Bettkante, sucht etwas und taucht wieder auf, um sich konzentriert eine Hülle über den Penis zu streifen; um sicherzugehen, zupft er daran. Sie fragt sich, ob es falsch ist, zuzusehen. Dann kniet er sich über sie, streicht ihr leicht den Bauch und die Oberschenkel hinunter, die Innenseiten der Oberschenkel wieder hinauf, bis seine Hand an ihre Haare stößt. Gierig öffnen sich ihre Schenkel. Seine Finger gleiten in ihr weiches, feuchtes Fleisch, und sie keucht auf. Dann lässt er sich auf sie sinken. Sie spürt ihre Enge und betet: Lass mich nicht versagen. Seine Augen sind geschlossen; vielleicht konzentriert er sich; dann gleitet er in sie hinein. Ihr stockt der Atem, und dann hört sie sich ›Oh‹ sagen, in einem Ton, der ihr vollkommen unbekannt ist. Sie spürt seine ganze Länge in ihr, was etwas vollkommen Neues ist, doch ein Teil in ihr denkt ›Ja, *genau so* habe ich es mir gedacht …‹ Als sie die Augen öffnet, sieht sie, dass seine auch geöffnet sind und dicht vor ihr. Sie kann sich nicht bewegen. Eine ganze Weile rührt auch er sich nicht, so als warte er auf ein Signal, nur weiß sie nicht, wie das aussehen sollte. Dann, gerade als sie befürchtet, irgendwas könnte nicht stimmen, sie müsste etwas tun, nur weiß sie nicht, was, oder er hätte etwas Falsches in ihr entdeckt – küsst er sie erneut, langsam, mit der Zunge tief in ihrem Mund, und sie hat das Gefühl … zu verschmelzen. Er fängt an sich zu bewegen, ganz langsam, schiebt sich hinein und heraus, streichelt sie von innen. Sie beugt die Knie und zieht ihn tiefer in sich hinein, und ihre Hände greifen nach seinen kühlen Pobacken und spüren das Spiel der Muskeln und Knochen am Ansatz seiner Wirbelsäule.

Alles in ihr ist erregt. Er fängt an, sich schneller zu bewegen. Und aus seinem Atem, der dicht an ihrem Ohr keucht und stockt, schließt sie, dass er sich dem Ende nähert. Schließlich holt er scharf Luft und umklammert ihre Brust, als könne die ihn retten, und als er erschauert und in ihr Ohr stöhnt, erfüllt sie wilder Triumph. Sie spürt ein Pumpen in ihrem Inneren, und als er dann reglos keuchend schwer auf ihr liegt, schlägt sein Herz heftig gegen ihren Brustkorb, dicht neben ihrem Herzen. Er drückt seine Lippen an ihre Wangen und sie schlingt die Arme um ihn.

Es geschieht wirklich.

Als ihre Herzen sich beruhigt haben, ihre Haut getrocknet ist und sie sanfte, lächelnde Küsse ausgetauscht haben, zieht er sich von ihr zurück, entfernt die Gummihülle, starrt kurz darauf, legt sich wieder neben sie und sagt leise und mit einem Anflug von Verlegenheit: »Schatz, es tut mir leid, ich komme mir vor wie ein Grobian. Du hättest es mir sagen sollen.«

Alarmiert fragt Flora: »Was denn?«

»Das, äh …« Er ist peinlich berührt. »Dass du deine Periode hast. Mir ist das gleich. Ich meine …«

Sie setzt sich auf und rutscht ein Stück zur Seite, um das Laken zu begutachten. Es hat Blutflecken und auch ihre Oberschenkel sind blutverschmiert.

»Aber so ist es nicht.«

»Dann … habe ich dich verletzt. Gott, Flora, das tut mir so leid.«

»Nein, das ist es auch nicht.«

Sie schüttelt den Kopf. Dennoch starrt er sie schockiert an.

»Äh –« Er reibt sich mit der Hand übers Gesicht. »Als du sagtest, du hättest das noch nie gemacht, dachte ich, du meinst … war das dein erstes Mal?«

Als sie den Kopf senkt, fällt ihr das Haar wie ein Vorhang vors Gesicht. »Nicht ganz. Aber doch. Ja.«

»Aber du … bist doch verheiratet …?«

Sie wendet den Blick ab. Fast unhörbar murmelt sie: »Bitte, ich kann nicht darüber reden.«

»Nein, selbstverständlich nicht. Ist auch egal. Süße …« Er zieht sie zu sich, bettet ihren Kopf in der Kuhle zwischen Brust und Oberarm und glättet ihre zerzausten Haare. »Geht es dir gut?«

»Ja. Es macht doch nichts, oder?«

»Nein, überhaupt nichts.«

Aber das ist gelogen, denn er ist entzückt, so selbstsüchtig das auch sein mag … Er schlingt seinen Arm fester um sie.

»Es tut mir nur leid, dass ich dir weh getan habe. Ich wäre vorsichtiger gewesen. Ich möchte doch, dass du es auch genießt.«

Sie wird rot. Er hat das Gefühl, geradezu zu spüren, wie Hitze in ihr Gesicht flutet.

»Habe ich doch.«

»Aber … nicht vollkommen, oder? Du weißt, was ich meine?«

Sie verbirgt ihr Gesicht in seiner Achselhöhle und nickt. Er ist unendlich erleichtert.

»Tja, dann … ich glaube tatsächlich, du schämst dich«, sagt er lächelnd und drückt ihr einen Kuss auf die Wange.

»Über so was zu reden … ist …«, setzt sie an, weiß dann aber nicht weiter. Jetzt dreht sie ihr Gesicht zum Kissen.

»Aber wenn wir es tun, warum können wir nicht auch darüber reden? Wie willst du mir sonst sagen, was dir gefällt?«

»Ah …« Panik zeichnet sich in ihrer Miene ab. »Ich weiß nicht.«

»Also gut, wenn dir was nicht gefällt, dann sag einfach … nein, stups mich an der Schulter.«

Wieder kniet er sich vor sie und küsst sie: ihre Kehle, ihre Brüste, ihren Brustkorb, ihren Bauch. Dabei ist er so langsam und sanft, dass sie vor kopfloser, ungeduldiger Lust aufseufzt. Er hebt und bewegt ihre Knie und manövriert sich zwischen sie. Bevor sie erkennt, was er vorhat, hat er schon begonnen, an der weichen, empfindsamen Stelle zwischen ihren Beinen zu lecken. Angst steigt in ihr auf und hält sich mit Lust die Waage. Was, wenn es nicht klappt? Aber seine Zunge neckt sie sanft und träge, manchmal fast, ohne sich zu bewegen, doch unverkennbar da; und in einem nahezu bewussten Entschluss lässt sie sich gehen.

Wenn sie mit sich allein war, hat sie nie auch nur einen

Laut von sich gegeben. Nicht auf dem Schiff, als sie noch jung war, weil sie Angst hatte, ertappt zu werden; und nicht in ihrem Bett zu Hause, weil sie es so gewohnt war. Sie lernte, ihre Gliedmaßen still und fest zu halten, so dass die geheime Welle unbemerkt ihren Körper überfluten konnte. Jetzt aber will sie, dass er es merkt. An einem bestimmten Punkt vergisst sie ihre Angst. Willenlos, mit schlaffen Gliedern, leise schaukelnd driftet sie dahin. Ihr Atem geht stockend. Sie muss nicht bewusst eine Schwelle überschreiten. Viel früher als gedacht kommt die Welle angeflutet und hüllt sie so köstlich ein, dass sie sich aufwölbt und hochgezogen wird, ihre Hände greifen in die Luft, kleine Schreie entfahren ihr …

Er wischt sich den Mund an den Innenseiten ihrer Schenkel ab. Sie keucht, und ihr Herz klopft wie wahnsinnig – ein wildes, rebellisches Klopfen. Langsam kehrt sie zurück, wo auch immer sie gewesen war, dankbar, erfüllt. Erleichtert. Sie denkt: Vielleicht stimmt doch alles mit mir. Er klettert wieder neben sie, und sie zieht ihn an sich. Ihre Haut ist rosig und schweißnass. Er lächelt sie an, und in seinen Augen sieht sie eine Frage. Sie küsst ihn noch hingebungsvoller als zuvor, hat ihren salzigen Geschmack auf den Lippen, hofft, er will es noch einmal tun; sie denkt, es – sie – wird dieses Mal besser sein. Sie greift nach seinem Penis, spürt ihn jedoch schon beruhigend hart an ihrem Schenkel. Es kommt ihr wie ein Wunder vor, dass er es auch will.

»Es besteht keine Gefahr«, flüstert sie.

»Nicht?«

Er dringt in sie ein. Sie ist schutzlos, wehrlos, hat jeglichen Widerstand aufgegeben. Obwohl er nun leichter in sie gleitet, muss sie immer noch aufstöhnen. Daraufhin bewegt er sich mit träger, sachter Zärtlichkeit in ihr. Er passt genau in sie, so als wäre er ihr Gegenstück aus derselben Gussform. Sie betrachtet das Flackern der Gaslampe; auch sie brennt, zuckt und lodert. Er hat die Augen geschlossen; seine Stirn ruht auf ihrer, als wäre er erschöpft. Plötzlich wird er schneller, erschauert mit einem leisen Keuchen und verharrt in dieser Position, mit seinem ganzen Gewicht auf ihr. Dann küsst er sie sanft auf den Wangenknochen, entzieht sich ihr und gleitet neben sie. Ihre Blicke treffen sich übers Kissen. Sie atmet seine Luft und er ihre.

Als der Hunger sie aus dem Bett treibt, ist es schon nach Mitternacht. Flora hat ihren seidenen Morgenmantel übergeworfen; eigentlich ist es zu kalt dafür. Jakob hat sein Hemd angezogen und eine Decke um seinen Bauch gewickelt. Sie sitzen auf dem Boden, so nah wie möglich am Feuer, Knie an Knie und verschlingen gierig, was er mitgebracht hat. Er hat die letzten Kohlestückchen auf die Asche geschüttet.

»Ich hätte mehr kaufen sollen«, klagt er und späht in den Korb. »Es gab noch Äpfel, aber die sahen alt aus …«

Sie schüttelt den Kopf und trinkt einen Schluck Milch. Sie spürt, wie er ihr mit der Hand über die Haare und den Nacken streicht. Genießerisch schließt sie die Augen.

»Darf ich aus deinem Appetit schließen, dass es dir wieder bessergeht?«

»Ja. Ich glaube schon.«

Als er sie prüfend ansieht, muss sie lachen. Er kann die simpelste Handlung in etwas Komisches verwandeln.

»Du bist aber immer noch blass.«

»Du aber auch.«

»Das liegt daran, dass ich volle sieben Tage schrecklich seekrank war. Als ich New York verließ, war ich noch gesund und sonnengebräunt. Du wirst es nicht glauben, aber meine Schwägerin meinte tatsächlich, ich sähe gut aus. Und sie ist Deutsche, neigt also nicht zu Komplimenten.«

»Ich war nur aus Solidarität mit dir krank, verstehst du?«

»Danke. Aber trotz deiner Blässe bist du wunderschön, und auch ich neige nicht zu Komplimenten.«

Sie unterdrückt die Aufwallung von Glück und denkt: Du bist schöner, sagt aber nichts, sondern streckt nur die Hand aus und streicht mit den Fingerspitzen über seine Beule.

»Dein armer Kopf.«

»Das Schiff war ein Monster. Als wir ankamen, schworen ein paar Passagiere, nie wieder zurückzufahren. Sie meinten, ganz egal, wie altmodisch Europa wäre, sie würden das Beste draus machen.«

»Ich hab dir noch gar nicht von der *Vega* erzählt.«

»Der *Vega?*«

Zuerst ist Jakob amüsiert und dann gerührt, wie sich ihre Miene aufhellt, als sie vom Schiff ihres Vaters erzählt.

»Was ist aus ihr geworden?«

»Es gibt sie immer noch.«

»Könntest du sie für deine nächste Reise chartern?«

»Ich weiß nicht. Natürlich habe ich daran gedacht, aber … Du schläfst ja ein!«

»Ich höre dir mit geschlossenen Augen zu. Es klingt, als hättest du sie geliebt.«

»Sie war meine Familie. Genau wie mein Vater mein Vater ist, war die *Vega* … wie eine Schwester … oder eine Mutter.«

Jakob lächelt sie schläfrig an. »Halb Frau, halb … Walfänger. Das klingt komisch.« Er bricht in Gelächter aus, in das Flora nach kurzem Zögern einstimmt. Er hat das Gefühl, dass sie nicht oft lacht.

»Tut mir leid. In der fünften Klasse hat mal ein Lehrer gesagt: ›Jakob ist kein Poet.‹ Ich fürchte, da hat er recht.«

»Wer traut schon einem Poeten? Schöne Worte sind völlig nebensächlich.«

»Hier, in unserer Situation, allerdings.«

Sie zieht ihn vom Boden und schlingt ihre Arme um ihn. Einen Augenblick bleiben sie so stehen. Er schwankt leicht vor lauter Müdigkeit. Sie drückt ihn fester an sich und wagt nicht, in Worte zu fassen, was sie fühlt. Sie gehen ins Bett, wo er Arme und Beine um sie hakt und sofort in tiefen Schlaf versinkt, als falle er von einer Klippe.

Flora liegt noch wach da. Das alles ist schockierend neu für sie: dass sie beide nackt sind, dass ein fremder Körper schwer auf ihr liegt, dass sie das Klopfen eines anderen Herzens spürt, jemand anderen atmen hört, dass seine Haut so wunderbar warm und weich ist.

Sie fährt mit der Fingerspitze seinen Arm hinunter: Bis zum Ellbogen ist die Haut weiß, die Unterarme aber sind dunkel und sonnenverbrannt, rauer auch, wie abgeschmirgelt. Dann über seine Brust: weiß, gesprenkelt mit drahtigen, dunklen Haaren, sein Lebensmotor, der direkt unter ihrer Hand klopft. Seinen weißen Bauch hinunter … Er seufzt. Sie kann es nicht fassen, wie zart seine verborgene Haut ist. Sie spürt seine Rippen, die einen intensiven, fast wilden Beschützerinstinkt in ihr wecken. Jetzt macht sie sich Sorgen um ihn. So dünne Rippen; solche zarten Knochen können doch brechen. Solch weiche Haut kann verletzt werden. Andererseits ist er auch stark; selbst im Schlaf spannt sich sein Unterarmmuskel unter der Haut.

Sie ist festgenagelt vom Gewicht seines Arms, der auf ihren Rippen liegt, dem gebeugten Bein über ihren Schenkeln. Aber sie will ihn nicht wegschieben. Sie will auch nicht schlafen, sondern darüber nachdenken, wie sich ihr Leben in etwas Neues, Erstaunliches verwandelt hat – doch dann schläft sie, tief und traumlos.

Kapitel 30

LIVERPOOL, 53°25' N, 3°0' W
APRIL 1895

Am Ende bleiben sie fünf Tage und Nächte in ihrem Zimmer im Hotel Victoria. In einer Stadt, die keiner von ihnen kennt, kann man sich dem Glauben hingeben, dass ihre Handlungen keinerlei Konsequenzen haben werden. In einem Gefühl schon fast lächerlicher Unwirklichkeit besucht Flora Konservenfabrikanten und hört sich ihre Angebote an: das preisgekrönte Corned Beef, das verbesserte Rezept für Pemmikan, die unsterblichen Marmeladen. Die Wirklichkeit, das sind überreizte Nerven und angespannte Glieder, ihr ungeschütztes Herz. Sie dankt ihnen, dass sie sich Zeit für sie genommen haben, und denkt an die Grübchen an seinem Poansatz.

Nach dem zweiten Termin spaziert sie in mattem Sonnenlicht zum Hotel zurück. Sie könnte auch eine Kutsche nehmen, geht aber lieber zu Fuß. Die Sehnsucht, die durch die Verzögerung entsteht, ist ein Zeichen für die neue Intimität in ihrem Leben. Es ist noch früh, und der Morgen wirkt wie verzaubert, da der Nebel sich verzogen hat und die Luft ganz klar ist. Sie genießt es, ein Weilchen allein zu sein, an ihn und seine wiederholten Beweise zu denken, dass er sie begehrt. Sie stellt sich vor, wie er im Bett liegt, nackt und schlafwarm, und auf ihre Rückkehr wartet … Sie hat nichts verloren, was ihr wichtig war.

Als sie das Zimmer betritt, schreibt er in ihrem blauen Morgenmantel Briefe. Sie ist enttäuscht und irritiert wegen des Morgenmantels.

»Ich bin fast fertig«, sagt er, mit einer Zigarette in der linken Hand. Das Zimmer stinkt nach Zigarettenrauch, Schweiß und Sex. Der Zustand des Betts entsetzt sie (Himmel, das darf das Zimmermädchen niemals sehen …). Schnell öffnet Flora einen Spaltbreit das Fenster und verzieht das Gesicht.

»Wie war ihr Dosenfleisch?«

»Hat eine Goldmedaille bei der Ausstellung in Bremen gewonnen.«

»Oh, gut.«

Er schreibt einen Satz. Seine Schrift ist überraschend ordentlich. Sie liebt es, wie sorgfältig er schreibt. Jetzt steht sie hinter ihm und legt ihre Hände auf seine Schultern.

»Warum hast du den angezogen?«

»Stört es dich?«

»Nein …«

»Es fühlt sich schön an; obwohl er nicht sonderlich warm ist. Ich schreibe an Professor Collee.«

Collee ist der berühmte Geologe, den er treffen wollte. Am Tag nach seiner Ankunft hat er sich schriftlich mit der Erklärung entschuldigt, er habe eine schwere Erkältung. Der Gedanke an seine Abreise veranlasst sie, sich zu ihm zu beugen und mit ihren Lippen über seinen Nacken zu streichen.

»Verdammt. Ich habe gekleckst.«

»Tut mir leid …« Zerknirscht richtet sie sich auf. Vielleicht gibt es doch Konsequenzen.

»Ist schon gut.« Er drückt Löschpapier auf den Brief, dreht sich zu ihr um, schlingt seine Arme um sie und schmiegt mit einem zufriedenen Grunzen sein Gesicht an ihren Busen.

Sie drückt seinen Kopf an sich und fährt ihm durchs Haar. »Du siehst aus wie eine Löwenzahnblume.«

»Was? Ich kann hier nichts hören.«

»Dein Haar – wie Löwenzahn.«

»Aber es ist doch nicht gelb!«

»Wie eine Pusteblume.«

»Hmmm …« Er kneift leicht die Augen zusammen. »Und *dein* Haar hat dieselbe Farbe wie der Strand von Coney Island.«

»Da ich den Strand von Coney Island noch nie gesehen habe, weiß ich nicht, ob das ein Kompliment ist oder das Gegenteil.«

»Wenn es Ebbe ist und der nasse Sand sich kräuselt: genau so sind deine Haare, die Farbe und das Kräuseln. Du hingegen hast gesagt, ich sehe aus wie Unkraut.«

Mit entschlossener Miene zieht er ihr die Nadeln aus den Haaren, und sie protestiert nicht. Sie küsst ihn und spürt seine Hand, die sich unter ihren Rock geschlichen hat und die Haut an ihrem Innenschenkel streichelt. Sie schiebt ihm den Morgenmantel von den Schultern, um seinen nackten Körper betrachten zu können: ein Anblick, von dem sie offenbar nie genug bekommt. Als sie auf dem Bett sind und er in sie hineinstößt, brennt es so, dass sie aufkeucht. Ein Wort, das sie noch nie benutzt hat, ploppt in ihr auf und weckt einen grimmigen Triumph: Das ist *ficken*, denkt sie. Es ist kurz, es ist scharf und benimmt ihr den Atem … (Aber, meldet sich eine Stimme in ihr, es ist doch *helllichter Tag* … und die Tür ist *nicht verschlossen!*) Er kommt mit einer Reihe gequälter Grunzlaute zum Ende und küsst sie keuchend.

»Ich hätte schwören können, dass ich gerade noch einen Brief geschrieben habe …«

Jakob lässt sich von ihr heruntergleiten und wandert mit seinen Fingern zu der dunklen, empfindsamen Stelle zwischen ihren Beinen. Sie hält seine Hand fest.

»Was ist denn, Schatz? Alles in Ordnung?«

»Äh …« Sie lässt ihren Blick so verschwimmen, dass sie sich der Illusion hingeben kann, nicht sie würde das jetzt sagen: »Es ist nur … ein bisschen wund.«

»Ach, das tut mir aber leid, Süße. Kannst du mir verzeihen? Verzeih mir … oh Gott!«

Unwillkürlich muss sie lachen. »Ich verzeihe dir. Können wir nicht einfach …?«

»Aber natürlich, Schatz. Ehrlich gesagt bin ich auch wund.« Er lacht, offenbar über sich selbst, legt sich zurück in die Kissen und starrt grinsend zur Decke.

»Du brauchst gar nicht so selbstzufrieden zu gucken!«

»Ich guck doch nicht selbstzufrieden«, protestiert er und versucht, sein Grinsen zu unterdrücken. »Ich gucke glücklich.«

Flora macht die Erfahrung, dass sie ganze Minuten in reiner Freude schwelgen kann, bevor sie wieder von Sorge, Angst, Schuld oder Ärger überfallen wird. Wenn sie mitten in der Nacht aufwacht, ist sie überzeugt, der Schlafende neben ihr wolle ihr etwas Böses. Was, wenn sein Verlangen gar nicht ihr persönlich gilt, sondern nur irgendeiner Frau und sie lediglich diejenige ist, die sich ihm an den Hals geworfen hat? Er ist mit Sicherheit ein erfolgreicher Verführer; sein Talent und seine Offenheit zeugen davon. In Wahrheit tut er nur so, als schliefe er, plant aber schon längst, wie er sich aus der Affäre ziehen kann. Oder er wird sie erwürgen und ihre Unterwäsche stehlen … Als sie bei Tageslicht und einigermaßen klarem Verstand wieder aufwacht, an seinen Körper geschmiegt, und sein Lächeln und den Blick in seinen Augen sieht, glaubt sie nicht mehr, dass … und trotzdem! Was weiß sie eigentlich von ihm?

Und wenn sie das Hotelzimmer verlassen, was selten genug geschieht, etwa um eine Kunstgalerie zu besuchen, dann ist sie angespannt und besorgt, es könnte sie jemand sehen, der sie kennt – so unwahrscheinlich das auch sein mag. Konzentriert starrt sie die Bilder an und versucht, sich Titel und Namen einzuprägen, um sie in einem Brief an Freddie zu erwähnen und ihren verlängerten Aufenthalt nicht nur mit ein paar Dosenfleischterminen zu begründen.

Jakob, der nicht erkennt, wie wichtig ihr Unterfangen ist, murmelt respektlose Kommentare vor sich hin oder zeigt ihr den einen oder anderen Besucher, der sich merkwürdig benimmt. Als sie nicht reagiert, ihn nicht mal eines Blickes würdigt, verstummt er. Sie starrt auf die in Positur gesetzten Allegorien und die hingegossenen Mädchen mit ihrer unglaubwürdig braunen Haut. Sie gefallen ihr nicht mal.

Schweigend gelangen sie zu einem Bild, das vollkommen anders ist. Eine kühle, monochrome Landschaft mit dunklen Flächen und weißen Bergen, die Flora an eine Gegend bei Gothab erinnert, einen Fjord mit schwarzem Wasser kurz nach dem ersten Schnee im Herbst. Von nahem erkennt sie verkrüppelte Trauerbirken und feenhafte junge Frauen, die über der Erde schweben, ihr Haar fließt um sie herum, als würden sie in der Luft ertrinken, und weiße Tücher verbergen nur notdürftig ihre sinnlichen Körper. Der Titel des Gemäldes lautet *Die Strafe der Wollüstigen.*

Jakob liest ihn. »Na«, murmelt er, »sieht doch gar nicht so schlimm aus.«

Vor lauter Scham und Peinlichkeit wendet Flora sich einfach ab und lässt ihn stehen.

»Hast du tatsächlich geglaubt, ich würde hier sein?«, fragt sie.

Flora hat seinen Kopf an ihre Schulter gezogen. Er fährt mit einem Finger die Kontur ihrer rechten Brust ab.

Sie haben gerade ihren ersten Streit überstanden. Nun hat sie das Gefühl, zu einem tieferen, intensiveren Verständnis gelangt zu sein.

»Hier? Nein. Ich hatte gehofft, dich *vielleicht* in London zu sehen, aber abgesehen davon hatte ich mir keine Gedanken gemacht …«

»Ich wusste nicht, ob du auch nur auf mein Schreiben reagieren würdest. Ich dachte, ich hätte das in Neqi vielleicht falsch gedeutet.«

»Nein, das hast du nicht falsch gedeutet.«

Flora schiebt ihn so weit von sich, dass sie ihm ins Gesicht blicken kann.

»Das war so seltsam. Obwohl die anderen dabei waren, hatte ich das Gefühl, als sei ein Licht erschienen, das nur auf uns beide leuchtet. Und ich war sicher, du fühltest das auch … ich weiß, es klingt albern.«

»Nein, gar nicht. Genau dasselbe habe ich auch empfunden. Ich wusste, dass du an mich genauso denkst wie ich an dich.«

»Ach? Wie denn?«

Er grinst. »Das meine ich nicht. Natürlich wusste ich es seit unserer Begegnung in Siorapaluk, aber ich meinte etwas anderes.«

»Was wusstest du?«

Er senkt sein Gesicht so, dass sie nur noch seine Augen über ihrem Busen sieht.

»Dass ich dein Liebhaber sein wollte.«

Das Wort ist ein Schock für sie; solche Wörter ist sie nicht gewohnt. Sie sind so erregend wie seine Berührung.

»Ich ging nicht davon aus, dass ich der Einzige war. Alle redeten von dir. Eine junge Frau, so kompetent und erfahren … das war höchst erstaunlich. Wir konnten es einfach nicht glauben.«

Er reibt mit der Unterlippe über ihre Brustwarze, bis sie steif wird, und nimmt sie sanft in den Mund. Mit einem Mal schreckt Flora vor seiner Energie, seiner Geschicklichkeit zurück. Seiner Erfahrung. Bei wem hat er sich die geholt? Eines der tausend Dinge, die sie nicht von ihm weiß.

»Tja, das ist dir gelungen«, sagt sie.

»Flora?« Er hebt den Kopf und sieht sie an, aber sie blickt zum Fenster.

Sie sagt nichts, weil sie nicht weiß, was sie sagen soll.

»Was ist denn, Flora? Sag's mir.«

Sie schüttelt den Kopf und spürt mit einem Anflug von Wut, dass ihr schon wieder Tränen in den Augen brennen. »Nichts.«

»Das stimmt doch nicht. Sag's mir, ich will dir doch nicht weh tun.«

Flora zieht sich in eine Ecke des Betts zurück und schlingt die Arme um die Knie. Wieder blickt sie zum Fenster.

»Das ist eben das Schlimme am … Sex.«

Er wendet den Blick von ihr ab und sagt eine Minute lang nichts.

»Ich weiß nicht, was du meinst.«

»Weil er so *willkürlich* ist. Dein Körper reagiert einfach, während … während man Gefühle hat, die …«

Sie holt stockend Luft. Jakob richtet sich vor ihr auf und setzt sich neben sie, ohne sie zu berühren.

»Was für Gefühle?« Seine Stimme ist ausdruckslos.

»Ich weiß … ich wusste … es ist nicht wichtig, aber …«

Er seufzt. »Was wusstest du? Moment mal, ich muss eine rauchen.«

Er steigt aus dem Bett und tappt mit nackten Füßen zu seiner Jacke, die auf dem Boden liegt. Sie kann nicht anders, sie muss seinen nackten Rücken mit den Grübchen ganz unten sehen, seine Pobacken mit den lockenden, schattigen Mulden, dem dunklen Beutel zwischen seinen Beinen. Er scheint sich seiner Nacktheit nicht bewusst zu sein. Als er sich wieder auf das Bett setzt, knarzen die Sprungfedern.

»Was wusstest du?«

»Nur … Mir war klar, dass du … so was schon mal gemacht hast, und als du von den anderen erzähltest, die auch mein Liebhaber sein wollten …«

Sie kann ihre peinlichen Gedanken einfach nicht in Worte fassen. Jakob stößt eine Rauchwolke zur Decke aus.

»›So was‹? Glaubst du, ich wollte mit deiner Eroberung prahlen? Und mir dann die Nächste nehmen – ist es das?«

Sie schüttelt ruckend den Kopf. Es klingt so hässlich, wie er es ausdrückt.

»Nein. Aber …«

»Aber was? Du scheinst ja nicht gerade eine hohe Meinung von mir zu haben.«

»Doch! Ich versuche nur zu erklären, dass ich so was vorher noch nie gemacht habe, du aber … schon. Es heißt immer, bei Männern ist das anders. Du … weißt, was zu tun ist. Wenn du mich berührst, kann ich nicht mehr klar denken. Aber ich kenne dich doch kaum. Woher soll ich wissen, wie dein Leben aussieht?«

»Ich erzähle es dir. Was willst du wissen?«

»Ich weiß nicht mal ansatzweise, wie dein Leben aussieht! Du könntest sogar verheiratet sein oder verlobt … und ich wüsste das nicht!«

»Selbstverständlich bin ich nicht verheiratet! Und auch nicht verlobt. Ich wohne in New York bei meinem Bruder – das weißt du doch. Schließlich haben wir uns drei Jahre geschrieben. Zugegeben, ich war schon vorher mit anderen Frauen im Bett; ich bin dreißig und kein Mönch. Aber zu Hause gibt es niemanden. Während du hingegen verheiratet bist, Flora …«

»Du weißt doch, wie meine Ehe aussieht. Und ich habe Angst.«

»Angst wovor?«

»Angst davor, dass ich hiernach nicht mehr in mein früheres Leben zurückkehren kann. Du aber schon.«

Jakob zupft einen Tabakfaden von seiner Zunge. Das ist der Satz, den bisher keiner von ihnen laut auszusprechen wagte. Er schnippt seine Zigarette in den Kamin (ein kleiner, verheißungsvoller Triumph). »Wieso gehst du davon aus, ich wollte in mein altes Leben zurückkehren? Glaubst du, ich wäre nur ein … Weiberheld?«

Sie schüttelt den Kopf. »Ich weiß nicht. Bist du einer?« Sie versucht, gleichmütig zu wirken.

Jakob ist verärgert. »Wenn ich jetzt ›nein‹ sage, wirst du mir dann glauben?«

»Ich habe doch keine Erfahrungen in dieser Hinsicht!«

»Hast du Angst, weil ich Erfahrungen habe?«

Sie nickt.

»Aber Erfahrungen sind Vergangenheit. Nur Vergangenheit. Du bist die Gegenwart, Flora … und ich möchte, dass du auch die Zukunft bist.«

Flora denkt darüber nach. Aber ihre Miene bleibt starr.

»Wieso kommst du mich nicht in der Schweiz besuchen?«

Da zeigt sie ihr langsames, widerstrebendes Lächeln. Er liebt es, sie dabei zu beobachten: von den kaum merklichen Anfängen, bis ihr ganzes Gesicht erstrahlt.

»Bevor ich den Zug in die Schweiz nehme, habe ich ein, zwei Tage Aufenthalt in London. Können wir uns dort treffen?«

»Das musst du nicht sagen, bloß weil du dich verpflichtet fühlst.«

»Ich sage gar nichts, bloß weil ich mich verpflichtet fühle! Ich sage es, weil ich dich sehen will. Ich will dich immer wieder sehen!«

»Ich will dich auch immer wieder sehen.«

Da legt er seine Hände auf ihre Schulter und dreht sie zu sich.

»Soll ich dir erzählen, was ich noch nie zuvor erlebt habe? Ich habe noch nie zuvor das gefühlt, was ich in Neqi empfunden habe: dieses Gefühl, das mich an dich zu binden schien. Ich habe noch nie einen Ozean überquert, nur weil ich hoffte, eine Frau zu sehen, die ich kaum kenne, die ich aber seit drei Jahren im Kopf habe … wie ein Licht.«

Er streicht ihr übers Haar und fährt mit einem Finger die Konturen ihres Gesichts nach. »Wenn *du* mich berührst, kann *ich* nicht denken. Und ich will nicht ohne dich sein.«

Jetzt ist ihr Gesicht weich, aber sie lächelt nicht mehr. »Ich will auch nicht ohne dich sein. Aber ich weiß nicht, was das bedeuten könnte.«

Keiner von ihnen will in diesem Augenblick daran denken, oder sagen, was das bedeuten könnte. Aber Flora küsst ihn, mit der Sehnsucht nach Sicherheit. Und erleichtert, genauso erleichtert, wie Jakob ihren Kuss erwidert; und dann lieben sie sich, obwohl sie das eigentlich nicht wollen. Aber dadurch können sie die Frage vergessen oder zumindest aufschieben, denn am Ende, ganz gleich wie leidenschaftlich, raffiniert oder zärtlich es ist, besteht der Akt doch nur aus einer Reihe einfacher, ewig gleicher Bewegungen, und schwierige Entscheidungen sind nicht erforderlich.

Als sie an diesem Nachmittag einen Spaziergang in der Sonne machen, trägt Flora ein blaues Kleid, das ihre Haut zum Leuchten bringt. Der Nachhall ihres Liebesakts umgibt sie wie ein Umhang. Sie finden ein Restaurant, das vornehm genug wirkt, um ihre Neugier zu wecken. Es gibt weiße Tischwäsche, die auf dem ochsenblutroten Teppich schwere Falten schlägt, viel Silberbesteck und Kristall. Die Speisekarte ist auf Französisch. Sie entscheiden sich für einen Ecktisch, weit vom Fenster entfernt. Zu dieser Tageszeit gibt es kaum andere Gäste, aber vielleicht liegt es auch daran, dass es teuer ist. Flora nimmt sich eine Karte und studiert sie so gründlich, als müsse sie eine Rolle lernen. Ihre Lippen hat sie in einem für sie charakteristischen Ausdruck zusammengepresst; für die Außenwelt wirkt es, als missbillige sie etwas oder unterdrücke ein Lachen. Selbst jetzt weiß Jakob nicht, welches von beidem stimmt.

»Das meiste verstehe ich nicht mal«, sagt sie lächelnd (in London wäre es ihr zu peinlich gewesen, das zuzugeben). »Was möchte ich essen, Liebster? *Rognons* oder *Merlan*?«

»Was *Merlan* ist, weiß ich nicht. *Rognons* sind Nierchen.«

»Hmm. Dann … nehme ich die Tournedos. Das ist Steak, oder? Etwas ganz Besonderes.«

Jakob bestellt Austern und Champagner – etwas, das er noch nie getan hat. Die Servietten sind riesig, steif und sehen aus wie verschneite Berge. Als sie die Austern essen, erzählt sie ihm, dass sie mit zwölf die Schule verlassen hat; die Universität hat sie nur zugelassen, weil sie so bekannt war. Er erzählt ihr von den Koppels. Obwohl es eine düstere Geschichte ist, gibt er sie fröhlich und lustig wieder. Am liebsten nähme Flora ihn in ihre Arme, doch da das nicht geht, drückt sie unter dem Tisch ihr Bein gegen seines. Als das Fleisch kommt und sie es kleinschneidet, rinnt Blut über ihren Teller. Sie spießt ein Stück mit der Gabel auf.

»Das erinnert mich an Grönland.«

»Wie gern würde ich mit dir dorthin fahren.«

Gerührt blickt sie auf.

»Wenn ich in die Schweiz kommen könnte … würdest du dich ehrlich freuen? Ich möchte dir nicht im Wege sein.«

Sie beobachtet ihn genau, um seine Reaktion abzuschätzen. Er legt die Gabel nieder und umfasst ihre Hand.

»Es gibt nichts, worüber ich mich mehr freuen würde.« Das sagt er ganz ernst. »Glaubst du mir?«

Sie nickt.

Sie bestellen Nachtisch: Jakob Zitronentarte, Flora *Iles flottantes,* ein Dessert ohne Mehl, Früchte oder auch nur irgendeinen erkennbaren Geschmack. Sie hatte es schon einmal gegessen und damals erschien es ihr als Inbegriff kontinentaler Dekadenz. Als es jetzt serviert wird, betrachtet sie die glatten, weichen Baiserberge, die aus einem gelben Vanillemeer heraustragen, und möchte am liebsten lachen, so aberwitzig anstößig sehen sie aus.

»Alles in Ordnung?«, erkundigt er sich.

Die glatte, weiche Masse schmilzt in ihrem Mund, schmeckt nach nichts, verheißt aber viel. Aus einem Impuls heraus streift sie einen Schuh ab, hebt, während sie konzentriert auf ihren Teller blickt, ihren Fuß und drückt ihn zwischen seine Beine. Bei der ersten Berührung zuckt er zusammen – sie sieht fragend auf – und starrt dann streng auf seinen Teller. Als sie mit dem Fuß weiter in seine Leiste drückt, entdeckt sie, dass er schon halb steif ist, und muss sich ein Lächeln verkneifen.

»Wie ist deine Tarte?«, fragt sie.

»Gut«, sagt er mit erstickter Stimme und zupft die Serviette auf seinem Schoß zurecht.

Sie schiebt sich einen weiteren Löffel Baiser in den Mund und quetscht ihn gegen ihren Daumen. Als sie noch einmal gegen seinen immer härter werdenden Schritt drückt, spürt sie das Pochen an ihrer Fußsohle, und Hitze wallt in ihr auf. Er isst ebenfalls einen weiteren Löffel und sieht aus, als dächte er an etwas ganz Entlegenes. Sie verspürt einen Anflug von Hysterie.

Im Hotelzimmer packt er sie aus wie ein sehnsüchtig erwartetes Geschenk, streift ein Kleidungsstück nach dem nächsten von ihr ab. Jede Schleife, jeden Knopf öffnet er langsam und sorgfältig. Sie sprechen nicht, sie sind matt und träge vom Essen und vom Champagner. Er geht um sie herum und berührt sie so zart, dass ihr seine Hände vorkommen wie Spitze. Sie erschauert, aber nicht, weil ihr kalt wäre. Seine Berührungen sind so zurückhaltend und präzise, dass sie es kaum ertragen kann; sie spürt, wie etwas Heißes ihr zwischen den Beinen hinunterläuft. Er legt sie aufs Bett wie ein kostbares Gewand. Sie sieht ihm zu, wie er sich auszieht und auf sie steigt. Er kniet sich vor sie hin, spreizt ihre Beine, blickt eine ganze Weile ernst auf sie herab, dann hebt er ihre Hüften und dringt so schnell in sie ein, dass sie überrascht aufschreit. Er blickt nach unten und beobachtet sich, wie er sich ganz langsam bis zur Spitze zurückzieht und dann mit einem Aufstöhnen tief in sie hineinstößt. Auch sie blickt an sich hinunter, um zuzusehen, wie er diesen zutiefst männlichen Zaubertrick vollführt: erscheint und wieder verschwindet. Sie rückt sich zurecht und schlingt die Arme um seinen Leib. Jetzt ist es nicht mehr unangenehm. Als sie ihn umfasst, ihn ganz in sich aufnimmt und die Nägel in seine Pobacken gräbt, bewegt er sich drängender und rührt in großen Kreisen in ihr, bis sie meint, sich aufzulösen. Er wird schneller und schneller, und dann ballt sich sein Körper über ihr zusammen wie eine Faust. Es sieht aus, als hätte er Schmerzen. Als er mit schweißglänzender Haut über ihr zusammenbricht und sein Herz hart gegen ihren Brustkorb hämmert, befürchtet sie schon, er bekäme einen Herzanfall. Oder ist es ihr Herz? Keuchend wie ein Sprinter rollt er sich von ihr herunter.

Sie spürt, dass ihre Wimpern und die Haare an ihren Schläfen feucht sind. Als sie beide wieder zu Atem gekommen sind, flüstern sie sich über das feuchte Kissen hinweg Worte zu, Versprechungen, von denen sie nicht wissen, ob sie sie halten können.

Kapitel 31

Zermatt, 46° 1' N, 7° 45' O
Mai–Juli 1895

Man betritt ein von riesigen Eiszapfen gestütztes Plateau und blickt in das Innere des Gletschers, einen Hohlraum voller gigantischer gefrorener Felsen, aus denen unzählige Eiszapfen ragen. Nur unter Lebensgefahr kann man diese Höhle betreten und in ihr blaues Licht eintauchen. Ihre Schönheit ist unbeschreiblich, doch kann man sich ihr nicht aus vollem Herzen hingeben, dafür ist die Atmosphäre, die hier herrscht, zu bedrückend.

Monsignor Rendu, Memoiren (1841)

Welche Phantasien reichten an die Wirklichkeit heran, die sich uns hier präsentierte?

John Tyndall, *Die Gletscher der Alpen* (1860)

An einem Morgen im Mai steht Jakob im fahlen Licht des anbrechenden Tages am Rand des Gornergletschers. Die Wolkendecke taucht die Welt in blasse, monochrome Farben. Jakob justiert den Theodoliten und streckt dann den Arm aus. Otto, die kleine Gestalt weit weg auf dem Gletscher, rammt einen Pfahl in den Schnee und treibt ihn mit kräftigen Hammerschlägen, deren Echo in der stillen Luft widerhallt, in den Boden. Nachdem Otto das Signal gegeben hat, dass er fertig ist, misst er mit seinen Schritten die Stelle ab, an der er den nächsten Pfahl positioniert. Auf der anderen Seite des Gletschers steht ein senkrechter Felsbrocken. Am Vortag sind Otto und er den Felsen hinaufgeklettert, um eine Linie darauf zu malen. Theodor blieb unten und brüllte aufgeregt Anweisungen zu ihnen herauf. Hinter Jakob befindet sich eine ähnlich auffällige Landmarke. Er beugt sich über das Zielfernrohr, justiert es neu und gibt mit der Hand ein Signal.

Er genießt diese Arbeit; sie ist tröstlich präzise und eintönig. Und sein Arbeitsplatz ist unvergleichlich. Mittlerweile verziehen sich die Wolken und geben den Blick auf eine glitzernde Eislandschaft frei. Das Eis unter ihnen ist tief und still, knackt und grummelt nur wie ein schlafendes Tier. Nur der Pulverschnee knarzt unter seinen Sohlen.

Otto hämmert gerade den letzten Pfahl hinein, als die Sonne über den Grat eines Berges steigt – welcher ist es? Das Strahlhorn? Oder das Rimpfischhorn? Jakob weiß es nicht mehr, aber nur schon die Namen im Stillen aufzusagen, lässt ihn vor sich hin lächeln. Wieder winkt Otto. Obwohl er so weit weg ist, meint Jakob zu sehen, dass er strahlend lächelt. Im Osten entzündet sich der Himmel. Goldgelbes Licht krönt den erhabenen zerklüfteten Obelisken des Matterhorns.

Er wünschte nur, er könnte diese Farben fotografieren. Er versucht, sich selbst den Sonnenaufgang zu beschreiben, um die Erinnerung in seinem Kopf zu fixieren: rosa und blau in schimmernden Perlmuttschattierungen, blasses Flieder, warmes Gold; über dem Grat ein ganz helles Türkis … Aber Wörter reichen dafür nicht aus. Die Farben sind flüchtig, verändern sich ständig und so unwiderstehlich, dass man sie ansieht, bis einem die Augen tränen.

In der Nähe hört er knirschende Schritte. Theodor ruft ihm zu: »Sehen Sie, *mein Herr,* dies ist nicht nur ein ganz normaler Morgen, sondern der *Ur*morgen!« Wie recht er hat, denkt Jakob.

Zwei Wochen zuvor, Anfang Mai, ist Jakob in Zermatt angekommen und hat Professor Theodor Birkel im Monterosa Hotel getroffen. Wie sich erwies, war der Professor ein gutaussehender, romantisch-düsterer Mann um die vierzig mit dunklem, ordentlich gestutztem Bart und buschigem Schnurrbart. Jakob gegenüber verhielt er sich so, als würden sie sich schon seit Jahren gut kennen. Dabei hatten sie sich bis dahin nur postalisch über Gletscher ausgetauscht.

»Mein wackerer Knabe« – Birkel liebte es, sein antiquiertes Englisch zu präsentieren – »es freut mich außerordentlich, Ihnen nach so langer Zeit und so vielen Briefen Aug in Aug gegenüberzustehen.«

Jakob musste lachen, worauf Birkel ebenfalls lachte. »Ha! Sprechen Sie Deutsch, mein Freund?«

»*Ein klein bisschen*«, sagte Jakob.

»Famos! *Herrlich*! Dann kann ich Sie meinem dummen Gehilfen vorstellen.«

»Erfreut, Sie kennenzulernen«, sagte Jakob in seinem von Bettina aufgeschnappten Deutsch, als Birkel einen blonden, jugendlichen Riesen zu ihm zerrte, der halb gebückt hinter Birkel gewartet hatte und ihn jetzt mit blitzenden Zähnen anstrahlte. Sein Name war Otto Lichti. Birkel schlug ihm kräftig auf die Schulter.

»Otto spricht überhaupt kein Englisch – er ist ein einfältiger Bauer!«

Jakob schloss aus Ottos Lachen, dass dieser an Birkels derbe Scherze gewöhnt war. Er schüttelte Jakob so begeistert die Hand, als hätte er sein Leben lang darauf gewartet, seine Bekanntschaft zu machen.

»Aber der Junge kann klettern; er ist eine Bergziege, eine Gams, ein Murmeltier! Morgen werden wir Ihnen zeigen, wo wir arbeiten, aber jetzt essen wir etwas, kommen Sie …«

Birkel führte ihn in ein Restaurant, dessen Besitzerin er kannte, so dass sie wie Ehrengäste behandelt wurden. Sie saßen auf der Terrasse und sahen zu, wie die untergehende Sonne das Rothorn aufleuchten ließ, obwohl die Röte schnell verschwand, denn hinter ihnen ragte der riesige Dolch des Matterhorns empor. Es war atemberaubend: Berge, die für ihn bislang nur Namen oder Bilder auf Fotografien gewesen waren, erwachten zum Leben und waren beeindruckender, als er sich jemals vorgestellt hatte.

Birkel beschrieb ihm die für den nächsten Morgen anstehenden Arbeiten, während Otto nur dasaß und seine großen, weißen Zähne aufblitzen ließ. Nach seinen ermüdenden Reisen war Jakob von dieser schlichten, direkten Freundlichkeit gerührt.

✶

Die Woche in Snowdonia mit Professor Collee war nicht ganz so erfolgreich gewesen wie erhofft. Während sie sich im strömenden walisischen Regen Beispiele Kaledonischer Orogenese ansahen, fragte der ältere Mann Jakobs Wissen über den Kanadischen Schild ab, mit Vorliebe stellte er seine Fragen, während Jakob auf einem nassen Fels oder inmitten eines schlammigen Pfades stand – eine Technik, die er bei Generationen von unglückseligen Schülern perfektioniert hatte. Grönland war irrelevant, schloss er. Ganz eindeutig wollte er nichts hören, das seine Theorien relativieren konnte. Collee wurde nur munter, wenn es um seine eigene Arbeit und seine eigene Bedeutung ging. Er nutzte seinen Ruhestand dazu, das ultimative Lehrbuch zur Erdgeschichte zu schreiben. Wenn er wollte, konnte er einiges für Jakob tun.

Als Jakob in Wales eintraf, war er in Hochstimmung gewesen, bereit, sich von allem bezaubern zu lassen, sogar von einem aufbrausenden alten Professor, doch das Wetter war grässlich, die Sonne – und die Berge – nur selten sichtbar, und das Gejammer des alten Mannes verdarb ihm die Laune. Das Bauernhaus, in dem sie untergebracht waren, war feucht und düster, und die Beine seines Betts standen auf Untertassen mit

Essig – er fragte lieber nicht, wozu dies dienen sollte. Er war erschöpft, und vor allem vermisste er Flora.

»Ihr jungen Leute heutzutage – kein Stehvermögen!«, bellte Collee am letzten Tag. »Als ich in Ihrem Alter war, habe ich einen Monat lang in strömendem Regen Vermessungsarbeiten in Conemara durchgeführt. Und in einem winzigen Zelt geschlafen!«

Als sein Zug am Bahnhof von Paddington einfuhr, fühlte er sich krank und elend. Die Aussicht, Flora wiederzusehen, machten ihn nervös. Seit ihrem Abschied in Liverpool war eine Woche vergangen, eine Woche, in der die gemeinsamen Nächte, auf die er sich so gefreut hatte, ihn immer mehr deprimierten. Er sehnte sich nach Flora, doch gleichzeitig kam es ihm vollkommen unwirklich vor, was zwischen ihnen gewesen war. Konnte das wirklich passiert sein?

Als Flora zu ihm ins Hotel kam, war sie angespannt und fahrig. Er befürchtete das Schlimmste. Doch seine Krankheit entwaffnete sie; als sie sah, wie schlecht es ihm ging, entspannte sie sich, lachte sogar und entschuldigte sich gleich dafür. Sie steckte ihn ins Bett, ging einkaufen und machte ihm auf einem Spirituskocher Fleischbrühe. Er beklagte sich über seinen Zustand. Zärtlich strich sie ihm die Haare aus der Stirn.

»Das muss dir doch nicht leidtun. Ich hatte fast Angst davor, dich wiederzusehen, aber jetzt habe ich keine Angst mehr.«

»Wieso hattest du Angst?«

Sie senkte den Blick. »Weil ich mich hier … unmoralischer fühle. Ich wusste nicht, ob ich so weitermachen kann. Aber als ich dich sah, war mir klar, dass es gar nicht möglich ist. Ich fühle mich so hin und her gerissen …«

»Schatz, du musst dich nicht schuldig fühlen. Weißt du … angesichts eurer Lage wäre es möglich, dass es ihm gar nichts ausmacht. Schließlich nimmst du ihm ja nichts weg …« Darauf folgte ein Hustenanfall, der ihm gerade recht kam, da er wusste, wie dürftig seine Argumentation war. Für ihn war ihr Mann ein alter Krüppel – kaum noch menschlich. Und dieses Bild wollte er nicht korrigiert haben.

»Es tut mir leid, aber ich freue mich so, dass du gekommen bist. Es ist so schön, dich zu sehen.« Vom Sprechen geriet er außer Atem.

»Schsch. Ich freue mich auch, dass ich gekommen bin.«

»Soll ich lieber gehen?«, fragte sie, als er die Brühe ausgetrunken hatte.

»Nein. Nur wenn du mich unerträglich abstoßend findest. Ich könnte es dir nicht verdenken.«

Flora schüttelte den Kopf. »Nein, niemals.«

Sie beugte sich über ihn und küsste ihn auf die Schläfe, die Wange, den Kieferknochen. Die empfindsame Stelle unter seinem Ohr. Ihr Atem flatterte an seinem Hals.

»Ich möchte dich so gern küssen, Flora, aber ich kriege kaum Luft.«

»Du musst gar nichts tun«, hauchte sie ihm ins Ohr. »Ich möchte mich zu dir legen. Fändest du das schön oder …?«

»Das fände ich schön.«

Sie wandte sich halb von ihm ab, als sie ihre Kleider auszog und sorgfältig faltete. Er beobachtete sie aus den Augenwinkeln, obwohl er sich sagte, dass es unmöglich war, miteinander zu schlafen; aber hinschauen musste er, denn sie entblößte ihren wunderschönen Körper nur für ihn. Als sie sich umsah und ihn ertappte, lächelte er verlegen, obwohl er nicht wusste, wieso er verlegen war. Er war höchst erregt, obwohl er sich noch eine Minute zuvor dem Tode nahe gefühlt hatte.

Als Flora sich zu ihm legte, knarzten die Sprungfedern. Sie befanden sich in einem Bahnhofshotel, und das Bett hatte schon bessere Tage gesehen. Und sicher auch andere verbotene Liebschaften.

»Oh, du bist ja ganz kalt«, murmelte sie. Sie brachte ihn dazu, seine Unterwäsche auszuziehen, so als wären sie in Grönland, als wären sie Eskimos. Sie presste ihr nacktes Fleisch an seines und schlang den Arm um ihn. Er drehte sich mit dem Rücken zu ihr, so dass sie sich um ihn schmiegen und ihre Wärme an ihn abgeben konnte.

»Ist das gut?«, flüsterte sie. Sie rieb ihm über Arm und Brust und strich ihm über die mit Gänsehaut überzogene Flanke, die an ihren Leib geschmiegt war. »Ist das besser?«

»Viel besser«, seufzte er. Ihre Brüste drückten sanft gegen seinen Rücken, ihre Haut war samtig heiß und so köstlich wie Schlaf. Außer der Wärme durchströmte ihn noch etwas, was er nicht benennen konnte. Etwas, das ihm ein Gefühl von Sicherheit gab. Er dachte an den letzten Abend in Siorapaluk, als sie auf einem Stuhl hinter ihm geschlafen hatte und er die Gewissheit empfunden hatte, sie wache über ihn, sorge für ihn, sowenig er das auch verdiente. Er wollte gerade etwas sagen, da flüsterte sie, dicht an seiner Schulter: »Manchmal habe ich das Gefühl, irgendwas stimmt nicht mit mir.«

»Wieso?«

»Die ganze Woche musste ich ständig an dich denken … an so was hier.«

»Ich musste auch ständig an dich denken. Ich bin jede Nacht mit dir ins Bett gegangen – in mein schmales, hartes und unbequemes Bett. Die Beine standen in Essigschalen. Wovor soll das schützen?«

»Ach, du liebe Zeit … Ratten? Kakerlaken? Ich weiß nicht.« Sie strich mit den Lippen über seine Haut. »Was haben wir denn da getan, trotz des Betts?«

»Mm … alles.«

»Sag Bescheid, wenn ich aufhören soll …«

Ihre Hand beschrieb immer größer werdende Kreise über seinen Bauch, bis sie sich seinen Lenden näherte – er sagte nichts –, und schließlich seinen steifen, pochenden Schwanz berührte. Obwohl er beschlossen, nein, sich versichert hatte, er wolle gar nichts, drehte er sich schwer atmend auf den Rücken. Sein Körper fühlte sich an, als wäre er in zwei Hälften geteilt, die nur wenig miteinander zu tun hatten: die obere mitsamt

Kopf fühlte sich ausgelaugt, fiebrig und nutzlos an; seine Lenden hingegen waren eine vor Energie strotzende Masse, die sie mit köstlicher Zielstrebigkeit umfasst hielt. Er kam alarmierend schnell und heftig, musste nach Luft schnappen und brach in einem Hustenanfall zusammen. Sie suchte nach einem Taschentuch und wischte ihm damit das Sperma vom Bauch, wobei sie so zärtlich und sorgfältig vorging, dass er lachen – und dann wieder husten musste. Sie faltete das Taschentuch, schmiegte sich wieder von hinten an ihn, legte ihm eine Hand auf die Brust und schlang ihre Füße um seine.

»Danke«, sagte er und musste über sich lachen. »Gott …«

Auch sie lachte. »Jetzt ist dir wenigstens wärmer.«

»Mhm. Du bist ein Engel.«

»Bin ich nicht.«

»Du bist ein wunderbarer, gütiger Engel und sehr freundlich zu mir.«

»Freundlich?« Jetzt klang sie fast zornig. »Ich bin nicht freundlich. Freundlichkeit ist allgemein.«

»Dann bin ich froh, dass du nicht freundlich bist. Aber es tut mir leid, dass ich dir ein so dürftiger Liebhaber bin.«

»Nein, einen anderen will ich gar nicht.«

Jakob löste ihre schwere Zopfkrone und breitete ihre Haare wie eine Schärpe über seiner Brust aus. Sie fühlten sich herrlich an: wie ein dickes Seil, an dem man in Sicherheit klettern konnte. Er wickelte sich das Ende um die Hand.

»Jetzt habe ich dich«, sagte er, »und ich werde dich nicht wieder gehen lassen.«

»Habe ich dich denn auch?«

»Ja, du hast mich auch. Und kannst nichts dagegen machen.«

Darauf umschlang sie fester seine Brust.

»Mein Zug fährt erst morgen Abend um zehn ab. Kommst du noch mal zu mir?«

»Ja. Am Nachmittag.«

»Dann geht es mir wieder besser. Versprich mir, mich in der Schweiz zu besuchen.«

Spürte er da ein winziges Zögern?

»Ja, aber wenn du dort angekommen bist, musst du mir noch mal schreiben, ob ich wirklich kommen soll. Du weißt doch nicht, wie es da ist; ich möchte nicht stören.«

»Selbstverständlich werde ich dir schreiben. Aber du könntest niemals stören.«

Er überlegte, ob er etwas von seinen Gefühlen sagen sollte. Die Worte waren schon seinem Kopf. Er räusperte sich.

»Auf dem Rückweg kommst du doch noch mal nach London?«

»Ja. Aber du musst mich in der Schweiz besuchen. Dann zeige ich dir den schönsten Gletscher.«

»Das wäre wunderbar.«

Da ihm schwindelig war, beschloss er, sich die Worte für den nächsten Tag aufzusparen.

Als es ihm am nächsten Morgen nicht besserging, schleppte er sich zu einer Apotheke und vertraute dem jungen Mann den Kernpunkt seines Problems an (warum auch nicht? Er würde ihn ja nie mehr wiedersehen). Der Apotheker tippte sich an die Nase und verkaufte ihm ein Tonikum, das angeblich jede Erkältung oder sonstige Unpässlichkeit kurierte und auf wundersame Weise seine Virilität stärkte – ›nur vorübergehend, Sie verstehen schon‹. Dabei zwinkerte er vielsagend.

Auf dem Etikett des Tonikums prangte ein Bild vom Papst und tatsächlich war die Wirkung geradezu wie ein Wunder. Eine halbe Stunde nachdem er mehrere Gläser davon getrunken hatte, waren sämtliche Beschwerden verschwunden, und er fühlte sich enthusiastisch, energiegeladen und voller Zuversicht. Als Flora kam, war sie erstaunt (und sogar amüsiert), wie gut er sich erholt hatte. Jakob wollte ihr eine Erfahrung bescheren, die sie nie wieder vergessen und die seinen kümmerlichen Auftritt vom Vortag ausradieren würde. Der Anfang war ziemlich vielversprechend: Er vergrub sein Gesicht zwischen ihren Schenkeln und versetzte sie mit seiner Zunge in höchste Ekstase. Doch als er in ihr war, in der köstlichen, warmen, feuchten Umarmung, von der er geträumt hatte, konnte er nicht zum Ende kommen, das war ihm noch nie passiert. Schließlich rollte er sich keuchend von ihr herunter.

»Stimmt was nicht? Was soll ich machen?«

Sie machte sich Sorgen, es sei ihre Schuld. Jakob schüttelte den Kopf, der jetzt wieder pochte. Er war erschöpft und am Boden zerstört, dass ihr auf absehbare Zeit letztes Zusammensein so unglücklich verlief.

»Nein, alles in Ordnung. Tut mir leid, ich weiß nicht …«

»Mach dir keine Gedanken – jedenfalls nicht wegen mir. Ich mache mir eher Sorgen um dich.«

»Nein, ist schon gut. Es muss an der Erkältung liegen … oder an dem Tonikum.«

Sie nahm die Flasche und begutachtete das Etikett. »Vin Mariani, stärkt und stimuliert …« Ihre Augenbrauen fuhren in die Höhe.

»Tja, der Papst schwört drauf.«

Da sahen sie sich an und brachen in Gelächter aus, das kein Ende nehmen wollte. Sie schloss ihn in ihre Arme, küsste ihn und verbot ihm jede weitere Entschuldigung. Seine Überzeugung, alles ruiniert zu haben, schwand. Stattdessen überkam ihn in ihrer Umarmung grenzenloser Friede. Der Nachmittag war gerettet; hin und wieder brach einer von ihnen in Gelächter aus; ein einziger Blick auf das Koboldgesicht des Pontifex reichte, um erneute Lachsalven auszulösen. Doch die Zeit verging unnatürlich schnell, die Minuten zerrannen ihnen zwischen den Fingern. Sie musste nach Hause, er den Anschlusszug für die Fähre erwischen. Als die Zeit abgelaufen war, verließen sie das Bett und zogen sich schweigend an, ohne sich anzusehen. Sie half ihm packen und band ihm sorgfältig den dicken Schal um den Hals. Ihre Augen wirkten unnatürlich groß und dunkel. Wieder angezogen, hatte Jakob das Gefühl, sie seien noch stärker getrennt und gleichzeitig verbundener als je zuvor. Engumschlungen standen sie in der Mitte des Zimmers.

»Ich hasse das – mich von dir verabschieden zu müssen«, sagte er. Seine zugeschnürte Kehle hatte nichts mit der Erkältung zu tun.

Mit den Lippen ganz dicht an seinem Ohr murmelte sie: »Ich weiß. Ich auch.«

»Aber du kommst doch? Du musst! Ich kann nicht ohne dich sein.«

»Ja … mein Geliebter.«

Das Ticken der Uhr auf dem Kamin war wie eine Hand, die hartnäckig an seinem Ärmel zupfte – nein, noch nicht … nicht jetzt … *nicht jetzt* …

Aber dann war es jetzt.

Kapitel 32

Gornergletscher, 45°58' N, 7°48' O
Juni–Juli 1895

Für ihre erste Besteigung des Monte Rosa brechen Theodor und Jakob lange vor Morgengrauen auf (›Ist ganz leicht – den hat schon eine englische Frau bestiegen‹, erklärt Theodor abschätzig). Jakob ist fasziniert von den Ausblicken, die das zunehmende Licht ihm beschert. Er ist noch nie mit einem derart erfahrenen Bergsteiger geklettert, hat sich noch nie an solche Felswände gewagt, und außerdem sind diese Berge anders als alles, was er kennt: steiler, zerklüfteter, schwindelerregender und in einer Luft, die mit der ebenfalls aufsteigenden Sonne so warm und lichterfüllt ist wie belebender Wein. Um zehn Uhr haben sie den westlichen Grad erreicht und sehen, als sie sich umdrehen, den riesigen weißen Gornergletscher vor sich. Seine Moränen sind deutlich abgegrenzt und winden sich anmutig und, von ihrer Position aus, wie makellos schöne Riesenschlangen Richtung Dent Blanche, Obergabelhorn und Matterhorn, das in seiner Größe und Pracht immer noch kaum zu erfassen ist.

»Jakob – hier rüber!«, ruft Theodor ihm aus etwa hundert Meter Entfernung zu. Jakob stapft zu ihm und hält sich dabei strikt in der Mitte des schmalen Grats. Er findet die luftige Höhe beunruhigend, doch solange er nicht direkt in die Tiefe blickt, ist alles in Ordnung.

Theodor, dem die steil abfallenden Felswände nicht zu beunruhigen scheinen, packt seinen Kollegen am Arm und schwenkt mit einer ausholenden Geste die Hand: »Darf ich vorstellen: Italien!«

Richtung Süden weicht das Gebirge in dunstig violetten Abstufungen zurück. Jakob hat das Gefühl, über die Wellenlinien der Erde Hunderte von Meilen sehen zu können: Da ist der Vesuv … Sizilien … Afrika. In jeder anderen Richtung überwältigen sie weiße Gipfel und blaue Klüfte, die sich bis in die Unendlichkeit zu erstrecken scheinen. Über ihnen verdunkelt sich der Himmel zu einem Ultramarinblau. Die Luft ist so dünn, dass sich sein Brustkorb beim Atmen mühsam hebt und senkt. Fasziniert von der atemberaubenden Schönheit vor ihm, schnallt Jakob seinen Rucksack ab und holt die Kamera hervor.

Um nicht jeden Tag auf den Gletscher steigen zu müssen, wohnen sie in einer Berghütte auf einer Alm, die mit winzigen, wie Juwelen wirkenden Blumen übersät ist. Alle drei schlafen in Alkoven, die kaum breiter sind als Regale. Jeden Morgen kommt ein Hirtenmädchen mit einem Korb voller Essen zu ihnen herauf: Milch, Käse, Brot, Zwiebeln und weiche, verschrumpelte Äpfel, die seit dem Herbst in einem Keller nachgereift sind. Zum Abendessen macht die Mutter des Mädchens ihnen Schmortöpfe, die das Mädchen am Abend in einem mit Heu ausgekleideten Topf zu ihnen bringt. Das macht ihr nichts aus, denn sie ist in Otto verliebt, der sie mit einem noch breiteren Lächeln als sonst bedenkt. Nach dem Essen begleitet er sie den Berg hinunter, »um sie vor wilden Tieren zu beschützen«, und kommt, sicheren Fußes, erst lange nach Einbruch der Dunkelheit zurück. (»Nur kein Neid«, bemerkt Theodor wehmütig, als sie zusehen, wie die beiden Hand in Hand hinuntergehen, »er hat behauptet, sie sei sehr fromm.«)

Die Abende verbringen Jakob und Theodor vor dem Kamin der Hütte und lesen, schreiben Briefe oder unterhalten sich. Obwohl sie sich noch nicht lange kennen, betrachtet Jakob Theodor als guten Freund. Seit Franks Tod hat er keinen engen Freund mehr gehabt. Allerdings ist Theodor klüger und welterfahrener als Frank – und eigentlich auch anders als jeder Amerikaner, den Jakob kennengelernt hat. Er ist seit fünfzehn Jahren verheiratet und seit neun Jahren Professor. Seine Frau lebt mit den Kindern in Freiburg, wo er eine Professur an der geologischen Fakultät hat. Außerdem hat er eine Geliebte, die in günstiger Nähe zur Universität wohnt. Er schreibt seinen beiden Frauen abwechselnd. Und er behauptet, er liebe sie beide, aber am meisten liebe er das Bergsteigen. »Ja, mein Freund – genauso aufregend, aber Berge zetern und streiten nicht und verlangen auch keine neuen Kleider.«

So beunruhigend pragmatisch Theodor auch sein mag, ordinär ist er nicht. Offenbar ist er eine seltene Ausnahme: intelligent und kultiviert, dabei aber glücklich. Wenn Jakob ihm das vorhält, entgegnet er, dass er eben in den Bergen immer glücklich sei. Seine Freude ist ansteckend. Wann immer Theodor eine Bemerkung über den Empfänger des endlos langen Briefes macht, den Jakob schreibt, bleibt er dabei so taktvoll, dass Jakob nicht verärgert ist.

»Ist es jemand, der dir sehr am Herzen liegt? Das dachte ich mir schon. Man sieht es an deiner Miene, wenn du schreibst.« Er lächelt leicht triumphierend, als Jakob es zugibt, und wendet sich an Otto, der sie verständnislos ansieht.

»Ich hatte recht, Otto. Er ist verliebt, genauso wie du!«

Daraufhin lächelt Otto ihm mitfühlend zu.

Jakob senkt den Blick und verspürt den Schwindel, den er in den Bergen bezwingen kann: dieselbe Mischung aus Aufregung und Angst.

Der krönende Abschluss ihres Sommerprojekts ist die Untersuchung des Gornersees. So etwas hat Jakob noch nie zuvor gesehen: Im Frühling sammelt sich Schmelzwasser dort, wo der Gornergletscher und sein Zufluss zusammentreffen. Als Jakob diesen See zum ersten Mal sieht, wirkt er kaum größer als ein von Eis umschlossener Tümpel. Er kann es sich nicht verkneifen, vor Theodor von der Melville Bay und den palastartigen Eisbergen zu prahlen.

»Eines Tages, mein Freund, werden wir auch dorthin fahren«, entgegnet Theodor nur. »Aber nun wirst du – wenn du lange genug bleibst – etwas Wunderbares sehen.«

Im Laufe der folgenden Wochen wird der See immer größer, und das Wasser nimmt eine Farbe aus milchigem Türkis an. Er ist so angelegt, dass er einen perfekten Spiegel für die Berge und den Himmel bildet. Jakob und Theodor wollen untersuchen, was passiert, wenn der See, was unweigerlich geschehen muss, abfließt. Ob es allmählich geschieht, ob er versickert oder in Rinnsalen unters Eis strömt, oder mit einem Schlag. Der Gletscher muss sich anders bewegen, wenn solch eine Menge Wasser freigegeben wird. Ihre Messungen werden zum ersten Mal zeigen, wie er sich verändert. Aber das eigentlich Faszinierende ist das, was zurückbleibt: Tunnel und Höhlen, die durch den Wasserstrom geformt wurden. Jakob kann es gar nicht erwarten: Vielleicht gelangt er endlich ins Innere eines Gletschers.

An den Abenden schreibt er Flora einen unendlich langen Brief, teilweise, weil er nicht besonders oft zur Post nach Zermatt kommt, teilweise aber auch, weil sie sich geeinigt haben, sich nicht zu oft zu schreiben, da es sonst Verdacht erregen könnte. Der Nachteil dieser Art Briefe ist, dass er das, was er geschrieben hat, ständig wieder überprüfen und ändern kann. Über seine Arbeit und die großartige Umgebung zu schreiben, ist einfach; weniger einfach jedoch ist es, zu beschreiben, was er fühlt, ohne zu abgedroschenen Phrasen zu greifen, die ihm peinlich sind. Klischees sind ihm zuwider, doch kann er seine Gefühle genauso wenig in Worte fassen wie die Farben eines Morgens.

Es ist auch nicht hilfreich, dass ihn manchmal die Scham

überfällt. Rückblickend hat er den Eindruck, als wären sie kaum aus dem Bett gekommen, und er denkt so oft an ihren Körper, dass er befürchtet, ihr unrecht zu tun. Wann immer die Morgensonne die Berge in rosiges Licht taucht, muss er an ihre Brüste denken. Eigentlich bergen alle Aspekte einer Hochgebirgslandschaft – Keile dunkler Nadelwälder zwischen zwei Berghängen; winzige rosafarbene, erbsenförmige Blumen; ein *Bergschrund* – unvermutet erotisches Potential. Er hat Angst, sie könnte sich benutzt fühlen.

Als Folge seines Unbehagens sind seine Briefe steif und unbeholfen. Er möchte Gefühle ausdrücken, die auf einer höheren, geistigeren Ebene liegen, doch kann er nicht gut mit Worten umgehen. Viele seiner Versuche landen im Feuer. Und über die Nächte, in denen er seinen Erinnerungen und Phantasien freien Lauf lässt, kann er auch nicht schreiben. Sie soll nicht glauben, dass er nur an die Freuden des Schlafzimmers denkt, obwohl er, wenn er schlafen geht, an kaum etwas anderes denkt.

✳

Seine liebste und am häufigsten heraufbeschworene Erinnerung beginnt mit den meergrünen Fliesen im Bad des Victoria Hotels, das am Ende des Gangs lag. Er hat genau ihre Farbe vor Augen, ihren Glanz. Flora wollte sich die Haare waschen, und er bettelte, dabei sein zu dürfen, weil er meinte, das würde ihr gefallen. Während sie sich wusch und Dampf aus den klopfenden Rohren um sie herum aufstieg und seine Kleider anfeuchtete, hatte er sie gebeten, über ihre Kindheit auf der *Vega* zu erzählen, ein Thema, das ihn ungeheuer faszinierte. Sie wirkte ein bisschen verlegen, dass er zusah und sie im Gegensatz zu ihm nackt war, aber er wusste, dass sie es nicht unangenehm fand. Er machte sich nützlich, indem er auf einem Hocker neben der Badewanne saß und Wasser aus einem Krug über ihr Haar goss, während sie sich mit einer Hand die Augen abschirmte. Hin und wieder warf sie ihm einen Blick zu und ertappte ihn dabei, wie er ihren Körper anstarrte, während das Wasser ihr über die Schultern und Brüste rann. Dann hatte er begonnen, sie langsam am ganzen Körper einzuseifen. Als er bei ihren Brüsten angekommen war, legte sie sich seufzend in der Wanne zurück und sah ihm mit einem trägen, leicht amüsierten Blick zu.

»Ich dachte, du wolltest dich mit mir unterhalten.«

»Ich kann beides gleichzeitig«, erwiderte er, während er sie liebkoste. Doch ziemlich schnell zeigte sich, dass er das doch nicht konnte. Denn zu sehr faszinierten ihn ihre glitschig schweren, runden Brüste, ihre Brustwarzen, die bei jeder Berührung sofort hart wurden. Manchmal erschien sie ihm so verführerisch, dass er fast wahnsinnig wurde: gerötet von der Wärme und jede Linie ihres Körpers reizvoll nach außen gewölbt, als wäre sie mit Wasser gefüllt worden. Seine Finger tauchten unter die Oberfläche, und er beobachtete ihr Gesicht, ihre geschlossenen Augen, ihren stockenden Atem, als er begann sie zu streicheln. Er meinte, die Wellen zu spüren, die ihren Körper überströmten und verkrampfen ließen, während sie doch darum kämpfte, sich nicht zu bewegen. Irgendwann stand sie auf, so dass ihre nasse Haut im Licht des Fensters silbrig aufleuchtete, und schmiegte sich in seine ausgebreiteten Arme. Er half ihr aus der Wanne und sie küssten sich: Sie war sein silbrig schimmernder Fang und durchweichte seine Kleider mit ihrer heißen Nässe. Sie presste sich gegen seine Erektion, und er vergrub seine Finger in das feuchte Fleisch ihres Pos und spürte ihren Atem, ihr Stöhnen, ihre Zunge in seinem Ohr. Sie stöhnte, als er sie mit dem Gesicht zur Fliesenwand drehte, fasste zwischen seine Beine, als er den letzten Knopf seines Bunds öffnete, und schob ihm die Hose nach unten. Dann beugte sie sich vor, und mit einem Ausbruch von Entzücken bahnte er sich seinen Weg in ihr Innerstes. Ihn überfiel ein brausender, unbezwingbarer Sturm. Als er endlich wieder die Augen aufschlagen und irgendetwas außerhalb seines eigenen Körpers wahrnehmen konnte, sah er Tränen auf ihren Wangen. Besorgt strich er ihr übers Haar und küsste sie.

»Was ist denn, Schatz?«

Benommen und irgendwie entrückt blickte sie sich zu ihm um. Sie schüttelte den Kopf, schniefte und lächelte ihn durch ihre wirren, feuchten Haarsträhnen an. »Nichts …«

Später, als er sie noch einmal fragte, sagte sie: »Es war, als ob ich meinen Körper verlassen hätte. Ich hatte keinerlei Begrenzung mehr … es war …« Wieder schüttelte sie den Kopf.

»War es gut?«, fragte er.

»Ja, es war gut.«, flüsterte sie scheu und zeigte ihr verschämtes und gleichzeitig provokantes Lächeln, das er so liebte.

Zurück auf ihrem Zimmer redeten sie nicht, sondern lagen engumschlungen auf dem Teppich vor dem Kamin, bedeckt nur mit ihrem Morgenmantel. Zwar wurde Jakob kalt und unbehaglich und sein Arm, der ihren Kopf stützte, war abgestorben, aber um nichts in der Welt hätte er den Bann brechen wollen.

Manchmal stellt er sich selbst in Frage: Ist es wirklich so gewesen? Eine derart erschütternd intensive Erfahrung kann sich doch nicht in einem einzelnen menschlichen Körper vollzogen haben, sondern hätte eher ein Gebirge aufgeworfen oder einen Kontinent entzweigerissen … Auf einer tief im Innern liegenden Ebene fühlt er sich verschoben. Und, auch wenn er sich nicht sicher sein kann, glaubt er doch, dass es sie ähnlich bewegt hat, so stürmisch und elementar war diese Begegnung gewesen. Jedes einzelne Detail dieses Nachmittags, jede Berührung hat sich in sein Gedächtnis gebrannt. Wie Theodors unbeschreiblicher perfekter Sonnenaufgang kann es ihm nie mehr genommen werden. Es war die Urform der Liebe.

Er schreibt: *Ich freue mich so sehr, dich wiederzusehen, mein Schatz. Ich hoffe, alles verläuft nach Plan, und dein nächster Brief bringt mir Einzelheiten zu deinem Besuch.*

Aufrichtig, zutreffend, höflich … blutlos, fade, langweilig. Worte (zumindest seine) sind hoffnungslos unzulänglich. Sobald er sie sieht, wird sie erfahren, was er fühlt. Er will etwas Bezwingendes schreiben, etwas, das ihr den Atem benimmt. Er möchte etwas über die Zukunft schreiben, ihre Zukunft, weiß aber nicht, wie die aussehen könnte. Die Zukunft existiert nur in Worten, und da sie nie darüber geredet haben, gibt es keine.

✶

Es ist ein warmer Sommer, und Ende Juli leert sich der Gornersee. Es geschieht plötzlich, über Nacht, aber sie sind dennoch dabei, schon seit Tagen ist ihnen aufgefallen, dass der Wasserspiegel des Sees sinkt. In der vierten Nacht, in der sie abwechselnd bei Laternenlicht Wache halten, sackt er plötzlich schneller ab. Otto weckt die anderen, und als sie auf den See starren, bemerken sie aufgeregt, dass der Wasserstand sichtbar fällt. Am Anfang geschieht das fast lautlos, nur mit einem leisen Murmeln. Sie lassen die Laternen auf dem Eis zurück, klettern den Geröllhang über dem See hinauf und zwängen sich zwischen große, tief eingegrabene Felsbrocken. Jakob starrt auf die Lichtpunkte in der alles umfassenden Dunkelheit und versucht angestrengt, das Wasser auszumachen. Dann hört man ein immer lauter werdendes Grollen, das sich zu einem Dröhnen auswächst und schließlich zu einem unaufhörlichen Brausen anschwillt; mit einem Mal verlöschen alle Lichter. Jakob flucht, als das Brausen in der Dunkelheit ohrenbetäubend wird, und sie spüren, wie der Berg erzittert. Sie können nichts mehr sehen, weil die Laternen in den See gefallen sind, weil der See in einen Erdschlund gerauscht ist und große Eisblöcke hinterherstürzen. Um sie herum rollen Felsbrocken und Steine den Abhang hinunter. Der ganze Berg ist in Bewegung.

»*Halten Sie sich fest!*«, brüllt Theodor, worauf Jakob sich an einen Felsen klammert.

Er will schreien – irgendwas, ganz gleich was –, und dann hört er Otto brüllen: einem unartikulierten Schrei. Um sie herum bricht tosend die Welt zusammen, etwas so Schönes und Makelloses wie der See sich selbst zerstört.

Am Morgen schleicht sich das graue Licht nur zögernd ins Tal, als schäme es sich dessen, was es enthüllen muss. Ein Chaos aus Eis: Zuckerwürfel, so groß wie Häuser, gemasert mit Rissen und blauen Adern, riesige Abraumhaufen aus schmutzigen Eistrümmern, Felsbrocken und Geröll von der Bergseite, an die sie sich geklammert haben; all dies verstopft eine tiefe Schlucht, die am Vortag noch nicht existierte. Wo gestern ein türkisfarbener Spiegel die stille Majestät der Berge reflektierte, sieht man nur noch Verwüstung.

Flussabwärts könnte es Überflutungen gegeben haben, meint Theodor, als sie sich vorsichtig einen Weg zum ehemaligen Seeufer bahnen. Jakob stellt seinen Fotoapparat auf und fängt an, das Chaos festzuhalten. Er versucht, genau dort zu stehen, wo er zuvor den See fotografiert hat, doch das ist fast unmöglich, so sehr hat sich die Landschaft verändert. Er orientiert sich an der Silhouette der Berge, an den Gipfeln, wie er sie in Erinnerung hatte. Dabei jubelt er im Stillen: Das werde ich ihr zeigen. Ich werde ihr Eishöhlen zeigen.

Sie arbeiten langsam und mit Bedacht. Als der Gletscher sich in der Nacht in Stücke riss, brüllten sie vor Aufregung, doch jetzt herrscht eine Atmosphäre der Melancholie. Ein kalter Wind weht vom Lyskamm herunter, während sie herumwandern, alles vermessen und aufzeichnen und zwischendurch stehen bleiben, um gegen die Kälte mit den Füßen zu stampfen und ihre Hände zu reiben. Die Veränderungen des Gletschers sind bemerkenswert: Beim Kollaps sind ihre mit Ziffern versehenen Landmarken auseinandergebrochen und durcheinandergeworfen worden, aber nachdem sie ihre Lage untersucht haben, können sie den kurzen Ablauf der Erderschütterung nachvollziehen. Ihr Experiment ist ein durchschlagender

Erfolg. Doch was gestern noch schön, klar und lieblich war, ist jetzt zertrümmert und zerstört.

✶

Als das Wetter ein paar Tage später Klettern und Arbeiten unmöglich macht, reisen Jakob und Theodor im strömenden Regen nach Zermatt. Im Monterosa Hotel wartet ein Brief von Flora auf Jakob. Vor lauter Aufregung und Vorfreude hämmert ihm das Herz, als er ihn aufreißt und in den Aufenthaltsraum geht, um ihn im Licht eines Fensters zu lesen.

Theodor holt seine eigenen Briefe ab und schäkert mit der Empfangsdame. Er hat keine Eile. Er beneidet Jakob, erinnert er sich doch noch zu gut an die Zeiten, als er aufgeregt die Briefe seiner Liebsten empfing.

Nach ein, zwei Minuten faltet Jakob den Brief zusammen, steckt ihn zurück in den Umschlag und starrt wie gebannt auf den strömenden Regen draußen, während das Wasser, das ihm von der Hose tropft, eine Pfütze auf dem Teppich bildet.

»*Alles gut?*«, fragt Theodor, weil er das immer fragt.

»Äh … ja.« Jakobs Stimme klingt reserviert und nicht gerade überzeugend.

Theodor blickt von seiner eigenen Korrespondenz auf – Litaneien von häuslichen Dramen, Kinderkrankheiten und gesellschaftlichen Kränkungen –, bemerkt, wie steif der Rücken seines Kollegen ist, und erkennt, dass irgendwas nicht stimmt. Er weiß, Jakob hoffte, seine Innamorata werde ihn in der Schweiz besuchen (ein Plan, den Theodor im Stillen missbilligte; er persönlich mischt nicht Frauen und Berge). Aber vielleicht hat sich das zerschlagen. Sie hat ihn hinters Licht geführt, denkt er, und ein kleiner, neidischer Teil in ihm empfindet Genugtuung. Doch als er Jakobs Gesicht sieht – gelähmt vor einem inneren Abgrund, das Lächeln eingefroren –, gewinnt sein besseres Ich wieder die Oberhand, und er hat Mitleid mit ihm.

Floras Brief ist kurz und direkt. Sie schreibt, es tue ihr sehr leid, aber ihr Mann sei todkrank, daher könne sie ihn nicht allein lassen. Sie werde Jakob nicht wiedersehen. Unter den gegebenen Umständen sei das unmöglich. Sie hoffe, das könne er verstehen.

TEIL SECHS

Das festgewordene Meer

Im vierten Jahrhundert vor Christus schrieb der griechische Seefahrer Pytheas über seine Reise nach Thule im äußersten Norden, dem ›Land unter dem Drehpunkt der Sterne‹, wo er eine nie untergehende Sonne sah und das ›pepeguia thalatta‹, das festgewordene Meer. Als er seinen Bericht verfasste, gab es keinen Fixstern. Der Himmelspol war unbesetzt.

Kapitel 33

WASHINGTON-LAND, 80°45' N, 65°09' W
1895–1896

Am 17. August 1895 sinkt das teuerste Schiff in der Geschichte der Polarforschung im Kennedy-Kanal. Zwar können alle Passagiere gerettet werden, aber der Leiter der Expedition, Lester Armitage, wünscht sich, er wäre tot. Die *Polar Star*, das Schiff, in das er so viel investiert hat – Zeit und Ideen, abgesehen von Geld, seinem und dem anderer Leute –, hat versagt, und er hat versagt, und nichts anderes wird die Welt in Erinnerung behalten. Das letzte Stück des zerquetschten und zersplitterten Rumpfs braucht ewig, um zu versinken; der Bugspriet bleibt noch tagelang sichtbar, ragt stur zum Himmel, als Mahnmal, als Vorwurf gegen seinen Ehrgeiz.

Die letzten vier Jahre waren es sein Plan und seine Hoffnung, ein Schiff durch das Packeis zur Nordküste von Grönland zu zwingen, um am Ufer des Polarmeeres zu überwintern und von dort aus den Nordpol zu erforschen. Im Sommer waren sie so weit gekommen, durch das Kane Basin, am Hall Basin und Thank God Harbour vorbei bis zum Robeson-Kanal und damit weiter in den Norden als jedes andere Schiff seit der britischen *Alert* vor fast zwanzig Jahren; und all das in einer schwierigen Saison mit Treibeis und unablässigen Stürmen, und dann, mit einem Mal, wurden sie in rasender Geschwindigkeit vom Eis eingeschlossen. Lester und Thomas Chafe, der neufundländische Kapitän des Schiffs, lagen in ständigem Streit. Zu dem Zeitpunkt wurden sie vom Wind nordwärts getrieben – genau dahin also, wohin Lester wollte, aber Chafe plädierte dafür, den gesamten Kohlevorrat zu verfeuern, um sich einen Weg aus dem Eis zu bahnen und einen sicheren Hafen zu finden. Als sie nur noch einen Steinwurf vom Polarmeer entfernt waren, schlug der Wind um, und sie wurden wieder südwärts getrieben, ohne sich befreien oder irgendwo sicher anlanden zu können. Sie hörten auf zu streiten, als ihnen aufging, dass jeder Streit müßig war; denn das Eis hielt sie fest im Griff. Ihr Schiff war von Anfang an zum Untergang verurteilt gewesen.

Gesplittertes Holz, leere Fässer, herrenlose Habseligkeiten, Nahrungsmittel, Abfälle und der übliche Unrat eines Dampfers – all das ist noch da, wie zum Hohn übers Packeis verteilt. Die Mannschaft und die Passagiere machen sich mit den Eskimos auf den Weg über die Eisschollen zum nächstgelegenen Land, der Küste Grönlands, weiter nördlich als jede Eskimosiedlung, aber viel weiter südlich als das Polarmeer.

Wie jeder Entdecker und vor allem wie jeder Polarforscher muss Lester aus der Situation das Beste machen. An einem schmalen Küstenstreifen unter den vereisten Klippen von Washington-Land bauen sie eine Hütte, doch die ist viel zu klein, da sie eigentlich nur Platz für die Mitglieder der Expedition und ein paar einheimische Helfer bieten sollte, jetzt sind sie fünfundvierzig Menschen in einer Hütte, die nur für zwanzig gedacht war. Als der Winter kommt – oder eher wie ein Hammerschlag auf sie niedergeht –, kochen die Ressentiments hoch.

Kapitän Chafe – ohne Schiff und Amt – weiß weder, wie er seine Mannschaft kontrollieren, noch, was er mit sich anfangen soll, und schafft täglich etwas, was nach Lesters Berechnungen unmöglich sein müsste: Er ist fast ununterbrochen betrunken. Einer der Seeleute desertiert, um sich im Süden mit einer Eskimofrau zusammenzutun; die anderen, denen Führung und Arbeit fehlen, verlegen sich aufs Fluchen und Jammern: Schließlich haben sie dafür nicht angeheuert. Wieso können sie nicht auch auf eigene Faust aufbrechen? Werden sie bezahlt werden, obwohl ihr Schiff untergegangen ist? Bekommen sie Sonderzulagen wegen besonders harter Bedingungen? Lester macht sich ihretwegen Sorgen, doch seine größte Sorge gilt John Hyland, dem Expeditionsarzt.

Hyland ist ein schmaler, charismatischer Mann mit blondem, flusigem Bart und magerem, fein gemeißeltem Gesicht, der ständig unter Strom zu stehen und gegen die Kälte immun zu sein scheint. Ursprünglich hatte Lester das gefallen, erinnerte Hyland ihn doch ein bisschen an sein jüngeres Ich. Jetzt erkennt er seinen Fehler. Die anderen Expeditionsmitglieder sind fügsamer: George Shattuck und Philip Royce sind junge Männer aus guter Familie, die bei Lester vorsprachen und schmeichelnde Ehrfurcht vor seinen Leistungen zeigten. Shattuck ist der Biologe der Expedition, und Royce ist einer jener eifrigen Jungspunde mit guten Verbindungen, aber ohne rechte Aufgabe, von denen Lester so viele kennengelernt hat. Sein unbedingtes Bestreben, zu gefallen, und eine großzügige Spende seiner Familie machten ihn zur ersten Wahl.

Wegen seiner Erfahrungen auf der ersten Expedition mied Lester gestandene Wissenschaftler mit eigenen Ideen und Ambitionen, die seinem Entdeckerdrang in die Quere hätten kommen können. Aber es ist ein schwieriger Balanceakt, Männer auszuwählen, die, wenn nötig, andere führen können, aber nicht selbst nach der Leitung greifen.

Nur noch wenige Tage trennen sie vom lang geplanten Aufbruch zum Nordpol. Es ist noch früh im Jahr – die Sonne nur ein trüber Schein am südlichen Horizont –, aber da sie sich weiter als geplant im Süden befinden, ist die Strecke länger, und sie müssen sowohl den Hin- als auch den Rückweg schaffen, bevor die stärker werdende Sonne die Eisdecke auf dem Meer schmilzt. Lester ist fast überzeugt, es schaffen zu können. Aber Hyland hat seine ganz eigene Art, hochfliegende Ideen zu konterkarieren.

»Wie steht's mit Ihrer Verdauung?«

Sie stehen hinter der Wand aus Holzkisten, die Lesters Koje vom Rest der Hütte abtrennt und ihm (normalerweise) die notwendige, wenn auch gefährdete Privatsphäre bietet. Nun wurde sein Separee vorübergehend in ein Untersuchungszimmer umfunktioniert.

»Ach, Sie wissen schon«, antwortet Lester. »In Ordnung.«

»Träge?«

»Nun, manchmal. Wie bei jedem.« Er zwingt sich zu einem Lächeln.

»Meine ist gut«, entgegnet Hyland, der keinerlei Sinn für Humor hat. Den hat Lester auch nicht, aber er merkt nicht, dass ihnen dies gemeinsam ist.

An einem dunklen Nachmittag im Februar führt Hyland eine seiner im Zweiwochenrhythmus stattfindenden Routineuntersuchungen der Expeditionsmitglieder durch. Zwar ist er erst fünfundzwanzig, doch hat er einen starken Charakter und hat im Winter auch etwas an Gewicht zugelegt. Lester hat versucht, seine Pläne voranzutreiben, doch – offen gestanden – ging es ihm in den letzten Wochen nicht besonders gut. Er kann sich nicht mehr so ausgezeichnet konzentrieren wie sonst und ertappt sich ständig dabei, wie er an all das denkt, was schiefgegangen ist. Außerdem hat er Magenkrämpfe (nichts Ungewöhnliches bei ihrer unausgewogenen Ernährungsweise, aber trotzdem). Viel schlimmer jedoch ist, dass er ungewöhnlich tollpatschig geworden ist. Noch an diesem Morgen hat er, als er sich vom Frühstückstisch erhob, irgendwie seinen Kaffeebecher umgestoßen. Was ihn an diesem an sich harmlosen Vorfall erschreckt, ist, dass er nicht versteht, wie es dazu kommen konnte, so genau er auch darüber nachdenkt. In seinem ganzen Leben ist ihm noch keine solche Ungeschicklichkeit passiert. Zudem hat er auch noch vor den anderen geflucht und an ihren Mienen gesehen, dass er sein Gesicht verloren hat. Zum ersten Mal muss er sich fragen, ob die anderen ihn für einen alten Mann halten.

»Mir gefällt nicht, wie Ihre Zunge aussieht«, bemerkt Hyland. »Und Sie sind blass. Wie ist Ihr Schlaf?«

Der Arzt blickt unter der Hängelaterne prüfend in seine Augen. Lester zuckt fast zurück. Hylands Haut ist unangenehm glatt und gespannt. Seine Augen wirken gnadenlos, als spüre er Schwäche und mache sich zum Zuschnappen bereit.

»Ich schlafe gut. Verdammt, Hyland! Es ist Februar, da sind wir alle blass und träge. So ist das eben im Winter. Die monatelange Dunkelheit muss man eben einfach durchstehen. Ich habe eine Menge Arbeit erledigt, was Sie wahrscheinlich missbilligen werden, habe geschrieben und fürs Frühjahr geplant. Ich muss Hunderte von Berechnungen anstellen und Tausende von Entscheidungen abwägen! Wenn Sie Feierabend machen, ist meine Arbeit erst halb getan. Ich muss auch an das Wohl der Eskimos und der Seeleute denken. Ich habe … im Moment verschwende ich nur Zeit mit Ihnen. Ich muss weitermachen. Vielleicht könnten Sie mit den anderen im Hauptraum fortfahren.«

Hyland ist mit großen Augen einen Schritt zurückgetreten.

»Ich wollte wirklich nicht respektlos erscheinen, Sir. Ich versuche doch nur, meine Pflicht zu tun. Wenn Sie derart überlastet sind, könnten Sie dann nicht einen Teil Ihrer Aufgaben an uns übertragen? Wir haben oft viel zu wenig zu tun, und …«

»Ich bin nicht überlastet! Und meine Entscheidungen kann ich niemand anderem übertragen. Das werden Sie verstehen, wenn Sie erst mal mehr Erfahrung haben.«

Hyland schluckt. »Selbstverständlich.«

Er nickt blinzelnd und verlässt das Kabuff, wobei er kurz mit der roten Decke zu kämpfen hat, die als Vorhang dient. Kurz darauf hört Lester ihn leise mit jemand anderem im Hauptraum sprechen – ja, Shattuck. Zweifellos reden sie über ihn. Ärgerlicherweise hat er selbst schon daran gedacht, ein paar seiner Berechnungen an andere zu delegieren. Aber wenn er das jetzt tut, glaubt Hyland, er habe seinen Rat befolgt … Lässt ihn das in ihren Augen schwächer wirken? Außerdem müsste er die Berechnungen dann wieder überprüfen. Die Aufgabe eines Leiters ist es eben, Verantwortung zu übernehmen und das zu tun, was getan werden muss.

Er kann sich nicht erinnern, solche Zweifel bei seiner letzten Expedition gehegt zu haben. Hat er sich seitdem verändert, oder liegt der Fehler bei den Männern, die er ausgesucht hat? Er hätte niemals gedacht, dass er sich nach Erdingers Grobheit oder de Beyns irritierender Ungezwungenheit sehnen würde. Und Frank Urbino vermisst er schmerzlich. Der Arzt war so ein guter Gefährte: stark, hilfsbereit, praktisch. Vor allem aber loyal – eine unschätzbare Tugend. Welch eine Schande, dass die Dinge sich so entwickelt haben …

Zwei Tage später sind die Vorbereitungen für die Reise zum Nordpol abgeschlossen. Die Berechnungen sind beendet und überprüft, die Vorräte in Transportkisten gepackt. Lester und Philip Royce sind mit zwei Eskimoschlittenführern und achtundvierzig Hunden zum Aufbruch bereit.

Nach dem Frühstück überreicht Hyland Lester ein Schreiben. Darin attestiert er ihm perniziöse Anämie im Frühstadium und Verdacht auf Skorbut und schließt, er sei seiner Meinung nach nicht tauglich für die Fahrt zum Nordpol. Daraufhin nimmt Lester ihn beiseite und entbindet ihn von seinen Pflichten als sein Arzt.

»Das können Sie nicht!«, ruft Hyland entgeistert aus. »Ich bin der ärztliche Leiter der Expedition und muss Ihnen meinen Befund mitteilen. Das ist meine Pflicht!«

»Aber es ist nicht Ihre Pflicht, die Ziele der Expedition zu sabotieren. Außerdem stelle ich Ihre Diagnose in Frage. Ich fühle mich blendend!«

Hyland schüttelt den Kopf. »Was ist, wenn Ihr Zustand einen Ihrer Männer in Gefahr bringt?« Unter der Fellkapuze wirkt sein Gesicht noch bleicher als sonst, und er zittert vor Erregung. »Das würde dann auf mich zurückfallen.«

»Mein Zustand? Ich habe keinen Zustand! Sie sind nicht Gott, Hyland! Sie sind nur ein sehr junger Mann mit höchst spärlichen Erfahrungen in diesem Teil der Welt. Und spärlichen Erfahrungen in der Medizin, möchte ich hinzufügen. Wir alle sind hier, um einem höheren Ziel, um unserem *Land* zu dienen – das ist *meine* Pflicht, und die muss ich erfüllen. Alles andere ist zweitrangig.«

Schweigen.

»Würden Sie bitte meine Position klären, Sir?«

Lester fletscht die Zähne. »Selbstverständlich. Sie werden Ihre medizinischen Aufgaben nach besten Kräften erledigen, doch sollte irgendwas die Expeditionspläne gefährden, werden Sie mich im Vertrauen informieren, bevor Sie irgendetwas sagen oder tun.«

Als Hyland sich aufrichtet, wirkt er noch größer und schmaler. Sie beide zittern, da sie die letzten fünf Minuten bei minus zwanzig Grad im Freien verbracht haben.

»Nun gut. Ich empfehle Ihnen dringend, mehr rohe Leber zu sich zu nehmen. Das könnte Ihre Symptome lindern –«

Lester versucht, trotz seiner Wut zu lächeln. »Danke, Dr. Hyland, das wäre dann alles.«

»Noch eines: Royces Zeh will einfach nicht heilen. Ich kann nicht empfehlen, dass er …«

Ende April muss Lester sich eingestehen, dass sein Versuch, den Nordpol zu erreichen, fehlgeschlagen ist. Vielleicht war er von Anfang an zum Scheitern verurteilt, weil ihr Startpunkt zu weit vom Pol entfernt lag. Aber es war auch nicht gerade hilfreich, dass Philip Royce nicht richtig laufen konnte oder die Schlittenhunde in den ersten zwei Wochen ihrer Fahrt einer mysteriösen Krankheit zum Opfer fielen, die sie auf die Hälfte dezimierte. Der Todesstoß jedoch kam, als er mit Shattuck (wie sich herausstellte, ein dürftiger Ersatz für Royce, da er abwechselnd zaudernd und stur war) und den beiden von Metek und Sadloq gelenkten Schlitten nach tagelanger mühsamer Fahrt über schartiges Meereis an ein offenes Gewässer kam, das ihnen den Weg abschnitt. Sie erkundeten das Ufer dieses Kanals, doch er erstreckte sich von Ost nach West, so weit das Auge reichte, und war über dreihundert Meter breit. Shattuck hatte die Frechheit, zu bemerken, dass sie wohl besser ein Faltboot hätten mitnehmen sollen. Sie hatten eines in der Hütte, doch das war nach den komplexen Berechnungen von Strecke, Distanz und Vorratsmengen gestrichen worden (er hatte wirklich keine Wahl gehabt). Lester befahl ihnen, ein Lager aufzuschlagen, und dann warteten sie, ob der Kanal schmaler wurde oder ganz zufror. Die vereiste Meeresplatte war ständig in Bewegung, und selbst ihre Position verschob sich, während sie warteten, weil das Packeis sie weiter nach Südosten brachte. Aber das Gewässer blieb offen, und noch mehr Hunde verendeten.

Drei ihrer Hunde gingen verloren, als während eines Sturms ein Stück Eis vom Ufer abbrach und sie abgetrieben wurden. Metek und Sadloq waren störrisch und missmutig und unterbrachen jedes Mal ihre gemurmelten Unterhaltungen, sobald er sich näherte. Nachdem sie eine Woche gewartet hatten und Lester ihre schwindenden Vorräte ständig neu berechnet und sie für die Strecke zwischen ihrem Lager und ihrem Zielpunkt aufgeteilt hatte, gab er den Befehl zur Rückkehr, zumal die Eskimos gedroht hatten, sie allein zurückzulassen. Nur er wusste, dass die Vorräte wegen ihres zähen Fortkommens von Anfang an nicht gereicht hatten.

Nach seiner unrühmlichen Rückkehr ins Basislager muss er sich nun Gedanken darüber machen, was von seiner Expedition noch zu retten ist. Zwar ist er weiter in den Norden vorgedrungen als irgendjemand vor ihm – allerdings nur mickrige zweiundzwanzig Meilen, was schon fast demütigend ist. Er fragt sich, ob er bis zur nächsten Saison hier ausharren kann, bezweifelt aber, dass er die Männer bei der Stange hält. All das liegt nur an dem teuflischen Pech, dass sein Schiff gesunken ist, denn ohne das Schiff ist die Mannschaft nutzlos und droht ständig mit Meuterei, weil sie nichts anderes im Sinn hat, als nach Hause zu fahren. Aber mit ein paar guten Männern – richtigen Männern und nicht so einem Haufen fauler, jammernder Seeleute – könnte er es schaffen. War je ein Entdecker so vom Pech verfolgt wie er?

Um seine Pläne zu entwickeln, nutzt Lester oft Briefe an seine Frau, der er alles schreiben kann. Alles, was das Beste in ihm widerspiegelt und ihn an seine Pflicht, seine Ehre und seine Bestimmung gemahnt. Sie ist eine gute Frau: loyal, geduldig und stolz. Bevor er zu seinem neuesten Abenteuer aufbrach, hat sie ihn umarmt und gesagt: »Ich weiß, mein Lieber, du bist ein Held. Das wusste ich schon seit unserer ersten Begegnung. Ich wusste, meine Kinder würden einen Helden als Vater haben. Ich stehe zu dir, ganz gleich, was geschieht.«

Er überlegt, wie sie wohl seine Leistungen beurteilen würde, und kommt zu einer ernüchternden Bilanz: neuentdecktes Land – nein; Sponsorennamen auf der Karte dieses neuentdeckten Landes verewigt – nein; Meteoriten – nein. Mumien oder ähnlich spektakuläre Artefakte – nein, und keine Aussicht auf Derartiges. Dem Norden abgerungene Meilen – ein paar. Eine Schmach. Nur um nach Hause zu kommen, müssen sie schon mit den Schlitten südwärts zu den Eskimosiedlungen fahren und darauf hoffen, von einem Walfänger mitgenommen zu werden.

Natürlich kann er eine Geschichte von Katastrophen, Schiffbruch und Überlebenskampf zusammenfabulieren, aber er braucht noch etwas: etwas, das noch nie da gewesen ist und die Presse in Aufregung versetzt. Sonst wird seine Karriere als Entdecker beendet sein, bevor er irgendetwas erreichen konnte. Er denkt an seine Vorläufer bei unmöglichen Unterfangen, an Hannibal und seinen Schlachtruf: »Findet einen Weg oder schafft einen.« Dann soll es so sein.

Kapitel 34

LONDON, 51°31'N, 0°7'W
SOMMER – WINTER 1895

Jessie Biddenden war sehr überrascht, als Flora Athlone ihr bei einer Dinnerparty anlässlich der Veröffentlichung ihres neuen Buchs mit einer Umarmung gratulierte. Allerdings nicht überraschter als Flora selbst, schließlich hatte Jessie sie eigentlich immer eingeschüchtert. Iris, die Jessies Gesicht über Floras Schulter sehen konnte, lächelte wissend. Jeder, der etwas für Flora übrig hatte, bemerkte eine Veränderung an ihr: Sie war auf Kontakt aus. Manche schrieben ihre neue Herzlichkeit ihrem reiferen Alter zu, andere, und zwar als Freddies Krankheit allgemein bekannt wurde, ihrer eher mütterlichen Rolle gegenüber ihrem Mann. Selbst Flora merkte erst nach einiger Zeit, was sie tat: Ihr Körper fühlte sich beraubt und sehnte sich nach Berührung. Sie scharte ihre Freundinnen um sich, weil ihr sonst nichts mehr geblieben war.

Iris war die Einzige, die wusste, was in Liverpool passiert war, und hatte Flora schwören müssen, darüber Stillschweigen zu bewahren – und zwar an dem Abend, als Flora ihr erzählte, dass Freddie einen Lähmungsanfall erlitten hatte und sie doch nicht in die Schweiz reisen würde. Es war ein schrecklicher Schlag, ein doppelter zumal, doch in Iris' Augen schien er Flora nicht so heftig zu treffen wie damals die Heiratspläne Mark

Levinsons. Flora war erwachsen geworden. Iris empfand Mitgefühl für sie, schließlich war ihre Romanze ein ziemliches Abenteuer gewesen, und das hatte sie nach vier Jahren vermutlich langweiliger Ehe mit Freddie wohl verdient. Doch wie Flora selbst sagte, waren sie und der fragliche Mann nicht sehr lange intim gewesen. Es war eigentlich nur ein …

An diesem Punkt hielt Flora vor dem offenen Fenster inne und ließ sich vom Sonnenlicht blenden, das in Iris' Salon fiel.

»Nur ein … Experiment. Um zu sehen, wie es wohl wäre. Schließlich könnte es doch, auch ohne all das, was jetzt passiert ist, keine Zukunft für uns geben, oder?«

»Vermutlich nicht – da ihr so weit auseinander lebt«, bemerkte Iris.

Als Flora weiterhin zum Fenster gerichtet stehen blieb, fragte Iris sich, ob sie zu ihr gehen und ihr Mitgefühl ausdrücken sollte. Sie fand, dass ihre Freundin nicht gut aussah, und ihre Augen waren geschwollen, als hätte sie geweint. Ansonsten wirkte sie nicht sonderlich aus der Fassung gebracht: Jetzt jedenfalls waren ihre Augen trocken, und sie starrte offenbar konzentriert auf die Bäume im gegenüberliegenden Park. Kindergeschrei und Lachen – die Geräusche eines englischen Parks an einem Sommerabend – drangen durchs Fenster. Vielleicht machte sie sich nur wegen Freddies Krankheit Sorgen – Anlass dazu gab es genug. Da seufzte Flora und wandte sich von der grellen Sonne ab.

»Ich breche wohl besser auf. Der Arzt will später noch kommen.«

Iris unterdrückte ihre presbyterianische Abneigung gegen sentimentale Szenen und umfasste Floras Hände.

»Es tut mir so leid, Flora. Bitte richte Freddie meine besten Wünsche aus. Sag mir Bescheid, wann ich ihn besuchen kann. Und selbstverständlich, wenn ich etwas für dich tun kann …«

Flora hielt ihre Hände fest, was ganz ungewöhnlich für sie war. Ihr Blick weckte in Iris leichte Beunruhigung.

»Da wäre tatsächlich etwas …«

Genau in diesem Moment kündeten Schritte auf der Treppe Helens Rückkehr an. Automatisch zog Iris ihre Hände zurück, prüfte ihr Erscheinungsbild im Spiegel und biss sich auf die Lippen, weil sie sich (wie immer) fragte, in welcher Stimmung Helen wohl war.

»Komm doch am Donnerstag vorbei. Gegen zwei? Ginge das?«

Iris entfernte sich von ihr, während die Schritte immer näher kamen. Flora nickte. Die Tür sprang auf (Iris' Sekretärin öffnete nie eine Tür ganz normal), dann kam Helen hereinmarschiert, knöpfte ihre Handschuhe auf und warf sie aufs Sofa. Ganz unbestreitbar sah sie blendender aus denn je. Ihre Vitalität war fast schreckenerregend, wie bei einem Raubtier, dessen Existenz auf dem Tod vieler schwächerer Kreaturen gründet.

»Gott, ist das heiß! … Ach, hallo Flora.«

»Hallo, Helen. Es tut mir leid, aber ich wollte gerade gehen. Mein Mann ist krank.«

»Ach. Das tut mir aber leid.«

Flora fand es fast bewundernswert, wie Helen mit Plattitüden ihre Gleichgültigkeit ausdrückte. Dann lächelte Helen und blickte mit einem so provokanten Blick von Flora zu Iris, dass Flora der Atem stockte. Als sie Iris anschaute, erkannte sie, dass diese ihrer Geliebten ihr größtes Geheimnis verraten hatte. Sie wusste nicht, wie sie ihr das jemals verzeihen sollte.

✶

Am Donnerstag besuchte Flora Iris erneut, aber nur, weil ihr keine andere Wahl blieb. Sie hatte Helen nie gemocht – und zeigte das mittlerweile auch ganz offen –, und noch weniger gefiel es ihr, dass Iris ihr so ergeben war. Helen kam ihr vor wie der egozentrischste Mensch, den sie je getroffen hatte. Das allerdings hatte Iris nie geleugnet.

Sie saßen im Salon, der vom grün gefilterten Licht der Platanen vor dem Fenster erfüllt war. Flora wusste nicht, wo sie anfangen sollte.

»Es tut mir leid, meine Liebe, aber ich habe nicht den ganzen Tag Zeit. Was ist denn?«

»Iris, was ich dir zu sagen habe, ist nicht für Helens Ohren gedacht. Kannst du mir das bitte versprechen?«

»Ja, gut«, erwiderte Iris mit gerunzelter Stirn.

Doch nachdem Flora ihr das Problem erklärt hatte – was nicht lang dauerte, es war eine banale, wenn auch unangenehme Geschichte –, sagte Iris eine ganze Weile erst mal nichts.

»Ich fürchte, meine Liebe, dass Helen genau die Person ist, der ich das erzählen muss. Ich wüsste sonst niemanden, der dir helfen könnte. Denn sie war auch schon in deiner Lage. Ich glaube, sie ist zu jemandem in Pimlico gegangen, und es war überhaupt kein Problem, offenbar ging alles ganz schnell, also …«

»Oh. Tja, wenn du meinst, dass es keine andere Möglichkeit gibt … ich habe Geld. Das zumindest ist kein Problem.« Sie hielt den Blick zu Boden gesenkt und sagte mit ersterbender Stimme: »Gott, Iris, es ist ein solcher Schlamassel.«

Iris streckte die Hand aus und ergriff ihre.

»Na, na! Sicher kommt jetzt einiges zusammen, aber das erledigen wir hübsch eins nach dem anderen. Ich gehe davon aus, dass dein Galan nichts davon weiß?«

Flora schüttelte den Kopf. »Nein. Dazu besteht kein Grund. Vor allem jetzt nicht.«

✶

Die ersten Wochen nach Liverpool verbrachte Flora in fiebriger Aufregung, die ihr manchmal wie ein Traum vorkam. Gegenüber Freddie ließ sie hin und wieder etwas über eine Ferienreise in die Berge fallen. Sie wollte sich in Alpinismus versuchen, als Vorbereitung auf die nächste Reise in den Norden. Zuerst dachte sie an Österreich, doch dann kamen ihr

Chamonix und das Mer de Glace ganz verlockend vor … Geschickt wob sie ein Netz aus Halbwahrheiten und Irreführungen. Schließlich erklärte sie Freddie, sie habe sich für die Schweiz entschieden, weil sie dort auch einen Industriellen und seine Frau treffen könne, potenzielle Sponsoren, die den Sommer in Zermatt verbrachten. Die ganze Geschichte kam ihr ziemlich weit hergeholt vor, aber Freddie hatte keine Einwände und fragte kaum nach. Die Tatsache, dass er diesbezüglich so wenig Interesse zeigte, weckte in ihr den Verdacht, dass er die Wahrheit vermutete; hieß das, dass er Verständnis hatte? Es sogar stillschweigend billigte? Eine Zeitlang ging sie davon aus und fühlte sich getröstet. Sie verstanden sich gut – besser sogar als seit langer Zeit. Eines Abends unterhielten sie sich, als Freddie sie fast mitten im Satz unterbrach und sie anlächelte.

»Was ist? Habe ich war Komisches gesagt?«

»Nein, ich freue mich nur, dich so glücklich zu sehen – glücklicher als schon seit einer ganzen Weile. Ich weiß, ich bin ein langweiliger Gefährte, Flora. Manchmal mache ich mir Sorgen, dass du ein Leben führen musst, das so gar nicht deinem Alter entspricht.«

»Oh! Himmel … nein«, sagt Flora.

In Wahrheit war die Aussicht, Jakob wiederzusehen, auch quälend. Sie sehnte sich fast schmerzlich danach, mit ihm zusammen zu sein, doch die Vorstellung, bewusst Ehebruch zu begehen, fand sie abscheulich. Sie lebte nur für seine Briefe; wenn sie ihre Adresse in seiner Handschrift sah, war es, als hätte er die Buchstaben auf ihrer Haut gezeichnet. Im Bett beschwor sie ihre Intimitäten wieder herauf und berührte sich, wie er sie berührt hatte. Im Geiste malte sie sich das Zimmer im Victoria und all das, was sie darin getan hatten, bis ins letzte Detail aus. Manchmal konnte sie kaum glauben, dass es wirklich geschehen war. Sie fragte sich, ob ihre heftige Sehnsucht wirklich Liebe war oder eine Art Krankheit, von der sie sich nicht erholen wollte. Wieder und wieder studierte sie seine Briefe, in denen er entweder weitschweifig und begeistert vom Klettern und von den Arbeiten in den Bergen erzählte oder in entzückend gestelzten Worten seine Sehnsucht nach ihr ausdrückte. Doch je öfter sie sie las, desto mehr kamen ihr Zweifel. Bedeutete sie ihm wirklich etwas? Zwar behauptete er das in seinen Briefen, dennoch fand sie den Ton ein bisschen reserviert. Oder bildete sie sich das nur ein? Und obwohl sie wusste, dass es nur Briefe waren, die man nie ganz sicher vor den Blicken Fremder schützen kann, war sie enttäuscht und sogar gekränkt über ihren Mangel an Leidenschaft. Nicht ein einziges Mal erwähnte er die Dinge, die sie getan hatten, die Dinge, von denen sie geradezu besessen war. War der Grund (wie er sie gewarnt hatte), dass er kein guter Briefeschreiber war? Oder war seine Leidenschaft abgekühlt – hatte er es sich anders überlegt und zog sich von ihr zurück? Hatte er eine andere kennengelernt?

Dann fühlte sie sich immer häufiger unwohl. Als der Frühling dem Sommer wich, konnte sie ihren wachsenden Verdacht, die zunehmenden Anzeichen, die aufkeimende Furcht nicht mehr ignorieren. Sie, die sich für so vorsichtig gehalten hatte – selbst sie konnte erwischt werden. Ihr eigener Körper war eine Falle, die geduldig gewartet hatte, bis sie zuschnappen konnte.

Erfüllt von unterschwelligem Groll (dabei war es ihr Fehler, sie hatte geglaubt, es bestünde keine Gefahr), versuchte sie die wenigen Maßnahmen gegen ›Verstopfung‹, die in gewissen Magazinen empfohlen wurden. So zweckmäßig – und ganz gewiss unangenehm – sie auch sein mochten –, so wenig wirkten sie doch gegen das eigentliche Übel. Sie war verängstigt und wütend: auf ihn, auf ihren Körper, aber vor allem wegen ihrer eigenen Unvernunft.

✶

Eines Tages im Juli, kurz nach ihrem jüngsten Fehlversuch, befand sich Flora gerade im Arbeitszimmer, las Jakobs letzten Brief noch einmal und fragte sich, ob sie ihm alles erzählen sollte. Sie versuchte, sich seine Reaktion auf ihre Schwangerschaft vorzustellen, war aber überzeugt, er würde entsetzt sein, ihr die Schuld zuschieben oder, schlimmer noch, argwöhnen, sie hätte es mit Absicht so weit kommen lassen. Ihr Instinkt warnte sie, denn was konnte er schon sagen oder tun, um ihr die Situation zu erleichtern? Was, wenn er es sich wirklich anders überlegt hatte? Als sie sich vorstellte, wie er sich von ihr abwandte, wallte Zorn in ihr auf, und sie wütete still vor sich hin, da beging das Hausmädchen die Unverzeihlichkeit, ohne anzuklopfen ins Arbeitszimmer zu platzen. Flora wirbelte herum und wollte dem Mädchen den Kopf waschen.

»Ma'am, tut mir leid, Ma'am, aber Mr. Athlone … er … er ist …«

Das Gesicht des Mädchens war ganz grau. Flora blieb die Schimpftirade im Hals stecken. Sie schob den Brief blitzschnell unter einen Stapel Papiere und kippte dann ihren Stuhl um, so hastig sprang sie auf, um dem Hausmädchen zu folgen. Als sie das Wohnzimmer ihres Mannes erreichte, sah sie, dass Freddie auf dem Boden lag und Schwester Capron neben ihm kniete. Er lag ganz verdreht da, sein linker Arm war schlaff, sein Gesicht wirkte irgendwie grausig *geschmolzen* und seine Augen … als er sie über sich gebeugt sah, blickten seine Augen entsetzt und flehend zu ihr auf.

Da wusste Flora, dass Gott sie bestrafte: Wie also sollte sie jetzt fahren?

Erst über eine Woche nach dem Schlaganfall schrieb sie an Jakob, um ihm mitzuteilen, dass sie unter den gegebenen Umständen nicht in Schweiz kommen könne und es unmöglich sei, ihn wiederzusehen. Als Grund führte sie die Krankheit ihres Mannes an, aber die Sache in Pimlico war mindestens genauso Grund genug: Sie war entsetzt gewesen, wütend und allein. Vielleicht war das nicht Jakobs Schuld, aber *er* hatte auch nicht in diese düstere Gasse am Fluss gehen müssen, mit einem albernen Schleier vor dem Gesicht, um nicht erkannt zu werden.

Er hatte nicht die Demütigung, das Unaussprechliche erdulden müssen, den aalglatten, anzüglichen Arzt und seine unangemessen heitere Gehilfin. (Dabei waren beide anständig und respektvoll gewesen, und es hatte Tee und Gebäck gegeben, aber ihre Stimmung färbte alles schwarz.) Er hatte nicht das blutige und schmerzhafte Nachspiel überstehen müssen. Wenigstens hatte es funktioniert.

Am Ende sollten sich die düsteren Diagnosen bezüglich Freddies Zustand als zu pessimistisch erweisen. Er blieb vom Schlag teilweise gelähmt, konnte seine linke Seite nicht mehr benutzen und auch nur noch so mühsam sprechen, dass sie zuerst fälschlicherweise befürchtete, sein Verstand sei ebenfalls in Mitleidenschaft gezogen worden. Er bot einen schrecklichen Anblick, weil er an diesem einen Vormittag um Jahre gealtert zu sein schien, dabei war er nicht mal vierzig. Brennendes Mitleid bewegte Flora mehr als alles andere dazu, sich jeden Tag bemüht heiter und freundlich zu ihm ans Bett zu setzen, um ihm ihre Zuneigung zu zeigen und sich seiner Heilung zu widmen; die Ärzte drückten vorsichtige Hoffnung aus. Zwar empfand sie weder Schuldgefühle noch Reue wegen ihrer Untreue, dennoch *schämte* sie sich, denn trotz ihres Entsetzens angesichts seines Schlaganfalls hatte ihr allererster Gedanke sich selbst gegolten. Sie wollte ihre Selbstsucht wiedergutmachen, und in einem merkwürdigen Aberglauben hatte sie das Gefühl, wenn sie das opferte, was sie sich am meisten wünschte, werde das Freddie helfen, dann werde man … Doch wie der Satz enden sollte, fiel ihr nie ein.

Während der Sommer kurz aufflammte, schwand und sich in Herbst verwandelte, verlief Freddies Heilung stetig und sogar bemerkenswert gut, wie die Ärzte behaupteten. Alle waren beeindruckt von seiner Tapferkeit und Floras Hingabe. Nach ein paar Wochen konnte er immer besser seinen linken Arm benutzen, und mit der Zeit sprach er immer deutlicher und weniger nuschelnd. Weihnachten war er in der Lage, sich wieder seiner Korrespondenz zu widmen, und ermutigte Flora, an den Plänen für ihre nächste Expedition zu arbeiten.

Nicht ein einziges Mal jedoch erwähnte er ihre gestrichene Reise in die Alpen.

✦

Kapitel 35

London, 51°31' N, 0°7' W
Frühjahr 1896

Es ist April und bitterkalt, vor allem im Keller des Museums. Der Junge – älter als fünfzehn kann er nicht sein – hebelt den Deckel hoch. Metall knarzt auf Holz. Flora späht in die Kiste, die in einer Ecke der kalten Gewölbe steht – allerdings leider nicht eiskalt, denn von den Wänden tropft es. Die Laterne, die der Junge in der üblen Luft hochhält, flackert. Flora hofft, der Geruch kommt nur von den Abwässern.

Als sie ein Stück unter der Strohschicht freilegt, starrt ihr eine schreckliche Fratze entgegen. Der Junge schnappt nach Luft und zuckt so heftig zurück, dass wilde Schatten über ihnen tanzen.

Es ist ein Schock, sie zum ersten Mal wiederzusehen. Aber sie ist nicht mehr wie früher. Die Haut ist schwarz. Als Flora mit der Fingerspitze über die Stirn der Mumie streicht, bleibt ein schwarzer Schimmelfleck darauf zurück.

Dr. Murray wusste nicht, dass die Mumien im Keller gelagert wurden. Die Schätze, die aus allen Ecken und Enden des Empires hergeschickt werden, sind einfach zu viel für ihn.

»Es tut mir leid, Mrs. Athlone, aber wir müssen uns hier um Etliches kümmern, das genauso wichtig ist.«

»Aber sie sind völlig von Schimmel überzogen! Ich hatte sie

Ihnen anvertraut! Sie sind einzigartig. Kein anderes Museum hat etwas Derartiges!«

»Ich weiß. Ich werde … ich sorge dafür, dass sie verlegt werden.«

»Das reicht aber nicht. Sie können sie doch nicht einfach verrotten lassen! Dies sind … es sind *Menschen!* Sie hatten Namen und Seelen und …«

Zu ihrem eigenen Schreck spürt sie, wie ihr die Tränen kommen. Murray steht geduldig da, während sie ein Taschentuch herausholt, sich die Augen abtupft und tief durchatmet, um ihre Fassung wiederzuerlangen.

»Ich muss mich entschuldigen, Dr. Murray, aber ich finde die Vorstellung furchtbar, dass sie nach all der Mühe und Sorgfalt, die wir aufgewandt haben, um sie hierherzubringen, zur … Bildung der Besucher … dass sie nun so vernachlässigt werden.«

»Das verstehe ich. Ich versichere Ihnen, dass wir uns darum kümmern werden. Wir haben einen Experten, der uns bei so ungewöhnlichen Exponaten berät. Ich werde ihm schreiben.«

»Noch heute?«

Murrays Miene erhellt sich. »Sofort. Tatsächlich meine ich, ihn heute schon gesehen zu haben. Vielleicht ist er noch im Gebäude.«

»Dann könnten wir ihn doch suchen …«

Flora schämt sich wegen ihres Gefühlsausbruchs. Sie hatte keine Bedenken, die Leichen aus ihrer letzten Ruhestätte zu reißen, ist auch nicht abergläubisch wegen ihrer klaffenden Münder und leeren Augenhöhlen und kann Ralphs religiös motivierte Skrupel nicht teilen. Denn der menschliche Körper ist doch im Grunde nur die Hülle, ein Vehikel, und vielleicht nicht mal für so etwas wie eine Seele, wie sie behauptet hat, sondern für den Geist.

Als sie an diesem Morgen aufwachte, war ihr mehr als bewusst gewesen, dass es der 18. April war, der Tag genau vor einem Jahr, als sie Jakob im Adelphi traf. Zwar hat sie versucht, alle Erinnerungen daran zu verdrängen, doch in Murrays Büro wurde sie von ihnen überwältigt. Ihr Bewusstsein ist von Jakob durchdrungen. Von der Erinnerung, wie er sich anfühlt. Für sie ist es unmöglich, ihn sich unkörperlich vorzustellen. Nicht nur unmöglich, sondern auch absurd. Die Mumien waren einst genauso einzigartig wie er, fühlten sich genauso warm an. Ihre Namen, ihre Fehler, ihre Liebesbeziehungen sind an die Vergangenheit verloren, aber deshalb nicht weniger real. Die Menschen sind ihre Körper.

Flora folgt Murray über Gänge und Treppen in einen niedrigen Saal voller ausgestopfter Tiere. Unter einem hohen Fenster beugen sich zwei Männer über einen Tisch.

»Äh, Mr. Carruthers? Könnte ich mir mal kurz Mr. Levinson ausleihen?«

Flora bleibt wie angewurzelt stehen. Als Mark sich vom Tisch umdreht, starrt er sie ebenfalls schockiert an. Aber keiner der Museumsangestellten scheint das zu bemerken. Sie werden einander vorgestellt. Als Flora endlich ihre Sprache wiederfindet, sagt sie, wobei sie fürchtet, rot zu werden: »Mr. Levinson und ich kennen uns schon. Wir haben beide an der Universität von London studiert.«

»Tatsächlich? Nun … großartig! Sollen wir uns dann mal die Sorgenkinder anschauen?«

Nachdem die Mumien in ihrem neuen, vorübergehenden Zuhause in einem unbeheizten Saal untergebracht sind, arrangiert Flora es so, dass sie das Museum zur selben Zeit wie Mark verlässt. An seiner Reserviertheit merkt sie, dass er lieber nicht mit ihr allein wäre.

»Mark, bitte warte doch mal kurz.« Sie wirft einen Blick über ihre Schulter. »Ich weiß, wir sind nicht als Freunde auseinandergegangen, aber das war vor langer Zeit und ist doch jetzt nicht mehr wichtig. Und da wir nun zusammenarbeiten …«

Mark verzieht das Gesicht. Sie fasst es kaum, dass er immer noch der Alte ist: energiegeladen, trotzig stolz, mit einem wilden, drahtigen Haarschopf. Auch die Brille könnte noch dieselbe sein … sogar die Jacke; zwar ist es nicht das grünliche Tweedjackett, das sie so liebgewonnen hatte, aber doch ein ähnliches Exemplar.

»Du hast dich gar nicht verändert«, sagt er in fast vorwurfsvollem Ton und überrascht sie damit. Fast muss sie lachen.

»Oh doch …. das habe ich.«

»Nicht vom Aussehen her. Aber natürlich bist du jetzt berühmt. Die Schneekönigin – für alle Zeiten! Ich hab von dir in der Zeitung gelesen, weißt du – von deinen Unternehmungen.«

Perplex stochert Flora mit dem Schirm auf dem Boden herum. »Ich hoffe, nun, da du die Mumien gesehen hast, kannst du etwas unternehmen.«

Mark wendet den Blick ab. »Ich gehe davon aus, dass ich sie wieder hinkriege. Ich habe schon mit ägyptischen Mumien gearbeitet, und das Prinzip müsste ähnlich sein.«

»Da bin ich aber erleichtert. Wie bist du …?« Achselzuckend weist sie auf das Gebäude hinter ihnen.

»Hier gelandet? Als ich … die *Universität verließ*« – sagt er mit schmerzlich deutlicher Betonung, »musste ich mir einen Job besorgen und kam bei einem Tierpräparator unter. Er war ein guter Mann, sah, dass ich mein Talent vergeudete, und überredete mich, noch mal zur Uni zu gehen und meinen Abschluss zu machen. Jetzt unterrichte ich Chemie an der Polytechnik in der Regent Street und arbeite hier nebenbei. Wie du siehst: eine brillante wissenschaftliche Karriere!«

»Oh.«

Jedem anderen als Mark würde Flora jetzt gratulieren, aber sie weiß, wie er das wohl auffassen würde.

»Wie geht es deiner Familie?«

Mark schnaubt. »Gut, wenn du das wirklich wissen willst. Und du … du hast den reichen Mann geheiratet. Ich wusste, dass du das tun würdest!«

»*Ich* wusste das nicht. Aber doch – ja.«

»Also hat sich doch alles bestens gelöst. Nun, Mrs. Athlone, es war außerordentlich nett, Sie wiederzusehen, aber jetzt muss ich gehen.«

Halb spöttisch hebt er die Hand. Sie lässt ihn wortlos ziehen, denn offenbar geht es ihm genau darum: das letzte Wort zu behalten.

Im Verlauf der nächsten Wochen nehmen einige Pläne Gestalt an. Ralph Dixon schreibt ihr aus Kapstadt und erklärt, er habe zwar die Tochter eines südafrikanischen Anwalts geheiratet, sei aber nichtsdestoweniger bereit, Floras zweite Expedition als Geologe zu begleiten. Henry Haddo, ein junger Mediziner aus Cambridge, verpflichtet sich als ihr Arzt. Da Skorbut sein Fachgebiet ist, ist er nicht nur stark interessiert, sondern auch höchst willkommen. Dann kommt eine beträchtliche Spende von einem Industriellen, dem sie noch nie begegnet ist. Ganz kurz spielt Flora mit dem Gedanken, Mark einen Posten bei der Expedition anzubieten, nur um sein Gesicht zu sehen.

Seltsam, wie beharrlich das Leben weitergeht, nachdem alles so hoffnungslos schien. Die Expedition nimmt langsam Form an. Aus dem Norden dringt die Neuigkeit, dass Lester Armitages kostspieliges Schiff gesunken ist und er den weitesten Punkt, den je ein Mensch in der Arktis erreichen konnte, nur um wenige Meilen verschoben hat. Das verschafft ihr eine geheime Befriedigung. Allmählich glauben auch die Menschen in ihrer Umgebung, dass sie wieder in den Norden fahren wird.

Doch manchmal, wenn sie heimgeht und ihr Haus betritt, möchte sie am liebsten schreien. Sie sucht sofort ihren Mann auf, erkundigt sich nach seinem Zustand und schämt sich, weil er so leidet. Freddie beklagt sich nicht, doch ein Großteil seiner Energie gilt seinem dahinsiechenden Körper. Schwester Capron jagt ihn täglich durch ein anspruchsvolles Ertüchtigungsprogramm, und tatsächlich besteht die Hoffnung, dass er irgendwann wieder mehr als nur kurze Strecken zu humpeln vermag. Dennoch sind die Aussichten ungewiss, da man kaum sagen kann, was auf den Beckenbruch, was auf den Schlaganfall und was auf die Syphilis zurückzuführen ist. Wann immer sie ihn fragt, erklärt er lediglich, es gehe langsam aufwärts.

»Zumindest«, fügt er oft hinzu, »wird es nicht schlimmer.«

Sie weiß nicht, ob das der Wahrheit entspricht. Erst vor kurzem hatte er Probleme mit einem Auge. Wie sie schließlich vom Arzt erfuhr, ist dies ein Symptom der tertiären Syphilis. Weder Freddie noch Schwester Capron haben ihr das gesagt. Die beiden haben eine ganz besondere Beziehung: Zwar streiten sie sich ständig, aber sie hört sie auch lachen. Allerdings nie, wenn sie dabei ist. Manchmal schreien sie sich sogar an, obwohl Freddie Flora gegenüber noch nie die Stimme erhoben hat. Irrationalerweise fühlt Flora sich ausgeschlossen.

Freddie entschuldigt sich ständig bei ihr, weil er nicht mehr für die Expedition tun kann. Doch dadurch fühlt sich Flora nur selbstsüchtig und unwürdig. Und je mehr sie sich so fühlt, desto wütender wird sie. Sie ist fünfundzwanzig. Sie denkt: *Was ich an Attraktivität besitze, wird von nun an nur noch nachlassen. Ich werde hier sterben, ungeliebt und unberührt.* Sie ruft sich alles in Erinnerung, wofür sie dankbar sein muss. Manchmal ertappt sie sich dabei, dass sie sich beim Abendessen die Tränen von den Wangen wischen muss. Aber nur, wenn sie allein ist.

Nach ihrem letzten Brief hat Jakob ihr nur noch ein einziges Mal geschrieben. Und dieser Brief war wesentlich weniger steif und förmlich als die anderen. Er flehte sie an, es sich noch mal zu überlegen, sagte, er werde in ein paar Wochen in London sein; vielleicht habe sie bis dahin ihre Meinung geändert. Wenn sie ihm nur antworten und ihm erlauben würde, ihr weiter zu schreiben … Der Brief kam ihr aufrichtig vor, doch wusste sie nicht, wie sie darauf reagieren sollte. Die Abtreibung hatte ihr die Erinnerungen an ihre Affäre und an ihn überschattet. Sie war wütend auf ihn, weil er von all dem nichts wusste, konnte sich aber vorstellen, wie wütend er wäre, wenn er davon erführe. Sie wollte bei ihm sein, sehnte sich danach, wieder in seinen Armen zu liegen, hatte aber Angst. Nie wieder würde sie so leichtsinnig sein. Sie hatte gelernt, dass solche Freude, solches Glück einen Preis hatte.

In gewisser Weise war sie durch den Schlaganfall genauso gelähmt wie ihr Mann. Ein Teil in ihr glaubte, Jakob müsse doch verstehen, wie sie sich fühlte; sie wusste, dass er auf seinem Rückweg wieder durch London käme, und hoffte, dann zu wissen, was sie tun sollte. Doch als der September verging und darauf der Oktober und als die Nächte immer länger wurden und Freddie immer kräftiger, da erkannte sie mit bleischwerer Traurigkeit, dass Jakob bereits fort war.

Kapitel 36

NEW YORK, 40°42' N, 74°00' W
AUGUST 1896

EXOTISCHE BESUCHER IM MUSEUM!
Mr. Armitage bringt Menschen aus dem Norden nach Manhattan!
ESKIMOS: Männer, Frauen, Hunde!
DIE Sensation!

Schlagzeilen im Brooklyn Advertiser, August 1896

Die Besucher stehen in allen Zeitungen. Es überrascht Jakob gar nicht, dass Lester Armitage so etwas getan hat; überrascht ist er nur, als er die Namen der Eskimos liest, die im Naturkundemuseum untergebracht sind; Namen, die er kennt, trotz der redaktionellen Bearbeitung des *Brooklyn Advertiser:* ›Anick‹ und ›Ivalo‹ sind sicher *Aniguin* und seine Frau (Lesters frühere Geliebte – hat er es tatsächlich gewagt, sie nach Amerika mitzubringen?); dann ›Ajax‹ und ›Patla‹, was ihn zuerst verwirrte, bis er begriff, dass das entfernt nach dem verletzten Ayakou und seiner Frau Padloq klang (aber hatte die ihn nicht verlassen?) Sie alle werden herumreisen und vorführen, wie man Hundeschlitten fährt, Iglus baut und jagt. Für ein Entgelt können sie bestaunt werden.

Jakob sitzt gerade beim Frühstück mit Hendrik und seiner Nichte Vera, als ihm die Schlagzeilen ins Auge fallen. Ihn durchzuckt das vertraute Gefühl von Unbehagen (das er nicht Neid nennen will), welches ihn immer überkommt, sobald er Lesters Namen sieht. Übrigens wäre es auch unmöglich, Lester um seine letzte Expedition zu beneiden. Nachdem die Neuigkeit vom Schiffbruch der *Polar Star* die Runde gemacht hatte, kabelte sein Sponsor Scotty Welbourne ihm aus Afrika: *Ha! Jetzt schlagen wir ihn!*

»Vera, guck mal, hier in New York gibt es Eskimos.«

Seine Nichte nimmt die Zeitung. Mittlerweile ist sie zehn und spürt ihre Behinderung so deutlich, dass sie zur ernsten, schweigsamen Einzelgängerin geworden ist.

»Können wir uns die anschauen, Onkel Jake?«

»Gute Idee, geh doch mit ihr hin«, bemerkt Hendrik, trinkt seinen Kaffee aus und wischt sich über den Schnurrbart. »Das heißt, wenn du Zeit hast.«

»Selbstverständlich. Das will ich auf keinen Fall verpassen. Ich glaube sogar, dass ich diese Leute kenne. Ajax ist bestimmt Ayakou, der Jäger, dem das Bein zerschmettert wurde, als … als Frank starb. Ich muss heute Morgen noch zu den Graveuren, aber heute Nachmittag – wenn Sie Zeit hätten, Madam?«

Hendrik steht auf. »Während du bei deinen Graveuren bist, muss ich die Zuständigen der neuen Kühlanlage anschreien – die völlig unfähig sind. Fleisch duldet keine Nachlässigkeiten.«

»Nein, wirklich nicht. Dein Vater ist ein richtiger Tycoon, Vera. Ein echter Fleischbaron; ein Industrieller in Sachen Tierverarbeitung.«

»Das weiß ich«, erwidert Vera stolz.

Hendrik bedenkt Jakob mit einem finsteren Blick und drückt seiner Tochter einen Kuss auf den Scheitel.

»Glaub nicht alles, was dein Onkel so von sich gibt, Schätzchen. Und erzähl es um Himmels willen nicht … weiter.«

Eigentlich wollte er ›deinen Freunden‹ sagen, bremste sich aber noch rechtzeitig.

Hendrik macht sich Sorgen um seinen Bruder und seine Tochter; sie beide verbindet etwas, dem er misstraut: Seiner Ansicht nach haben sie den Blick immer in die Ferne gerichtet, auf etwas, das hinter dem Horizont liegt, das man nicht sehen kann und das es vielleicht gar nicht gibt. Es ist wie eine schlechte Karte im Blatt, wie ein schlechtes Blatt überhaupt. Er und Bettina haben das nicht, genauso wenig wie ihr Sohn Willem, doch bei Vera sieht er es. Es hat Jakob an ferne und zweifellos interessante Orte gebracht, doch als er im vergangenen Herbst aus Europa zurückkam, war er so still und unglücklich, wie Hendrik ihn noch nie gesehen hatte. Zwar behauptete er, die Zeit dort sei überaus produktiv gewesen, aber Hendrik und Bettina hatten beide das Gefühl, er hätte dort etwas verloren: einen Teil seiner Munterkeit, seiner Lebendigkeit, die immer eine seiner anziehendsten Eigenschaften gewesen war. Vielleicht war das nur die unvermeidliche Folge des Älterwerdens. Andererseits … Vera hingegen ist nicht nur ein Mädchen, sondern auch ein Krüppel: Was also kann das Leben Schönes für sie bereithalten? Wenn sie nicht heiratet (und da sie nicht mal hübsch ist, wer wollte sie da haben?), was will sie dann mit ihrem lebhaften Geist anfangen? Jakob ist auch nicht gerade hilfreich, wenn er ihre Phantasie mit Bildern und Geschichten füttert und ihren Kopf mit wilden Hirngespinsten füllt.

Erst vor einer Woche hat Hendrik sie beiseitegenommen und gesagt: »Du weißt doch, wenn Onkel Jake dir von den Orten erzählt, an denen er war, und dir manchmal verspricht, dass er dich irgendwann mitnehmen wird – dass das in Wahrheit nicht möglich ist?« Er zwang sich zu lachen. »Weil Mädchen einfach nicht zu solchen Orten fahren.«

»Aber Onkel Jakes Freundin schon. Mrs. Athlone war auch in Grönland. Mit ihrer eigenen Expedition.«

Da seufzte Hendrik. Er hat sich schon seine Gedanken über Mrs. Athlone gemacht und im Stillen entschieden, dass sie wohl eine Unruhestifterin ist.

»Eigentlich meinst du doch, ich könne nicht dorthin, weil ich ein lahmes Bein habe. Das weiß ich.« Dabei hatte sie ihn ganz direkt und ruhig angesehen.

Hendrik hatte gespürt, wie es ihm das Herz zerriss. »Mein kleiner Schatz … ich möchte nur nicht, dass du von Dingen träumst, die unmöglich sind, und dann enttäuscht bist.«

»Ich weiß. Ist schon gut.« Lächelnd hatte sie ihm die Hand getätschelt. Dabei hätte es doch eigentlich anders herum sein müssen.

Bei über dreißig Grad Hitze gehen Jakob und Vera zum Museum und fächeln sich mit ihren Programmheften Luft zu. Jakob fragt sich, wie die Eskimos mit diesen Temperaturen zurechtkommen. Als er sich im Museum nach ihnen erkundigt, wird ihm beschieden, sie würden gerade nicht ausgestellt. Da er sich damit nicht begnügen will und nachbohrt, wird er an einen Zuständigen verwiesen, der erklärt, die Eskimos seien ›nicht da‹.

»Aber sie gehen doch erst im September auf Reisen«, entgegnet Jakob so höflich, wie er kann.

Der Angestellte runzelt die Stirn. »Sie haben noch andere Verpflichtungen. Wichtige Besucher zum Beispiel.«

»Selbstverständlich. Wann werden sie denn wieder hier sein? Ich habe extra meine Nichte mitgebracht, damit sie sie sehen kann.«

Vera ruckt verlegen an seiner Hand und flüstert: »Komm schon, ist doch nicht wichtig.«

Der Angestellte meidet ihren Blick. »Das kann ich nicht sagen.«

»Macht doch nichts, Onkel Jake.« Vera ist an Enttäuschungen gewöhnt. »Wir können ein andermal wiederkommen.«

»Wenn wir schon mal da sind, können wir uns auch das Untergeschoss ansehen. Dort sollten sie eigentlich sein.« Er führt sie zielstrebig zur Treppe. »Ich bin mir nicht sicher, ob der Mann die Wahrheit gesagt hat.«

»Wieso sollte er lügen?«

»Weil ich das Gefühl habe, hier stimmt was nicht. Sollen wir herausfinden, was es ist?«

Er riecht sie schon, bevor er sie sieht. Zwar ist die New Yorker Luft im Sommer auch stickig und schwül, doch im Korridor des Kellers riecht er etwas, was er seit Grönland nicht mehr gerochen hat: ranziges Robbenfett und Schweiß. Vera holt scharf Luft, sagt aber nichts. Als sie sich dem Ende des Korridors nähern, springt eine geschlossene Tür auf, und ein Mann kommt heraus.

»Hier ist Zutritt verboten! Bringen Sie das Kind hier weg!«, ruft er laut und knallt die Tür wieder zu.

Doch Jakob hat ganz kurz einen Blick auf am Boden liegende Körper erhaschen können. Rasch bringt er Vera wieder nach oben und setzt sie in ein Taxi.

»Tut mir leid, Vera. Du musst alleine nach Hause, weil ich wieder zu ihnen muss. Es sind meine Freunde und sie stecken in Schwierigkeiten. Das verstehst du doch, oder?«

Vera nickt ernst.

✶

Es ist schlimmer, als Jakob gedacht hat. Er stößt die Tür auf und erstickt die Einwände des Manns mit der Erklärung, er sei ein Freund der Eskimos. Der Arzt, der noch nie mit Menschen aus dem Norden zu tun hatte, ist erleichtert.

»Gott sei Dank! Ich dachte schon, Sie würden nie kommen! Als ich das Mädchen sah, wusste ich nicht … ich kann sie nicht verstehen, nicht mal, wenn sie angeblich Englisch sprechen. Es ist unmöglich, sie sauber zu halten.«

»Sie hatten jemanden erwartet?«

»Selbstverständlich! Ich warte schon seit Tagen auf Sie!« Als er Jakobs verwirrte Miene sieht, fügt er hinzu: »Sie sind doch Mr. Armitage, oder?«

»Nein. Ich bin Jakob de Beyn und war auf Mr. Armitages erster Expedition Geologe – daher kenne ich auch diese Menschen. Doch ich bin privat hier.«

Jakob wendet sich zu Aniguin, der geduldig neben ihnen steht. Er trägt westliche Kleidung und hat die Haare kurz geschnitten – mit sehr merkwürdiger Wirkung –, doch lächelt er ihn so offenkundig erfreut an, dass seine Zahnlücken zu sehen sind.

»Te Peyn, du bist gekommen! Geht es dir gut? Ist Armitage hier?«

»Nein, Aniguin. Ich habe Armitage schon lange nicht mehr gesehen. Ich bin nicht wegen ihm hier.«

»Er hat gesagt, wenn wir nach New York kommen, sehen wir schöne Dinge. Er hat gesagt, es würde gut für die Inuit sein. Aber Ivalu ist krank – sieh doch. Und er hat uns nicht besucht.«

»Das zu hören tut mir leid, aber ich freue mich, euch alle zu sehen. *Qooviannikumut.*«

Er begrüßt jeden Einzelnen von ihnen. Ivalu und Ayakou liegen auf provisorischen, mit schmutzigen Fellen bedeckten Pritschen und können nur mühsam atmen. Ayakou ergreift seine Hand und lächelt, scheint aber nicht sprechen zu können. Seine Stirn ist schweißbedeckt. Padloq, seine Frau, wie Jakob sich erinnert, sitzt neben ihm und flickt einen Stiefel. Er wendet sich zum Arzt.

»Was haben sie denn?«

»Dieser hier, wie heißt er noch: Ayakou? Hat Lungenentzündung, beide Lungenflügel sind betroffen. Außerdem tut ihm sein Bein weh, das einen komplizierten Bruch hatte. Diese Frau« – er zeigt auf Ivalu – »hat ebenfalls Lungenentzündung. Die anderen Frauen haben Grippe, aber ich befürchte das Schlimmste. Ich habe versucht, die Felle wegschaffen zu lassen, aber sie haben ein derartiges Theater gemacht – offenbar sind sie ihnen lieber als saubere Betten.«

»Wahrscheinlich weil ihnen nur noch die von zu Hause geblieben sind. Wer ist für sie verantwortlich?«

»Ich wurde von Mr. White hergebeten, dem stellvertretenden Kurator.«

Jakob sieht sich in dem engen, stickigen Raum um. Nur durch einen einzigen Gitterrost an der Decke dringen Tageslicht und Luft.

»Sie müssten ins Krankenhaus. Wo finde ich Mr. White?«

»Sein Büro ist im zweiten Stock.«

Jakob wendet sich zu Aniguin. »Wir finden eine bessere Unterkunft für euch. Etwas, wo ihr wieder gesund werdet.«

»Kannst du das tun, Te Peyn?« Aniguin sieht ihn fragend an. »Kannst du mit Armitage sprechen?«

»Ich kann etwas Besseres. Wenn nötig, spreche ich mit der Presse.«

»Wer ist die Presse? Die habe ich, glaube ich, noch nicht kennengelernt.«

Am Ende muss er sich nicht an die Presse wenden; die Drohung eines echten Polarforschers, die Öffentlichkeit über den traurigen Zustand der Eskimos zu informieren, lässt Mr. White, einen jungen, gedrungenen Mann mit rotem Gesicht und den Hängebacken einer Bulldogge, in Panik geraten, und schon nach wenigen Tagen werden die Grönländer ins Mount Olivet Hospital verlegt.

Jakob schreibt an Armitage und erklärt, sicher habe er vom Zustand der Eskimos nichts gewusst, aber jetzt werde er persönlich sich um sie kümmern. Er fragt, ob es Pläne gebe, die Eskimos wieder nach Hause zu bringen. Seine Empörung ist echt, und eine Energie durchströmt ihn, die er lange nicht mehr verspürt hat.

Als er sie später im Krankenhaus besucht, hat sich ihr Zustand verschlimmert. Ayakou schläft. Aviaq, ein junges Mädchen, zeigt erste Symptome einer Lungenentzündung.

»Hast du von Armitage gehört?«, fragt Aniguin.

»Nein. Vielleicht ist er auf Reisen.«

Es ist durchaus möglich, dass Lester unterwegs oder beschäftigt ist. Aber er könnte Jakobs Eingreifen auch als Gelegenheit ergriffen haben, sich die Hände von der ganzen schmutzigen Angelegenheit in Unschuld zu waschen.

»Wolltest du nach Amerika kommen?«

Sie schlendern hügelaufwärts zu einem Wäldchen und bleiben im Schatten stehen. Fliegen und Mücken schwirren um sie herum. Jakob holt sein Taschentuch hervor und tupft sich damit die Stirn ab. Aniguin hingegen lässt seinen Schweiß einfach ungehindert übers Gesicht strömen.

»Ja. Armitage sagt, ich kann mit wichtigen Menschen reden, damit es vielleicht mehr Handel gibt. Wir brauchen Werkzeug. Ihr braucht Felle und Elfenbein. Es kommen nur noch wenige Walfänger. Ich weiß nicht, warum. Es gibt doch noch Wale.«

»Und Ayakou? Wollte er auch kommen?«

»Nein.« Leichte Verachtung schwingt in Aniguins Stimme mit. »Er hatte Angst, aber zu Hause ist er ein armer Mann, weil er nicht jagen kann. Padloq hat gesagt, sie kommt zu ihm zurück, wenn er mit nach Amerika fährt. Wenn er zurückkehrt, ist er reich und bringt viele Sachen mit, verstehst du.«

Jakob nickt.

»Te Peyn, warum bist du nicht mit Armitage zurückgekommen?«

»Weil wir uns über bestimmte Dinge nicht einig waren, Aniguin. Ich bin Forscher, und er ist vor allem Entdecker. Er will den Nordpol erreichen.«

»Ach ja. Er will zum großen Nagel.« Aniguin zuckt die Achseln angesichts einer solchen Idee. »Wo ist Fellora? Warum ist sie nicht zurückgekommen?«

Jakob zögert. Ihr Name lastet wie ein Alpdruck auf seiner Brust.

»Ich weiß nicht. Sie lebt weit weg, auf der anderen Seite des Meeres, in England.«

»Ich möchte ihr gern einen Brief schicken. Kannst du ihn schreiben? Vielleicht bringt sie uns wieder zurück.«

»Vor nächstem Frühjahr kann euch niemand in den Norden bringen. Wenn Armitage nicht verspricht, euch zurückzubringen, dann tue ich es.«

Das ist eine kühne Behauptung, doch noch während er sie äußert, spürt er, wie seine Entschiedenheit wächst.

»Bald ist es Winter. Dann gibt es hier Schnee. Im Frühling bringe ich euch dann zurück.«

Aniguin zuckt mit den Schultern.

»Bis dahin ist es noch lang. Und wenn wir sterben? Ich will Fellora einen Brief schicken. Ich bin jetzt in Amerika und handle wie die *kallunat*. Verstehst du, Te Peyn, ich kann hier nicht *inuk* sein. In Amerika sind keine Geister. Ich kann meine Leute nicht gesund machen, nicht mal meine Frau.«

✦

Kapitel 37

LONDON, 51°31'N, 0°7'W
SEPTEMBER 1896

»Ich mache mir Sorgen um ihn. Er hat Schmerzen in den Knien – als ich da war, konnte er kaum laufen, obwohl er versuchte, es zu verbergen.«

Flora ist gerade von einem Besuch ihres Vaters aus Dundee zurückgekehrt.

Iris streicht sorgfältig die Asche ihrer Zigarette ab. Helen besucht ihre Mutter in Stepney, daher sind sie allein – was in letzter Zeit nur selten der Fall ist.

»Er ist nicht mehr der Jüngste. Da passiert so was eben.«

»Das sagt er auch. Aber ich wünschte, er wäre nicht allein.«

»Also sind seine Tage auf dem Meer gezählt?«

»Das weiß ich nicht. Mir graut wirklich vor dem Gedanken, was er macht, wenn es so weit kommt. Er ist doch noch nicht mal sechzig.«

»Möchtest du, dass er zu euch zieht?«

»Ach, ich glaube, das steht außer Frage!«

Allein die Vorstellung bringt Flora zum Lachen. Die Abneigung ihres Vaters gegen London hat sich nicht gelegt, seit sie hierhergezogen ist, ganz im Gegenteil! Und obwohl er sich nie dazu geäußert hat, findet er ihre Absicht, wieder in den Norden zu fahren und ihren Mann allein zu lassen (also: sich wie er selbst zu benehmen) unnatürlich und unschicklich.

»Er erinnert mich ständig an meine Pflichten als Ehefrau! Selbstverständlich weiß er nicht …«

Iris lächelt. »Das wollte ich schon fragen: Gibt es da jemanden?«

»Ob es da jemanden gibt? Gott, nein! … Nein.« Sie schüttelt den Kopf. »Das kann ich mir nicht mal vorstellen … Ich denke immer noch an ihn, weißt du.«

»Den Amerikaner? Ich dachte, das wäre Schnee von gestern.«

»Ist es auch. Dennoch kann ich offenbar nicht … albern, nicht wahr?«

Alberne, sinnlose Gedanken. Wenn sie sich ihnen hingibt, studiert sie seine Briefe, sein Gesicht auf dem Foto, nur um sich zu vergewissern, dass es real war. Einige ihrer Erinnerungen sind lebhaft und intensiv: wie weich seine Haut war, wie er sich in ihr anfühlte. (Aber würde nicht jeder – wendet ihre Vernunft ein –, würde nicht jeder Mann solche Eindrücke hinterlassen haben?) Anderes von ihm – sowohl Banales als auch Intimes – entzieht sich ihrem Zugriff. Obwohl sie ein Bild von ihm hat, fällt es ihr schwer, sich zu erinnern, wie er sie anschaute oder wie besonders hinreißend er sie morgens anlächelte. Jedes Mal, wenn sie sein Foto betrachtet, droht es, sie wieder zu Fremden zu machen, wie sie damals am Strand von Neqi waren.

»Als Freddie krank wurde … hatte ich solche Angst um ihn, dass ich mir einredete, es wäre gut, bei ihm zu bleiben. Ich dachte, es würde helfen, das zu opfern, was mir am meisten am Herzen lag. Lächerlich, oder? Er hätte sich so oder so erholt.«

»Ich glaube, er hätte sehr gelitten, wenn du ihn verlassen hättest.«

»Das wollte ich doch gar nicht …«

Iris sieht sie prüfend an, als wolle sie den Wahrheitsgehalt ihrer Beteuerung abschätzen.

»Das letzte Jahr war wirklich schwer. Aber es wird doch alles besser, oder nicht? Freddie geht es gut.«

»Ja, den Umständen entsprechend.«

»Hast du denn noch mal etwas von *ihm* gehört?«

»Nein. Nach meinem Abschiedsbrief schrieb er mir noch einmal und bat mich, mir alles noch mal zu überlegen; er kündigte an, er werde auf dem Rückweg über London kommen und … aber es kam mir so grässlich vor, mich zu verabreden, während Freddie so krank war – einfach anders als vorher. Und … du weißt schon: Ich wusste nicht, was ich antworten sollte. Ich bin sicher, er hat mich längst vergessen. Vielleicht hat es ihm auch von Anfang an nicht so viel bedeutet.«

»Aber du hast doch gedacht, er hinge ziemlich an dir. Genauso wie du an ihm, oder?«

Flora blickt aus dem Fenster. »Ja, das Gefühl hatte ich. Aber in diesen Dingen bin ich ziemlich unerfahren. Woher soll ich das also wissen?«

»Ach, Unsinn – du bist doch nicht dumm. In meinen Augen hast du die Wahl, ihn entweder zu vergessen – und das wirst du irgendwann, ob du es glaubst oder nicht – oder ihm noch einmal zu schreiben. Dann schreibt er entweder nicht zurück, und du hast Gewissheit, oder er tut es doch – und dann hast du ein Problem. Aber in jedem Fall bist du diese Ungewissheit los. Ich empfehle übrigens Ersteres.«

»Bei dir klingt das so einfach.«

»Nun, das ist es auch … und ehrlich gesagt, ziemlich banal.«

Flora lacht. »Tut mir leid, wenn ich dich langweile!«

»Oh, *du* langweilst mich nicht. Andere mit ihren Liebschaften schon: Lionel Fortescue zum Beispiel, der sich jeden dritten Dienstag verliebt, und jedes Mal ist es die größte Romanze seit Wie-hießen-sie-noch-gleich – aber du nicht.«

»Soll ich dir etwas erzählen, dass dich vielleicht nicht langweilt?« Flora lacht nervös. Es ist etwas, das ihr nicht aus dem Kopf gehen will, eine teuflische Frage, die an ihr nagt.

»Möchtest du noch was trinken?«

»Nein danke.«

Iris schenkt sich mit dem Rücken zu Flora einen Brandy mit Soda ein. Dennoch bringt Flora es nur über sich, weiterzusprechen, indem sie den Blick starr auf den Boden mit dem Schattenmuster der Blätter gerichtet hält.

»Verstehst du, ich weiß einfach nicht … ich glaube, wenn ich an ihn denken könnte ohne … ohne Verlangen, dann wüsste ich, ob ich wirklich Liebe empfinde und nicht nur … Aber da ich beides nicht trennen kann, weiß ich es einfach nicht.«

Iris kommt zurück und setzt sich neben sie. Flora fragt sich, ob sie ihre Gedanken lächerlich findet, doch als sie es wagt, Iris anzusehen, scheint diese die Angelegenheit ernsthaft zu überdenken.

Flora fährt fort: »Manchmal frage ich mich, ob das, was wir Liebe nennen, nicht nur … eine Form von Selbstsucht ist. Wenn ein anderer Mensch schöne Gefühle in dir auslöst und seine Gegenwart dich glücklich macht … tja, dann hast *du* schöne Gefühle und willst nur mit dem anderen zusammen sein, weil er *dich* glücklich macht … ist das nicht selbstsüchtig? Ist der Begriff ›Liebe‹ nicht nur ein Deckmäntelchen für unsere Begierden? Ich frage mich, ob ich nicht einfach nur egoistisch bin.«

Leicht amüsiert sieht Iris sie an.

»Liebe Güte, Flora, du bist wirklich ein verschrobenes Geschöpf! Natürlich ist Liebe selbstsüchtig! Aber was macht das schon! Die Ehe ist nur die gesellschaftliche Absegnung des Austauschs finanzieller und körperlicher Zuwendungen … Du bist nicht egoistischer als jeder andere auch. Manchmal sogar weniger egoistisch, schließlich bist du bei Freddie geblieben.«

»Auch das ist nicht selbstlos. Er hat für mich viel mehr getan als ich –«

»Aber, verzeih mir die vulgäre Frage: Bist du glücklich?«

Flora lacht. »So glücklich wie jeder andere auch, nehme ich an. Wie sagt mein Vater so schön: Das Leben ist kein Vergnügungspark!«

»Mhm. Gut … Aber wenn ich dich recht verstehe, bist du dir nicht sicher, ob du diesen speziellen Mann vermisst oder doch eher die, sagen wir: Intimität. Wobei die Lösung dann natürlich ganz einfach ist.«

Flora lehnt sich zurück. Sie bereut bereits ihr Geständnis. »Das habe ich nicht gesagt.«

»Nicht? Du bist doch Wissenschaftlerin, wie du mir ständig erklärst. Nun, dann solltest du dich einem Experiment unterziehen.«

»Welchem Experiment denn?«

»Der Mann … oder der Akt? Den Mann kannst du momentan nicht haben, aber …« Sie zieht vielsagend ihre Augenbrauen in die Höhe.

Flora lacht auf.

»Ist doch logisch, oder nicht?«

»Nein! Kein bisschen logisch, sondern haarsträubend. Du bist eine haarsträubende Frau.«

»Ich stelle lediglich fest, dass seine Gefühle noch rätselhafter sind als deine. Außerdem bist du hier, und er ist in New York. Zwischen euch liegt eine große Menge Wasser – zumindest sehe ich das so mit meinem begrenzten Begriffsvermögen.«

Flora betrachtet angelegentlich ihr leeres Glas. »Vielleicht sollte ich doch noch etwas trinken … nein, lass.«

»Unsinn, gib her …« Iris eilt zum anderen Ende des Raums. »Hast du eigentlich Mr. Levinson noch mal gesehen?«

»Er arbeitet an der Konservierung der Mumien, daher sehe ich ihn natürlich im Museum. Wieso fragst du?«

»Ach nur so, meine Liebe.«

Iris reicht Flora den frischen Drink. Dabei verrutscht die Spitzenmanschette ihres Ärmels und legt ihr knochiges, weißes Handgelenk frei, über das dunkle Flecken verlaufen.

»Vor einer Minute noch hast du dich beklagt, dass du zu wenig Erfahrung hast. Aber die kannst du haben. Wenn du keine eigenen Ideen hast, könnte ich dir Vorschläge machen. Lionel zum Beispiel hatte schon immer eine Schwäche für dich.«

»Oh Gott!« Flora verschluckt sich fast an ihrem Drink. »Wie alt ist der?«

»Neununddreißig, was, wie ich dir sagen kann, nicht so –«

»Er *sagt*, er sei neununddreißig«, gibt Flora zurück. »Außerdem trägt er Rouge.«

Iris hebt die Augenbrauen, als sei sie mit ihrer Geduld am Ende.

»Es war lediglich ein Vorschlag, und ich weiß aus verlässlicher Quelle, dass er einem große Befriedigung verschaffen soll. Du willst doch keinen Jungspund, der nicht weiß, wo bei einer Frau oben und unten ist. Ich habe festgestellt, Flora, dass du manchmal ziemlich unbarmherzig sein kannst. Das ist der Fehler der Jugend.«

Frustriert starrt Flora sie an.

»Nun, *ich* stelle fest, dass du wieder Blutergüsse am Handgelenk hast, Iris, und auch das sage ich *nur so.*«

Kapitel 38

New York, 40°42' N, 74°00' W
Oktober 1896

»Also hast du endlich ein Ziel gefunden? Du wirkst verändert. Ernster.«

Clara lehnt sich auf ihrem Stuhl zurück und blickt ihn mit leicht zusammengekniffenen Augen durch den Zigarettenrauch an. Sie sitzen in einem Restaurant, und die Lampe über ihrem Tisch wirft harte Schatten. Jakob hat Clara seit zwei Jahren nicht mehr gesehen.

»Ich habe mich zu lange treiben lassen. Eigentlich hätte ich das schon viel früher tun sollen – für Frank und auch für mich. Jetzt verlassen sich noch andere auf mich.«

»Hast du immer noch das Gefühl, Frank rächen zu müssen?«

»Ich würde es nicht ›rächen‹ nennen. Aber Armitage nutzt Franks Tod, um seine unberechtigte Behauptung zu unterfüttern, und ich will nicht, dass Frank mit einer Lüge in Verbindung gebracht wird, mit der er, würde er noch leben, nichts zu tun haben wollte.«

»Aber du gibst doch selbst zu, dass du es nicht mit Gewissheit weißt.«

»Deshalb muss ich es auch beweisen. Früher oder später muss die Wahrheit ans Licht kommen. Es werden sich andere dorthin begeben – am Ende wird jedes Fleckchen Erde entdeckt sein.«

»Und wenn Mr. Armitage die Wahrheit gesagt hat?«

»Dann ist Frank tatsächlich der Entdecker von Neuland. Und auch das wird dann ohne jeden Zweifel bewiesen sein.«

»Und was willst du für dich selbst – und nicht für Frank oder Aniguin oder die anderen?«

Jakob lächelt. »Du hast recht, ich möchte tatsächlich wieder etwas erforschen. Ich möchte Gletscher untersuchen, so wie in der Schweiz. Es hat noch niemand die Gletscher in diesen Breitengraden erforscht.«

Clara drückt ihre Zigarette aus.

»Ich hoffe, es gelingt dir. Und jetzt: Willst du ein bisschen Tratsch hören?«

»Natürlich«, sagt er, spürt aber, wie ihm leicht das Herz sinkt.

»Also, erstens«, sagt sie und lächelt, »Anna hat sich verlobt.«

»Ehrlich?« Erleichtert stellt er fest, dass er wirklich erfreut ist. »Mit wem denn?«

»Mit einem sehr respektablen Herrn, den sie bei einem spiritistischen Treffen kennengelernt hat. Bei Mrs. Jupp – erinnerst du dich noch? Anna ging weiter dorthin, auch nachdem Marion entschieden hatte, dass es sich nicht ziemt, Kontakt mit dem Geist des ehemaligen Verlobten aufzunehmen, wenn man sich neu verlobt hat. Aber sie hat doch tatsächlich gewagt zu behaupten, Franks Geist hätte ihr seinen Segen gegeben! Kannst du dir das vorstellen? Wie auch immer, dort hat Anna Mr. Nathaniel Stafford kennengelernt. Er ist Witwer und schrecklich alt – über fünfzig –, aber sie scheinen sehr gut zusammenzupassen. Er ist ein künstlerischer Typ mit sehr langem Bart und so. Bei dem Treffen wollte er Kontakt zu seiner verstorbenen Frau herstellen.«

»Du meine Güte …«, lacht Jakob. »Hat sie ihm auch ihren Segen gegeben?«

»Bestimmt. Glücklicherweise hat er Sinn für Humor, daher bin ich verhalten optimistisch.«

»Das freut mich zu hören. Und deine Eltern sind bestimmt auch glücklich.«

»Du kannst es dir nicht vorstellen! Da er sogar recht betucht ist, ist ihnen eine große Last genommen worden. Sie steht jetzt besser da als wir alle.«

»Und, da Marion nun verlobt ist, hast du deinen Eltern von Franks Tochter erzählt?«

Darauf verstummt Clara eine Weile. Dann sagt sie: »Irgendwie habe ich nie den richtigen Zeitpunkt gefunden. Ich hatte auch Angst, sie könnten wütend auf mich sein, weil ich es ihnen nicht früher erzählt habe. Aber das ist wohl eine armselige Ausrede. Ich schäme mich.«

»Aber nicht doch. Ich könnte es ihnen doch sagen. Ich behaupte einfach, ich hätte es gerade erst von Aniguin erfahren. Ich hätte es dir gar nicht erzählen und dich damit vor dieses Dilemma stellen sollen.«

Clara winkt ungeduldig ab. »Nein. Gott. Es war ja meine Entscheidung. Und zwar die falsche.«

»Wenn es dann keinen Hinderungsgrund mehr gibt, sollten sie es meiner Meinung nach erfahren. Da ich das Mädchen sehen werde – ich hoffe, im nächsten Jahr –, sollten sie die Möglichkeit haben … ihr eine Nachricht zu schicken oder sonst etwas – findest du nicht auch?«

Clara nickt. »Mittlerweile muss sie drei Jahre alt sein. Ich kann einfach nicht so tun, als hätte ich es nicht gewusst. Wenn du einverstanden bist, können wir es ihnen vielleicht gemeinsam sagen?«

Jakob ist gerührt, dass sie ihm so vertraut. »Ja, wenn du das möchtest.«

»Ich glaube schon. Du kannst es viel besser erklären als ich.«

»Lädst du mich dann zum Mittagessen ein?«

»Ja, aber ich bin mit meinen Neuigkeiten noch nicht am Ende.« Sie zögert kurz und wirft ihm einen scharfen Blick zu. »Lucille hat geheiratet.«

»Ach! Da bin ich aber froh.«

»Überrascht?«

»Nein, wieso sollte ich?«

»Weil es ziemlich plötzlich kam. Sie kannte ihn erst ein paar Wochen. Sie sind nach Buffalo gezogen, wo er als Anwalt arbeitet.«

»Aha … Hast du ihn kennengelernt?«

»Nein. In letzter Zeit standen wir uns nicht mehr so nah wie früher.«

Lächelnd hebt sie ihr Kinn und zieht die Augenbrauen hoch: ein Ausdruck von Endgültigkeit.

»Ich würde ihr gerne meine aufrichtigen Glückwünsche übersenden«, sagt er nach einer eher unbehaglichen Gesprächspause.

»Ich weiß nicht, ob das eine gute Idee ist.«

Jakob schluckt und wendet den Blick von ihr ab. »Es tat, und tut, mir sehr leid, dass ich ihr solchen Kummer bereitet habe. Vielleicht verstehe ich jetzt besser als früher … was ich ihr angetan habe.«

»Ach ja? Dann hast du jetzt endlich auch mal Liebeskummer? Wurde auch Zeit.«

Er lacht. »Vielen Dank für dein Mitgefühl.«

»Ist das in der Schweiz passiert?«

Er zögert. »Da auch. Ich dachte, sie würde das Gleiche empfinden wie ich – ich war mir sogar sicher, aber … offenbar doch nicht. Es gab Komplikationen. Sie war verheiratet.«

»Ach so.«

In Claras Blick blitzt Erkenntnis auf und er denkt: Sie weiß es.

»Hat sie dir zu verstehen gegeben, sie würde ihren Mann verlassen?«

»So weit dachten wir noch nicht.«

Er kann sich nicht überwinden, seine Affäre mit Flora zu beschreiben. Eigentlich hatte er gar nicht davon erzählen wollen. Um weitere Fragen abzuwehren, lehnt er sich lächelnd zurück und fragt: »Was ist mit dir? In diesen Dingen warst du immer sehr mysteriös.«

»Ha!«

»Du findest es doch nicht aufdringlich, wenn ich das frage? Schließlich kennen wir uns schon seit Jahren. Es hat doch bestimmt Angebote gegeben.«

»Ach was, ich wurde schon als alte Jungfer geboren.«

Jakob sieht sie skeptisch an. Clara zündet sich eine weitere Zigarette an und zieht gierig daran. Sie schaut sich um und streicht sich die Haare unter ihrem kecken Hütchen glatt.

»Willst du mich so lange anstarren, bis ich etwas sage? Also, ich habe tatsächlich jemanden getroffen, bei dem ich dachte, ich wäre angekommen. Nach Hause gekommen, weil derjenige meine Heimat war.« Sie lächelt zwar, aber er merkt, dass sie ziemlich aufgewühlt ist. »Weißt du, was ich meine?«

Er nickt. »Ich glaube schon. Was ist passiert?«

»Nun, offensichtlich« – sie spreizt die Finger und rettet sich in Sarkasmus – »wurde jemand anderer vorgezogen.«

Jakob beugt sich vor und berührt ihre Hand. »Dann war er ein Trottel. Darf ich so dreist sein zu fragen, wer es war?«

Clara holt tief Luft und stößt einen stockenden Seufzer aus. »Ach, ich glaube, das darf ich dir nicht sagen.«

Er senkt den Kopf. Doch da kommt ihm etwas in den Sinn und er blickt sie fragend an. Als sie seine Miene sieht, ruft sie aus: »Nein! Nicht du! Gott, Männer sind so eitel!«

Ihr Ton ist derart empört, dass Jakob trotz seiner Kränkung lachen muss.

»Ich … tut mir leid. Natürlich … Ha! Es ist nur so, dass ich mich immer gefragt habe, was wohl passiert wäre, wenn nicht Lucille mich an jenem Abend im Bierkeller entdeckt hätte, sondern du.«

Clare starrt ihn mit großen, schimmernden Augen an. »Wirklich? Aber weißt du … es war Lucille.«

»Ja, aber wenn nicht sie es gewesen wäre … sondern du –«

»Nein, ich meine, es war Lucille. Der Mensch, der meine Heimat war; es war Lucille.«

Jakob ist wie vom Donner gerührt. Er erinnert sich – peinlich berührt – an Vorfälle in der Vergangenheit, die er jetzt mit dieser Neuigkeit in Einklang zu bringen versucht. Er ist zutiefst betroffen, nicht so sehr aus Schock, sondern weil sein Verhalten im Rückblick durch diese Enthüllung so idiotisch erscheint.

»Ich habe dich schockiert.«

Clara sieht ihn mit einem Ausdruck an, den er nicht deuten kann.

»Nein … ich meine, ich bin überrascht. Ich hatte ja keine Ahnung.«

»Es sollte auch niemand eine Ahnung haben.«

»Nein, aber dann verstehe ich das irgendwie nicht. Wieso war sie denn so aufgebracht wegen mir?«

»Lucille hat immer behauptet, sie sei anders als ich. Sie wollte Dinge, die ich ihr nicht geben konnte: Familie; Ehrbarkeit.« Clara zuckt die Achseln. »Ich hoffe, das bekommt sie jetzt.«

»Gott, wie musst du mich gehasst haben!« Er lacht nervös, muss aber an seine blinden, tollpatschigen Vorstöße denken. Was für ein eitler Narr er doch gewesen ist …

Clara schüttelt den Kopf. »Ich habe dich nicht gehasst. Dein Verhalten war ja gar nicht so abwegig … Es war nur so schwer für mich, euch zusammen zu sehen. Ich dachte, ihr würdet vielleicht heiraten, für mich der reinste Horror. Dann hätte ich euch beide verloren. Du bist ein Teil von Frank, und zwar der einzige, der mir von ihm geblieben ist. Nein, das klingt komisch … damit will ich nicht sagen, dass ich dich nicht um deiner selbst willen zu schätzen wüsste. Denn das tue ich, wirklich.«

»Es tut mir nur leid, dass … nun, alles. Vor allem aber, dass du nicht bekommen hast, was du dir gewünscht hast.«

Clara ergreift die Hand, die er ihr hinstreckt. Er hat das Gefühl, eine Art Test bestanden zu haben.

»Ich hatte schon immer gedacht, wenn ich es dir erzähle, nimmst du es gut auf.« Sie legt ihre andere Hand auf seine. »Und es tut mir auch leid, dass du nicht bekommen hast, was du dir wünschtest.«

✶

Im Haus ihrer Eltern teilen sie Mr. Urbino mit, dass Frank eine Tochter hat. Jakob gibt sich große Mühe, zu erklären (nachdem Clara das Zimmer verlassen hat), dass Frank viel keuscher war als alle anderen, aber dann von Vorahnungen geplagt wurde, er werde nie mehr nach Hause kommen und so weiter und so fort. Mr. Urbino hört ihm mit augenscheinlicher Ruhe zu.

Als Jakob Anna zu ihrer bevorstehenden Hochzeit gratuliert, erscheint sie ihm ziemlich verändert: nicht mehr die tragische Trauernde, sondern reifer und eindeutig glücklich. Beim Mittagessen gibt es viel Gelächter. Jakob betrachtet alle, die am Tisch sitzen, und denkt: Sie haben überlebt. Es geht ihnen gut. Sie haben sich mit Franks Tod abgefunden – viel besser als ich.

Als Jakob an diesem Abend mit dem guten Gefühl nach Brooklyn zurückkommt, wenigstens eines habe sich zum Guten gewendet, wartet ein Brief auf ihn. Die Schrift ist ihm unbekannt, der Absender das Mount Olivet Hospital. Darin steht, dass am frühen Morgen, kurz vor Tagesanbruch, Ayakou das Bewusstsein verlor und um zehn Uhr starb.

Kapitel 39

London, 51°31'N, 0°7'W
Oktober 1896

»Isobel Kirkpatrick, die mit den hellen Haaren? Eine Dozentin?«

»Überrascht dich das?«

Mark lehnt sich auf seinem Stuhl zurück und versucht einzuschätzen, ob Flora ihn veralbern will.

Sie sitzen in einem Café in der Nähe des Museums. Dorthin gegen sie mittlerweile regelmäßig, nachdem sie sich über seine Fortschritte bei der Konservierung der Mumien erkundigt hat. Wenn sie jetzt über ihre gemeinsame Vergangenheit an der Universität reden, schwingt kein Groll mehr mit. Flora genießt ihre Treffen; ihr wird klar, wie sehr sie das sorglose Geplänkel mit einem Gleichaltrigen vermisst hat, bei dem sie sich nicht verstellen muss.

»In Manchester. Sie ist eine der jüngsten Dozentinnen im ganzen Land.«

»Ich dachte, sie hätte es gar nicht nötig, ihren Lebensunterhalt zu verdienen. Jetzt sieh mich nicht so an! Ich finde das gut für sie. Trefft ihr euch noch?«

»Nur selten. Wir schreiben uns. Mit Poppy schreibe ich mir auch, aber sie ist die Frau eines Landarztes, und ich glaube, der findet mich nicht respektabel genug. Ich vermisse sie beide.«

»Hmm. Ich vermisse keinen von denen. Herbert und Oliver

am allerwenigsten. Tom Outram war der Einzige, der sich anständig verhalten hat. Er schrieb meinem Vater, weißt du, versuchte, den Grund für meinen Abbruch herauszufinden, und bot mir Unterstützung an. Du und er waren die Einzigen, die sich für mich interessierten. Ich frage mich, was aus ihm geworden ist.«

»Ich glaube, er ist nach Südafrika gegangen. Eigentlich wollte er Jurist werden, traute sich aber nicht wegen seines Stotterns.«

»Eine Schande. Er war so clever. Allerdings merkte man das nicht, weil er kaum ein Wort herausbrachte.« Mark lächelt bedauernd. »Dann haben nur wenige von uns ihr volles Potenzial entfaltet. Du bist natürlich eine der Ausnahmen.«

»Aber du bist Dozent, Mark!«

»An der Polytechnik.«

»Wie viele Dozenten gibt es denn dort, die aus dem East End kommen?«

»Ach, das meinst du also: *Für jemanden mit meiner Herkunft* habe ich mich gut geschlagen.«

Flora erspart sich eine Antwort. Er ist immer noch krankhaft empfindlich, aber vor seinen Launen hat sie längst keine Angst mehr.

»Die Bezahlung ist erbärmlich, sie reicht kaum, eine Familie zu unterhalten, ganz zu schweigen von …«

Er verstummt. Seine Familie ist tabu. Sie vermutet, dass er nicht glücklich in seiner Ehe ist, oder ist das nur Wunschdenken?

Dann, bei einer Kanne Tee, gibt er eine leidenschaftliche Erklärung ab: Seine Ehe ist am Ende; sie leben getrennt und geben sich gegenseitig die Schuld.

»Dich zu sehen reißt nur alte Wunden auf. Es hätte doch alles so anders laufen können. Aber das Schlimmste ist, dass ich weiß, ich bin an allem ganz allein schuld.«

Einen schrecklichen Moment lang befürchtet sie, er werde in Tränen ausbrechen.

»Mark, bitte …«

»Du warst das Beste in meinem ganzen Leben.«

»Was ist denn mit deinen Kindern?«, fragt sie nach kurzem Zögern.

Er schnaubt. »Mir liegt nur Samuel am Herzen, die Zwillinge nicht. Ich wollte das Richtige tun – aber am Ende habe ich sie dafür gehasst. Und sie wird ihn gegen mich aufbringen.«

»Er wird sich seine eigenen Gedanken machen.«

Aber Mark ist entschlossen, sich nicht trösten zu lassen – eine Eigenschaft, an die sie sich noch allzu gut erinnert. Sie denkt: *Gott sei Dank. Wenn wir geheiratet hätten, wäre das eine Katastrophe geworden, für uns beide.*

»In der Zeit mit dir habe ich einen kurzen Blick auf ein besseres Leben erhascht. Allerdings wusste ich schon damals, dass es für jemanden wie mich unerreichbar ist.«

»Herrgott noch mal, das ist doch krankhaftes Selbstmitleid. Wenn du nicht aufhörst, gehe ich.«

»Dann geh doch! Zurück nach Kensington. So war es doch schon immer, nicht wahr?«

»*Es* ist so, wie du es dir aussuchst. Ich habe mein Leben gewählt, und es ist alles andere als perfekt, aber ich werde nicht darüber jammern.«

»Ja, ich weiß … Du hast recht.«

Wieder schlägt seine Stimmung alarmierend schnell um. Er bedenkt sie mit einem Lächeln, in dem echte Zuneigung liegt.

»Es tut mir leid, Flora, dass ich so ein Langweiler bin. Wir hätten uns nicht wiedersehen sollen; trotz des Desasters mit Edie bin ich bis jetzt ganz gut zurechtgekommen.«

»Aber ich bin froh, dass wir uns wiedergesehen haben.«

»Wirklich?«

Er schaut sie so flehentlich an, dass Flora ihm die Hand auf den Arm legt und nickt. Er umfasst sie und zerquetscht sie fast.

Mit ganz anderer Stimme – leise und leidenschaftlich – sagt er dann: »Du musst wissen, Flora, dass ich dich immer geliebt habe. Selbst nachdem ich die Uni verließ … als ich nur noch von dir lesen konnte … habe ich dich geliebt.«

Das kann Flora nicht recht glauben. Sie hält das für eine seiner pathetischen Erklärungen, für die er schon immer eine Schwäche hatte. Dennoch erlaubt sie sich, nur einen Augenblick, ihm zu glauben. Ehrlich gesagt will sie ihm glauben, denn es gibt Zeiten, in denen sogar geheuchelte Leidenschaft besser ist als gar keine.

Beim zweiten Mal fällt ihr der Ehebruch schon leichter. Ihre Unmoral schockiert sie nicht mehr; vielmehr nimmt sie sie als gegeben hin. Außerdem kann sie sich einreden, dass es eigentlich nicht ihre Schuld ist, weil sie es wirklich nicht geplant hat. Vielleicht ist es auch leichter, weil sie nicht verliebt ist. Ihre Gefühle für Mark setzen sich zusammen aus Nostalgie, Mitleid und Zuneigung – außerdem findet sie ihn anziehend; das war schon immer so.

Ein paar Tage nach der Szene im Café besucht sie ihn in seiner Wohnung. Er ist von zu Hause ausgezogen und irgendwo in Bloomsbury untergekommen, in einem feuchten Souterrain mit Vorder- und Hintereingang, so dass Diskretion gewährleistet ist.

Als sie das erste Mal im Bett sind, muss sie ihn zurückhalten und verlegen flüsternd fragen, ob er ›etwas zum Schutz hat‹. Murrend verneint er. (*Wieso nicht*, denkt sie gereizt, aber kaum überrascht, *wir haben uns doch vorgestern verabredet.*) Er ist so niedergeschlagen, dass sie in Koitus interruptus einwilligt. Allerdings muss er sich fast sofort nach seinem Eindringen wieder zurückziehen. Er entschuldigt sich, sagt, es sei schon so lange her … Trotz allem hat er kaum Erfahrungen! Sie versichert ihm, das mache nichts. Er wirkt überwältigt vor Glück, mit ihr zusammen zu sein. Und es ist eine solche Wonne, neben einem warmen, nackten Körper zu liegen, geküsst und liebkost zu werden, zu hören, wie schön man ist, dass sie zuerst auch glaubt, sie sei glücklich.

Ihre Treffen werden regelmäßiger. Einmal die Woche sucht sie ihn in seiner Wohnung auf. Sie muss ihre unbewusste Annahme revidieren, dass alle Männer (außer Freddie) sie gleich berühren würden. Mark gibt sich zwar ernsthaft Mühe, doch ganz gleich, was er tut, kann sie nicht zum Ende kommen. Unangenehm ist es nicht – ganz im Gegenteil, es ist sehr nett, aber …

Mark scheint das nicht zu bemerken. Als sie zart andeutet, dass sie keine Erfüllung findet (›Vielleicht …‹, sagt sie, nimmt seine Hand und führt sie zwischen ihre Beine), ist er zuerst verwirrt und dann eingeschnappt.

»Wieso kommst du nicht auf natürliche Weise?«, fragt er. »Du wehrst dich doch … und das ist unweiblich. Wenn du weniger erpicht darauf wärst …«

Das verschlägt Flora kurz die Sprache. »Ich wehre mich doch nicht! Es ist nur … es ist einfach nicht …«

Sie muss an Freddie denken, und ihr wird eiskalt. Stimmt doch etwas nicht mit ihr? Aber Jakob schien das nicht zu finden, denkt sie, und verzweifelte Sehnsucht steigt in ihr auf.

»Vielleicht liegt es am, äh, Präservativ?«, sagt Mark und sieht sie beklommen an. »Das ist doch nicht gesund, weder für den Mann noch für die Frau. Es verhindert eine echte Vereinigung.«

Flora glaubt nicht, dass es daran liegt – und ist ganz gewiss nicht bereit, es ohne zu versuchen –, weiß aber nicht, was sie sagen soll. Ihr wird klar, dass er sich mehr verändert hat, als sie dachte. Was ist aus ihren früheren empirischen Erkundungen geworden? Wo ist seine Neugier geblieben, sein Wissensdurst?

»Oder du liebst mich einfach nicht genug.«

»Ach, Mark …« Sie streichelt sein Gesicht und küsst ihn.

Sie küsst ihn, weil sie ihm nicht sagen kann, dass er recht hat. Zwar empfindet sie Zuneigung für ihn, weiß aber noch genau, wie es war, ihn zu lieben, und das empfindet sie jetzt nicht. Außerdem weiß sie noch, was sie für Jakob empfunden hat, und auch das war anders. Und wenn sie schon Gefühle heuchelt, warum dann nicht ganz und gar? Bei ihrer nächsten Verabredung gibt sie mehr Ekstase vor, als sie tatsächlich empfindet, und das macht ihn so glücklich, dass sie sich fragt, warum sie nicht schon früher auf den Gedanken gekommen ist. Sie ist erleichtert und zufrieden damit, ihm Befriedigung zu verschaffen. Was schadet schon so ein bisschen Heuchelei?

Dennoch ist sie immer noch unbefriedigt und verachtet sich sogar ein ganz kleines bisschen für ihre Täuschung – und ihn, weil er sich so leicht, geradezu bereitwillig, täuschen lässt. Zweifellos (sagt sie zu sich) hat es etwas mit Erfahrung zu tun, und Jakobs Erfahrungen waren doch genau das, was ihr Angst und Misstrauen einjagte. (Aber wenn Mark scharfsichtiger und aufmerksamer wäre, widerspricht ihre innere Stimme, dann würde er *wissen*, dass sie ihm etwas vormacht …) Ihr Geist kann sie ziemlich in den Wahnsinn treiben.

Es kommt noch schlimmer. Sie liegen zusammen in seinem schmalen Bett, und sie streichelt den Arm, den er über sie geworfen hat. Seine Haut ist weich und weiß, die Härchen auf seinem Arm sind dunkel. Auf einmal denkt sie, und das mit einer inneren Distanz, die sie alarmiert: Mark und Jakob sind ähnlich gebaut, beide sind mittelgroß, schlank, mit dunklen Augen. Mark hat das schönere Profil, Jakob den schöneren Mund. Aber davon abgesehen unterscheiden sie sich sowohl körperlich als auch charakterlich. Jakob war ruhig und unkompliziert. Mark ist empfindlich und unberechenbar. Das Fleisch auf Marks Armen ist schlaff, seine Muskeln sind die eines Mannes, der Kreide und Reagenzgläser schwingt. Sie erinnert sich noch ganz genau (und das ausgerechnet jetzt) an Jakobs sonnengebräunte, muskulöse Unterarme. Daran, wie er nackt im Zimmer herumging, ohne jede Scham (eine ihrer liebsten Erinnerungen ist, wie er ihr versprach, sie beide würden eines Tages nackt im Sommer auf Grönland herumlaufen), während Mark immer das Nächstbeste an sich reißt, um sich zu bedecken. Und dann … nun, Marks Penis ist beschnitten,

Jakobs nicht. Jakobs Penis ist dunkler, leicht gebogen und dicker; er fühlte sich in ihr anders an. Bei dem Gedanken daran wird sie rot – sie schockiert sich selbst damit –, aber es ist wahr.

Sie verdrängt die Erinnerung; es hilft ja nichts. An Kreide und Reagenzgläsern ist nichts auszusetzen. Sie zwingt sich, daran zu denken, dass Mark der klügste Mensch ist, den sie je kennengelernt hat. Und er will sie. Und er ist hier.

Kapitel 40

NEW YORK, 40°42' N, 74°00' W
WINTER 1896–1897

»Wie fange ich an? Liebe …? Liebe Fellora …«

Liebe Mrs. Athlone, schreibt Jakob.

»Das ist die korrekte Anrede in einem Brief, Aniguin. Selbst wenn man jemanden Auge in Auge anders anredet. So ist es höflich.«

Wie du siehst, bin ich in New York. Überrascht dich das? Mr. de Beyn (Jakob fügt das ›Mr.‹ hinzu), … *schreibt den Brief für mich. Er ist hier mein Freund.*

Jakob zögert, schreibt es dann aber nieder. Wenn sie weiß, dass er dabei ist, wird es komisch sein, wenn er nicht selbst etwas schreibt. Eine Unterlassung würde mehr sagen als tausend Worte. (Wie ihre Unterlassung, seinen Brief zu beantworten) Er fasst Aniguins Schilderung der Situation zusammen: Armitage hat die Eskimos nach New York gebracht; Ayakou ist gestorben und im Garten des Museums beerdigt worden; Ivalu, Padloq und Aviaq haben Lungenentzündung; Aniguin ist gesund, aber unglücklich. Armitage hat sich seit August nicht blicken lassen.

Ich möchte, dass du das weißt. De Beyn sagt, er bringt uns im Frühjahr zurück – wenn wir dann noch leben. Ich hoffe es. Ich weiß nicht, was wir machen würden, wenn er nicht hier wäre. Die Geister haben mir geraten, nach Amerika zu gehen – den Grund weiß ich noch nicht, aber es muss einen geben. Wann kommst du wieder? Wann kommt Mackie? Ich hoffe, es geht ihm gut. Wir würden ihn gerne wiedersehen. Ich hoffe, dich auch wiederzusehen, im Land des Nordens. Ich wünsche dir gute Gesundheit.

Dein Freund, auf immer …

Besorgt blickt Aniguin ihn an. »Ist das ein guter Brief, Te Peyn?«

»Ein sehr guter, Aniguin.«

Er liest ihn noch einmal durch und denkt: Was habe ich ihr eigentlich noch zu sagen?

Dann steckt er ihn in einen Umschlag und entdeckt, dass er die Adresse noch auswendig weiß.

✶

London, 51°31'N, 0°7'W

Als Flora von einem Treffen mit Mark nach Hause kommt – bei dem sie sich wieder einmal gefragt hat, warum sie das tut, aber offenbar hat sie nicht die Kraft, es zu beenden –, wartet, für alle sichtbar auf dem Tischchen der Eingangshalle, ein Brief auf sie: mit New Yorker Poststempel und der – für sie – unverkennbaren Handschrift. Aufgewühlt geht sie in ihr Arbeitszimmer und steht eine Weile einfach nur da. Es ist jetzt über ein Jahr her, dass sie diese Schrift zum letzten Mal gesehen hat, und noch länger seit ihrer letzten Begegnung. Und doch zittert sie. Sie geht zu ihrem Schreibtisch und stützt sich darauf.

Sie öffnet den Brief und liest mit einem durchdringenden Stich der Enttäuschung den Satz, der quer über den Anfang geschrieben ist: *J. de Beyn, diktiert von Aniguin.* Als sie den Brief überfliegt, weicht ihre Enttäuschung Entsetzen und Trauer. Er ist kurz – Jakob hat Aniguins sparsamen Worten nichts hinzugefügt. Vielleicht hielt er es nicht für angebracht. Vielleicht bedeutet sie ihm überhaupt nichts mehr.

Um Beherrschung bemüht, liest Flora ihre restliche Korrespondenz und ordnet sie nach Reihenfolge der Bearbeitung an diesem Vormittag. Dann stützt sie die Ellbogen auf den Tisch und birgt ihr Gesicht in den Händen.

In einer Minute wird sie zu ihrem Mann gehen und sich nach seinem Befinden erkundigen.

Kensington, November 1896

Mein lieber Aniguin,
ich habe mich sehr gefreut, von dir zu hören – obwohl dein Brief mich unendlich traurig gestimmt hat. Ayakous Tod hat mich schrecklich getroffen. Er war ein guter Mann. Ich hoffe, der Gesundheitszustand von Ivalu, Padloq und Aviaq hat sich gebessert, und es geht dir weiterhin gut. Ich bin froh, dass Mr. de Beyn euch ein guter Freund ist. Er hat recht: Der schnellste Weg für euch, nach Hause zu kommen, ist, mit ihm im nächsten Frühjahr von New York aufzubrechen.
Du fragst, wann ich wieder in den Norden komme. Es war schwierig für mich, entsprechende Vorbereitungen zu treffen, weil mein Mann über ein Jahr sehr krank war. Vielleicht erinnerst du dich, dass er bei der letzten Reise nach Grönland einen Unfall hatte, der ihn zum Krüppel gemacht hat. Letzten Sommer hatte er einen Anfall, nach dem er gelähmt war. Eine Zeitlang dachten wir sogar, er werde sterben, aber jetzt geht es ihm endlich etwas besser. Wegen seiner Krankheit konnte ich nicht daran denken, London zu verlassen, um meine Freunde zu sehen, so sehr ich mich auch danach gesehnt habe. Bitte glaube mir, wenn ich sage, dass ich sehr oft an euch gedacht und mich gefragt habe, wie es euch geht und ob ihr wohlauf und glücklich seid.
Im Augenblick plane ich, ebenfalls im nächsten Jahr in den Norden zu reisen und in Siorapaluk einzutreffen, sobald das

Eis es zulässt. Also werden wir uns, wenn alles gutgeht, in nicht allzu langer Zeit treffen. Auf diesen Tag freue ich mich mehr, als ich sagen kann, mein lieber Freund.
Es kommen nur noch so wenige Walfänger in euer Land, weil sie nicht mehr viel Geld für den Tran und die Knochen erhalten. Mein Vater, Kapitän Mackie, war schon zwei Jahre nicht mehr in der Davisstraße. Es ging ihm auch nicht gut, seine Knie waren entzündet, aber jetzt ist es schon viel besser. Auch er hofft, bald wieder zurückzukönnen, aber ich weiß nicht, wann.
Ich bin sicher, wir sehen uns bald, Aniguin. Bitte richte deiner Frau, all deinen Freunden und auch Mr. de Beyn meine besten Grüße und Wünsche aus.

Und glaube mir, dass auch ich immer deine gute Freundin bleibe.
Flora Mackie Athlone

New York, 40°42' N, 74°00' W

Jakob hat zu viel zu tun, um sich lange mit Floras Brief zu beschäftigen. Wenn er doch an ihn denkt, ist er gereizt, zu sehr erscheint er ihm wie ein kläglicher Versuch, sich für ihr Schweigen ihm gegenüber zu entschuldigen. Dabei hat ihr Schweigen ihn vernichtet. Noch lange nach Theodors Abreise hatte er in Zermatt ausgeharrt und auf ein Wort von ihr gewartet; hatte sich gefragt, ob er trotz allem über London reisen sollte, dann aber voller Zorn und Selbstverachtung befunden, dass sie eine Frau war, die radikal und skrupellos alle Brücken hinter sich abbrach. Daher änderte er seine Passage und reiste von Rotterdam aus ab, um keinen Fuß in das Land zu setzen, das ihm zuwider geworden war.

Und doch hat er ihre Briefe aufbewahrt, in ein Stück Stoff eingeschlagen und ganz hinten in einer Schublade versteckt;

und einen Umschlag mit Fotos. Über seine Beweggründe denkt er nicht nach, sagt sich nur, allein die Mühe, sie zu vernichten, würde ihnen schon zu viel Bedeutung beimessen. Doch nachdem er ihren Brief an Aniguin gelesen hat, ertappt er sich ein paar Tage darauf, wie er den Umschlag öffnet und die Fotos auf den Tisch gleiten lässt.

Da sind die Aufnahmen vom Strand in Neqi, wo sie so verlegen und lächerlich jung wirkt. Dann das Bild mit ihr und Simiak, als sie sich unbeobachtet glaubte. Eines von Flora und Meqro (bei deren Mienen er unwillkürlich lächeln muss). Und da ist das eine Foto, das er wirklich nicht hätte behalten oder auch nur machen dürfen, aber in jenem Hotelzimmer schien alles möglich und richtig. Es zeigt Flora nackt in einem Sessel in eben jenem Hotelzimmer, die Haare fallen ihr auf die Schultern, sie hat die Augen direkt auf ihn gerichtet, und ihr Lächeln zeigt diese Mischung aus Scheu und Intimität, die ihn immer noch anrührt; das Licht vom Fenster fällt auf ihre köstlichen nackten Brüste … Es ist ein ziemlich gutes Foto, Licht und Schatten sehr ausgewogen. Als er sie gefragt hatte, ob sie nackt für ihn posieren würde, hatte er eigentlich mit ihrer Weigerung gerechnet, doch sie hatte nach kurzem Zögern gelacht; er hatte das Gefühl gehabt, ihr gefalle die Vorstellung, dass er ein solches Bild von ihr hätte; sie wisse um ihre Macht über ihn und wollte, dass er ein Andenken daran hätte.

Falls er sich selbst beweisen wollte, dass diese Macht ihn nicht mehr in ihrem Bann hat, ist er kläglich gescheitert. Er starrt auf die dunklen und hellen Flächen, denn mehr ist es nicht, und drückt dann seinen Daumen auf ihr Gesicht, um sie auszulöschen, weil dieses Bild immer noch die Macht hat, ihn zu erregen. Dabei könnte es doch jede andere gut gebaute junge Frau sein; jedes billige, erotische Foto hätte denselben Effekt … Er sagt zu sich, *falls* sie sich wiedersehen, und das ist in einem so riesigen Land gar nicht sicher, wird sie anders sein, gleichgültig, und er wird nichts empfinden, rein gar nichts … Sie hatte ihn begehrt (die Erinnerung daran ist so frisch wie eh und je, eine zeitlose Empfindung dicht unter der Oberfläche wie warmes, aromatisches Grundwasser), hatte ihn vielleicht sogar eine Weile gemocht, doch sich dann gegen ihn entschieden, und das war das Ende. Er hatte ihr einfach nicht genug bedeutet. Ihr Brief an Aniguin beweist ihre Schwäche: Wie die meisten Menschen, die anderen weh tun, will sie immer noch gemocht werden.

Noch einmal nimmt er das Foto aus Liverpool in die Hand um es, wie er schon einmal vorhatte, ins Feuer zu werfen. Und dann, wie schon einmal, steckt er es zurück in den Umschlag, unter die anderen.

Es ist einfach nicht wichtig genug.

✶

LANGS FARM, POCUMTUK POINT,
LAKE CHAMPLAIN, DEZEMBER

Liebe Mrs. Athlone,
mit tiefstem Bedauern teile ich Ihnen mit, dass letzte Woche erst Padloq und Aviaq und schließlich Samstagnacht Ivalu gestorben sind. Aniguin hatte sich mit Grippe und Bronchitis angesteckt, wirkt nun aber wieder wohlauf – zumindest körperlich. Die anderen hat es trotz aller Bemühungen sehr schnell dahingerafft. Die Krankenhausangestellten waren zutiefst betroffen, und viele vergossen sogar Tränen; ich glaube, sie hatten ihre ungewöhnlichen Patienten wirklich ins Herz geschlossen. Es ist eine schreckliche Angelegenheit.
Im Mount Olivet, dem Krankenhaus in Brooklyn, wo sie verarztet wurden, durfte Aniguin seine Frau und seine Freunde im Park beerdigen und, soweit es möglich war, nach seinen Sitten um sie trauern. Mr. White vom Museum, die Ärzte und Schwestern vom Mount Olivet sowie die Familie meines Bruders und ich waren da, um ihnen die letzte Ehre zu erweisen. Ich habe Mr. Armitage geschrieben, um ihm die

traurigen Neuigkeiten mitzuteilen, doch er ist momentan auf Reisen.
Aniguin habe ich auf einer Farm in den Bergen nördlich von New York untergebracht. Ich hoffe, es hilft ihm, auch innerlich Abstand von der Tragödie zu finden. Da der erste Schnee gefallen ist, fühlt er sich vielleicht ein bisschen heimischer. Äußerlich lässt er sich nichts anmerken, aber ich vermute, es geht ihm sehr schlecht. Er sagt immer wieder: ›Ayornamut‹, was, glaube ich, so etwas bedeutet wie ›Es sollte so sein‹ oder ›Es ist Schicksal‹ – aber das werden Sie besser wissen als ich.
Die Leute auf der Farm sind nett, und ich werde ihn regelmäßig besuchen. Ich hielt dies für besser, als ihn den ganzen Winter in New York zu behalten, und er war einverstanden. Ganz sicher würde es ihm gut tun, etwas von Ihnen zu hören. Sie können ihm hierher schreiben, zu Händen von Mrs. Lang (denn von nun an bin ich unterwegs, und so bekommt er seine Briefe schneller). Ich hoffe, seine Unglücksserie hat nun ein Ende.

Mit den besten Wünschen,
J. de Beyn

Was für ein schrecklicher Brief. Es tut mir so leid.

Kapitel 41

London, 51°31' N, 0°7' W
Februar 1897

»Meine Sponsoren sind an der Entdeckung von Neuland interessiert – nur deshalb unterstützen sie mich.« Er lächelt und zeigt dabei seine kleinen, weit auseinanderliegenden Zähne. Sein Akzent ist genauso einwandfrei wie seine Manieren.

Ralph Dixon verlagert sein Gewicht auf dem Stuhl, der unter seinem Gewicht knarzt. Gilbert Ashbee, der Biologe, mit dem sie ihr Vorstellungsgespräch abhalten – obwohl es vielleicht genau umgekehrt ist und er sie unter die Lupe nimmt – hält kurz inne. Er ist ein gedrungener, durchschnittlich großer Mann mittleren Alters mit blondem Haar und Schnurrbart, der Selbstvertrauen und einen gewissen animalischen Charme ausstrahlt.

»Haben Sie Erfahrungen mit der Arktis?«, erkundigt sich Flora.

»Ich war oft in Österreich und Norwegen Bergsteigen und habe zwei Winter in Island verbracht. Ich weiß, das ist nicht mit der Arktis vergleichbar, hoffe aber, meine Erfahrungen in der Kälte waren nicht ganz umsonst.«

»Da wir beim wissenschaftlichen Programm keinerlei Abstriche machen können, müssten Entdeckungsfahrten darum herum gebaut werden.«

»Selbstverständlich, doch wie ich aus den Ausführungen von Professor Dixon verstanden habe« – er nickt Ralph zu, der sich leicht windet, als wäre ihm der Titel ›Professor‹ unangenehm –, »beabsichtigen Sie auch, Abschnitte von Ellesmere Island zu kartographieren, und darunter könnte auch bislang unentdecktes Land fallen.«

Flora sieht Ralph an, der seine bemüht ausdruckslose Miene beibehält.

»Die Möglichkeit besteht. Aber wir müssen flexibel sein und uns an die Bedingungen anpassen, die wir dort vorfinden werden. Welches Interesse haben Ihre Sponsoren an Neuland?«

»Es sind zutiefst idealistische Ziele, und zwar Ziele, möchte ich hinzufügen, die bis in die höchsten Regierungskreise reichen. Es gibt hochrangige Persönlichkeiten, die daran interessiert sind.«

»Ach ja?« Flora lässt eine Weile verstreichen, bevor sie weiterspricht. »Das verwundert mich, Mr. Ashbee. Denn wenn es so hochrangige Persönlichkeiten sind, wieso stellen sie dann nicht eine staatliche Expedition zusammen?«

»Ich will es mal so ausdrücken: In diesem frühen Planungsstadium ist Diskretion außerordentlich wichtig. Die daran beteiligten Parteien würden lieber zuerst Recherchen betreiben und die Machbarkeit eines solchen Vorhabens überprüfen, bevor sie die Presse und die Öffentlichkeit auf ihre Pläne aufmerksam machen.«

»Und die wären?«

»Sie bringen mich in Verlegenheit, denn sosehr ich es auch bedaure, Mrs. Athlone, bin ich doch nicht befugt, Ihnen das zu sagen.«

Erstaunt lässt sich Flora auf ihrem Stuhl zurücksinken.

»Dann fürchte ich, dass ich Ihnen nicht helfen kann. Mr. Ashbee. Ich kann nicht Teil einer Unternehmung sein, von der ich nichts weiß.«

Zwar presst er leicht die Lippen zusammen, neigt aber ergeben den Kopf.

»Ich kann Ihnen nur versichern, dass die Motive über jeden Zweifel erhaben sind; das Projekt würde nichts Geringeres bewirken als eine allumfassende Verbesserung der menschlichen Lebensbedingungen.«

»Aber Sie können mir nicht ermöglichen, mir meine eigene Meinung darüber zu bilden?«

Wieder neigt Ashbee den Kopf. »Ich bedaure. Wenn es nach mir ginge, würde ich es. Aber mir sind die Hände gebunden.«

»Dann sollten wir vielleicht mit jemandem sprechen, dem die Hände nicht gebunden sind«, entgegnet sie mit leichter Schärfe, worauf Ashbees Miene erstarrt.

»Ich werde Ihre Bedenken übermitteln, Mrs. Athlone.« Bevor er aufsteht, wirft er Ralph einen Blick zu.

Danach sieht Flora Ralph an und zuckt verärgert die Achseln. Denn Ashbee wurde ihr von ihm empfohlen.

»Weißt du wirklich nicht, wovon die Rede war?«

»Tut mir leid, ich habe keine Ahnung. Ich weiß nur, dass er Geld im Rücken hat, deshalb dachte ich, man könnte sich mal treffen.«

»Ja, natürlich.«

Sie gehen durch eine Seitenstraße in der Nähe der Whitehall.

»Wie sieht's mit der Finanzierung aus?«

»Könnte besser sein«, erwidert sie. Tatsächlich macht sie sich ständig Sorgen. Seit dem letzten, schrecklichen Brief aus Amerika plagt sie die Angst, auch Aniguin könnte sterben, bevor sie ihn wiedersehen kann. Sie *müssen* diesen Sommer einfach hinfahren. Ihr Vater hat ihnen eine Schiffspassage auf dem *Clansman* vermittelt, einem Robbenfänger aus Dundee. Doch wenn sie in den nächsten Wochen nicht noch eine beträchtliche Summe auftreiben, werden sie nicht fahren können.

Als sie vor über einem Jahr ihren Vater fragte, ob man nicht die *Vega* chartern könne, litt er gerade an einer Entzündung beider Knie, die ihn ans Haus fesselte und seiner Laune nicht gerade förderlich war. Dementsprechend finster hatte er sie angestarrt.

»Ich kann über die Schiffe von Dundee nicht verfügen, wie

es dir gerade passt, Flora. Es ist ein Geschäft. Der Unterhalt vieler Menschen hängt davon ab.«

»Ich bitte dich ja nicht um einen Gefallen, Daddy. Wir werden für die Passage bezahlen. Außerdem bist du Mitbesitzer, da wirst du doch ein Wörtchen mitzureden haben.«

Schweigen. Dann seufzte ihr Vater.

»Ich bin schon seit einiger Zeit nicht mehr Mitbesitzer an der *Vega,* Flora.«

Das traf sie wie eine Ohrfeige. Mit aufgerissenem Mund starrte sie ihn an. Er redete doch von der *Vega:* ihrer Schwester in Wasser und Eis.

»Seit wann denn das?« Sie spürte, wie zugeschnürt ihre Kehle war. »Wieso hast du mir das nicht erzählt?«

Ihr Vater bedachte sie mit einem ernsten Blick.

»Ich habe meine Anteile an der *Vega* verkauft, um dir das Geld für deine erste Expedition zu geben. Was hast du denn gedacht, woher das kommt?«

»Das wusste ich nicht«, flüsterte sie. »Ich dachte …«

Aber in Wahrheit hatte sie gar nicht darüber nachgedacht. Zu sehr hatte sie mit ihren eigenen Plänen zu tun, als sich zu fragen, woher die Hilfe kam. Eigentlich hatte sie sie als selbstverständlich betrachtet.

Ein paar Tage nach dem Treffen mit Ashbee kommt sie nach Hause und geht direkt hinauf in Freddies Wohnzimmer. Wie üblich klopft sie und kündigt sich mit »Ich bin's« an, bevor sie eintritt, ohne auf eine Reaktion zu warten.

Jetzt bemerkt sie einen eigentümlichen Ausdruck auf Schwester Caprons Gesicht. Als diese sich zurückgezogen hat, blickt sie Freddie an. Sein Gesicht ist bleicher als sonst.

»Ist alles in Ordnung? Oder ist etwas passiert?«

»Ich glaube, das kannst du mir am besten beantworten.«

»Was soll das heißen?«

Freddie nimmt einen billig wirkenden Umschlag in die Hand.

»Solch einen Brief bekomme ich nicht zum ersten Mal. Zuerst war ich der Meinung, ich sollte dich nicht mit dem belästigen, was darin unterstellt wird. Aber es stehen ein paar sehr unerfreuliche Anschuldigungen darin. Gegen dich.«

»Anschuldigungen?«

Selbstverständlich weiß sie, worum es geht. Freddie lächelt freudlos. »Das Übliche. Wie ich schon sagte, wollte ich nicht mal mit dir darüber sprechen, nur wird hier ziemlich ins Detail gegangen und ich mache mir Sorgen um deinen Ruf, falls das an die Öffentlichkeit dringt.«

»Also glaubst du, was darin behauptet wird?«

»Die früheren Briefe waren anonym, daher habe ich sie ignoriert. Aber dieser hier ist unterschrieben. Von einer gewissen Mrs. E. Levinson.«

Ein eiskalter Schauer durchfährt Flora.

»Mr. Levinson ist mit der Konservierung unserer Mumien betraut. Du weißt doch, dass ich mich mit ihm treffe.«

»Ich kann mir nicht vorstellen, dass du in der Calthorpe Street 57 Mumien konserviert hast. Letzten Freitag.«

Flora verschlägt es die Sprache.

»Hast du mir nichts zu sagen?«

Flora geht zum Fenster. Sie hat schon oft an einen solchen Moment der Wahrheit gedacht, ihn sich aber ganz anders vorgestellt.

»Nein.«

Sie war sich fast sicher gewesen, dass er von ihrer Affäre mit Jakob wusste, sie aber nicht zur Rede stellen wollte. Jetzt kommt es ihr bizarr vor, bei etwas ertappt worden zu sein, das so unwichtig ist.

»Ich weiß, an der Universität bestand eine Verbindung zwischen euch. Vielleicht hast du ihn immer geliebt? Ist es seitdem … immer so weitergegangen?«

»Als wir uns im Museum wiedertrafen, hatte ich ihn schon Jahre nicht mehr gesehen.«

»Liebst du ihn?«

»Nein.«

»Was ich wohl eigentlich wissen will, ist, ob du die Scheidung willst.«

»Ach, Freddie …« Sie legt sich die Hand über die Augen, weil eine riesige Welle der Müdigkeit sie zu überwältigen droht. »Es tut mir leid. Aber es hat nicht das Geringste zu bedeuten. Es ist ganz unwichtig.«

»Soll das heißen, du liebst ihn nicht?«, fragt er ungläubig.

»Wieso interessiert dich das so, Freddie? Ich habe keine Ahnung! Vermutlich habe ich … dich ausgenutzt. Ich habe mich schon oft gefragt, wieso du dich weiterhin so für mich einsetzt. Schließlich liebst du mich doch nicht – hast mich nie geliebt, oder?«

»Doch, selbstverständlich! Ich weiß, seit dem Unfall konnte ich dir kein Ehemann sein – mit diesem verkrüppelten Körper …« Mit angewiderter Miene weist er an sich herunter.

Flora starrt ihn an. »Nein, nicht seit dem Unfall! Du warst mir nie ein Ehemann. Du wolltest mich nie!«

Da durchbohrt sie Freddie mit seinem Blick.

»Nein, du wolltest mich nicht, Flora. Hast du das schon vergessen?«

Flora merkt, wie ihr der Kopf schwirrt.

»Aber … doch nicht *so*.«

»Also gibt dir Mr. Levinson alles, was du dir wünschst?«

Flora blickt an ihm vorbei und schüttelt den Kopf. »Ach, Himmel noch mal …«

»Als sich all meine eigenen Hoffnungen nach dem Unfall zerschlagen hatten, tröstete ich mich mit dem Gedanken, dass wenigstens du mir geblieben bist. Von da an lagen all meine Hoffnungen auf dir. Ich sagte mir, uns verbände etwas Besseres als rein animalisches Vergnügen – Zuneigung, ein Ziel …«

»Wenn es tatsächlich besser ist, dann verbindet uns das immer noch. Wenn nicht, dann …« Flora holt tief Luft. »Dann kannst du dich natürlich von mir scheiden lassen. Allerdings bin ich in ein paar Wochen ohnehin fort.«

Sie starren einander an; Flora ist selbst erschrocken über das, was sie gesagt hat. Trotz allem – *allem* – sind sie doch aneinander gewöhnt. Und die einzige Daseinsform als Erwachsene, die sie kennt, ist die als seine Ehefrau.

»Das meinte ich nicht«, sagt er schließlich.

»Was meinst du dann? Was genau willst du?«, ruft sie so laut, dass es schon fast wie ein Schrei klingt. Und ganz kurz hat sie den Eindruck, er würde es ihr tatsächlich verraten.

»Wie du schon sagtest, wirst du in Kürze aufbrechen. Das ist jetzt meine Priorität und muss auch deine sein.« Er blickt auf den Brief, als staune er, dass er ihn immer noch in der Hand hält. Dann lässt er ihn auf den Tisch fallen. »Es tut mir leid. Dieser Brief hat mich aufgebracht.«

»Es muss dir nicht leidtun. Alles, was darin steht, ist wahr.«

»Aber du liebst ihn nicht?«

»Nein.«

»Und doch macht er dich glücklich.«

»Eigentlich wollte ich es schon beenden.«

»Dann müssen wir kein Wort mehr darüber verlieren.«

✶

In der folgenden Woche verpflichtet sich Gilbert Ashbee als Mitglied der Expedition. Das letzte schlagende Argument – dem sie nichts entgegenzusetzen hat – sind die fünftausend Pfund, die er beisteuert. Ohne die würde sie Aniguin nicht wiedersehen und (vielleicht) auch nicht Jakob de Beyn – obwohl sie nicht glaubt, das Letzteres für sie wichtig ist. Außerdem ist ihr London unerträglich geworden. Da kann sie sich Stolz und Integrität nicht länger leisten.

Die Crux an der Sache ist das Geld. Es müssen Opfer gebracht werden – an Entdeckungsfahrten müssen alle mitmachen. Doch selbst manche, die nicht mal mitmachen und keinerlei Gewinn daraus ziehen, müssen Opfer bringen: Ralphs ungeborenes Kind zum Beispiel, das seinen Vater erst kennenlernen wird, wenn es seine ersten Wörter spricht, oder vielleicht auch nie.

Flora schreibt Mark einen letzten Brief. Dabei ertappt sie sich, dass sie weint; jetzt erkennt sie, was ihr bislang nicht bewusst war: Ihre Gefühle galten nur dem brillanten jungen Mann von einst, und der ist genauso verschwunden wie das Mädchen, das sie einst war. Hatte sie angenommen, Intimität mit ihm würde wie ein heilender Balsam sein? Sie könnte Verbitterung, Selbstmitleid und selbst die vergangenen Jahre verschwinden lassen? Dann hat sie ihre Macht überschätzt.

Kapitel 42

New York, 40°42' N, 74°00' W
April 1897

Seit Ayakous Beerdigung hat Jakob keinen Fuß mehr ins Naturkundemuseum gesetzt. Unter den Säulen des Eingangs hält er inne, um die Atmosphäre in sich aufzunehmen. Sie wirkt wohltuend auf ihn. Wegen der endlosen Sorgen bei der Vorbereitung der Expedition hat er keine Zeit mehr für sich selbst, doch als Student verbrachte er unzählige Stunden mit Skizzen und Aufzeichnungen in den Gesteinssälen. Er verlor sich in der fast heilig anmutenden Aura dieses Orts; eine Zuflucht der Stille im Getöse der Stadt.

Da er noch Zeit bis zu seiner Verabredung mit dem stellvertretenden Kurator hat, geht er über einen Umweg zu Whites Büro, mit dem er über Fossilien sprechen will, und schlendert an vertrauten Schaukästen vorbei durch Choates Hall of Mankind. In dem Saal mit der hohen, gewölbten Decke, die ein Echo wie eine Kathedrale wirft, sieht man Anzeichen von Veränderungen: Sein Blick wird zu einem neuen Schaukasten gezogen, dessen Tafel schneeweiß ist. Noch bevor er sie gelesen hat, rinnt ihm ein kalter Schauer über den Rücken. Auf der Tafel steht: *Eskimomann, ca. 35 Jahre alt. Nordwest-Grönland. Erw. 1896*

Er weiß, dass Armitage nur einer von vielen Entdeckern ist, die sterbliche Überreste von Ureinwohnern mitbringen.

Dennoch verstärkt sich seine Abneigung gegen ihn. Die Knochen sind nicht gelbbraun wie die alter Hominiden, also sind sie nicht ausgegraben worden. Dann wird ihm bewusst, was sein Hirn schon längst registriert hat: die Brüche in den Knochen des rechten Beins, die zu Lebzeiten unzulänglich geschient und schlecht verheilt waren. Jakob ist sich ganz sicher: Er war bei dem Unfall dabei, war dabei, als diese Knochen vor vier Jahren in Siorapaluk brachen. Als er auf den grinsenden Schädel blickt, kann er keine Spuren mehr von dem Gesicht erkennen, das die Knochen bedeckt hat. Doch ein Blick auf das Bein, und er weiß – er *weiß* –, dass dies das Skelett seines Freunds Ayakou ist.

Ein Vater mit seinen beiden kleinen Söhnen schlendert vorbei und bleibt in der Nähe stehen.

»Ist der klein«, sagt einer der Jungen. »Das ist doch ein Zwerg!«

Alle lachen.

»Die Wilden sind immer klein«, erklärt der Vater. »Sie sind so primitiv wie der Neandertaler da.«

Jakob schießt das Blut in den Kopf.

»Sein Name war Ayakou.«

»Wie bitte?«, fragt der Mann mit feindseliger Stimme.

Jakob sieht ihn an. »Er hieß Ayakou. Dieser Mann hier. Er war kein Wilder und ist erst vor wenigen Monaten hier in New York gestorben.«

Der Mann verzieht verächtlich das Gesicht, packt seine Söhne an den Schultern, schiebt sie weiter und murmelt: »Solche Verrückten sollte man gar nicht hier reinlassen …«

Draußen im Park sucht Jakob Ayakous Grab auf, das keinen Stein hat. Es wirkt unberührt, und die braune Erde ist schon von frischem Gras bedeckt. Heißt das, seine Ängste sind unbegründet? Schließlich war er doch selbst bei der Beerdigung dabei! Oder haben sie … (eigentlich undenkbar) ihn sofort danach wieder ausgegraben? Dann, während er inmitten der

Narzissen steht, die frech ihre Köpfe nach oben recken, kommt ihm ein noch schrecklicherer Gedanke: War es überhaupt Ayakous Leiche, die sie hier begraben haben?

In Whites Büro ist Jakob viel zu erregt und abgelenkt, um sich an sein ursprüngliches Anliegen zu erinnern. Bevor er sich's versieht, unterbricht er ihre Begrüßungsfloskeln mit einem ziemlich schroffen Auflachen und sagt: »Ich frage mich, ob Sie mich wohl beruhigen könnten … Es mag Ihnen verrückt vorkommen, aber auf dem Weg hierher ist mir ein neues Exponat aufgefallen, in der Choate Hall … Eskimomann, aus Nordwestgrönland. Im letzten Jahr erworben. Woher stammt der?«

Als White den Blick auf seinen Schreibtisch senkt, weiß Jakob sofort, er hat recht, und White wird ihn anlügen.

»Da müsste ich erst in den Unterlagen nachsehen. Ich fürchte, ich habe nicht jedes Exponat im Kopf. Aber ich bin mir ziemlich sicher, dass es mit Mr. Armitages letzter Sendung kam.«

Whites Silhouette auf der anderen Seite des Schreibtischs wird so vom Licht aus dem Bogenfenster angestrahlt, dass sie zu leuchten scheint.

»Aber nun zu Ihren Fossilien … wir wären interessiert an ein paar –«

»Denn ich war mit Ayakou dabei, als der Meteorit geborgen wurde, Mr. White«, unterbricht Jakob ihn hitzig. »Als sein Bein an zwei Stellen gebrochen wurde. Ich war dabei. Und dieses Skelett hat am rechten Bein an genau denselben beiden Stellen Brüche. Dieses Skelett ist Ayakous, nicht wahr?«

Whites starrt ihn mit offenem Mund an und bringt es irgendwie fertig, geschockt und gleichzeitig uninteressiert und uninformiert zu wirken.

»Aber Sie und ich waren doch mit seiner Frau Padloq dabei, als er im Park beerdigt wurde. Können Sie mir das erklären, Mr. White?«

White bedenkt ihn mit einem knappen Lächeln. »Ich darf keine Erklärungen zur Herkunft einzelner Exponate geben,

Mr. de Beyn. Allerdings hat das Museum alles Recht, seine Musterstücke bestmöglich zur Bildung und Erbauung– «

»Er ist kein Musterstück, sondern ein Mann, den Sie selbst gekannt haben! Sein Name ist Ayakou. Sie haben auch seine Frau gekannt! Sie können ihn doch nicht einfach in einen Kasten stellen und von fremden Leuten angaffen lassen! Ich dachte, Sie hätten ein Gewissen – «

»Sie sind erregt, Mr. de Beyn. Die Tragödie um die Eskimos war für uns alle aufwühlend, auch für mich, und – «

Mit einem Mal springt Jakob auf und ballt die Fäuste. »Wenn Ihre Frau morgen stürbe, würden Sie ihren Körper in ein Labor schicken, wo er in einem riesigen Gefäß so lange gekocht würde, bis sich das Fleisch von den Knochen löste, und sie dann in einem Glaskasten zur Schau stellen?«

»Wie können Sie es wagen, Mr. de Beyn! Das ist … das ist ja … *empörend!*«

»Wie ich es wagen kann? Wie können *Sie* es wagen! Offensichtlich gilt Ihnen so etwas wie Anstand und Respekt gar nichts. So lange es nur zur *Bildung* und *Erbauung* dient!«

Whites Kiefer zuckt vor Zorn. Aber er verschanzt sich weiterhin hinter seinem Schreibtisch, als stelle Jakob eine Bedrohung dar.

»Sie leugnen es gar nicht.«

»Ich denke … ich denke, Sie sollten jetzt gehen, Mr. de Beyn.«

Jakob wendet sich zur Tür und hat die Hand schon an der Klinke, da fällt ihm ein, dass er einen Brief von Aniguin in seiner Brusttasche hat.

»Aniguin hat mir dies für Sie mitgegeben. Er wollte Ihnen sagen, dass er Ihnen nichts vorwirft. Allerdings weiß er nicht, was Sie seinem Freund angetan haben. Soll ich es ihm sagen? Ihrer Ansicht nach sollte das ja nichts ausmachen.«

White gibt ein leises Winseln von sich. Jakob wirft ihm den Brief auf den Schreibtisch. Erst dann kommt ihm noch ein Gedanke.

»Ich gehe jetzt zum Mount Olivet Krankenhaus. Sollte ich feststellen, dass man versucht hat, die Leichen dort auszugraben, werde ich mich an die Presse wenden.«

Während er den Korridor hinuntergeht, hört er Mr. White rufen: »Sie haben keinen Beweis! Ich habe nichts zugegeben, hören Sie?«

Schnell entfernt sich Jakob vom Museum. Er kann sich nicht vorstellen, es je wieder zu betreten. Nach ein paar Minuten wird er langsamer, zittert aber immer noch von den Nachwehen seines Wutausbruchs. Die Straßen sind grau von Schneematsch. Vom East River weht ein kräftiger Wind. Als Jakobs Wut verraucht ist, wird ihm kalt. Bei seinem melodramatischen Abgang hat er seinen Mantel in Whites Büro vergessen.

Fluchend und zitternd kehrt er um und geht zum Museum zurück, vorbei an rotnasigen New Yorkern – verkniffenen, verkommenen, egoistischen, aufdringlichen Stadtbewohnern mit gehässigem Blick – genau die Sorte Menschen, die vor den sterblichen Überresten eines Mannes stehen und gaffen, ohne sich darum zu kümmern, woher er kam oder wie er hieß. Er hasst sie alle. Er, Jakob (der jetzt die Treppe zum Gebäude hinaufgeht, das er doch nie wieder betreten wollte), ist genauso verkommen und lächerlich wie die anderen.

Plötzlich wird sein Drang, alles hinter sich zu lassen, so übermächtig, dass er stehen bleiben und sich am Geländer festhalten muss. Als er die Augen zukneift, sieht er Bilder von den Hügeln an der Küste von Ellesmere Island vor sich: das kalte, ewige Licht, die schlichte Freude, die er dort erlebt hat. Nur noch ein paar Wochen, dann fährt er los, weg von diesem Ort, diesen Menschen, dem schlimmsten Teil seiner selbst.

Er strafft die Schultern und geht weiter die Stufen hinauf.

TEIL SIEBEN

THULE

»Thule, eingefroren unter dem Polarstern.«
Claudius Claudianus

Kapitel 43

Gander, Neufundland, 48° 57' N, 54° 36' W
April 1948

»Tut mir leid, Leute, aber wir haben gerade den Wetterbericht bekommen.«

Commander Soames hält den negativen Bericht in die Höhe und überblickt die Versammlung im Speisesaal. (Warum sind Wissenschaftler immer so schlampig? Es kann doch nicht ihre Fähigkeiten übersteigen, eine Krawatte geradezurücken und einen Gürtel zu wienern.)

»Über den Inseln Baffin und Ellesmere herrscht starker Wind, daher fürchte ich, wir müssen abwarten, bis der sich legt. Zur Landung brauchen wir die bestmöglichen Wetterbedingungen. Aber in etwa vier Stunden kommt ein neuer Bericht herein, dann können wir eine Entscheidung treffen. Wenn Sie sich bis dahin in Geduld üben würden …«

Sein Lächeln wirkt etwas oberflächlich. Aber eine echte Wahl haben sie ohnehin nicht. Randall Crane ist enttäuscht. Doch wie so oft konzentriert er sich auf das Positive.

Er hat den ganzen Morgen die Schneekönigin beobachtet. Beim Frühstück schien sie nicht geneigt, seinen Blick zu erwidern. Gestern Abend beim Dinner war sie lebhafter und lächelte: bezaubert und geschmeichelt von der männlichen Aufmerksamkeit. Die Komplimente – oder der Wein (oder beides) – ließen sie jünger und warmherziger wirken. Vielleicht belebte sie ein Gespür für den besonderen Moment, genau wie ihn. Eine Ahnung von etwas Aufregendem, Bedeutsamem – vielleicht Historischem – lag in der Luft. Denn die Anwesenden im Speisesaal sollten die ersten Menschen sein, die – und das *unanfechtbar* – auf dem Nordpol stehen würden. Alle früheren Ansprüche darauf konnten verworfen werden, da die Berichte darüber mehr oder weniger nebulös waren und unbestätigte Zeugenaussagen, zweifelhafte Sichtungen zu Wasser und zu Lande, unmögliche Streckenverläufe und schlicht und einfach keine *stichhaltigen Beweise* enthielten – nicht enthalten *konnten.* Keiner der Anwesenden bezeichnet sich als Entdecker, aber alle sind auserwählt worden, weil sie es verdient haben. Dieses Hochgefühl ist am heutigen Morgen nur schwer wieder heraufzubeschwören. Draußen ist es kalt, bewölkt und nieselig.

Flora, die ihrem Vater einst erklärte, sie werde zum Nordpol fahren, als der noch der Mittelpunkt einer unbeschriebenen Landkarte war, empfindet nun kaum Aufregung angesichts dieser Aussicht. Nicht mal besondere Neugier, sondern eher die Befürchtung, die Kopfschmerzen, die sie über Nacht befallen haben, würden stärker werden und alles verderben. Heute Morgen ist sie müde. Die Fragen des jungen Mannes und diese Umgebung wecken Erinnerungen an den Norden und alles, was damit zusammenhing.

Randall erwischt sie im Aufenthaltsraum, wo sie sich mit der Zeitung und einer Tasse Kaffee niedergelassen hat. Als er sie anspricht, schaut sie auf und sieht ihn kühl an.

»Guten Morgen, Mrs. Cochrane. Ich muss Ihnen etwas beichten.«

»Tatsächlich? Ich bin sicher, es ist nichts Wichtiges, Mr. Crane.«

»Doch, das könnte es sein. Ich fürchte, ich bin Ihnen gestern mit meinen Fragen ziemlich auf die Nerven gegangen. Sie haben mich gefragt, warum ich so interessiert an Armitage und de Beyn bin, und da war ich Ihnen gegenüber nicht ganz aufrichtig. Dafür möchte ich mich entschuldigen.«

Sie faltet die Zeitung zusammen und legt sie auf den Beistelltisch. Er nimmt neben ihr Platz und holt tief Luft.

»Der Mädchenname meiner Mutter lautet Vera de Beyn. Jakob de Beyn war ihr Onkel.«

Die Schneekönigin starrt ihn an. Vor lauter Überraschung hat sie ihren Mund zu einem ›O‹ verzogen. Ihre Augen sind weit aufgerissen; sie scheint ihn einer gründlichen Musterung zu unterziehen. Dann sagt sie: »Ich verstehe. Warum haben Sie mir das nicht gestern schon erzählt?«

Verlegen rettet Randall sich in ein Lachen. »Wahrscheinlich, weil ich in offizieller Funktion hier bin und einen Auftrag ausführen muss, aber die persönliche Verbindung dazu habe. Die war auch der ursprüngliche Grund für mein Interesse an der Arktis … Ich wollte, dass Sie mich ernst nehmen. Und ich wusste nicht, wie Sie es aufnehmen würden …« Er schüttelt den Kopf und lächelt hoffnungsvoll. »Wie auch immer: Es tut mir leid.«

»Seine Nichte Vera ist Ihre Mutter?«

»Ja, das ist richtig.«

Darauf sagt sie erst mal eine ganze Weile lang nichts.

»Ich verstehe, dass es Sie interessiert, was mit ihm geschehen ist. Aber das heißt noch nicht, dass ich Ihnen mehr als gestern erzählen kann.«

»Glauben Sie mir denn?«

Sie wirft ihm einen listigen Blick zu. »Seine Nichte war verkrüppelt. Er hatte Angst, sie würde nie einen Mann finden.«

Randall nickt.

»Sie hatte Polio als Kind und zurück blieb ein lahmes Bein. Geheiratet hat sie erst spät – sie lernte meinen Vater nach dem Ersten Weltkrieg kennen. Er wurde 1919 verwundet aus dem Kriegsdienst entlassen und sie arbeitete im Lazarett. Außerdem war sie etwas älter als er. Er behauptet, er sei nur durch sie wieder gesund geworden.«

Da verändert sich ihre Miene; *ihr Argwohn schwindet,* denkt er.

»Das hätte Mr. de Beyn ganz bestimmt gefreut. Ich glaube, er hat sie sehr liebgehabt.«

»Mom hat ihn angebetet. Als kleines Mädchen wollte sie ihn unbedingt heiraten.«

Er lässt sie nicht aus den Augen, hat aber keine Ahnung, was hinter ihrer unbewegten Miene vor sich geht.

»Mrs. Cochrane, ich hoffe, Sie verzeihen mir, aber wir haben einfach so wenig Zeit.« Er blickt sich um, um sich zu vergewissern, dass niemand in Hörweite ist. »Nach Jakobs Tod hat mein Großvater – also sein Bruder Hendrik, – seine Sachen durchgesehen. Dabei hat er Ihre Briefe gefunden.«

»Oh.« Sie blinzelt ein paarmal.

Wieder Schweigen. Randall wartet geduldig.

»Es tut mir leid, ich kann mich nicht mehr so gut daran erinnern … was waren das denn für Briefe?«

Randall holt tief Luft. »Sie haben sich mit ihm nach der ersten Grönlandexpedition von 1892 geschrieben, und ich glaube, als er 1895 nach Europa fuhr, haben Sie sich wieder getroffen.«

Er weiß nicht, wie er fortfahren soll. Er hat die Briefe gelesen. Er hat sie sogar dabei. Zuerst sind die Briefe von Flora Athlone an seinen Großonkel förmlich, wenn auch freundlich. Beim ersten geht es um ein Kind, dessen Vater, ein gewisser Frank Urbino, bei einem Unfall umkam. Außerdem um einen Eskimo, der bei diesem Unfall verletzt wurde. Es ist die behutsame und besorgte Übermittlung von Neuigkeiten. Im Verlauf der nächsten beiden Jahre wird der Briefwechsel ungezwungener und vertraulicher, bis er sich im Frühjahr 1895 abrupt ändert: Jetzt kommen die Briefe nicht mehr in mehrmonatigen Abständen, sondern ununterbrochen, und der Ton ist leidenschaftlich und intensiv. Sie sind sich in Europa wieder begegnet, und jetzt haben sie eindeutig eine Beziehung. Es ist die Rede davon, dass sie ihn in der Schweiz besucht. Von Sehnsucht und Leidenschaft. Es gibt auch, subtil angedeutete, Zweifel an seinen

Gefühlen für sie, aber keine an ihren Gefühlen für ihn. Ihre Briefe sind eindeutig die einer verliebten Frau.

Dann, drei Monate später, beendet sie die Beziehung; ihr Mann ist schwer erkrankt. Vorher wurde er nicht einmal erwähnt, allerdings scheint Jakob gewusst zu haben, dass sie verheiratet war. Vielleicht hatte sie es sich anders überlegt. Vielleicht war sie aufgeflogen. Vielleicht hatte ihre Leidenschaft nachgelassen. Erklärungen gibt es keine.

In dem Umschlag mit den Briefen lagen auch eine Handvoll Fotos. Ein paar Schnappschüsse von Flora Athlone (so hieß sie damals) am Strand von Grönland. Ein besonders schöner zeigt eine blutjunge Flora mit einem Eskimomädchen, das ihr nur bis zum Kinn reicht. Sie sehen sich an und lachen entzückend verschmitzt. Und noch ein Foto war da – das seine Mutter ihm erst wenige Tage vor seiner Abreise gab. Auf diesem letzten Foto sitzt eine immer noch sehr junge Flora auf einem Sessel in einem dunklen Zimmer und lächelt scheu in die Kamera. Nur ist sie hier nackt, und ihre Haut schimmert im Licht vom Fenster wie eine Perle. Als Randall es sah, musste er vor lauter Verlegenheit lachen.

»Das ist sie? Das Mädchen am Strand? Der alte Tunichtgut!«

Ihre Mutter seufzte. »Ehrlich, Randy. Ich weiß, ich bin deine Mutter, aber Fotos mit nackten Frauen siehst du doch sicher nicht zum ersten Mal.«

»Tja, jedenfalls *das* hier habe ich noch nicht gesehen«, gab er zurück. »Sie ist gar nicht schlecht, oder?«

»Ich hoffe, du verkneifst dir ein schmieriges Grinsen, wenn du sie triffst.«

»Mom! Herrgott noch mal!«

Mehr als alles andere jedoch war er amüsiert (und leicht erregt) – und das erfüllt ihn jetzt mit tiefer Scham, obwohl er eigentlich keine Verbindung zwischen dem schmelzend jungen Mädchen auf dem Foto und der alten Frau vor ihm herstellen kann. Seine Scham rührt auch weniger von ihrer Nacktheit als vielmehr vom Ausdruck auf ihrem Gesicht. Es ist ein so intimes Foto – so eindeutig das einer Frau, die ihren Geliebten ansieht –, dass er es nicht mal erwähnen kann.

Jetzt unterbricht die Schneekönigin ihr Schweigen und fragt seufzend: »Haben Sie vor, darüber zu schreiben?«

»Aber nein! Glauben Sie das ja nicht! Daran würde ich nicht mal im Traum denken! Meine Familie – vor allem meine Mutter – würde nur gerne erfahren … also, alles, was Sie über ihn erzählen können. Der Norden war ein wesentlicher Teil seines Lebens. Immer, wenn er nach New York zurückkam, wohnte er bei der Familie meiner Mutter, aber sie sagte, er hätte eigentlich jedes Mal direkt wieder aufbrechen wollen. Das konnte keiner in der Familie wirklich nachvollziehen. Aber Sie müssten doch wissen, wie das war. Und selbstverständlich würden wir auch gerne wissen, was mit ihm passiert ist, am Ende. Wenn es denn etwas darüber zu wissen gibt …«

»Oh«, sagt sie erneut. »Das ist schon so lange her.«

»Ich verstehe, dass es für Sie schwierig sein könnte, darüber zu sprechen.«

Randall sieht sie an und spürt ihren inneren Widerstand. Am liebsten würde er sie schütteln. Selbstverständlich hat sie ein Recht auf Privatsphäre – aber er und seine Mutter haben auch das Recht, es zu erfahren, oder etwa nicht?

»Möglicherweise bekommen wir nie wieder eine solche Gelegenheit, etwas darüber zu erfahren. Ich … bitte …«

Die alte Frau blickt aus dem Fenster.

»Mir ist klar, dass er nur ein kleiner Teil Ihres Lebens war. Aber meine Familie hat ihn sehr geliebt und vermisst.« In der Hoffnung auf irgendeine Regung hält er inne. »Ich bin nach ihm benannt worden.«

Da sieht sie ihn vorwurfsvoll an. »Ich dachte, Sie hießen Randall.«

»Genau gesagt: Jakob Randall Crane. Als ich in die Schule kam, fand ich ›Jakob‹ zu altmodisch.« Entschuldigend verzieht er das Gesicht.

Wieder sieht sie ihn prüfend an. »Ihre Augen erinnern mich an seine.«

Er lächelt. »Das sagt Mom auch immer.«

Sie scheint nachzudenken. Blickt auf ihre Uhr. Randall ertappt sich dabei, dass er um weiterhin schlechtes Wetter betet.

»Sollen wir ein bisschen spazieren gehen? Die Zeit haben wir ja.«

Randall grinst. »Es wäre mir ein Vergnügen. Vielen Dank.«

»Danken Sie mir nicht. Ich weiß doch gar nicht, ob das, was ich Ihnen erzählen kann, für Sie von Nutzen ist.«

In Mäntel und Schals gehüllt – die Temperatur liegt nur knapp über dem Gefrierpunkt –, wandern sie von den schachtelförmigen Gebäuden hinaus in den grauen Morgen.

»Wenn wir in südöstliche Richtung gehen«, bemerkt sie, »kommen wir zum See.« Und bevor er noch etwas dazu sagen kann, marschiert sie schon los.

»Das ist Südosten?«, fragt er. Als sie nickt, hakt er nach: »Woher wissen Sie das? Die Sonne ist doch nicht zu sehen.«

Sie sieht ihn an. »Ich weiß es einfach.«

Auf der anderen Seite des leeren Highways erhebt sich eine kleine, mit Nadelbäumen bedeckte Anhöhe. Randall findet die Landschaft nicht schön: Sie ist flach, sieht aus wie wundgescheuert, und nur monotone Nadelwälder bedecken die nackte Erde.

Er nimmt seine Zigaretten heraus und bietet ihr eine an.

»Nein danke. Ich habe nie geraucht. Er natürlich schon. Alle haben geraucht.«

»Alle?«

»Die Männer im Norden. Die ganze Zeit. Und die Eskimos. Tabak war ein wichtiges Handelsgut. Sie konnten einfach nicht genug davon kriegen.«

Randall lacht. »Sehr clever, die Handelspartner nach etwas süchtig zu machen, was man nur selbst liefern kann.«

»Ach, das fing nicht erst mit uns an.« Sie bedenkt ihn mit

einem scharfen Blick. »Aber Sie haben recht. Es gab viele Dinge, die nur wir liefern konnten.«

Sie schreitet so rasch aus, dass Randall fast Mühe hat, mit ihr Schritt zu halten.

»Wir sind uns noch einmal begegnet, Ihr Großonkel und ich. 1898. Wussten Sie das?«

»Nein. Meinen Sie in Grönland?«

»Ja.«

Er wartet darauf, dass sie fortfährt. Sie jedoch geht einfach weiter und hält den Blick auf die Bäume vor sich gerichtet.

Dann sagt sie: »Er war kein kleiner Teil. Ganz und gar nicht.«

Sie klettern über eine Bankette mit Schlacke, die von den Straßenarbeiten übriggeblieben ist. Randall bietet ihr seine Hand, aber sie ergreift sie nicht.

Sie sagt: »Auch ich habe ihn sehr geliebt.«

Kapitel 44

Auf See, Nordatlantik
Mai 1897

Selbstgerechtigkeit ist die widerwärtigste menschliche Eigenschaft; sie vergrößert die Fehler der anderen und besudelt jede Tugend; einerseits kämpfte Jakob dagegen an, andererseits (das muss er zugeben) genoss er sie. Denn sie gab ihm die Energie, alle Hindernisse zu überwinden; sie löste seine Zunge im Gespräch mit Sponsoren; er wirkte dadurch ernsthafter und leidenschaftlicher. Zuerst war er ziemlich entsetzt, diese Eigenschaft auch an sich zu entdecken, aber andererseits hatte er bis dahin nie die Berechtigung dazu verspürt.

Jetzt durchpflügt die *Micmac* die großen Wogen der Neufundlandbank, und er kann seit Monaten zum ersten Mal nichts tun, um etwas zu beschleunigen. Nebel umhüllt sie, und große Vogelschwärme kreisen kreischend über dem grauen Wasser und tauchen in die Gischt. Trotz der Kälte verbringen Welbourne, und er viel Zeit an Deck: Welbourne mit einem Gewehr in der Armbeuge, falls es etwas zu schießen gibt, Jakob mit dem Blick zum fernen Horizont, um seine Seekrankheit zu bekämpfen. Sie sehen Robben und Delphine und an einem Tag sogar ein paar Grönlandwale direkt vor ihrem Bug. Aniguin verbringt die meiste Zeit des Tages in seiner Koje und schläft.

In der Woche vor seiner Abreise fuhren Jakob und Hendrik mit der Fähre nach Blackwell's Island, wo Jakob ihrem Vater erklärte, dass er wieder aufbrechen würde. Wie üblich hörte Arent schweigend zu, obwohl man kaum sagen konnte, ob dies Enttäuschung, Missbilligung oder Gleichgültigkeit ausdrücken sollte.

Aniguin hatte noch einen Brief von Flora Athlone bekommen; darin teilte sie ihm mit, sie würde binnen weniger Wochen in Siorapaluk eintreffen. Als er ihn vorlas, merkte er, dass er dabei nichts Besonderes empfand. Dann fuhr er mit Aniguin zu den Gräbern auf dem Gelände der Mount-Olivet-Klinik. Ivalu, Padloq und Aviaq waren in einer Ecke des Parks in einem Kastanienhain begraben. Ihre Gräber waren mit frischem, grünem Gras bedeckt und mit schlichten, weißen Kreuzen gekennzeichnet, auf denen je ein Name und ein Datum standen.

»Aniguin, ich habe mir gedacht, wir sollten eine Gedenktafel aufstellen, auf der erklärt wird, wer sie waren«, sagte Jakob, als sie vor den drei kleinen Hügeln standen und darauf blickten. Da Aniguin nicht wusste, wie er sich verhalten sollte, folgte er Jakobs Beispiel, nahm seinen Hut ab und drehte ihn in seinen Händen.

»Was ist eine Gedenktafel?«

»Ein Schild. Als Erinnerung, damit sie nicht vergessen werden.«

Aniguin schnaubte leise. »Ich werde sie nicht vergessen«, sagte er.

»Nein, das weiß ich. Ich wollte dich auch fragen … und das hätte ich eigentlich schon früher tun sollen, aber … es wäre möglich, ihre Körper wieder nach Grönland zu bringen. Nicht jetzt, aber irgendwann einmal. Würden ihre Familien das wollen? Und du?«

»Wieso?«

»Dann könntet ihr sie in der Nähe eurer Häuser begraben.« Er wusste nicht, ob es bei den Eskimos Brauch war, ihre Toten zu besuchen.

Aniguin wandte sich ab. »Nein.«

»Ach so. Ja dann … ich wollte nur fragen.«

Während des gesamten Besuchs wirkte Aniguin, als fühle er sich nicht wohl; zwar hatte er sich bereit erklärt, die Gräber aufzusuchen, doch Jakob vermutete, dass er eigentlich nicht hatte mitkommen wollen. Schließlich waren die Toten tabu. Rückblickend wird ihm klar, dass Aniguin keinen seiner Vorschläge je abgelehnt hat. Mit Ausnahme dieses einen mit der Überführung der Leichen. Es war typisch für ihn, zu allem Ja und Amen zu sagen, immer zu lächeln; sich ständig mit leiser Stimme zu bedanken und seine Wertschätzung zu äußern. Jakob fragte sich, ob die ganze Reise nach Amerika für ihn nicht ein einziger Gräuel war.

Wenn Aniguin jetzt an Deck kommt und die schneidend kalte Luft einatmet, zeigt er ein Lächeln, das Jakob auf echte Freude hoffen lässt. Aniguin behauptet, das Eis zu riechen, und das, lange bevor sie es sehen. Der Kapitän der *Micmac* erklärt, Eisberge röchen nach Gurken. Als der erste in Sicht kommt – ein Riesenblock mit Streifen wie ein Pfefferminzbonbon –, stehen sie alle an der Reling und schnuppern. Aber der krude, beißende Geruch, den Jakob wahrnimmt, erinnert ihn nicht an Gurken, sondern ist für ihn mit nichts vergleichbar.

✶

In den letzten Wochen vor seiner Abreise freute er sich vor allem darüber, dass seine Freundschaft mit Clara Urbino wieder auflebte. Sie trafen sich häufig und aßen in der Nähe ihres Kaufhauses gemeinsam zu Mittag. Wenn er mit ihr sprach, hatte er das unerklärliche Gefühl, auch Frank in seine Pläne einzuschließen. Er fand es tröstlich, mit jemandem zusammen zu sein, der seine schlimmsten Geheimnisse kannte (es gab nur sehr wenig, was sie nicht wusste) und dennoch aufrichtige Zuneigung für ihn zu empfinden schien. In ihrer Freundschaft gab es keine Koketterie und keine Erwartungen; zweifellos machte das alles so leicht.

Ein paar Tage vor seinem Aufbruch traf er sie ein letztes Mal. Wegen der bevorstehenden Reise war er ziemlich nervös.

»Stimmt was nicht, Jake?«

»Wenn ich irgendwelche Fehler gemacht haben sollte, ist es jetzt zu spät, sie noch auszumerzen, aber ich muss ständig an alles denken, was ich bestellt und geprüft habe, und« – er schüttelte den Kopf – »obwohl ich keinen Fehler finde, kann ich einfach nicht aufhören, darüber nachzudenken.«

»Als du mit Frank in den Norden gefahren bist, hast du einmal gesagt, dass dort das ganze Jahr über Menschen leben, und zwar von dem, was das Land ihnen gibt.«

»Das stimmt. Trotzdem kann ich nicht aufhören, mir Sorgen zu machen.«

»Jake, so wie ich dich kenne, wird alles in Ordnung sein. Nicht, dass meine Meinung in diesen Dingen irgendwie von Belang wäre.«

»Das stimmt nicht. Deine Meinung ist sehr wichtig für mich.« Er zögerte. »Da gibt es etwas, dass ich dir sagen wollte. Aber du wirst mich wahrscheinlich für verrückt erklären.«

Erstaunt sah Clara ihn an. »Ja?«

»Bitte lehne nicht gleich ab.«

Claras Blick wurde skeptisch.

»Wir … äh, wissen doch ziemlich viel voneinander, findest du nicht? Wir haben auch viel gemeinsam. Und wir … das heißt, *ich* hatte noch nie eine so gute Freundin wie dich, Clara. Wenn ich fort bin, werde ich an dich denken, und es gibt niemanden, auf den ich mich bei meiner Rückkehr so freue wie auf dich.«

Er dachte an die Worte, die er sich zurechtgelegt hatte, fand sie aber jetzt so lächerlich, dass er einfach fragte: »Willst du mich heiraten?«

Clara platzte los, doch dann stockte sie und sah ihn an. »Das ist nicht dein Ernst«, sagte sie lächelnd.

»Doch, ist es. Ich meine, wir müssen nicht direkt …«

Clara starrte auf ihren Teller. »Ich bin … perplex.«

Jakob lächelte leicht verunsichert. »Ich weiß, das kommt sehr plötzlich und muss dir seltsam erscheinen.«

Er neigte sich über den Tisch und sagte noch leiser: »Du hast mir das mit Lucille erzählt, und ich erwarte nicht, dass du dich änderst. Aber es gibt niemanden, der mir mehr am Herzen liegt als du. Ich möchte dich schützen … besser, als du es vermutlich allein könntest.«

»Du behauptest also nicht, du würdest mich lieben.« Sie lächelte ihn an, als wäre das eine Erleichterung.

Er zuckte die Schultern. »Was auch immer das heißen soll. Wenn zwei Menschen so viel füreinander empfinden, wie es bei uns meines Erachtens der Fall ist … dann ist das doch eine ernst zu nehmende Sache, oder?«

Sie seufzte, doch ihre Wangen hatten sich gerötet, und es lag Wärme in ihrem Blick.

»Ich weiß nicht, was ich dazu sagen soll, Jake. Du hast mich kalt erwischt.«

»Würdest du dann darüber nachdenken?«

»Wie bist du überhaupt darauf gekommen? Du wirktest nie wie ein Mann, der sich fest binden will.«

»Das stimmt wohl. Ich wollte immer frei sein, und das war ich auch. Ich habe ein Leben geführt, in dem sich alles um mich selbst drehte. Aber in letzter Zeit habe ich viel darüber nachgedacht, was wichtig ist, und Zuneigung und Kameradschaft erscheinen mir als das Wichtigste im Leben.«

Clara sah ihn an, und jetzt lag kein Lächeln mehr in ihrem Blick.

»Als du mir damals das mit Frank und dem Eskimomädchen erklärt hast, meintest du, es hätte etwas mit dem Bedürfnis nach Trost zu tun gehabt: dem Bedürfnis, sich an jemanden zu binden, bevor man sich in unbekannte Gefahren begibt. Ist das hier nicht genau dasselbe?«

Das wollte Jakob sofort leugnen, hielt dann aber inne. Er

dachte an Schweden-Kate, die ihm, zu Recht, vorgeworfen hatte, dass er sie retten wollte. Bei ihr hatte er den Kopf verloren; aber bei Clara, davon war er überzeugt, war es eine gutüberlegte Entscheidung, die auf ehrlicher Zuneigung gründete.

»Vielleicht, zum Teil. Aber ich liebe dich wirklich, Clara; wenn wir eine Verabredung haben, freue ich mich darauf, mit dir zusammen zu sein. Ich glaube, wir könnten glücklich werden.«

»Hast du die Dame in Europa auch gebeten, dich zu heiraten?«

»Äh … hatte ich dir nicht erzählt, dass sie schon verheiratet war?«

»Heutzutage kann man sich doch scheiden lassen.«

Er zuckte unbeholfen die Schultern.

»Ich habe in der Zeitung gelesen, dass Mrs. Athlone dieses Jahr wieder nach Grönland reisen wird.«

Jakob erstarrte, hoffte aber, Clara merkte es nicht. Er hasste es, wie ihr Name sein ganzes Inneres durchzuckte.

»Ja.«

»Ich hatte mich schon immer gefragt, ob sie es ist.«

Jakob schluckte. Mühsam hob er den Blick und sah sie direkt an.

»Ja, sie war es. Aber ich halte es für unwahrscheinlich, dass wir uns über den Weg laufen. Das Land ist riesig und … selbst wenn … ist es schon seit zwei Jahren aus.«

»Aber trotzdem bist du … beunruhigt über ein mögliches Treffen?«

Jakob zuckte die Achseln. »Ein bisschen. Aber es wird schon gehen. Und vielleicht begegnen wir uns auch gar nicht.«

»Ich hänge immer noch an Lucille und weiß nicht, ob sich das je ändern wird. Wenn ich könnte, würde ich das ändern.«

Er nickte.

Clara griff nach seiner Hand. »Lieber Jake … dein gütiges Angebot rührt mich. Wenn du zurückkommst, empfinden wir vielleicht noch dasselbe füreinander … oder auch nicht. Daher lass uns bis dahin warten.«

Jakob sah sich um, rief einen Kellner und bestellte Nachtisch. Schweigend saßen sie da, bis Clara sagte: »Ich würde gerne eines wissen. Wenn wir tatsächlich heiraten würden … was wäre dann mit der Liebe? Du weißt schon … mit dieser Art Liebe …«

»Der Art Liebe, die so schmerzlich und kurzlebig ist und so unvernünftig? Ich glaube nicht, dass ich die noch mal empfinden werde. Ich glaube, das können wir besser.«

Überrascht sah Clara ihn an, und an ihrem Mundwinkel zuckte ein Lächeln.

»Du redest wie ein alter Mann, der du doch ganz und gar nicht bist! Glaubst du wirklich, ich würde dich davor retten?«

Er war schockiert und auch etwas gekränkt. »Bei dir klingt das so selbstsüchtig«, sagte er.

»Ich finde, es ist eine berechtigte Frage.«

»Vielleicht ist es immer selbstsüchtig, mit jemandem zusammen zu sein. Deine Gesellschaft ist mir lieber als die jedes anderen Menschen. Um also deine Frage zu beantworten: Ja.«

»Und du glaubst, du könntest *mich* davor retten?«

Wieder war er schokiert (obwohl: warum eigentlich?). »Ich weiß nicht. Ich weiß nur, dass ich dich vor allem Unglück schützen will.«

Clara lächelte traurig. »Aber ich weiß nicht, ob Zuneigung, ganz gleich, wie tief sie ist, ein ausreichender Schutz vor dieser Art Liebe sein kann. Ich möchte auch nicht glauben, dass ich sie nie wieder empfinden werde, wie schmerzlich oder unvernünftig sie auch sein mag.«

Dazu fiel Jakob keine Erwiderung ein. Clara runzelte leicht die Stirn. Sie schien tief in Gedanken versunken. Nach ein paar Minuten sagte er: »Tut mir leid. Ich wollte dich vor meiner Abreise nicht noch durcheinanderbringen.«

»Ach, ich bin nicht durcheinander … das alles ist nur völlig neu für mich. Ich sollte dir danken.«

»Ach was …« Er machte eine wegwerfende Geste. »Denk nicht mehr dran – oder nur, wenn du willst. Wie du schon sagtest: Wer weiß, was alles passiert, bis ich zurückkomme.«

Er lächelte, um seine Mutlosigkeit zu überspielen. Zwar hatte er nicht gerade mit einer Liebeserklärung gerechnet, doch seine Idee war ihm eigentlich durch und durch gut erschienen. Wie eine Lösung. Wie ein Talisman.

»Verzeih mir, dass ich dich so überfallen habe. Weil ich so lange weg sein werde, wollte ich …« Er schüttelte den Kopf. »Es war selbstsüchtig. Du wirst mir fehlen, Clara.«

»Du wirst mir auch fehlen.«

Er bedauerte es nicht, sie gefragt zu haben. Unabhängig von ihrer Antwort (die wahrscheinlich negativ ausfallen würde) konnte er doch bei seiner Rückkehr mit *irgendetwas* rechnen. Und dadurch wurde seine Rückkehr irgendwie wahrscheinlicher.

Nach dem Essen gingen sie noch ein Stück zusammen, und als sich ihre Wege an einer Ecke unter einer Linde trennten, fragte er sie, ob er ihr einen Abschiedskuss geben könne.

»Aber nein … Ach, na dann gut«, erwiderte sie. Also küsste er sie, drückte sanft seine Lippen auf ihre und war überzeugt, eine Reaktion zu spüren. Er blickte ihr in die Augen und bemerkte, dass sie schneller atmete. Plötzlich ermutigt, grinste er sie an.

»Und, war das so grässlich?«

Clara lachte. »Ich muss los, es ist schon spät. Komm gesund und munter zurück.«

Später konnte er nicht mehr sagen, warum ihm seine Gefühlsbekundung so wichtig gewesen war; vielleicht hatte sie recht, und er hatte nur Angst, doch wovor, das wusste er nicht. Viel später erinnerte er sich daran, wie er zu ihr gesagt hatte: ›Aber ich liebe dich wirklich.‹ Damals schien ihm dieses spezielle Wort nicht bedeutsam.

Kapitel 45

Siorapaluk, 77°74' N, 70°38' W
September 1897

Die Luft riecht nach Salzwasser und Tangfeuer. Der Strand hat einen warmen, rosa angehauchten Farbton und schwingt sich wie ein Sichelmond um die Bucht. Dahinter erheben sich die nackten, pockennarbigen Hügel in leuchtendem Rot. Das Wasser ist wie eine trübe Silberplatte. Dunkle Klippen, mit Schrunden und Falten, ihre Klüfte von der Sonne erleuchtet; über ihnen ein fahler Himmel – alles gespiegelt auf der glatten Wasseroberfläche. Im Osten streckt an der Spitze des Fjords ein Gletscher seine weiße Zunge ins Wasser. Er wirkt einladend, fällt ganz sanft ab, bietet eine breite Schneise ins Landesinnere. Über den Klippen und noch über den kreisenden, kreischenden Krabbentauchern, die den wolkenlosen Himmel sprenkeln, liegt wie ein schlafender Riese, wie immer in Weiß, der Winter in Wartestellung: das Eis.

Die Luft ist so transparent wie Gin und spielt ihnen Streiche: verwandelt einen Polarhasen in einen Eisbären, einen Hundehaufen in eine Robbe. Flora kann die Konturen eines meilenweit entfernten Felsens erkennen; sie hat sogar das Gefühl, die Hand nach ihm ausstrecken und ihn berühren zu können. Unter ihrem Kajak hebt und senkt sich das Meer wie die Flanke eines Lebewesens. Vorsichtig, um die Stille nicht zu stören, zieht sie ihr Paddel durch die Wasseroberfläche und dreht ihr kippliges Boot herum. Jetzt blickt sie auf das Dorf von Siorapaluk – ›den schönen, kleinen Sandstrand‹ – mit seinen schiefen Häusern aus Steinen und Rasensoden und ihrer eigenen Holzhütte, die fehl am Platz wirkt, weil sie so neu und exakt rechteckig ist. Hinter einem Haus bricht ein Hundekampf aus, scharfes Gebell und schrilles Aufjaulen. Dann wieder Stille. Wacholderrauch schwängert die Luft, und im Norden bemerkt sie über dem Horizont einen schwachen, dunklen Streifen. Die Stille wird nicht von Dauer sein.

Ein Seufzer entfährt ihr, halb Entzücken, halb Bedauern – dass sie hier ist, dass sie nicht den ganzen Tag leicht wie ein Fisch oder eine Robbe mit ihrem Boot durchs Wasser gleiten kann –, als sie langsam zum Ufer zurückpaddelt. Eine Gestalt am Strand schlendert ihr entgegen. Sie setzt ein Lächeln auf. Obwohl sie hier am Ende der Welt ist, kann sie nur in ihrem Kajak, weit draußen auf dem Wasser, wirklich ganz für sich allein sein.

Sie fährt das Boot auf den Strand und steigt ziemlich ungeschickt aus. Gilbert Ashbee ist noch ein paar Meter entfernt. Als sie sicher auf den Füßen steht, sagt er, mit dem leichten Amüsement, das sie mittlerweile zu hassen gelernt hat: »Mrs. Athlone, erlauben Sie mir …«

»Nicht nötig, Mr. Ashbee …«

Flora ist durchaus in der Lage, ihr Kajak selbst zu tragen, und will es schon greifen, da kommt er mit großen Schritten zu ihr und nimmt es ihr ab. Nur ein Handgemenge könnte ihn daran hindern.

»Danke«, sagt sie, als hätte sie das von Anfang an von ihm erwartet.

»Hatten Sie Spaß?«, erkundigt er sich höflich. In jeder Situation sagt oder tut er genau das, was sie am meisten aufbringt. Sie kann sich nicht vorstellen, dass das ein Zufall sein soll.

»Ich komme immer besser damit zurecht.«

Als sie gemeinsam zur Hütte gehen, spürt Flora trotz Ashbees Anwesenheit, deutlich wie ihr Herz sich vor Freude und Besitzerstolz weitet. Jedes Ärgernis, jedes Ungemach, jedes Opfer hat sich gelohnt: Sie ist zurück.

✶

Sie alle sind stolz auf ihr Basislager: ein Fertighaus aus Holz, gestaltet nach Floras Vorgaben, die nicht einsah, warum eine für die Arktis gebaute Unterkunft kalt oder eng sein sollte. Zugegeben, groß ist sie nicht gerade, insgesamt gerade mal 60 Quadratmeter. An einem Ende gibt es einen winzigen, separaten Raum für Flora mit Bett, Tisch und Stuhl. Die Trennwände bestehen aus Kisten, die auch als Regale dienen. Die Möblierung ähnelt einer Schiffskajüte mit einer Koje oben, darunter einem Tisch und Einbauschränken. Es ist sogar genug Platz, um eine Badewanne aufzustellen. Es gibt ein winziges Fenster und eine Tür, die von innen verriegelt werden kann – obwohl das bislang nicht nötig war.

Im Hauptraum gibt es drei ebenso gestaltete Kojen. Von der Decke hängen Querstangen mit Vorhängen, die man zuziehen kann, wenn man von seinen Gefährten genug hat und etwas Privatsphäre wünscht. Vom Ofen verläuft das Rohr erst über alle Wände der Hütte, bevor es nach außen austritt, um die Wärme so gut wie möglich zu nutzen. Der Tisch steht neben dem Ofen und ein abgetrennter Raum am anderen Ende der Hütte dient als Labor und Dunkelkammer. Umgeben wird der gesamte Innenraum von einem umlaufenden Korridor, in dem die Vorräte gelagert werden. Der Haupteingang liegt nach Südosten; um ins Innere der Hütte zu gelangen, muss man erst um eine Ecke zu einer Tür an der Nordseite gehen, damit – so der Gedanke – ein Großteil der von draußen hereingebrachten Kälte nicht nach innen dringt. An drei Seiten ist der Korridor so hoch wie der Innenraum, nur die vierte Seite ist niedriger und lässt durch vier hoch angebrachte Fenster mit Blick auf den Fjord im Südwesten Tageslicht in die Hütte.

Der außergewöhnlichste Teil des Gebäudes jedoch ist ein

winziger Anbau am Nebeneingang in der Nordwestecke: eine provisorische Toilette über einem Bach. Im Winter, wenn der Bach zufriert, werden sie ein Iglu bauen, das die Hunde säubern können. Bei den Dorfbewohnern hat diese Einrichtung Faszination und Gelächter ausgelöst; sie sind es gewohnt, sich einfach an den Strand zu hocken, geschützt nur durch ihr Taktgefühl. Als Kind hat Flora das auch so gehalten; es ist eine der Freiheiten (wenn auch nicht die kostbarste), die ihr mit dem Erwachsenwerden genommen wurden.

Die Hütte ist Floras ganzer Stolz. Sie liebt das Goldbraun der unbehandelten Bretter. Sie liebt das matte Blauschwarz des Ofens und die akkuraten Holzverbindungen. Sie liebt die Eisblumen auf den Innenseiten der Außenfenster, die sie nur sehen, aber nicht anfassen kann (und die selbst nach dem Abtauen nie ganz verschwinden.) Alles um sie herum zeugt von Sorgfalt und Einfallsreichtum, ist funktional, solide und clever: perfekt und ohne jede Geschichte.

✶

Flora kennt alle Familien in Siorapaluk und mit einigen Einwohnern ist sie seit langem befreundet: Simiak und Apilah, Meqro, Tateraq und Pualana. Aniguin hingegen ist nicht hier, sondern lebt seit seiner Rückkehr aus Amerika an der Küste von Neqi. Einen Monat zuvor, als Flora und die anderen losfuhren, erfuhren sie, dass zwei Amerikaner – der weißhaarige de Beyn und ein anderer Mann – dort ein Basislager aufgeschlagen hatten und sofort danach zu einer Tour über das Festlandeis aufgebrochen waren. Für ein solches Unterfangen war es schon ziemlich spät im Jahr.

Normalerweise ist Flora zu beschäftigt oder zu müde, um daran zu denken, doch als die Sonne ihre Kraft verliert und die Tage immer kürzer werden, ist sie tief im Innern beunruhigt. Gegen Ende September besucht Aniguin sie zum ersten Mal und bringt Nachrichten, die keiner hören will: Die

Amerikaner sind noch nicht zurück, und die Herbststürme haben begonnen.

Vielleicht ist das der Grund, warum ein Schatten über ihrem Wiedersehen liegt. Vielleicht aber auch, weil sie Aniguin sofort nach seiner Ankunft ihr Beileid wegen Ivalu ausdrückte und er den Kopf abwandte, als wäre er gelangweilt. Flora wusste, es war tabu, den Namen von Toten auszusprechen oder sie auch nur zu erwähnen, aber sie brachte es nicht über sich, ihren Tod einfach zu ignorieren.

Beim Abendessen versucht Flora, ihre Sorgen zu vergessen und sich darüber zu freuen, dass sie endlich ihren Freund wiedersieht. Doch jede ihrer Fragen scheint ihr überschattet vom Geist der Toten oder von Jakobs Geist, der sie ständig begleitet. Aniguin erzählt ihnen, wie de Beyn ihnen im Museum, im Krankenhaus und auf der Farm geholfen hat, wo er überwinterte …

Zuerst ist Flora deprimiert, doch je länger der Abend sich hinzieht, desto gereizter wird sie. Amerika scheint Aniguin sehr verändert zu haben; er war schon immer ein scharfsinniger Junge, aber er war auch taktvoll. Entweder hat er seinen Scharfsinn verloren, oder es ist ihm egal, dass sie immer schweigsamer wird, während er mit den vielen, reichen Frauen prahlt, die ihm sagten, was für ein toller Bursche er doch sei, und nicht ein einziges Mal seine Frau erwähnt, so als hätte sie nie existiert.

Beim Reden schaut er sie kaum an, als würde auch sie nicht existieren. Sie erinnert sich noch an ihre Angst, ihn vielleicht nie wiederzusehen. Angesichts ihres gezwungenen Miteinanders, ihres Unbehagens und seines veränderten Verhaltens scheint ihr das jetzt idiotisch.

Es ist Wind aufgekommen – plötzliche Böen, die wie Schläge klingen, umstürmen die Hütte. Es ist Wind aus dem Osten, vom Eiskap. Die eisernen Blendläden klappern unaufhörlich. Als sie während einer besonders heftigen Böe ein entnervend schrilles Klingeln von sich geben, faucht Flora: »Herrgott,

Ralph, wir müssen diesen infernalischen Lärm beenden. Ich kann schon meine eigenen Gedanken nicht mehr hören.«

Alle sehen sie überrascht an. Ralph springt sofort auf. »Ich schau mir das mal an. Offenbar kommt der Wind in einem Winkel …«

»Ach, das kann auch bis morgen warten; ich wollte nicht …« Aber er ist schon weg. Flora ist peinlich berührt. Mit einem gezwungenen Lächeln sagt sie zu den anderen: »Ich wollte doch nicht, dass er sofort geht, in diesem …«

Daraufhin schiebt Ashbee seinen Stuhl zurück. »Ich gehe auch mal. Wahrscheinlich kann er Hilfe gebrauchen.«

Als er verschwunden ist, fühlt sich Flora noch schlechter. Ständig muss sie darauf achten, ihren Status vor ihnen zu wahren. Sie gibt Aniguin noch etwas Fleisch.

»Sind die Amerikaner in dieselbe Richtung aufgebrochen wie Armitage früher einmal?«

»*Ieh.* Sie wollten nach Norden, zur großen Klippe. Wenn sie dort nichts zu jagen finden, werden sie sterben.«

Flora setzt rasch ein Lächeln auf. »Aber sie konnten doch auch früher dort jagen. Wer begleitet sie denn?«

»Metek und dein Bruder Sorqaq. Er ist jung und muss sich beweisen. Wenn er zurückkommt, wird er wohl auch für dich arbeiten.«

Flora erstarrt und spürt, wie Henry Haddo sie verwirrt ansieht. Er fragt: »Warum bezeichnet er diesen Mann als Ihren Bruder? Ist das eine Freundschaftsbezeichnung?«

»Ach …« Flora zerdrückt ihre Serviette unter dem Tisch. »Das kann vieles bedeuten. Es gibt hier alle möglichen Formen von Adoptionen, und ein Kind kann gleichzeitig mit der Familie des Vaters als auch mit einer fremden verbunden sein. Aniguin zum Beispiel wurde nach dem Tod seiner Eltern von Apilah und Simiak adoptiert …«

Haddo nickt und verarbeitet fasziniert diese Informationen.

»Was Fellora sagt, ist wahr«, mischt Aniguin sich ein. »Doch ich habe gesagt, dass Sorqaq ihr Bruder ist, weil ihr Vater,

Mackie, viele Male mit Asarpaka *kujappok* hatte. Das weiß jeder.«

Er lacht. Haddo senkt den Blick. Flora achtet darauf, dass ihre Miene nicht das Geringste verrät. Sie hat dieses Gerücht schon früher gehört, und das mehr als einmal, es aber nie an sich herankommen lassen oder überlegt, ob es stimmt. (Selbstverständlich hat sie ihren Vater auch nie danach gefragt.) Aber niemand hat je derart unverhohlen darüber gesprochen, und das auch noch vor einem ihrer Expeditionsmitglieder.

»So was ist hier normal«, wendet sich Aniguin an Haddo. »Viele Kinder sind sowohl *kallunat* als auch Inuit. Ist es nicht so, Fellora?«

Flora versucht, Haddo zuzulächeln, ohne ihn anzusehen.

»Das kommt schon vor, aber nicht alle tun es.«

»Du nicht, Fellora.«

Sie schafft es, zu lachen. »Ich bin eine Frau und habe einen Ehemann.«

»Aber einen Ehemann, der krank ist und dir keine Kinder schenken kann. Du solltest dir einen anderen Mann nehmen – einen, der stark ist.«

»Dr. Haddo« – Flora greift nach der Schüssel mit dem Robbenfleisch – »kann ich Ihnen noch etwas anbieten?«

»Danke. Es schmeckt sehr gut.« Haddo senkt die Stimme. »Ich glaube, er bewirbt sich als Kandidat, Mrs. Athlone.«

Haddo schenkt ihr ein Lächeln, das sie als Komplizen gegen Aniguins Rüpelhaftigkeit verbindet. Dankbarkeit wallt in ihr auf.

»Alle Männer tun es – Armitage, Te Peyn, Mackie – sie alle haben hier *kujappok.*« Er lächelt Haddo an. »Wir finden auch ein schönes, fettes Mädchen für Sie.«

Da springt die Tür auf, ein Schwall eiskalter Luft dringt herein und Ashbee und Ralph kommen mit vor Kälte geröteten Gesichtern zurück.

»Na, wie ist das?«

Zufrieden mit sich selbst reibt Ashbee sich die Hände. Flora starrt ihn an, weil sie nicht weiß, wovon er redet. Erst nach einer Minute bemerkt sie, dass das Klingeln der Blendläden verstummt ist.

Als sie am nächsten Morgen aufwachen, hat sich das Wasser im Fjord verändert. Die ersten Anzeichen sind noch subtil; etwas Unbestimmtes fehlt, ist fort. Das Wasser ist entweder trüb und still oder hebt und senkt sich wie die Flanken eines großen, grauen Säugetiers. Dann kommt Wind auf, der Verbündete des Meeres; eine steife Brise weht vom Sund herein, und die Eishaut zerreißt von der größeren Kraft des Wassers. Es wird kabbelig und sieht dunkel und bedrohlich aus. Doch die Kälte, der unermüdliche, tückische Gegner kommt im Schutz der Dunkelheit zurück. Wieder einmal erstarrt das Meer. An der Küste bildet sich ein milchiger Eisring, auf dem eines Morgens Eisblumen erblühen, nur um am nächsten Morgen wieder überspült zu werden. Aber der Ring bildet sich wieder und wieder; im Laufe des Oktobers wird die Eisdecke immer dicker und fängt an zu locken: Komm – solange es noch Tag ist! Doch noch ist sie zu schwer und von Wasser umgeben; man kann ihr nicht trauen, denn sie sinkt sofort unter einem ein.

Mitte des Monats ertönt plötzlich der Ruf: *Quamiut!* Schlitten! Es ist ein nasskalter, bedeckter Tag; auf den Hügeln liegt schwer der Nebel. Ein Schlitten taucht auf, umfährt den Eissockel aus nördlicher Richtung. Als er sich nähert, begrüßen die Hunde von Siorapaluk mit lautem Gebell ihre Artgenossen. Ein Mann in Pelzkleidung steigt vom hinteren Teil des Schlittens. Die Augenbrauen unter der Fellkapuze sind weiß vom Eis. Der Mann ist Tateraq, Floras Freund aus Kindertagen. Seine Füße und Beine sind nass geworden und eisverkrustet, seine Bärenfellhose ist so hart wie Stein. Auf seiner Fahrt von Neqi ist er dreimal im Eis eingebrochen. Die Hunde haben ihm das Leben gerettet. Das ist nichts Besonderes.

»Ist was passiert? Sind die Amerikaner zurück?«

Tateraq genießt seine Rolle als Überbringer von Neuigkeiten und lässt sich erst mal Tee und etwas zu essen servieren. Endlich verkündet er, dass alle heil von ihrer Fahrt über das Landeis zurückgekehrt sind. Aber die *kallunat* brauchen einen Arzt. Für ihre Dummheit müssen sie leiden – wie ihnen jeder vorhergesagt hat. Tateraq hat einen Brief dabei.

»Hast du noch mal von dieser leckeren Paste? *Ieh*, das Zeug …« Er löffelt einen großen Klacks Aprikosenmarmelade auf ein Stück Robbenfleisch.

Flora öffnet den zerknitterten, schmierigen Umschlag und wendet den anderen den Rücken zu, während sie ihn liest. Der Brief ist an Mrs. Athlone gerichtet und enthält unter vielen Entschuldigungen die Bitte, ihren Arzt zu schicken, da sie Frostbeulen haben, die behandelt werden müssen. Unterschrieben ist er mit Jakob de Beyn, aber Flora erkennt seine Schrift nicht.

»Selbstverständlich müssen wir dorthin fahren«, sagt sie nach einem kurzen Blick zu den frostgrauen Fenstern zu Haddo. Draußen wird es schon dunkel.

»Tateraq, in welchem Zustand waren sie, als du sie zurückgelassen hast?«

»Sie waren hungrig und erschöpft und die *kallunat* haben Frostbeulen.« Er zeigt auf sein Gesicht und seine Hände und Füße.

»Konnten sie laufen?«

»Ja, das konnten sie. Aber die Geister haben sie da oben erwischt; sie sehen aus wie Tote.«

Neqi, 77°52' N, 71°37' W

Als sie ankommen, herrscht weiches, unbestimmtes Zwielicht. Ohne Tateraq wüssten sie nicht, wo sie sind, denn der Horizont ist unsichtbar, und der Nebel hat die Klippen verschluckt. Neqi liegt geduckt an einem schmalen Streifen Land unter hohen Klippen, die den Winden vom Smithsund ausgesetzt sind. Unter den dunklen Wolken wirkt es trist und feindselig.

Das Haus der Amerikaner ist dasselbe, das sie fünf Jahre zuvor besucht hat, nur viel verwitterter. Es wurde wieder aufgebaut. Als Flora an die Tür klopft – mit banger Vorahnung, aber sie *musste* einfach kommen –, öffnet ihr Aininee und heißt sie mit einem Lächeln willkommen. Erst sind Flora und Haddo vom Licht der Lampen geblendet, aber dann entdeckt Flora zwei Vogelscheuchen, die mit schwarzem Gesicht und bandagierten Händen und Füßen am Tisch sitzen. Floras erster, schockierter Gedanke ist, dass Jakob nicht da ist – und dann bemerkt sie, dass eine der Vogelscheuchen graue Haare hat. Wie sein Begleiter ist er ausgemergelt, sein Gesicht hat Blasen und seine rot geränderten Augen liegen in tiefen Höhlen. Sie sehen erschreckend aus, wie Ausgestoßene, Aussätzige, Bettler, die grässliche Entbehrungen leiden mussten. Sie starrt sie an (nein, sie hätte nicht kommen sollen), bis sie merkt, dass noch keiner ein Wort gesagt hat. Jakob müht sich von seinem Stuhl.

»Bitte, bleiben Sie doch sitzen«, sagt Flora. Seine Erscheinung, und sein erster Blick, der Schock und Feindseligkeit zeigte, tun ihr körperlich weh.

»Mrs. Athlone, es freut mich, Sie wiederzusehen. Sehr freundlich von Ihnen beiden, hergekommen zu sein. Dies ist Mr. Welbourne; dies Mrs. Athlone, die ich bei meinem letzten Aufenthalt hier kennengelernt habe. Verzeihen Sie uns, dass wir Ihnen nicht die Hand geben können …«

Er hebt die Hände mit den unordentlichen, schmutzigen Verbänden. Flora schüttelt den Kopf.

»Sehr erfreut, Sie kennenzulernen, Ma'am. Ich habe schon so viel von Ihnen gehört.« Welbournes Stimme ist tief und melodiös; sein Akzent mehr als auffällig. »Verzeihen Sie, wenn ich nicht aufstehe …«

»Ach, bitte, um Himmels willen …«, sagt sie, leicht hysterisch angesichts der allgemeinen Höflichkeit. »Dies ist Dr. Haddo.«

»Mrs. Athlone«, schaltet sich Jakob wieder ein. »Es tut mir

leid, Ihre Zeit in Anspruch zu nehmen und Sie beide bei diesem Wetter hierherbemüht zu haben. Mr. Welbourne und ich wissen es zu schätzen, dass Sie so prompt gekommen sind.« Er versucht zu lächeln, doch seine Haut ist zu wund dazu. Selbst seine Stimme hört sich rissig an.

»Aber nicht doch. Sie müssen sich nicht entschuldigen, Mr. de Beyn. Ich freue mich, dass wir Ihnen helfen können. Wir hatten uns schon Sorgen gemacht, als wir hörten, dass sie noch so spät am Eiskap waren …«

Haddo packt seine Arzttasche aus. Welbourne erklärt: »Kümmern Sie sich zuerst um Mr. de Beyn, er ist schlimmer dran als ich.«

»Ist gut. Stellen Sie sich hierher, ins Licht, Mr. de Beyn. Vielleicht könnten wir heißes Wasser bekommen?«, wendet sich Haddo an Flora.

Sie nickt, erleichtert, etwas zu tun zu haben, bittet Aininеq, etwas zu essen zu kochen, und macht sich dann daran, Wasser zu erhitzen und die Tischplatte abzuschrubben. So oft hat sie sich ihr Wiedersehen vorgestellt und versucht, sich davor zu wappnen, doch es ist noch schlimmer, als sie gedacht hatte.

Haddo nimmt vor Jakob Platz und wickelt seine Hände aus, die von den Frostbeulen angeschwollen sind. Die Haut an den Fingerspitzen ist schwarz und pellt sich ab.

Mit einem entschlossenen Lächeln wendet sich Flora Welbourne zu. Obwohl sein Gesicht von einem struppigen Bart und langen Haaren verdeckt ist, sieht sie, dass er attraktiv ist und strahlend blaue Augen hat. Sie fängt ebenfalls an, die Verbände von seinen Händen zu wickeln.

»Sind Sie, zusätzlich zu Ihren vielen anderen Qualifikationen, auch noch Krankenschwester, Mrs. Athlone?«

»Nein, aber ich habe Erfahrungen mit Frostbeulen. Früher oder später kriegt die hier jeder.«

Behutsam dreht sie seine Hände um. Sie sind wund, wirken ansonsten aber ziemlich unversehrt. Dann hockt sie sich auf den Boden und fängt an, seine Füße auszuwickeln.

»Du meine Güte …«, lacht er. »Ich muss mich für den Zustand meiner Füße entschuldigen. Sie sind kein schöner Anblick.«

»Keine Sorge. Ich bin sicher, dass ich schon Schlimmeres gesehen habe.«

Das stimmt auch, obwohl ein paar von Welbournes Zehen schwarz sind und ihre Nägel verloren haben. Sie neigt sich vor, um an ihnen zu riechen. Welbourne bringt ein Lachen zustande; sie bewundert seine Nonchalance.

»Ihr Ruf ist wohl verdient, Ma'am. Sie sind eine mutige Frau.«

Er strahlt größtes Selbstvertrauen aus – wie jemand, der sich mühelos mit jeder Situation arrangiert. Jakob hingegen hat die Augen niedergeschlagen und sagt keinen Ton.

»Es gibt keinerlei Anzeichen von Nekrose.« Sie sammelt die schmutzigen Mullbinden ein. »Dr. Haddo wird sich das gleich ansehen. Danach wird das abgestorbene Gewebe entfernt werden müssen.«

»Darauf freue ich mich schon. Vielen Dank, Ma'am.«

»Wie lange waren Sie am Eiskap, Mr. Welbourne?«

»Achtundachtzig Tage.«

»Du meine Güte, so lang! Konnten Sie etwas jagen?«

Welbourne lacht bellend auf. »Genau das fragen die Eskimos auch immer! Ihnen ist völlig egal, dass …« Er wirft einen Blick zu Jakob. »Dürfen wir sagen, wo wir gewesen sind?«

»Ich wüsste nicht, was dagegen spräche. Mrs. Athlone ist mit dem Territorium vertraut.«

»Das habe ich schon gehört.« Welbourne sieht sie, trotz der Schmerzen, die er haben muss, mit ritterlicher Bewunderung an. »Nun, Ma'am, um Ihre Frage zu beantworten, so haben wir tatsächlich etwas jagen können, und zwar in der Nähe des Sherard Osborn Fjords und des Victoria Inlets. Wir konnten ein paar Moschusochsen und zwei Karibus erlegen. Das war auch gut so, denn es wurde ziemlich knapp. Wir waren an der Nordküste von Grönland und konnten einen Blick auf das

Polarmeer werfen. Dort sahen wir auf einer Eisscholle einen Bären, brachten es aber leider nicht zustande, ihn zu erlegen. Ich glaube, er wäre der nördlichste Abschuss der Welt gewesen. Aber wir haben bewiesen, dass in diesen Gefilden kein Land weiter nördlich ist. Besser gesagt: Mr. de Beyn hat das bewiesen. Ich war nur zufällig dabei.«

»Mr. Welbourne ist viel zu bescheiden. Ohne Sie oder Metek und Sorqaq hätte ich es niemals geschafft.«

»Ich gratuliere. Das ist eine ungeheure Leistung.« Flora wirft einen Blick zu Jakob, der angestrengt auf seinen rechten Fuß in Haddos Schoß starrt. Er reagiert nicht, obwohl er doch hocherfreut sein müsste, Armitage als Lügner entlarvt zu haben. Aber er wirkt ganz und gar nicht erfreut.

»Sind Metek und Sorqaq noch bei Ihnen?«

»Metek ist zu seiner Familie in Etah weitergefahren. Sorqaq ist noch hier.«

Während des Wortwechsels hält Jakob den Kopf zu Haddo gerichtet, als wäre Floras Anblick ihm unerträglich.

»Brauchen sie medizinische Behandlung?«

»Sie wirkten wohlauf. Erschöpft natürlich, aber ohne auch nur eine einzige Frostbeule. Bemerkenswert.«

»Ich glaube, ich habe noch nie von einem Eskimo mit Frostbeulen gehört. Offenbar sind sie immun dagegen, vielleicht, weil sie von Geburt an dieses Klima gewohnt sind. Oder sie haben etwas in ihrem Blut. Das würde eine interessante Feldstudie abgeben …«, sagt sie zu Welbourne gewandt.

»Es war schon ganz außerordentlich, wie sie ohne Handschuhe die kompliziertesten Verrichtungen erledigen konnten, während wir vor Kälte erstarrt waren.«

Haddo beendet seine Untersuchung von Jakobs Gesicht und Ohren.

»Nun, Mr. de Beyn, es ist kein großer Schaden entstanden. Wenn Sie gestatten, wird sich Mrs. Athlone jetzt um Sie kümmern, während ich mir Mr. Welbourne ansehe. Keine Sorge: Sie sind in guten Händen …«

»Ich weiß, dass Mrs. Athlone eine ausgezeichnete Krankenschwester ist. Sie hat dabei geholfen, mir diesen Finger abzunehmen – bei unserer letzten Begegnung.«

Jakob hält seine linke Hand in die Höhe. Dabei sieht er sie trotzig an, als wollte er sie herausfordern zuzugeben, dass dies nicht ihre letzte Begegnung war.

Als Haddo zu Welbourne geht, setzt sich Flora mit einer Schüssel Wasser und einem sterilen Tuch zu Jakob. Er streckt seine rechte Hand aus, damit sie ihm die abgestorbene Haut abreiben kann. Darunter liegt nacktes, rotes Fleisch.

»Sagen Sie Bescheid, wenn es zu schmerzhaft ist.«

»Es geht schon.«

»Es tut mir leid, dass wir uns unter diesen Umständen wiedersehen müssen.«

Er gibt ein unverbindliches Geräusch von sich – das sie kaum beruhigt. Zum Teufel mit dir, denkt sie, tadelt sich dann aber selbst.

»Erinnern Sie sich noch an den Geologen von unserer ersten Expedition: Mr. Dixon?«

»Allerdings, ein großer Mann mit schwarzen Haaren. Ich mochte ihn.«

»Er ist auch hier und möchte Sie unbedingt wiedersehen. Er hat Sie in sehr guter Erinnerung behalten.«

»Ach.« Ein schwaches Lächeln huscht über sein Gesicht. »Sehr gerne.«

Als sie ihn anlächelt, treffen sich kurz ihre Blicke. Dann schaut er weg.

»Ich werde es ihm ausrichten. Im Winter wird es sicher Gelegenheit dazu geben. So, diese Hand ist fertig.« Sie nimmt seine andere. »War das Wetter am Eiskap sehr schlimm?«

Jakob blinzelt, holt tief Luft und sagt: »Nein, nicht allzu schlimm, aber einer unserer Ölkanister hatte ein Loch, also mussten wir mit weniger auskommen.« Nach kurzem Zögern fügt er hinzu: »Ich hätte einen größeren Spielraum für Fehler einplanen müssen.«

Sie lässt seine linke Hand los und kniet sich vor ihn, um seine Füße abzureiben. Es fühlt sich viel intimer an, seinen Fuß in ihrem Schoß zu halten, als nur seine Hand zu berühren. Wahrscheinlich, weil man sich ständig die Hände schüttelt, sagt sie zu sich. Vielleicht aber auch, weil sie sich daran erinnert, wie sie zu einer anderen Zeit, an einem anderen Ort vor ihm gekniet hat. Sie spürt deutlich den Puls in seinem Fußgelenk. Ihr schnürt sich die Kehle zu, doch warum, will sie nicht ergründen. Als sie einmal zu ihm aufblickt, sind seine Augen geschlossen und seine Miene gibt nichts preis. Sie konzentriert sich darauf, das abgestorbene Gewebe zu entfernen, und geht dabei ziemlich grob vor. Dabei beschwört sie Erinnerungen an Wut, Verzweiflung und Angst herauf. Nur das kann ihr hier jetzt helfen.

Jakob erzählt Welbourne ein wenig von den Umständen, die vor fünf Jahren, beim letzten Abend der Amerikaner in Siorapaluk, zum Verlust seines Fingers geführt hatten. Er behauptet, es sei ganz allein seine eigene Schuld gewesen.

»Mrs. Athlone muss mich für einen ziemlich erbärmlichen Arktisforscher halten.«

»Selbstverständlich nicht. Wenn die Zustände schlimm genug sind, kann jeder Frostbeulen bekommen. Das ist oft einfach nur Pech.«

Als daraufhin Schweigen eintritt, erkennt sie, dass ihre Bemerkung missverständlich war und nach Herablassung, wenn nicht gar Schlimmerem, geklungen hat. Daher ist sie dankbar, als Haddo sich zu ihr wendet und sie mit gedämpfter Stimme fragt, ob sie wohl die Hütte verlassen könne, damit er den Männern ›noch einige … äh, weitere Fragen stellen kann‹.

Sie tritt hinaus in die erbarmungslose Nacht. Es besteht keinerlei Möglichkeit, sofort die Flucht zu ergreifen: Sie muss mindestens noch bis zum nächsten Morgen warten. Trotz ihrer Erschöpfung empfindet sie eine überwältigende Erleichterung, der Hütte und Jakobs Gegenwart entkommen zu sein; es gab einen Moment, da dachte sie, sie würde ihrem Drang zu weinen erliegen, aber sie überwand ihn und wahrte die Fassung, war professionell und freundlich – glaubt sie zumindest – und das trotz seiner Haltung, die so angespannt war, dass sie schon fast unhöflich wirkte. Als er sie sah, wirkte er … entsetzt.

Was hatte sie denn erwartet? Sie hätte nicht kommen sollen.

Kapitel 46

SIORAPALUK, 77°47' N, 70°38' W
OKTOBER – DEZEMBER 1897

Nachdem sie in ihr Camp zurückgekehrt sind, kommt es Flora so vor, als wäre sie nicht die Einzige, die darauf bedacht ist, nichts von sich zu offenbaren. Hier in Grönland, auf diesem schmalen Küstenstreifen zwischen Eiskap und Meereis, verbirgt jeder seine Gefühle hinter einem Lächeln. Wenn das Leben so gefährdet ist, hätte die heftige Zurschaustellung von Meinungen oder Emotionen einen zu hohen Preis. Denn hier kann niemand allein überleben. Flora hat den Eindruck, als bewegten sich alle auf dünnem Eis. Keiner der Einheimischen widerspricht ihnen oder schlägt ihnen etwas ab. Sie können es sich nicht leisten. Echte Freundschaften sind hier unmöglich, denkt Flora, ganz gleich, was wir behaupten. Denn Freunde sollten einander gleichgestellt sein, und das ist hier – bis auf ganz seltene Momente – nicht der Fall.

Eine Ausnahme, so hofft sie zumindest, ist ihre Freundschaft mit Meqro, die aufrichtig erfreut war, Flora wiederzusehen. Obwohl Meqro als alleinstehende Frau mit Kind am unteren Ende der Hackordnung steht, hat sie seit ihrer letzten Begegnung an Selbstvertrauen gewonnen. Sie wohnt bei ihrem verwitweten Vater Ehré und kann von Glück sagen, dass er immer noch ein guter Jäger ist und nicht wieder geheiratet hat. Sonst wäre ihre Position heikler. Aamma ist mittlerweile vier Jahre alt und zeigt entfernte Ähnlichkeit mit ihrem Vater. Da sie in der Nähe der britischen Hütte wohnen, kann Meqro für die Forscher arbeiten, ihnen Winterkleidung nähen und im Haushalt helfen. Noch ein paar andere Frauen sind mit solcherlei Aufgaben betraut – Flora hat versucht, diejenigen einzustellen, die es am nötigsten haben.

Häufig sitzen drei oder vier Frauen zusammen auf dem Boden der Hütte, um zu nähen und zu plaudern, aber am glücklichsten ist Flora, wenn nur Meqro da ist. Sobald sie ihre Arbeit beendet hat, setzt sie sich zu ihr, nimmt ihr *ulu,* ein sichelförmiges Messer, heraus und schabt mit ihr zusammen das Innere eines Fells ab. Eskimofrauen sind niemals müßig, und wie sie hat Flora sich angewöhnt, sich immer irgendetwas zu suchen, womit sie ihre Hände beschäftigt halten kann. Zwar ist sie ziemlich ungeschickt, aber sie findet es tröstlich, etwas Nützliches zu tun. Aamma spielt in der Nähe mit einem Robbenknochen oder kritzelt, ermutigt von Flora, mit einem Stift auf Papier herum.

Eines Tages bemerkt Meqro: »Te Peyn hat mir einen Brief von Feranks Mutter und Vater gebracht. Sie sagen, sie freuen sich, von Aamma zu hören, es tröstet sie, von ihr zu wissen. Sie sagen, sie wollen ihr helfen. Sie sagen, sie kümmern sich um sie, wenn ich sie nach Amerika gehen lassen will, und bieten ihr ein Leben. Ich weiß nicht, was ich tun soll.«

»Was möchtest du denn tun?«

»Ich will sie hierbehalten, aber ich frage dich, Fellora. Wenn du glaubst, sie hätte dort ein besseres Leben, dann schicke ich sie zu ihnen.«

»Würdest du denn mitgehen?«

Meqro blickt auf ihr *ulu.* »Ich glaube nicht, dass es mir dort gefallen würde. Ich muss an das denken, was meinen Freunden passiert ist … Für uns ist es gefährlich dort. Aber vielleicht ist es für Aamma anders, weil Ferank ihr Vater war. Wenn mir oder meinem Vater etwas zustößt …« Sie zuckt die Achseln.

»Ich kann dir nicht sagen, was du tun sollst, Meqro.«

»Aber du bist die Einzige, die weiß, wie es hier ist und wie es dort ist. Für eine Frau. Hier ist das Leben hart.«

»Leicht ist es nirgendwo. Ich kenne Amerika nicht, weiß nicht, ob es ähnlich ist wie in England. Die Urbinos kenne ich auch nicht, aber … meiner Meinung nach wäre Aamma besser bei ihren eigenen Leuten aufgehoben, und vor allem bei dir.«

Meqro zeigt ihr entzückend strahlendes Lächeln. »Aber Feranks Leute sind auch ihre Leute. Und sie sind reich. Sie schicken ihr viele Geschenke. Kleine Figuren … *Aja* – so schön!«

Flora hat eine davon gesehen: eine Puppe mit Porzellankopf, Schmollmund und einem Kleidchen aus Seide und Spitze. Aamma hat sie ausgezogen, ihr Arme und Beine ausgerissen, die Füllung herausgeholt und den Kopf zerschlagen.

»Was hat Te Peyn denn gesagt? Er kennt sie doch gut.«

»Genau wie du hat er geantwortet, dass er es nicht sagen kann. Aber sie sind freundlich.«

»Ich glaube, in Amerika wäre es für ein Kind, das so aussieht wie sie, so anders ist als die meisten anderen, ziemlich schwer. Hier sieht sie genauso aus wie alle – sie ist eine von euch.«

Meqro nickt heftig.

»*Ieh.* Es ist komisch, dass die Kinder eher aussehen wie wir und nicht wie ihr. Die *kallunat* sind in vielerlei Hinsicht stark, aber hierbei sind die Inuit stärker.« Sie lacht.

»Ja, das stimmt«, sagt Flora und wird rot, obwohl sie nicht genau weiß, warum. »Ihr könntet aber beide nach Amerika fahren und sehen, wie es ist. Wenn es dir nicht gefällt, kommt ihr einfach wieder zurück. Es ist immer möglich, seine Meinung zu ändern. Schließlich ist Amerika nicht so weit weg; nur drei, vier Wochen mit dem Schiff.«

Meqro wird wieder ernst. »Ich weiß nicht. Ich weiß nicht, wie das Leben in Amerika ohne meine Leute aussehen sollte. Ich habe Angst.«

»Ich weiß, es war schrecklich, was mit Ivalu und den anderen passiert ist. Dort gibt es Krankheiten. *Kallunat*-Krankheiten, die schlimm für die Inuit sind.«

»*Ieh.* Hier ist sie sicherer.«

Sie verstummen. Aamma zerreißt das Blatt mit ihrem Gekritzel in kleine Stücke und wirft sie in die Luft. Trotz Floras Bemühungen, ihr beizubringen, wie man Hunde und Robben zeichnet, ist ihr Lieblingsspiel Kaputtmachen.

»*Qaniit!*«, sagt sie und lacht. Schneeflocken!

»Hat Aniguin etwas von der Zeit in Amerika erzählt?«

Meqro zuckt die Achseln. »Nur, dass die Leute dort auf ihn gehört haben.« Sie ruckt mit dem Kopf zurück, als wäre das schwer vorstellbar.

»Er hat ein Zeitungsinterview gegeben« sagt Flora, »und das haben viele gelesen. Also hat man tatsächlich auf ihn gehört.« Dann erklärt sie ihr, was ein Interview und eine Zeitung sind. »Ich weiß, er hat dort sehr gelitten. Ist er jetzt glücklicher?«

»Aniguin ist nie glücklich. Schon seit seiner Geburt nicht. Er ist nicht ganz richtig im Kopf«, antwortet Meqro und zuckt erneut die Achseln.

»Aber irgendetwas hat sich bei ihm verändert. Haben die Amerikaner ihm seit seiner Rückkehr geholfen?«

»Ja. Te Peyn ist sehr freundlich. Er hat ihm viele Sachen gegeben. Te Peyn ist nett ...« Sie lächelt und fängt an zu kichern, als sie Floras hochgezogene Augenbrauen sieht. »Nein, nein! Natseq hat zwar versucht, wieder mit ihm zu schlafen, aber er hat nein gesagt. Er ist jetzt verheiratet, mit der Schwester von Ferank. Nein, nicht verheiratet ... wie nennt man das Vorher in eurem Land?«

»Verlobt«, sagt Flora.

»*Ieh.* Er will keine Freundin mehr.« Sie zuckt die Achseln. »Vielleicht ist er zu alt.«

Flora zieht an den Fettresten, die auf der Innenseite des Fells kleben, dann legt sie es nieder. Ihr *ulu*, dessen Klinge so hell blinkt wie der Sichelmond, wiegt schwer in ihrer Hand. Sie stellt sich vor, wie sie damit durch die Haut ihres Handgelenks schlitzt – rauf und runter; sie weiß, wie: in die Ader, damit das dunkelrote Blut herausquillt. Sie stellt sich vor, wie sie die runde, glatte Wange ihrer Freundin ohrfeigt, und ist so entsetzt darüber, dass sie aufsteht, eine Entschuldigung murmelt und die Hütte verlässt. Natürlich würde sie das niemals tun – keines von beidem –, aber sie verspürt den heftigen Drang, jemandem oder etwas Gewalt anzutun.

Anfang November veranstalten sie anlässlich des Verschwindens der Sonne ein Fest für das ganze Dorf. Dabei schlägt jemand vor, Weihnachten die Amerikaner nach Siorapaluk einzuladen. Die anderen sind begeistert, weil sie ein paar neue Gesichter sehen wollen. Flora bleibt unverbindlich. Es graust ihr davor, aufdringlich zu erscheinen. Dennoch stimmt sie zu, weil sie den anderen den Grund für eine Ablehnung nicht sagen kann. Wahrscheinlich werden die Wetterbedingungen es ohnehin verhindern.

Die vier Monate dauernde Nacht beginnt. Zuerst ist es noch nicht richtig dunkel; einen Monat lang herrscht unentwegt Dämmerung, aber je weiter die Sonne hinter den Horizont sinkt, desto finsterer wird es. In dieser Jahreszeit ist besondere Vorsicht geboten. Zuerst tun alle noch so, als gäbe es kein Problem: Die Eskimos haben sich sogar darauf gefreut! Nach dem ewigen Tageslicht, in dem sie nie wirklich zur Ruhe kommen, ist die Dunkelheit eine wahre Erleichterung, und der Winter wird hier für Besuche und Schlittenfahrten genutzt. Dennoch ist auch etwas Bedrückendes daran. Flora fragt sich, ob das nur von der Dunkelheit herrührt oder auch von den Menschen. Früher saßen ihr Vater und sie im Winter stundenlang bei Apilah und Simiak, während ständig Nachbarn zu ihrem *illu* kamen, mit ihnen am Feuer aßen, rauchten und sich immer wieder dieselben Anekdoten und Neuigkeiten erzählten … Manchmal kamen Nachbarn bis zu fünfmal an einem Tag. Dabei gab es nichts Neues mehr zu sagen. Eigentlich hatten sie einander auch satt. Dennoch kamen sie immer wieder.

Flora erlebte eine Langeweile, die sie sich bis dahin nicht hatte vorstellen können. Und soweit sie es beurteilen konnte, waren alle gelangweilt. Wenn sie nach einem solchen Besuch wieder auf ihr Schiff kam, war das Alleinsein geradezu wie ein Rausch.

Für die Forscher sind Kälte und Dunkelheit nur zwei Herausforderungen von vielen. Der Übergang von endlosem Tag zu endloser Nacht ist eine weitere. Aber sie haben ihre Arbeit: Auf dem Meereis errichten sie eine Wetterstation; Ashbee und Haddo untersuchen Meerwasserproben im Labor – das Wasser wimmelt von mikroskopisch kleinen Lebewesen –, und Flora hat es sich zur Aufgabe gemacht, die eigentümlichen Wolken zu fotografieren, die es hier gibt. Nach dem Verschwinden der Sonne hat sie damit nicht mehr so viel zu tun, aber am Tag nach dem Fest kann sie ein atemberaubendes Bild von nachtleuchtenden Wolken über der Meerenge festhalten. Der Himmel ist dunkel, doch die Wolken hängen so hoch, dass die Sonnenstrahlen sie trotz der Erdkrümmung erwischen und sie wie weißes Feuer auflodern lassen. Darüber blitzen Deneb und Vega. Sie schießt mehrere Fotos mit unterschiedlicher Belichtungsdauer, in der Hoffnung, mit einem von ihnen dieses Spektakel zu erfassen. Und sie fragt sich, ob jemand in Neqi dasselbe tut.

Ralph ist wie immer ein Fels in der Brandung. Flora fragt sich, ob all dies ohne ihn überhaupt möglich wäre. Aber sie freut sich auch über Henry Haddo, den jungen Mann, der sie mit seiner Zurückhaltung an sie selbst erinnert (wie sie kommt er aus Schottland). Er ist ein fähiger Arzt, ein Wissenschaftler – da er eine Studie über Skorbut in Gefängnissen mitverfasst hat –, und gegenüber den Eskimos verhält er sich stets freundlich und geduldig. Ganz im Gegensatz zu Ashbee, den Flora schon mehrfach ertappt hat, wie er die Mädchen wegen echter oder eingebildeter Fehler anschrie. Als sie die Hütte betritt, kommt Haddo gerade mit ziemlich rotem Kopf aus dem Labor.

»Ist etwas passiert? Ashbee hat mich ziemlich finster angestarrt und ist ohne ein Wort davongestürzt.«

Haddo holt tief Luft. Er sieht aus, als würde er jeden Moment in Tränen ausbrechen.

»Nein, nichts.« Er bemüht sich zu lächeln. »Nichts Wichtiges.«

Also denkt Flora nicht mehr daran. Aber später entdeckt sie, dass der Boden im Labor nass ist, so als wäre eine erhebliche Menge Wasser verschüttet oder etwas saubergemacht worden.

»Ich möchte mit dir über Ashbee reden.«

Ralph und Flora machen einen Spaziergang am Strand, um ungestört zu sein. Die Kälte fühlt sich an wie Metall, und der Wind weht ihnen Schneekristalle ins Gesicht.

»Als die Rede davon war, die Amerikaner zu Weihnachten einzuladen, hast du gesagt, wir seien ja keine Rivalen. Aber das wissen wir nicht, denn wir wissen nicht, welche Ziele sie haben. Noch absurder ist allerdings, dass wir nicht wissen, welche Ziele *wir* haben, weil Ashbee sich immer noch bedeckt hält. Das musste ich akzeptieren, als wir aufbrachen, aber hier ist das nicht mehr akzeptabel. Wenn wir es nicht wissen, können wir ihnen gegenüber nicht aufrichtig sein.«

Sie seufzt, und ihr Atem bildet eine weiße Wolke vor ihr.

Ralph zuckt die Achseln. »Müssen wir das denn?«

»Ich … du überraschst mich, Ralph. Diese Entscheidung kann ich nicht treffen, ohne es zu wissen. Ich möchte deine Unterstützung, wenn ich ihn auffordere, uns die Wahrheit zu sagen.«

»Selbstverständlich«, sagte er nach einem kurzen Schweiigen.

Beim Abendessen wirft Flora das Thema mit einer Beiläufigkeit auf, die nicht ihren Gefühlen entspricht. Sie weiß nicht, was sie tun soll, falls er sich weigert.

»Mr. Ashbee … Gilbert … ich glaube, es ist Zeit, dass Sie uns über das Ziel Ihres Aufenthalts hier aufklären. Wir alle können Ihnen unsere Verschwiegenheit zusichern. Aber wenn ich nicht weiß, was Sie hier beabsichtigen, kann ich den Amerikanern gegenüber nicht aufrichtig sein. Dabei gelten hier gewisse Verhaltensregeln. Wir wollen uns im Frühjahr doch nicht in die Quere kommen.«

Ashbee sieht die anderen am Tisch an.

»Ich sehe, Sie haben das schon besprochen.«

»Unter den hiesigen Bedingungen hängt unser Leben von der Gemeinschaft ab. Das verlangt Vertrauen. Und dafür muss Offenheit herrschen.«

Schweigen. Ashbee schürzt die Lippen.

»Wahrscheinlich kann es jetzt nicht mehr schaden. Obwohl ich darauf bestehen muss, kein Wort von dem, was ich Ihnen erzähle, vor den Amerikanern zu wiederholen. Wie Sie wissen, ich bin nur ein Gesandter, und meine Auftraggeber hat mir nicht mehr gesagt, als ich wissen muss. Wie Sie bereits gehört haben, sind sie an Neuland interessiert, und zwar an Inseln, die möglicherweise bewohnbar sind.«

Flora kann sich ein ungläubiges Lächeln nicht verkneifen. »Wozu denn das? Ich fürchte, da sind Sie am falschen Ort.«

»Neue Ideen werden oft verlacht, nur weil sie neu sind. Erst gelten sie als absurd und unmöglich, dann werden sie nach und nach akzeptiert, und am Ende sind sie Gemeinplätze.«

Darauf erwidert niemand etwas.

»Wie Sie wissen, sind Deportationen vor dreißig Jahren eingestellt worden. Aber die Gefängnisse sind weiterhin überfüllt – und schlimmer noch als je zuvor. Britische Haftanstalten werden immer größer, Gefangenenschiffe platzen aus allen Nähten. Daher gibt es Angehörige unserer Regierung, die aktiv nach Alternativen suchen, wie zum Beispiel Neuland in der Arktis.«

Er hält, zu Flora gewandt, die Hand in die Höhe.

»Mir ist klar, dass die Bedingungen hier hart sind, aber in gewisser Hinsicht ist das gar nicht schlecht. Denn Gefängnisse sollten eine Strafe sein. Menschen können hier überleben – die Eingeborenen sind Beweis genug. Und es gibt noch riesige unentdeckte Areale, da ist es wahrscheinlich, dass jedes neuentdeckte Land wie Ellesmere Island unbewohnt ist. Der erste Schritt – der Grund meines Hierseins – ist, zu sehen, ob es noch weitere solcher Inseln gibt.«

Flora unterbricht das darauf eintretende Schweigen. »Aber das Meer ist doch kein Schutzwall, wenn man darauf laufen kann. Im Gegenteil, es ist eher eine Straße.«

»Aber um auf dem Eis voranzukommen, braucht man Schlitten und Hunde. Wenn die Inseln in genügender Entfernung vom bewohnten Streifen der Grönlandküste liegen, bilden Distanz und Wetterbedingungen genügend Schutz.«

»Sie sagten, Menschen könnten hier überleben, Mr. Ash… Gilbert, und das stimmt auch, aber nur, weil sie Nomaden sind. Sie gehen dorthin, wo es etwas zu essen gibt: nach Neqi, um Walrosse zu jagen, hierher wegen der Alkenvögel, nach Pittufak wegen der Robben – außerdem sind es nur … höchstens zweihundert Menschen insgesamt und das auf einem riesigen Küstenabschnitt. Mehr kann das Land nicht ernähren. Zweihundert, die sich über die gesamte Küste verteilen. Und trotzdem verhungern immer wieder Leute.«

»Da haben Sie recht, aber zu neuen Ideen gehören eben auch neue Hindernisse, die überwunden werden müssen. Sie glauben doch sicherlich genau wie ich, dass wir Briten dazu prädestiniert sind, Hindernisse zu beseitigen, die anderen unüberwindlich erscheinen. Dies ist der kälteste, unwirtlichste Ort der Welt. Die Aussicht, hier leben zu müssen, erfüllt einen mit Furcht. Daher ist es der perfekte Ort für die Gefährlichen und Degenerierten, für die Verurteilten und Verdammten.«

Er lehnt sich zurück und sieht sie mit leuchtenden Augen an. Flora holt tief Luft. Dies hier übertrifft selbst ihre schlimmsten Befürchtungen.

In der darauffolgenden Stille kommt Atitak mit einer Kanne Tee und füllt ihre Becher wieder auf. Ashbees Blick gleitet über sie hinweg, als existierte sie gar nicht.

✶

Im Dezember ist das Wetter so schlecht, dass eine Einladung der Amerikaner außer Frage zu stehen scheint. Doch nach einer Woche voller Stürme legt sich der Wind, die Temperaturen steigen, und Haddo fährt los, um sich nach ihrem Gesundheitszustand zu erkundigen. Flora sagt sich immer wieder, dass sie nicht kommen werden. Aber vier Tage später kehrt Haddo mit einer schriftlichen Zusage zurück. Selbst ohne seinen Bericht erkennt Flora schon an der Schrift, dass Jakobs Hände sich erholt haben. Haddo ist rührend stolz auf sich, so als hätte er einen diplomatischen Coup gelandet. Daher lächelt Flora, als wäre sie ebenfalls erfreut, und denkt: Es wird schon gehen; es werden so viele Leute da sein, und außerdem ist es auch nicht mehr wichtig.

Sie planen ein mehrgängiges Menü, und Flora verpackt Zigarren und Süßigkeiten als Geschenke. An Heiligabend dekorieren Haddo, Meqro und sie die Hütte mit Schlittenfahnen. Als Flora danach den warmen, buntgeschmückten Raum überblickt, fühlt sie sich geborgener, als sie sich je in ihrem Zuhause in England gefühlt hat.

Trotz ihrer widersprüchlichen Hoffnungen scheint dem Besuch der Amerikaner nichts mehr im Weg zu stehen. Am Weihnachtstag ist das Wetter still und kalt. Gegen drei Uhr ertönt der Ruf ›*Qamiut!*‹, und sofort darauf brechen die Hunde in lautes Gebell aus.

Die beiden haben sich erholt, sie sind rasiert und haben an Gewicht zugelegt. Zwar sieht man noch Narben an Händen und Gesichtern, aber die Männer wirken wieder menschlich. Jakob drückt Flora lächelnd die Hand und entschuldigt sich für sein schlechtes Benehmen bei ihrem letzten Treffen. Welbourne ist äußerst charmant; er nimmt ihre Hand in seine, hebt sie an seine Lippen und versichert, er würde niemals ihre Freundlichkeit vergessen, und sollte sie sich bereit erklären, ihn Scotty zu nennen, wäre er mehr als glücklich. Bei einem anderen Mann könnte solch übertriebene Galanterie lächerlich oder gar zudringlich wirken, aber Welbourne bringt sie mit Stil vor.

»Mr. Welbourne stammt aus North Carolina«, erklärt Jakob. »Die Südstaatler kommen mit einem Benehmen durch, das bei Nordstaatlern niemals geduldet würde.«

Die Männer lachen. Flora hofft nur, dass man im Dämmerlicht der Hütte nicht sieht, wie sie rot wird.

Nach Mitternacht kommt Wind auf. In der Hütte herrscht die Geräuschkulisse von Männern und Frauen, die nach einem langen und üppigen Bankett schlafen. Die Dorfbewohner sind nicht in ihre kalten Behausungen zurückgekehrt, sondern haben sich auf dem Boden zusammengerollt. Flora aber schläft nicht, ist sie sich doch mehr als bewusst, dass da jemand nur einen halben Meter von ihr entfernt, auf der anderen Seite der Holzwand liegt. Sie hört ein Knacken, dann das Rascheln von Kleidern, die angezogen werden, und das Tappen von Füßen; jemand geht hinaus zum *illu*. Sie kennt die Hütte so gut, dass sie an der Anzahl der Schritte und dem Knacken bestimmter Holzdielen erkennen kann, aus welcher Ecke sich der Betreffende bewegt. Sie setzt sich auf, nimmt ihren Anorak vom Haken und steigt in ihre *kamiks*. Der Wind hat die Wolken vertrieben und einen fast runden Vollmond enthüllt, der sein schwaches, silbriges Licht durch das Fenster wirft.

Als sie die innere Tür hinter sich zuzieht, befindet sie sich im dunkleren Korridor. Links von ihr ist die Tür, die zur Toilette führt; da muss er hinausgegangen sein. Der Sturm wird stärker. Als sie nach draußen tritt, schlägt ihr ein eisiger Wind entgegen.

»Kann ich mit dir sprechen?«

Die Gestalt mit dem gespenstisch im Mondlicht leuchtenden Haarschopf richtet sich vom Eingang des *illu* auf.

»Du hast mich erschreckt.«

»Tut mir leid. Ich wollte mit dir reden, ohne dass jemand anderer dabei ist. Aber das ist so schwierig.«

»Jetzt?« Der Wind zerfetzt die Frage, aber nicht die Ungläubigkeit in seiner Stimme.

»Wir könnten in Meqros *illu* gehen. Es sind doch alle hier.«

Gebückt trotzt sie dem Wind und den stechenden Eiskristallen und bahnt sich einen Weg zu dem Steinhaus, wo sie in den niedrigen Eingangstunnel taucht. Sie hört Jakob hinter sich. Als sie wieder den Kopf hebt, entdeckt sie zu ihrem Entsetzen, dass im Inneren des *illu* eine Lampe brennt und ihr von der Schlafplattform das faltige, glänzende Gesicht von Pualana entgegenblickt. Sollte er über die Störung verärgert sein, so zeigt er es nicht. Sie hat sich wegen des Sturms im Haus geirrt. Jakob, der im Tunnel nichts sieht, prallt gegen sie.

»Fellora. Te Peyn. Willkommen in meinem bescheidenen Haus. Setzt euch und esst.«

»Danke, Pualana. Vielen Dank.«

Sie nehmen auf der Schlafplattform Platz, und Pualana, der keine Frau hat, die für ihn kochen könnte, schürt die Flamme in der Lampe und wirft Robbenfleisch in den Topf darüber. Nach ein paar einleitenden Floskeln fragt Flora Pualana, ob sie und Jakob sich auf Englisch unterhalten dürften. Er nickt zustimmend.

»Es tut mir leid, ich habe das Haus verwechselt, aber er versteht kein Englisch. Morgen möchte ich mit euch die Pläne fürs Frühjahr besprechen, aber es gibt auch ein paar Dinge, die ich dir unter vier Augen sagen wollte.«

Bis zum Vortag hatte sie gedacht, sie würde ihre gemeinsame Vergangenheit mit keinem Wort erwähnen. Aber als sie beim Abendessen einmal zufällig zu Jakob auf der gegenüberliegenden Seite des Tischs sah, trafen sich ihre Blicke. Rechts von ihr spielte Welbourne den Charmeur und flirtete mit ihr; er war der Typ, der mit jeder Frau flirtete, aber er war wirklich charmant, und sie genoss seine Aufmerksamkeiten. Doch Jakobs Blick ließ ihr Lächeln gefrieren.

»Ich hoffe, wir können Freunde sein. Wie vorher.«

»Selbstverständlich.« Seine Miene ist starr. Er wirkt verärgert darüber, dass sie ihn hierheraus gezerrt hat, und peinlich berührt über ihre Verwechslung. Aber beides kann sie jetzt nicht ändern.

»Gut. Ich hoffe, wir können uns bei unseren Expeditionszielen unterstützen.«

Jakob nickt. »Sicher.«

»Ich möchte keine Unstimmigkeiten zwischen uns wegen … früher.«

Sie beobachtet sein Gesicht. Er wirkt leicht verlegen.

»Tut mir leid. Als du nach Neqi kamst, war ich unfreundlich. Nicht, dass ich … unsere Vergangenheit leugnen will – aber vor den anderen? Sie wissen doch von nichts, oder?«

»Nein, natürlich nicht. Ich möchte mich bei dir entschuldigen. Ich weiß, es ist längst Vergangenheit, aber ich hätte deinen letzten Brief beantworten sollen. Es war unverzeihlich, dass ich das nicht getan habe, und es tut mir leid.«

Jakob lächelt kurz. »Du musst dich nicht entschuldigen. Ich habe es vollkommen verstanden.«

Flora wirft einen Blick zu Pualana. Er starrt ins Leere und schmaucht dabei sein Pfeifchen, als würde er angenehmen Gedanken nachhängen. Darauf blickt sie zur Wand der Hütte und sagt mit leiser Stimme:

»Doch das muss ich. Dein letzter Brief war so aufmerksam. Ich hatte … einiges missverstanden. Zumindest hätte ich alles anständig erklären sollen. Ich glaube, ich habe dir nicht den richtigen Eindruck vermittelt.«

Er schüttelt den Kopf. »Ich verstehe vollkommen, wie schwierig deine Lage gewesen sein muss. Der schnellste Weg zur Trennung war der, einfach nicht zu antworten. Ich hätte dich nicht mehr bedrängen sollen.«

Sein harter Ton tut ihr weh.

»Aber ich wollte die Trennung nicht«, sagt sie so kläglich, dass sie sich dafür verachtet. »Ich wollte in die Schweiz kommen, mehr als alles andere; aber ich musste immer daran denken, was wäre, wenn er wirklich sterben würde …«

Jakob seufzt – etwas ungeduldig, wie ihr scheint.

»Nun, das alles ist Schnee von gestern. Ich nehme deine Entschuldigung an, auch wenn sie vollkommen unnötig war. Wie du bereits sagtest, ist das längst Vergangenheit.«

»Du wirkst wütend.«

»Nein, ich bin nicht wütend.« Aber sein Lächeln überzeugt sie genauso wenig wie zuvor. »Ich weiß nur nicht, was ich noch sagen soll.«

»Nein, ich … ich wollte …« Sie stockt, weil ihr das, was ihr so klar erschien, als sie wach in ihrer Koje lag, jetzt nicht mehr klar ist.

»Ich bin kein bisschen wütend, aber es ist mir peinlich, Pualana die Nachtruhe zu rauben.«

Daraufhin brechen sie schweigend auf, aber im Windschatten der Hütte dreht Flora sich zu Jakob um. Sie muss die Stimme heben, damit er sie trotz des Windes hört.

»Es war mir nicht nur wegen Freddies Krankheit unmöglich. Da war noch etwas anderes.«

»Und was?«

Weil er so eindeutig dieses Gespräch beenden will, fällt es ihr leichter, zu sagen: »Ich dachte, es bestünde keine Gefahr, aber so war es nicht.«

»Was?« Das schreit er fast über den Wind hinweg.

»Als wir zusammen waren – ich dachte, es wäre sicher …«

Als ihm die Erkenntnis dämmert, scheint er vor ihr zurückzuschrecken. Flora denkt: Ja, angeblich wollen sie uns fraulich und schwach, aber wenn wir es sind, dann verachten sie uns.

»Es war mein Fehler. Ich war überzeugt, es bestünde keine Gefahr. Aber ich hatte mich geirrt.«

Jakob packt sie am Arm und zieht sie zur Toilette, die jetzt, im Winter, ungenutzt ist. Die Tür ist fest gefroren. Jakob stemmt sie auf und zieht Flora aus dem Wind. Der Mond taucht die Hütte in silbriges Licht und lässt seinen Haarschopf wie einen Heiligenschein wirken.

»Soll das heißen … heißt das, du warst schwanger?«

Sie nickt, einmal, ohne ihn anzusehen. Schweigen dehnt sich zwischen ihnen aus. Als sie ihn schließlich doch anschaut, starrt er auf den Boden.

»Wieso hast du mir das nicht gesagt?«

»Wozu denn? Wie hättest du denn reagiert?«

Darauf weiß er offenbar keine Antwort, aber er sieht sie bang und fragend an.

»Es hat kein Kind gegeben.«

Da lässt er ihren Arm los – sie hatte gar nicht bemerkt, dass er ihn immer noch festgehalten hatte.

»Ich war verzweifelt. Allein. Ich wollte dich nicht belästigen oder um etwas bitten. Was hättest du denn schon tun können? Schließlich war es meine Schuld.«

Sie blickt nach draußen, wo der Mond scharfe Schatten auf die Schneeverwehungen zeichnet.

»Nein, ich … ich hätte es besser wissen müssen als du. Ich meinte nur, wenn du es mir gesagt hättest, wärst du dir vielleicht nicht so allein vorgekommen.«

Als sie ihn wieder ansieht, wirkt sein Gesicht vor lauter Qual verkniffen. Seine Stimme ist ganz leise geworden. Dabei hatte sie Wut, Geschrei, Verdammung erwartet.

»Flora, ich … es tut mir leid.«

Mühsam schluckt sie den Kloß im Hals hinunter.

»Es war schon in Ordnung, am Ende. Eine Weile … war es schwierig, und deshalb konnte ich nicht … Verstehst du das?«

»Ich weiß nicht, was ich sagen soll.«

»Du musst auch nichts sagen. Ich habe meine Lektion gelernt. Dass ich nicht so … kopflos sein darf.«

Mit gerunzelter Stirn starrt Jakob sie an. »Kopflos …?«, wiederholt er. Er wirkt alt und so, als hätte er Mühe, zu atmen. Seine Haut ist so grauweiß wie der Schnee.

»Alles hat seinen Preis.«

Das hätte auch von ihrem Vater stammen können. Eigentlich hatte sie es ihm nicht sagen wollen. Sie hatte, weiß Gott, nicht im Traum daran gedacht – aber seine Wut hatte die ihre entfacht. Sie wollte ihm einen Schock versetzen. Ihn bestrafen. Jetzt hat er sich so weit von ihr zurückgezogen, wie es der enge Verschlag zulässt. Zitternd und mit gerunzelter Stirn starrt er sie an.

»Du musst wieder hinein – sonst platzt die Haut an deinen Händen wieder auf.«

Er drückt sie, schützend zu Fäusten geballt, an seine Brust.

»Geh hinein!« Sie nickt nachdrücklich. »Ich warte noch ein Weilchen.«

»Flora … reden wir morgen darüber …? Flora, um Himmels willen!«

Da nickt sie, damit er sie endlich in Ruhe lässt.

Kapitel 47

SIORAPALUK, 77°47' N, 70°38' W
ZWEITER WEIHNACHTSTAG 1897

Er kann nicht schlafen, so sehr toben die widersprüchlichen Gefühle in ihm. Zuerst sind es Schock und Entsetzen – was sie ihm eindeutig angesehen hat –, dann Mitleid und Kummer, was ihn zwingt, all seine Überzeugungen zu überdenken. Irgendwann überkommt ihn Wut, weil sie sich außerstande sah, es ihm zu sagen – versetzt mit altem Groll: der Kränkung angesichts ihrer Zurückweisung, ihres Schweigens. Denn sind ihre Gründe wirklich eine ausreichende Erklärung? Dann eine schrecklich feige Erleichterung, weil es kein Kind gibt. (Ist das falsch von ihm? Jedenfalls menschlich … wie auch immer, so empfindet er eben.) Aber unter dem Schock, dem Kummer, der Wut und Erleichterung, unter alldem, blinkt dunkel schimmernd eine gehörige Portion Stolz.

Er weiß nicht, wie sie sich gefühlt haben muss. Sicher war es ein schreckliches Dilemma. Aber sie hatte recht: Wie hätte er reagiert? Und jetzt? Da draußen war sie spröde, abwehrend, sachlich. Durch und durch emotionslos. Er empfindet Bewunderung und gleichzeitig Groll, weil sie die Schuld ganz allein auf sich nimmt, so als hätte er nichts damit zu tun gehabt, als wäre er nicht … wichtig genug gewesen. Ja, vielleicht dachte sie das wirklich.

Aber die ganze Nacht geisterte immer wieder die eine Frage

in seinem Kopf herum: Warum hatte sie es ihm nicht erzählt, obwohl sie sich doch so nahe gewesen sind und etwas so Außerordentliches miteinander erlebt hatten? Obwohl echte Liebe im Spiel war. Oder hatte sie ihn etwa gar nicht geliebt? Es gibt keine Dämmerung, kein Morgengrauen, aber der Tag nach Weihnachten beginnt damit, dass der nächtliche Sturm noch weiter an Kraft gewinnt. Er ist so stark geworden, dass man außerhalb der Hütte nur ohrenbetäubendes Heulen hört; Jakob schätzt die Windstärke auf fünfzig Knoten. Keine Chance also auf einen frühen Aufbruch.

Als er seinen Vorhang zurückzieht, sieht er als Erstes Dixon, der einen dampfenden Becher umrührt. Da Jakob schon angezogen ist, schwingt er die Beine aus dem Bett und gesellt sich zu ihm an den Tisch.

»Guten Morgen, Sir. Kaffee?« Ralph reicht ihm einen Becher.

»Danke.«

Er blickt über die Landschaft aus menschlichen Körpern, von denen die meisten noch brummend und schnarchend im Schlaf liegen. Ein Vorhang zuckt, und Jakob wendet den Blick ab, als Meqro halbnackt aus dem Alkoven dahinter gleitet – Ashbees. Es versetzt ihm einen Stich, obwohl er weiß, dass es irrational ist. Schließlich ist es nicht so, als würde sie Frank betrügen.

»Ich schätze, hier ist morgens normalerweise nicht so viel los.«

»Nein. Nur nach Feiern und Festtagen.«

Auch Ralph ignoriert Meqros Erscheinen und lächelt Jakob an. Am Abend zuvor sah sich Jakob in seiner Zuneigung zu Dixon bestätigt. Er taut auf, wenn er über seine Arbeit redet, ist bescheiden, genau und interessiert an Jakobs Erfahrungen.

Jakob hat ein Exemplar seines Fotobuchs über den Gornergletscher mitgebracht und spielt mit der Idee, es Ralph bei der Abfahrt zu schenken. (Kaum zu glauben, dass er beim Aufbruch in Neqi überlegt hatte, es Flora zu geben – um ihr zu zeigen, was sie verpasst hat). Ralph verspricht, ihm seine Aufzeichnungen und Proben von der Melville Bay zu zeigen, eine Aussicht, die Jakob mit schlichter Freude erfüllt.

Meqro ist am Ofen und schmilzt Schnee in einem Topf. Sie hält den Blick gesenkt, als sei es ihr unangenehm, bei Ashbee gesehen worden zu sein. Obwohl Jakob es für unwahrscheinlich hält, dass sie sich schämt.

Aamma ruft nach ihrer Mutter. Für Jakob ist es kaum vorstellbar, dass sie auch Franks Tochter sein soll; er kann bei ihr keinerlei Ähnlichkeit mit seinem Freund entdecken. Wenn Franks Eltern sie jetzt sehen könnten, brüllend, mit Schnodder an der Oberlippe, würden sie wohl erbleichen bei der Vorstellung, ihr ein Heim bieten zu müssen.

Lebt überhaupt irgendetwas von Frank in diesem Kind weiter? Sie wird nie etwas über ihren Vater erfahren oder wissen, wie er war. Und Frank hat nie von ihrer Existenz gewusst. Wenn er tatsächlich in ihr weiterlebt, dann lebt auch der verrückte Arent de Beyn in Jakob weiter, und das ist eine Vorstellung, die er nicht ertragen kann. Vielleicht wollte er deshalb nie Kinder. Andererseits ist Aamma nicht Frank, genauso wenig, wie er sein Vater ist … Als er aufschaut, tritt Flora gerade aus ihrem Kabuff. Sofort senkt er seinen Blick wieder auf den Kaffee, weil er befürchtet, sie könnte ihm in die Augen sehen und seine Gedanken lesen.

✶

Wie bei Grönland ist von Ellesmere Island nur der Rand erkundet. Die Ostküste, die Grönland über den Smithsund hinweg anschaut, ist weitestgehend erforscht, und die Nordküste wurde grob kartographiert, zuerst auf der britischen Expedition unter Nares und dann von Greely, bevor seine Expedition in einer Katastrophe endete. Ein weiterer Teil der Nordwestküste wurde von Jakob selbst vor fünf Jahren erforscht. Der Rest – der Süden, der Westen und das riesige Innere – sind weiße Flecken auf der Landkarte. Die Karte, die Flora nun auf dem Tisch in ihrem kleinen Labor ausbreitet, zeigt die bekannten Küsten, den Smithsund und Grönland und fächert sich dann dort, wo sie stehen, in die unerforschten Gebiete des Whale Sound auf.

»Das hast du bereits hinzugefügt«, sagt sie. »Neununddreißig Grad West.«

Sie tippt mit dem Fingernagel auf eine weiße Stelle am nördlichen Rand der Karte.

»Wie viel von der Küste hast du untersucht?«

»Kann man uns hier drinnen hören?«, fragt Jakob mit leiser Stimme. Zwar ist er sicher, dass man sie bei dem wild gegen die Wände trommelnden Wind nicht belauschen kann, aber irgendwas muss er ja sagen.

»Erst wenn der Wind sich legt«, erwidert sie mit ebenso leiser Stimme, während sie auf die Karte starrt, als fühlte sie sich beobachtet. »Das war eine bemerkenswerte Tour. Ziemlich mutig von euch, so spät im Jahr aufzubrechen –«

»Flora, bitte …«

Sie verstummt …

»Ich habe über das nachgedacht, was du mir gestern Abend erzählt hast …«

»Tut mir leid, dass ich die Häuser verwechselt habe. Ich wollte dich nicht in Verlegenheit bringen. Ich dachte wirklich, es sei Meqros.«

»Himmel, das ist doch unwichtig.« Verwirrt und frustriert sieht er sie an. »Ich versuche nur zu verstehen … Mir ist klar, dass nichts, was ich jetzt sage, dir noch helfen kann. Aber ich … es tut mir unendlich leid, was du hast durchstehen müssen. Ich bin dafür genauso verantwortlich wie du, sogar mehr noch als du.«

Sie stützt ihre Fingerspitzen auf die Karte und sagt rasch, den Blick auf die Gläser auf dem Regal vor ihr gerichtet:

»Es ist schon gut und jetzt auch nicht mehr wichtig. So etwas will man niemandem wünschen, aber … ich hatte nicht die Absicht, es dir zu erzählen.« Sie wirft ihm einen kurzen Blick zu, bevor sie wieder auf die Karte starrt. »Aber du schienst so wütend auf mich zu sein. Das fand ich … ungerecht. Du solltest verstehen, wie … unmöglich es für mich war. Jetzt weiß ich, dass das vielleicht selbstsüchtig war.«

»Ich wünschte, du hättest es mir damals erzählt.«

»Tut mir leid«, sagt sie steif, »dass ich mich dafür auch noch entschuldigen muss.«

»Nein, ich … so habe ich das nicht gemeint.« Obwohl das vielleicht nicht stimmt.

»Verstehst du denn wenigstens, warum ich es nicht getan habe?«

Er seufzt. Dieses Gespräch fühlt sich an, als ginge man nackt durch Brennnesseln. Die geringste Berührung tut weh. Ein Teil in ihm ist von heilloser Zärtlichkeit erfüllt; wenn sie nur weniger hart wäre, wenn sie Tränen vergießen würde, könnte er sie in den Arm nehmen und sie sich an ihn schmiegen. Wenn sie schwach würde, könnte er stark sein. Aber ein anderer Teil in ihm würde am liebsten aus dem Labor stürmen und ihr die Tür vor der Nase zuschlagen.

»Ich weiß nicht. Ich frage mich, für was für einen Menschen du mich gehalten hast. Etwa für jemanden, der wütend geworden wäre? Der weggelaufen wäre? Hast du das von mir geglaubt? Oder hat dich meine Meinung überhaupt nicht interessiert?«

Sie sieht ihn stirnrunzelnd an; er weiß nicht, ob sie verletzt oder verärgert ist.

»Nein … ich habe nicht nur an dich gedacht, wenn du mir das glauben kannst – ich steckte in größten Schwierigkeiten. Freddie war schrecklich krank, dem Tode nahe. Und ich war schwanger, von einem anderen Mann. Ich stand kurz vor der völligen Verzweiflung.«

Jakob krümmt sich innerlich. »Verzeih mir. Ich dachte, wir würden einander kennen und du würdest dich an mich wenden, wenn du Hilfe brauchst. Ich dachte, uns verbände etwas. Von Anfang an. Schon in Neqi.«

»War das denn wirklich so?« Plötzlich wirkt sie traurig. »Es war wie ein Traum, und Freddies Krankheit … das war die

Wirklichkeit. Es ging alles so schnell – es war einfach nicht genug Zeit.«

In seinen Augen war viel Zeit gewesen, mehr als genug jedenfalls, um zu erkennen, dass er an einem Ort gelandet war, den er nie wieder verlassen wollte.

»Und deine Briefe … ich habe zwar versucht, zwischen den Zeilen zu lesen, aber es klang alles so … steif. So förmlich. Ich dachte, du hättest es dir vielleicht anders überlegt – deine Meinung geändert.«

Ach, diese Briefe. Er könnte sie verfluchen. »Ich hatte es mir nicht anders überlegt. Ich bin einfach kein guter Briefeschreiber. Ich wollte warten, bis ich dich sehe, um dir zu sagen … zu zeigen …«

»Ich war mir deiner einfach nicht sicher, verstehst du? Ich wusste nicht, was ich denken sollte. Manchmal konnte ich kaum glauben, dass es wirklich passiert war. Du warst so anders als alle …«

Und da ist es: ein Ansturm von Gefühlen, die auszubrechen drohen. Sie senkt den Blick und seufzt laut auf. Jakob betrachtet die Wölbung ihrer Wange, die einsame Haarsträhne, die sich um ihren Hals ringelt.

»Das verstehe ich, Flora … aber jetzt …« Er holt tief Luft.

»Ja. Es ist vorbei.«

Da kracht es – fast wie eine Explosion –, als etwas Großes, Hartes gegen die Hüttenwand geschleudert wird. Später stellt es sich als Schlitten heraus, der von einer riesigen Windbö erfasst wurde. Das gesamte Gebäude erzittert, und der Knall ist so laut und heftig, dass Jakob zusammenzuckt.

Er weiß, fast hätte er seine Hand über den Abgrund zwischen ihnen gestreckt und sie sanft am Ärmel berührt. Oder nein … nicht sanft, sondern ihre Hand gepackt und gesagt: »Hör auf! Hör auf, so zu reden! Das sind immer noch wir: du und ich! Spürst du das nicht?«

Aber der Knall lässt ihn zurückschrecken. Die Gelegenheit verstreicht, und sie wenden sich wieder der Karte zu.

Kapitel 48

Siorapaluk, 77°47' N, 70°38' W
Februar 1898

Tagebucheintrag, 20. Februar:
Persönlich. Ashbee beunruhigt mich. Er ist mit den Routenplänen gar nicht zufrieden, manchmal sogar unhöflich. Ständig erinnert er mich an das Geld, das er mit eingebracht hat, und behauptet, das berechtige ihn dazu, das letzte Wort bei unseren Plänen zu haben. Um ein größeres Gebiet abzudecken, sollen wir uns in zwei Gruppen aufteilen, und wegen der angespannten Beziehungen zwischen Ashbee und uns muss wohl ich mit ihm fahren. Ihn mit Henry zusammenzustecken, steht außer Frage. Ralph kam insgeheim zu mir und bot mir an, mit ihm zu fahren (großzügig von ihm, da er ihn genauso wenig leiden kann wie ich), aber dies ist doch eine Situation, in der der Anführer die unangenehmste Aufgabe übernehmen muss. Außerdem ist er ansonsten ein höchst nützliches Mitglied der Expedition. Kein Wort von Aniguin. Ich bin mehr denn je geneigt, Tateraq als Jäger mitzunehmen. Er hat sich als beständig und verlässlich erwiesen und besitzt die besten Hunde im ganzen Dorf.
Nachtrag: Ich muss mit Meqro über Ashbee reden – aber wie stelle ich das an?

Flora lehnt sich auf ihrem Stuhl zurück. Seit Meqro und Ashbee im Winter eine Liaison miteinander eingegangen sind, behandelt er sie wie seine persönliche Sklavin und befiehlt ihr ständig, etwas zu holen oder ihm Tee zu bereiten. Das ist umso unangenehmer, als Meqro dies und mehr ohnehin für sie alle macht, doch Ashbee redet nur in knappem, gebieterischem Ton mit ihr. Erst gestern hat Flora ihn brüllen hören, als sie allein in der Hütte war. Der gehässige Unterton in seiner Stimme entsetzte sie. Meqro reagiert nicht darauf, sondern senkt nur den Kopf und macht sich widerspruchslos an ihre Aufgaben. Groteskerweise tun beide so, als wäre ihre Liaison ein Geheimnis, von dem Flora nichts weiß.

Heute gibt es einen Grund zum Feiern: Kurz nach vier ist die Sonne zum ersten Mal seit November wieder aufgetaucht, als verschwommen rosiger Schimmer über den Klippen. Aber Flora ist nicht nach Feiern zumute; es gibt noch so viel vorzubereiten, und die Zeit verfliegt erstaunlich schnell.

Zusätzlich zu dem Problem mit Meqro und Ashbee kommt die immer angespanntere Beziehung zwischen Ashbee und Haddo. Noch vor wenigen Wochen musste Flora Ashbee wegen eines Vorfalls zur Rede stellen. Es war dunkel und eiskalt, und alle spürten die Auswirkungen davon, auf engstem Raum zusammengepfercht zu sein. Flora war gerade in ihrem Zimmer, während Ashbee und Haddo im Labor arbeiteten. Da hörte sie Glas klirren und dann Ashbee mit schockierender Bosheit schreien, Haddo sei ein ›verdammter, tollpatschiger Schwachkopf‹. Leider haben sie alle bemerkt, dass Haddo tatsächlich manchmal ungeschickt ist. Allerdings nie, wenn er einen Patienten behandelt, aber danach hüstelt er oft, blinzelt ein paarmal schnell und zuckt merkwürdig mit den Schultern. Zuweilen bewegt er sich auch ruckartig und wirft etwas um – und das hat den Winter über zugenommen. Es ist zwar ärgerlich, aber Flora hat gelernt, ihren Ärger zu verbergen.

Als sie Ashbee wegen seines Wutausbruchs ansprach, sagte er: »Für alle feineren Arbeiten ist der Mann eine Bedrohung. Ich habe Stunden damit verbracht, Lebewesen in Wasserproben zu bestimmen, und er hat die Hälfte davon zerstört.«

»Es tut mir leid um Ihre Proben, das war sicher schwer für Sie, aber wenn man auf so engem Raum zusammenlebt, ist noch mehr Mäßigung als sonst geboten.«

Ashbee biss die Zähne zusammen. »Dann werde ich mich um noch mehr Mäßigung bemühen, Mrs. Athlone, obwohl die Provokation extrem ist. Ich werde versuchen, dem armen Mann noch mehr nachzusehen. Aber vermutlich hätte man damit rechnen müssen.«

Widerstrebend fragte sie nach. »Womit hätte man rechnen müssen?«

Ashbee lächelte dünn. »Nun, wenn man so jemanden einstellt …«

Gereizt sagte Flora: »Sie sprechen in Rätseln, Mr. Ashbee.«

Daraufhin wirkte Ashbee aufrichtig erstaunt. »Aber wissen Sie es denn nicht?«

»Was weiß ich nicht?«, fragte sie.

»Nun, dass Ihr junger Freund nach Laudanum süchtig ist.«

Auf Ashbees Miene zeigte sich gehässiger Triumph. Flora wollte ihn schon in seine Schranken verweisen, da merkte sie, dass er es ernst meinte.

»Dixon jedenfalls weiß Bescheid. Da nahm ich an, Sie wären ebenfalls im Bilde. Haddo behauptet, er nehme es, um seine nervösen Ticks zu kontrollieren. Aber das scheint in letzter Zeit nicht mehr so gut zu funktionieren.«

Hätte Ashbee ihr das nicht gesagt, wäre Flora nichts aufgefallen. Henry ist ein verantwortungsvoller und gewissenhafter Arzt. Erst Ende Januar bestand er darauf, den Amerikanern einen Besuch abzustatten und sich nach ihrem Befinden zu erkundigen. Sie überlegte, ihm einen Brief für Jakob mitzugeben, entschied sich aber dagegen. Schließlich war er verlobt. Allerdings hatte er es nicht erwähnt, vielleicht aus Rücksicht auf ihre Gefühle, obwohl das eigentlich ohne Belang war. Denn ihre Affäre war Vergangenheit, und es war sinnlos, die Vergangenheit heraufzubeschwören; den Versuch, mit ihrem Ausbruch die Atmosphäre zu reinigen, hatte sie am Ende bereut.

Aber was sie über Henry erfahren hatte, durfte sie nicht unbeachtet lassen. Als sie ihn so behutsam wie möglich darauf ansprach, wurde er schreckensbleich. Er entschuldigte sich weitschweifig, versicherte ihr aber, er nehme es nur innerhalb vertretbarer Grenzen und ausschließlich, um seine nervösen Ticks zu bekämpfen, an denen er seit seiner Kindheit leide.

»Ich weiß, es ist seit Verschwinden der Sonne schlimmer geworden«, sagte er gequält. »Aber es wird wieder besser werden, wenn ich mehr ins Freie kann und wir weniger ans Haus gefesselt sind. Derartiger Druck macht es immer schlimmer.«

»Henry, da Sie unser Arzt sind, muss ich mich darauf verlassen, dass Sie ganz ehrlich zu mir sind: Wird dies Sie in irgendeiner Weise bei unseren Schlittentouren beeinträchtigen? Ralph und Kudloq werden sich auf Sie verlassen. Jegliches Versagen Ihrerseits könnte das Leben der beiden gefährden.«

Henry schluckte. »Das weiß ich. Und ich bin mir ziemlich sicher. Körperliche Betätigung, vor allem an der frischen Luft, haben diese Ticks fast immer zum Verschwinden gebracht. Aber mir ist klar, dass ich Ihnen gegenüber nicht aufrichtig war, und ich möchte Ihnen daher meine Kündigung anbieten, sollten Sie mir nicht mehr vertrauen können.«

Flora sah ihn an und sagte trocken: »Ich bin wohl kaum in der Lage, auf meinen Arzt zu verzichten, Henry. Aber ich werde Mr. Dixon fragen, ob er tatsächlich bereit ist, ein Team mit Ihnen zu bilden. Es liegt ganz bei ihm.«

Henry wurde rot vor Scham, und ein Muskel an seiner Wange zuckte. »Ich habe Sie in eine schwierige Lage gebracht, Mrs. Athlone, werde aber selbstverständlich weiterhin meine Pflichten als Arzt erfüllen. Doch unter diesen Umständen kann ich dafür keine Bezahlung mehr akzeptieren.«

»Ach, bitte, Henry. Die Angelegenheit ist erledigt.«

Irgendwann spricht sie auch mit Meqro, nur ein paar Tage bevor sie aufbrechen wollen und die Beziehung zwischen ihr und Ashbee nur noch theoretischer Natur sein wird.

»Behandelt dich Ashbee gut, Meqro?«

»Ja.« Sie lächelt schüchtern. »Du weißt von uns? Das wollte er nicht, er meinte, du würdest wütend werden.«

»Natürlich weiß ich davon; alle wissen es. Ich bin auch nicht wütend – kein bisschen.«

»Aber du magst ihn nicht, Fellora. Dabei ist er ein guter Mann.«

»Ich weiß, dass er ein guter Mann ist.« Es ist Flora peinlich, dass man ihr ihre Gefühle so gut ansieht. »Es gefällt mir nur nicht, dass er dich anschreit. Oder dir befiehlt, irgendetwas für ihn zu tun«, fügt sie hinzu, als Meqro sie verwirrt ansieht.

»Aber all das tue ich doch auch für euch, also …«

»Ich weiß, aber er redet mit dir, als wärst du sein *kiffak*.« Das ist der abfällige Begriff für einen niedrigen Knecht.

»Aber ich bin doch euer *kiffak*«, lacht Meqro.

»Und wenn du noch ein Baby bekämst? Wäre das nicht schwer für dich?«

»Aber nein, es ist doch ganz anders. Ferank habe ich geliebt. Aber bei Gilbert ist es … keine Liebe.« Wieder zuckt sie die Achseln. »Also wird es auch kein Baby geben.«

»Trotzdem kann es auch ohne Liebe passieren – sogar ohne Zuneigung. Das weißt du doch, oder?«

Das belustigt Meqro so, dass sie lachen muss. »Ich weiß ja nicht, wie es bei den *kallunat* ist, aber bei den Inuit gibt es ohne Liebe kein Baby.«

»Ach«, sagt Flora und wechselt das Thema.

An ihrem letzten Abend in Siorapaluk gönnt sich Flora ein heißes Bad. Sie sitzt in ihrem Zimmer in der Wanne und betrachtet ihren Körper mit einer Mischung aus Selbstgefälligkeit und Bedauern. Die späte Märzsonne erfüllt ihr Zimmer mit Licht. Ihre Haut ist weiß, stumpf und weich, ganz im Gegensatz zu Meqros golden glänzender Haut. Nach dem Winter, in dem sie sich nur wenig körperlich betätigt hat, fühlt sie sich schlaff, aber das wird sich bald ändern; traurig macht sie nur, dass niemand mehr diese glatten, üppigen Kurven, ihre runden, hübschen Brüste liebkosen wird – oder das, was Jakob einmal, nach längerem Überlegen, als seine Lieblingsstelle bezeichnet hatte: ihr ›Kreuz‹. Was er damit meinte, begriff sie erst, als er sie auf den Bauch rollte und über die kitzlige Falte unter ihren Pobacken und dann über den noch kitzligeren Spalt zwischen ihren Schenkeln gestrichen hatte. Dann fuhr er sie mit seiner Zunge nach … Sie fängt an, sich selbst zu streicheln, da sie weiß, dass selbst dies für eine lange Zeit das letzte Mal sein könnte. Sie versucht, nicht an ihn zu denken, aber ihre Gedanken sind unbezähmbar. Und dann ist sie in dem Badezimmer des Victoria Hotel, wo sie sich gegen die beschlagenen meergrünen Fliesen stützte und von einem derartigen Verlangen erfüllt war …

Sie wird ganz langsam, denn so wird es besser werden; und sie will sich an jede kleinste Einzelheit erinnern, an jede Liebkosung, wie sie sich anfühlte. Vor allem aber möchte sie sich an sein Verlangen erinnern, seine Hingabe und an ihre Reaktion, die nicht nur Begierde war, sondern wie ein anbrausender Sturm, eine mächtige Energie, für die sie keine Worte hat, auch jetzt nicht, die sie aber herannahen fühlt, fast so stark wie einst, und sie will nicht, dass sie je endet.

Danach driftet sie wie in Trance in der Wanne, bis das Wasser kalt wird und sie sich gezwungen sieht, sie steifbeinig und mit zerschrumpelten Händen und Füßen zu verlassen.

Als sie sich abtrocknet, fühlt sie sich gleichzeitig ruhig und gespannt. Es ist eine Wachsamkeit, die schon fast an Furcht grenzt. So fühlt sie sich immer kurz vor einer Abreise. Aber sie sagt sich, dieses Abenteuer – nicht die Sorgen wegen Ashbee oder Aniguin oder sonst irgendwas, und schon gar nicht *irgendjemand* – ist der Grund ihres Hierseins.

✶

Ellesmere Island, 78°22' N, 83°54' W
April 1898

Deshalb ist sie hier, doch in ihrem Basislager herrscht eine seltsame Atmosphäre, und sie weiß nicht, wie sie das ändern soll. Zehn Tage ist es her, seit sie sich von Henry, Ralph und Kudloq getrennt haben; zehn Tage, in denen die Atmosphäre immer schlechter wurde. Ashbee ist bei den Zelten und schreibt Tagebuch – ein Tagebuch, das er ihr laut Vertrag nicht zeigen muss. Tateraq ist verschlossen und schlechtgelaunt. Als sie zu ihm geht, untersucht er gerade mit grimmiger Miene die Pfoten der Hunde. Sie hockt sich neben ihn.

»Wie geht es den Hunden?«

»Alineq hat Schnitte in den Pfoten. Sie hält nicht mehr lange durch.«

Flora nickt. Wenn der Schnee erst mal geschmolzen ist, haben sie für die Hunde kaum noch Verwendung.

»Ist alles in Ordnung, Tateraq?«

»*Ieh.*«

Sie weiß nicht mehr, wann er ihr das letzte Mal in die Augen gesehen hat. »Du wirkst besorgt. Stört dich irgendwas?«

»Nein. Es ist alles gut.«

Flora zögert, weiß aber, es hat kaum Sinn, nachzuhaken.

»Aber falls etwas ist, hoffe ich, dass du es mir sagst.«

Er murmelt etwas, dann geht sie wieder zu dem Zelt, das Ashbee sich mit Tateraq teilt; Flora hat ihr eigenes, das ein paar Meter weiter aufgeschlagen ist. Ashbee blickt auf.

»Morgen gelangen wir wohl an die Spitze des Fjords, die wir

von da oben gesehen haben.« Er ist aufgeregt und hat schon angefangen, den Fjord auf seiner Karte einzutragen: ihr erster Blick auf eine neue Küste, hinter der sie vielleicht – wer weiß? – Inseln für den ›gefährlichen Abschaum‹ finden werden. »Vielleicht nennen wir ihn Athlone Fjord!«

»Wir werden sehen. Hat Tateraq irgendwas zu Ihnen gesagt? Er wirkt unzufrieden. Das sieht ihm gar nicht ähnlich.«

»Das würde er doch wohl eher mit Ihnen besprechen. Sein Englisch ist nicht besonders.«

»Mhm. Können Sie sich heute Abend die Zündvorrichtung des Ofens ansehen?«

»Selbstverständlich.«

Um halb elf ist die Sonne untergegangen. Jeden Tag ist es eine halbe Stunde länger hell. Sie sind gut vorangekommen. Flora versucht zu verdrängen, dass sie viel lieber Ralph als Begleitung gehabt hätte. Oder Henry. Sie redet sich ein, Tateraq würde über das hinwegkommen, was ihn stört. Lange Touren mit dem Schlitten haben das so an sich, sie reinigen den Geist von allem, was nicht unmittelbar vor einem liegt. Wahrscheinlich geht es um die Hunde …

Als Flora ihren Tagebucheintrag beendet hat, kriecht sie in ihr Zelt, isst ein Stück Schokolade, lässt sich Verschiedenes durch den Kopf gehen und schläft mit dem Geschmack von Zucker im Mund ein.

Kapitel 49

NEULAND, 79°27' N, 86°19' W
MAI 1898

»Da … links von der dunklen Klippe.«

Sorqaq entdeckt es als Erster. Jakob und er kampieren an einem schmalen Kiesstrand. Es ist ihr vierter Tag auf dem Neuland – dem Land, das er vor sechs Jahren, vor einer ganzen Ewigkeit, von einer Anhöhe aus gesehen hat.

Tagelang haben sie sich durch Nebel und dichte Wolken gekämpft, aber heute, zum ersten Mal seit der Überquerung der Meerenge von Ellesmere aus, haben sich die Wolken verzogen und ihnen einen Blick auf das ermöglicht, was sie entdeckt haben. Hinter der Küste steigt das Land zu einem Eiskap an, das in der Sonne glitzert; an den südwärts gerichteten Hängen schmilzt schon der Schnee. Jakob hört das Gurgeln von nicht sichtbarem Wasser und spürt die schwache Wärme auf seinem Gesicht.

»Ich seh's nicht.«

Sorqaq zeigt nach Osten, zurück über die zugefrorene Meerenge Richtung Ellesmere.

»Rauch. Schwarzer Rauch. Ein Feuer.«

Jakob nimmt die Schutzbrille mit den blau gefärbten Gläsern ab und schirmt mit der Hand seine Augen ab, denn das vom Eis reflektierte Licht ist sehr grell.

»Verdammt, hast du gute Augen, Sorqaq. Ah, halt …«

Da, kaum sichtbar vor den verschneiten Anhöhen, steigt ein dunkler Faden steil in die Luft.

»Ich vermute, das könnten die Engländer sein.«

Jakob verspürt leichten Ärger. Eigentlich hatten sie sich doch geeinigt, sich nicht in die Quere zu kommen, denkt er. Weihnachten hat sie nach dem grässlichen Gespräch behauptet, ihre Gruppe werde die Meerenge Richtung Südwesten überqueren, mit Ziel auf das unentdeckte Gebiet zwischen Bache-Halbinsel und Jonessund, während er in Richtung Nordwesten Ellesmere Island überqueren wollte. Was er da entdecken wollte, hatte er nicht gesagt. In diesem riesigen Land sollte also viel Platz zwischen ihnen liegen.

Vor vier Tagen hat seine Expedition die zugefrorene Meerenge zu diesem Neuland überquert, und dann sind Sorqaq und er der Küste gefolgt, während Welbourne und Aniguin sich nach Norden wandten. Sollte dies wirklich eine Insel sein, werden sie sich alle irgendwann wieder an der Westküste treffen. Sie hatten eine kurze Feier abgehalten und dabei versucht, sich nicht allzu große Hoffnungen zu machen, schließlich konnte es auch nur eine Halbinsel sein, doch als Jakob an der menschenleeren Küste stand, empfand er eine Aufregung, eine unschuldige Freude, die er für sich längst abgeschrieben hatte.

Jetzt nimmt er seinen Sextanten heraus und fängt an, ihre Position zu bestimmen. Eigentlich würde er am liebsten in seinen Schlafsack kriechen und sich eine Decke über den Kopf ziehen, aber man gibt einfach nicht seiner Müdigkeit nach, wenn noch Arbeit zu erledigen ist. Diesen Trick hat er von den Eskimos gelernt: Man sagt sich, dass man sich nur so und nicht anders verhalten kann, und dann ist es auch so.

✶

Am nächsten Morgen sieht man immer noch den Rauch, was seltsam ist: Seltsam, dass dort überhaupt ein Feuer brennt, und doppelt seltsam, dass man es so weithin sehen kann. Das ist kein normales Lagerfeuer, und es gibt auch kein Holz oder sonst etwas Brennbares dort. Er fragt Sorqaq, was er davon hält. Es soll in Grönland brennende Klippen geben, Streifen aus Kohle, die sich selbst entzünden. Könnte es das sein? Obwohl er den Rauch durch sein Fernglas betrachtet, bis ihm die Augen tränen, ist er zu weit entfernt, um mehr zu erfahren. Jakob überkommt eine unangenehme Vorahnung.

»Was meinst du, wie weit es bis dahin ist?«

Sorqaq starrt in die Richtung. »Wenn das Eis gut ist, einen Tag vielleicht.«

»Ich glaube, wir müssen mal nachsehen, was das ist. Vielleicht steckt jemand in Schwierigkeiten.« Bittend sieht er Sorqaq an. »Nur für alle Fälle.«

Als sie die Meerenge wieder überquert haben, ist der Rauch verschwunden, doch da sie vorher seine Position bestimmt haben, wenden sie sich Richtung Süden. Nachdem sie schließlich eine Landzunge umrundet haben, sehen sie ein schmales Tal, das zu den Bergen hinaufführt. Ihrer Einschätzung nach kam der Rauch von dort oben. Der Schnee auf dem Nordhang schmilzt auch bereits; in den Senken sieht man noch Flecken, die den grauen Kies sprenkeln. Es gibt keinerlei Anzeichen von Menschen, keinen Hinweis, dass jemand hier ist oder war. Hinter dem Tal steigt die Küste zu Steilklippen an. Jakob beschließt, ein paar Stunden das Tal hinaufzugehen und dann, wenn er nichts gefunden hat, es gut sein zu lassen und wieder umzukehren. Er befiehlt Sorqaq, bei den Hunden zu bleiben, die sich ausruhen müssen.

Nach ein paar Stunden anstrengender Kletterei ist Jakob überzeugt, dass er nur Zeit verschwendet, und hält an, um wieder zu Atem zu kommen. Es ist ein stiller Tag; er hört nichts außer seinem Atem und dem Plätschern des Schmelzwassers unter dem Kies. Keine Spur vom Rauch. Vielleicht haben sie sich den nur eingebildet, oder er ist genauso mysteriös wieder verschwunden, wie er aufgetaucht ist – was auch immer es war. Er nimmt sein Fernglas hervor und sucht das Tal ab. Und da ist es wieder: eine dunkle Feder, kaum sichtbar vor dem grauen Kies. Schließlich kann er einen winzigen Fleck daneben als Zelt identifizieren. Also die Engländer? Aber sonst nichts. Keinerlei Bewegung. Wenn niemand da ist, woher dann das Feuer? Erneut macht er sich an den Aufstieg und bedauert, das Gewehr bei Sorqaq gelassen zu haben. Die dumpfe Vorahnung kehrt zurück und wird stärker. Er bleibt stehen, atmet tief durch und ruft in das düstere, stille Tal. Nach ein paar Sekunden kriecht jemand aus dem Zelt und steht auf. Noch als die Gestalt auf allen vieren hockt und trotz der Hose und des Anoraks und trotz der Distanz zwischen ihnen, weiß er: Es ist sie.

Während er sich dem Zelt nähert, kommt sie ihm entgegen. Das letzte Mal hat er sie Weihnachten gesehen, als sie sich in einer hoffnungslosen Pattsituation, einem prekären Waffenstillstand trennten. Seitdem gab es keinen Anlass, sich wiederzusehen. Er bemerkt, dass ihre Haare ihr in einem schief geflochtenen Zopf über den Rücken fallen, ihr Gesicht merkwürdig aussieht, ihre Augen gerötet sind. Seine Vorahnung weicht einem kalten Schock, als er sieht, dass sie geweint hat. Mit zitternder und fast brechender Stimme sagt sie: »Du bist gekommen.«

Er geht auf sie zu und dann, irgendwie, ohne irgendeinen Gedanken, ist sie in seinen Armen. Ihre Haare kitzeln an seinem Mund. Er atmet mühsam, und sein Herz klopft heftig von dem anstrengenden Aufstieg.

»Was ist passiert? Geht es dir gut?«

Als sie sich von ihm löst, sieht er die Tränenspuren auf ihrem Gesicht. Sie wirft einen Blick über ihre Schulter.

»Ja, aber … er ist tot.«

»Was? Wer ist tot?«

»Komm und sieh selbst.«

Sie führt ihn zu einem zweiten Zelt, das ihm erst jetzt auffällt, da es zu einem Stoffhaufen zusammengefallen ist. Noch bevor sie die Zeltluke öffnet, riecht Jakob einen süßlichen Gestank. Er sieht einen einzelnen, bestrumpften Fuß und zieht die Luke weiter zurück. Daraufhin wallt ihm eine Wolke aus Fliegen ins Gesicht. Er hält die Luft an und schiebt die Plane beiseite, bis er den Rest des Körpers sieht – und den Kopf eines Mannes, zerschossen, voll Blut und krabbelnder Fliegen. Hier und da sind einzelne blonde Strähnen in der dunklen Masse zu sehen. Er lässt die Plane wieder über den grässlichen Anblick sinken, kriecht rückwärts ins Freie und wischt sich Fliegen aus dem Gesicht, spuckt sie aus. Bevor er sich wieder zu Flora wenden kann, muss er erst ein Stück gehen und frische Luft schnappen.

»Vor drei, vier Tagen haben wir hier unser Lager aufgeschlagen. Ich war in meinem Zelt … und wachte von einem Schuss auf. Als ich herauskam, stand Tateraq mit seinem Gewehr da.«

Sie zögert.

»Er behauptet, Ashbee habe sich erschossen.«

»Wo ist Tateraq?«

Flora blickt das Tal hinauf zum Eiskap. »Er ist verschwunden. Hat die Hunde genommen und ist verschwunden.«

»Verschwunden? Wann kommt er denn zurück?«

»Ich glaube, gar nicht.«

Jakob fehlen die Worte. Jemanden hier allein zu lassen, ohne Hunde, ist undenkbar. Ohne Hunde steckt man fest. Ohne Hunde stirbt man.

»Bist du sicher, dass er nicht Hilfe holen gegangen ist?«

Sie nickt.

»Was ist deiner Meinung nach passiert?«

Sie atmet geräuschvoll aus.

»Es könnte schon sein, dass Ashbee sich selbst erschossen hat, aber ich wüsste nicht, warum. Er war wie immer. Und es so zu tun, in einem Zelt liegend, mit einem Gewehr …«

»Ist sein Gewehr hier?«

»Ja. Ich habe versucht … den Abzug zu betätigen, verstehst du … vielleicht könnte es jemand, der größer ist oder irgendeine Hilfsvorrichtung benutzt hat …« Sie schüttelt den Kopf; eindeutig glaubt sie nicht daran.

»Kann ich es mal sehen?«

Sie geht zu ihrem Zelt und hebt eine Martini-Henry mit langem Lauf hoch. Insgesamt ist das Gewehr über einen Meter lang. Jakob weiß genau, dass man nicht an den Abzug kommt, wenn man sich die Mündung an den Kopf hält.

»Das war bei ihm im Zelt?«

Flora nickt. »Es lag neben ihm.« Sie zögert. »Es wurde nicht abgefeuert.«

»Also hat Tateraq ihn erschossen.«

Sie lacht hilflos auf. »Ich *weiß* es nicht!«

»Glaubst du, er hat sich mit Tateraqs Gewehr erschossen?«

Sie schüttelt den Kopf. Jakob sieht sich um und blickt die Talschneise hinauf, wo noch eine dicke Schneedecke liegt. Dort sind Spuren sichtbar, die in die Berge führen. So sind sie hergekommen, und die Schlittenspuren führen dahin zurück.

»Könnten sie sich gestritten haben? Gab es einen Grund dazu?«

Darauf antwortet sie erst nach langem Schweigen. »Möglicherweise haben sie sich wegen mir gestritten.«

»Was soll das heißen?«

Flora hält die Augen auf den Berghang gerichtet. Ihre Stimme ist leise und ausdruckslos.

»Vor ein paar Tagen kam Ashbee zu mir und erklärte, er sei nicht davon ausgegangen, zusätzlich zu all seinen Aufgaben auch noch meine Ehre verteidigen zu müssen. Ich erwiderte, dass die Leute ständig redeten, das aber nichts zu bedeuten habe. Ich hörte einen heftigen Wortwechsel zwischen ihnen. Tateraq war missmutig, warum, weiß ich nicht. Aber ich dachte, es gebe keinen Grund, sich Sorgen zu machen, da Ashbee auch da war …«

»Und davor hatte es keinerlei Zwischenfälle gegeben?«

»Nicht, dass ich wüsste.«

»Und nachdem Ashbee tot war?«

»Die Sache ist die …« Flora schließt kurz die Augen, und ihre Stimme senkt sich zu einem kaum hörbaren Flüstern: »Er war noch nicht tot. Nicht direkt. Als ich in sein Zelt kroch, gab er schreckliche Laute von sich, eine Art Gurgeln, aber er hatte die Augen offen … Er sah mich und sagte, zumindest meine ich das, weil es kaum verständlich war: ›Ich habe versucht …‹, und dann fing er an zu fluchen. Ich beruhigte ihn, es würde alles wieder gut werden …« Jetzt endlich sieht sie Jakob an, und ihre Züge entgleisen. »… aber ich wusste, das stimmte nicht.«

Er legt ihr eine Hand auf den Arm. Sie holt zittrig Luft.

»Als ich das Zelt wieder verließ, sagte Tateraq: ›Wir müssen los; wir können nichts mehr tun.‹ Ich widersprach, wir könnten ihn nicht einfach allein lassen, solange er noch lebte. Aber Tateraq spannte schon die Hunde ins Geschirr – alle Hunde. Dabei sah er mich an, als ob … als ob er mich auch umbringen wollte. Ich holte mein Gewehr und …« Plötzlich wird sie ganz ruhig. »… befahl ihm, zu verschwinden, und zwar schnell, sonst würde ich ihn erschießen. Daraufhin fuhr er los.«

»Aber er hat nicht versucht, dich anzugreifen?«

Sie schüttelt den Kopf.

»Wann war das?«

»Ich weiß nicht. Vor drei Tagen?«

»Und wie lang war Ashbee noch …«

»Er starb am nächsten Tag. Glaube ich. Ich gab ihm Laudanum. Dann habe ich den anderen Schlitten angezündet. Ich dachte, Ralph würde vielleicht den Rauch sehen und kommen.« Ihr entfährt ein gequältes Stöhnen. »Ich blieb bei ihm und tat, was mir möglich war, aber viel war das nicht.«

Jakob wirft einen Blick zu dem Zelthaufen. Er kann sich nicht vorstellen, wie das war.

»Die Verletzung muss tödlich gewesen sein. Wahrscheinlich hat er das nicht gewusst.«

»Irgendwann wurde er vollkommen still. Ich dachte, ich müsse ihn beerdigen, bevor ich …«

Jakob blickt zum Eiskap. Ohne Hunde wäre sie nie zurückgekommen – und das wusste sie so gut wie jeder andere. Wut auf Tateraq flammt in ihm auf. Jemanden hier zu lassen ist genauso Mord, wie jemanden zu erschießen.

»Ich habe angefangen, ein Grab auszuheben, aber es ist so schwer.«

Sie zeigt ihm eine flache Grube im gefrorenen Boden.

»Ich mach das schon. Hast du was zu essen?«

Sie nickt.

»Könntest du dann etwas kochen? Und Wasser?«

Er zieht seinen Anorak aus, nimmt sich eine unversehrte Holzlatte vom Feuerhaufen und fängt an zu graben. Der Boden ist eisenhart; ein, zwei Zentimeter unter der Oberfläche ist er bereits vollkommen vereist. Jakob tritt die Ascheglut des Feuerhaufens beiseite und gräbt dort, wo das Feuer den Boden geschmolzen hat. Als er ein Loch gehackt und geschabt hat, das groß genug ist, schleift er Ashbees Leiche in seinem Leichentuch aus Zeltplane hinein und häuft Geröll darüber. Dann sucht er nach großen Steinblöcken, um das Grab zu schließen, damit die Füchse nicht an die Leiche herankommen. Trotz der Kälte muss er sein Hemd ausziehen, und als er endlich fertig ist, ist seine Haut grau vor Schweiß und Staub. Flora reicht ihm ein Handtuch, mit dem er das Schlimmste abreibt, bevor er sich wieder Hemd und Anorak anzieht. Sie hat Eintopf und Tee gekocht und bringt auch eine Flasche Brandy herbei. Dann setzen sie sich in einiger Entfernung vom Grab nieder.

»Wo sind die anderen? Wie kommt es, dass du in der Nähe warst?«

»Sorqaq ist unten am Ufer, mit den Hunden. Wir waren auf der gegenüberliegenden Seite der Meerenge. Als er den Rauch entdeckte, hatte ich ein ungutes Gefühl.«

Er sieht sie an und bemerkt, dass ihr Tränen über die Wange rinnen.

»Es muss schrecklich gewesen sein, aber jetzt ist alles wieder gut. Wir bringen dich in Sicherheit.«

»Ihr könnt doch nicht wegen mir eure Pläne ändern.«

»Wir finden schon einen Weg. Keine Sorge.«

Jakob dreht sich eine Zigarette und bewegt Schultern und Nacken, da seine Muskeln vom Graben schmerzen. Das wird am nächsten Tag noch schlimmer werden. Er wirft einen Blick auf die Uhr: schon drei Uhr morgens.

»Ich muss immer wieder denken, dass ich nicht hätte herkommen sollen.«

Das ist das erste Mal, dass er sie Zweifel äußern hört. Er sieht sie an, doch sie hat ihr Gesicht halb hinter einem Vorhang aus Haaren verborgen.

»Es war nicht deine Schuld.«

»Wenn ich nicht hier gewesen wäre oder keine Frau, dann hätte es auch keinen Streit gegeben, und Ashbee würde noch leben. Ich wollte doch nur wie jeder andere auch behandelt werden. Ich liebe diesen Ort. Aber keiner kann vergessen, dass ich eine Frau bin. Mein Vater hat mich auch nicht mehr mit in den Norden genommen, wegen der anderen Männer … Weil sich ihr Verhalten änderte. Ich versuchte, genauso zu sein wie sie. Ich zog mich auch an wie sie, aber das änderte nichts. Ein Kind ist nur ein Kind, aber eine Frau ist … eine Gefahr. Das ganze Schiff wurde durch meine Anwesenheit vergiftet. Ich habe dagegen gekämpft, und Freddie hat für mich auch dagegen gekämpft, und Ralph kämpft ebenfalls für mich. Aber selbst Tateraq, sogar er, mit dem ich in meiner Kindheit gespielt habe, der mein *Freund* war …«

Sie birgt ihr Gesicht in den Händen und gräbt die Fingernägel in ihre Haare, bis die Knöchel weiß werden.

»Ich mochte ihn nicht«, sagt sie und bricht in Tränen aus.

Jakob rutscht näher zu ihr – ganz sachte – und legt ihr den Arm um die Schultern. Sie wehrt ihn nicht ab. Ihr ganzer Körper zittert.

»Es ist nicht deine Schuld«, wiederholt er, den Mund ganz dicht an ihren Haaren.

Es ist nicht ihre Schuld, und doch kann man das, was sie gesagt hat, nicht ganz leugnen.

Sie gehen zum Ufer hinunter und nehmen mit, was sie tragen können. Vorher haben sie sich geeinigt, so wenig wie möglich über das Geschehen zu sagen – Jakob erklärt Sorqaq lediglich, dass Ashbee einen tödlichen Unfall hatte und Flora auf sich allein gestellt war. Sorqaq wirft ihr nur einen verstohlenen Blick zu und sagt, er sei glücklich – *qooviannikumut* –, dass ihr nichts passiert ist. Dann schnappt er sich einen leeren Schlitten, um alles aus dem britischen Camp zu holen, was sie brauchen können.

Flora sitzt am Ufer auf einem Felsen und blickt über die Meerenge. Immer noch scheint die Sonne. Jakob fragt sich, ob sie in den letzten Tagen überhaupt Schlaf gefunden hat. Als er sich danach erkundigt, antwortet sie nicht sofort. Er selbst ist so müde, dass ihm sein Kopf ständig auf die Brust sinkt. Sorqaq hat ihr Zweimannzelt aufgebaut, aber er will sie hier draußen nicht allein lassen und sie weigert sich hineinzugehen. Als sie endlich antwortet, schläft er schon halb.

»Ich hatte mehr als einmal die Hoffnung verloren. Nachdem das Feuer schon zwei Tage brannte, konnte ich nicht mehr daran glauben, dass es jemand sehen würde. Ich wollte schon aufbrechen und versuchen, zurückzugelangen, aber, weißt du … ich fragte mich: Ist das das Ende? Ich fragte mich: Was habe ich in meinem Leben getan, an das ich mich gerne erinnere?«

Jakob wartet, dass sie weiterspricht.

»Und ständig dachte ich, zumindest habe ich einen kleinen Teil davon mit dir verbracht. Daran wollte ich mich erinnern.«

Ihre Stimme ist so leise, dass er nicht weiß, ob er richtig gehört hat. Von ihrem Gesicht sieht er nur die Kurve ihrer Wange.

»Mit mir? Willst du damit sagen …«

»Deshalb habe ich dir auch nie zu deiner Verlobung gratuliert.«

»Was?«

»Ich konnte es einfach nicht.«

»Aber ich bin nicht verlobt, Flora.«

Langsam dreht sie ihren Kopf zu ihm. »Aber Meqro hat gesagt, du seist mit Dr. Urbinos Schwester verlobt.«

»Nein! Wir sind zwar befreundet, aber … Gott, das habe ich doch nur gesagt, um die Frauen zu entmutigen …« Er stöhnt auf. »Allmächtiger!«

»Du bist nicht verlobt?« Sie wendet ihm noch ein bisschen mehr den Kopf zu.

»Nein! Hast du das geglaubt?«

Da sieht sie ihn mit einer fast bedrohlichen Intensität an. »Ich konnte dich mir einfach nicht mit einer anderen vorstellen!«

Mühsam steht Jakob auf und fragt sich, ob er schon schläft und träumt. Er geht zu ihr.

Sie blickt zu ihm auf und sagt: »Es tut mir leid, dass ich nicht mutiger war.«

Erfüllt von neuer Kraft, von unbezwingbarer Stärke geht er vor ihr in die Knie und schließt sie in seine Arme. Seufzend schmiegt sie sich an ihn. Sie umfasst seinen Unterarm und sagt: »Oh.«

»Meine liebe, liebste Flora.«

Ihre Stirn an seiner Wange ist so kalt wie Stein; er hält ihren Hinterkopf und drückt sie an sich.

»Ich habe nie aufgehört, an dich zu denken.«

Kapitel 50

Thule, 79° 12' N, 93° 50' W
Juni 1898

Ein Eiskap bedeckt die höhergelegenen Landstriche der Insel, aber hier ist eine lieblichere Landschaft als die von Ellesmere Island oder Grönland. Gletscher rinnen die Berge hinab, und im Frühsommer ergießen sich Bäche die Täler hinunter; die Berghänge sind schneefrei. Wenn die Sonne scheint, sieht man überall Fülle: Gras und Moos, das zwischen den Steinen hervorlugt. Beim Erwachen der Natur tauchen Vögel und andere Tiere wieder auf: Alpenschneehühner und Schneeammer, Füchse und Hasen, sogar gravitätisch einherschreitende Moschusochsen. Woher sie kommen und wie sie den Winter überlebt haben, bleibt ein Rätsel.

Sie überqueren eine Ebene, auf der jeder Stein Spuren von Leben zeigt: Fossilien, die von einem warmen Meer zeugen, von Sümpfen, Wäldern und einer Vielzahl von Kriechtieren – aber keinerlei Anzeichen, dass hier je Menschen gelebt haben. Möglicherweise sind sie die ersten, die ihren Fuß auf diesen Landstrich setzen. Jakob ist hin und her gerissen zwischen Freude und Frustration; bei jedem Halt entdecken sie neue Wunder, doch wenn sie sich an seinen Plan halten wollen, bleibt ihnen nur kurz Zeit, darüber zu staunen.

Nach wochenlangen Wanderungen wissen sie mit Sicherheit, dass das von ihnen entdeckte Neuland eine Insel ist.

Die gewundene Küste hat sie nach Süden, dann nach Westen und Norden geführt, bis sie schließlich das Ufer dieses breiten Fjords erreicht haben, der nach Westen ins Polarmeer hinausgeht. Die Insel ist riesig, allein ihre Tour war dreihundert Meilen lang. Am hinteren Ende des Fjords können sie zwei schwarze Punkte ausmachen: Welbourne und Aniguin. Wenn sie wieder mit ihnen zusammentreffen, haben sie die neuentdeckte Insel einmal komplett umrundet. Der Blick durch ihr Fernglas bietet nach Westen hin nur das Meer, eine einzige, ununterbrochene Eisfläche. Dahinter ist kein Land sichtbar. Jakob tauft die Insel ›Thule‹.

Abwechselnd behalten sie die sich bewegenden Punkte am gegenüberliegenden Ufer im Auge – die Distanz ist zu groß, um zu entscheiden, ob sie ebenfalls gesehen worden sind.

»Wir werden ein Lager aufschlagen«, beschließt Jakob. »Morgen sind sie dann nahe genug.«

Sorqaq bietet an, den Fjord sofort zu überqueren; obwohl es nicht dunkel wird, ist das Eis bei Nacht sicherer.

»Ich bringe sie morgen mit«, verspricht er grinsend. »Aber nicht so früh.«

Das Eis im Fjord ist von einem Film Schmelzwasser bedeckt, das den Himmel wie eine Metallplatte reflektiert. Sorqaq behauptet, es sei sicher, doch als Jakob zusieht, wie er seinen Schlitten durch das seichte Wasser fährt, würde er ihm am liebsten nachrufen. Sie beide haben ihn ins Herz geschlossen. Der Schlitten gleitet durch das Blau und Weiß, über und unter ihm der Himmel, der sich in schimmerndem Licht verliert. Sie sehen Sorqaqs Gestalt immer kleiner werden, bis auch sie nur noch ein Punkt ist.

Zum ersten Mal seit drei Jahren sind Jakob und Flora allein. Er dreht sich zu ihr, nimmt ihre Hand und sagt: »Komm.«

✶

Sorqaq hat ihnen schon ganz zu Anfang angeboten, sie allein zu lassen. An jenem ersten Tag kehrte er am Vormittag zum Strand zurück und entdeckte, dass Jakob an einen Fels gelehnt schlief und Flora sich neben ihm zusammengerollt hatte, den Kopf auf seinem Schoß, seine Hand auf ihrem Haar. Als Jakob aufwachte, sah er, dass Sorqaq entzückt lächelte und ihm ein Zeichen machte, er solle ganz ruhig bleiben.

»Ich wusste es!«, behauptete er später. »Ich bin froh – mein Freund und meine Schwester! *Aja,* es ist gut.«

Nachdem sie erneut die zugefrorene Meerenge überquert hatten, ging Sorqaq davon aus, Jakob würde in Floras Einmannzelt schlafen – wenn ein Mann und eine Frau heirateten, gebot der natürliche Lauf der Dinge, dass sie sich von den anderen zurückzogen, um sich besser kennenzulernen. Jakob sagte, er werde Flora nach ihren Wünschen fragen; die *kallunat* verführen bei ihrer Heirat, wie bei so vielen Dingen, anders und kaum erklärbar. Als er Flora Sorqaqs Vorschlag unterbreitete, blickte sie zu Boden und schüttelte den Kopf.

»Ich mache dir schon Umstände, allein, weil ich dabei bin. Da möchte ich deine Pläne nicht noch weiter stören. Ich möchte nicht ...« Sie hatte nicht weitergesprochen, aber Jakob meinte sie zu verstehen. Trotz seiner wiederholten Versicherungen, sie würde keinen von ihnen stören, ihre Habseligkeiten wögen praktisch gar nichts und nichts könne ihn glücklicher machen als ihre Anwesenheit, war sie so ernst und angespannt wie bei ihrer ersten Begegnung. Jakob hingegen konnte den grauenhaften Anblick aus dem Zelt fast schändlich leicht vergessen: Schließlich hatte er Ashbee kaum gekannt und nicht besonders gemocht. Außerdem gab es so viel zu sehen und zu tun. Alle paar Stunden machten sie halt, damit er ihre Position bestimmen, die Umrisse der Küste zeichnen, die Berge und Gletscher fotografieren und Proben sammeln konnte, doch dann marschierten sie weiter, um möglichst große Strecken zurückzulegen. Es gab mehr Arbeit, als er in einem Dutzend Jahren hätte erledigen können, daher merkte er, dass er den Toten manchmal ganze Stunden vergaß. Aber Flora war für ihn verantwortlich gewesen. Sie hatte bei ihm gesessen, als er starb, und seine letzten schrecklichen Atemzüge gehört.

Nach Überquerung der Meerenge waren sie drei Tage lang nebeneinander gewandert, doch sie hatte in ihrem eigenen Zelt geschlafen und versucht, so wenig wie möglich zu stören. Sie stand früher auf als die Männer und hatte gepackt und sich bereitgemacht, bevor sie mit dem Frühstück fertig waren; sie prüfte die Positionsangaben, machte Skizzen und erledigte ihren Anteil an Arbeiten. Sie war geradezu nervtötend hilfsbereit und sagte kaum etwas, wenn sie nicht angesprochen wurde. Dann, eines Abends, überquerten sie gerade einen Abschnitt des Meereises, das zentimeterdick mit Matsch bedeckt war. Eigentlich hätten sie bis zum nächsten Morgen warten müssen, aber der Tag zog sich dahin – und da, mitten im Fjord, klappte unter Sorqaqs Schlitten eine Eisscholle wie eine Kinnlade nach unten. Flora, die direkt hinter ihm war, rannte los, um die nach oben ragende Scholle herunterzudrücken, und beide warfen sich flach aufs Eis, um das Gewicht besser zu verteilen. Aber dann knackte der Abschnitt, auf dem Flora lag, ebenfalls, kippte und ließ sie ins Wasser gleiten. Eine Welle klatschte ihr ins Gesicht und erstickte ihren Aufschrei. Sorqaq packte sie an den Haaren und hielt ihren Kopf über Wasser, bis Jakob sie erreicht hatte. Gemeinsam zogen sie sie aus dem Wasser. Auch die Hunde kämpften sich zurück aufs Eis, während der vier Meter lange Schlitten eine quälende Ewigkeit unter Wasser hing und das Eis unter ihnen erzittern ließ, bis sie ihn mit vereinten Kräften und brüllend vor Anstrengung endlich in Sicherheit hieven konnten.

Danach lachte Sorqaq. Sie hatten Glück gehabt – *aja!* – oder etwa nicht? Und wie verblüfft Flora geblickt hatte, als ihr die Welle ins Gesicht klatschte – lustig! Er ahmte sie nach. Flora lachte auch. Nass und zitternd vor Kälte und Erschöpfung kamen sie am anderen Ufer an, aber etwas von ihrer Zurückhaltung war geschwunden.

Als Flora und Jakob später über dem Ofen hockten und sich die Hände am kochenden Wasserkessel wärmten, sagte sie fast beiläufig: »Ich habe nachgedacht; wir könnten schon morgen tot sein. Vielleicht, wenn du immer noch willst … und es Sorqaq nicht stört, also …«

Jakob blickte sich zu Sorqaq um, der den aufgeregt kläffenden Hunden Fleischbrocken zuwarf, und versuchte, ein Lächeln zu unterdrücken.

»Ich werde ihn fragen.«

Sorqaq nickte nur. »Natürlich. Sie wird dir eine gute Frau sein – hast du gesehen, wie sie losgestürzt ist, um meinen Schlitten zu packen? Ohne zu zögern!«

Flora lag schon unter der Decke, als Jakob ins Zelt gekrochen kam. Es war kälter geworden, ein heftiger, unbeständiger Wind wehte, und Wolken hatten die Mitternachtssonne verdunkelt, doch im grauen Licht, das die Zeltplane durchdrang, konnte er sehen, dass ihre Miene ernst war.

»Alles in Ordnung?«

»Ja. Ich weiß nicht. Ich …«

»Wir müssen gar nichts tun. Ich bin schon glücklich, einfach nur neben dir zu liegen.«

»Aber wenn ich morgen sterbe …« Sie lachte über sich und wandte den Blick ab, wie immer, wenn sie verlegen war. »Das meinte ich nicht. Aber, was einmal passiert ist … darf nicht wieder passieren.«

»Nein. Selbstverständlich nicht. Das wird es auch nicht.«

Er hatte daran gedacht, ein Kondom mit ins Zelt zu bringen und erklärte ihr ziemlich umständlich, er habe herausgefunden, dass man darin ziemlich gut Filmrollen trocken halten könne. Oder auch anderes: Munition, Salz … »Das erzähle ich dir nur, weil du es vielleicht seltsam finden könntest, dass ich so etwas auf eine Erkundungstour mitgenommen habe«, schloss er lahm.

»Oh.« Dieser schlichten Silbe konnte sie unzählige unterschiedliche Färbungen verleihen. Ein kaum merkliches Lächeln huschte über ihr Gesicht. »Ich wünschte, ich hätte baden können. Ich bin schrecklich schmutzig.«

Er lachte. »Aber nicht doch. Du bist genau so, wie du sein sollst. Außerdem bin ich auch schrecklich schmutzig.«

Er zog sich seine Unterwäsche aus und glitt zitternd neben ihr unter die Decke. Die Berührung ihrer nackten Haut setzte ihn unter Strom; aufstöhnend vor schmerzhaft begieriger Freude presste er sich an sie. Sie schlang ihre Arme um ihn, aber ihr Körper fühlte sich steif an, und sie wich ihm mit dem Gesicht aus, als wollte sie nicht, dass er sie küsste.

»Was ist denn, Flora?«

Sie seufzte. »Es ist nur … ich schäme mich, obwohl ich das gar nicht sollte.«

»Wieso denn?«

Schweigen. Sie löste ihre Arme ein wenig und starrte auf die Decke.

»Ich muss immer wieder denken – dabei ist es absurd –, dass ich dir untreu war.«

Schreckliche Eifersucht durchzuckte ihn wie ein glühender Stromschlag. Er sagte nichts, weil er nicht wusste, was. Mit kleinlauter Stimme fuhr sie fort: »Du hast mir so gefehlt. Also habe ich mir einen Liebhaber genommen. Ich dachte, dann … Aber das war nicht gut.«

»Wann?«, stieß er endlich hervor und meinte, man hörte ihm seine Wut an. Ashbee! Nein, Ralph, natürlich war es Ralph …

»Im Herbst vor meinem Aufbruch. Es ging nicht sehr lang. Es …«

»Es ist egal«, unterbrach er sie, hölzern und kaum überzeugend.

Er versuchte, seine Wut auf den Unbekannten zu richten, unauffällig rutschte er ein Stück von Flora weg. Unter den gegebenen Umständen war das doch wohl unangemessen. Sie spürte seinen Rückzug, und er wusste, dass es sie verletzte.

»Bitte, hör mir zu. Verstehst du, ich habe versucht, mir einzureden, mir fehlte nur … die Intimität, und ich würde darüber hinwegkommen, wenn … aber das stimmte nicht. Das habe ich erkannt.« Sie sah ihn an, bis er gezwungen war, ihren Blick zu erwidern. »Meine Liebe galt immer nur dir. Das habe ich erkannt, aber da war es zu spät.«

Jakob schüttelte den Kopf.

»Das ist unwichtig. Man kann es auch nicht Untreue nennen … wir dachten doch beide, es sei vorbei. Ich war auch mit ein paar Frauen zusammen.«

»Oh!« Sie fühlte sich, als hätte er sie geohrfeigt. Sie schluckte. »Mit wem denn?«

Das fand Jakob ungerecht. So hatte er sich ihre Wiedervereinigung nicht vorgestellt.

»Ist das wichtig? Schließlich ist das längst vorbei. Vergangenheit. Jetzt sind *wir* hier.«

Beklommen starrten sie einander an. Ihm wurde bewusst, wie streng er klang, und er milderte seinen Ton.

»Ich weiß nicht, wieso wir über etwas reden müssen, was vorbei ist.«

Flora schüttelte den Kopf so heftig, dass ihr die Tränen über die Wangen bis in die Haare spritzten.

»Du solltest es wissen. Sonst hätte ich es die ganze Zeit im Kopf gehabt und darüber nachdenken müssen, wann ich es dir sage. Ich möchte reinen Tisch machen. Es gab so viele Missverständnisse. Die sollen nicht mehr zwischen uns stehen.«

Sie waren ernüchtert. Dabei hatte Jakob gedacht, es würde ganz einfach sein; aber jetzt mussten sie beide beichten.

»Dann sollte ich dir vielleicht sagen, dass ich vor meiner Abreise aus New York tatsächlich Clara Urbino gebeten habe, mich zu heiraten.«

»Clara?« Sie sah ihn schrecklich gequält an. »Also stimmte es doch! Du bist verlobt!«

»Nein, natürlich nicht! Ich würde dich doch nicht belügen. Sie hat ›nein‹ gesagt – wofür ich ihr ewig dankbar sein werde. Ich war nicht in sie verliebt und sie auch nicht in mich. Es war schon seltsam von mir, das sehe ich jetzt – und sie sah es damals schon. Vermutlich war es ein Impuls aus Furcht – wie eine Impfung.«

Daraufhin schwieg Flora eine Weile. Dann sagte sie: »Also ist da … nichts? Du wünschtest nicht, du wärst mit ihr zusammen?«

»Aber nein, Schatz. Sie ist nur eine gute Freundin, mehr nicht. Bitte guck doch nicht so. Du hast keinen Grund zur Angst.«

Aber Flora wirkte aufgewühlt. Da nahm er ihre Hand und küsste ihre Finger, einen nach dem anderen.

»Ich glaube, sie würde mir verzeihen, dass ich dir das sage, um dich zu beruhigen, also erzähle ich es dir … Sie ist keine Frau, die heiraten möchte – verstehst du, was ich damit sagen will?«

Flora nickte. »Ich glaube schon, ja.«

»Und sie ist einer der wenigen Menschen, die ich zu unserer Hochzeit einladen will.«

»Was?«

Als Flora die Stirn runzelte, dachte Jakob einen schrecklichen Moment lang, er habe die Situation falsch eingeschätzt. Doch dann, als eine Böe gegen die Plane schlug und das Zelt erzittern ließ, lächelte sie, zeigte das langsame, widerstrebende Lächeln, das er so liebte, weil es aus ihrem tiefsten Innern zu entsteigen schien.

»Ich möchte dich den Rest meines Lebens bei mir haben. Aber es tut mir leid, ich hätte dich fragen sollen. Willst du mich heiraten, Flora?«

Schweigen.

»Dazu muss ich mich erst scheiden lassen.«

»Ja, das wäre wohl ratsam.«

»Ist es nicht zu früh, um zu wissen, ob du das wirklich willst?«

»Nein. Es ist spät. Ich hätte dich schon in London fragen sollen. Ich wünschte, das hätte ich getan.«

Sie stieß einen Seufzer aus, der fast wie ein Schluchzen klang.

»Ja. Sobald ich kann.« Sie küsste ihn und wischte sich die Tränen weg. »Ja, mein Liebster.«

»Aber es gibt eine Bedingung, Schatz.«

»Welche?«

»Versprich mir, mich nie mehr zu verlassen.«

»Versprochen. Niemals.«

Er nahm sie wieder in seine Arme, und dann lagen sie ganz still da und wagten kaum, sich zu bewegen, während der Wind um ihr Zelt heulte. Jakob hatte das Gefühl, in seiner Brust befände sich eine bis zum Rand gefüllte Schüssel: nur eine Bewegung, und sie würde überlaufen, und dann wusste er nicht, was geschehen würde, wusste nicht, ob der Inhalt begrenzt war und versickern würde; ob er lachen oder weinen würde. Dann erschien ihm sein Pathos lächerlich.

Dann spürte er, wie etwas von ihrer Anspannung nachließ, und dachte: Nein, dieses Gefühl ist nicht begrenzt; nichts kann es erschöpfen. Er spürte, wie ihre Hand seinen Körper hinunterglitt und ihn sanft streichelte. Ihre Berührung war ganz leicht und doch gezielt, tröstend und gleichzeitig erregend. Sie flüsterte: »Ich musste in meinem Zelt immer an dich denken. Du warst nur wenige Meter entfernt, aber ich konnte dich nicht berühren. Ich dachte: Wir haben so viel Zeit verschwendet …«

»Aber jetzt nicht mehr.«

Sie legte sich mit ihrem ganzen Körper auf ihn, stützte sich auf die Ellbogen und umfasste mit den Händen sein Gesicht. Er spürte das Gewicht ihrer Brüste auf seinen Rippen. Die Wärme und Schwere ihres Körpers waren göttlich – ein Segen. Er gewann dadurch seine Stärke zurück.

»Eins noch …«

»Was denn?«, fragte sie beunruhigt.

»Du wirst nicht morgen sterben. Wir haben noch den Rest unseres Lebens vor uns.«

Sie küssten sich, und in der Enge ihres Zelts stießen ihre Hüftknochen und Kniescheiben unangenehm aneinander. Sie waren zaghaft und unbeholfen; kalte Windstöße strichen über ihre Haut und ließen sie aufkeuchen. Am liebsten hätte er die Decken weggeschoben, um sich ungehindert bewegen zu können, sie zu küssen und so gründlich zu schmecken, wie er wollte, doch der Wind heulte laut und boxte gegen das Zelt wie ein eifersüchtiger Ehemann, durchschnitt frostig und beißend den Zelteingang.

»Lieg still. Ich will dich wärmen.« Er rollte sie wieder auf den Rücken und presste sich an sie, steckte die Decken an ihren Schultern fest und liebkoste mit minimalen Bewegungen ihren Körper, immer darauf bedacht, sie vor dem Wind zu schützen. Er spürte, wie ihr Atem schneller und flacher wurde, ihr Herzschlag sich beschleunigte, ihre Muskeln sich anspannten. Nach wenigen Minuten war sein linker, ungelenk unter ihm verklemmter Arm eingeschlafen, seine Finger schmerzten, und er starb, *starb* vor Verlangen, in sie einzutauchen. Dann hörte er mit Entzücken die erstickten Schreie, die sie unterdrücken wollte. Als sie sich wieder beruhigt hatte, bedeckte er ihr Gesicht mit Küssen. Endlich wandte sie sich ihm zu und küsste ihn auf den Mund, suchte mit ihrer Zunge die seine. Er blickte ihr direkt in die Augen und saugte an seinen nassen Fingern, sog ihren warmen Geruch ein, bis seine Lungen voll davon waren.

»Du schmeckst wie ein Likör.«

Ihr Gesicht war gerötet, ihre Augen weit aufgerissen, ihre Pupillen riesig und dunkel. Sie lächelte – es war ein Lächeln, das aus einem geheimen Teil ihrer selbst drang; das Lächeln, das wohl nur er zu sehen bekam.

»Warm?«

»Fast«, sagte sie und griff nach ihm.

Er streifte sich etwas ungeschickt das Kondom über, dann zog sie ihn fast grob auf sich und führte ihn zwischen ihre Schenkel. Der Wind brüllte jetzt. Doch weder Wind, noch Kälte, noch Decken konnten ihn nun aufhalten. Kaum war er in sie geglitten, in eine Hitze, die um seine Haut herum explodierte, kaum war ihm das Wort *Zuhause* durch den Kopf gezuckt, da schlitterte er schon herrlich und unaufhaltbar Richtung freier Fall.

Er hörte Stöhnen und Jubel; er sah sich selbst in ihren Augen, undurchdringliche Spiegel, dunkel wie das Polarmeer und genauso tief und unvorhersehbar. Er erinnerte sich noch an Wassertropfen, die an ihren Schläfen schimmerten, und dann spürte er, wie er fiel.

Kapitel 51

Onmogelijk Dal, 78°14' N, 88°32' W
Juli 1898

Mittsommer. Das Schmelzwasser des Gletschers schmückt den Talboden mit einer schimmernden Borte. Die Hügel um sie herum sind mit einem Kaleidoskop gedämpfter Farben gesprenkelt: Beige und Ocker; Grau und Graubraun; Schiefer, Bronze und Taubenblau. Das nach Süden ausgerichtete Tal bildet zwischen ihnen eine Tasse, an der die Sonne nippen kann. Es fängt ihre Wärme ein und hält sie fest. Noch nie hat Flora in Grönland so milde Luft erlebt. Zwischen den Bächlein und auf den Hängen ist das Geröll mit leuchtend grünem Gras und Moos durchsetzt, gesprenkelt mit winzigen weißen Heideblüten, Büscheln aus Wollgras und zitronenfarbigen Mohnblumen mit seidigen Blütenblättern. Im endlosen Licht des Mittsommers erstrahlen mit erstaunlicher Brillanz überall Blumen, winzige Weiden und leuchtende Gräser. Sie sind Riesen, die in ein Miniaturparadies gestolpert sind.

Wie im Paradies herrscht hier Unschuld. Weil sie allein sind und die Sonne ohne Unterlass scheint und es so warm ist wie an einem Frühlingstag in London, entledigt sich Jakob, sobald er im Lager ist, all seiner Kleider und lässt sich von der Sonne wärmen. Als er Flora auffordert, es ihm gleichzutun, zögert sie und blickt sich nervös in dem leeren Tal um, als rechnete sie mit Besuchern zum Tee.

»Glaubst du, hier kommt jemand?«, fragt Jakob amüsiert.

»Ich weiß nicht. Sorqaq vielleicht ... oder einer von den anderen.«

Sorqaq, Aniguin und Welbourne sind zurück zur Nordküste der Insel gegangen, um nach Robben und Moschusochsen Ausschau zu halten. Sie wollen jagen. Welbourne war auch entschlossen, Wölfe und Polarbären zu erlegen, also wollten sie zum ewigen Eis. Zwar waren sie taktvoll, konnten beim Abschied aber nicht ihr Grinsen unterdrücken.

»Die sind wahrscheinlich hundert Meilen weit weg. Außerdem habe ich ihnen befohlen, uns nicht zu stören – zumindest nicht bis Mitte August.«

»Wirklich?«

»Ja. Wir sind hier vor Eindringlingen sicher. Und sollte doch zufällig einer vorbeikommen, nun ...« Er blickt zu den nackten Berghängen: Die Steine sind kaum groß genug, um einen Fuchs zu verbergen. »Dann würden wir ihn wohl kommen sehen.«

Er hat recht. Stille, Raum und Distanz haben aus ihrem Tal eine Festung gemacht. Zuerst erlaubt sich Flora nur, ihr Hemdchen auszuziehen, wenn sie draußen ist. Es ist wirklich heiß, über zwanzig Grad laut ihrer Wetterstation. Dann, nachdem sie Jakob gebeten hat, sich ein paar Schritte zu entfernen und ihr den Rücken zuzudrehen, zieht sie ihre dicke Hose aus und setzt sich ordentlich auf eine Decke vor dem Zelt. Sie kann sich noch nicht dazu durchringen aufzustehen, muss aber zugeben, dass es angenehm ist, ihre nackte Haut der Sonne darzubieten. Sie spürt den leisesten Lufthauch; jedes ihrer Nervenenden summt vor neuem Leben. Ohne auf ihren Protest zu achten, setzt sich Jakob zu ihr. Er hat nichts an außer seinen Stiefeln.

»Ich werde ein Foto von dir machen, wie du hier in unserem Garten sitzt«, sagt er, und seine Hand auf ihrem Rücken ist warm. »Wie du über unser Land blickst.«

Sie haben ihr Lager auf einer Terrasse im Berghang aufgeschlagen, von wo aus sie den Fjord und das Meereis sehen können.

Allerdings ist es am Ufer geschmolzen und weiter draußen in Eisschollen gebrochen. Der Fjord ist dunkel und still, das Wasser kaum salzig. An der Stelle, wo der Bach in ihn mündet, ist das Wasser milchig grün, da er vom Gletscher den Berg hinunterströmt. Der Gletscher selbst hat einen See aus Schmelzwasser, einen Gornersee en miniature, der mit dem Fortschreiten des Sommers immer größer und dunkler wird.

Wie gebannt vom Licht, das Wasser und Eis reflektieren, lehnt sich Flora mit hochgezogenen Knien an Jakob. Doch er steht auf und umfasst ihre Hände.

»Komm schon, hoch mit dir … Siehst du, es ist gar nicht schlimm. Und jetzt: Geh los …«

Sie lächelt und errötet, als er sie um das kleine Plateau herum führt; er lacht sie aus.

»Nur ich kann dich sehen. Und das zählt nicht; schließlich sehe ich dich nicht zum ersten Mal.«

»Aber, wir sind *draußen* …«, murmelt sie. »Und wenn man geht – sieht das doch nicht *schön* aus.«

Jakob bleibt stehen und sieht sie an. Ein Lächeln umspielt seine Mundwinkel, aber sein Blick ist ernst. »Du hast ja keine Ahnung, wie schön das aussieht.«

Sie umfasst seine Taille und zieht ihn näher zu sich, bis die Spitze seines steif werdenden Penis gegen ihren Bauch stößt und ihre Brustwarzen seine Haut streifen. Eine sanfte Brise umweht sie wie ein kühler Atem, der die Wärme nur noch köstlicher macht und sie zueinandertreibt. Ihre Haut ist wie aufgeladen und nicht mehr die äußere Grenze ihres Körpers, sondern geschmolzen, mit einem Eigenleben: mit eigenem Streben und eigenem Verlangen.

»Du musst zugeben, dass sich das schön anfühlt.«

»Mhm …«

»Aber ich fürchte, du mogelst.«

»Ich mogle? Wieso?«

»Weil du … naja, wie soll ich es sagen, weil du mich als eine Art … Keuschheitsgürtel benutzt.«

Sie blickt an ihm herab und lacht. »Das Wort Keuschheit würde ich jetzt nicht mit dir in Zusammenhang bringen.«

»Ich hab dich doch nicht angefasst.«

»Ich weiß, aber …«

Sie genießt es, wie begierig sich sein Schwanz zu ihr reckt. Macht sich Sorgen, was sie falsch gemacht hat, wenn er nicht reagiert.

Er grinst sie an, mit einem leicht verlegenen Stolz über seinen Körper, der sie rührt. »Ich kann nichts dafür. Ist nicht meine Schuld.«

»Ach … na gut. Und jetzt?«

»Ich habe keine Lust mehr, dir zu sagen, was wir tun sollen. Du bist dran.«

Daraufhin legt sie die Hand auf seine Brust und drückt gegen den Muskel über seinen Rippen. Mit der anderen Hand umfasst sie seinen Hals und drückt ihre Lippen auf seinen Kiefer, streicht damit über seine Wange bis zu seinem kitzligen Mundwinkel und öffnet ihn mit ihrer Zunge.

Sie fordert ihn auf, sich auf die Decke zu legen, kniet sich rittlings über ihn, bis seine Spitze ihre empfindlichste Stelle berührt, und neigt sich vor, so dass er ihre kalten Brüste mit seinem Mund wärmen kann. Immer schneller bewegt sie sich vor und zurück und reitet ihn, bis sie aufschreiend zusammenbricht, weil ihre zitternden Schenkel sie nicht mehr tragen können.

Und jetzt haben sie doch einen Zuschauer: einen Fuchs, der auf einem Hügel neben dem Zelt sitzt, ein hübsches Tier mit schwarzen Augen und weißem Fell. Flora hat ihn Imaqa getauft, was ›vielleicht‹ heißt. Eben noch hat Flora auf allen vieren ihren Kopf nach ihm gewandt, während sie ihre Finger in Weidenbüschel krallte, mit den Knien über Wurzeln und Steine schabte und bei jedem Stoß aufstöhnte; und das Tier betrachtete sie unverwandt und doch gleichgütig. Sie erwiderte seinen Blick, ohne jedwede Scham.

✶

Obwohl die Zeit still zu stehen scheint, verrinnen die Wochen. Sie arbeiten: untersuchen und benennen die hervorstechenden Merkmale des Tals, das sie besiedelt haben. Den Gletscher hat er nach ihr benannt, genauso wie seinen vergänglichen See, den ›Florasee‹. Der höchste Gipfel trägt Ashbees Namen. Das Tal selbst hat er das ›Onmogelijk Dal‹ getauft. Tagelang zieht er sie damit auf, dass er ihr nicht die Bedeutung dieses Namens verrät, aber am Ende findet sie es heraus: Im Holländisch seiner Kindheit heißt das »Unmögliches Tal«. Als sie ihn nach dem Grund fragt, antwortet er mit einem zärtlichen Lächeln: »Weil es das Tal ist, wo das Unmögliche geschieht.« Sie ist ernüchtert, muss sie doch an ihren Brief denken.

So viel Glück erstaunt Flora und macht sie auch misstrauisch; sie ist besorgt über die verrinnende Zeit, über das, was sie tun sollte, wie sie sich für Ashbees Tod rechtfertigen soll – über die Zukunft.

»Ich sehe kein Problem dabei, seinen Tod als tragischen Unfall zu bezeichnen. So was passiert hier weiß Gott oft genug.«

»Aber nicht aus solchen Gründen«, murmelt sie. Sie schreibt alles dem Umstand zu, dass sie eine Frau ist, was eine weitere, immer wiederkehrende Sorge in ihr auslöst: dass sie sich nicht wie die Leiterin einer Expedition verhält, wie eine Wissenschaftlerin, sondern ihren Arbeitsplan für den Sommer aufgegeben hat, aus Schwäche, nur um mit ihm zusammen zu sein.

»Verstehst du denn nicht? Man wird sagen: ›So was passiert, wenn Frauen Expeditionen durchführen. Sie scheitern. Sie können keine Widrigkeiten überwinden.‹«

»Das mit Tateraq hätte jedem passieren können. Mir auch, Flora, und dann hätte ich auch nicht allein weitermachen können. Es war einfach Pech.«

»Vielleicht hätte ich doch irgendwie weitermachen können. Aber nein, stattdessen bin ich hier. Und mache nichts Nützliches.«

»Du untersuchst den Gletscher.«

Sie haben den Grad seiner Bewegungen und seines Abschmelzens untersucht und aufgezeichnet und den Florasee und sein offenbar kurz bevorstehendes Verschwinden im Auge behalten.

»Du hilfst mir. Allein könnte ich das nicht schaffen.«

»Aber ja doch. Niemand wird erfahren, was ich dazu beigetragen habe.«

In Hinblick auf eine zukünftige Veröffentlichung haben sie für Jakobs Notizen einen Eskimogefährten namens Naasut erfunden. Es ist Naasut, der auf dem Gletscher die Pfähle einrammt, Temperatur und Windgeschwindigkeit misst und Jakob mit dem Theodoliten fotografiert. *Naasut* ist das Eskimowort für Blumen.

»Das ist die Arktis, Flora. Wir sind der Gnade dieses Orts ausgeliefert. Wenn du meinst, du hättest nicht genug getan, dann bleib doch einfach noch.«

Manchmal bringt er sie in Rage. Er und Welbourne bleiben noch eine weitere Saison – aber sie müssen sich auch niemandem gegenüber verantworten. Flora denkt an Ralph und Henry und … alles. An Freddie.

»Ich kann nicht, und das weißt du auch. Es ist nur … ich muss über meine Zeit Rechenschaft ablegen. Ich muss irgendwas *vorzuweisen* haben.«

»Bereust du es, mit mir hierhergekommen zu sein?«

»Nein, natürlich nicht! Das wollte ich nicht damit sagen. Ich bin nicht …«

Da steht Jakob und geht ohne ein Wort davon. In der darauffolgenden Stille prüft sie die Wetterstation, um sich ihrer eigenen Aufgabe zu versichern, um ihn daran zu erinnern, dass sie eine hat.

Sie liebt es, ihn dabei zu beobachten, wie er auf dem Rücken in der Sonne schläft und den Arm über die Augen gelegt hat.

Ihn zu betrachten kommt ihr manchmal gewagter vor als die intimste Liebkosung. Denn in ihren Umarmungen vergessen sie sich, sie sind nicht mehr er und sie – aber wenn sie ihn ansieht, empfindet sie den Unterschied und die Distanz zwischen ihnen schärfer. Sie betrachtet seinen schönen, drängenden, straffen und braungebrannten Körper, die Formen, die seine Knochen bilden. Sie kennt ihn genau, jede Narbe, jedes Muttermal, jede Fläche, jede Kurve, jede Neigung, die Schrammen auf seinen Knien – die schlimmer sind als ihre. Sie wird es niemals müde werden, ihn anzuschauen.

Als sie jetzt sein Gesicht ansieht, öffnet er die Lider einen Spalt und erwidert ihren Blick.

»Was ist?«

»Nichts. Du hast geschlafen.«

»Du siehst aus, als hättest du was vor.«

Sie schüttelt den Kopf. Doch das stimmt nicht. Sie legt ihren Kopf auf seine Oberschenkel und atmet seinen scharfen, salzigen Geruch ein. Jakob seufzt mit geschlossenen Augen, als sie leicht seinen Penis berührt – die Haut, die glatt ist wie Seide, so weich und zart wie ein neugeborenes Wesen.

»Ich mag es, wenn er weich ist«, murmelt sie, spürt aber, wie er sich unter ihren Fingern regt.

»Kann nichts dafür«, murmelt Jakob von irgendwo weiter oben. »Ich bin sicher, wenn wir erst mal … verheiratet sind …«

Sie genießt es, dass sein Körper wie ein Musikinstrument reagiert; sein Atem variiert, je nachdem wie sie ihn berührt. Unter ihren Fingern wird sein Schwanz größer. Schwillt. Wie durch Magie. Als wäre er ein Wesen mit eigenem Willen.

Jakob hat die Augen geschlossen, sein Brustkorb hebt und senkt sich etwas zu schnell. Trotz ihrer Intimität fühlt sie sich ihm nicht mehr nahe; im Gegenteil, er erscheint ihr in sich versunken, beschäftigt mit einem komplizierten, inneren Mysterium. Dennoch empfindet sie es als erregend, dass er ihr entgleitet.

✶

Es ist ein feuchter, kalter, bewölkter Tag. Sie unterhalten sich über ihr schreckliches Treffen im vergangenen Herbst, als sie und Haddo ins amerikanische Basislager kamen, um ihre Frostbeulen zu behandeln. Bemüht zurückhaltend sagt sie: »Ich hätte fast geweint, weil ich dachte, du hasst mich.«

»Wirklich? Ach, Schatz. Natürlich habe ich dich nicht gehasst. Ich habe es nur gehasst, dass du mich so sehen musstest. Deshalb habe ich mich so grässlich benommen.«

Er hat Husten, behauptet aber, es ginge ihm gut. Engumschlungen liegen sie im warmen Zelt und lauschen dem Pladdern des Regens auf der Plane.

»Es war mir unerträglich, dich so zu sehen. So etwas werde ich nie wieder zulassen. Ich werde dich beschützen.«

Er grinst. »*Du* willst *mich* beschützen? Eigentlich wäre das doch meine Aufgabe.«

»Ich bin so zäh wie Leder.«

Er sieht sie an, hustet und wickelt sich eine ihrer Haarsträhnen um den Finger. Es sieht aus wie ein glänzender Ring.

»Das stimmt.«

Jeder dieser Augenblicke ist eine schimmernde Perle, die gehegt und gepflegt werden will. Sie haben eine gemeinsame Vergangenheit, die immer wieder hervorgeholt und poliert wird, aber jetzt ist alles umso schöner, weil sie auch eine Zukunft haben – über die sie schüchtern, zaghaft sprechen. Sie überlegen, in den Bergen zu leben. Irgendwo, wo man Schnee sehen kann. Sie wollen auch hierher zurückkommen.

Eines Tages werden sie zueinander sagen: »Weißt du noch, unser Tal? Der Fuchs, der uns immer zusah? Erinnerst du dich noch an den See?«

Als könnte all dies je vergessen werden.

TEIL ACHT

Destruktive Interferenzen

Man kann zwei Schallwellensysteme zwingen, zu interferieren und sich gegenseitig zu zerstören; man legt Schall auf Schall und erhält dadurch Stille. Wenn man zwei Lichtwellen interferieren lässt, erreicht man ebenfalls ihre gegenseitige Auslöschung; man fügt Licht zu Licht und erhält dadurch Dunkelheit.

The Glaciers of the Alps: An account of the origin and phenomena of glaciers, and an exposition of the physical principles to which they are related.

John Tyndall (1860)

Kapitel 52

GANDER, NEUFUNDLAND, 48°57' N, 54°36' W
1948

Die beiden sind eine mit Fichten und Heidelbeeren bedeckte Anhöhe hinaufgegangen, die die Airbase vom Gander Lake trennt. Man sieht das Wasser durch die Bäume blitzen. Der See ist immer noch von Eis bedeckt, wirkt aber wie ein Schimmelkäse, da das Eis alt und schwach ist und mattgraue Flecken hat. Zwar sieht man Spuren, aber jetzt würde sich niemand mehr darauf wagen. Randall reibt sich die Hände, weil er dummerweise keine Handschuhe angezogen hat. Am Vortag in Trenton war ihm noch warm. Sie hingegen scheint die Kälte nicht zu spüren, obwohl sie mittlerweile bei ein paar buckligen Felsen haltgemacht haben, um den See zu überblicken. Ihr Atem bildet dunstige Wölkchen. Sie blickt hinauf zum weißen Himmel.

»Es wird schneien.«

»Kalt genug ist es jedenfalls.« Er bläst sich in die hohlen Hände.

»Nicht so kalt, wie es da oben sein wird.«

»Wahrscheinlich nicht. Freuen Sie sich darauf, Mrs. Cochrane?«

»Auf den Nordpol? Ja. Obwohl ich mir nicht viel davon verspreche.«

»Was meinen Sie damit?«

»Nun, seine Bedeutung ist doch rein symbolisch. Schließlich ist er kein Neuland, von dem irgendjemand profitieren kann. Und es ist auch keine großartige Leistung, die uns zur Ehre gereichen würde, ihn so zu erreichen.«

Er grinst. »Ich werde versuchen, daran zu denken, wenn ich den Artikel schreibe. Aber die symbolische Bedeutung ist nicht zu vernachlässigen.«

»Es ist ein Punkt im Meer, auf einer von Menschen gezeichneten Karte.«

»Ich glaube nicht, dass Sie das wirklich so nüchtern empfinden, wie Sie jetzt behaupten.«

»Wir werden sehen – wenn wir wirklich dort landen.«

Schweigend gehen sie durch das Wäldchen zurück. Randall versucht all das zu verarbeiten, was sie ihm erzählt hat: dass sie und Jakob sich in der Arktis wiedergesehen haben und heiraten wollten. Dass sie nach ein paar gemeinsamen Wochen (er dachte an das Foto, sagte aber nichts) nach England zurückfuhr, um die Scheidung einzureichen.

Als sie wieder die Straße erreicht haben, drängt ihn irgendetwas dazu zu fragen: »Haben Sie je davon gehört, was Jakobs Bruder zugestoßen ist, Mrs. Cochrane?«

»Hendrik? Nein.«

»Es war merkwürdig … Tja, Großvater hatte einen Fleischgroßhandel. Die Vorräte wurden in riesigen Kühlhäusern im Hafen gelagert. Eines Samstags war er ganz allein dort und – wie genau das geschehen konnte, weiß niemand – schloss sich in einer Kühlkammer ein.« Er zuckte die Achseln. »Niemand wusste, dass er da war. Erst Montagmorgen wurde er gefunden, doch da war er schon erfroren.«

»Ach du meine Güte. Das tut mir leid.«

»Danke. Aber irgendwie ist das doch Ironie des Schicksals, finden Sie nicht? Dass er erfror. Schließlich war er sein ganzes Leben nie weiter nördlich als bis nach Boston gekommen.«

»Haben Sie ihn noch kennengelernt?«

»Ja, kurz. Ich war elf, als er starb. Er war so stolz auf seinen Bruder, den Entdecker.«

Sie nickt. »Jakob hat Hendrik geliebt. Für ihn war er wie ein Ersatzvater.«

»Er hat auch sein Andenken geschützt. Grandpa selbst interessierte sich überhaupt nicht für die Arktis und dergleichen. Er ist nie gereist. Ich glaube, er verstand nicht mal, was Jakob dorthin trieb. Können Sie es mir sagen?«

»Er war nicht besonders ehrgeizig, daher dachte ich immer, ihm ging es vor allem um Flucht. Ich hatte den Eindruck, dass er nur weit entfernt von der Zivilisation wirklich glücklich sein konnte. Je wilder und unwirtlicher es war, desto mehr gefiel es ihm.«

»Wovor wollte er denn fliehen?«

Daraufhin schweigt sie so lange, dass er schon glaubt, sie würde gar nicht darauf antworten.

»Er liebte seinen Bruder zwar, wollte aber nicht so werden wie er. Sesshaft und sechs Tage die Woche im Büro. In der Routine des Alltags gefangen.«

»Aber dann lernte er Sie kennen. Sie waren … genauso unkonventionell, würden Sie das auch sagen?«

»Ach, das weiß ich nicht.«

Sie wirkt gereizt und weicht seinem Blick aus.

»Tut mir leid. Ich versuche nur zu begreifen, was ihn dazu trieb, immer wieder aufzubrechen.«

»Wovor wollen Menschen denn normalerweise fliehen?«

»Tja, ich würde sagen, im Allgemeinen vor ihrer Vergangenheit, manchmal auch … vor einer unglücklichen Familie?«

»Ich glaube, häufiger ist es das Gefühl, man könnte den Erwartungen des Umfelds nicht entsprechen. Man will nicht *so* sein – was auch immer *so* ist.«

Sie blickt hinauf zum Himmel, wo Lichter durch die Bäume blitzen. Der Himmel ist dunkler geworden.

»Natürlich war da die Sache mit ihrem Vater … ziemlich schwierig. Er konnte kaum darüber sprechen.«

Randall bleibt stehen. Daraufhin macht sie ebenfalls halt, dreht sich um und sieht ihn an.

»Sie wissen doch, wovon ich spreche, oder?«

»Von Hendriks und Jakobs Vater, meinem Urgroßvater. Aber was meinen Sie?«

»Da fragen Sie lieber Ihre Eltern.«

»Nein, Sie können doch nicht einfach … Sie müssen es mir jetzt erzählen. Ich weiß, die Eltern der beiden sind gestorben, als sie noch ziemlich jung waren. Sie wurden von Verwandten aufgezogen.«

»Also mir hat er erzählt, ihre Mutter sei gestorben, ihr Vater aber habe einen Großteil seines Lebens in einer Irrenanstalt verbracht. Allerdings wurde ihnen, als sie noch klein waren, erzählt, ihr Vater sei bei einem Unfall ums Leben gekommen. Erst Jahre später erfuhren sie die Wahrheit – ich glaube, da war Jakob schon auf dem College. Ich weiß, dass er ihn besucht hat, es aber sehr schmerzlich fand. Offenbar war sein Vater ein hoffnungsloser Fall. Also glaube ich, dass er auch davor geflohen ist.«

Jetzt wird Randall heiß, trotz der tief hängenden Schneewolken.

»Was meinen Sie mit ›ein hoffnungsloser Fall‹?«

»Ach, verstehen Sie, ich habe schon sehr lange nicht mehr daran gedacht. Also müssen Sie Ihre Familie fragen. Ich habe Jakob so verstanden, dass es keinerlei Hoffnung auf Heilung gab. Sie können sich vorstellen, wie schlimm diese Erkenntnis für beide Brüder gewesen sein muss. Es tut mir leid. Ich dachte, das hätten Sie gewusst.«

Randall starrt zu Boden.

»Was stimmte denn nicht mit ihm?«

»Ich weiß es nicht, Mr. Crane, es tut mir leid. Aber es gibt nicht den geringsten Grund zu der Annahme, dass es erblich war. Ich glaube, Jakob hatte Angst davor, aber er war der geistig gesündeste Mensch, den ich je kennengelernt habe.«

Randall geht auf sein Zimmer, um sich umzuziehen. Jetzt friert er wieder; seine Hände und Füße fühlen sich an wie Eis. Obwohl er sich in seinem kleinen privaten Badezimmer wäscht, fühlt er sich besudelt. Alle Aufregung von eben ist verflogen.

Ein paar Monate zuvor, als er erfuhr, dass er an dieser Reise teilnehmen werde, las er noch mal das Buch der Schneekönigin, das sie 1899 veröffentlicht hatte. Es war eine merkwürdig blutleere Lektüre, ganz anders als der lebhafte Bericht von ihrer ersten Expedition. Vielleicht ist der Grund, wie sie gesagt hat: dass sie alles Wichtige unerwähnt ließ. Nicht mal die Insel kommt darin vor, die Jakob und Welbourne, wie sie behauptet, entdeckt und umrundet haben (sie hat gesagt, sie wurde später von einer norwegischen Expedition kartographiert). Jakob wird nur in dem kurzen Bericht über den Besuch erwähnt, den Flora und der britische Arzt im amerikanischen Camp machten, um die Frostbeulen von Mr. de Beyn und Mr. Welbourne zu behandeln. Alles wird nüchtern und nichtssagend abgehandelt. Niemals hätte man geahnt, dass mehr dahintersteckte.

Das Ganze ist ein Meisterwerk der Irreführung, von vorn bis hinten. Man erfährt kaum, wer wann wohin ging. Nach der Lektüre hat man den Eindruck, sie, Dixon und Haddo seien dabei gewesen, als Gilbert Ashbee starb – und sein Tod sei ein tragischer Unfall mit einem Gewehr gewesen. Kein Wort von Mord oder auch nur dem Schlittenführer; kein Wort von ihrer einsamen Totenwache, Jakobs Ankunft und ihrem Wiederzusammenfinden. (Wie romantisch das gewesen sein musste, obwohl sie es ihm ganz nüchtern erzählt hatte.) Sie schrieb, die Briten hätten den Sommer damit verbracht, die Küste von Ellesmere zu kartographieren. Es war alles bemerkenswert langweilige Fiktion.

Randall blättert durch die Zeitungsausschnitte, um auch nur ansatzweise eine Bestätigung dessen zu finden, was sie ihm gerade erzählt hat. Erstaunlich, wie viele Halbwahrheiten in den damaligen Zeitungen verbreitet wurden. Nach und nach wurden sie dann aufgedeckt. Hier zum Beispiel, aus der *Toronto Star* vom September 1899:

… Die *Star* hat Kunde davon bekommen, dass ein amerikanischer Entdecker namens Lester Armitage einen neuen Rekord aufgestellt hat, weil er so weit in die Arktis vorgedrungen ist wie noch keiner vor ihm. Mit seinen unverwüstlichen eingeborenen Gefährten ist er Hunderte von Meilen über das zugefrorene Polarmeer gefahren und war am Ende nur noch drei Breitengrade vom Nordpol entfernt. Ein weiterer Triumph für die Vereinigten Staaten von Amerika …

Dabei ist Armitage mit größter Wahrscheinlichkeit niemals auch nur in die Nähe des siebenundachtzigsten Grades nördlicher Breite gekommen. Als im Herbst 1900 die Überlebenden seiner Expedition in erschreckendem geistigem und körperlichem Zustand zurückkehrten, war das Verschwinden dreier Männer eine größere Sensation als das Ziel, zu dem sie aufgebrochen waren. Armitages Männer wirkten mehr als peinlich berührt, ihren Anführer unter solchen Umständen verloren zu haben (als sie von der Jagd zurückkamen, war er einfach nicht mehr da), aber ihre Berichte legten nahe, dass die Expedition sich nicht weit vom Festland entfernt hatte, vielleicht nicht mal so weit wie Armitages vorheriger Versuch.

Dann war da die Fehlinformation in Armitages erstem Buch, der Höhepunkt, bei dem die Entdeckung einer neuen Insel vor der Nordküste Grönlands im Jahr 1982 verkündet wurde. Jahre später wurde bewiesen, dass Dupree Land nicht existierte.

Welche Halbwahrheiten stecken noch in diesen alten Zeitungsausschnitten? Was wird hier verschwiegen oder sogar dreist behauptet? Nur weil etwas in der Zeitung steht, muss es noch nicht wahr sein. Wieso ist Armitage so lange mit seinen Behauptungen durchgekommen? Man kann sich nur schwer des Eindrucks erwehren, dass Entdecker dazu neigten, zu lügen, ganz einfach weil sie es konnten.

Die ersten Anzeichen von Problemen gab es ein Jahr nach der Rückkehr der Schneekönigin:

ANGEBLICHER BETRUG IN DER ARKTIS

Mr. Lester Armitage, der Mann, der dieses Jahr so weit in den Norden vordrang wie kein Mensch vor ihm und den 87. Breitengrad erreichte, nur zweihundert Meilen vom Nordpol entfernt, hat behauptet, die Berichte über eine vom Polarforscher Mr. de Beyn entdeckte Insel seien falsch. Die Aufzeichnungen zum Beweis dieser Berichte sind unauffindbar, und Mr. Armitage behauptet, sie hätten nie existiert und Mr. de Beyns eingeborene Begleiter hätten geleugnet, die Insel je gesehen zu haben.

(New York Leader, September 1899)

Hier wird das Neuland, von dem sie erzählt hat, erwähnt. Aber Armitage behauptet, es gebe kein Neuland. (Wieso? Und woher sollte er das wissen?) Es erscheint zumindest verfrüht, eine Behauptung anzuzweifeln, die noch nicht mal aufgestellt wurde. Allerdings war der *Leader* auch eine Boulevardzeitung der übelsten Sorte (und musste nach ein paar Verleumdungsklagen dichtmachen). Zu diesem Zeitpunkt war Armitage wohl noch am Leben – und kommunizierte auf irgendeine Weise mit seiner Heimat. De Beyn und Welbourne waren damals ebenfalls noch im Norden. Bis dahin war das einzige Anzeichen dafür, dass irgendwas nicht stimmte, der Umstand, dass niemand genau wusste, wo sie waren.

Ein paar Wochen später kamen weitere schlechte Nachrichten:

ARKTISEXPEDITION: HOFFNUNGEN SCHWINDEN
MR ARMITAGES SCHWEIGEN FÜHRT ZU FRAGEN IM SENAT

Die Erforschung der Arktis: Eine Verschwendung von Geld und Menschenleben?

Amerikanische Patrioten werden über den Verlauf des neuesten Versuchs, die Stars and Stripes auf den nördlichsten Punkt der Erde zu setzen, auf die Folter gespannt. Vor achtzehn Monaten setzte Mr. Lester Armitage die Segel für sein kühnes Vorhaben, einen der letzten weißen Flecken auf der Weltkarte auszufüllen und den Nordpol für die Vereinigten Staaten von Amerika zu beanspruchen. Das Versorgungsschiff, das diesen Sommer mit ihm Verbindung aufnehmen wollte, wurde von Packeis aufgehalten und musste die Vorräte weit im Süden auf Pym Island lassen.

Zusätzlich wachsen die Befürchtungen über das Schicksal der beiden Entdecker Mr. Scott C. Welbourne II und Mr. Jakob de Beyn, die nicht zum Schiff erschienen, das sie nach Hause bringen sollte. Es gibt keinerlei Nachricht über ihren Verbleib.

(New York Mail, Dezember 1899)

WEISS SPIRITISTIN ÜBER DAS SCHICKSAL DER HELDEN BESCHEID?

Mrs. Eliza Jupp, das bekannte New Yorker Medium, hat gegenüber unserem Korrespondenten erklärt, sie habe wichtige Botschaften für die Familien von Mr. Armitage, Mr. de Beyn und dem Bankerben aus Charleston Mr. Scotty Welbourne II. Von den drei Entdeckern wurde seit dem Sommer 1899, als sie in die Arktis aufbrachen, nichts mehr gehört. Sie behauptet, sie wisse über ihren Verbleib Bescheid, wolle die Familie aber nur persönlich in Kenntnis setzen.

(New York Leader, April 1900)

Nur wenige Monate nach angeblichen Errungenschaften und außerordentlichen Heldentaten kamen Armitage, Welbourne und de Beyn auf die Vermisstenliste.

Randall hat nur ein einziges Foto gefunden, das seinen Großonkel und Lester Armitage zusammen zeigt. Es stammt von der ersten Expedition 1892. Darauf posieren fünf Männer vor einem dunklen Streifen Wasser, und zu ihren Füßen liegen zwei Hunde. Es ist Sommer, und nur wenig Schnee liegt auf den Hügeln. Randall hat lange auf die Gesichter gestarrt und sie beurteilt, so gut es eben ging. Er findet, dass Armitage streng und hochmütig aussieht: Seine Miene scheint finster, obwohl sein Gesicht halb von einem dicken Schnurrbart verdeckt wird, mit dem er wie ein altmodischer, leicht gehemmter Held wirkt. Vielleicht ist sein Urteil aber auch durch die Lektüre von Armitages Buch gefärbt, denn dort ist der Eindruck viel deutlicher. Bei Jakob hingegen ist es schwer zu sagen: Zwischen diesen Männern wirkt er eher mickrig. Er ist ein lächelnder, glattrasierter junger Mann. Im Gegensatz zu den anderen scheint er Spaß zu haben.

Abgesehen davon gibt das Foto nichts preis. Und die Schneekönigin hat ihm nichts erzählt, das die Beziehung zwischen Armitage und seinem Onkel erhellen würde.

Er ist wütend auf sie. Auf seine Eltern oder seine Großeltern will und kann er nicht wütend sein, aber sein Zorn braucht ein Ventil. Ehrlich gesagt ist er mit ihr nicht warm geworden; er findet sie unterkühlt, unsympathisch und ziemlich schwer zu fassen. Und manchmal fragt er sich, ob sie mit ihm spielt. Vielleicht – dieser Gedanke durchzuckt ihn – hat sie über seinen Urgroßvater gelogen. Oder sich einfach geirrt, schließlich ist sie eine alte Frau, die verwirrt sein könnte und Geschichten erzählt …

Was, wenn nichts von dem stimmt, was sie ihm erzählt hat – wenn sie und Jakob sich nicht in Grönland wiedergesehen haben und auch nicht heiraten wollten? Was, wenn der Bericht in ihrem Buch der Wahrheit entspricht? Welchen Beweis gibt es, dass irgendetwas von alldem überhaupt passiert ist?

Kapitel 53

Kennedykanal, 81°11'N, 67°53'W
Juli – November 1898

Nicht wenige fanden, dass Lester Armitage älter wirkte. Ihm selbst war es auch schon zu Ohren gekommen, aber er tat so, als wäre es ihm gleichgültig. Allerdings fiel ihm das schwerer, als ihn seine Frau Emma nach seiner letzten Reise nach Washington zur Begrüßung stirnrunzelnd küsste und ausrief: »Wie ist denn dein Gesicht so schmal und grau, mein Lieber! Was hat man dir bloß angetan?«

Dabei hatten die Senatoren nur gute Neuigkeiten für ihn gehabt. Nach und nach schwanden alle Hindernisse, und der Ersatz für die *Polar Star*, ein weiteres teures, verstärktes und mit noch mehr Motoren versehenes Schiff namens *President McKinley,* war fast fertig. Er hatte bereits eine neue Mannschaft um sich geschart; Geld war ihm für einen dreijährigen Aufenthalt bewilligt worden. Dreimal also waren die Würfel des Schicksals zu seinen Gunsten gefallen. Dieses Mal würde er, selbst wenn er Fehlstarts und Pannen mit einkalkulierte, als erster Mensch den Nordpol erreichen – er *musste* es. Ihm war mehr als bewusst, dass er fünfundvierzig war. Ihm lief die Zeit davon.

Er wusste, dass de Beyn schon im Vorjahr wieder in die Arktis gefahren war. Das hatte wenig Aufsehen erregt; im Gegenteil, das ganze Unternehmen umgab etwas Verstohlenes, Anrüchiges, als planten er und sein Playboyfreund etwas unter der

Hand. Als er erfuhr, dass ihr Schiff sie in Neqi abgesetzt hatte, dem Dorf, das er vor sieben Jahren für sein Basislager ausgesucht hatte, konnte Emma kaum ihre Entrüstung bezähmen.

»Aber Neqi ist doch *dein* Dorf! Wie kann er es wagen … dieser grässliche Mickerling!«

»Du hast recht, er hätte mich wenigstens fragen können.« Lester versuchte, seinen Zorn zu zügeln. »Andererseits hat er natürlich den Eskimo zurückgebracht.«

Emma presste die Lippen zusammen. Die ganze Angelegenheit mit den Eskimos war höchst unerfreulich gewesen. Er wusste, dass sie ihn nicht gern darüber sprechen hörte. Das Unangenehme war, dass ihn die Leute wahrscheinlich für gefühllos hielten. Sie wussten eben nicht, welche Qualen er gelitten hatte, als er von ihrem Schicksal erfuhr – vor allem dem seines kleinen arktischen Täubchens; es gab niemanden auf der Welt, mit dem er seine Trauer hätte teilen können. Ohne sich von allem abzuschotten, hätte er sich nicht seinen Plänen für die nächste Expedition widmen können. Er durfte sich nicht von Chaos und Verderbnis aufhalten lassen, wenn er Gelder sammelte.

Er hatte sich alt und müde gefühlt, als sie inmitten junger Männer mit strahlenden Augen, straffen Muskeln und glatter Haut die Segel setzten, doch als er erst mal das Eis roch und die roten Klippen der Melville Bay und den großartigen phallischen Bergausläufer Devil's Thumb sah – er betrachtete sie als Anzeichen dafür, dass sie sich dem Ursprung der Menschheit näherten –, spürte er, wie seine Lebensgeister erwachten und die Jahre von ihm abfielen.

Dieses Gefühl triumphierender, verjüngender Zielstrebigkeit hielt an, bis sie vor Siorapaluk ankerten, um so viele Hunde und Männer mitzunehmen, wie sie finden konnten. Alle Jäger der Gegend hatten von seinem Erscheinen gehört und kamen, um sich sein Angebot anzuhören. Hunde, Jäger und ihre Familien strömten an Bord, und das Schiff verwandelte sich in ein schwimmendes Dorf voller Unrat.

Zwischen den vertrauten Gesichtern war auch Metek, der ausgezeichnete Schlittenführer, findige Gefährte und Veteran seiner ersten Arktisreise, doch dieses Mal wollte er nicht mitkommen – nein, nicht mal für zwei Gewehre! Er war fertig mit alldem. Er war mittlerweile Großvater geworden und viel zu alt (obwohl er jünger war als Lester, aber das war natürlich nicht zu vergleichen). Er wollte sich auch nicht so lange von seinem Jagdgebiet entfernen. Erst im Jahr zuvor war er mit de Beyn auf eine ähnliche Tour wie bei ihrer ersten Arktisreise gegangen – wieder hatten sie die Klippe erreicht, das Ende des Eiskaps, nur dass es diesmal keinen Nebel gab und sie meilenweit über das Meereis sehen konnten. Ein trostloser Ort, wüst und leer. Kein Wild. Es war eine schwere Fahrt gewesen, sehr schwer… Er wusste nicht, wieso de Beyn an einen Ort wollte, wo Metek schon mit Armitage und Urbino gewesen war, schließlich hatten sie nichts gefunden, aber genau dorthin waren sie hingefahren. Und für ihn, Metek, war dies das letzte Mal gewesen. Also *naamik, kooyounah:* Danke, aber nein.

Lester tat der ganze Kiefer weh, so angestrengt lächelte er. Als er hörte, was de Beyn getan hatte, erfasste ihn eine Welle der Übelkeit. Er biss die Zähne zusammen, wusste er doch ganz genau, wieso de Beyn dorthin gewollt hatte: Es gab nur einen einzigen Grund.

Als sie sich die vom Eis blockierte Meerenge hinaufmühen, bis das Schiff nicht mehr weiterkommt, als sie ein Winterlager aufschlagen und Lester sich an seine endlosen Berechnungen setzt, als er die angeheuerten Eskimos zur Jagd schickt, sie Winterkleidung nähen und die Ausrüstung an die Gegebenheiten anpassen lässt, tut er all dies mit der Energie seines nie nachlassenden Ehrgeizes, während der Floh, den Metek ihm unwissentlich – lächelnd! – in den Kopf gesetzt hat, sich immer tiefer in seine Gehirnwindungen frisst und ihm den Schlaf raubt. Wie das Tageslicht lässt auch seine Selbstbeherrschung nach. Sobald er nachts weit nach Mitternacht auf seine Pritsche fällt und die Augen schließt, sieht er de Beyns Gesicht vor sich (oder das, woran er sich noch verschwommen erinnert) und fragt sich, wieso der Geologe es so auf ihn abgesehen hat. Schließlich hat er dem Mann seine große Chance gegeben: Wieso ist er da nicht dankbar, sondern versucht, ihn auszubooten? Warum versucht er ihm den Nordpol vor der Nase wegzuschnappen? Jetzt weiß de Beyn das, was selbst Lester sich in den letzten sechs Jahren nicht zu wissen erlaubt hat, nämlich, dass Dupree Land ein Produkt seiner Phantasie war, reines Wunschdenken. Er hat sich eingeredet, es *gäbe* die Insel, schließlich konnte man durch den Nebel nichts sehen und daher auch nicht bestreiten (genau wie bei Gott), dass sie existierte. De Beyn hatte wohl gehofft, eine andere Route zum Nordpol zu finden, und als ihm das nicht gelang, seine Aufmerksamkeit etwas anderem zugewandt. Das hatte er wohl auf Ellesmere Island gesucht: eine Alternativroute.

Es nagt und nagt an ihm … Selbst wenn de Beyn es nicht bis zum Nordpol schafft (und wie sollte er das, schließlich hat er kein Schiff, kein Basislager weit im Norden und keine richtige Infrastruktur zur Unterstützung, also wie?), so kann er jetzt doch immer noch Lesters Ruf zerstören. Sobald er nach New York zurückkehrt, wird er Lester als Lügner brandmarken – oder zumindest als Narr. Und wer wird ihm dann noch glauben, wenn er den Nordpol tatsächlich erreicht hat?

Die Zeit entgleitet ihm. Er sieht die Sekunden verrinnen wie Körnchen in einer Sanduhr, und jede einzelne erinnert ihn daran, dass der Tod näherrückt. Wenn seine Uhr hier nicht überlebenswichtig wäre, würde er sie unter seinem Absatz zermalmen.

Vor langer Zeit hat Lester sich eingeredet, dass er in dem furchtbaren Nebel etwas gesehen hat: einen Umriss … die schrecklich lockende Ahnung von etwas Festem. Er *musste* etwas sehen. Er überzeugte sich selbst, dass da etwas war.

Mittlerweile ist es November, aber immer noch sieht man am südlichen Horizont einen fahlen Streifen, der von der Morgendämmerung zeugt. Auf der Fahrt Richtung Süden, die er mit zwei seiner Jäger unternommen hat, haben sie Nebenmonde gesehen – Haloerscheinungen durch Lichtbrechungen von Eiskristallen am Himmel –, die wie zwei trübe Lampen über dem schartigen, lilafarbenen Meereis hingen. Kussuk, einer der Jäger, meinte, das sei ein schlechtes Omen.

Seine alte Hütte in Neqi, die mehrfach geplündert und wieder aufgebaut wurde, verschwindet fast unter Schneeverwehungen. Als er an die Tür klopft, wundert er sich, warum niemand die Ankömmlinge und ihre heulenden Hunde in Empfang genommen hat. Da geht die Tür auf und vor ihm, in einem unförmigen Pullover und Bärenfellhose, steht der Geologe und starrt ihn an, als wäre er ein Geist.

»De Beyn. Ich bin's, Armitage.«

»Selbstverständlich … Gute Güte.«

»Aber Sie wussten doch, dass ich hier bin.«

»Wir haben gehört, Sie seien weiter nördlich, da haben wir wohl nicht damit gerechnet, Sie hier zu sehen … Kommen Sie doch herein!«

De Beyn tritt beiseite, um Lester in sein altes Reich eintreten zu lassen, und knallt hinter ihm die Tür zu. Lester zieht sich seine vereisten Stiefel aus.

»Es überrascht mich, dass von der alten Hütte überhaupt noch was übriggeblieben ist.«

»Wir mussten sie neu aufbauen. Sie war vollkommen ausgeschlachtet.«

»Tut mir leid, dass ich einfach so hereinschneie. Ich störe Sie doch hoffentlich nicht?«

Da lacht de Beyn, und Lester fällt wieder ein, wie sehr ihm sein schrilles Lachen während ihres gemeinsamen Winters auf die Nerven ging.

»Mich stören? Aber ganz und gar nicht. Es ist immer schön, Besuch zu haben, allerdings fürchte ich, dass Mr. Welbourne nicht da ist – er ist mal wieder auf Walrossjagd. Ich hätte gedacht, er wäre es mittlerweile leid, aber offenbar nicht. Er findet, es ist das Aufregendste der Welt – sogar aufregender noch, als Löwen zu jagen.«

Während er belangloses Zeug von sich gibt – noch so eine von seinen Angewohnheiten, die Lester damals fürchterlich aufbrachte –, stellt de Beyn einen Wasserkessel auf den Ofen, holt Becher und Gebäck hervor und bringt sie zum Tisch. Lester betrachtet seinen ehemaligen Kollegen. Vom Aussehen her hat er sich seit ihrer letzten Begegnung kaum verändert – wann war die noch? Wohl bei der Gedenkfeier für den armen Urbino, vor sechs Jahren. Er ist noch genauso schmal und bewegt sich immer noch so kraftvoll und mühelos, wie man von seiner zarten Erscheinung her nicht erwartet hätte. Seine irritierenden weißen Haare sind länger und sein Gesicht ein bisschen härter als früher; vermutlich genau wie bei ihm, obwohl de Beyn mindestens zehn Jahre jünger als er sein muss.

»Haben Sie denn keine Frauen, die das übernehmen könnten?«

»Oh ja, … sie sind kaum aufzuhalten. Aber sie kommen und gehen.« De Beyn schenkt ihm ein unbekümmertes Lächeln. »Und ich arbeite gerade an meinen Fotografien, und das ist einfacher, wenn ich allein bin.«

»Ach …« Lesters Blick wandert zu den Wänden der Hütte, wo ein paar Fotos hängen. Eines scheint das Innere eine Höhle zu zeigen, wo ein vertikaler Lichtstrahl auf eine in Fell gewickelte Gestalt fällt. Ein merkwürdig dramatischer Effekt, der seinen Blick bannt.

»Ich habe gehört, die Engländerin war auch wieder hier.«

»Ja. Die Briten waren vor ein paar Monaten in Siorapaluk.«

»Erstaunlich. Und der … äh, Ehemann? Hat er sich von dem erholt, was ihm zugestoßen ist?«

»Dazu kann ich wirklich nichts sagen. Schließlich hat er die Expedition damals nicht begleitet«, sagt de Beyn und blickt auf den Tisch.

Lester schüttelt den Kopf. »Es ist einfach aberwitzig. Mich schaudert bei der Vorstellung, was einer Frau hier widerfahren könnte. Geht's Ihnen nicht so?«

De Beyn lächelt unverbindlich. »Ich nehme an, uns allen könnte irgendwas widerfahren.«

»Nun, mit gewissen Ausnahmen ... Also haben Sie sie gesehen?«

»Ein paarmal. Aber ich glaube, sie haben die meiste Zeit im Südwesten zugebracht.«

»Die Jungen haben mir erzählt, dass einer der Briten umgekommen ist.«

De Beyn zögert und holt eine Zigarette aus einem Beutel.

»Ja, offenbar gab es einen Unfall mit einem Gewehr.«

»Liebe Güte. Vermutlich kann man noch froh sein, dass nicht mehr passiert ist. Schon als wir ihnen damals begegneten, kam mir das Ganze bizarr vor. Ich muss sagen, ich begreife die Männer einfach nicht, die bei einem derart absurden Unterfangen mitmachen.«

»Ich fand die Männer sehr kompetent. Ihr Geologe jedenfalls schien ausgezeichnete Arbeit zu leisten, und das ist der einzige Bereich, in dem ich ein wirklich qualifiziertes Urteil abgeben kann.«

Lester zuckt die Achseln. »Ich hätte gedacht, dass eine Frau sie zu sehr begrenzen würde. Schließlich muss man sich ständig um sie Sorgen machen und sie im Auge behalten. Ein schrecklicher Hemmschuh. Und die Vorstellung, eine Frau könnte eine Gruppe Männer anführen, ist doch – so lächerlich wie ein Eskimo, der eine Gruppe Weißer anführt. Wahrscheinlich war es rein nominell, um die öffentliche Aufmerksamkeit auf sich zu ziehen.«

»Den Eindruck hatte ich nicht.«

»Aber sie haben doch einen Mann verloren.«

Daraufhin sieht de Beyn ihn direkt und unverwandt an. »Wie ich nur zu gut weiß, passieren auch bei den bestgeführten Expeditionen Unfälle.«

»Ein Grund mehr, warum es Frauen nicht erlaubt werden sollte, sich solchen Risiken auszusetzen. Ich frage mich, wieso ihr Mann das überhaupt zulässt.«

Nach kurzem Zögern sagt de Beyn: »Nun, das geht uns nichts an.«

Sein Blick huscht kurz zu der Wand am Ende der Hütte, die eine Kammer vom Hauptraum abtrennt – Lesters ehemaliges Zimmer.

»Sie wollen also wieder nordwärts, Armitage?«, fragt de Beyn schließlich.

»Ja. Im Frühjahr wollen wir den Nordpol angehen. Und Sie? Ich hörte, Sie hatten auf Ellesmere eine erfolgreiche Saison.«

»Sie hat all meine Hoffnungen erfüllt.«

»Und wie sehen Ihre Pläne für die nächste Saison aus?«

»Weitere wissenschaftliche Untersuchungen. Vielleicht auf dem Gletscher hier. Wenn Welbourne zurückkommt, besprechen wir alles.«

»Ich frage nur, um eventuellen Interessenkonflikten vorzubeugen.«

»Darüber müssen Sie sich keine Sorgen machen, Armitage. Ich wünsche Ihnen viel Glück beim Nordpol. Das wird ein ziemlicher Kampf werden.«

»Wir werden unser Bestes geben.«

Darauf lächelt de Beyn nur. Was hat das zu bedeuten? Es will Lester einfach nicht in den Kopf, dass de Beyn im Frühling selbst zum Nordpol will und kein Wort darüber verlauten lässt – aber das passt zu seiner geheimnistuerischen Art.

»Haben Sie seit Ihrer Ankunft schon Aniguin gesehen?«

»Nein. Wie geht es ihm?«

»Ganz gut. Er hat sich in einem Dorf weiter südlich niedergelassen. Ich glaube, er hat jetzt erst mal genug von den *kallunat.*«

Lester nickt. »Ich habe Ihnen nie richtig für das gedankt, was Sie in New York getan haben. Für ihn und die anderen Eskimos. Eine schreckliche Sache, das.«

»Ja.«

»Es tat mir nur leid, dass ich nicht mehr für sie tun konnte, aber ich hatte einfach zu viel um die Ohren … unzählige Verpflichtungen, wissen Sie … mir waren die Hände gebunden.«

»So viel hatte ich schon gehört.«

Lester runzelt die Stirn. »Wie Sie sich vorstellen können, hat mir das Ganze großen Kummer bereitet. Wenn ich auch nur geahnt hätte, wie gefährlich New York für sie sein würde …« Er schüttelt den Kopf. »Aber sie wollten unbedingt dorthin. Sie bettelten geradezu darum.«

»Sie hätten es nicht wissen können«, sagt de Beyn.

»Nein. Dennoch fühle ich mich verantwortlich. Ach ja, haben Sie Neuigkeiten von, äh, Dr. Urbinos Kind? Wenn ich kann, würde ich gerne etwas für das Kleine tun.«

»Meqro arbeitet für uns. Sie können sie selbst fragen.«

»Wer?«

»Die Mutter des Mädchens. Es geht ihr gut und dem Kind auch. Aamma ist mittlerweile fünf.«

»Ach … Gut.«

»Sie ist ein eigenwilliges Ding. Dr. Urbinos Eltern haben angeboten, sie zu sich zu nehmen, aber Meqro will sie bei sich behalten. Doch ich bin sicher, jede Hilfe von Ihnen würde dankbar angenommen.«

Lester nickt. »Das freut mich zu hören.«

Er starrt auf den Kopf seiner Pfeife.

»De Beyn, da gibt es etwas, was ich mit Ihnen besprechen möchte. Bei meiner Ankunft hörte ich etwas, das mir Sorgen bereitet hat.« Er bemüht sich zu lächeln. »Vielleicht wurde es auch nicht korrekt erzählt, aber ich hörte, Sie hätten sich im letzten Sommer zur Nordküste begeben, genauer gesagt, dorthin, wo ich auch schon war. Ist das richtig?«

»Ja, das stimmt.«

»Und sind Sie über das Eis nach Dupree Land gefahren?«

De Beyn sieht ihn ruhig an. »Wir haben kein Land gesehen.«

»Dann können Sie nicht so weit gekommen sein wie wir.«

De Beyn senkt den Blick. Ein Lächeln scheint seinen Mund zu umspielen.

»Von den Koordinaten aus, die Sie angegeben haben, folgten wir etwa fünfzig nautische Meilen der Küste, und sahen kein Land. Ich weiß, Sie hatten mit schwierigen Bedingungen zu kämpfen. Wir hingegen hatten in dieser Hinsicht Glück: Es war vollkommen klar. Um ganz sicher zu sein, haben wir mehrfach die Position bestimmt und Landpeilung durchgeführt.«

Lester zwingt sich, keine Miene zu verziehen.

»Sehr seltsam. Aber ich weiß, was ich gesehen habe.«

»Vielleicht war es eine Fata Morgana. Ich selbst habe auch schon merkwürdige Erscheinungen gesehen: einen Gebirgszug, der gar nicht da war, sogar eine Stadt … ich kann jedenfalls verstehen, dass man sich irren kann.«

Lester schüttelt den Kopf. »Eine Schande, dass Dr. Urbino nicht mehr lebt, um zu bezeugen, was wir gesehen haben.«

De Beyn bricht in Gelächter aus.

»Ja, wirklich eine Schande, dass er nicht mehr lebt. Sie müssen wissen, dass er mir erzählte, was er gesehen hat – nämlich rein gar nichts. Der Nebel hatte sich nie gelichtet. Er sagte, Sie hätten nicht mal mit Sicherheit wissen können, dass es die Nordküste war und nicht irgendein Fjordufer.«

Lester spürt, wie sein Herz stark und gleichmäßig pocht. Sorgfältig wählt er seine Worte: »Nein. Urbino hat nicht gesehen, was ich gesehen habe. Aber nach seinem Tod wollte ich ihn an meinem Erfolg teilhaben lassen. Ich wollte etwas für seine Familie tun – und für seinen Ruf.«

»Ein großzügiges, wenn auch fehlgeleitetes Ansinnen. Denn wie sich herausgestellt hat, haben Sie ihn nur an Ihrem Irrtum teilhaben lassen.«

Im Licht der Lampe wirken de Beyns Augen, im Kontrast zu seinen hellen Haaren, pechschwarz.

Lester schüttelt leicht den Kopf. »Seltsam, höchst seltsam … haben Sie Fotos von der Küste aufgenommen?«

»Ja. Möchten Sie sie sehen?«

Lester wedelt unbestimmt mit der Hand. Er versucht, seine Gedanken zu ordnen, als de Beyn in die Kammer geht und mit einer Mappe zurückkommt. Die Fotos sind klein, aber gestochen scharf. Jedes ist mit Koordinaten, Datum, Uhrzeit und Aufnahmerichtung versehen. Die Präzision und Gründlichkeit dieser Arbeit lässt seine eigenen Bemühungen in einem wenig schmeichelhaften Licht erscheinen.

»Diese halten den Bereich fest, den Sie in Ihrem Buch beschreiben. Eine Insel, wie Sie sie dargestellt haben, hätten wir nicht übersehen können. So leid es mir tut.« Er breitet die Hände aus.

Seine Entschuldigung macht Lester wütend. Als wäre de Beyn nicht hocherfreut! Als würde er nicht triumphieren!

»Da hatten Sie mit dem Wetter wirklich Glück. Offenbar muss ich Ihnen gratulieren, dass Sie meine Arbeit verbessern konnten.«

De Beyn zuckt die Achseln und neigt den Kopf zur Seite. »Man kann immer nur auf die Leistung seiner Vorgänger aufbauen. Metek war mir eine große Hilfe, da er das Land in- und auswendig kennt.«

»Welbourne war bei Ihnen?«

»Ja. Er ist genauso firm darin, die Position zu bestimmen wie ich. Daher konnten wir unsere Ergebnisse gegenseitig prüfen.«

So leichthin und beiläufig wie möglich sagt Lester: »Und, wann wollen Sie wieder heimfahren?«

»Im August«, antwortet de Beyn lächelnd. »Wenn Sie tatsächlich den Nordpol erreichen, Armitage, wird sich kein Mensch für meine Entdeckung interessieren. Sie werden in die Geschichte eingehen, während ich höchstens eine Fußnote bekomme.«

✶

Als die Nacht zum Tage wird, liegt Lester immer noch wach. Sein Hirn arbeitet auf Hochtouren, dreht und wendet die Fakten, versucht, eine Lösung zu finden. De Beyn wird lange vor ihm nach Amerika zurückkehren. Er wird Lester als Lügner denunzieren. Irgendwie scheint der Mann ihn für Urbinos Tod verantwortlich zu machen. Seine Abneigung ist trotz seines ständigen Lächelns, trotz seiner vernünftigen Worte zu spüren. Lester wünschte, de Beyn würde ihn ganz unverhohlen angreifen, dann könnte er protestieren und seinen echt empfundenen Kummer zeigen. Glauben die Leute denn, er hätte keine Gefühle? Er ist so empfindsam wie jeder andere auch. Aber als Anführer darf man sich nicht erlauben, zusammenzubrechen. Man muss tun, was nötig ist, und genau das hat er auch getan.

Aber was muss jetzt getan werden? Sollte er de Beyn um Gnade anflehen? Sollte er die schlechten Neuigkeiten einfach ignorieren und hoffen, es würde alles nicht so schlimm, vielleicht nicht mal wahrgenommen werden, weil de Beyn relativ unbedeutend ist? Sollte er ihm einen Handel anbieten?

Er lauscht, bis er sicher ist, dass de Beyn fest schläft. Dann steht er auf und hält inne, um zu erkennen, ob sich die Atemzüge aus dem anderen Bett irgendwie verändert haben. Als er sicher ist, dass de Beyn weiterhin schläft, geht er zur Kammer und öffnet die Tür.

Er hat de Beyns Blicke zur Kammer bemerkt und sich einen verrückten Moment lang gefragt, ob da jemand drin sei … aber im Licht seiner Kerze sieht er nur das übliche Zubehör einer Dunkelkammer: Chemikalien, Mappen, zum Trocknen aufgehängte Abzüge. Er überfliegt die Fotografien: Eis, Felsen, Wasser in unterschiedlichen Kombinationen. Da wendet er sich den Mappen zu, die Etiketten mit Orts- und Zeitangaben tragen. De Beyn war schon immer äußerst penibel. Er liest die Etiketten und zieht eine Mappe mit der Aufschrift *Thule. F. Gletscher* zu sich. Sie enthält Fotos von einem Gletscher in einer unbekannten Landschaft. Es gibt auch einen Gletschersee, der grell das Sonnenlicht reflektiert. Armitage schiebt die Mappe zurück und zieht andere heraus. Noch mehr Landschaften, einige mit Menschen: ein Mann mit Bart, der wohl Welbourne ist; Eskimos – er erkennt Aniguin und einen jüngeren, größeren, den er nicht kennt; de Beyn selbst. Die vier in unterschiedlichen Kombinationen an unterschiedlichen Orten. Nichts Ungewöhnliches. Aber auch Lester kann penibel sein. Er sucht weiter, auf Regalen, hinter Flaschen, unter dem Tisch. Vielleicht ist da nichts – aber de Beyns Blick …

Irgendwann stößt er auf eine Schachtel mit weißem Fotopapier. Er will den Deckel schon wieder schließen, als er bemerkt, dass er Stapel unordentlich ist. Er kippt ihn heraus. Unter den weißen Papierbögen befindet sich ein in Packpapier eingewickeltes Paket. Darauf steht mit Bleistift ein einziges Wort: *Naasut.*

Das Wort sagt ihm nichts. Aber als er das Paket auswickelt, fängt sein Herz an zu rasen. Das erste Foto verwirrt ihn. Das zweite verschlägt ihm die Sprache.

Dann fällt ihm ein, dass ›*naasut*‹ das Eskimowort für ›Blumen‹ ist. Aber die Fotos zeigen keine Blumen.

Kapitel 54

Neqi, 77°52'N, 71°37'W
November 1898

Er kämpft sich durch verworrene Träume. Ein Morgen vor drei Jahren steht ihm noch klar vor Augen: als er das erste Mal in England aufwachte. Er hatte keine Ahnung, wo er war, wusste nur, dass er nicht mehr das Dröhnen der Motoren hörte und nicht mehr das elende Heben und Senken der *Etruria* spürte. Vielleicht war er ertrunken und dies war das Leben nach dem Tod? Wieso hatte er sich nur davor gefürchtet? Er schwelgte in der Stille, der Unbeweglichkeit, dem Streifen Sonnenlicht, das die Tapete vor ihm hell färbte. Und er dachte: Wie wundervoll, endlich angekommen zu sein …

Selig streckte er sich im Bett aus, einem weichen, großen Bett, so ganz anders als die enge Koje in seiner Zweite-Klasse-Kajüte; da berührte sein Fuß etwas Festes, Glattes, das sich bewegte. Und mit einem glückseligen Purzelbaum seines Herzens fiel ihm alles wieder ein. Er rollte sich zur Seite. Flora lag mit dem Rücken zu ihm, aber er wusste, sie war wach, sie wartete und wusste nicht, was sie tun sollte. Er streichelte ihre nackte Schulter, flüsterte ihren Namen (wunderbar, ihn endlich aussprechen zu dürfen), und sie drehte sich um und sah ihn an. Ihr Blick war zurückhaltend, wurde aber wärmer, als er sie anlächelte, weil er einfach nicht anders konnte. Wenn er früher eine Eroberung gemacht hatte, war der Morgen danach immer durch Zweifel, Befürchtungen und Hintergedanken getrübt gewesen, aber an diesem Morgen spürte er nichts davon.

Er sagte: »Ich hatte schon Angst, es wäre alles nur ein Traum. Bist du ein Geist oder bist du's in Fleisch und Blut?« Sie schlug die Lider nieder und sagte lächelnd: »In Fleisch und Blut.«

✶

Die drei Überlebenden der britischen Expedition – Flora, Dixon und Haddo – machten sich im August auf den Rückweg in die Heimat. So schmerzlich es war, als die *Clansman* sich mit ihnen entfernte, so verspürte er auch im tiefsten Inneren Erleichterung. Flora hatte ihre Beziehung unbedingt vor Ralph und Henry geheim halten wollen, weil sie befürchtete, sonst jegliche Autorität zu verlieren. Jakob hatte das zwar verstanden, war aber dennoch verletzt, als sie sich ihm entzog: Sie, die allein mit ihm so glücklich und ungehemmt gewesen war, legte immer mehr Zurückhaltung an den Tag, bis sie ihn in Gesellschaft kaum noch ansah. Frustriert und verunsichert fühlte er sich gezwungen, sie zu fragen, ob sie ihr Versprechen bedaure. Er warf ihr vor, sich seiner zu schämen, und sogar (er wusste, dass sie das kränken würde), ein Feigling zu sein. Sie stritt das so heftig und leidenschaftlich ab, dass er es schon bereute, und dann weinte sie. Als er sie in seinen Armen hielt, war er froh, erleichtert und beschämt.

Nachdem sie die Insel verlassen hatten, hatten sie nur noch wenige Augenblicke für sich, und die waren von einer Stimmung getrübt, die an Verzweiflung grenzte. Sie erinnerte ihn an sein jüngeres Ich, weil sie sich in die Liebe stürzte, als könnte Leidenschaft alle Zweifel tilgen. Er war besorgt, aber nicht so, dass er nachgefragt hätte. Doch in der Nacht vor ihrer Rückkehr nach Siorapaluk, als Welbourne sich taktvoll entfernt hatte, wurde sie mitten in ihrer Umarmung ganz schlaff und drehte ihm den Rücken zu.

»Ich kann nicht. Es wird nicht funktionieren. Ich kann nicht.«

Sie war den Tränen nahe.

»Schsch. Ist doch nicht schlimm. Ich kann auch nicht.«

»Ich möchte nicht, dass das letzte Mal so ist.«

»Aber es ist doch nicht das letzte Mal, Schatz.«

Er zog sie wieder in seine Arme, aber sie war untröstlich.

»Du hattest recht. Ich bin ein Feigling. Ich habe Angst.«

»Aber nein. Wovor hast du denn Angst?«

»Vor den Leuten, vor Kritik, vor allem. Davor, allein zu sein und davor, … uns beschützen zu müssen.«

»Tja, ich muss nicht beschützt werden. Und es wird bestimmt nicht so schlimm, wie du denkst. Du wirst gar nicht über uns reden müssen. Du musst nichts davon erwähnen.«

»Ich schäme mich nicht.«

»Ich weiß.«

»Ich habe auch keine Angst, dass ich es mir anders überlege.«

»Gut. Davor habe ich auch keine Angst.«

Sie streichelte seine Hüfte. Im Licht ihrer Sturmlampe wirkten ihre Augen traurig. Sie zog ihn an sich.

»Aber du sollst wollen, selbst wenn ich nicht will.«

»Es ist alles in Ordnung.«

»Willst du denn nicht?«

»Ist schon gut, ehrlich.«

Da fing sie richtig an zu weinen.

»Aber ich wollte dir das geben … damit du dich erinnerst – und jetzt habe ich es verdorben.«

Tränen flossen aus ihren Augen, und ihre Wangen glänzten nass im Lampenlicht.

»Du hast gar nichts verdorben. Es wird schon alles gut. Du bist meine Frau, Flora.«

»Ja.«

»Und wenn du wieder in London bist, solltest du wissen, dass ich jede Nacht an dich denken werde, so wie du jetzt bist.«

»Wie ich schniefe?«

Er lachte. »Nein, nackt in meinen Armen. Erinnerst du dich noch an den Papst?«

Zu seiner Erleichterung lächelte sie. »Der gute alte Papst.«

»Ich dachte an jenem Tag auch, ich hätte alles ruiniert.«

»Nein …« Sie küsste seine Schulter und wiederholte, mit mehr Nachdruck: »Nein.«

»Weißt du noch, im Bad in Liverpool, mit den grünen Fliesen?«

Jetzt trat ein anderes Licht, eine andere Wärme in ihre Augen.

»Als du mich gewaschen hast …«

»Ich denke oft daran.«

Sie senkte den Blick und sagte, mit den Lippen an seiner Haut: »Ich auch.«

»Was denkst du denn dann?«

Sie lächelte und küsste seine Brust.

Er streichelte ihr über die Haare. »Ich werde daran denken, wenn du nicht mehr da bist. An jede wundervolle Einzelheit.«

Sie hob leicht ihr Gesicht.

»Aber seit damals nicht mehr?«

»Oh doch, oft … zum Beispiel, als du nach dem Schwimmen im See so kalt warst …« Mit einem Mal überkam ihn unerklärliche Scheu.

»Wirst du etwa rot?«

Er lachte, weil er sich ertappt fühlte. »Damit will ich nur sagen, ich brauche nicht … und ich denke daran, wenn ich dich das nächste Mal sehen werde; das wird das Schönste von allem.«

Sie hatte sich wieder so an ihn geschmiegt, dass sie ihm ins Gesicht sehen konnte, streichelte ihn sanft und drückte ihren Schenkel an seinen.

»Daran werde ich auch denken.«

Als sie sich mit keuschen Küssen voneinander verabschiedeten, presste sie ihn so fest an sich, dass es weh tat, und sagte mit Tränen in den Augen: »Zweifle nicht an mir, Liebster. Ich werde dich nicht enttäuschen.« Sie hielt sein Gesicht in ihren

Händen, und ihr Blick war so leidenschaftlich, dass bei ihm trotz Abschiedsschmerz und Ungewissheit alle Zweifel verflogen.

Und sie schrieben sich Briefe, die sie penibel analysierten; viel zu wenige über das ganze Jahr gesehen. Ihre beiden hat er so oft gelesen, dass das Papier schon ganz weich ist; darin bittet sie ihn um Vergebung; er kennt ihr wahres Ich, die Flora aus dem Tal und wenn sie erst frei ist … Er liebt ihre Briefe; sie halten ihn auch in den kältesten Nächten warm. Er trägt sie immer bei sich, wohl verwahrt in der Brusttasche seiner Hemden. Jeden ihrer Briefe hat er sofort beantwortet, in der Hoffnung, dadurch nicht zu lange zu überlegen und aufrichtiger zu sein. Er ertappte sich dabei, Sätze zu schreiben, die ihm überaltet und abgenutzt erschienen. Aber er strich sie nicht; nach all der langen Zeit hat er keine Angst mehr vor Klischees.

In der Hütte herrscht Stille. Es ist noch früh. Er schickt seine Gedanken zu ihr, stellt sich vor, wie sie über eine Landkarte zu dem Punkt flattern, wo sie ist, und sie unterstützen … Wie sie in ihr Haus in London schweben, wie auch immer das aussehen mag (den Kamin hinunter? Durchs Fenster?), in ihr Bett, das er noch nie gesehen hat … und dann? Ihr Ohr kitzeln? Wie Geisterhände unter ihr Nachthemd gleiten? In London ist es jetzt wohl Mittagszeit.

Er hofft, es geht ihr gut, sie hat es nicht zu schwer, sie zweifelt nicht und leidet auch nicht. Für ihn ist es leicht. Er rutscht unter der warmen Decke hin und her und spürt seine Sehnsucht nach ihr – ein zartes, wohltuendes Verlangen …

Er erinnert sich daran, wie er einmal mit dem Kopf auf ihrem Schoß lag, die Sonne ihn blendete, und er die Knöpfe ihrer Bluse öffnete. (Sie sagte lächelnd, er sehe aus, als wäre er gespannt, was er wohl vorfinden würde.) Mit der Fingerspitze fährt er die Kontur ihrer Brust nach. Die Höfe um ihre Brustwarzen hatten die Farbe der Morgenröte in den Alpen; weiche Kissen. So sanft wie möglich umfasst er ihre Brüste, um dann einen Augenblick zu zögern, bevor er mit den Lippen über diese rosige Nachgiebigkeit streicht.

✦

Der Eskimobegriff für diese Jahreszeit – *tutsarfik* – heißt so viel wie ›es lauscht‹, und auf diesen Morgen trifft das zu; nur das kurze Bellen eines einzelnen Hundes unterbricht die Stille. Mit einem Eimer in der einen und einer Laterne in der anderen Hand stapft Jakob zum vereisten Ufer hinunter und schickt Atemwolken vor sich her.

Vielleicht hätte er damit rechnen müssen, dass Armitage auftauchen würde, sobald er von seiner Tour in den Norden erfahren hatte. Andererseits hätte er gedacht, dazu sei er zu stolz oder schäme sich zu sehr. Als sie das erste Mal hörten, dass Armitage wieder in der Arktis war, machte sich Flora Sorgen um Jakob; stellte Armitage eine Gefahr für ihn dar? Was konnte er tun? Aber Jakob hatte gelacht – Armitage war doch kein Schurke. Was ihn betraf, so spürte er, wie seine Feindseligkeit ihm gegenüber nachließ, als er und Welbourne beweisen konnten, dass Dupree Land nicht existierte. Es war seltsam: So lange hatte er darauf gebrannt, den Mann als Lügner zu enttarnen, weil er immer wieder an Franks Tod denken musste, für den er ihn verantwortlich machte; er hatte ihn wirklich gehasst, so sehr, wie er sonst noch niemanden gehasst hatte – schon seine reine Existenz war ihm ein Stachel im Fleisch … Doch davon spürt er nichts mehr, seit er den Beweis in Händen hält. Was macht es schon, dass Armitage, um Geld aufzutreiben, eine Insel erfunden hatte? Und es ist auch nicht mehr wichtig, dass er dafür Franks Tod ausgenutzt hat (vielleicht war der von ihm angegebene Grund ja wahr – möglich jedenfalls war es).

Jakob schwenkt die Laterne hin und her, weil er eine saubere Schneewehe sucht: im Dorf kein leichtes Unterfangen. Als er endlich einen Abschnitt findet, der weder von Hunden noch von Menschen verunreinigt ist, geht er in die Hocke und schiebt mit seinen warm eingepackten Händen Schnee in den Eimer. Frisch gefallener Schnee verliert sein Volumen, wenn er schmilzt; für eine Kanne Kaffee braucht man einen ganzen Eimer. Schnee zu holen ist eine Aufgabe, die ihn sehr befriedigt und die er niemand anderem überlässt.

Armitage ist so arrogant wie eh und je – herrisch und respektlos –, doch Jakob kann jetzt erkennen, dass er gnadenlos vorangepeitscht wird von einem Ehrgeiz, der so gefräßig ist, dass er alles auf seinem Weg verschlingt. Er hatte schon immer den Blick eines Heimgesuchten; aber am Abend zuvor schien er ihn geradezu anzuflehen.

Vor seinem Aufbruch fragt Armitage Jakob, ob er im Vertrauen mit ihm reden könne.

»Geben Sie mir Ihr Ehrenwort, dass Sie nicht versuchen werden, den Nordpol zu erreichen?«

»Der Nordpol interessiert uns nicht, Armitage. Seien Sie ganz beruhigt.«

Armitage nickt. »Das habe ich auch vor. Aber ich möchte Ihnen noch einen Rat geben, de Beyn. Ich empfehle Ihnen, wenn Sie nach Hause kommen, weder etwas von Ihrer Tour in den Norden zu erwähnen noch irgendetwas über Dupree Land.«

»Ach wirklich? Nichts, was wir sagen könnten, hätte Auswirkungen auf das, was Sie hier tun.«

Lester blinzelt. Seine Augenlider sind gerötet, so als hätte er nicht geschlafen. »Ich denke, Sie erwähnen es trotzdem besser nicht. Schließlich hängt Dr. Urbinos guter Ruf davon ab.«

»Nur wegen Ihrer Behauptungen. Außerdem finde ich Ihren Vorschlag höchst unangemessen.«

Armitage atmet geräuschvoll aus und lächelt.

»Interessante Wortwahl. Jedenfalls denke ich, Sie werden es nicht tun.«

»Wieso?«

»Vermutlich weil, …« Seine Zunge zuckt vor und befeuchtet

seine Lippen. »Weil Mrs. Athlone eine in der Öffentlichkeit stehende Frau ist.«

Jakob spürt, wie ihm kalt wird.

»Was soll das heißen?«

»Einfach nur, dass ich, sofern Sie nichts über Ihre Tour in den Norden oder Dupree Land verlauten lassen, auch kein Wort über Ihre … Liaison verlieren werde. Sollten Sie jedoch irgendetwas sagen oder schreiben, das meinen Ruf beschädigt, werde ich mich gezwungen sehen, mich zu revanchieren.«

Jakob bringt kaum ein Wort heraus, so trocken ist seine Kehle.

»Das sind doch nur alberne Gerüchte. Ich weiß zwar nicht, was Sie gehört haben, aber es ist einfach ungeheuerlich, zu behaupten …«

»Wahrscheinlich wäre es auch nur bei Gerüchten geblieben, wenn Sie nicht diese unselige Neigung hätten, für Beweise zu sorgen.«

Armitages Augen verraten ihn: Sie huschen zur Dunkelkammer. Jakob folgt seinem Blick. Wann ist er da reingegangen? Gestern Nacht? Heute Morgen? Er muss alles auf den Kopf gestellt haben … Die Vorstellung schnürt ihm die Kehle zu.

»So niederträchtig können Sie nicht sein.«

»Ich bin nicht derjenige, der aus Mr. Athlones Frau eine Hure gemacht hat. Und *das* bezeichne *ich* als höchst unangemessen.«

Eine Weile sagt Jakob kein Wort, dann gibt er sich geschlagen.

»Nun denn. Ich gebe Ihnen mein Wort, Dupree Land nicht zu erwähnen. Ich werde überhaupt nichts über die Nordküste sagen. Keiner von uns beiden. Aber jetzt geben Sie mir … was Sie mir weggenommen haben.«

Armitage starrt ihn an. »Wenn alles vorbei ist, werde ich das selbstverständlich tun.«

Eine Bodendiele knarrt. Jakob tritt einen Schritt vor, worauf Armitage sich einen Schritt zurückzieht. Jetzt ist sich Jakob sicher, dass er das Foto noch bei sich hat – so etwas hätte er nie seinen Männern anvertraut … Armitage sieht ihn so durchdringend an, dass ihm die Augen aus dem Kopf zu quellen scheinen, und dann lässt ein Gedanke, der noch keine richtige Form angenommen hat, Jakob so heftig vorschnellen und ihn am Arm packen, dass beide von der Wucht gegen die Wand prallen; Armitage knallt mit dem Kopf gegen das Holz und stößt ein lautes *Hunh* aus.

Nach kurzer Benommenheit windet sich Armitage wie ein Aal aus seinem Griff und packt Jakob am Kiefer. Er hat die Zähne so gefletscht, dass es wie ein irres Grinsen aussieht. Schweigend ringen sie miteinander – Gott, Armitage ist stark, seine Arme hart und sehnig, sein Griff schmerzhaft – Jakob schnappt nach seinen Kleidern, zerrt an seinem Pullover, an seinem Gürtel … Wo ist es? … Wo? Ein Stuhl schlittert über den Boden. Etwas zerbricht. Jakob durchzuckt der Gedanke, dass er in seinem ganzen Leben noch nie jemanden vor Wut geschlagen hat. Wieso eigentlich nicht? Er ballt seine Faust und rammt sie in Armitages verzerrtes Gesicht, dann spürt er einen donnernden Schlag gegen sein linkes Ohr und seinen Kiefer. Seine Zähne klappern, sein Schädel dröhnt, er stolpert, kann nichts mehr hören oder sehen, wirft sich aber mit seinem ganzen Gewicht gegen Armitage, so dass beide zu Boden gehen. Sie landen auf etwas Niedrigem, das dunkel und hart ist. Dem Ofen. Armitage stößt einen schrillen Schrei aus, als sein Rücken das heiße Eisen berührt.

Er rollt sich zur Seite und fasst sich an den Rücken; Jakob zerrt an Armitages Hose, kniet sich über ihn, reißt an seinen Taschen, ertastet ein steifes Papier in seiner Brusttasche, zieht es ungeschickt heraus. Es ist zerknittert. Er hat Blut an der Hand. Kalte Luft dringt in die Hütte, dann schreit noch jemand – eine Frau. Als er sieht, was Armitage mitgenommen hat, versucht er, ihm noch mal die Faust ins Gesicht zu rammen. Das hat er verdient. Die Faust trifft ihr Ziel und wird von einem unsäglichen Schmerz durchzuckt. Benommenheit breitet sich in seinem Kopf aus. Armitages Gesicht ist verzerrt. Seine Zähne rot …

Ein Arm schlingt sich um Jakobs Brust und zieht ihn zurück. Laute Stimmen von Männern.

Kussuk beugt sich über Armitage, der sich langsam aufsetzt und den Kopf schüttelt. Er sagt etwas, aber Jakob kann nichts verstehen, so laut dröhnt ihm der Schädel.

»Ist es das?«, brüllt er und hält ihm das Foto hin. »Ist es das? Sie unsäglicher …«

Die Arme um seinen Bauch gehören Sorqaq. Jakob erschlafft, dreht sich um und löst sich von ihm. Alle um sie herum starren sie erstaunt an. Jakob blickt hinunter zu Armitage. Dem rinnt Blut aus der Nase und färbt seinen Bart tiefrot. Als er zu Jakob aufblickt, brennen seine Augen wie Lampen im Haus eines Toten.

»Raus«, murmelt Jakob undeutlich.

Schweigend hilft Kussuk Armitage auf die Beine, worauf der sich sofort von seinem Griff befreit und an seinen verrutschten Kleidern zupft. Einer seiner Ärmel ist fast abgerissen. Sein Hemd hängt ihm aus der Hose, und die Brusttasche wird nur noch von einem losen Faden gehalten. Steifbeinig geht Armitage zur Tür und verlässt die Hütte, ohne sich noch einmal umzublicken.

Sorqaq sieht Jakob fragend an. »Was ist passiert? Geht es dir gut? Hat er dich angegriffen?«

Bislang hat Sorqaq Jakob nicht als gewalttätigen Menschen kennengelernt. Auch Jakob sieht sich nicht so. Er lässt sich schwer auf den Tisch sinken und schüttelt den Kopf. Das alles kann nicht wahr sein. Unmöglich kann dieser Kampf zwischen ihm und Armitage stattgefunden haben. Und doch ist es wohl so. Er hat immer noch das zerknitterte Foto in der Faust, das Armitage ihm gestohlen hat – diese Faust hat er Armitage ins Gesicht gerammt und ihm, wie es aussieht, damit die Nase gebrochen. Seine Finger pochen heftig und schwellen schon an.

»Äh … ich … er hat versucht, mir etwas zu stehlen.«

Sorqaq nickt und tauscht einen vielsagenden Blick mit Meqro.

»Sorgst du dafür, dass sie wirklich wegfahren?«

Sein Blick fällt auf das Gewehr, das an der Wand hängt. Glücklicherweise fällt ihm das erst jetzt ein. Er war weiß Gott wütend genug … ist es auch jetzt noch.

Außerstande, einfach nur dazusitzen, ohne zu wissen, was geschieht, zieht sich Jakob mühsam hoch und folgt Sorqaq. Das ganze Dorf ist versammelt, unterhält sich angeregt und beobachtet, wie die Besucher in der Dunkelheit ihre Schlitten aufladen. Die Hunde, begierig darauf, loszurennen, steuern ihre eigene Kakophonie bei. Es herrscht eine aufgeregte, fast alarmierte Atmosphäre. Jakob hält sich abseits von den anderen, weil er ihre Blicke spürt und ihr Gemurmel hört. Aber nichts, nicht mal etwas so Ungewöhnliches wie ein Kampf zwischen zwei *kallunat* kann einen Eskimo zur Eile antreiben, wenn er dazu nicht bereit ist. Armitage beugt sich mit seiner hochgewachsenen Gestalt über seinen Schlitten und zerrt an Schnüren. Er würdigt niemanden eines Blickes. Seine beiden Jäger debattieren über etwas, das mit den Hunden zu tun hat. Jakob sieht zu, bis Scham und Kälte ihn überwältigen, und geht dann wieder hinein.

Nachdem Armitage aufgebrochen ist, spürt Jakob, dass ihm jeder Knochen im Körper weh tut. Jeder Muskel fühlt sich an wie durch die Mangel gedreht. Sein Kiefer ist geschwollen und berührungsempfindlich; zwei seiner Zähne wackeln, und er hat den Geschmack von Blut im Mund. Seine rechte Hand hängt schwer wie eine Holzkeule an seiner Seite. Doch zuerst löste das, was passiert ist, Euphorie in ihm aus. Ich habe gewonnen!, denkt er. Ich musste kämpfen und habe gewonnen … Er spult den Kampf wieder und wieder vor seinem inneren Auge ab, jeden Griff, jeden Schlag … obwohl weite Teile untergegangen sind. Er gesteht sich ein, dass er Glück gehabt hat.

Allein in seiner Dunkelkammer, streicht er das zerknitterte Foto glatt. Es zeigt Flora auf einer Decke in der Sonne; ihr Zelt ist im Hintergrund. Sie hat die Knie zu einer Seite kippen lassen und lächelt mit einem Blick in die Kamera, der ihn bis ins Mark trifft: Nie wirkte sie sorgloser oder vertrauensvoller. Das Foto hält die Essenz vom Onmogelijk Dal fest. Von ihrem Ort. Das, noch mehr als ihre Nacktheit, lässt ihn vor Wut und Scham erzittern. Man sieht an ihrem Gesicht, was sie dort gefunden haben.

Als Welbourne mit Stoßzähnen, einem schönen Bärenfell und abenteuerlichen Geschichten von der Walrossjagd zurückkehrt, erzählt ihm Jakob von dem bizarren Zwischenfall. Welbourne lacht nur. Er lässt sich den Kampf in allen Einzelheiten schildern, erklärt ihn zum Sportereignis der Saison und bedauert, das verpasst zu haben. Er nimmt das Ganze so leicht, dass Jakob am Ende auch lacht. Der Kampf mit Lester – aber vor allem die Tatsache, dass er anscheinend gewonnen hat – wird zu einem surrealen, wenn auch lebhaften Traum.

»Der kommt nicht wieder«, erklärt Welbourne. »Die Schmach war zu groß.«

Jakob nickt. Er glaubt, Armitage habe Angst vor ihm, nun, da er ihn in einem anderen Licht gesehen hat. Dennoch werden sie von nun an auf der Hut sein. Im Laufe der Zeit denkt er immer seltener an ihn, bis er ihn fast ganz vergisst.

Vor dem Jahreswechsel sucht sie noch ein Besucher auf: Aniguin, den Jakob seit dem Sommer nicht mehr gesehen hat. Er hat seine neue Frau dabei – sehr jung und still –, die er ihm vorstellen will. Als sie am Tisch sitzen, essen und rauchen, sagt Aniguin unvermittelt: »Ich muss dich etwas fragen, Te Peyn. Über die bösen Männer.«

»Welche bösen Männer?«

»Die bösen Männer, die Fellora hierherbringen will. Wann ist es so weit?«

»Ich weiß nicht, was du meinst, Aniguin.«

Dann fällt ihm wieder ein, was Flora ihm im Onmogelijk Dal erzählt hat: dass Ashbee im Auftrag von Männern hier war, die in der Arktis eine Strafkolonie errichten wollten. Sie fand das Vorhaben abscheulich und undurchführbar, hatte jedoch, als Ashbee bei ihr anheuerte, nichts davon gewusst. Später, als sie ein paar Meter entfernt einen Schneeammer in seinem Nest beobachteten, sagte sie: »Ich bin froh, dass er dies hier nie zu sehen bekommen hat. Ich werde auch niemandem davon erzählen. Dies hier wird niemand ruinieren.«

»Es ist nicht so, wie du denkst, Aniguin … Wer hat dir davon erzählt?«

»Tateraq. Ashbee hat es ihm gesagt – als er, Fellora und Tateraq in *Umingmak Nuna* waren. Er hat meinem Bruder erzählt, böse Männer würden herkommen und hier leben – Diebe und Mörder der *kallunat* –, und wir wären ihre Diener. Tateraq hatte Angst, also hat er ihn getötet, um das zu verhindern, aber er wollte Fellora nicht erschießen.«

Jakob ist wie vom Donner gerührt. Welbourne starrt ihn an; das hat Jakob ihm nie erzählt.

»Nein, Aniguin, das wird nicht geschehen. Ashbee hat sich geirrt; er kannte diesen Ort nicht, und Flora hätte das niemals zugelassen. Hat er deshalb Ashbee getötet? Hat er das gesagt?«

»Er wollte uns schützen. Aber vielleicht …« Aniguin zuckt die Achseln. »Wir können nicht verhindern, dass ihr hierherkommt; wir müssen uns verändern …«

Jakob schüttelt den Kopf. »Aber nicht so, Aniguin, das schwöre ich. Es war ein Irrtum. Nur Ashbee hat das gedacht. Nicht Fellora. Dixon und Haddo auch nicht. Keiner von ihnen wusste etwas davon, bevor Ashbee kam.«

Aniguin schüttelte den Kopf.

»Die *kallunat* werden tun, was sie wollen. Damit meine ich nicht dich, Te Peyn, aber andere – Männer wie Armitay. Ihr habt Gewehre und alles. Ihr seid unerbittlich. Wir sind nur dumme Inuit.«

Jakob schüttelt den Kopf und lächelt, weil er widersprechen möchte, doch ein ganz anderer Gedanke beherrscht ihn: Also war sein Tod doch nicht ihre Schuld … Wenn ich ihr das bloß mitteilen könnte …

Aniguin zuckt die Achseln. *Ayornamut.*

Es ist Schicksal.

✶

Aber das Leben in Neqi ist in diesem Winter schön: gesellig und betriebsam. Als Hochzeitsgeschenk für Flora sucht Jakob einen weißen Welpen aus, er nennt sie Imaqa, und sie erweist sich als sehr gelehrig. Zu Weihnachten schmeißt er für das ganze Dorf eine Party, die zwei Tage dauert. Alle trinken mehrfach auf Jakob und Flora. Er erinnert sich an das letzte Weihnachten: sein Elend, als er zusehen musste, wie Welbourne sie mit seinem beträchtlichen Charme bezirzte, und dachte: Sie wird sich in diesen gutaussehenden Bastard verlieben … Wie schön es manchmal ist, sich zu irren.

Er hat Sehnsucht nach Flora, aber da er ihr vertraut, ist es alles in allem ein angenehmer Schmerz. Er und Welbourne sind sich nahegekommen; er genießt seine Gesellschaft und die von Sorqaq und anderen Freunden. Ihre Sprache spricht er immer besser. Er hat seine Arbeit, schreibt seine Notizen vom Sommer ins Reine, beginnt mit seinem Bericht über die Inselumrundung; und er gestattet sich ein kleines bisschen Selbstgefälligkeit. Er experimentiert mit seinem Fotoapparat und versucht, die sirenenartige Aurora und die Effekte des winterlichen Zwielichts festzuhalten. Die Ergebnisse sind frustrierend, aber im Sommer hat er Fotos von dem Tal, dem See und Höhlen und Tunneln im Gletscher geschossen, die er stolz den anderen zeigt. Er hat etwas auf Bild gebannt, das nicht von Dauer ist, das es jetzt nicht mal mehr gibt, aber er hat es geschafft, die Essenz von etwas Flüchtigem, Sublimem festzuhalten.

Und dann sind da noch die Fotos, die er niemandem zeigt: von ihr, im Tal. Auch Fotos von ihm, die sie aufgenommen hat. Es ist irritierend, sich so zu sehen – so wie sie ihn sieht. Erstaunlich, aber … nicht unangenehm. Jedes Mal, wenn er einen Abzug aus dem Wasserbad holt, schließt er die Augen, um sich noch deutlicher an den Augenblick zu erinnern, und öffnet sie dann, um zu sehen, an was *sie* sich erinnern wird. So schaltet er zwischen Vergangenheit und Gegenwart um, zwischen ihm und ihr. Ihm wird klar, dass er sich schon immer so gefühlt hat; als wäre die Distanz zwischen ihnen bedeutungslos.

Zwischen Vergangenheit, Gegenwart … und Zukunft. Er glaubt, die Frage, die sie ihm vor Jahren gestellt hat – »Ist das wirklich möglich?« –, sei beantwortet.

TEIL NEUN

Thuban im Sternbild Draco

Das Sternbild Draco repräsentiert den Drachen Ladon, der die goldenen Äpfel der Hesperiden bewachte und von Herakles bezwungen wurde. Er wandert auf ewig über den nördlichen Himmelspol. Vor fünftausend Jahren war sein Stern Thuban der Polarstern. Man nimmt an, dass die Cheopspyramide so gebaut wurde, dass das Licht von Thuban durch einen Schacht in die Königskammer fallen konnte. Von allen Polarsternen scheint er am schwächsten, ist aber am perfektesten platziert.

Kapitel 55

GANDER, NEUFUNDLAND, 48°57' N, 54°36' W
1948

Als der nächste Bericht über Funk von der Wetterstation Eureka auf Ellesmere Island kommt, hat sich die Lage noch verschlimmert: Schnee, Wind und schlechte Sicht. Man informiert sie, dass der Flug auf den nächsten Tag verschoben wird – wenn die Bedingungen es zulassen. Auf der Airbase hat sich die Atmosphäre ebenfalls verschlechtert; die Wissenschaftler fangen an, über die Verschwendung ihrer kostbaren Zeit zu murren.

Langsam geht Flora zu ihrem Zimmer zurück. Letzte Nacht hat sie kaum Schlaf gefunden. Sie hatte schon vergessen, wie schwer es ist, zu schlafen, wenn es nicht richtig dunkel wird. Zwar hätte sie die Vorhänge zuziehen können, aber sie wollte die Sterne betrachten. Und sie hat zugesehen, wie der Himmel langsam heller wurde.

Irgendwann bildete das Fenster den perfekten Rahmen für das Sternbild der Zwillinge – den Torweg der Eskimos. Aniguin hatte sie und ihn mit dem Sternbild verglichen; das hatte sie nie vergessen, so entzückt war sie darüber. Lebte Aniguin wohl noch? Bei ihrem letzten Besuch vor acht Jahren hatte sie gehört, er sei zum Handelsposten Thule gezogen und zum Christentum konvertiert. Letzteres hatte für sie einen bitteren Beigeschmack.

Die Unterhaltung mit dem jungen Mann zehrte an ihren Kräften. Sie hatte Dinge preisgegeben, die sie noch niemandem erzählt hatte. Zwar wollte sie aufrichtig sein, aber gleichzeitig ihren kostbarsten Schatz schützen. Sie hatte immer geglaubt, wenn sie ihn verborgen hielte, beschütze sie ihn und sorge dafür, dass er unversehrt bliebe; aber jetzt überflutet sie eine Welle an Erinnerungen, die lebendiger und aufwühlender sind als sie es seit einer Ewigkeit waren. Nach all den langen Jahren entgleitet ihr immer mehr. Manchmal weiß sie nicht, wo oder in welcher Zeit sie ist.

Mit einem Mal ist das Fenster voller winziger weißer Tupfen, die trudelnd zur Erde sinken und dabei mit ausgestreckten Gliedern nacheinandergreifen – und sich fassen, sich verbinden und weiterfallen.

Es hat angefangen, zu schneien.

Erinnerst du dich noch an den See?

(Seltsam, es ist, als ob er das fragte.)

Als du dich fast umgebracht hättest?

Selbstverständlich. Wie könnte ich das vergessen?

Die Farben des Gletschersees zwischen dem Eis und dem dunklen Berghang: manchmal ein milchiges Türkis, manchmal so grün wie polierter Achat und ganz selten so leuchtend blau wie Kornblumen. Er hat den See nach ihr benannt, und der See hat sie in seinem Bann gehalten. Nicht in seine Tiefen blicken zu können, erhöhte seinen Reiz. Nachdem sie tagelang über diese Verlockung und ihr Verlangen nachgedacht hatte, versuchte sie, darin zu schwimmen – mit schmerzlichen, lähmenden Konsequenzen. Der Boden des Sees bestand aus Eis – sofern da ein Boden war. Denn mit einem Mal sackte er in unsichtbare Tiefen ab. Seine Kälte war nicht die beißende, aufblitzende Kälte des Bachs, in dem sie sich – ganz schnell – wuschen, sondern tödlich schneidend wie ein ehernes Schwert. Jakob rettete sie. Es war das einzige Mal, dass sie ihn wirklich zornig gemacht hatte. Er trug sie den ganzen Weg zum Zelt zurück, obwohl sie bibbernd protestierte, sie sei zu schwer und es werde seinem Rücken schaden (was der Fall war). Sie erinnert sich noch daran, wie hart seine Arme waren, wie sein Herz an ihren Rippen pochte, wie sich eine steile Falte zwischen seinen Augen bildete. Sein Zorn rührte aus Furcht und Liebe. Das Element, in das sie sich begeben hatte und dessen seidenweiche Umarmung tödlich ihre Glieder und ihren Atem lähmte – das war kein Wasser, sondern flüssiges Eis.

Im Zelt sagte er: »Tu das nie wieder.«

Er umarmte sie so lange, bis sie wieder warm war.

Wie in Trance sagte sie: »Aber du würdest mich wieder retten. Mich wieder auf den Arm nehmen und tragen.«

»Ich konnte dich doch nicht untergehen lassen.«

Aber genau das hat sie mit ihm getan.

Nachdem der See versickert war, betraten sie den Gletscher. Der Berghang mündete in einem ausgehöhlten Eissockel: hellgrüne Wände, feuchter Kiesboden. An einem Ende lockte ein dunkler Spalt: der Schlund, der den See verschlungen hatte. Als sie hineingingen, war es, als gelangten sie in eine andere Welt. Hier war die Luft metallisch hart und roch beißend. Im Inneren des Eises herrschte vollkommene Stille. Die Wände waren trocken, wenn man die Hände daranlegte. Manchmal war das Eis grobkörnig und trüb; manchmal aber so glatt und transparent, dass es fast wie nicht vorhanden wirkte. Glänzende Spalten, Risse mit gefrorenem Wasser in unbeschreiblichen Farben zeigten Verwerfungslinien und Blasen, eingeschlossene Fragmente von Stein, Pflanzen oder Staub. Einmal auch eine ertrunkene Mücke, für immer festgehalten in der Perfektion des Todes.

Sie drangen weiter vor. Die Wände um sie herum wurden breiter und wieder enger. Vom Wasser bedrängt und liebkost hatte das Eis Formen angenommen, wie sie noch nie gesehen hatte, die keiner menschlichen Architektur ähnelten: gerundet oder blasenförmig, geriffelt, schüsselförmig, knollenartig, mit scharfen Graten; schimmernd und glänzend. Und das Licht … es drang sanft durch die Decke und enthüllte dünne Stellen, zog ihren Blick himmelwärts. Auf halber Strecke in einer Kammer mit unerwartet hoher Decke gab es einen Riss in der Oberfläche des Gletschers, einen ins Eis hineingeschmolzenen Kamin. Jeden Tag stach die Sonne zu gewissen Zeiten ihr Schwert tief ins Herz des Gletschers; ihre Strahlen erfassten sie wie das Auge Gottes.

Flora hatte das beunruhigende Gefühl, sich im Innern eines lebendigen Wesens zu befinden, einer Daseinsform, deren Zeitmaß so ausgedehnt war, dass sie selbst – winzige in ihrem Inneren umherhuschende Pünktchen – kaum wahrgenommen wurden. Eine unendlich riesige und langsame Kreatur mit unmenschlicher Geduld. Manchmal knackte oder ächzte das Eis, stöhnte oder zischte. Unerklärliche Luftströmungen wehten an ihnen vorbei, als ob es hin und wieder atmete.

Trotz der überirdischen Schönheit war sie beunruhigt und konnte ihre Beklommenheit nicht abschütteln, als die Decke sich immer tiefer über sie senkte, je weiter sie gingen. Allein kroch Jakob durch einen engen Tunnel, bis er nicht mehr zu sehen und zu hören war. Er weigerte sich, ein Seil mitzunehmen: Es würde sich nur am rauen Boden verhaken. Nach einer Ewigkeit rief sie nach ihm, bekam aber keine Antwort. Sie wartete. Ihr war kalt. Dann kroch sie selbst so weit in den immer enger werdenden Tunnel, bis sie sich nicht mehr traute, und schrie sich heiser. Ihre Tränen gefroren, bevor sie zu Boden fallen konnten. Endlich hörte sie etwas und rief erneut nach ihm. Als er wieder hervorgekrochen kam, zitterte er vor Kälte. Er war an einer besonders engen Stelle steckengeblieben und hatte in der Dunkelheit die Orientierung verloren. Zwar lachte er, aber sie wusste, dass er Angst gehabt hatte. Als sie hinausgingen, kamen sie gerade an einem glatten Wandabschnitt vorbei, als die Sonne ihn in herrliche Schlieren tauchte – so als sickerten kobaltblaue Pigmente von oben nach unten und würden immer dunkler. Er bat sie, ein Foto davon zu machen, weil seine Hände vor Kälte erstarrt waren. Dann schlang er von hinten seine Arme um sie und zitierte in grässlichem englischem Akzent eine ihnen beiden bekannte Passage aus Tyndalls Buch:

»Könnte man mit dem Blick bis ins Innere des Gletschers dringen, würde man entdecken, dass der Wechsel von Weiß zu Blau durch den zunehmenden Ausschluss von Luft erreicht wird. Weiß ist das Ergebnis einer dichten und unregelmäßigen Luftmischung und ein durchsichtiger Feststoff, ein unter Druck entstandener Diamant würde Schnee ähneln ...«

Als er ›dicht und unregelmäßig‹ sagte, vergrub er sein Gesicht in ihrer Halsbeuge. Seine Haut war eiskalt.

Anstatt zu lachen, löste sie sich von ihm.

»Wir müssen uns beeilen. Du brauchst etwas Warmes.«

»Nein, ist schon gut, Flora. Mir fehlt nichts.«

Selig vor Erleichterung lächelte er sie an. Sie aber konnte nicht lächeln. Nie hatte sie ihn glücklicher gesehen.

Als sie ihr Lager erreichten, taten ihm die Hände weh. Als sie ins Bett gingen, war ihm immer noch kalt. Er umschlang sie und presste jeden Zentimeter seines Körpers an ihre nackte Haut. Mit ihrer ganzen Willenskraft wollte sie ihre Wärme zwingen, auf ihn überzugehen, und irgendwann spürte sie, wie er immer seltener erschauerte. Jetzt schienen sie nicht mehr zwei getrennte Körper zu sein, sondern ein Fleisch und Blut.

Zur Zeltwand gewandt sagte sie: »Ich musste immer wieder denken: ›Was, wenn er nicht zurückkommt?‹ Das hätte ich nicht ertragen.«

»Schsch. Ich komme immer zurück.« Er umschlang sie fester und schmiegte sich an ihren Nacken. »Es gefällt mir, dass du dir Sorgen um mich machst. Ich mache mir auch um dich Sorgen.«

»Wenn die Decke eingestürzt wäre oder sonst etwas passiert wäre, hätte ich dich nicht retten können.«

»Aber Gletscher sind ungefährlich.«

»Ich wünschte, du würdest mit mir zusammen heimfahren.«

Sie hatten schon über ihre bevorstehende Rückkehr nach England gesprochen. Aber sie waren sich einig gewesen, dass seine Anwesenheit keinerlei Nutzen haben würde. Außerdem konnte er es sich nicht leisten.

»Ich wünschte, du würdest bleiben. Darf ich sie dazwischenstecken?«

Sie verrutschte ein bisschen, so dass er seine kalten Hände zwischen ihre Schenkel schieben konnte.

Mit dem Mund an ihrem Haar murmelte er: »Ich mache keine Dummheiten, versprochen.«

✶

Flora setzt sich schwerfällig auf und tastet nach dem Glas Wasser auf dem Nachttisch. Sie hat Durst, ihre Kehle ist wie ausgetrocknet. Hat sie geschlafen? Sie muss ihre Augen abtupfen, da sie ihr im Liegen oft tränen. Offenbar irgendwas mit den Tränenkanälen. Weinen ist das nicht. Sie weint nicht mehr. Hat eigentlich nie wirklich geweint.

Jakob hatte geplant, im September 1899 nach New York zurückzukehren, ein Jahr nachdem Flora Grönland verlassen hatte, aber am Ende dieses Monats kam immer noch kein Zeichen von ihm – weder Brief noch Telegramm. Sie befahl sich, nicht beunruhigt zu sein. Einfach abzuwarten und zu glauben, dass alles gut werde.

Nach ein paar Wochen schrieb sie an seinen Bruder in New York. Nur für den Fall – redete sie sich ein –, dass er es sich anders überlegt hatte. Das war zwar undenkbar, aber doch nicht unmöglich. Es würde auch nicht das Ende der Welt sein, aber sie musste es wissen. Hendrik de Beyn antwortete ihr, dass Jakob nicht aus der Arktis zurückgekehrt sei. Auch er mache sich Sorgen, wisse aber, dass man im Norden nichts vorherplanen könne. Sein Brief erleichterte sie, bedrückte sie aber auch.

Also wartete sie weiter und zwang sich, ihre Phantasie nicht ins Kraut schießen zu lassen. Freddie, der in eine Scheidung eingewilligt hatte, schwieg, bis im Winter Gerüchte und Berichte in Zeitungen auftauchten. Flora ignorierte sie; schließlich waren es nur Gerüchte. Allerdings schrieb sie an ihren Vater: Sie wollte im Frühjahr in den Norden; bitte, bitte, Daddy, dieses Mal musst du mir helfen …

Eines Tages im Februar, während sie gerade über eine Klausel in ihrem Buchvertrag sprachen, sagte Freddie, ohne sie anzusehen: »Kann ich davon ausgehen, dass du dich nicht mehr scheiden lassen willst? Das wäre in Ordnung. Es liegt ganz bei dir.«

Da verließ Flora ohne ein Wort das Zimmer.

Kapitel 56

Siorapaluk, 77°47' N, 70°38' W
Juli 1900

Die Luft riecht nach Salz und Wacholder. Die *Vega* bahnt sich ihren Weg durch die Eisschollen und setzt Anker im Fjord, wo sie, verdoppelt durch ihr Spiegelbild, still wie die Eisberge, wie die roten Hügel daliegt. Am Ufer sieht man hier und dort noch Eis. Es ist seltsam ruhig: kein Hundegebell, keine Willkommensrufe. Nur das ferne Krächzen in der Luft kreisender Krabbentaucher. Das Dorf an seinem idyllischen Sandstrand wirkt wie ausgestorben. Flora fragt sich, ob ein Unheil es heimgesucht hat.

Flora rudert allein zum Ufer. Sie wollte nicht, dass jemand mitkommt. Ihr Vater hat ihr die Fahrt hierher ermöglicht – widerstrebend, skeptisch, missbilligend, aber nicht in der Lage, ihr ihren Wunsch abzuschlagen. Er hat bei Männern, denen er nichts schulden will, Gefallen eingefordert und Ansprüche erhoben und damit erreicht, dass die *Vega* ihm für diese Saison vermietet wurde. Er weiß nicht, was ihn das am Ende kosten wird. Die Seeleute, von denen die meisten den berühmten Captain Mackie und seine so seltsam gepriesene Tochter kennen oder zumindest von ihnen gehört haben, werden sich sicher ihren Teil dazu denken, welch seltsame Mission sie hierher führte, die nicht das Geringste mit Walfang zu tun hat. Aber sie sagen nichts.

Als Flora nach Dundee fuhr, um ihren Vater um Hilfe zu bitten, wusste sie, dass er ihr die letzten Endes nicht abschlagen würde. Zwar tobte und brüllte er nicht herum – das hätte nicht zu ihm gepasst –, aber er war schmallippig, ablehnend und wirkte vor lauter puritanischer Abscheu geradezu verkniffen, als wäre ihr Ansinnen wirklich der letzte Tropfen, der das Fass zum Überlaufen brächte. Das war der Preis, den sie zahlen musste.

»Aber was ist mit deinem Ehegelübde? Du hast vor Gott geschworen, deinen Mann in Gesundheit und Krankheit zu ehren. Bis dass der Tod euch scheidet.«

Flora weigerte sich zuzugeben, dass alle Hoffnung verloren war; sie würde sich von Freddie scheiden lassen, um einen Mann zu heiraten, der … vorübergehend vermisst war.

»Du scheinst davon auszugehen, dass alles nur meine Schuld ist.«

»Nein, das tue ich nicht. Aber keine Ehe ist vollkommen, Flora. Das Leben ist kein Spaziergang.«

»Das weiß ich!«

Ihr Vater brachte sie dazu, dass sie sich fühlte und benahm wie ein Kind.

»Aber das Leben ist auch kein Jammertal. Ich hätte Freddie gar nicht heiraten sollen. Ich war zwanzig Jahre alt, unglücklich und habe einen Fehler gemacht. Es hat von Anfang an nicht funktioniert, auch nicht vor seinem Unfall. Ich verdiene eine Chance, glücklich zu sein, Vater. Und es wird kein Fehler sein, Mr. de Beyn zu heiraten.«

Aber wenn sie Freddie nicht geheiratet hätte, wäre sie nicht in den Norden gefahren und hätte Jakob nie kennengelernt. Und wäre Ashbee nicht gestorben … Sie kann das Gewebe der Kausalitäten ihres Lebens nicht aufdröseln.

»Aber du planst, nach Amerika zu ziehen –« Das schien er noch empörender zu finden als die Scheidung selbst. »Wo du niemanden kennst! Wo du weder Familie noch Freunde hast. Willst du wirklich alle Bande kappen und dich von diesem Mann vollkommen abhängig machen?«

Flora seufzte. »Ich kappe nicht alle Bande. Die Schiffsreise nach New York dauert nur eine Woche. Und ich werde nicht von ihm abhängig sein, sondern arbeiten!«

»Woher weißt du, dass du dort arbeiten kannst?«

»Die Chancen sind dort genauso gut wie hier.«

»In jeder Ehe gibt es Stürme … und Versuchungen. Es ist fast immer besser, diese Stürme durchzustehen. Du warst eine vom Glück begünstigte junge Frau, Flora. Vielleicht war das mein Fehler: Ich habe dich zu sehr verwöhnt. Du musstest nicht lernen, etwas auszuhalten. Aber so halten es die meisten Menschen: Sie geben ein Versprechen ab und machen dann das Beste daraus.«

Da endlich wehrte sich Flora doch.

»›Ausgehalten‹, wie du es nennst, habe ich acht lange Jahre. Und willst du wirklich behaupten, du hättest das Beste aus deinem Ehegelübde, deinem Versprechen gemacht? Meinst du im Ernst, ich wüsste nichts von Sorqaq und Asarpaka? Was du da oben gemacht hast?«

Da erstarrte ihr Vater und blickte mit maskenhaftem Gesicht auf die Tapete. Nur seine Nasenflügel bebten. Einen Augenblick fürchtete sie sich vor seiner Reaktion.

»Ich habe nie behauptet, ein Heiliger zu sein. Dein Vater ist schwach, Flora. Aber deine Mutter, Gott sei ihrer Seele gnädig, hat nie davon erfahren oder darunter gelitten. Ich bin bei ihr geblieben. Ich habe nicht die Flucht ergriffen.«

»Du bist nicht bei ihr geblieben! Du bist immer wieder für zwei Jahre verschwunden! Wusstest du eigentlich, dass ich ihr die Schuld für deine lange Abwesenheit gegeben habe? Ich hasste sie dafür! Damals wusste ich ja nicht, dass du … So wie es aussieht, kannst du genauso viel Zeit mit ihnen wie mit uns verbracht haben!«

Als Captain Mackie sie jetzt ansah, verstummte sie.

»Nein. Ich war so lange weg, weil meine Arbeit es verlangte – mehr nicht. Ich habe meine Schwäche jeden Tag bereut. Es tut mir leid, wenn du … Das wusste ich nicht …«

Flora starrte ihren Vater finster an, aber ihre Empörung schwand. Ihr fuhr durch den Sinn, dass er sie vermissen würde – obwohl er da niemals zugäbe. Ein Anflug von Mitleid überkam sie, aber sie sperrte sich dagegen.

So langsam wie möglich rudert sie das Dingi über die glatte Wasseroberfläche und lauscht auf das Eintauchen der Ruder, das hohle Geräusch der Dollen, das leise Plätschern des Wassers, das von den Rudern rinnt. Sie nimmt alles am Boot wahr und am Fjord und am Schiff, das sich von ihr entfernt. Blind nähert sie sich einer Zukunft, gegen die sie sich sträubt. Sie hält mit dem Rudern inne. Solange sie nicht anlandet, wird diese Zukunft vielleicht nicht geschehen.

Schabend gräbt das Boot sich in den Sand. Sie klettert hinaus. Sie hat sich alle möglichen schlechten Nachrichten vorgestellt und überlegt, wie sie sie überleben soll. Nur dass sie sich, nach einem gewissen Punkt, nicht denken kann, wie sie überleben soll. Sie hat sich gezwungen, sich schreckliche Dinge auszumalen: dass er es sich anders überlegt hat und jetzt mit einer Eskimofrau und ihrem Halbblutbaby zusammenlebt. Dass er auf der anderen Seite des Smithsundes gestrandet ist, wie Greely und seine Männer, und dort krank, schwach und kurz vor dem Verhungern herumirrt … Und sie stellt sich vor – sie kann nichts dagegen machen –, dass er einfach aus einem *illu* auftaucht und zu ihr kommt. Sein geliebtes Lächeln zu sehen. »Schatz, ich konnte nicht schreiben … ich hoffe, du hast dir nicht allzu große Sorgen gemacht…« (Wie lang wohl sein Haar ist? Hat er einen Bart oder ist er rasiert? Wie braun ist er?) Sie spürt förmlich, wie er die Arme um sie legt, seinen Körper an ihren presst. Wie lange noch kann sie an diesem Glauben festhalten?

Alles hat seinen Preis. Sie hat sich eingeredet: Solange es ihm gutgeht, kann sie es aushalten, ihn zu verlieren – wenn das der Preis ist. Als hätte die Wirklichkeit irgendetwas mit ihren Wünschen zu tun.

Jetzt hört sie hinter einem der *illus* Gebell. Eine kleine, halbnackte Gestalt kommt herausgerannt, hält inne und starrt die Fremde an. Es ist Aamma. Sieben Jahre alt, groß für ihr Alter, mit feingeschnittenen Zügen, gebieterisch. Flora ruft ihr zu: »Aamma! Ich bin's, Fellora. Erinnerst du dich an mich? Fellora.«

Das Kind starrt sie an, ohne sie zu erkennen. Dann ruft sie ihr die Frage zu, die man jemandem Fremden stellt, jemandem, dem man vielleicht nicht trauen kann. »Bist du ein Geist oder bist du aus Fleisch und Blut?«

»Ich bin aus Fleisch und Blut«, antwortet Flora.

Aamma ruft etwas über ihre Schulter. Und Flora denkt nicht an ihren letzten Abschied, sondern an den in London, als sie nicht wusste, wann oder ob sie ihn wiedersehen würde. Die Macht dieses Augenblicks: nicht jetzt … nicht jetzt … bitte, lieber Gott, *nicht jetzt.*

Da kommt Meqro aus ihrem *illu,* und ihre Miene zeigt erst Sorge, dann Überraschung und dann Freude, als sie ihre alte Freundin erkennt.

»Fellora!«

Flora geht auf sie zu und lächelt sie an, aber ihr Gesicht ist starr wie eine Maske.

»Meqro, liebe Freundin … Ach, sag mir – ist er …?«

Aber dann ist es: jetzt.

Kapitel 57

Siorapaluk, 77°47' N, 70°38' W
Juli 1900

Die Hütte mit ihren honigfarbenen Wänden steht noch, obwohl Teile davon abmontiert und fortgeschafft wurden. Alle Nahrungsmittel, die sie hiergelassen hatten, sind weg und auch sonst ist nur noch wenig geblieben. Die Möbel wurden als Brennholz genutzt, Bodendielen und Nägel herausgerissen und der Rest – Ofen, Flaschen und ein paar Dosen – sind kaputt, rostig und dreckig und überall verstreut. Als Flora das sieht, überkommt sie Traurigkeit und Wut, dabei: Was macht das schon? Sie kann nicht weinen. Sie ist zu wütend – auf Jakob, auf sich. Wie konnte er sie nach all seinen Versprechungen nur verlassen? Wieso hat sie ihn nicht beschützen können?

Meqro weiß nur wenig. Sie erzählt Flora von dem seltsamen Zwischenfall im vorletzten Winter, als Armitage nach Neqi kam, sich mit Jakob prügelte und dann zornig verschwand. Meqro hatte gedacht, sie hätten wegen Flora miteinander gekämpft; vielleicht war Armitage eifersüchtig. Sorqaq würde mehr wissen. Er und Jakob waren wie Brüder gewesen. Sie hatten am Gletscher an der Spitze des Fjords gearbeitet. Nach der Rückkehr der Sonne waren sie viele Male dorthin gegangen. Sorqaq sagte, sie seien bis hinein in sein blaues Herz geklettert. Nach Sorqaqs Heirat stieg Jakob weiterhin auf den

Gletscher, aber allein. Eines Tages kam er nicht mehr zurück. Zwar suchten die Männer, fanden aber keine Spur von ihm.

Der Gletscher kam von Binneneis, war unberechenbar und gefährlich, von Geistern heimgesucht. Seine Spalten konnten einen Mann verschlingen.

Ayornamut.

Die amerikanischen *kallunat* mussten die Geister gegen sich aufgebracht haben. Denn einige Zeit später ging Welbourne mit ein paar Männern auf Walrossjagd und ertrank. Seine Begleiter, darunter auch Aniguin und Metek, fanden ihn zu spät. Noch ein Todesfall, der aber mit dem ersten nichts zu tun hatte. Einfach Pech.

»Es ist traurig. Um beide. Es tut mir leid, Fellora.«

Meqro weint leise. Flora nickt. Ihre Kehle ist so zugeschnürt, dass sie kein Wort herausbringt. Sie presst die Lippen zusammen. Sie befürchtet, wenn sie den Mund aufmacht, könnte sie schreien.

Meqro fährt fort, fast als spräche sie mit sich selbst: »Er war ein guter Mann. Und er war glücklich mit dir. *Qooviannikumut.*« Dabei hält sie den Blick fest auf ihre Näharbeit gerichtet. Sie sieht Flora nicht an. Sie streckt nicht die Hand aus, um sie zu berühren. Aber das hat Flora auch nicht erwartet.

Ihr Vater ist ihr gegenüber seltsam sanft – fast zaghaft –, so als wüsste er nicht, wie er sich nun, seiner Missbilligung beraubt, benehmen soll. Er wirkt weniger selbstsicher. Flora sieht ihn an und denkt erstaunt: Aber er ist ja ein alter Mann! Wann ist er denn alt geworden?

Als sie nicht da war. Alles Mögliche ist passiert, als sie nicht da war, um es zu verhindern: Ihr Vater ist alt geworden und Jakob gestorben. Dabei hätte sie da sein sollen, um ihn zu beschützen. Das hatte sie ihm versprochen und dann nicht eingehalten.

Ein paar Tage bevor sie London verließ, besuchte sie noch einmal Iris. Ihre Freundin befand sich in einem schrecklichen Zustand. Helen Tomlinson hatte sie verlassen, was niemanden besonders überrascht hatte, aber das besonders Grausame daran war, dass sie mit Jessie Biddenden durchgebrannt war. Sie waren nach Ägypten gegangen – oder an irgendeinen anderen heißen und geschichtsträchtigen Ort. Iris erlitt einen Zusammenbruch. Sie jagte Flora Angst ein, denn ihr Geist schien sich vor ihren Augen aufzulösen, und ihre Gedanken landeten in einem wirren Durcheinander vor ihren Füßen. Iris' Haare waren zerzaust, ihre Kleider unordentlich. Flora versuchte, sie aufzumuntern, wusste aber, dass dies wohl vergebliche Liebesmüh war. Jessies Verrat konnte sie einfach nicht glauben – Helens hingegen ohne weiteres.

»Ich weiß, dass du mich immer wieder vor Helen gewarnt hast, Flora; da warst du nicht die Einzige. Aber du hast ja keine Ahnung, wie sie sein konnte … ich hätte nichts an ihr geändert. Nicht eine einzige Eigenheit.«

Flora hielt Iris' magere, zerbrechliche Hand in ihrer. Ihre Handgelenke waren weiß und unversehrt.

»Weißt du, dass sie die Dreistigkeit besessen hat, mir aus Rom zu schreiben und zu behaupten, sie würde mich vermissen? *Mich vermissen!*«

Iris wirkte wie von Sinnen, und ihr Blick huschte wild durchs Zimmer.

»Ist das zu fassen? Kein Wort über die Qualen, die sie mir zugemutet hat, so als wäre die Hölle, in der ich lebe, gar nichts! Der Gedanke, sie könnte es sich nach allem noch anders überlegt haben und zurückkommen … Ach! Ich halte diesen ewigen *Schwebezustand* einfach nicht aus!«

»Dann beende ihn. Du hast die Wahl.«

»Das kann ich nicht! Ich wünschte, es wäre anders. Aber ich kann nicht.«

»Doch, das kannst du.«

»Ich konnte ihr nie widerstehen. Es ist die reinste Folter.«

Flora murmelte etwas Zustimmendes. Iris sah sie mit ihren geröteten, schwimmenden Augen an und bedachte sie mit einem geisterhaften Lächeln.

»Weißt du, wobei ich mich ertappe? Dass ich wünschte, sie wäre tot. Dann könnte ich einfach nur trauern.«

Beim letzten Wort brach ihr die Stimme, und Tränen rollten ihr über die Wangen. Jetzt wirkte sie menschlicher.

»Ich würde wissen, dass ich sie nie wiedersehe; dass sie mir nie mehr schreiben und das Messer noch tiefer in mein Herz bohren kann … Das wäre viel leichter als der jetzige Zustand.«

Sie schluchzte eine Weile und tupfte sich dann mit einem Taschentuch die Augen ab. Der Gefühlsausbruch schien sie wieder ein klein wenig zur Vernunft gebracht zu haben. Jetzt klang ihre Stimme ruhiger.

»Ach, es tut mir leid, Flora, ich wollte nicht … ich weiß gar nicht, was ich da sage.«

Flora schüttelte verständnisvoll den Kopf. Aber sie wusste schon, was sie da sagte. Sie wusste es ganz genau.

✶

Im Dorf läuft ein Jugendlicher in einem von Jakobs Hemden herum – ein altes aus Flanell, mit dünnen roten und grünen Streifen. Da es nicht zugeknöpft ist, flattert es fröhlich im Wind. Flora kennt den Jungen zwar nicht, geht aber trotzdem zu ihm.

»Hast du das aus dem *kallunat*-Haus in Neqi?«

»*Ieh*.« Er lächelt.

»Das war Te Peyns Hemd.«

Er zuckt die Achseln.

»Te Peyn war mein Mann. Dies war sein Hemd. Könnte ich es dir abkaufen?«

Der Jugendliche starrt sie mit kaum verhohlener Neugier an.

»Das ist ein gutes Hemd«, sagt er. »Gibst du mir ein Gewehr dafür?«

Die Forderung ist so überzogen, dass Flora fast lachen muss.

»Für ein Hemd kann ich dir doch kein Gewehr geben. Außerdem habe ich keines. Ich gebe dir … ein paar Nägel, etwas anzuziehen … oder ein anderes Hemd. Ein besseres. Dicker als dieses hier. Das ist doch alt und verschlissen.«

Sie sieht, dass er überlegt, wie viel er dafür verlangen kann. Sie könnte ihn umbringen, ohne Gewissensbisse. Als sie die Hand ausstreckt, um den Saum zu berühren, weicht er zurück.

»Bitte …«

Plötzlich strömen ihr Tränen übers Gesicht. Der Junge wirkt verwirrt. Flora versucht, es ihm zu erklären, merkt aber, dass sie nicht sprechen kann. Nicht nur das: Sie kann auch nicht mehr atmen. Zwar schnappt sie nach Luft, doch ihr Kehlkopf bewegt sich vergeblich und stößt seltsame, unmenschliche Laute aus. Ihr wird schwindelig, denn ihre Kehle ist vollkommen zugeschnürt. Sie denkt: Das war's. So werde ich sterben. Ich ersticke an Trauer.

Als sie wieder zu Bewusstsein kommt, liegt sie auf der Seite, und kalter Kies drückt gegen ihre Wange. Ihre Hände schmerzen und sind schmutzig. Über sich sieht sie die Silhouette des Jungen; er hat das Hemd ausgezogen und hält es ihr hin. Er wirkt verängstigt. Dann legt er das Hemd einfach neben sie und weicht zurück.

Flora legt eine Hand auf den Stoff. Dieses Hemd hat sie im Bach im Onmogelijk Dal gewaschen. Moleküle des Gletschers sind darin, Atome aus ihrem See. Sie drückt es an ihr Gesicht und atmet ein. Nein, es riecht nicht nach ihm. Dann merkt sie, dass sie nicht mehr weiß, wie er roch.

Neqi, 77°52' N, 71°37' W

Sie kampieren neben den Überresten der verlassenen amerikanischen Hütte, die genauso verfallen und ausgeschlachtet ist wie ihre. Flora steht in dem engen Raum, der einst seine Dunkelkammer war. Die Trennwand ist abgetragen, die Glasflaschen sind zerbrochen. Von der Fotoausrüstung ist nur noch das da, wofür niemand Verwendung hatte: ein paar Chemikalien, die sie wegschüttet, ein Karton mit Papier, der von der Feuchtigkeit schimmelig und aufgequollen ist, eine zerbrochene Scheibe aus bernsteinfarbenem Glas, die er als Filter gegen das grelle Licht des Schnees benutzte. Auf den Holzwänden sieht sie in Kopfhöhe Zahlen, mit Bleistift gekritzelt: wahrscheinlich die Entwicklungsdauer. Seine Schrift. Seine Gedanken. Sie denkt daran, Sorqaq zu bitten, ein Stück Holz für sie auszusägen. Dann denkt sie: Das ist so, so dumm.

Keine Spur von seinen Kameras, seinen Fotos, seinen Filmen, Notizbüchern und Aufzeichnungen. Sie kann sehen, wo die Mappen auf einem Regal aufbewahrt wurden. Darin sollten die Fotos von seinen Entdeckungen sein, vom Neuland, sein Bericht von der Umrundung Thules mit allen Notizen, Zeichnungen, peniblen Messungen, Proben … Alle Beweise.

Diese Dinge sind wichtig. Weniger wichtig vielleicht sind die Fotos vom Tal, dem Gletscher und dem See, aber die liegen ihr mehr am Herzen. Von den Eishöhlen. Ihre Fotos von ihm (die er in seinen Notizen Naasut zuschreibt). Und irgendwo müssen auch die Fotos von ihr inmitten der Blumen sein, und von ihm. Er hat versprochen, die würde nie jemand zu Gesicht bekommen.

Sein Bericht über die Tour in den Norden sollte da sein und der Beweis, der Armitage als Lügner enttarnt.

Die Betten wurden zum Teil demontiert, aber die Decken sind zurückgelassen worden. Wolle taugt hier nicht viel; die Decken sind feucht; Schimmel und andere Formen der Zersetzung haben in der Hütte Einzug gehalten und ihr Werk begonnen. Flora legt sich auf das Bett, das sie nur kurz teilten, lauscht auf sein Knacken und atmet den Geruch der feuchten Wolle ein.

✶

Sorqaq hat Meqros Bericht nur wenig hinzuzufügen. Im letzten Frühjahr hat er ein Mädchen namens Meqipsu geheiratet und ist in ihr Dorf gezogen. Jakob hat auf dem Gletscher in der Nähe gearbeitet, auch noch, nachdem Sorqaq weggezogen war. Er kannte ihn gut und wusste, was er tun und nicht tun sollte … Aber Gletscher sind immer gefährlich, ganz gleich, wie sehr man aufpasst.

Dennoch konnte ihr Sorqaq etwas Neues berichten. Kurz nach Jakobs Verschwinden ist Armitage wieder aufgetaucht. Er kam zur Hütte und erklärte Welbourne, er wollte sich bei Jakob entschuldigen. Wieder einmal hatte er den Nordpol nicht erreichen können. Welbourne sagte, Armitage wirkte geschockt, als er von Jakobs Tod erfuhr. »Aber«, fügte Sorqaq hinzu, »möglicherweise ist er früher zurückgekommen, als er behauptete.«

»Was meinst du damit?«

»Vielleicht ist er vor Jakobs Tod zurückgekehrt.«

»Wie kommst du darauf?«

»Ich war dabei, als sie sich prügelten. Ich habe ihn gesehen. Armitay sah aus, als wollte er Jakob umbringen.«

Und ein paar Monate nach Welbournes Tod kamen Armitage und ein paar Männer zurück und wollten die Sachen der Toten mitnehmen, um sie ihren Familien zu übergeben. Wäre er da gewesen, sagt Sorqaq und weicht Floras Blick aus, dann hätte er verhindert, dass Jakobs Sachen mitgenommen wurden.

»Ich habe sie alle in eine Kiste gepackt: seine Papiere und Bilder, seine Kleider, seinen Fotoapparat. Ich wusste, dass du zurückkommst. Es tut mir leid, Fellora. Natürlich hatte er auch ein paar Dinge bei sich. Werkzeuge, noch einen Fotoapparat … Er hat deine Briefe aufbewahrt, hier.« Er legte die Hand aufs Herz.

Kapitel 58

Unerforschte Region, unbekannte Position
Juli 1900

Das letzte Mal hatte Flora die Meerenge zwischen Ellesmere Island und Grönland zwei Jahre zuvor im August überquert, als sie und Jakob das Tal verließen. Sie trafen sich mit Sorqaq, Aniguin und Welbourne und starrten auf den entmutigenden Anblick des grauen, kabbeligen Wassers. Nordwinde hatten das Eis vertrieben. Daher mussten sie das kipplige Boot nehmen, es aus seinem Versteck holen und flicken, obwohl die verbogenen Bretter grässlich knackten. Es war so dichter Nebel aufgekommen, dass sie kaum wussten, wo sie waren. Schwere Wogen ließen sie nach Norden und Osten abtreiben. Ohne Welbournes Geschick an den provisorischen Segeln und die unermüdliche Wachsamkeit von Aniguin und Sorqaq hätten sie es vielleicht gar nicht mehr nach Grönland zurückgeschafft.

Flora, die auf der *Vega* selbst bei schlimmsten Stürmen nie wirklich Angst gehabt hatte, musste darum kämpfen, Ruhe zu bewahren. Irgendwann während der sechzigstündigen Überquerung sahen sie sich von alten, brüchigen Eisschollen und fast unsichtbaren schwarzen Eisbrocken bedroht, die alle größer waren als ihr zerbrechliches Boot. Ständig mussten sie ausweichen oder mit den Rudern die herandrängenden Hindernisse wegstoßen.

Einmal riss der Wind ein Loch in den Nebel und eine

schwarze Silhouette malte sich im Nordosten vor dem ewigen Grau ab: ein Schiff ohne Masten, aber mit dicken Schornsteinen. Flora kniff die Augen zusammen; die anderen sahen sie erwartungsvoll an. Aber nachdem sie angestrengt durch ihr Fernglas gestarrt hatte, schüttelte sie den Kopf.

»Nein, das ist nicht die *Clansman.* Ich glaube, nicht mal ein britisches Schiff. Es sieht nicht so aus.«

Walfänger wagten sich nicht so weit in den Norden. Und ihr Schiff, das sie abholen und nach Hause bringen sollte, wäre bei Siorapaluk vor Anker gegangen. Scotty Welbourne nahm ihr das Fernglas aus der Hand und betrachtete das fremde Schiff, das sich nordwärts durch die Wellen pflügte.

»Ich glaube, das ist ein amerikanisches Schiff«, befand er.

Er und Jakob wechselten einen Blick. Dann schloss sie der wirbelnde Nebel wieder ein, ließ das Schiff verschwinden und reduzierte die sichtbare Welt auf ein paar Meter graues, unruhiges Wasser. Keiner von ihnen sagte, was er dachte.

Als sie schließlich Neqi erreichten, kamen die Einwohner zur Begrüßung heraus. Lächeln, erleichtertes Lachen und Scherzen – bis sie Flora sahen. Verstört, sogar furchtsam starrten sie sie an.

»Bist du ein Geist oder bist du aus Fleisch und Blut?«, fragten sie.

»Aus Fleisch und Blut, Pualana!«

Sie lächelte, aber ihr Lächeln wurde von niemandem erwidert. Als Aniguin und Sorqaq sich zu ihnen gesellten, sickerte durch, man hätte von Tateraq gehört, Ashbee hätte Flora getötet und dann die Waffe auf sich selbst gerichtet.

»Nein, das müsst ihr missverstanden haben«, hatte Jakob lachend gesagt und ihr die Hand auf den Arm gelegt. Sie war aus Vorsicht zurückgewichen (die Erinnerung daran quälte sie), weil sie Angst hatte, man würde *Bescheid wissen.*

»Ihr seht doch, dass Flora nicht tot ist! Sie ist aus Fleisch und Blut, wie wir!«

Dann erklärten sie, Ashbee sei bei einem Unfall ums Leben gekommen und Tateraq habe sich auf die Suche nach Haddo und Dixon gemacht … Ein Missverständnis … Die Fragen, die bei dieser Version aufkamen, verflüchtigten sich im Nebel.

✶

Als sie jetzt nordwärts fahren, herrscht prächtiges Wetter. Das Wasser ist dunkelblau und kleine, lebhafte Wellen stupsen spielerisch gegen den Rumpf der *Vega.* Die Sonne glitzert auf der Oberfläche. Ein Eissturmvogel schwebt in der Luft und lässt seine geisterhaft dünnen Spinnenbeine über dem Deck baumeln. Als er abrupt abdreht und sein wie auch immer geartetes Vorhaben aufgibt, verwandelt die Sonne seine flatternden Flügel in aufblitzendes Silber. Flora steht am Bug und sieht den weißen Horizont näherkommen.

Flora denkt über diese Wendung nach. Sie wurde für tot gehalten, ist aber zurückgekehrt. Unwillkürlich, sie kann nicht anders, denkt sie, obwohl sie weiß, es ist unmöglich: Was wenn … *Was wenn …*?

Falsche Hoffnungen tauchen vor ihr auf und halten sich gerade so aus greifbarer Nähe wie die Schemen gleichen Berge, die die Entdecker jahrhundertelang getäuscht haben. Atmosphärische Trugbilder; Wunschdenken. Sie darf nicht zulassen, in derselben Schwebe zu hängen wie Iris. Aber was bleibt ihr sonst?

Als das Schiff nicht mehr weiterkommt, lassen sie die Vega vor einem gestrandeten Eisberg ankern und fahren mit den Hundeschlitten weiter. Captain Mackie lässt sich anmerken, dass er sie für gestört hält. Aber seine Knie schmerzen zu sehr, um sie zu begleiten (sie würde es auch nicht zulassen). Daher marschiert er seufzend und grummelnd über das Deck hin und her und murrt über das unvorhersehbare Wetter hier und die Gefahren, die das Eis für die morschen Knochen der *Vega* birgt – das alte Mädchen ist für die Lage, in die sie jetzt gebracht wurde, ganz und gar nicht gerüstet …

Nach zwei Tagen entdeckt Kudloq etwas in der Ferne: am grauen Westufer zwei, drei Hütten aus bleichem Holz. Außer einem Rauchfaden jedoch, der sich nach Süden neigt, hört und sieht man nichts. Das amerikanische Lager.

Als sie noch hundert Meter entfernt sind, bittet Flora Sorqaq und Kudloq zu warten. Sorqaq runzelt die Stirn und fragt, ob sie ihn nicht dabeihaben will.

»Ich will erst sehen, ob er da ist«, erklärt sie. Weiter hat sie noch nicht gedacht. Sie glaubt, wenn sie ihm in die Augen blickt, weiß sie, ob er ein Mörder ist. Aber für diesen Glauben gibt es keinerlei Grundlage.

Sie klopft an die Tür und stößt sie auf. Ein großer Raum, den ein Tisch in zwei Abschnitte teilt. Ein Ofen so hoch wie ein Altar. Es ist dunkel und still, und sie riecht Tabak, grünes Holz und ungewaschene Männer. Durch die kleinen, schmutzigen Fenster dringt kaum Licht.

»Mr. Armitage?«, bringt sie mit kräftiger Stimme hervor.

Zuerst denkt sie, die Hütte sei leer. Dann hört sie etwas hinter einer Trennwand und sieht eine Bewegung. Im trüben Licht erhebt sich eine Gestalt vom Schreibtisch und sieht sie an.

»Wer ist da?«

Sie hat ihn seit acht Jahren nicht mehr gesehen, das letzte Mal, als Jakob und sie sich am Strand von Neqi voneinander verabschiedeten – am Tag, als sie es beide *erkannten*. Armitages rötliches Haar ist fahler geworden, aber immer noch nicht grau. Ein langer Bart verdeckt seinen Mund und sein Kinn, aber sie sieht, dass seine Wangen ausgehöhlt sind und die blassen Augen merkwürdig vorstehen. Jetzt ist er nicht mehr schlank, sondern ausgemergelt; abgemagert bis auf die Knochen.

»Sieh an, sieh an … Mrs. Athlone … ich wusste ja gar nicht, dass Sie hier im Norden sind.«

»Doch.« Sie tritt einen Schritt auf ihn zu und nimmt unaufgefordert am Tisch Platz. Das Holz fühlt sich kalt und schmierig an.

»Welch eine angenehme Überraschung.«

»Wo sind Ihre Männer? Sind Sie allein?«

Er winkt wegwerfend ab. »Sie machen einen Ausflug in die Berge. Wir brauchen Fleisch für den nächsten Winter.«

»Und Sie sind nicht mit?«

»Leider habe ich hier zu viel zu tun. Pläne fürs nächste Jahr. Ich muss hierbleiben, bis meine Arbeit erledigt ist. Es ist so viel zu tun wie eh und je. Welchem Umstand verdanke ich dieses Vergnügen?«

»Sie wissen, wieso ich hier bin.«

Er zuckt die Achseln. »Nein, ich fürchte nicht.«

Sie zögert und fragt sich, ob Sorqaq jetzt vor der Hütte steht. Sie hatte gedacht, sie hätte möglicherweise Angst vor ihm, doch sie fürchtet ihn nicht. Sie fragt sich, ob er vor ihr Angst hat.

»Warum sind Sie im letzten Juni nach Neqi gekommen?«

»Im Juni?« Er blinzelt. »Lassen Sie mich nachdenken … Juni … Es ist üblich, Kollegen zu besuchen, wenn sie in der Gegend sind. Wie Sie wissen, kannte ich Mr. de Beyn schon lange.«

»Sie hatten eine Auseinandersetzung mit ihm. Eine heftige Auseinandersetzung.«

»Ah … verstehe. Das war im Winter, als es mir nicht gutging. Es stimmt, und ich wollte es wiedergutmachen. Das war der Grund meines Besuchs.«

»Und als Sie dort waren, was haben Sie denn gefunden?«

»Zu meinem großen Bedauern fand ich heraus, dass Mr. de Beyn vor meiner Ankunft zu Tode kam. Wäre ich nur ein, zwei Tage früher gekommen, hätte ich ihn noch antreffen können. Zu traurig. Er war ein guter Wissenschaftler, ein guter Mann.«

Sie versucht, in seine stumpfen Augen zu blicken, seine Miene zu deuten. Es zu *erkennen*. Er nickt langsam und bekümmert.

»Worum ging es denn bei der Auseinandersetzung?«

»Daran kann ich mich kaum noch erinnern. Um nichts Wichtiges. Wie ich schon sagte, ging es mir nicht gut. Es war ein Zwischenfall, den ich bedaure. Ich bin sicher, er hätte das verstanden.«

»Ging es nicht um die Tatsache, dass er die Nichtexistenz von Dupree Land hätte beweisen und damit Ihrem Ruf hätte schaden können, wenn das je bekanntgeworden wäre?«

Mit einem Anflug von Ungeduld sieht Armitage sie an und schüttelt den Kopf.

»Er konnte beweisen, dass Sie gelogen hatten.«

»Mrs. Athlone, ich weiß, dass Sie und er … sich nahestanden. Sein Tod muss ein großer Schock für Sie gewesen sein.«

»Der Beweis ist in seinen Notizen enthalten. Sie haben diese Notizen an sich genommen. Und Mr. Welbournes. Warum haben Sie das getan?«

»Ich habe all ihre Sachen an mich genommen, um sie ihren Familien zurückzugeben. Wie es sich gehört.«

»Also haben Sie die Beweise wegen Dupree Land noch?«

Er breitet die Hände aus, die Handflächen nach oben gewandt.

»Das nehme ich doch an – sofern sie existieren.«

»Wo sind seine Sachen? Ich will sie sehen.«

»Ich weiß nicht, ob ich das zulassen kann. Sie befinden sich in meiner Obhut …«

»Er war mein Mann!«

Das erwischt ihn kalt. Er starrt sie mit offenem Mund an. Was weiß er schon … Sie steht auf und geht zur offenen Tür. Sorqaq kommt zu ihr. Ein Gewehr hängt an seiner Schulter. Sie sieht ihn an und schüttelt kaum merklich den Kopf.

»Mrs. … äh, ich habe vollkommen angemessen gehandelt. In Neqi waren die Sachen nicht sicher.«

»Sie werden dieses Jahr nicht zurückfahren. Also geben Sie sie mir. Ich bringe sie selbst nach New York.«

Er starrt sie an, bemerkt auch Sorqaq in der Tür. Seine Augen sind gerötet und wässrig, er muss häufig blinzeln.

»Nun … danke für das Angebot. Aber Sie müssen mir etwas Zeit lassen, damit ich sie heraussuchen kann. Sie sind irgendwo bei den Vorräten. Hier ist alles ein bisschen chaotisch –«

»Sie sollten so schnell wie möglich den Familien übergeben werden. Außerdem könnte Ihnen vor Ihrer Rückkehr etwas zustoßen. Genau wie Mr. de Beyn und Mr. Welbourne.«

Armitage sieht sie forschend an und lächelt.

In unbehaglichem Schweigen sehen sie zu, wie Armitage die Hütte mit den Vorräten durchsucht und zwei Metallkisten ausgräbt, die Jakobs Initialen tragen. Hin und wieder wirft er ihnen einen vorsichtigen Blick zu, als wären sie Irre, die man nicht verärgern darf.

»Da, bitte. Sie können gerne einen Blick hineinwerfen. Ich vertraue darauf, dass Sie alles wieder ordentlich zurückräumen. Wenn Sie mich jetzt entschuldigen wollen, ich muss noch arbeiten.«

Kudloq folgt Armitage zur Haupthütte, um ihn im Auge zu behalten. Flora und Sorqaq hocken sich auf den Boden der Vorratshütte und öffnen Jakobs Kiste. Darin befinden sich Kleider und Bücher, Mappen, seine Feldnotizen, seine vollen Notizbücher, Filmrollen und seine sorgfältig in einen Pullover eingewickelte Kamera. Auch das Hemdchen, das sie zurückgelassen hat, penibel gefaltet. Die Fotos rührt sie nicht an, sichtet stattdessen die Notizbücher. Da sie ordentlich beschriftet sind, dauert es nicht lang, sie zu überfliegen und in eine Ordnung zu bringen. Ihr Herz klopft so heftig, dass ihr schwindelig wird. Am Ende blickt sie zu Sorqaq auf.

»Die Notizbücher von der Tour in den Norden sind nicht dabei.«

»Du meinst, als wir an die Nordküste gefahren sind? Was ist damit? Ich weiß, er hat auch dort Notizen gemacht. Jeden Abend hat er etwas hineingeschrieben.«

Sorqaq zeigt auf Jakobs Feldnotizen: kleine, dünne, zu Stapeln zusammengebundene Heftchen. Sie sind sorgfältig beschriftet und scheinen in Ordnung zu sein, aber Flora durchblättert jedes einzelne, um ganz sicherzugehen. Nichts.

Sie nehmen sich Welbournes Kiste vor und finden zwischen seinen Sachen nur wenige Notizbücher; er scheint ausschließlich Tagebuch geschrieben zu haben. Beweise gegen Armitage sind nirgendwo zu finden. Keinerlei Aufzeichnungen von der Tour in den Norden. Überhaupt keine Spuren.

Beklommen verlagert Flora ihr Gewicht auf die Fersen.

»Und, Fellora?«, fragt Sorqaq.

»Es ist alles weg. Er hat alles vernichtet.«

Sie nickt.

Kapitel 59

GANDER, NEUFUNDLAND, 48°57' N, 54°36' W
1948

Den ganzen Tag fällt der Schnee und färbt die Fenster weiß. Weich und still fällt er und verwandelt die Airbase in ein nutzloses idyllisches Bild. Randall denkt an den See, den er am Morgen gesehen hat, und fragt sich, ob die Millionen Schneeflocken im grauen Wasser verschwinden oder sich auf dem alten Eis niederlassen, alle Flecken mit makellosem Weiß übertünchen und ihm einen Anschein trügerischer Sicherheit verleihen.

So rastlos fühlt er sich, dass er überlegt, noch einmal nach draußen zu gehen und sich das anzusehen, doch die Tristesse der grauen Luft, die schlechte Sicht und die Kälte halten ihn davon ab. Er ermahnt sich, seine Zeit konstruktiv zu nutzen, kann sich aber auf nichts konzentrieren und ertappt sich dabei, wie er müßig aus dem Fenster starrt. Statt sich seine Notizen, die Zeitungsausschnitte oder die Fotos noch einmal vorzunehmen, betrachtet er das Muster der Schneeflocken, die sich in den Ecken des Fensterrahmens sammeln. Er spürt ihre Kälte durch die Scheibe. Wenn er die Augen ein bisschen zusammenkneift und sich konzentriert, meint er, einzelne Schneekristalle zu erkennen: winzige, perfekte Sechsecke, mit immer gleicher Struktur, aber angeblich doch jedes für sich einzigartig. Laut seiner Freundin Barbara der Beweis dafür, dass es einen Gott gibt. Da sie so hübsch und rein ist wie eine Schneeflocke, fällt es ihm schwer, ihr zu widersprechen.

Immer wieder muss er an Arent de Beyn denken, den »hoffnungslosen Fall«. Was hat das zu bedeuten? Dass seine Mutter gelogen hat? Oder seine Großeltern? Oder Flora Athlone-Cochrane – oder wie auch immer sie jetzt heißen mag!

Ist die Wahrheit denn so wichtig?

Er sollte sich jetzt wirklich lieber auf Jakob und Armitage konzentrieren, solange er noch die Gelegenheit dazu hat. Aber irgendwie scheint seine Suche nach der Wahrheit, die sich so gut und edel anfühlte wie eine Fackel, die er für seine Familie hochhielt, mit einem Mal wie besudelt worden zu sein. Je mehr er über sie alle liest und hört, desto mehr verstärkt sich sein Verdacht, dass die Entdecker aus den goldenen Zeiten der Nordpolexpeditionen doch ein ziemlich unangenehmer Haufen waren: selbstsüchtig, schwer zu fassen, skrupellos. Sie gingen über Leichen, um zum Ende der Welt zu gelangen und sich dort auf die Brust zu trommeln und allen zu zeigen, was für großartige Männer sie doch waren. Oder Frauen. Denn Mrs. Cochranes Behauptung, es wäre auch um Flucht gegangen, nimmt er ihr nicht ab; er merkt, dass es ihr genauso um Ruhm ging wie Armitage. Nein, keine angenehme Gesellschaft, die man gerne um sich gehabt hätte. Oder wenn doch, dann entzog sie sich einem (wie sein Großonkel). Andererseits: Wenn man sich vorstellt, der totgeglaubte Vater tauchte plötzlich wieder auf und erwiese sich als unheilbar verrückt – als *hoffnungsloser Fall*?

Schmach und Schande. Ein bedrohlicher Schatten über dem eigenen Leben.

Er hat ihr nicht erzählt, dass man beim Tod seines Großvaters Hendrik von Selbstmord ausging.

Randall seufzt. Dann drückt er die Hand an die kalte Glasscheibe, woraufhin der Schnee darauf schmilzt und die zarten Verbindungen zwischen den Kristallen sich auflösen. Tupfen werden zu Sternen und verschwinden dann ganz.

Schneeflocken sind schöner, wenn sie allein sind. Aus irgendeinem Grund wird *das* nie als Analogie angeführt.

In der Bar spielen ein paar Wissenschaftler und Offiziere Billard. Randall sieht eine Weile zu, leistet sich dann ein, zwei Spiele und wird vernichtend von dem Physiker aus Cambridge geschlagen. Zwar spielt er auch schlecht, aber die letzte Niederlage schiebt er auf den Umstand, dass Flora Cochrane in die Bar gekommen ist und sich am Fenster niedergelassen hat. Zwar scheint sie nicht zuzusehen, aber auch das irritiert ihn.

Daher übergibt er sein Queue einem der Navigatoren und geht zu ihr.

»Ich hatte gehofft, Sie hier anzutreffen«, bemerkt sie, bevor er etwas sagen kann. »Das von eben tut mir leid. Ich wollte Sie nicht verärgern.«

Er zuckt die Achseln. »Ich wollte es ja wissen.«

»Haben Sie mit Ihrer Familie geredet?«

Er schüttelt den Kopf. »So was kann man nicht am Telefon besprechen. Selbst wenn ich durchkäme.« Er wirft einen Blick zum zugeschneiten Fenster.

»Mr. Crane, es gibt da noch etwas, das ich Ihnen sagen möchte.«

»Ach ja?«

»Könnten wir irgendwohin gehen, wo wir nicht gestört werden? Auf mein Zimmer – wenn Sie die Vorstellung nicht zu beunruhigend finden.«

Kaum hat sie die Tür hinter ihnen geschlossen, fängt sie auch schon an zu reden.

»Ich konnte sehr lange Zeit weder über Jakob sprechen noch auch nur akzeptieren, was geschehen ist. Ich hatte einen großen Verlust erlitten, aber das entschuldigt nicht mein Verhalten. Es gab einiges, was ich hätte tun sollen, und dazu gehörte auch, Jakobs persönliche Sachen seiner Familie zu schicken.

Ich möchte mich dafür entschuldigen, dass ich das nicht getan habe.«

»Seine persönlichen Sachen? Sie hatten seine Sachen aus Grönland?«

»Ja. Es tut mir leid. Und sobald ich wieder zu Hause bin, werde ich sie Ihrer Mutter schicken.«

»Sie haben sie *immer noch*?«

Sie nickt. Randall ist fassungslos.

»Du meine Güte … Das ist ja unglaublich. Es wäre großartig, sie zu bekommen.«

»Ich werde Ihrer Mutter schreiben und sie um Verzeihung bitten. Es tut mir sehr leid, dass ich so lange gebraucht habe.«

Staunend schüttelt Randall den Kopf.

»Was sind das denn für Sachen? Meinen Sie Aufzeichnungen? Oder persönliche Gegenstände?«

»Ein paar seiner Aufzeichnungen. Ein paar persönliche Dinge. Seinen Fotoapparat. Kleider. Fotos.«

Randall merkt, dass er grinst. Er schüttelt den Kopf. »Das ist unglaublich. Aber ich verstehe nicht, wieso Sie sie haben. Hat er sie Ihnen gegeben?«

»Nein. Im Sommer 1900 kehrte ich zurück, um ihn zu suchen. Das wussten Sie nicht … woher auch. Ich musste herausfinden, was geschehen war. Befreundete Eskimos teilten mir mit, er sei auf dem Gletscher, wo er gearbeitet hatte, verschwunden. In eine Spalte gefallen – das war die naheliegendste Erklärung.«

»Oh.«

»Doch etwa zur selben Zeit kam auch Armitage nach Neqi zurück. Angeblich, um Jakob aufzusuchen. Aber der war tot.«

»Also hat Armitage ihn nicht gesehen? Er kam zu spät?«

»Das zumindest behauptete er.«

Randall sieht sie stirnrunzelnd an und denkt: Sie könnte *alles Mögliche* erzählen.

»Wollen Sie damit andeuten, dass Armitage Jakob getötet hat?«

Daraufhin schaut sie ihm direkt in die Augen, als wolle sie besonders aufrichtig wirken.

»Ich will nur sagen, dass das möglich wäre. Aber sicher weiß ich es nicht.«

»Und Welbourne auch?«

»Nein. Welbourne ist ein paar Wochen später ertrunken, das haben mehrere gesehen. Aber als beide tot waren, kam Armitage, um ihre persönlichen Sachen mitzunehmen.«

»Wieso denn das?«

»Er behauptete, um sie ihren Familien in Amerika zurückzugeben. Aber ich befürchtete – und Sorqaq teilte meine Ansicht –, dass Armitage in Wahrheit alles aus den Aufzeichnungen entfernen wollte, was ihn als Lügner enttarnte.«

»Äh … wer ist Sorqaq?«

»Ein Jäger. Ein guter Mann, der über ein Jahr mit Jakob unterwegs war. Die beiden waren dicke Freunde. Und er hatte persönlich mitbekommen, wie Armitage versuchte, Jakob zu erpressen, damit er den Mund hielt.«

»Gute Güte! Was meinen Sie mit ›erpressen‹?«

Jetzt wirkt sie ungeduldig. »Was meint man denn normalerweise damit? Wenn sie sich davor schon hassten – und das taten sie –, muss es danach noch zehnmal schlimmer gewesen sein. Wichtig ist nur, dass der Versuch fehlschlug. Daher war Armitage wütend und verzweifelt darauf bedacht, sich nicht von Jakob seinen guten Ruf ruinieren zu lassen.«

Sie sah ihn bedeutsam an. »Er war verzweifelt darauf bedacht, ihn zum Schweigen zu bringen.«

Randall starrt sie an. Wieder muss er an seine Vorbehalte ihr gegenüber denken.

»Was genau wollte er denn aus den Aufzeichnungen entfernen?«

»Sie wissen doch, dass Armitage in seinem Buch behauptete, 1892 Neuland entdeckt zu haben?«

»Dupree Land – eine Insel, die sich später als nicht existent herausstellte.«

»Ja. Aber damals glaubte man noch, es gebe sie. Jakob und Welbourne jedoch deckten auf, dass sie nicht existierte. Armitage hatte gelogen. Bewusst gelogen. Jakob hätte das öffentlich gemacht, und zwar zu einem Zeitpunkt, als Armitage darauf angewiesen war, dass die Öffentlichkeit ihm glaubte. Schließlich wollte er den Nordpol entdecken.«

»Sie wollen also sagen, er habe ihn umgebracht, um seinen guten Ruf zu schützen?«

»Er hatte allen Grund dazu, und er war da.«

Randall setzt sich aufs Bett und reibt sich übers Gesicht. Er bittet sie, einige Dinge zu wiederholen. Dann nimmt er Papier und Stift und schreibt sie nieder, damit sie nicht mehr so unwahrscheinlich klingen. Erpressung, Lügen, Mord: Damit hat er nun gar nicht gerechnet …

»Halt, ich bin verwirrt. Hat Armitage nun die Aufzeichnungen an sich genommen oder nicht?«

»Ja, er hat alles an sich genommen, was Jakob und Welbourne gehörte. Wir, also Sorqaq und ich, suchten ihn auf. Sorqaq war wegen Jakobs Tod am Boden zerstört. Ich glaube, er fühlte sich dafür verantwortlich.«

»Wieso?«

»Als ich Grönland verließ, bat ich ihn, für mich auf Jakob aufzupassen.«

Da Randall sie wohl ziemlich verständnislos ansieht, erklärt sie: »Sorqaq ist mein Halbbruder.«

Randall starrt sie mit offenem Mund an, so fassungslos ist er.

»Ich verstehe«, sagt er.

Obwohl das eindeutig nicht der Fall ist.

»Also hat Armitage die Aufzeichnungen mitgenommen … und dann?«

»Wir fanden ihn weiter nördlich. Es war ihm zum dritten Mal nicht gelungen, den Nordpol zu erreichen. Er wirkte krank. Seine Männer waren fort – er war allein. Die Kisten mit Jakobs und Welbournes Besitz waren in seinem Vorratslager: Fotos,

Feldnotizen und so weiter. Aber etliches davon fehlte. Armitage hatte alles vernichtet, was ihm hätte schaden können.«

»Woher wissen Sie das?«

»Ich weiß, was vorher da war. Jakobs Tour an die Nordküste bewies, dass Armitage Dupree Land erfunden hatte. Aber jede Aufzeichnung über diese Tour war verschwunden. Jede kleinste Spur. Jakob war in diesen Dingen sehr penibel. Es konnte kein Zufall sein, dass alles vollständig verschwunden war. Außerdem fehlte etliches über die neue Insel, die er selbst entdeckt hatte – seine brillante Inselumrundung –, so dass seine Aufzeichnungen unzusammenhängend waren. Einer sorgfältigen Prüfung konnten sie nicht mehr standhalten.«

Entsetzen beschleicht Randall.

»Verdammt noch mal!«

Frustriert stößt er die Luft aus, die er angehalten hat, und merkt, dass er seine Hände zu Fäusten geballt sind.

»Wieso haben Sie das nie öffentlich gemacht?«

»Weil es keinerlei Beweise gab. Nur Dinge, die fehlten. Und ich war die Einzige, die wusste, dass sie fehlten. Armitage erklärte, niemand werde mir glauben oder sich darum kümmern, selbst wenn Metek und Sorqaq es bezeugten.«

Unruhig geht Randall zum Fenster und wieder zurück. Mit einem Mal kommt ihm der Raum eng und stickig vor.

»Was wurde aus Armitage?«

Sie blickt aus dem Fenster; es sieht schon so aus, als bräche die Dämmerung herein.

»Ich glaube, er konnte es nicht ertragen, zurückzukehren. Er war nicht nur gescheitert, sondern hatte auch betrogen und wahrscheinlich gemordet. Ich drohte ihm, ich würde ihn bloßstellen; ich würde in allen Einzelheiten erzählen, was er getan hatte. Schließlich hatte ich nichts mehr zu verlieren.«

»Wollen Sie damit sagen, er hat sich das Leben genommen?«

»Das ist ganz leicht da oben«, erwidert sie. »Man geht im Sommer einfach aufs Eis, dorthin, wo es nicht mehr trägt. Immer weiter und weiter.«

Randall notiert: *Armitage – Selbstmord – Schande? Dünnes Eis?*

Sie sagt: »Er war ein getriebener Mann.«

»Also … haben Sie Jakobs Sachen mitgenommen. Und Armitage hat Sie nicht davon abgehalten?«

»Es war doch nur noch Persönliches. Nichts, was ihm schaden konnte.«

»Sie haben Armitage dortgelassen und sind nach Hause gefahren?«

»Ja.«

»Sie wollten Armitage bloßstellen und ruinieren?«

Mit einem Anflug von Ungeduld nickt sie. »Ja.«

»Aber … das haben Sie nicht getan, als Sie nach Hause kamen.«

»Nach seinem Tod hatte das doch keinen Sinn mehr. Damit hätte ich nur seiner Familie geschadet. Und die traf keine Schuld.«

Randall starrt auf seine Notizen; vielleicht hat er irgendwas falsch verstanden. Er schüttelt den Kopf, um seine Gedanken zu ordnen.

»Aber wenn Sie ihn dort zurückgelassen haben, woher wussten Sie dann, dass er tot war?«

Schweigen. Er blickt in ihre grauen Augen, aber sie starrt auf einen Punkt hinter ihm. Ihre Augen haben genau die gleiche Farbe wie der zugefrorene See, wie die letzten Reste vom Eis: grau und gefährlich wie Sturmwolken.

»Das weiß ich nicht mehr. Vermutlich habe ich das irgendwo gehört.«

Kapitel 60

Neqi, 77°52' N, 71°37' W
Juli 1927

Im Sommer 1927 traf Flora Haddo (wie sie damals hieß, wenn auch nicht mehr für lang) mit dem dänischen Postschiff *Mjölner* in Siorapaluk ein. Seit acht Jahren war sie nicht mehr in Grönland gewesen. Wie immer, als sie an Land ging, wusste sie nicht, wer von ihren Bekannten und Freunden noch lebte. Zu ihrer Freude traf sie ihre alte Freundin Meqro gesund und munter – und stur wie eh und je – an und auch Aamma, die Lehrerin und zum zweiten Mal verheiratet war. Nach einigen Tagen dort fuhr sie weiter nordwärts nach Neqi und besuchte Sorqaq und seine Tochter, die er nach ihr benannt hatte. Sie lernte auch seine Enkelkinder kennen. Vergnügt überlegten sie, welches der schmalen, schwarzhaarigen Kinder wohl William Mackie ähnelte, der trotz seiner über neunzig Jahre noch rüstig war (und ihr Dundeekuchen und Aprikosenmarmelade für sie mitgegeben hatte).

Der Norden war im Wandel begriffen. Zwar jagte Sorqaq immer noch Robben und Walrosse, und seine Frau Meqipsu präparierte wie eh und je Tierhäute und nähte daraus Kleider, doch das dänische Dorf auf Thule, das einen Tag mit dem Schiff weiter südlich lag, hatte eine sensationelle Neuheit, die Sorqaq *Wirksamheit* nannte. Flora brauchte eine Weile, bis sie das Wort als *Virksomhed* dechiffrierte, das dänische Wort für

Kolonialwarenladen. Es gab auch eine Kirche und eine Schule (deren dänische Bezeichnungen leichter zu entschlüsseln waren). Viele zogen zu ihren Familien, um mit ihnen zusammen zu sein. Einige der Kinder lernten, Dänisch zu sprechen und zu lesen und Geld zu zählen, so dass sie dort eines Tages arbeiten konnten. Mehrmals im Jahr lieferte das Postschiff Ware aus dem Süden, so dass ihnen nie mehr Mehl und Zucker, Töpfe, Tabak und so weiter ausgingen. Das ganze Jahr über gab es einen Arzt. Zwar starben die Menschen immer noch, aber dann kamen sie – das heißt, wenn sie in die dänische Kirche gingen – an einen schönen Ort namens *Himlen*, wo es Blumen und Sonnenschein und Bäume gab (dabei hatte Sorqaq noch nie einen Baum gesehen) und massenhaft Tiere, die sich nebeneinanderlegten, um erlegt zu werden, und leckeres Essen und außerdem sah man alle Verwandten wieder, die vor einem gestorben waren. Aber wenn man nicht das machte, was der Pastor wollte – sagte Sorqaq und lachte nachsichtig –, dann würde sein Gott einen in ein kochend heißes Meer namens *Helvede* stoßen.

Aber Sorqaq hatte ihr noch was zu erzählen.

»Etwas Seltsames ist passiert, Flora … vor zwei, drei Jahren. Im Sommer gingen ein paar unserer jungen Männer an der Spitze von Jakobs Gletscher fischen und sahen etwas am Strand. Etwas Weißes. Als sie nachschauten, entdeckten sie, dass es ein Knochen war.«

Flora blickte zum Ende des Fjords, wo die schmelzende Spitze des Gletschers im Sonnenlicht glitzerte. Sie hatte einmal gesehen, wie Teile dieser Klippe abgebrochen und ins Meer gestürzt waren, damals aber nicht daran gedacht, dass mit ihnen auch alles ins Meer fiel, was vorher im Eis gefangen war und langsam weitertransportiert wurde.

»Ich bin sicher, das war er. Wir glauben nicht, dass es jemand anderer gewesen sein kann. Es passt, weil er dort gearbeitet hat.«

Flora nickte und spürte, wie ihr – absurd, nach all der langen Zeit – Tränen in den Augen brannten.

»Ich bin mit ihnen dorthin zurückgegangen. Wir haben die ganze Bucht abgesucht und ihn dann am Strand beerdigt. Wenn du willst, zeige ich es dir.«

Zweifel und Bedenken lagen ihr wie ein Kloß im Hals, aber Flora ging mit ihm hin. Sie nahmen sich ein Kajak und paddelten den Fjord hinauf. Das Paddel war aus glattem, hartem Holz geschnitzt und schmiegte sich wie ein alter Freund in ihre Hand. Es war einer der seltenen windstillen Tage, mit denen der Juli manchmal gesegnet ist: die Wasseroberfläche glatt wie ein Spiegel, auf den das Kajak eine dunkle Feder zeichnete. Die Sonne war durch den dünnen Wolkenschleier nur als matt leuchtende Perlmuttscheibe zu sehen. Der ganze Himmel wirkte wie das Innere einer Muschel.

Sorqaq brachte sie mit dem Boot zu einem schmalen Strand, der von roten Klippen eingerahmt war – ein einsames, sanft zum Wasser abfallendes Plätzchen. In dieser Bucht würde das Wasser immer still wie ein Teich sein und die Anzahl der Menschen, die je einen Fuß hierher setzen würden, verschwindend gering. Sorqaq führte sie hinauf zu einem Haufen größerer Steine, der stolz aus dem Kies herausragte. Offensichtlich hatte sich jemand daran zu schaffen gemacht – Füchse wahrscheinlich. Durch die Steine blitzte etwas Weißes. Sorqaq blieb stehen und sah sie bedrückt an.

»Tut mir leid, Fellora. Ich wusste nicht, dass es so aussieht. Willst du hier warten?«

»Nein, ist schon gut.«

Sie gingen weiter den Strand hinauf und hielten an dem Steinhaufen inne. Sie wusste nicht, worauf sie da blickte. Sie konnte dieses weiß Aufblitzende nicht mit dem Mann in Verbindung bringen, den sie einst gekannt hatte.

»War da … waren da noch Kleider oder was anderes?«

»Nein, die Knochen haben im Wasser gelegen und sind in der Nähe angespült worden.«

(Er hatte ihre Briefe stets bei sich getragen. *Hier.*)

Sie ließ sich auf die Knie sinken und fing langsam an, zu graben.

Sorqaq, diskret wie immer, schlenderte zu den Klippen und untersuchte sie auf Flechten.

Das Weiße – das sich von nahem besehen eher als eisbärgelblich erwies – gehörte zur Vorderseite eines Schädels: die Stirn, glatt und offenbar unversehrt. Sie berührte sie mit ihren nackten Fingern.

(Schsch. Ich komme immer zurück.)

»Sorqaq … Wieso bist du so sicher, dass er es ist?«

»Es waren noch ein paar Haare dran.«

Er fasste sich an den Hinterkopf.

»Sie waren weiß und …« Er deutete mit seinen Händen Wellen an. »Du weißt doch selber, kein *inuk* hat solche Haare. Daher wussten wir sofort Bescheid. Der Schädel war gebrochen … aber ich kann nicht sagen, ob das vor seinem Tod geschah oder als er ins Meer stürzte, lange danach. Es ist unmöglich, das herauszufinden, Fellora wirklich unmöglich. Glaube mir.«

Sie blickte ihn an, um zu sehen, was er meinte, aber er wandte den Blick ab.

»Er war niemals leichtsinnig. Das weißt du.«

Sorqaq nickte.

Kniend scharrte sie den Kies von seinem Schädel weg und legte noch mehr davon frei. Vorsichtig umfasste sie ihn mit einer Hand, fast wie in einer Liebkosung. Keinerlei Wärme war zu spüren, und er war so klein. Kaum zu glauben, dass er all das enthalten hatte, was ihn ausmachte. Stück für Stück grub sie weiter, bis sie unter ihren Fingern ein Bündel Fasern spürte. Sie bat Sorqaq um sein Messer, das er immer bei sich trug. Als er es ihr gab, schnitt sie ein Stück ab, war es eine Strähne, eine Locke? … und umfasste sie. Die Haare waren hellgrau und leicht gewellt (so wie er es gehasst hatte, hatte sie es geliebt, wie es sich wellte, wenn er es länger trug). Sie rieb sie zwischen ihren

Fingern. Sie waren stumpf, trocken, spröde – aber erstaunlich weich. Und fühlten sich fast lebendig an.

✶

Ein paar Jahre zuvor hatte sie für einen Umzug eine Wäschekommode ausgeräumt und war auf ein altes Taschentuch gestoßen: eines von einem Set, das Iris ihr geschenkt hatte. Es war gefaltet, aber ungewaschen, und der Stoff brüchig und spröde von einer weißlichen Substanz, die sich ablöste und herunterrieselte, als sie es auffaltete. Eine Minute lang wusste sie nicht, was das war, und wollte es schon wegwerfen – und dann erinnerte sie sich wieder.

✶

»Fellora. Alles in Ordnung?«

Sie nickte.

»Wir werden ein besseres Grab machen – ein richtiges *kallunat*-Grab. Wir können auch einen Stein aufstellen. Oder ihn woandershin bringen. Ich wollte dich fragen, ob er auf den Friedhof der Christen soll. In Thule. Oder wenn du willst, kannst du ihn auch mit dir nach Hause nehmen.«

Schweigend betrachtete sie Sorqaq einen Moment, dann ging er zum Ufersaum und stopfte sich seine Pfeife. Dort stand er und überblickte die Bucht, wo ein paar Eiderenten flügelschlagend und wasserspritzend landeten: kurze Störungen, kleine Wellen.

Flora beugte sich hinunter und presste ihre trockenen Lippen auf den Knochen über seiner Augenhöhle. Wie früher so viele Male. Sie fühlte … nichts. Da war nichts von ihm. Sie kam sich albern und pathetisch vor und hockte sich auf die Fersen. Aber was war nun angemessen?

»Du musst es nicht jetzt entscheiden, Fellora.«

»Er sollte hierbleiben. Hier gefiel es ihm.«

Sorqaq zog eine Weile an seiner Pfeife.

»*Ieh*. Er war glücklich hier – und er war glücklich da oben.« Er wies mit dem Kopf ruckend zum Ende des Fjords: der Heimstatt des Winters, dem weißen Gebilde, das immer da ist und sich mit unendlicher Langsamkeit, unendlicher Geduld ins Meer schiebt.

Kapitel 61

Der grosse Nagel, 90°0' N

1948

Das Packeis, das von oben so glatt und einladend aussieht wie ein frisches Laken, erweist sich als schwieriges Gelände. Der Pilot muss mehrere Anläufe unternehmen und im Tiefflug nach einer ebenen Landebahn Ausschau halten, bis er es auf einer Piste voller weißer Huckel versucht. Als die Reifen auf das Eis treffen, knallt es laut, und das Flugzeug bockt heftig; an einem bestimmten Punkt krallen sich die Passagiere, ausnahmslos, an ihre Armlehnen, da die *Arcturus* zur Seite zu kippen und sich den linken Flügel an einer transparenten Eisfinne abzubrechen droht … Aber sie fängt sich wieder. Ausnahmslos alle applaudieren. Als die dröhnenden Motoren endlich verstummen, senkt sich die Stille wie etwas Greifbares über sie.

Sie sind so früh am Morgen aufgebrochen, dass es noch dunkel war, und haben dann Stunden in der eiskalten Kabine verbracht; angespannt, erwartungsvoll und gelangweilt vom ewig gleichen Ausblick. Die Stelle, an der sie gelandet sind, sieht genauso aus wie jede andere, die sie in den letzten vier Stunden überflogen haben: eine endlose, knittrige Ebene, mit Eis übersätes Eis, eher bläulich als weiß, unter einem wolkenlosen Himmel.

Dick verpackt in ihre wattierten Anzüge steigen sie steif die

Treppe hinunter aufs Eis. Ihre aneinanderreibenden Oberschenkel geben ein quietschendes Geräusch von sich. Sie rücken ihre dunklen Schneebrillen zurecht, um sich vor dem gleißenden Licht zu schützen, das sie aus allen Richtungen anstrahlt. Nacktes, weißes Licht; unerbittliche Kälte. Die Luft saugt ihnen alle Feuchtigkeit aus ihren Nasen und Mündern. Die Wissenschaftler holen so schnell, wie sie es mit ihren dick verpackten Händen vermögen, Instrumente hervor und rufen sich aufgeregt Entdeckungen zu.

Die Filmcrew versucht fluchend, sich bereitzumachen. Als der Kameramann einen Handschuh auszieht, wird er sofort wegen seines Leichtsinns angebrüllt. Der von der Air Force gestellte Fotograf wandert herum und sucht auf der riesigen weißen Fläche geeignete Blickwinkel. Nur ihre Schatten zeigen ihnen, wo auf der Welt sie sich befinden; die Sonne wirft sie bläulich auf den weißen Untergrund. Allgemeines Gelächter und Gescherze. Schneebälle fliegen – oder eher pudrige Häufchen, die sich glitzernd in der Luft auflösen. Für richtige Schneebälle ist es zu kalt. Immer wieder ertappen sie sich dabei, dass sie sich zum Flugzeug umblicken, um sich zu orientieren, und Erleichterung verspüren.

Seltsam ist – und zwar so seltsam, dass die Augen es fast leugnen –, dass alles aus derselben Farbe und derselben Substanz zu bestehen scheint. Die ganze Welt ist eine blendende Einöde. Man stelle sich eine Landschaft vor, in der alles schwarz oder rot ist. Genau das ist es, was uns zu schaffen macht.

Für Randall fühlt sich diese unterschiedslose Stelle im Nordpolarmeer an wie … gar nichts. Er stapft herum und versucht, irgendein Gefühl wahrzunehmen, das er später in Worte fassen kann. Die Bedeutung des Augenblicks ist nicht zu leugnen … Gott, wie pompös er manchmal klingt! Für diesen Ort haben Menschen ihr Leben gelassen. Er sieht sich um und denkt: Himmel! Warum nur?

Er hat nicht den Eindruck, auf einem zugefrorenen Meer zu

stehen – für ihn fühlt es sich eher wie eine grellweiße Salzwüste an, ein von einer Katastrophe heimgesuchtes wüstes Land, für das keine Hoffnung mehr besteht. Sein Geist beschwört Bilder von Hiroshima nach dem Bombenabwurf herauf: öde und leer, eine ganze Zivilisation pulverisiert. Nur ist es hier … sauberer, die Pulverisierung gründlicher. Er sieht sich die Scharten auf dem Eis an, die Brocken in allen Größen, das Nichts, das sich in alle vier Himmelsrichtungen erstreckt, und muss sich vor Augen führen, dass hier keine Katastrophe stattgefunden hat, dass hier nie irgendetwas war. Hier hat niemals etwas stattgefunden. Er fühlt sich sehr klein.

Randall und Flora haben hier nichts Besonderes zu tun. Er hat seine Pocketkamera mitgenommen und schießt Fotos, obwohl er bezweifelt, dass sie was werden. Der Horizont ist flach und endlos – oder eher gekrümmt und unendlich, wie ein Rad. Die Sonne steht links von ihnen – das heißt, je nachdem. Es ist Süden. Überall ist Süden. Das ist schwindelerregend verwirrend. Randall beobachtet Flora dabei, wie sie sich umschaut. In ihrem Schneeanzug mit Kapuze und Schneebrille wirkt sie alterslos. Als sie seinen Blick bemerkt, lächelt sie – es ist das Strahlen eines Mädchens.

Flora entfernt sich ein bisschen von den anderen und sucht eine geeignete Stelle. Dann geht sie in die Hocke und holt etwas Weißes aus einer Tasche ihres khakifarbenen Anzugs. Aus der Distanz sieht es so aus, als würde sie anfangen zu graben.

Randall dreht sich mit der Kamera vor dem Gesicht um, als er den Klimaforscher rufen hört: »Mit Windchillfaktor – minus dreiunddreißig Grad!« Währenddessen messen, rechnen und debattieren die Navigatoren, bis sie schließlich eine Flagge an dem Punkt errichten, den sie bestimmt haben – sofern man überhaupt etwas an einem Ort bestimmen kann, wo kein Kompass funktioniert und man auch die Zeitzone nicht festlegen kann, weil man sich gleichzeitig in allen und in keiner befindet. Es soll der Schnittpunkt aller Längengrade sein, die allerdings ebenfalls nur gedacht sind. Randall schießt ein Foto nach dem anderen, als die amerikanische Fahne entrollt und in den Pol gerammt wird. Der Wind hält kurz inne, worauf die Fahne erschlafft. Da schiebt jemand ein Stück Draht hinein, damit sie gestrafft bleibt. Alle werden zusammengerufen. Randall dreht sich gerade noch rechtzeitig zu Flora, um zu sehen, wie sie an einer Stelle das Eis festklopft, aufsteht und sich geschickt den Schnee von den Handschuhen fegt.

Commander Soames geht zu ihr und fasst sie am Arm. Dann stellen sie sich für die Fotos in unterschiedlichen Konstellationen vor der Fahne auf. Sie lächeln und für die Kamera winken sie auch. Randall macht ein Foto von der Schneekönigin, wie sie allein auf dem Nordpol steht, und lässt dann einen der Wissenschaftler ein Foto von ihnen beiden schießen.

Zwar haben sie nicht viel Zeit, aber irgendwann tritt eine Pause ein – ehrfürchtiges Schweigen. Die Fahne ist gehisst, die Messungen sind erledigt, die erste Aufregung hat sich gelegt. Randall entfernt sich ein Stück, sieht sich um, blickt hinauf und bemerkt, dass die Luft selbst glitzert wie zu Pulver zerstoßene Diamanten. Er fragt sich, ob das nur eine Sinnestäuschung ist. Er öffnet den Mund und atmet den glitzernden Staub ein. Es tut weh. Er hört, wie sein Herz klopft und seine Stiefel über den harten, körnigen Schnee knirschen. Wenn er sich stark genug konzentriert, meint er, ganz schwach, etwas wispern zu hören, als flüstere etwas zu ihm.

Epilog

Onmogelijk Dal, 78°14' N, 88°32' W

Flora liegt auf der Seite und hat die Augen gegen die untergehende Sonne geschlossen. Ihre Glieder fühlen sich schwer an, ihre Haare sind gelöst und zerzaust. Ein Stein drückt sich in ihre Hüfte, aber sie kann sich nicht entschließen, sich zu bewegen. Von Zeit zu Zeit öffnet sie die Augen einen ganz kleinen Spalt, so dass sich das goldene Licht zwischen ihren Wimpern zu vielen, winzigen Sonnen bricht.

Sie sind schon seit Wochen in diesem Tal. Ohne den Wechsel von Licht und Dunkelheit ist die Zeit verschwommen. Sie fühlt sich, als wäre dies der einzige Ort, an dem sie je gelebt hat. Der Rest der Welt existiert nicht mehr. Sie kann sich nicht vorstellen, von hier wegzugehen, aber an diesem Morgen haftete Raureif auf der Innenseite ihres Zelts: *nilaktaqtuq*. Ein Vorbote. Als sie ihren Kopf ein winziges Stück dreht, sieht sie seine Schulter, den Rauchfaden seiner Zigarette, sein vom Licht beschienenes Haar.

»Ich hätte verhindern müssen, dass er … so endet.«

Wann immer er von den Eskimos spricht, die gestorben sind, gerät er in Rage. Das liebt sie an ihm. Er liegt nicht mehr faul und zufrieden in der Sonne, sondern hat sich vor dem Zelt aufgesetzt, die Knie angezogen, sich eine Zigarette gedreht, sie aufgeraucht und den Stummel zwanzigmal in den feuchten Boden gedrückt – seiner Nacktheit und Aufgebrachtheit offenbar nicht gewahr.

Flora hört ihm zu – wirklich – aber ein Teil ihrer Aufmerksamkeit ist vom Muskelspiel seines Körpers gebannt, dem Tauwerk seiner Sehnen und den Knochenknubbeln seiner Gelenke, den Falten seiner Haut an seinen gebeugten Hüften, den Fleischröllchen seines Bauchs, wenn er sich vorbeugt, seinen Knien. Von der ganzen warmen Landschaft seiner sonnengebräunten Haut. Einerseits findet sie, dass der menschliche Körper ein seltsames Ding ist; ein Kompromiss aus aneinandergereihten funktionalen Einzelteilen: Füße zum Beispiel sind, genau betrachtet, sehr eigentümlich und Nasen und Ohren – einfach lächerlich. Und doch ist sein Körper das Schönste, das sie sich vorstellen kann; sie könnte ihn für immer anschauen. Sie lächelt, denn sie *wird* ihn für immer anschauen. Wenn er besorgt ist oder ärgerlich, graben sich bei ihm Falten in Stirn und Wangen, die ihr, zusammen mit seinen grauen Haaren, einen Eindruck vermitteln, wie er im Alter aussehen wird. Aber wenn er lacht, was oft vorkommt, wirkt er wie ein junger Mann, und wenn sein Gesicht im Schlaf entspannt ist, sieht er aus wie ein Junge. Sie liebt all seine Gesichter – hier im Tal hat sie alle –, das vergangene, das gegenwärtige und das zukünftige. Und sie gehören alle ihr.

Sie staunt, dass er sich unter ihrem prüfenden Blick nicht unbehaglich fühlt; das ist eine Art Gnade. Das könnte sie nie; selbst jetzt in der Sonne hat sie eine der Decken halb über sich gezogen; geheuchelte Sittsamkeit. Heute ist die Temperatur bis auf knapp zwanzig Grad gestiegen, aber Ayakous Schicksal lässt sie frösteln. Es erfordert von ihr eine Geste der Achtung.

Sie sagt: »Du hast mehr getan, als man von dir hätte erwarten können. Du wusstest doch nicht, was man im Museum vorhatte.«

Jakob sieht sie an. »Ich versuche, mir einzureden, dass es ihm egal gewesen wäre. Schließlich ist er ja tot.«

»Aber damals, als du mit Armitage hier warst, hat er doch auch Knochen aus Gräbern mitgenommen, oder? Hast du da protestiert?«

Jakob verzieht das Gesicht. »Das war was anderes. Zumindest kam es mir anders vor.«

»Wieso? Weil schon so viel Zeit vergangen war? Weil wir sie nicht kannten?«

Sie pflückt eine winzige rosa Blume und hält sie sich dicht vor die halbgeschlossenen Augen, bevor sie sie auf sein Knie legt: als Angebot.

»Manchmal denke ich, es war falsch von mir, die Mumien mitzunehmen. Ich ließ sie genauso ausstellen, wie dein Museum Ayakou ausgestellt hat: damit die Leute staunen und erschauern.«

»Aber sie waren schon lange tot. Keiner trauerte mehr um sie. Man wusste nicht mal, wer sie waren.«

»Ich frage mich, ob es dadurch etwas anderes ist. Ralph jedenfalls war strikt dagegen. Es verstieß gegen eine seiner innersten Überzeugungen. Ist das alles nur Abwägungssache? Ich meine: Wie viel Zeit muss vergehen, bis man die Leiche eines Menschen zur Schau stellen darf? Fünfhundert Jahre kommen mir angemessen vor; ein paar Wochen aber sind geradezu grotesk. Wo zieht man die Grenze? Nach fünfzig Jahren? Nach zwanzig?«

Jakob schüttelt den Kopf. »Ich weiß es nicht. Vielleicht wenn alle, die denjenigen kannten, tot sind?«

»Und die Nachfahren? Was ist, wenn es dein Urgroßvater war?«

»Ich weiß es nicht, Flora. Aber ganz sicher ist die Zeit ein wichtiger Aspekt. Was du mit deinen Mumien getan hast, war etwas ganz anderes als das Museum, das Ayakou in aller Eile das Fleisch von den Knochen kochen ließ, nur um ihn möglichst schnell zur Schau stellen zu können.«

Stirnrunzelnd sieht er sie an. Sie nimmt seine Hand.

»Mag sein. Damals dachte ich, der Körper sei nur eine Hülle … ein Gehäuse, das weggeworfen wird. Nicht die Essenz, der Geist oder wie auch immer man es nennen will. Aber jetzt bin ich mir nicht mehr sicher.«

Sie küsst seine wunden Fingerknöchel, seine rissigen Fingerkuppen. Die Nägel sind wieder gewachsen, aber er findet seine Hände deformiert und hässlich. (»Ich schäme mich, dich mit diesen Händen zu berühren«, hat er einmal gesagt. »Aber nicht doch …«, hat sie geantwortet.)

»Mit anderen Körpern wären wir auch andere Menschen.«

Er lächelt. »Wirklich? Ich glaube, Erfahrungen und Erinnerungen formen uns mehr.«

»Aber mit einem anderen Körper hättest du auch andere Erfahrungen. Wenn du fett und hässlich wärst …«

Wahrscheinlich wird sie rot, weil er sie so anguckt. Er hat eine strenge Miene aufgesetzt.

»Willst du damit sagen, du würdest mich nicht lieben, wenn ich einen anderen Körper hätte?«

Flora lächelt. »Hm … würdest du mich lieben, wenn ich einen anderen Geist hätte?«

Da lachen sie beide, verlegen.

Jakob legt sich wieder auf die Decke. Sie ist entzückt, dass dieses eine Mal *sie ihn* aus der Fassung gebracht hat.

Er sagt: »So kann ich nicht denken. Ich weiß nur, dass du du bist und dass das, was mich ausmacht, sehr froh ist, hier bei dir zu sein. Mehr als froh. Lass uns einfach hierbleiben.«

Flora rückt zu ihm, bis sie ihren Kopf an seine Schulter legen und sich von ihm umarmen lassen kann. Sie hat ihr Bein quer über seine Schenkel gelegt. Seine Haut ist gleichzeitig warm und kühl. Sie breitet ihre Finger auf seiner Brust aus und spürt darunter seine Rippen, sein klopfendes Herz, das Heben und Senken seiner Lungen. Sie denkt: *Das ist alles, genau hier. Es kann enden, genau jetzt.* Und lächelt, ohne dass es ihr bewusst ist.

Ein Glossar von Wörtern der Inuit

Aja!: ein, oft freudiger, Ausruf
Angekok: Schamane, Mensch mit heilenden Kräften
Angut: Frau
Ayornamut: eine Schande, aber anders geht es nicht / es ist Schicksal / Pech
Erneq: Sohn
Ieh: Ja
Illu: Haus aus Stein (dauerhaft) oder Eis (vergänglich)
Imaqa: vielleicht
Inuk: Eskimo/Inuit (Einzahl)
Inuit: Eskimos/Inuit (Mehrzahl)
Kallunat: Menschen aus dem Westen (Mehrzahl)
Kamik: Stiefel aus Bärenfell
Kiffak: niedriger Diener
Kiviak: verrottetes Alkfleisch, eine Delikatesse
Kooyounah: danke
Kujappok: Sex
Marmarai: Mhm, gut
Naamik: nein
Naasut: Blumen
Neqi: Fleisch, Essen; Ortsbezeichnung
Nilaktaqtuq: das Eis, das sich im Inneren eines Zelts bildet
Ooangniktuq: Nordwind
Panik: Tochter

Perlerorneq: Winterwahnsinn
Qamiut: Schlitten
Qaniit: Schneeflocken
Qaqulluk: Eissturmvogel
Qatannguh: Geschwister
Qooviannikumut: tiefempfundenes Glück
Siorapaluk: hübscher Sandstrand; Ortsbezeichnung
Tupik: Sommerzelt aus Robbenhäuten
Tutsarfik: etwa der Monat November. Wörtlich: Es lauscht.
Ulu: sichelförmiges Messer für Frauen
Umingmak Nuna: Land der Moschusochsen; Ellesmere Island
Upernallit: Walfänger, normalerweise Schotten. Wörtlich: die, die im Frühling kommen
Usuk: Penis
Uttuqalualuk: alter Mann; Bezeichnung der Inuit für den Stern Arcturus

Dank

Ich schulde vielen Menschen riesigen Dank für ihre Hilfe bei der Entstehung dieses Buches. Zuerst wie immer meiner Agentin Diana Tyler für ihre Unterstützung und ihre Diplomatie. Sie ist mein absoluter Champion. Des weiteren Jane Wood, meiner Lektorin bei Quercus, für ihre Urteilskraft, ihre Ideen und die angenehme Zusammenarbeit. Dann meinen liebenswürdigen Erstlesern: Sarah Collier, Paul Holman, Clare Mockridge, Bridget Penney, Jo Penney, Steve Roser, Tanya Trochoulias und Marco van Welzen, weil sie unzählige Fassungen des Manuskripts durchgearbeitet und noch viel mehr für mich getan haben.

Außerdem stehe ich tief in der Schuld etlicher Autoren, die ihre jetzigen und einstigen Erfahrungen und Einblicke in die Arktis mit mir geteilt haben, vor allem jedoch bei Barry Lopez, Jean Malaurie, Wally Herbert und Robert Bryce. Ich wünschte, ich würde alles behalten, was ich von ihnen gelernt habe.

Nachweise

Das Zitat auf Seite 9 stammt aus: George Bernard Shaw, *Zurück zu Methusalem* (Original: *Back to Methuselah*), S. Fischer, 1926.

Das Zitat auf Seite 83 stammt aus: Tyndall *Gletscher der Alpen,* F. Vieweg, 1898

LESEPROBE

Laut Kirchenkalender fiel der Erntedanktag dieses Jahr auf den dritten Oktober. Wie immer würden sie den Tag in ihrer Gemeinde begehen. Aber auf Fennhusen endete die Ernte des Getreides immer bereits Mitte September. Es war ein mildes Jahr gewesen, und deshalb war die Ernte mit gutem Ertrag eingefahren worden. Und wie jedes Jahr vor der Ernte war die Zahl der Leute, die auf dem Gut beschäftigt wurden, beträchtlich gewachsen, denn die Schnitter kamen – die Erntehelfer. Jetzt, wo die Ernte eingebracht war, würden die Schnitter gen Westen ziehen, dort gab es in den kommenden Wochen noch reichlich Arbeit. Hier auf Fennhusen, in Ostpreußen, kam der Winter früh und war meist hart.

Das wird der Grund sein, dachte Frederike und zog sich ihr neues, schickes Kleid an, weshalb wir die Ernte immer so besonders feiern.

Erst seit wenigen Jahren lebte Frederike mit ihren beiden Halbgeschwistern Fritz und Gerta hier auf dem Gut in Ostpreußen. Und es würde vermutlich ihr letztes Jahr auf Fennhusen sein. Denn Frederike strebte die externe Schulprüfung an – sie wollte nächstes Jahr eine höhere Töchterschule besuchen. Aber das lag glücklicherweise noch in ferner Zukunft – jetzt freute sie sich erst einmal auf das Erntefest, einer der Höhepunkte des Gutsjahres, der nur vom Weihnachtsfest übertroffen wurde. Das Fest war immer schon wichtig gewesen, aber Frederike schien es so, als ob in den letzten Jahren, in den Jahren nach dem Großen

Krieg, der Europa zerstört hatte, die Feiern wilder und ausgelassener geworden wären.

»Freddy?«, rief Mutter von unten. »Kommst du? Wir müssen los.«

Frederike warf einen Blick aus dem Fenster in den Hof. Dort stand der Leiterwagen – gefüllt mit Strohballen und geschmückt mit Hopfenreben und Astern, den letzten Blüten des Geißblattes und Schafgarbendolden. Schnell zog sie die Schnallenschuhe an, die sie erst letzte Woche in Bromberg gekauft hatte, nahm ihr Umschlagtuch und hastete nach unten. Dort warteten schon ihre Mutter, der Stiefvater und Fritz und Gerta. Die drei Kleinen, die Kinder aus der dritten Ehe ihrer Mutter mit Erik von Fennhusen, blieben in der Obhut des Kindermädchens. Irgendwie beneidete Frederike sie. Zu Hause war es so behaglich.

Der Leiterwagen fuhr die Familie auf eines der abgeernteten Felder. Wind zog auf und wehte den Getreidestaub hoch, es sah aus, als ob Frauen in dünnen Kleidern über das Feld tanzten. Gerta nieste in einem fort.

»Reiß dich zusammen«, murmelte Stefanie und reichte ihrer Tochter ein Taschentuch. »Es dauert doch nicht lange.«

Dann trat einer der Erntehelfer vor.

»Wat seht ihr hier, in meener Hand, ihr alle hier zujejen?
Et isser Kranz der Ernte, wie bekannt, drum danket Jottes Sejen.
Er is jeschmückt mit Blum und Band, mit Disteln und mit Dornen, dies alles schenkt det Vaters Hand …«

So ging es noch eine Weile, und alle lauschten ehrfürchtig.

Dann sagte der erste Schnitter schließlich:

»Drum spielet nun den Lobjesang: *Nun danket alle Jott.*«
Sogleich stimmten die Versammelten das Lied an:
»Nun danket alle Gott / mit Herzen, Mund und Händen,
der große Dinge tut / an uns und allen Enden,
der uns von Mutterleib / und Kindesbeinen an
unzählig viel zugut / bis hierher hat getan.«

Danach wurde den Mitgliedern der Gutsfamilie eine Schleife mit Ähren an den Ärmel gesteckt, und anschließend ging es in die große Scheune, die ausgefegt worden war und an deren Seiten Tische und Bänke standen. Die große, kunstvoll gebundene Erntekrone nahm Onkel Erik, Frederikes Stiefvater, in Empfang. Sie würde bis zur Weihnachtszeit in der geräumigen Diele des Gutshauses hängen. Erst wenn sie dort den Weihnachtsbaum aufstellten, würde die Erntekrone abgenommen werden.

Weihnachten, dachte Frederike, das scheint noch so weit hin zu sein, aber die Zeit verlief immer schneller. Früher, als sie noch kleiner gewesen war, war Weihnachten immer das Großartigste im Jahr gewesen – das Essen, die Geschenke, die Feste, der Tannenbaum und der Lichterglanz. Und es hatte ewig gedauert – von einem Weihnachten zum anderen. Aber jetzt schien ein Jahr im Nu zu vergehen. Bald würde der Winter kommen, dann das Weihnachtsfest, Neujahr. Die Zeit bis zum Frühjahr zog sich immer noch wie Sirup, das schien sich nicht zu ändern – doch war es da, war es auch schon bald Sommer und dann wieder Herbst. Die Abfolge der Jahreszeiten war essentiell auf einem Gut wie Fennhusen, und obwohl Weihnachten besinnlicher war, war das Erntefest wichtiger für den Betrieb und die Leute. Jetzt war alles eingefahren, und jetzt wurde gefeiert. Morgen würden sie anfangen zu dreschen, aber heute war der Kornboden leer gefegt, und die Blaskapelle spielte auf.

Berge an Kuchen türmten sich auf den Tischen, und alle griffen beherzt zu. Zwei Ferkel wurden im Hof über dem Feuer gedreht, es roch jetzt schon köstlich. Die Köchin Schneider hatte extra viele Laibe Brot backen lassen, und einige Köpfe Kohl waren schon recht früh geschnitten, gestampft und in die Steingutgefäße eingelagert worden. Nun war der Krautsalat perfekt und konnte serviert werden.

Die Stimmung war ausgelassen, und Stefanie von Fennhusen eröffnete mit ihrem Mann den Tanz – mit einer Polka. Nach und nach schlossen sich die anderen an – zuerst der Inspektor mit seiner Frau, dann Hans, der Kutscher und Chauffeur. Es ging dem Rang nach, und das wurde penibel beachtet. Erst nach dem zweiten Tanz, einem Walzer, achtete keiner mehr auf die Regeln. Traditionsgemäß blieb die Gutsfamilie, bis das erste Schwein angeschnitten wurde, dann zog sie sich zurück und ließ die Leute feiern.

Alle aßen von dem knusprigen und saftigen Ferkel, dem Krautsalat und dem Brot, und natürlich gab es noch viel mehr Köstlichkeiten, und Fritz versuchte, von allem etwas zu essen.

»Du wirst platzen«, ärgerte Frederike ihn.

»Nein, das werde ich nicht«, gab Fritz zurück und nahm sich noch von den gefüllten Teigtaschen.

»Dir wird übel sein«, sagte Frederike und lachte.

»Und wennschon? Wann können wir so viel essen, ohne dass uns jemand auf die Finger schaut?« Er grinste.

»Marjellchen«, sagte Viktor, der erste Stallmeister, und nahm Frederikes Hand. Es war üblich, dass die Leute auch mit Mitgliedern der Familie tanzten, aber bisher war Frederike noch nie von einem Erwachsenen aufgefordert worden. Doch nun war sie sechzehn und beileibe kein Kind mehr. Sie war noch nicht in der Gesellschaft eingeführt – nicht Fisch, nicht Fleisch. Viktor machte das nichts aus. »Is 'ne Polka, Marjellchen. Lass uns de Beene schwinjen.«

Und das taten sie dann auch.

»Marjellchen«, sagte Viktor, als er sie nach dem Tanz zurück an ihren Platz führte, »du solltest darieber nachdenken, obde nich de Caramell reitest. Langsam, awwer sicher, wirste zu jroß fürde Dups, dein Pony.«

»Caramell?« Frederike sah ihn skeptisch an. »Die ist doch so unberechenbar. Und außerdem ist es Mutters Pferd.«

»Wann hatten deene Fruu Mudder dat letzte Mal jeritten? Muss Jahre her sin.«

Caramell war ein wunderschönes Ostpreußisches Warmblut Trakehner Abstammung. Onkel Erik hatte die Stute vor drei Jahren vom Gut Weidenfels gekauft – dem Gut von Frederikes Vater, den sie nie hatte kennenlernen dürfen, weil er schon vor ihrer Geburt gestorben war. Sie hatte keine enge Bindung zur Familie ihres Vaters – gerade deshalb aber hing ihr Herz an diesem Pferd. Caramell schien ein Vermächtnis zu sein, eine Verbindung.

»Meinst du wirklich, ich kann sie reiten?«, fragte Frederike und spürte ihr Herz pochen.

»Wär een Wunder, wenn nich«, sagte Viktor und schlug ihr lachend auf die Schulter. »Ausprobieren werden wir das inne nächsten Wochen, wa, Marjellchen?«

Er würde sie Caramell reiten lassen. Das blieb ihr von dem schönen Fest am meisten im Gedächtnis. Die Familie brach zurück zum Gutshaus auf, bevor die Heiterkeit ihren Höhepunkt erreicht hatte. Stefanie wies das Küchenmädchen, das tapfer die Stellung hielt, an, ihr eine große Kanne starken Kaffee zu brauen. Sie würde ihn brauchen, denn auch wenn die Familie nicht mehr mitfeierte, würde die ganze Nacht über an der Tür geklopft werden, und Stefanie würde manchen Streit schlichten, mache Wunde versorgen müssen.

Aber auch diese Nacht überstanden sie. Das Tagesgeschäft lief am nächsten Morgen etwas holprig an, aber nach und nach fanden alle zum Alltag zurück.

Am frühen Nachmittag ging Frederike in den Stall. Tomasz, der erste Stallbursche, versorgte die Pferde. Er war an der letzten Box, hinten, dort, wo Caramell stand, und fluchte laut.

Sie hatte auf dem Erntefest gesehen, dass er mit seiner Frau, die in der Gutsküche angestellt war, gestritten hatte. Im Grunde war das nicht ungewöhnlich, es stritten sich viele Paare auf solchen Festen, auf denen das Freibier floss und der Schnaps unter der Hand ausgeteilt wurde. Frederike mochte Tomasz, er tat alles für die Pferde. Aber mit Caramell hatte er seine liebe Mühe. Sie war tatsächlich etwas speziell, das musste selbst Frederike zugeben. Die Stute vertrug sich fast mit keinem anderen Pferd, nur Glumse, der falbe Kaltblüter-Wallach, war ihr Freund. Die beiden schienen sich zu lieben.

Tomasz kam in die Stallgasse und nickte Frederike zu. »Willste deine Dups reiten?«, fragte er mürrisch. »Is noch nich fertich.«

»Eigentlich wollte ich zu Caramell«, sagte Frederike leise, von dem Tonfall des Mannes verschüchtert.

»Caramell? Dat is keen Jaul, dat is nen Deuwel«, er winkte ab. »Lass se besser in Ruhe.« Vor sich hin schimpfend bog er in die nächste Chaussee ab.